黑雾

张成功 / 著

作家出版社

谨以此书
祭奠我的朋友
吴淮生　乔小龙　郑莉

——作者

金钱不会使人疯狂，使人疯狂的是欲望。

——题记

目录

序　章	舞台惊魂	001
第一章	一石二鸟	006
第二章	含冤入狱	038
第三章	法庭雄辩	064
第四章	神秘黑衣	092
第五章	意乱情迷	120
第六章	情为何物	146
第七章	月色撩人	172
第八章	公寓枪声	198
第九章	别人新娘	222
第十章	难言之隐	246
第十一章	香饵之下	270
第十二章	煤窑遇险	294
第十三章	危机四伏	322
第十四章	心生嫌隙	352
第十五章	黑色线人	376
第十六章	权力寻租	402
第十七章	不择手段	428
第十八章	人命关天	452
第十九章	恩断义绝	476
第二十章	兄弟相残	500
尾　声	朋友永别	520

序章

舞台惊魂

梅玲这时便依照剧情往朱永的怀里靠,朱永却没按设计好的动作揽她的腰,而是用力箍住了她的脖子。梅玲光张嘴唱不出声,噎得直翻白眼,情急之下禁不住低声骂:"王八蛋,你干什么?"

公元一千九百九十九年的最后一天。素有"煤都"之称的淮海市沉浸在辞旧迎新的欢乐之中。迎新年、迎新世纪，真可谓是双喜临门，大街小巷彩旗飘飘，鞭炮声不绝于耳，煞是热闹。尤其入夜之后，城市的上空绽开五颜六色的焰火，令人目不暇接。端的是绚丽多彩。

淮海大剧院又是别一番景象了。广场上的音乐喷泉在镭射灯的映衬下，变幻着姿态各异的水柱和雾帘，叮咚作响的轻柔乐曲令人醉迷。剧院宽大的玻璃门前，摆满了时令的鲜花，清香弥荡，让人赏心悦目。剧院里座无虚席，舞台上方悬挂着上写"喜迎21世纪晚会"字样的横幅，市党政军的领导几乎全都到场了，使晚会显得愈加隆重热烈。

舞台上，市黄梅剧团正在献演观众熟知的传统名剧《天仙配》。有着"第一名旦"之称的梅玲和有"第一小生"之誉的朱永配合得丝丝入扣，果然是名不虚传。那优美飘逸的身段，婉转柔曼的唱腔，不时博得阵阵雷鸣般的掌声。

当梅玲唱罢"树上的鸟儿成双对"，朱永便接上了"绿水青山带笑颜"。梅玲这时便依照剧情往朱永的怀里靠，朱永却没按设计好的动作揽她的腰，而是用力箍住了她的脖子。梅玲光张嘴唱不出声，噎得直翻白眼，情急之下禁不住低声骂："王八蛋，你干什么？"

台下的观众似乎发现了不对劲，顿时嘘声四起。

朱永一手勾住梅玲的脖子，一手拽脱头上的皂角帽，扯开戏袍的带子，露出腰里的雷管，大叫："老子今天不活了！我不要什么狗屁21世纪！我要项光荣和这小贱人的命！"

台下"轰"地炸了场子。人们你推我搡，拼命往外面挤。出了门的抱头鼠窜，跑了几步又停住，犹豫着想回去看看。剧院门前顿时乱成了一锅粥。门前不畅，场内再挤再推也是徒劳，走不了的观众和那些坐在前排的领导只好心惊肉跳地看着台上的"活剧"。

市公安局维护剧场秩序的值勤警察迅速往刑警队打了紧急电话。不一会儿，刑警队副队长刘跃进率一帮荷枪实弹的刑警从侧门冲进了剧场。

朱永一看警察来了，劲头更足了，声嘶力竭地狂呼大叫："把那个勾引别人未婚妻的瓜子大王叫来，不然我炸了这剧院！"

梅玲吓得脸色苍白，浑身直抖，只能斜着白多黑少的眼珠偷觑发疯的朱永。

刘跃进很快便问明了情况：朱永和梅玲既是舞台上的搭档，也是生活中的恋人。没承想仗着有几个臭钱的瓜子大王项光荣从中插了一杠子，于是为情所伤的朱永就上演了这么一出戏。

这时，正坐在前排陪着市长郑重的公安局长田明亮招手唤刘跃进过去。郑重问走过来的刘跃进："有没有应急措施？"

刘跃进答道："我让人去喊灯光师了，试试吧！"

郑重一听他说试一试，紧张了，看着田明亮道："老田，这可不是试的事情！"

灯光师来了，刘跃进快步迎了上去。

田明亮安慰郑重："郑市长您放心，这小子有办法，从不打无把握之仗。"

台上的朱永显然不耐烦了。他从腰里抽出遥控器，举起来喊道："快把项光荣叫来，我给你们十分钟的时间，不然咱们就同归于尽！我当过工兵，是爆破能手，炸这破剧院是小菜一碟！"

刘跃进纵身跃上了舞台。

"别过来！你给我下去！"朱永摇着遥控器吼。

刘跃进以轻松从容的语调道："朱永，我是个戏迷，你是我的偶像呢！真舍得把你这一百多斤撂了？我可不忍心呀！"他边说边往前移动脚步。

"少废话！你再往前走，我可要摁了！"朱永警告。

刘跃进问道："你爱梅玲吗？"

朱永眼一翻："屁话，不爱她我吃饱了撑的玩炸药！你别再往前走了啊！"

"这就对了。"刘跃进又往前蹭了一步，"你既然爱她，就不该干这种事，难道你忍心让她血肉横飞？"

"站那儿别动！"朱永盯着刘跃进的腿，"你少给我上思想课，一句话，把姓项的找来！"

"朱永，你想过没有，也许这是误会。像梅玲这样的名角，人长得漂亮戏又好，崇拜者肯定不少。"刘跃进见朱永听进去了，又悄悄往前跨了一步，"别说项光荣，我一天不听她的戏都睡不安生，有人追她，你应当感到骄傲嘛！"

"不对！"朱永一声大叫，"项光荣搂着她亲嘴，是我亲眼看到的，我非炸了这对狗男女不可！"说着把遥控器举得更高了。

突然，台顶台侧，台上台下，所有的镭射灯都齐刷刷地聚到了朱永脸上。朱永猝不及防，登时慌了神，摇头晃脑，看得出是晕了。

刘跃进电光石火般疾速拔出枪来，臂扬枪响，正中朱永举着遥控器的手腕。朱永"嗷"的一声怪叫，遥控器脱手落在舞台上。刘跃进猱身上前，扬起手枪朝朱永的太阳穴猛击，朱永摇摇摆摆转了几个圈儿，"扑通"摔倒在舞台中央。

梅玲像脱离虎口的兔子般，钻到刘跃进的怀里，顿时感到了他宽厚胸膛的安全和温暖，不由得感激地仰脸凝视着他，眼角噙着晶莹的泪滴，黑白分明的瞳仁里波光闪动。刘跃进感到一阵慌乱……

第一章 一石二鸟

刘跃进猛地仰起脸,咬牙切齿道:"我要杀了她!"对面的车灯光在行驶中照射过来,凡一萍清楚地看到刘跃进双目通红,面孔狰狞,不由打了个寒噤。

01

首都政法学院的礼堂里，正在进行着一场模拟法庭对抗赛。主控方是中国法律大学，主控人是位年轻漂亮的女生，她叫郑莉，穿上检察官服，愈显端庄大方。主辩方便是东道主了，主辩人名叫乔小龙，瘦削的身躯，瘦削的脸庞，人很一般，在男人里算不得出众，但那双眼睛却颇不一般，明亮有神，炯炯如电，温顺时似春阳融融，冷峻时透人骨髓。

裁判开始抽题。题目是由双方各出五题，抽到哪一个也就算哪一个了。裁判抽出题后，读道："七十年代末的冬季，红卫兵吴某、刘某、孔某等押着走资派副市长和副镇长游街，经过一条结着厚冰的小河时，孔某喊口号脚下用力过度，冰层裂开。小将们撒腿往岸上跑，由于奔跑使冰缝扩大，走在前面的吴某手里牵着拴副镇长的绳子，直往冰缝里滑去，副镇长抖动手腕，将瘦小的吴某凌空拎起，甩到河边，在惯性的作用下，副镇长和副市长双双滑入冰河。吴某见状，反身用红缨枪将副市长救出，而身高体重的副镇长却溺水而亡。如果此事件是现在发生的，该如何审理？"

主控人郑莉站了起来，开始发言："此案案情清晰，吴某等负有不可推卸的法律责任，应以过失伤害罪提起公诉。"

乔小龙辩护道："吴某等的过失事实当然是毋庸置疑的，但毕竟有自然的不可抗拒性，况且吴某采取了救人的措施，将副市长救了上来，有将功补过的因素，定罪显然不合适。"

辩论进行得十分激烈，郑莉以精辟的法律知识作为依据，振振有词。乔小龙以充沛的感情将情和义当做盾牌，左遮右挡。他们的发言不时博得同学们的阵阵掌声。

....

夕阳将校园的草坪镀成了金黄。结束了对抗赛的乔小龙和郑莉挽着手在草地上漫步。原来他们不仅是淮海同乡，而且是相恋了几年的情侣。

"你刚才那样子挺可怕，以后我还真得防着你点儿。"乔小龙不无调侃地说笑，"这二把手我是无论如何不当的。"

"三把手！"郑莉说着脸不由红了红，"哎，小龙，我从来没见你在模拟法庭上这么动过感情，后来我都快要流眼泪了。你今天怎么了？"

"其实这道题是我报上去的，偏偏就被抽上了。"乔小龙露出了秘密。

"啊？难怪你辩护这么熟练，连个顿都不打。"郑莉嘟起了嘴，"最后判你胜，这对我不公平！"

乔小龙知道郑莉是在假装生气，是想换一个吻，就俯下身，在她脸上很响亮地亲了一下，然后道："我之所以动情，并不仅仅是因为我出的题，而是因为曾经真的发生过。你对这件事真的一无所知？"

郑莉道："有些耳熟，可一时想不起来。"

乔小龙停住脚步，注视着她说："那个副市长就是你爸爸，副镇长是我父亲！"

郑莉惊叫一声："你这么一说我倒有点印象了，小时候好像听爸爸讲过。那吴某肯定就是你的吴淮生大哥了！"

乔小龙点点头："是的。刘某是淮海市公安局刑警队副队长刘跃进，孔某是淮海煤炭指挥部副指挥孔令军的少爷孔勇敢。"

郑莉这才恍然大悟，明白了乔小龙为何会如此动情地辩护。

这时，中国法律大学的领队在喊郑莉上回校的班车。郑莉答应一声，然后对乔小龙道："明天上午9点，我在北海公园门口等你，咱们该谈谈毕业的事了。"说罢，撒腿跑向不远处的大巴。

乔小龙向她挥着手。

02

又不大不小地吵了一架。当身为淮海市刑警队副队长的刘跃进忍无可忍地将妻子梅玲推倒在沙发上赶到唐河桥时，技侦人员已勘查完现场，法医也结束了对几位受伤司机的伤情鉴定。桥上桥下停卧着十几辆运送煤泥的卡车：有的被扎破了轮胎，有的被扯掉了输油管，有的甚至被砸破了挡风玻璃卸去了方向盘。刘跃进简单地问了一下情况，很快便有了结论：并非抢劫，显而易见是对着一龙煤炭综合开发有限公司来的，也可以说是对着吴淮生来的。

于是刘跃进便想起了二十多年前那个肃杀的冬日：他和吴淮生扔掉红缨枪，迎着呼啸的寒风跌跌撞撞跑回唐河镇报信。推开乔家的房门，只见孙凤珍正领着未满周岁的儿子小龙对着墙上的毛主席像背语录。吴淮生哀哀地喊了声"婶子"，便扑通跪倒在她面前，"呜呜"地哭开了……吴淮生自此之后便没再上学，带着深深的忏悔照料凤珍妈妈和小龙弟弟，在那段人所共知的艰苦岁月里，他拣煤渣拾破烂，供养小龙上学——小学、中学直至大学。到了八十年代中期时，淮海市被国家勘定为全国最大的煤田，随着开采的不断现代化，淮海遂成为闻名遐迩的煤都，而唐河镇位于煤田的中心，可以说是得天独厚。不久乔一龙、郑重平反昭雪，乔一龙摘去了"自绝于人民"的罪名，郑重也官复原职，并很快升任市委副书记，凤珍也被安排担任了唐河镇妇联主任。

随着改革开放的力度不断加大，公司企业如雨后春笋般冒出。在孙凤珍的竭力劝说下，吴淮生办起了公司，并起名为一龙煤炭综合开发有限公司。大浪淘沙，经过激烈的竞争，淮海市只剩下两家颇具实力的公司：有乔家威望庇护和孙凤珍竭力支持的一龙公司，另一个便是淮海煤炭指挥部副指挥孔令军的儿子孔勇敢的创世纪煤炭发展有限公司。两家公司呈对峙之势，展开了一场势均力敌的龙虎斗。这场毁车伤人事件会不会又是孔勇敢的挑衅？最近一段时间，有几起暴力案件都与他有关系，显示他与黑道有着紧密的来往。这些不能不让身为刑警队副队长的他甚为焦虑。因为孔勇敢和吴淮生一样都是他的发小、同学。他不愿他们为了几个钱争得你死我活，最后弄得形同仇敌，两败俱伤。他更怕看到他或是他走向法律的对立面，失足成为罪人。看情形，他必须找孔勇敢好好谈谈了，当然还有吴淮生……

刘跃进正在想着，一辆暗蓝色桑塔纳直冲着他疾驶而来。他大吃一惊，跳到路边。桑塔纳车在他身边发出一声尖啸，抖了抖身子停住了。他刚要敞开喉咙训斥，一位浓眉大眼、面色黧黑、矮矮胖胖的汉子从车里跳了出来，嘴里嚷着："妈的！这生意没法做了！没法做了！"刘跃进一看是吴淮生，冒到喉咙口的火只得压了回去，用眼翻了翻他，道："你这屁话在我面前说几十遍了，也没见你关公司的门，瞎咋呼个啥！"

吴淮生在刘跃进面前站住脚，咧开嘴苦笑笑说："跃进，这回不会是瞎咋呼了，如果还不处理，我只能关门。"他指了指在路边东倒西歪的一溜卡车，"这些车的维修费我就不说了。我刚从医院过来，一个司机被打断了脊骨，医生讲，他可能这辈子都站不起来了。另一个司机更惨，脾和肺全破了，抢救过来的希望极小。他们的医疗费我也不说了，只是这以后……"

"有这么严重？"刘跃进的脸上登时严峻起来，忙吩咐旁边的法医赶紧去医院再做一次伤情鉴定，然后转过脸盯着吴淮生道："你放心，这次我会全力以赴，与前几起骚扰你们公司的恶性事件并案侦处，希望你能配合，有什么线索及时提供给我。可以吗？"

吴淮生点点头，似乎仍有些放心不下，轻声道："事情的起因你应该清楚,是谁这样心黑手辣,想必你比我还要明白。把案子一查到底,惩办肇事者,我并不怀疑你的决心和能力,只是……"他说到这儿顿了顿,想寻找更适合表达自己意思,又不刺激老同学的言语,但好半天也没琢磨出来,只得随口说,"你有个漂亮的老婆,热热乎乎的家,也许这些案件的主谋并非一般之人呢!"

刘跃进很清楚吴淮生话中所包含的意思,心里便很不舒服,尤其是他后面的话,更让他颇感恼火,于是气呼呼地道:"我老婆是很漂亮,黄梅剧团的名旦嘛!家里也很温暖,已经到了燃烧的程度!只是我不明白,这跟我办案有什么关系?案件的主谋在没有确凿的证据之前,我不敢认定是谁。可是我可以告诉你淮生,就是你犯了罪,我也照抓不误!"

吴淮生被刘跃进的一顿抢白弄得脸上红一阵白一阵,正要解释几句,刘跃进已跳上了身后的警车,拉响警笛,向医院的方向疾驰而去。

03

首都政法学院坐落在北京东郊。由于远离市区,便少了几分嘈杂多了几分僻静,尤其是到了周末,更是显得冷清寂寥。

乔小龙一大早就从床上爬了起来,三两下刷了牙,用冷水胡乱抹了把脸,跟同寝室的同学打了声招呼,便慢慢踱出了校门。门旁的几个早点小吃摊摊主一齐向他招手吆喝。于是他在第一个摊位买了根油条,在第二个摊位要了个烧饼,然后坐在了最后一个摊位上,让摊主给盛了碗小米稀饭。乔小龙吃完早点,起身往对面的公共汽车停靠站走,后边传来一位摊主的感慨声:"到底是学法律的，吃个早点跟别人都不一样，人家讲究的是个公平……"乔小龙一听乐了。这在法律高等学府门前卖早点的也懂得用法律剖析日常小问题了。说实在的，他还真没有这样的意思，只不过是根据自己的口味来了个优化组合。到了停靠站，中巴车司机和出租车司机又争起了生意：一个说坐我的车吧，给你打折；另一个一跺脚说坐我的十块只收你八块。他不禁又乐了，心想还是市场经济好，有竞争才有消费者的实惠。权衡再三，他还是决定奢侈一把上了出租车，一来是已经完成了毕业论文心情颇佳，另外也让市长千金对自己刮目相看一回。

一路无话。出租车的滋味是比中巴强多了，早间新闻没听完，就比往常提早一半时间到了约会地点北海公园南大门门口。

乔小龙认为郑莉不会来这么早，下了车就往旁边的音像店跑。最近他迷上了交响乐，只要有机会，就要"淘洗"一番。

"乔小虫！"一个尖细的嗓子在喊。

乔小龙回头望去，见是郑莉，正在公园门旁踮着脚尖向他挥手。因为他长得瘦，一米八的个子只有六十公斤，走路时身子弓着头伸着，像个直立的长虫，所以郑莉把"龙"换成了"虫"。

郑莉挽着乔小龙步进公园，柔柔地瞥了他一眼说："你今天挺'派'，坐上出租车了，是不是你那位吴淮生大哥给你汇了巨款？"

"我傍上了我们学校对面饺子馆的女老板。"乔小龙故作神秘的样子附在郑莉耳边悄声道。

"吃上软饭了？"郑莉用手拨开他的头，"你们俩倒还真挺般配的。她有二百公斤吧？"

"夸张了！"乔小龙扭扭长脖子，"她的体重只有一百八十公斤！"

郑莉忍不住笑了，狠狠捶了乔小龙一拳。乔小龙"哈哈"几声后，不再调侃，很认真地注视着郑莉道："小莉，我没想到你会来这么早,以前你也是这么早就来等我吗?"

郑莉眼圈儿一下子就红了,低下头轻声说:"哪一天我不在想你?一到周末就像丢了魂一样……"

乔小龙心里一阵发热,不由捧起郑莉的脸,嘴贴了上去。郑莉用手阻住他的嘴唇,示意旁边有游客。乔小龙叹了口气,道:"我跟你在一块儿时,最不舒服的就是老有人看咱们,尤其是男性。不知是你太漂亮了还是我太丑了。"郑莉笑了,说:"也许二者兼而有之吧。"她指了指幽深的林荫小道,"走,咱们去那儿。"

二人相携着顺林荫道往里走,行人渐渐少了。他们在一石椅上坐下,急不可待地拥在一起。郑莉闭上了双眼,长长的眼睫微微颤动,阳光透过树林枝叶的缝隙照射在她凝脂般润滑的脸上,愈显白里透红。乔小龙一阵热吻,郑莉呻吟着,瘫在乔小龙的怀里。

不知过了多长时间,一对漫游过来的老人惊醒了他们。郑莉望着老人走过去的背影,略略有些感动地说:"等我们老了,不知能否也像他们这样相拥相伴!"乔小龙拿起石凳上的眼镜,边擦拭着镜片边道:"也许我活不了这么久!"郑莉不高兴了,狠狠瞪着他。乔小龙赶快赔笑脸道:"我这是信口开个玩笑。"郑莉极严肃地说:"我不许你开这种玩笑!"乔小龙忙频频点头认错。

太阳渐渐升高了,有几只小鸟在枝杈间跳动,"喳喳"地叫着。

郑莉从背包里取出两瓶矿泉水,递给乔小龙一瓶,然后舔舔嘴唇说:"小虫,你把我的嘴都吸肿了,舌头肯定又要起泡。"

乔小龙一把搂过郑莉,扳起她的脸道:"让我看看。"郑莉忙用手捂住嘴,她好像已猜出他的用意,轻声道:"你是个坏蛋……"

二人又嬉闹了一会儿,谈话便入了正题。郑莉问乔小龙研究生毕业后有什么打算。乔小龙没有丝毫迟疑地说当然是回淮海市了。郑莉从他怀里坐起了身子，说她不同意他回去。乔小龙问为什么。郑莉说回淮海的发展空间太小，她想和他一块去国外攻读博士学位，而且她已通过父亲郑重的关系弄到了两个去美国的名额。乔小龙听了她的话，不得不认真对待了，申明自己绝不可能出国。郑莉也急了，说小龙你知道吗，这是多么难得的机会，怎么能这么轻易地放弃呢。她接着又苦口婆心地劝说他，什么知识还需要充实、眼界还需要开阔、追求不应该有止境，等等。可乔小龙任她说得口干舌燥，到底仍是两个字：不去。

郑莉真的慌了，眼看自己精心描绘的蓝图就要付诸东流，她不能不作最后的努力，于是道："你为什么非要回淮海市不可，如果你没有让我信服的理由，我就只能视为是你对我们之间爱的背叛！你说吧！"

乔小龙灌了一口矿泉水，思索片刻后从容地答道："我的身世你很清楚，没有吴淮生大哥，就没有我的今天。平时我很节省，那是因为我花的每一分钱，上边都有淮生大哥的血汗，那是他从煤矿石缝里抠出来的你知道吗？本来上完大学我就准备去帮他了，可他硬逼着我读研究生。你应该清楚他要为此付出多少代价！他已届不惑之年，至今仍未成家，我欠他的太多太多了……"

郑莉道："出国的费用我可以设法解决。"

"你又错了。"乔小龙仰起脸眯着眼睛看高高的树梢，"资金并不是我舍弃继续深造的根本原因。你不了解，淮生大哥的公司一直都不顺，缘由很复杂，我无法跟你细说。听说他最近更加艰难，公司已举步维艰，濒临倒闭。这种时候我不能不回去帮他。"

郑莉默默垂下了头，心在一点点往下沉，莫名的悲哀和惆怅顷刻间膨胀开来。脚边的阳光不再明媚，头顶的鸟鸣不再悦耳，舌根处泛起一阵阵苦涩。因为她出国的事在父亲的筹划下已成定局，她无力更改。

乔小龙回过身来，搂住她的肩膀劝慰道："你和我的处境不一样，应该出去深造，这的确是个难得的机会。"然后故意做出很洒脱的样子，语调显出轻松，"咱们都还年轻，总不能终日厮守在一起，干大事业的人就应该有大的志向，聚分合离很正常嘛！好了，别为这件小事伤神烦心了！"

郑莉幽幽地说："这能是小事吗？咱们以后怎么办？"

"我会一直在淮海等着你。只要你能回来。"乔小龙一字一句缓慢地说。

郑莉抬起头盯着他道："咫尺天涯，况且有几年的时间，谁能保证这么一段日子里不会发生别的变故……"

乔小龙想了想回答说："那就只能看咱们的缘分了，反正我会一直等着你。"

太阳渐渐升到了头顶，叫卖中午快餐的声音隐隐传来。两个人都不再开口了，就这么默默地坐着……

04

刘跃进赶到市人民医院急诊室，先找到了神志稍清醒的司机张强，询问事件发生时的现场目击情况。

张强头部和腰脊处裹满了绷带，只有一双眼睛露在外面，眼睑也是严重淤血，显而易见是被打得不轻。

刘跃进亮明身份后，便直截了当地问起有关截车殴人的事来。张强回答得很详细，和其他目击司机的描述基本没有差异。

刘跃进在询问笔录上简单地做了些补充，然后提出了要重点问的问题：

"你和王伟是不是进行了反抗或是回击才被伤得这么重？"

"王伟是我的副驾驶。当时天刚刚亮,我见前面的车停了,就踩了刹车。不大一会儿,一群人举刀持棍骂骂咧咧从前面冲了过来,砸车窗、扎轮胎。我和王伟都意识到是遇到闹事的了,哪里还敢下车,更谈不上反抗了。"

"那他们为什么没动别的司机,偏偏把你和王伟打成这个样子?"

"好像王伟认出了那个领头的黑大汉,我听他喊了声'八戒'。"

"八戒?"

"对,八戒。就是猪八戒的那个八戒。我猜可能就是那个人的名号什么的。因为王伟喊过之后,他就指挥着人把我们的车门撬开了,把我和王伟拖下驾驶室一顿暴揍。尤其是对王伟,那完完全全是朝死里打的。"

"他长什么样子?就是说有没有什么特别的地方?"

"大个子,身体壮,皮肤黑,别的就想不起什么了。"

刘跃进合上笔录本,长长舒了口气。来一趟医院收获还是不小的,案子不论怎么说是往前大大地推进了一步,只要查出这个叫"八戒"的黑大汉,一切问题便都迎刃而解了。

他接着又看了看王伟。正如吴淮生讲的那样,王伟已经十分危险,看来生还的可能性极小。他不得不非常遗憾地从这位深度昏迷的司机病床边离开。

刘跃进从医院赶回队里,向队长李铁做了汇报。李铁告诉他,局长田明亮对这个案子很重视,已经打了两次电话来询问情况,要他先把其他的案子放一放,主攻此案,尽早把案子弄清是不是带有黑社会性质。

"有点儿像。"刘跃进不禁脱口而出。他接着道:"我刚从医院过来,从询问伤者的情况看,这是一次有预谋有组织的行为。前几次针对一龙公司的暴力事件,均有这个黑大汉的记录。由此可以得出结论,是同一伙人同一个主谋所为。"

"你的意思又是创世纪公司……"李铁递给刘跃进一根香烟,自己燃着后慢慢抽了一口,不无忧虑地低声道,"这个公司的背景很深,总经理孔勇敢是副指挥孔令军的公子,咱们市的财政来源主要是靠煤炭业,事情麻烦呀!"他给刘跃进点上火儿,又补上一句,"好像孔勇敢还是你的老同学吧?"

刘跃进点点头:"受害方一龙公司的老总吴淮生也是我的老同学。"

"既然都是同学,咋还会闹到这种程度?"李铁有些不解。

"也许这就是人们常说的同行是冤家,生意场上无兄弟吧!"刘跃进狠狠抽了口烟。

"你下一步打算怎么办?"李铁盯着刘跃进问。

"查那个叫八戒的人,以此为突破口侦破全案!"刘跃进把香烟摁在烟灰缸里。

"这不是个一般的案子,你可一定要慎之又慎,千万别捅不掉马蜂窝,反被蜇得一身是伤。"李铁叮嘱道。

刘跃进让李铁放心,说自己会注意的,最后向他提出要两个得力的人协助办案。李铁让他在全队随便挑选。刘跃进斟酌再三,挑选了一直干预审的冯自强和刚从刑警学院毕业不久的凡一萍。因为他们和社会上瓜葛较少,和他也能处得来,彼此比较了解。李铁很爽快地答应了。

05

创世纪煤炭发展有限公司的办公大楼在淮海市完全可以称得上气势非凡,它那上宽下窄呈扇形的独特造型显示着主人傲视四方的霸气。

在位于八楼的小会议室里，此时正在进行着一个规模不大的会议。会议室的地面上铺着猩红色的纯羊毛地毯，镶着金边的高靠背椅围绕在椭圆形会议桌四周，两台柜式空调分倚在墙角，墨绿色的窗帘在空调微风的吹拂下轻轻抖动着。整个房间的摆设和格调给人以豪华但却俗气的感觉。

坐在会议桌主持位置的是一位略略有些歇顶、肥头大耳的中年男子——不用说，他便是这幢大楼的主人孔勇敢了。此刻，他双眼微眯，不时嚅动一下厚厚的嘴唇，静静倾听公司财务总管的发言。

"公司目前面临的形势十分严峻。"财务总管扫了几位与会者一眼，目光最后落在孔勇敢无丝毫表情的脸上，"上个月的财务支出是五十八万四千三百元，而收入只有十七万稍多一点。从六月份到现在，我们已累计亏损达三百余万元。尤其是眼下煤炭市场一直疲软，至今没有回升的迹象，前景堪忧啊！"

孔勇敢依然是表情冷漠，一言不发。

销售部经理接着财务总管的话题说道："拓展业务，我们已尽了全力，但的确是收效甚微。这市场真他妈的让人捉摸不透，现在越是优质煤越卖不动，已经快降到和煤泥一个价了！"他所说的煤泥即优质煤淘洗之后的杂什，主要是由农村的乡民购买用作燃料，价格较为低廉。

孔勇敢听到"煤泥"二字，眉头不觉皱了起来。当年他在父亲的扶持下办起了公司，生意一度十分红火。偏偏在这时候，他的同窗好友吴淮生在孙凤珍的鼓动下，也蹚上了这摊浑水，而且很快就夺去了他的大半市场。他在忍无可忍之下，只好与吴彻底决裂，奋起反击。靠着父亲的权力，他渐渐占据了主动，吴淮生无米下锅，只好乖乖交回占据的市场份额。没料到，那孙凤珍并不是省油的灯，乔一龙虽然死了，但乔家的余威还在，况且她还是唐河镇的妇联主任。几个高产优质煤的矿又全都在唐河镇的辖区内，煤炭指挥部不敢和地方闹僵。如此一来，他不得不遵从父亲的旨意，把煤泥的经营权让给了吴淮生，他当时对煤泥这一块也并没有多大兴趣，认为利润太低。没想到煤泥的销售越来越红火，几乎到了供不应求的程度，而且每天煤泥的产量巨大。眼看着吴淮生在那儿大把大把地数票子，他眼红了。为了摆脱困境，必须夺回这块宝地。于是他采取了非常手段，强龙压不住地头蛇，就用黑道的势力，他就不信打不败他吴淮生。

几位部门主管发过言之后，都眼巴巴地看着孔勇敢，等待这位老总的指示。孔勇敢不能不说几句了，他清了清嗓子，挺起腰身，瞪大了肿胀的眼泡："困难是暂时的，做生意嘛，有起有落，这很正常，诸位大可不必惊慌失措，悲观丧气。我可以负责任地告诉你们，局面很快就会有改观，你们目前要做的是……"

这时，总经理助理姚飞匆匆走了进来，他附在孔勇敢耳边悄声嘀咕了几句，孔勇敢忙站了起来，道："我有点儿急事要去处理一下，你们继续进行，由姚助理主持，重点研究商讨一下如何开辟和适应农村市场的问题，这对诸位可能都是个新课目。好了，就这样！"

孔勇敢快步走进总经理室，一位黑黑壮壮的汉子从沙发上站起了身子。孔勇敢摆摆手道："来了八戒，坐吧。"朱永生笑了笑，又坐回了沙发。孔勇敢在大板桌后的阔大皮转椅上仰起头，问道："情况怎么样？"

"王伟只剩一口气，已经跟阎王爷拉上了手。那个叫张强的这辈子可能都要躺在床上了。"朱永生晃着跷起的二郎腿，嘴里喷着浓浓的烟气，叼在嘴上的烟卷从左嘴角转到右嘴角，又从右嘴角移到左嘴角。

孔勇敢把一包中华烟掷给他，不无埋怨地说道："八戒，你不该把人伤这么重。我只是让你阻止他们运送煤泥，把车毁掉就齐了。这样一来，咱们的退路就窄了。"

朱永生耷拉下眼皮，手里把玩着红色的烟盒，脸上的横肉抖了抖，慢吞吞地道："我的孔总，我也不想把事闹这么大，可王伟那狗日的认出了我。他几年前曾是我的'战友'，关在一个号子里。我这是被逼无奈啊！"

"有人认出了你？"孔勇敢略略有些吃惊，从皮转椅上站起身，走到朱永生旁边的沙发上坐下，倾过身子关切地问，"当时有没有出现别的情况？"

"什么情况也没有。我当时只有一门心思，就是必须整死他。好像他喊了我一声……"

"喊你什么？"孔勇敢急急地问。

"还不就是我的外号，八戒呗！"

"有别的人听到吗？"孔勇敢瞪圆了眼睛。

"那个张强和他一块儿坐在驾驶室里，八成是听到了。"

孔勇敢紧张了，稀疏淡黄的眉头皱成了疙瘩，不由自主地站起来，在沙发旁转起了圈子，如同自言自语般咕哝："必须尽快彻底解决这件事，否则后患无穷、后患无穷……"他在朱永生面前停住，"你要赶快采取行动，不论使用什么方法，都必须堵住张强的嘴，实在不行，就——"他做了个劈杀的手势。

朱永生显然清楚孔勇敢的意图，也很明白不封住张强的口，将会招致何种后果。他把烟蒂狠狠摁在烟灰缸里，眼里喷射出两股杀气。

06

　　北京至淮海的63次特快列车在一马平川的淮海大平原上风驰电掣。乔小龙倚靠在车窗前，忘情地眺望着窗外绿色的田野和不时闪过的高高耸立的井架，心中悄悄涌动着一股暖流。

　　在北京站上车前，他最终没能等来郑莉。其实他心里还是很渴望能再见她一面的，毕竟他们相处了整整八年，那种深深的爱浓浓的情是无法轻易化解开的。但他最终失望了，带着惆怅和无以排遣的失落，当然还有歉疚和眷恋，迈着滞重的脚步跨上了列车。当列车在悠扬的乐曲声中缓缓开动时，他才蓦地发现郑莉从站台的廊柱后走出来，满眼是泪地望着列车，哀怨痛楚的目光随着车轮移动。他想打开车窗向她喊上两嗓子，无奈列车是全封闭的。他只好把一张瘦瘦的曾被她嘲为马猴的长脸紧紧贴在窗玻璃上，行最后的注目礼。他隐隐地有一种不祥的预感，也许他们以后再也走不到一起了，就像这无尽伸延的并行的铁轨，不可能再有交叉点。于是他的心便隐隐作痛起来。

　　列车车厢这时响起了广播员柔柔的声音："各位旅客，本次列车的终点站淮海就要到了，请您拿好随身携带的物品，准备下车。淮海市是淮海平原的一颗明珠，不仅有全国最大的煤田，还是闻名遐迩的历史名城。陈胜吴广曾在这里揭竿而起，刘邦项羽曾在这里策马扬鞭，千里逐鹿。这里有风景名胜皇藏峪、虞姬墓，也有传统名菜烧鸡和脆甜可口的酥梨……"

　　乔小龙匆匆收拾行李，随着人流向车门走去。他跳下踏板，就看到吴淮生从月台上向这边跑过来，心中顿时激动难抑，可着嗓子喊："淮生哥！"吴淮生几步跳上来，把他抱住，摇着他的膀子道："终于回来了！我还一直担心车晚点呢！快走吧，婶子在家已经把菜都烧好了！"

哥俩走出车站，上了桑塔纳。车子很快便驶出了广场，拐上去郊区的公路。

乔小龙扫了一眼破旧的座位，略略有些不安地问："哥，你换车了？原来开的好像是蓝鸟吧？"

吴淮生笑笑："这车好，提速快，又皮实，还好修理。我不喜欢蓝鸟那种车，太娇气。"

乔小龙看看吴淮生勉强挤出的笑容，便绷紧嘴唇不再吭声了。他心里很清楚，如果不是到了十分窘迫的程度，吴淮生不会卖掉那辆他视若珍宝心爱不已的蓝鸟车的。他暗自琢磨着，该如何帮自己的大哥，自己是学法律的，对商场和煤炭经营一窍不通，他对自己能否发挥作用不觉忐忑起来。

"小龙，你回咱淮海来，下一步有什么打算？是准备到政法部门还是想开个律师事务所？"吴淮生猜得出这个从小跟在他屁股后面转的小兄弟在想什么，赶忙扯出这个话题，"依我之见，你还应该再继续读博士，让咱唐河也飞出个金凤凰来！"

"学得再多，也都是书面上的知识，不到实际生活里运用，等于是白学。"乔小龙顺口答道。

"嗯，不错，是这个理。"吴淮生轻打方向盘，"毛主席说过，理论要和实践相结合嘛。你不是已经取得了律师资格吗？那就办个律师事务所吧！"

"我回来可是打算跟定你干了。怎么，你不想要我？"乔小龙从后边的座位上抬起身子，双手抓住了吴淮生的肩膀。

吴淮生怔了怔，不由自主地叹了口气："唉，公司快要……"他猛地打住，摇了摇头，"不谈这些了，回到家再说吧！"显然，他不想在小龙刚刚回来之时就影响他的情绪。

唐河镇离市区只有十几公里，因为煤炭的关系，已经发展到几乎和市区连成一体了。所以，很快就到了。桑塔纳在一幢两层小楼前停住。吴淮生按了按喇叭,然后打开车门,和乔小龙下了车。

一位年约五十四五岁,身体略略发福、长得慈眉善目、脸上洋溢着笑的妇女从楼门里快步走了出来。吴淮生喊了声"婶子",便把乔小龙推到了她怀里。乔小龙局促地搓着手,轻声地喊了句"妈"。孙凤珍朗声笑着,一手推吴淮生,一手拉着乔小龙,进了小楼。

菜已摆上了餐桌,一瓶淮海大曲也开了盖儿。吴淮生忙着掛酒,口中道:"小龙学成归来,我今天就破个例,喝他几杯。"他把脸转向孙凤珍,"婶子,您也喝点儿吧!"

孙凤珍眉开眼笑,频频点头说:"好好,我也喝!"

三杯酒下肚,脸色通红的乔小龙便憋不住了,对孙凤珍道:"妈,我回淮海来,准备到淮生哥的公司去干,您看行吗?"

孙凤珍收起了笑容,变得严肃起来。她看了看低头吃菜的吴淮生,语调有些艰涩地说道:"你回来帮你淮生哥,是应该的,这个公司就是以你爸爸的名字命名的,也是淮生的一片苦心。"她把一块鸡肉夹到吴淮生碗里,眼里流泻出无尽的感激和深切的关心,"可是眼下公司处境十分艰难,你淮生哥几次跟我讲要关门,是我强撑着给他打气才维持到今天……"

吴淮生把碗里的鸡肉又塞到乔小龙嘴里,然后端起酒杯笑着说:"婶子,咱们今天是给小龙接风,先不谈这些烦心的破事儿。来,喝酒!"

乔小龙默默把杯里的酒连同嘴里的鸡肉一起吞下,对吴淮生道:"哥,到底是咋回事?你讲出来听听,也许我能琢磨出点儿办法来。"

"没有啥对付的办法。小龙,告诉你吧,你琢磨也是瞎琢磨,还是省点儿心思干别的。简而言之,这不是经营方面的问题。"

吴淮生仰脖灌了杯酒。

"咦，那就怪了！"乔小龙满脸困惑，"你是贸易性质的公司，除经营之外还能出什么解决不了的问题？"

"淮生，小龙是学法律的，就把实情跟他说说吧？"孙凤珍以征询的目光看看吴淮生，然后接着道，"其实这件事就是法律上的问题。"

乔小龙顿时来了精神，催促妈妈快说。

"事情倒没什么复杂。有个创世纪公司也是做煤炭生意的，一直挤压咱的一龙公司，前两年把业务全抢去了。我实在看不下去了，就找煤炭指挥部交涉。咱把这么大片土地都让出去了，总不能一点儿活路不给咱留吧？后来就把不值钱的煤泥生意给了你淮生哥。可这煤泥的市场刚刚打开，那个创世纪就眼红了，明的不行就使起暗招儿。他们勾结黑道的人，威胁你淮生哥，后来又派人把煤泥池给炸了。就这还不罢休，他们步步升级，在前几天拦截运送煤泥的车队，把两个司机打成重伤，一个在今天早上死了，还有一个也瘫痪了……"

乔小龙听得头皮直炸，心底的火直往上蹿，气呼呼地问："这是明火执仗的犯罪嘛！公安部门难道就不过问而任由他们胡作非为？"

"你淮生哥也报了案，公安部门也答复说在查。可是……唉！这里边不是这么简单呀！"孙凤珍有些无奈的样子摇了摇头。

"我看不出有什么复杂！"乔小龙眉峰一耸，"查清案情，惩治违法犯罪分子，这是执法者的职责，如果这种事都处理不了，那法律在淮海市岂不成了摆设！"

吴淮生苦笑笑，终于开口对乔小龙道："你知道创世纪的老总是谁吗？"

"是谁？"

"孔勇敢。"

乔小龙登时睁圆了眼睛："他……他和你不是同学吗？你们……你们怎么会……"

"这有什么奇怪？等你接触实际生活多了，就会明白生意场上的残酷和无情。"吴淮生若有所思地说。

"那他也有些太明目张胆了，难道就不怕法律……"

"他父亲是煤炭指挥部的副指挥。"孙凤珍打断儿子的话，"主办这个案子的刑警也是他和你淮生哥的同学。反正这里面的弯弯绕绕挺多的。"

"妈，您说的是刘跃进吧？"乔小龙问母亲。孙凤珍点了点头。乔小龙眉头皱了起来，意识到这事的确有些复杂，于是道："刘跃进身为刑警，应该能明辨是非，依法办事！"他说着把脸转向吴淮生，"淮生哥，我想找他谈谈，你看可以吗？"

吴淮生道："暂时就不用找他了。他已经向我表明了态度，说要把这件事查清楚，等等再说吧。"他端起酒杯，"小龙，别再为这些伤神了，来，咱哥儿俩敬婶子一杯！"说罢站起身来，双手端杯恭恭敬敬举到孙凤珍面前。

乔小龙边敬母亲酒边暗忖：要尽快去找刘跃进，摸摸他的底，再决定下一步如何行动。自己学的就是法律，如果帮不了淮生哥，那这多年的苦读真是狗屎不如……

07

刘跃进回到家中已是深夜时分了。他感到了极度的疲乏和困倦，一屁股歪倒在沙发上。为了张强的安全，他昨天一夜守护在医院病房，今天调查取证又奔波了一天，累得浑身像散了架。

他坐了一会儿,发现卧室没有丝毫动静,不禁有些奇怪。往常只要是这时候回来,耳边便免不了一顿河东狮吼。他蹑手蹑脚打开卧室的门,摁亮灯,只见房里空空荡荡,根本就没有妻子梅玲的身影。他觉得有些失望,而更多的则是窝火。最近一段时间,常常会出现这种情况,而且只要过了十点钟,她便整夜不归。他心里很清楚这意味着什么。

自从淮海大剧院那次事件之后,梅玲便疯狂地爱上了刘跃进,她被他那男人特有的临危不惧和机智彻底征服了,尤其是她被他救下舞台脱离险境时,她从他那有力的双臂、宽厚的胸膛和沉稳的步伐里感受到了什么才是男人的力量和魅力。最终,刘跃进经不住她的软磨硬缠,当然也经不住她那美艳动人容貌的诱惑,和她步入了结婚的殿堂。但婚后的甜蜜是短暂的,她渐渐发觉自己犯了个美丽的错误,他那特有的力量和魅力只有在他的工作里才能展现和发挥,可对他们的家庭却起不到任何作用。身为演员,她渴望的是安逸和出人头地,是时髦的服饰和别人羡慕的目光,而这一切,每月只有几百元的穷警察丈夫根本就满足不了她。于是家庭之战便不可避免地在他们夫妻之间爆发了,怄气、争吵、摔东西以致动手动脚成了他们的家常便饭。他为此苦恼不已,便冒出了离婚的念头,并向她提了出来。她出乎他意料地一口回绝了。她自有自己的打算,那就是在没有合适的对象之前,并不想马上分手。他一筹莫展,只得继续忍受这不知何时才能结束的冷战煎熬。

刘跃进在卧室里气冲冲地转了两圈,抓起床上的枕头,狠狠掷向墙上的结婚照,然后冲出卧室,随手拿起沙发上的夹克,出了家门。

他又回到了医院。冯自强和凡一萍在病房外的走廊上聊天,对他这么晚了还来有些诧异,尤其是看他气色不对,愈加心中惴惴,便问他是不是出了什么事情。刘跃进竭力掩饰自己躁动不安的情绪,说没什么事情,因为有些不放心,就过来看看。然后让他们回家休息,说有他在这儿值班就行了。

冯自强说那怎么行,你昨天已经熬了一夜了,白天又忙了一天,不休息身体会出问题的。

刘跃进眼一瞪,说叫你回家你就回家,废什么话。说罢便歪坐在靠墙的条椅上,脸扭向一边,独自闷闷地抽起烟来。

女孩儿心细,凡一萍已察觉出刘跃进肯定是家庭生活或是夫妻感情方面出了问题,就悄悄向愣在那儿的冯自强使了个眼色。冯自强用脚蹭着地板砖,讪讪地小声道,让咱回去睡大觉,这是美事一桩哩,谢谢刘队长的关怀。说罢扭身下了楼。

刘跃进抽完了一根烟,见凡一萍仍不声不响地坐在旁边,扭过身问她为什么还不走。凡一萍看来早已想好了托辞,应付自如地说自己家在机关大院里,大门已经锁上了,这么晚去喊醒门卫老师傅,你觉得合适吗?

刘跃进不再勉强她了,又点上一根烟,慢慢抽了起来。

凡一萍见刘跃进情绪平定了些,便悄悄往他跟前凑了凑,轻声问他是不是遇上了什么不舒心的事。刘跃进长长抽了口烟,边徐徐吐出边哑着嗓子说,凡一萍你这辈子最好别结婚,要结婚就找个有钱的。凡一萍正在热恋中,他的话不由勾起了她强烈的好奇心,于是又往他跟前凑了凑,问他为什么。刘跃进正要回答,包里的手机响了。他连忙掏出手机接听,"嗯嗯"了几声后,脸上的肌肉不由绷紧了。他合上手机,把烟头猛地扔在地上,拉起凡一萍说,快走,有情况。

凡一萍跟在他身后往楼下跑,边跑边问他到底出了什么事。他说有个了解唐河桥打砸伤人事件的知情者约他到香樟园咖啡厅谈谈,是十五号雅座包厢。凡一萍一听,也不由激动起来。

刘跃进和凡一萍很快便赶到了香樟园咖啡厅，走进大门后，在服务员的引领下向十五号包厢走去。他们在玻璃门前停住了脚步，服务员说了声"请进"后躬身退去。刘跃进透过玻璃向包厢里扫了一眼，顿时如遭电击般僵住，双眼发直。只见妻子梅玲正依偎在一个年过半百的胖男子怀里，把一颗剥去纸的杨梅塞到那人嘴里，那男子肥嘟嘟的双手在梅玲丰满的胸脯上胡乱揉摸着，梅玲扭动着身子，放荡地大笑。凡一萍也傻眼了，不知该不该开门，转脸看了看刘跃进……

市医院。在刘跃进他们离开不久，一条长长的身影潜进了病房。他径直走到张强的病床前，拔掉了吊瓶的输液管。张强睁开双眼，顿时魂飞魄散，惊恐地"啊"了一声。此人正是朱永生，他未等张强再喊出声，铁钳般的大手便卡住了张的喉管。张强双腿猛蹬，那双手越卡越紧，病床上的身躯不一会儿便没了动静。朱永生用手探了探张强的鼻息，冷笑笑，然后不紧不慢走出了病房。

香樟园咖啡厅此刻依然是灯光迷离，音乐低回。刘跃进脚步踉跄地走出大门，凡一萍不知所以然地跟着他跳上了门前的警车。

刘跃进上车后，便伏在方向盘上，久久没有抬头。

凡一萍忐忑不安地问："刘队，不是他们约的您？"

刘跃进有气无力地回答："我们被骗了……"

"那个男的我认识，是香香瓜子的老板项光荣，人称瓜子大王。"凡一萍瞄了瞄刘跃进，小心翼翼地说，"那个女的我有些面熟，但想不起在哪儿见过。她挺漂亮，您好像认识她……"

"她是我老婆！"刘跃进几乎是一个字一个字往外迸，"在和她的老相好重续旧情！"

"啊——！"凡一萍虽然刚才做了些小推测，但还是忍不住叫了一声。

"你的副队长戴绿帽子,是不是挺漂亮?"刘跃进手中的车钥匙越攥越紧,血从他的指缝间往外渗着。

"刘队,您……"凡一萍嗫嚅着,一时不知该如何劝自己的顶头上司。

刘跃进猛地仰起脸,咬牙切齿道:"我要杀了她!"对面的车灯光在行驶中照射过来,凡一萍清楚地看到刘跃进双目通红,面孔狰狞,不由打了个寒噤。就在这时,她包里的传呼器"嘀嘀"响了起来。她忙掏出看液晶屏,不由发出一声惊呼:"刘队,不好了,医院出事了!"

刘跃进急速地打火启动,边加大油门边拍着方向盘低声吼:"阴谋!全都是他妈阴谋!"

0 8

乔小龙吃罢早饭,就匆匆往刑警队赶。他从吴淮生嘴里得知了张强被害的消息,便再也忍耐不住了,决定立即就找刘跃进认真谈谈。

刘跃进坐在办公桌后,双手抱着头发呆。知情证人被杀,妻子红杏出墙,这接踵而来的事件令他猝不及防,深受打击。由于急火攻心,他的嘴一夜之间便布满了燎泡,整个人完全变了形。

乔小龙走进队长室,被刘跃进的神态吓了一跳:只见他双眼布满红红的血丝,头发蓬乱如草,脸色晦暗,嘴唇上是一圈透明的水泡,身躯蜷在椅子上。

"是小龙呀!"刘跃进挺直身子,强打起精神,"大学士啥时候回来的?"

乔小龙笑笑道:"我毕业了,昨天上午回的淮海。挺想您老兄的,来看看您。"他说着走到办公桌前,很关切地注视着刘跃进,"看您的精神状态不太好,是不是病了?"

刘跃进也勉强地做出笑模样道:"受了点病毒的侵袭,但我的免疫力还可以,没什么大事。"他指指沙发,"小龙,你随便坐。"

乔小龙也不再客气,在办公桌前的沙发上坐下,然后道:"刘队长,您是淮生哥的同学,也是我敬重的兄长,有个事情想向您请教,您不会见怪吧?"

"你说。"刘跃进点上根烟,"有什么事直截了当讲,你小龙别再弄得神神秘秘的,我可是经受不住了!"

乔小龙并不懂刘跃进话中所指的是什么,他也不想去细究,于是开口道:"我的问题很简单,也没有什么神秘色彩,更不会让您……"

"你看,又绕起圈子了!"刘跃进挥手打断他的话,"知识分子讲话总要讲究个逻辑章法,在我这刑警面前就不必了。说吧,什么事?"

乔小龙被刘跃进讲得有些不好意思,脸红了红道:"我回来后,听母亲讲淮生哥的公司最近接连遭受侵扰,前两天运煤泥的车队又被人拦截打砸,而且有两名司机被打成重伤,一个后来在医院不治身亡,另一个也在昨天晚上被人谋杀。像如此恶劣的案件,不用说,公安刑警部门一定会全力侦破,不知目前有进展没有?"

刘跃进弹了弹烟灰,发红的眼睛盯着乔小龙,声音沙哑地缓缓道:"侦查破案,缉拿罪犯,我们刑警干的就是这个活儿。如果我没有猜错的话,你来找我,可能是对我不放心吧?"

乔小龙的心思被刘跃进点破,也就不再遮遮掩掩,点点头说:"据说这个案子的背后有些复杂的因素,我的确有些担心。"

"你的担心是多余的！"刘跃进声音变沉，"我能告诉你的只能是一句话，案子正在查。至于进展到什么程度，你认为我告诉你合适吗？"

乔小龙被刘跃进的抢白弄得很不自在，情急之下脱口道："据说创世纪公司有可能做了手脚，尤其是孔勇敢，是他策划了这些行动！"

刘跃进嘴里喷出一股浓浓的烟，不由皱起了眉头，道："又是听说！这只能是你的推测和臆断，作不了数的。办案靠的是证据、是事实。你是学法律的，应该懂得这些！"

乔小龙无话可说了，只得站起来，心有不甘的样子向刘跃进道别。走到门口时，他又禁不住回过身来，注视着刘跃进道："现在只有你才能救一龙公司和淮生哥了。我知道孔勇敢也是你的同学，而且他父亲是重权在握的副指挥。希望你能以法律为重，主持公道。我和淮生哥每时每刻都会关注着这件事，焦灼地等待最后的结果！"

乔小龙走后，刘跃进坐不住了。他竭力驱赶着头脑中梅玲的身影，把思绪集中到案件上来。张强的被杀显然是为了灭口，那昨天给自己打电话的人便极有可能是凶手，用的是调虎离山之计。令他感到蹊跷的是他把自己支到了香樟园咖啡厅，而出现在他面前的是那样丑陋不堪的一幕。由此可见，那个人认识梅玲，并且对梅玲的行踪了如指掌。这个人会不会就是"八戒"？他残忍地谋杀了张强之后，又会有什么举动？从直觉上讲，这些案子跟孔勇敢绝对有瓜葛。那这个"八戒"便必定跟孔有非同一般的关系，或是他的手下，或是他的同谋，只要盯住孔勇敢，"八戒"就会现出原形。

想到这儿，刘跃进决定去见见老同学孔勇敢，进行一番火力侦察。

创世纪公司大楼。总经理室。

孔勇敢对刘跃进来访并不感到惊讶。他动作夸张地做出欢迎状,乐呵呵地说:"我可是很有些日子没见到老同学了,最近又在忙些什么?"

刘跃进在宽大的真皮沙发上坐下,面带着微笑道:"忙什么你还能不清楚?"

孔勇敢怔了怔,但马上就恢复了常态,递过去一根中华烟:"你这刑警队长肯定是在忙办案了,我这真是多此一问。"

刘跃进抽了口烟,很关切地问:"勇敢,你的公司最近怎么样,还顺吧?"

"托你跃进的福。"孔勇敢把一杯茶放到刘跃进面前的茶几上,"有你老兄保驾护航,能不顺吗?"

"吴淮生可就惨了。"刘跃进收起笑容,"煤泥池子被炸了,车子被砸了,两个司机也死于非命。"他说罢,两眼紧紧盯着孔勇敢。

孔勇敢脸上顿时现出义愤之色,拍着沙发扶手道:"是呵!是呵!我也听说了,真他妈的不像话,干出这种缺德事。本来我想去看看淮生,可你知道他一直对我有误解,怕弄得大家不快活,也没能去。"

刘跃进知道他是在装模作样,便加重语调道:"这何止是缺德,是两条人命的事呢!他们咋也不考虑考虑,杀人偿命,这是要挨枪子儿的!"

孔勇敢心里一抖,不由自主地伸过头来,问道:"你们查出啥头绪没有?"

"已经有点眉目了。"刘跃进端起茶杯品着茶,眼角的余光瞟着孔勇敢,"要不我到你们公司来干什么?"

孔勇敢浑身像针扎般一颤,秃脑门上的汗沁了出来,说话也没有刚才利索了:"你……你这是什么意思……意思嘛？我们虽然在生意上有点……磨擦和矛盾，心还不至于这么……这么黑吧？"

刘跃进见他慌了神，便把茶杯放下，漫不经心的样子问:"八戒最近在你们这儿干得还好吧？"

精神正处在高度紧张中的孔勇敢顺口答道:"哦，八戒，干得……"他猛地意识到自己说漏了嘴，赶紧打住，拿起面巾拍拍头顶的汗，"什么八戒？我们公司的员工里没有这么怪名字的人，你弄错了吧？"

刘跃进笑了，道:"我会错吗？"他弹了弹烟灰，"你能把公司的花名册给我看看吗？"

孔勇敢终于醒过神来了，冷着脸问:"跃进，你今天是不是来调查我的？"

"如果你这么认为，那就算是吧。"刘跃进也严肃起来，"老同学你应该理解我。"

孔勇敢将面巾丢进废品桶里，很干脆地回答说:"我们的人事部经理去北京出差了，在他没回来之前，我无法满足你的要求。"

"噢，没关系。"刘跃进并不着急，显出一副胸有成竹的样子道，"等他回来再看也不迟。"

孔勇敢摸不清他究竟掌握了多少情况，不由得心虚起来。他很清楚身为刑警队副队长的这位老同学在这件事上是何等重要，也暗暗庆幸自己早就有了防备，走出了一步高棋。这时候，他不能不进行试探了，于是道:"跃进，你对我有怀疑，这我能够理解，因为我和吴淮生毕竟在生意上有过节。但我不希望咱们之间再伤了和气。我对你从来都没有二心，把你当作我的亲兄弟，这些梅玲可以作证。"

"梅玲？"刘跃进不由警觉起来，双眼紧盯着孔勇敢，等着他往下讲。

033

孔勇敢并没有察觉出刘跃进脸上表情的变化,继续道:"几天前,她到我这儿来诉苦,说你成天忙于工作,根本顾不了家,一年到头也见不着你的工资,家里想添件像样儿的家具都办不到。我劝她说你是干刑警的没办法,成天在外奔波哪里还会有闲钱,每月就那几百块钱。最后总算把她劝好了,临走时,我又给她开了张十万的支票,让她该买什么买什么。咱们是兄弟,该互相帮衬就得互相帮衬,是不是?"

"你给了她十万元?"刘跃进睁大了眼睛问。

孔勇敢点点头,故意做出很洒脱的神情耸耸肩:"谁叫咱们是情同手足的同学呢!我跟梅玲说了,以后有什么困难,尽管跟我讲!"

"真是无耻之尤!"刘跃进在心里狠狠地骂着。他自己也弄不清究竟是在骂梅玲还是在骂孔勇敢,脸上却是不动声色,道:"难得你如此关照,我这辈子怕也攒不了这么多钱呢!"

"应该的!应该的!我的事业还不是要靠老同学你支持吗?"孔勇敢笑着说。

"其实你这些钱送冤了。"刘跃进陡地来了个一百八十度大转弯,语调里透着讥讽,"咱们小时候经常在唐河里玩打水漂,你还记得吗?"

孔勇敢愣住了,张开嘴巴不知该说什么,惊疑不定的目光定在刘跃进脸上。

"实话跟你说吧,梅玲和我已经没有了任何关系。"刘跃进把烟头摁进烟灰缸,然后轻轻一拧,"打个简单的比喻,你这是臭肉丢进了狗嘴里,你说你冤不冤啊?"

"这……这……"孔勇敢嘴唇直哆嗦,油光闪闪的脑门上又冒出了汗水。

"我告辞了。"刘跃进站起身,拍拍呆若木鸡的孔勇敢,"我劝你还是赶快去找姓梅的,要回你的钱,以后别再干这种傻事。"

孔勇敢机械地站起来,圆圆的胖脸皱成了苦瓜。

刘跃进走到门口又回过头来:"哦,你的人事部经理回来后,别忘了通知我一声。"说罢摔门而去。

孔勇敢在刘跃进走了好大一会儿后,才慢慢缓过神来。显而易见,这位同学的双脚已经站在了吴淮生那边。也难怪,他毕竟是位警察,而且又是这么一桩人命关天的大案。可如此一来,自己的处境就大为不妙了。最要命的是他已经知道了"八戒",并把他圈定在自己的公司范围内,不然他不会提出要看花名册。现在他究竟掌握了多少情况?知不知道"八戒"就是朱永生?有没有查出什么证据?这些问题死死缠绕着他,脊梁不由得冷气直冒。

他几步跨到大板桌前,抄起内线电话:"给我接保安部!"电话很快转了过来,他沉声吩咐道:"保安部吗?让朱经理马上到我办公室来!"

不一会儿,朱永生推门走了进来,见孔勇敢在焦躁不安地转着圈子,便问:"孔总,什么事?"

孔勇敢停住脚步,有些气急败坏的样子道:"刘跃进已经知道了你的外号八戒,刚刚才从我这儿走!"

朱永生也吃了一惊,但旋即又镇定下来,道:"他肯定是从那个姓张的司机嘴里探听到的。他也就是知道这个名儿,并不一定知道是我。"

"那个王伟也不是当时就死的,他能问张强,就不能问王伟?即便王伟一直昏迷着,他也会从别的渠道了解。咱们公司知道你这外号的就不能说绝对没有!"孔勇敢说着又不由自主地转起圈子来。

"一不做,二不休。依我看,干脆把他……"朱永生眼里露出凶光,"我早就想送他去见阎王了!"

"胡扯八道!"孔勇敢连忙摆手,"你千万不能感情用事,他是刑警队副队长,不是一般的人物。"

"什么狗屁刑警队长,比我好不了哪里去,还不是照当王八!"朱永生满脸鄙夷之色,有些自得地接着道,"我昨天晚上就让他看了一场好戏,他心里肯定很不爽。"

"好戏?"孔勇敢疑疑惑惑地问,"什么好戏?"

"你知道我昨天是怎么把他调开医院的吗?"朱永生阴阴地一笑,"那个婊子在香樟园和老情人瓜子大王项光荣偷情,我把他支到了那儿,你说这是不是一出好戏?"

孔勇敢恍然大悟,自语般道:"难怪他听到老婆的名字就直皱眉头,红杏出墙啊!"他不禁有些恼火,指着朱永生斥责,"你个八戒,做事老是自作主张,也不跟我商量商量,害得我白扔十万!"

"什么白扔十万?"朱永生有些摸不着头脑。

孔勇敢一屁股坐在沙发上,满脸懊丧地说:"算了算了!这不关你的事……"说到这儿,他猛地顿住,手扶脑门想了片刻,然后抬起脸来,"你是说梅玲跟项光荣勾搭上了?而且刘跃进也亲眼看到他们亲热了?"

朱永生不容置疑的样子点点头。

孔勇敢竟不觉激动起来,咕哝着:"这倒可以做做文章。嗯,应该能做篇好文章……"

朱永生惊疑不定地看着他,问:"孔总,你要做什么文章?"

孔勇敢向朱永生招招手。朱永生迟迟疑疑地走到他身旁。他附在他耳边,悄声嘀咕着。

朱永生听完后,禁不住跳了起来,连声道:"妙!妙!你老哥真不愧是孔家的后人，这点子绝了，一石双鸟呀！杀了那个无情的娼妓，把夺人之爱的刘跃进关进监狱，这是我做梦都想实现的！孔总，你真是我的好哥哥哟！"

　　孔勇敢无声地笑了……

第二章 含冤入狱

刘跃进脚步蹒跚地走出号房。几天之间,他便完全变了模样:苍白的脸上布满了褶皱,每道褶子里都叠满了悲哀、失望和深深的无奈,如刺猬般张开的络腮胡须泛着花白色,显得是那样苍老、憔悴和令人心酸的衰败。

0 1

夜色会使有的人感到压抑,也会使有的人感到亢奋。在夜色中驾车行进的刑警队副队长刘跃进无疑属于前者,从他那深锁的双眉和晦暗的脸上就能看得出来。

对孔勇敢的火力侦察应该说达到了预期效果和目的,把他列为本案重点嫌疑人没有错,下一步的重点就是查出那个叫八戒的打手了。张强的死使局领导大为恼火,队长李铁也批评了他的麻痹大意。他没有去辩解,他怕将梅玲的事牵扯出来,自己颜面无存。作为一个副队长,实在丢不起这个人。他所能做出的反应就是迅速召集冯自强、凡一萍,布置任务,让他们以创世纪公司为重点,查找"八戒"。然后,他便驱车回家,准备与妻子梅玲作一个最后的了断。此时这件事对他来讲显得比什么都重要。

桑塔纳警车在灯海车流里缓缓移动。蹙眉沉思的刘跃进脑海里又盘旋出一个令他心惊的问题:调他离开医院的杀手显然不仅认识梅玲,而且也十分了解她的行踪,他让自己去香樟园亲眼看到妻子与情人幽会究竟是什么目的?他百思不得其解。

想着想着,警车已不知不觉间到了公安局宿舍楼下。刘跃进透过车窗,发现家里的灯光亮着,梅玲今天倒挺老实的。他跳下车,进了楼门,快步向楼上登去。

梅玲斜倚在沙发上,脸上贴满了黄瓜片,边悠然自得地嗑着瓜子边摁电视遥控板选频道,对刘跃进视若不见。

刘跃进一眼便看到瓜子的包装袋上是"香香"两个大红字,心底的无名火便腾地蹿了上来,冷冷地道:"这瓜子挺香的,能勾人魂魄呢!"

梅玲似乎没有听出刘跃进的弦外之音,扯了扯睡袍的裙裾盖住雪白的大腿,脸扭向一边。

刘跃进把外衣搭在沙发扶手上，然后在梅玲对面坐下，捡起地毯上的一片瓜子壳，丢进茶几旁的垃圾桶里，继续揶揄道："从昨天晚上吃到现在，是不是越吃越有滋味？看你唇不裂舌不干的样子，功夫果真不浅。这香香瓜子行的老板娘，你真的是当之无愧呀！"

梅玲的脸猛地转了过来，黄瓜片抖落在地上。她定定地注视着刘跃进，眼神里透着些许的恐慌和紧张，颤着嗓音问："你……你什么意思？"

刘跃进淡淡一笑："什么意思你应该清楚，还用得着我解释？"

"你这是捕风捉影，无事生非！"梅玲显得很气恼的样子，提高了嗓门。但能看得出她底气不足，完全是虚张声势。

刘跃进面露冷漠，口气也是凉飕飕的："捕风捉影也好，无事生非也罢，我觉得再谈这个话题挺无聊。"他说着头往后一仰，"咱们还是入正题吧！"

梅玲狐疑的目光紧盯着刘跃进，一时猜测不出他的意图，于是嘴唇紧闭着等待下文。

"我所说的正题很简单，就是分手或者说是离婚。应该说现在解决这件事最合时宜，你和那位项老板也就用不着偷偷摸摸去咖啡厅之类的地方约会了。说句不是恭维的话，你和他真是珠联璧合哩。"刘跃进说着从口袋里掏出几张纸，"这是我草拟的离婚协议书。幸好咱们没有孩子，就省事多了。你先看看，有不合适的地方提出来，咱们再商量。"

梅玲对此没有任何心理准备，呆呆地看着离婚协议书出神，过了好大一会儿才涩涩地用并不湿润的舌尖舔了舔干裂的嘴唇，从牙缝里挤出一句话来："离婚可以，但我有条件。"

"什么条件请讲。"刘跃进吐出一口气来。

"你要赔偿我的青春损失费。"梅玲显得理直气壮的样子，"我最美好的花季都被你践踏了，你休想一甩手就跟我拜拜！"

刘跃进用半是不屑半是怜悯的目光看着她，很不耐烦地问："你要多少？"

"十万！"梅玲没有丝毫犹豫地一口即出。

刘跃进顿时感到一阵恶心，他从这个数字马上便想到了孔勇敢，以不无讥讽的语调道："你对这个数目情有独钟啊！"

梅玲长长的眼睫不由一颤。她马上明白了刘跃进已知道她从孔勇敢那儿拿钱的事，用细细的手指撩了撩披散在耳边的卷发，做出若无其事的样子淡淡地说："不错，我就是喜欢这个数字。如果你愿意付出比这还多，我也不反对。"

刘跃进被梅玲无丝毫羞耻感的举动彻底激怒了，再也无法端坐在沙发上。他猛地倾过身子，劈手夺下梅玲手中摇来晃去的遥控板，"砰"地摔在茶几上，沉声道："一个人，尤其是一个女人，如果为了金钱，连脸都不要了，那她也就一钱不值了！我可以告诉你梅玲，在你还没有和我办理离婚手续之前，收受我所办案子的有关人员的任何有价值物品，均可被视为索贿受贿。你最好把孔勇敢的钱退回去，不然，你应该能明白等待你的是什么！"

梅玲不禁傻了：这刚刚到手的钱还没焐热，又要飞走，疼得她心尖儿直哆嗦。她的脸刹那间变得苍白，又渐渐由白变得通红。一时难以自制的她突然弓腰跃起，直扑无丝毫防备的刘跃进，尖利的十指齐向他的脸上脖子上抓去。她边抓边可着嗓门嚷："刘跃进，你个穷警察，破衙役，在老娘面前抖什么威风！退吧，退了这钱也没你什么好！离吧，离婚你必须赔偿老娘二十万！还有这房子，都必须归我！你只配在街上当野狗……"

刘跃进突然被袭，当他反应过来时，脸上脖子上已暴起道道血痕。积压在胸中的怒火骤然爆发了。他狠狠卡住梅玲白嫩的粉颈，鼻孔里喷出粗气，咬牙切齿地低吼："你个不知廉耻的荡妇！

你个利欲熏心的财迷！我要杀了你！我今天非杀了你不可！"

梅玲舞动的十指渐渐僵直，头拼命地扭动着，长长的卷发如狂风吹起的波浪在沙发扶手间涌动。不一会儿，她便只能出气不能进气，翻起了白眼。刘跃进终于出了心中的恶气，便把浑身瘫软的梅玲用力掼在沙发上，站了起来。

过了好大一会儿，梅玲才悠悠缓过来。她剧烈咳嗽着，双手捏揉着喉咙，充血的眼睛死死盯住刘跃进，声音嘶哑地说："好你个刘跃进，真要杀了我！杀吧，有能耐你一枪崩了我！你这个杀人犯！"

刘跃进拿起沙发上的外衣，一字一句地恨声道："如果你继续这样寡廉鲜耻财迷心窍，总有一天会遭到惩罚的，人作孽，天谴之！"说罢，他大步走出了房门。

0 2

朱永生是那种一到夜晚就亢奋的人。这和他两年前突然身陷黑暗，然后便一直生活在阴影里应该说有很大的关系。

过去的那段生活并不遥远，掐指算来，也就是两年时间。当年他对梅玲的爱是那样投入和真诚，舞台与生活的世界在他面前无处不呈现出多姿多彩和无限的广阔。爱情使他感到人生的美好、生命的美好、未来的美好。一个是剧团的当家花旦，一个是无人能比的头牌小生，黄金搭档，相映生辉。他坚信他们的结合是世上最完美的结合，他们的事业会更辉煌更成功，他们一定会成为让同行羡慕的一对最佳艺术伴侣。可是这个梦没想到是那样短暂，女神忽然之间就变成了女巫，他在极度绝望之下，抱定了不能同在阳间同结连理，就赴阴间共饮黄泉的决心，学着舞台上的梁山伯祝英台来了个一厢情愿的"绝唱",令他大为悲伤的是,遇到了刑警刘跃进。

在刘跃进给他戴上手铐的一霎间,他才切切实实地痛恨起面前这位蛇蝎美人来。更让他感到意外的是在自己步入高墙身陷囹圄之后,薄情寡义、心黑手毒的她竟然和抓他的那个刑警刘跃进结成了夫妇。新仇旧恨使得已对这个世界厌倦、总想早些结束生命的他平添了活下去的勇气,充斥在他全身心的只有两个字:报复。对她,当然还有刘跃进。刑满释放后,他浪迹底层社会,一改昔日的文弱和儒雅,吃喝嫖赌样样俱全,耍刀弄枪无所不为,渐渐地竟混出些名气来,在黑道上立起自己的山头。也许是为了避人耳目,也许是另有深意,他把名字由朱永又添了一个字——朱永生,他要自己永远活下去,以雪耻报仇。他在黑道上的心狠手辣深得孔勇敢的赏识,于是邀他加盟创世纪公司。他权衡再三,觉得自己如果要完成宏图大业,寻找一个实力雄厚的靠山是必要的,总在黑道上打打杀杀,闹腾不出啥大浪花来,甚至有可能再落入刘跃进手里。他接受了孔勇敢的盛邀,担任了保安部经理,耐心地等待着复仇的时机。

今天,机会终于来了。孔勇敢的一箭双雕之计使他眼看着就要美梦成真,怎能不热血沸腾,周身亢奋呢?!

此时此刻,他就坐在刘跃进住处对面阴影下的捷达车里,睃视着目标的动静。

刘跃进从楼门里冲了出来,朱永生不由睁大了双眼。只见他跳上警车,声音很响地拉上车门,然后是一声尖啸,警车车身猛抖了几下,忽地蹿了出去。朱永生暗暗地笑了。显而易见,他们夫妻刚刚进行了一场内战。他嘴角一撇,骂道:"一对狗男女,该遭到报应了!"

两个小时过去了,时针已指向十点。朱永生相信自己的推测:

梅玲在一场风暴之后，肯定会离家出门找她的相好。所以他并不着急，静静地等着她出现在楼门口。

果然，梅玲步履匆匆地走了出来，在大门口站住，不停地向街口眺望。不大一会儿工夫，一辆黑色丰田车在她身旁停住，她左右看了看，便打开车后门，躬身钻了进去。

朱永生对这辆车可以说是再熟悉不过了。他曾无数次跟踪过它。瓜子大王的那张胖脸，使他总有一种一脚踩扁的欲望。

丰田车快速滑出，朱永生驾着捷达连忙跟了上去。

车子不知不觉间离开了市区，没有了灯火的照耀，便感到夜色的浓厚了。朱永生不禁大喜起来。真是天助也，这样办事就更加顺手了。

丰田车驶离了主干道，拐上了旁边的小路。朱永生不得不关上车灯，悄悄跟了上去。坑坑洼洼的路面令他提心吊胆，惟恐不小心滑进路边的水沟里。好在丰田车开出没多远就停下了，然后熄了火，关闭了前后灯。

朱永生从腰里抽出"六四式"手枪，推弹上膛，然后拿起强光手电筒，轻轻打开车门，轻轻跳下车，蹑手蹑脚向前面的丰田车摸去。他走到丰田车旁，便隐约听到了里面的粗重喘息声和高一声低一声的呻吟。他又等了片刻，车身终于摇晃了，而且幅度越来越大。时机已经成熟，朱永生不再犹豫，他猛地拉开车门，手电的光柱也随之射了进去。只见梅玲和项光荣正赤裸着下身，纠缠在一起。

梅玲被突如其来的变故吓呆了，随后便是一声惊恐的尖叫。

项光荣还没弄清是怎么回事，枪声便紧贴着他的耳边响了。他的头耷拉下来，太阳穴突突地往外冒着猩红的血。

梅玲这次是真的吓傻了，捂着小腹的手在剧烈颤抖，双眼直直地看着冒青烟的枪口。

朱永生抬了抬枪口，低声命令："写，在玻璃上！"

梅玲声音哆嗦着问："你……你要我写什么？"

"刘跃进！"朱永生加重语气。

"你……你为什么让我写……他？"梅玲的思维终于在一片空白中转过弯来，抬脸看着车窗外怯怯地问。

"少他妈废话！臭婊子！叫你写你就给我写，再多说一句，我就崩了你！"朱永生见她仍在迟疑，就用枪口猛敲她的额头低声吼，"想要命就按我的吩咐做，快！"

梅玲不敢再问了，抖着手指蘸着项光荣脑门上的血，在车窗上写下"刘跃进"三个歪歪扭扭的字。

朱永生冷笑两声，不再捏腔拿调，问道："梅玲，你想知道我是谁吗？"

梅玲怔了怔，紧张地思索了一会儿，摇了摇头。

"你是不会记起我的声音了，因为这是发自地狱的声音！"朱永生的话不带任何感情色彩，冰冷如铁。

梅玲拼命睁大眼睛，看着窗外，竭力想看清对方的面貌，最终只能是徒劳。她小心翼翼地问："你……你到底是谁？你不会杀了我吧？"

"你说呢？如果你能马上听出我的声音，认出我是谁，也许我会免你一死。但遗憾的是你没有做到。"朱永生将枪口缓缓抬起，对准梅玲的头部，"在你死到临头之时，应该让你知道我是谁，但也许你认不出我了。"他说罢，用手电照了照自己的脸。

梅玲顿时如遭电击，失声惊叫："朱永！你是朱永！"

朱永生幽幽地道："唉，亏你还能认出我。可是你又犯了个错误。如果你认不出我，或许也还有活的希望！"他的话音未落，枪声便响了。梅玲中弹歪在项光荣身上，空漠的双眼大睁着，望向漆黑的夜空……

03

黎明时分，一辆桑塔纳警车和一辆三菱刑事勘查车疾速驶出市区，警报器发出尖厉刺耳的啸叫。

刑警队队长李铁，副队长刘跃进，以及冯自强、凡一萍等跳下车，跑到岔道上的丰田轿车旁。他们全都被眼前血腥的场景惊呆了。尤其是刘跃进，当他看到梅玲赤裸着下身蜷缩在项光荣怀里时，一股热血直冲脑门，而车门上的三个大大的血字更是让他目瞪口呆。

李铁的第一个反应就是盯住刘跃进，目光复杂，嘴角微微抽搐。

凡一萍脸色苍白，双手无措地紧紧扭在一起，神情里透着惊悸也透着疑惑，始终没敢看自己的上司。

冯自强则颤着嗓子"啊"了一声，大张的嘴巴再也没有闭上。

刘跃进明白自己应该怎么做。他机械地解下枪带，脚步滞重地走到李铁面前，声音艰涩地说道："李队，按规定办吧，我回避。"他把枪往李铁手中一塞，一扭头走了。

李铁看着刘跃进渐渐走远，转过身来，对着愣在那儿的冯自强、凡一萍和技侦人员一挥手："开始吧！"

现场勘查紧张有序地开始了：

梅玲和项光荣的身份很快得以确认，二人均是头部中弹而亡，弹头和弹壳散落在车内，是"六四"式手枪子弹；

梅玲、项光荣被杀害的时间应是昨日深夜10：00左右，二人死前均无挣扎迹象；

项光荣被枪击的部位是太阳穴，显然是一枪毙命，梅玲是脖子处和头部中两弹，从她卧在项身上分析，应该是死于项之后；

从弹道角度的精确推测，凶手是一个经验丰富、心理素质较强的老手,而且是有计划有预谋地作案……

凶杀案迅速传遍了淮海市,引起了极大轰动。一个是本市有名的瓜子大王,一个是名震全城的黄梅剧团当家花旦。《淮海晚报》的一则短消息顷刻之间便吊起了人们的胃口。幸而市民们还不知道梅玲是刑警队副队长的妻子,她是死在与情人幽会的车上,不然的话,淮海不炸了窝才怪呢!

市公安局的领导们骤然之间感到了巨大的压力,严令李铁迅速侦查,为案件定性,将凶手缉拿归案。

李铁不能不将刘跃进列为重点嫌疑人。别说车窗上留下了他的名字,就是现场勘查的诸多情况,和他也是吻合的。比如:"六四"式手枪、子弹射出角度的精确、作案时镇定自若的状态等。最重要也是最关键的情节就是死者是他的妻子,是在偷情时遇难的。仅此一点,他就无法被排除在侦查视线之外。

侦查工作很快便有了进展。刘跃进和梅玲结婚后关系一直不融洽,尤其是近两年来,他们的矛盾日益尖锐,几乎到了水火不容的地步;刘跃进提供不出案发当晚7:40到11:30期间活动情况的证人;据邻居反映,当天晚上晚饭后曾听到他们夫妻发生激烈争吵……

李铁对自己的副手的疑问不由得渐渐加深了。恰在此时,凡一萍向他主动汇报了几天前发生在香樟园咖啡厅的事情。这使得李铁不得不下了最后的决心:据实向局党委汇报。

淮海市公安局根据李铁的汇报,很快便做出了决定:

案件定性:情杀。

犯罪嫌疑人:刘跃进。

侦查方案:刘跃进在没有结案之前,必须留置在刑警队院内,没有局领导批准,不准外出,集中警力,迅速搜集证据,扩大侦查线索,力争尽快结案。

04

刘跃进开着警车在街道上无目的地漫游着。他并不知道局里此时正召开决定他命运的紧急会议。但他心中十分清楚，自己已经陷入了一个陷阱，这是别有用心的对手精心编织的置他于死地的险恶圈套。他隐隐地可以猜测到是谁，愤怒的同时也感到了巨大的悲哀，对人的私欲膨胀所释放出的恶的本能有了更进一步的认识。此时此刻他不禁对自己过早亮出"八戒"这张底牌有些后悔起来。如果能更讲究一些策略，也许比这种结局要好一点。尽管对方也会使出种种对付他的招数，但不至于这么猝不及防，眼睁着自己陷入被动却又无可奈何。

也许是潜意识的作用，不知不觉间，他竟把车开过了唐河桥。"一龙煤炭开发有限公司"的白底黑字长招牌在他眼前晃动。他刹住车，缓缓走下来，进了院门。

这是一幢三层小楼，楼后还有两排平房，给人的总体印象是有些土气。院子的角落里摆着几辆油漆剥落的旧卡车，车厢上沾满了灰色的煤泥。一辆瓦蓝色桑塔纳静静地卧在卡车后面，显出几分寒酸。

"看样子吴淮生在。"他嘴里叽咕着，信步进了小楼。正对着楼道的房子里传出吵闹声，他隔着窗玻璃朝里望了望，只见乔小龙正被一群人围住，显得很狼狈。他推开门进了房子，才听清是购买煤泥的客户们在吵着要货。

乔小龙抬头看见了刘跃进，略略有些惊讶，忙拨开人群，走到他面前，问："刘队，您来了，有事吗？"

刘跃进回答说："我是来找吴淮生的，他在吗？"

乔小龙嘴朝后院努了努，却大声道："吴总他不在，出远门了，要一个星期后才能回来！"说罢对刘跃进眨眨眼，又回头应付那些客户去了。

刘跃进自然明白乔小龙的意思。他转身走出小楼,绕到后面的平房前,喊了声淮生。吴淮生不一会儿便从房子里探出头来,对他招了手。他走进平房,扫了一眼,见是一个类似仓库的地方,墙边摆满了破旧的桌椅和铁丝轮胎等杂物。

"你可是稀客呀!"吴淮生搬过一把旧椅子,放在刘跃进面前,"如果不怕脏了你的衣服,就委屈着坐吧!"

刘跃进苦笑笑,边在椅子上坐下边问道:"你怎么躲到这地方来了?"

吴淮生也是苦笑笑,递给他一根香烟:"有什么办法,实在没辙。"他指指前面的小楼,"那些人恨不得把我撕了。"

"怎么?煤泥还运不出来?"刘跃进点上烟,皱了皱眉头。

吴淮生叹了口气:"自从出了那档子事,谁还敢来跑车!"他用求助的目光看着刘跃进,"跃进,你可要帮老同学一把。我知道你夹在中间难做,但什么是对什么是错你应该能分得清楚。"

刘跃进舔了舔干裂的嘴唇,瞪着吴淮生问:"怎么?你还不知道我的事?"

"什么事?"吴淮生略略有些吃惊。

"你没看今天的晚报?"

"看报?"吴淮生双手一摊,"我的老同学,你就别寒碜我了,这个样子,我还能有心情看报?"

刘跃进见吴淮生没有故意做作的意思,便猛吸了几口烟,把梅玲被杀、他们夫妻之间的恩怨、现在已成为重点嫌疑人等一股脑儿倒了出来,听得吴淮生直发怔。

过了好大一会儿,吴淮生才醒过神来,急急地道:"定罪是要靠证据的,你没干这事,怕什么怕!"

"这显然是有阴谋的。"刘跃进又把被人从医院骗到咖啡厅,亲眼目睹了梅玲和项光荣偷情以及张强被杀的事述说了一遍,然后道:"他们既然这么煞费心机地想害我,不会不制造假象假证,比如他们逼着梅玲在车窗上用血写下我的名字就是明显的例子!"

吴淮生听得惊心动魄,不禁口中喃喃:"他们究竟跟你有什么血海深仇,非要下这样绝命的毒手?"

刘跃进眼睛望向窗外,凝神思索了一会儿,然后转过脸来,显出毅然决然的神情,注视着吴淮生道:"淮生,有件事我本来不该跟你讲的,可我目前的处境你也能看得到,是十分险恶,什么情况都可能出现,所以我也顾不得许多了。"

吴淮生神情也不由自主地严峻起来。

"我可以毫无保留地告诉你,你的公司接连遭袭,我从来没有停止过侦查,这倒不是因为咱们有着特殊的同学关系,我和孔勇敢同样也是同学,因为这是我的职责。尤其是你的运煤泥车又遭到打砸,两名司机先后死去,更让我感到案情的重大,也断绝了准备与孔勇敢认真谈一次的念头,这在人命关天的大案面前已没有必要。此后,经过调查走访知情人,我获取了一些间接证据,都说明与创世纪公司有关系。同时,我还掌握了一条重要线索,当时袭击车队的头目叫八戒。我采取了引蛇出洞的策略,向孔勇敢亮出了这张底牌,他当时的神态举止已充分说明了我这一招所起到的效果。于是这之后他告诉我曾送给梅玲十万块钱,他的目的是显而易见的。但我没领这个情,当场斥责了他。这之后便发生了我刚才告诉你的一系列针对我的事件。"刘跃进说到这儿顿了顿,又点上一支烟,接着道,"淮生,这其中的弯弯绕儿就不用我再细讲了吧?"

"狗东西!心真他妈够黑的!"吴淮生怒冲冲地从椅子上跳起来,"跃进,你说吧,需要我干什么,老子绝不装孬种!"

"你帮不了我什么。"刘跃进把目光投向前面的楼房,"我需要的是小龙……"

正说着,乔小龙一头闯了进来。他抹着脸上的汗水,气喘吁吁地道:"终于把他们哄走了,真够难缠的!"他说罢看了看脸红脖子粗的吴淮生,以为他是为案子的事和刘跃进发生了争执,于是面向刘跃进耸耸眉,"刘大队长,你可不能不依法办事啊!"

吴淮生一把将乔小龙摁坐在椅子上,声音急促地道:"小龙,没那种事,你跃进哥一直在全力侦办这个案子,因为这,他现在出了大事了。他正要找你想想办法呢……"

乔小龙忙问出了什么事。吴淮生一五一十向他详细复述了一遍刘跃进遭受陷害的经过以及前因后果。乔小龙渐渐严肃起来,棱角分明的瘦脸绷得紧紧的,凝神不动的双眼在深锁的浓眉下闪着冷峻的光。他咬着嘴唇沉默了好大一会儿,才看着刘跃进开口道:"你的处境的确十分危险,如果我没猜错的话,你的领导将很快对你采取相应的措施。从事件的表象分析,无论是谁,只要他不全面了解内幕并相信你是无辜的,都会把你列为一号嫌疑人。现在我认为你能做到的只能是把事情的来龙去脉向局里汇报清楚,以求得领导的相信。"

"我想这很难。"刘跃进没有丝毫犹疑地说道,"别说局里的领导,就是刑警队的同事都不会完全相信我的话。因为我和梅玲的尖锐矛盾人所共知,情杀的动机也就成立了。另外关于孔勇敢的问题也很复杂,他会断然否认一切。我目前也并没有掌握他什么证据,而至于那个八戒到底是他的手下还是雇用来的也是未知数。在这种情况下,以此向领导解释显然很不合适。"

"是很麻烦。"吴淮生愁容满面,对乔小龙道,"小龙,你是学法律的,看还有没有别的办法?"

乔小龙缓声道:"这只能看事态的发展了,如果他们查不出证据证词之类的东西，暂时还不会拘捕跃进大哥，这样我们就有时间去查那个八戒，说不定就能带出真凶，使真相大白于天下。"

刘跃进听了他的话，也不由自主地点点头，表示同意他的分析，接着以低沉的语调道："小龙，这件事究竟会发展到哪一步，咱们都很难预料。我对你有个请求，希望你能答应我。"

乔小龙干脆爽快地答道："行，你尽管说，只要是我能做到的！"

"你肯定可以做到！"刘跃进信任的目光注视着他，"如果我万一遭遇不幸、身陷囹圄，我想请你做我的辩护律师。你能答应我吗？"

乔小龙郑重其事地点了点头。

05

市公安局针对刘跃进的侦查措施很快得到执行，他被限制留置在警队内，人身失去了自由。

紧接着，李铁率冯自强、凡一萍等对刘跃进的住处进行了彻底的搜查。从内心讲，李铁和他的刑警队员们都希望搜不出什么不利于刘跃进的东西，可是结果却恰恰相反。他们先是从梅玲的梳妆台抽屉里找到了一个墨绿色日记本，上面记载着梅玲对刘跃进的失望和责备，也写着令人耳热心跳的和情人们约会后的身心感受，而最重要的则是最后一篇日记，从日期上看正是她遇害当晚写下的。李铁一字不漏地细细看着：

刘跃进终于知道了我和项光荣的事。他今天像条疯了的狗，龇牙咧嘴，眼露凶光，后来竟动了杀机，几乎把我掐死。看来我必须找一条新的出路了。虽然我跟了他几年，还是一贫如洗，太不甘心，可我不能不离开他了，不然，有那么一天，他真会杀了我。该和项光荣摊牌了，要么娶我，要么破财，想糊弄老娘，没门儿！刘跃进，穷警察，拜拜了……

李铁合上日记本，表情沉重地递给凡一萍，让她放进勘查箱里。

这之后，他们又从刘跃进的衣柜里搜出一条沾有污渍斑块的裤子。经验丰富的李铁马上就看出这斑块很像血痕，便吩咐凡一萍收好裤子，回去后送痕检室鉴定。

搜查结束后，李铁和刑警队员们都非常痛心，看来刘跃进是杀人凶手已不容置疑了。

裤子上的斑块果然是血痕，痕检室同时做出了血迹为O型血的结论。刘跃进是B型血，而O型血恰恰和项光荣一致。

案件的侦查取得了突破性进展。两天后，刘跃进因涉嫌故意杀人被依法刑事拘留，他旋即在刑警队被押上了囚车，关进了市公安局看守所。因本案涉案嫌疑人是警务人员，又是刑警队副队长，市检察院派员提前介入了案件的审理工作。对刘跃进的审讯在当天晚上便紧张进行了。

刘跃进脚步蹒跚地走出号房。几天之间，他便完全变了模样：苍白的脸上布满了褶皱，每道褶子里都叠满了悲哀、失望和深深的无奈，如刺猬般张开的络腮胡须泛着花白色，显得是那样苍老、憔悴和令人心酸的衰败。两名全副武装的武警押送着他。享受此等待遇的只能是重大嫌犯，这一点他心里非常清楚，心理上还能承受，最让他担心的也是进了看守所之后一直忐忑不安的就是跨进审讯室后如何面对自己的战友,那种滋味比在油锅里滚还要难受。

他走进了审讯室,头一直低垂着,在审讯台对面的凳子上坐下后,仍是不敢抬起脸来,心里如灌了辣椒水般火辣辣的。他现在才深切体会到了芒刺在背和如坐针毡这两句成语的含义。

"刘跃进,抬起头来!"

审讯台后响起威严、低沉但却是陌生的声音。

刘跃进定了定神,很费力的样子慢慢抬起了脸。只见审讯台后坐着李铁、冯自强和一位检察官。这位检察官他也认识,因工作上的关系常打交道,是刑检科的科长,叫李明浩,刚才的声音应该是他发出的。看情形他是主审,这多少让刘跃进有了些慰藉,毕竟不必接受战友们的讯问了。

"刘跃进,你曾是刑警队副队长,对法律并不陌生,所以咱们也就用不着兜圈子了,希望你能把枪杀梅玲和项光荣的犯罪经过如实地讲出来。"李明浩的问话简单明了。

刘跃进扫视着审讯台。李铁目光躲闪,显然不忍目睹部下悲凉落寞的样子。冯自强看得出是在担任记录的任务,始终低着头,耷拉着眼皮。他的目光最终不得不落在李明浩脸上。

"希望你能配合我们。"李明浩注视着刘跃进,"虽然这是死罪,而且讲与不讲都不妨碍定罪量刑,但我们还是……"

"您的意思我明白。"刘跃进打断李明浩的问话,"是让我敢作敢为敢承担,像个男子汉的样子。对吗?"

李明浩不得不点了点头。

"可是我无法不让您失望,因为事实上我并没有枪杀梅玲和那个姓项的。"刘跃进语调平稳,神态从容。

李明浩稍稍思索了片刻,接着问道:"你当天晚上是不是和梅玲发生了争执?这之后去了哪儿?"

刘跃进答道:"是的。而且不仅仅是争执,我们还动了手,这对我们夫妻来说是家常便饭。打了一架之后,我心里很闷,就独自开车去了唐河桥,在桥上待了大概两个多小时,然后去了队里,在我办公室的沙发上睡了一夜,凌晨时接到报案,再往后就是我莫名其妙地成了凶手。"

"那你如何解释现场车窗上所留下的你的名字和你裤子上的血迹?还有车上的弹壳弹头为什么会和你的佩枪一致?"李明浩亮出了底牌。

"这些问题并不复杂,显然是有人陷害我。"刘跃进看了看李铁,在这关系到自己命运的时候,他不得不稍稍掀开冰山一角,希望能引起战友的注意,"如果我没有猜错,这起凶杀案是有预谋有策划的,和我目前正在办的案子有密切的联系!"

李铁的眉毛不由耸了耸。冯自强也不由自主地抬起脸来。

李明浩对刘跃进的话不以为然,认为他是故弄玄虚,企图推脱罪责,于是话中便不自觉地流露出了讥讽之意:"你不认为你的这种说法太有些牵强附会了吗?即便想找个推脱的借口,也该高明些嘛!偏偏要利用自己办的案子,你不觉得太有些缺乏想象力了吗?"

刘跃进被噎得喉结滚动着,心中的气愤不由得在周身弥漫开来。他站起身,冷冷地道:"检察官,你的审讯可以结束了。在我保持沉默的权利之前,还可以最后申明两句:总有一天,事实会为我正名,法律会为我正名!从现在起,我将不接受任何审讯,有什么问题,你们可以去找我的律师乔小龙谈!"

李明浩怔了怔,眼睁睁看着刘跃进走出了审讯室。

审讯结束之后,李铁迅速将刘跃进所谈的情况向局领导做了汇报。为慎重起见,市公安局征得市检察院同意,对刘跃进进行了测谎仪测试,结果频率和数字显示刘跃进没有讲真话。与此同时，梅玲的尸检报告也全部作出，其颈上的掐痕确系刘跃进所为。

一周后，检察院将刘跃进批捕，案件进入诉讼阶段。

0 6

乔小龙在书桌前坐了整整一夜，面前摊着刘跃进一案的全部卷宗。他怎么也没想到，自己毕业后经手的第一个案子就是这样一起非同寻常的大案。他心里很清楚，刘跃进委托他做辩护律师，看中的并不是他的学识，而是因为此案是由吴淮生和孔勇敢的争斗所引发，刘跃进不想让别人知晓这个秘密，只对他完全相信，把最后的希望寄托到他身上。如此一来，他便感受到了这卷宗的分量：不仅仅是挽救刘跃进，也是在挽救吴淮生的一龙公司。

所以，他不敢有丝毫的懈怠，一遍又一遍研读着卷宗，反复推敲着、剖析着，竭尽全力去捕捉有利于辩护的疑点。

有人敲门。

他陡地一惊，抬起头来，发现窗口的玻璃已被朝霞染红。

吴淮生推门走了进来，在书桌旁坐下，关切地问道："怎么样？有没有破解的办法？"

乔小龙伸了个懒腰，揉着太阳穴道："有主观动机，有被害人在现场留下的指证，有凶器六四式手枪。当然还有诸如血型鉴定、掐痕鉴定以及测谎仪之类的东西。要推翻它不是那么容易。"

吴淮生不由得绷起了脸，有些焦急地问："你的意思是……"

"如果你认定是刘跃进作案，卷宗上可以为你提供足够的依据。"乔小龙加重了语气，"但是，如果你根本就不相信他是凶手，那也就不难找出疑点。尤其是了解内情的人，提出的反证也就会更有力度。"

吴淮生松了口气,轻声道:"这个案子对刘跃进是生死攸关,对咱们的公司同样也是生死攸关。小龙,你下一步有什么打算?对无罪辩护有没有信心?"

乔小龙想了想,道:"目前能够有效反证的只能是梅玲在车窗上留下的血字究竟在头部中弹之后能否完成?另外凶器也就是六四式手枪警方并没有充足的证据证明就是刘跃进的。至于血型鉴定和测谎仪等就不必担心了,这些从法律的角度讲并不能作为直接证据使用,只能起到间接的参考作用。"

吴淮生的眉宇舒展了,声音也多了几分振奋:"如此看来,你的辩护还是有希望获胜的!"

"可是这些并不能从根本上解决问题,最多也就是对定罪起到些缓冲作用,至于法庭能否采纳,我也没有太大的把握。"乔小龙说着站起身来,在书柜前来回走着。

吴淮生的眉头又皱了起来,紧盯着乔小龙。

乔小龙若有所思地继续道:"目前要想彻底解救刘跃进,只能从两个方面入手:一是取得他没有作案时间的证据;二是尽快查出真凶。"

吴淮生叹了口气:"这谈何容易,咱们不可能做到嘛!"

"世界上就没有不可能的事,只要它是客观存在的!"乔小龙在吴淮生面前停住脚步,"我昨天下午会见刘跃进时,他告诉我跟梅玲吵闹之后便去了唐河桥,而且是开着警车去的,车就停在桥头。哥,您想想,这桥头有十几家小商店小饭店,他在那儿待了两个多小时,警车又特别招眼,难道就没人看见?至于查找凶手,也并不是一点儿希望没有。假如是孔勇敢策划了这场阴谋,他就不可能不露出些马脚,比如那个八戒,就是现成的线索。"

吴淮生凝神思索了一会儿,觉得乔小龙的话是有些道理,于是点了点头问道:"你是不是已经有了计划?"

"我准备去唐河桥作一个细致的查访。"乔小龙回到书桌前坐下,打开记事簿:"我已经通过居委会和派出所列出了桥上所有住户商家的名单,准备马上就着手进行这件事。"

吴淮生对乔小龙的成熟备感欣慰,眼睛里便不觉有了些许的温柔,接着又问道:"那你对查找凶手的事是怎么考虑的?"

"这个只能像刘跃进那样,从八戒入手。据我分析,八戒肯定就在孔勇敢周围,现在最关键的就是查出他的真名实姓,要先从创世纪公司查起。对王伟这条线也不能放过,既然他一眼就认出了八戒,就说明他们很熟悉。虽然王伟死了,但他还有朋友、亲人。刘跃进提供的信息是王伟曾因抢劫被判过刑,蹲了三年监狱,而那个案犯犯罪经验丰富,是个老手,也许他们是在那种特殊的地方相识的,是狱友。这些我们都可以查。"

"可是时间允许吗?查清这些事工作量蛮大的,法院不会等着你弄明白这些事才开庭审理啊!"吴淮生不无担忧地说。

"是的。我怕的也就是他们突然通知开庭,那样我们就会陷入很被动的境地。"乔小龙合上记事本,以试探的口气道,"哥,你对郑重市长有救命之恩,能否请他出面过问一下。咱们别的又没有什么要求,只是在法律许可的诉讼期限内延缓些时日。你看行吗?"他在说这些话时,不由自主地便想到了郑莉。自回到淮海后,他就和她完全断绝了联系,思念之情是免不了的,但他只能强自克制着,尽量去想些别的东西。他和郑莉相识相恋的事,他从未向母亲和吴淮生透露一丝一毫。本来他打算在毕业后再给他们一个惊喜,没料到突然发生了变故,于是他又暗暗庆幸自己没早日披露这件事。

吴淮生对乔小龙提出的解决办法显然没有思想准备,沉默了好大一会儿才说道:"不行,我不能去找他。小龙,我的脾气你是知道的。孔勇敢仗势欺人，百般地挤我压我，我都没想过去托托他的门子，这种事我就更没法开口了。"

乔小龙对吴淮生的顾虑颇不以为然，撇撇嘴道："哥，我知道你是万事不求人，总想依靠自己的能力开创出一番事业。可是你想过没有，眼前发生的事已经远远不是生意场上的拼斗竞争了。刘跃进是因为你也是因为主持正义才遭受陷害落到这步田地的。他的名誉、前途甚至生命随时都可能被人丢进污泥坑里，你却还把面子和虚荣心看得那么重！"

吴淮生被乔小龙的话戳到了痛处，犹豫片刻后才十分勉强地道："好吧，我去找他试试看。"

0 7

孔勇敢的心情很好，中午和朱永生一起到海鲜城美美地吃了一餐，然后到天堂沐浴休闲中心酣畅淋漓地蒸了桑拿，尽情享受了一番按摩小姐的特殊服务，真是爽上加爽。

这些天来，他一直静观事态的发展。刘跃进被逮捕后，他心里的石头才算落了地。他很自信地认为，往后的情形仍会按照他的设想一步步进行下去，直到完全实现自己预定的目标。胜利者在收获战果时，往往会对对手有一种莫名的怜悯感，他现在就隐隐有这种心态：吴淮生，你一个小学都没毕业的半文盲，凭什么跟我斗？我的聪明和智慧仅仅发挥了一半，就把你整得不知东西南北了，何必呢！刘跃进，你很廉洁很正义是吧？现在的社会像你这样的傻瓜真是不多了，如果你站在我这一边，哪怕是不偏不倚不过问我们之间的事，也不会成为阶下囚，身败名裂，落个家破人亡的下场！

孔勇敢就这么一边想着叹息着一边和朱永生走出了洗浴中心的大门。他刚坐进车，手机便响了。他看了一眼来电显示，忙对朱永生道："快走，老头子召见！"

奔驰车在淮海煤炭指挥部办公大楼前停住，孔勇敢让朱永生在下面等着，然后便跳下车，匆匆上了楼。

孔令军坐在办公室里，微秃的额头冒出细碎的汗珠，鼓出的双眼在眼镜片后偶尔转动一下，胖胖的身躯深陷在皮转椅里扭动着，又肥又粗又短的手指毫无规律地敲打着办公桌。

孔勇敢进了办公室，先是稍稍观察父亲片刻，然后很乖的样子喊了声"爸"，便在旁边的沙发上坐了下来。

孔令军扫了儿子一眼，眉头渐渐皱了起来，问道："公司状况到底有没有改善？你今天要给我实话实说，不许再打马虎眼！"

孔勇敢从父亲的脸上已经看出一些不妙，自然要赶紧抛出定心丸。他很悠然的样子点上一根烟，慢慢抽了一口，以轻松的语调道："公司目前已经有了转机，最多一个月，资金就可以回流。"

"勇敢，不管你说的是不是真话，但我要告诉你，这不是件随随便便就可以搪塞的小事。"孔令军从椅子里往上挺了挺身子，脸依然板着，"我已经用指挥部的钱给你的公司注入了一千多万，到现在你一分钱也没有回笼，你老爸就像坐在火药桶上，随时都会粉身碎骨，你懂不懂？"他说着用手指狠狠叩击了几下办公桌。

"爸，您放心，我的身子一旦翻过来，钱就会哗哗地流进来，一千多万这个小窟窿我很快就能给您堵上！"孔勇敢拍了拍沙发扶手，豪言壮语随着一股浓烟喷出厚厚的嘴唇。

"唉——"孔令军长叹一声，身子又窝了回去，"你的话我只能姑且听之。当初真不该给你办这个公司，生意不是什么人都能做好的。你妈妈和你妹妹在国外生活得很好。该让你出国啊！"

孔勇敢见父亲的情绪从来没像今天这样消沉过，心中不免有些忐忑,于是试探着问道:"爸,您今天的精神状态好像有点儿不对头,是不是遇到了什么麻烦?"

孔令军闭上双眼,仰靠在椅背上,自语般轻声道:"部党委上午开了会,决定最近对全部的资产资金进行一次审计,这是个难题呀,我能不着急吗?"

孔勇敢心中一凛,不由得紧张起来:难怪老头子急着把他召来,一副忧心忡忡的样子,果然是遇到了大问题。他忙往前倾了倾身子,道:"有没有需要我出面摆平的事?"

"你少给我添乱!"孔令军翻开肿胀的眼皮,瞪了孔勇敢一眼。他知道儿子跟黑道有瓜葛,所以非常明白儿子话中的意思,"这能是可以胡来的事吗?你给我把心思好好用在公司的业务上,尽快把资金收回来才是正事,才能帮助我从根本上解决问题。审计的事我会想办法应付,不用你掺和!"说罢又闭上了眼睛。

孔勇敢知道自己可以走了,便悄悄地退出了办公室。

朱永生正倚在奔驰车旁举着手机在接听电话,见孔勇敢从楼门里疾步走出,连忙合上手机,拉开了车门。

孔勇敢躬身钻进车里。朱永生还没等他坐稳,便急不可耐地道:"孔总,我刚刚接到消息,刘跃进已经请了辩护律师,你猜是谁?"

"谁?"孔勇敢有些不耐烦地问。他最讨厌别人在他面前卖关子,因为是朱永生,他也就只好强自忍着了。

"嘿,是他妈的乔小龙!"朱永生启动车子,猛拍了一下方向盘。

"乔小龙?"孔勇敢也觉得有些突然,大脑开始紧张地思索起来。

"你说他一个刚出大学校门的毛孩子,能当什么辩护律师?我看刘跃进是死定了!"朱永生摇头晃脑地嘲笑着。

孔勇敢却没有朱永生这般轻松，他对乔小龙还是了解的。小的时候，他们在一起玩耍，遇到难题，他、吴淮生和刘跃进都束手无策时，乔小龙不动声色就解决了。这个小不点儿不仅绝顶聪明，而且心细，干什么事都有板有眼，不由得你不佩服。记得那时候他们几个都喜欢养麻雀，麻雀性野，是最难养的鸟，他们三个大哥的麻雀最多不过一星期就会相继死去，只有乔小龙的麻雀日渐肥硕，在这小子身上活蹦乱跳叽叽喳喳。他实在气不过，一天夜里悄悄偷出了鸟笼，把麻雀扔到了猫嘴里，害得乔小龙哭了好几天……

朱永生见孔勇敢一直不搭话，而且满脸凝重的样子，心中有些奇怪，问道："你不会担心乔小龙吧？"

孔勇敢定了定神，沉声道："八戒，你错了，我担心的就是他！"

"你担心他？"朱永生露出惊讶的神情。

"你对他并不了解。"孔勇敢若有所思，"这个乔小龙和吴淮生是不能相提并论的。他不仅脑子好使，是名牌政法大学的研究生，而且凭和吴淮生的关系肯定要全力以赴帮助刘跃进，刘跃进也会把所有的内幕情况毫无保留地告诉他。这就是我们的危险所在。你想想，刘跃进能不把你的外号透露给他吗？说不定，这小子已经开始调查你了！"

朱永生听得脊梁骨直冒凉气，踩油门的脚不由松了下来，回过头来恶狠狠地说："要不我把他变成哑巴算了！"

"不行！"孔勇敢断然否掉了朱永生的想法，"乔小龙可不是梅玲，你能不能治住他且不说，就凭他是刘跃进的律师这一点，你也不能随便对他动手，那样太显眼了！"

朱永生想了想，觉得孔勇敢的话有些在理，就道："那你说该怎么办？咱们的主动性可不能失去！"

孔勇敢道："你从现在开始，要派人密切注视乔小龙的动向，绝不能对他掉以轻心。如果他对我们构成威胁,也不能含糊,该痛下狠手时就痛下狠手!"

朱永生重重地点了点头,脚下用力,奔驰车骤然加速,呼啸疾驰起来……

第三章 法庭雄辩

虽然不是最理想的结果,案子毕竟出现了转机,乔小龙的辩护显然起到了明显的效果。他和刘跃进互相对视,交换了一个意味深长的眼神,两人都微微笑了。

01

　　今日的唐河已非昔日可比。三年前,淮海市把疏通拓宽唐河作为兴修水利的重点项目,经过两年多的开掘和治理,全市所属的五个县投入上千万人次的民工,终于使这条羊肠般的沟岔子变成了宽阔无垠、浩浩荡荡直通东海的大河。唐河大桥修成后,作为水陆交通枢纽的唐河镇也日渐兴盛起来,桥北端是镇政府所在地,靠近市区的桥南端则成了以餐饮服务业为主的商业区。

　　此时的乔小龙就在桥南紧张地穿梭着。他已经走访了几乎所有的饭店和小旅馆,耐心地询问是否有人在一个星期前,也就是本月11号晚上见过刘跃进在桥上逗留。遗憾的是没有人给他所期待的答复。失望之余,他想到了那些在饭店旅馆门口揽客的小姐,她们应该对过往的车辆和行人最为关注,问问她们兴许有戏。想到这些,他心头一振,又转回头重新查问。

　　果然不出他的所料,在紧挨桥头的第一家小饭店,他就有了收获。坐在门前凳子上的两个女孩不到二十岁,都穿着大红的斜襟小褂,浅绿色的灯笼裤,长长的披肩发染得似红非黄,脸上涂着厚厚的廉价脂粉,俗气得让乔小龙生出几分怜悯来。姐儿俩见一位帅哥向她们走过来,都连忙站起来迎上去,嘴里说着甜甜的千篇一律的揽客酸话。乔小龙先是笑着点头稳住她们,然后就入了正题,说只要你们能回答我的问题,我就在你们这儿吃饭,而且消费不低于五十元。两个女孩很激动,几乎是异口同声地说,行行,只要是我们知道的,一定让大哥您满意。她们边说边一边一个挽住乔小龙的胳膊,把他推坐在饭厅餐桌旁的椅子上。乔小龙提出了问题,个子稍高些的女孩马上回答说见过,记得好像是晚上10点多钟,警车就停在桥边的人行道上。乔小龙顿时提起了精神,问她有没有去招呼那个人来就餐。女孩嘟着嘴说哪敢呀，人家是警察。乔小龙问她是否看清这个警察长得是什么模样。女孩说天太黑看不清，但能看到他一直在抽烟，后来因为要招呼过往的客人，对他就不注意了。乔小龙略略有些怅然，眉头便不自觉地皱了起来。另一个女孩这时插嘴道，她当时见警车停在桥上很长时间不走，曾对隔壁汽车修理行的阿海师傅说，你看那车是不是抛锚了，还不快去拉生意，后来阿海好像去了桥上。乔小龙顿时大喜过望，对那个女孩道，你如果能把阿海师傅请过来聊聊，我就再加五十块钱的消费。女孩说没问题你等着吧，说罢撒腿就跑了出去。

不大一会儿工夫，女孩领着一个满手油污的小伙子走进了饭厅。那小伙子上下打量着乔小龙，眼里露出诧异的目光，失声道："你不是乔小龙吗？"

乔小龙仔细端详着小伙子，努力地回忆着。

"怎么？几年大学把眼眶子上大了？我是杨海，不记得咱们小时候光着屁股下唐河摸臭鱼烂虾了？"阿海做出生气的样子。

乔小龙恍然记起，连忙站起身道："记得记得，咋能不记得呢？咱们可是十几年没见过面了，一下子没认出来，你可要多谅解啊！"他说着把阿海摁坐在椅子上。

阿海有些不可理解的样子道："小龙，你家不就在桥北吗？这么近还到饭店来吃饭？"

旁边的两个女孩忽闪着长长的睫毛，怔怔地注视着乔小龙。

乔小龙向阿海解释说自己正代理经办一个案子，是来了解情况的，跟两个小妹妹开了个玩笑。

俩女孩瞪着乔小龙，神情沮丧。正在这时，门外进来两位客人，走在前边的身材粗壮，戴着墨镜，后面是一梳着倒背头、满脸戾气的年轻人。女孩不再理睬乔小龙，忙把客人让进包房，说着甜蜜蜜的俗话。

乔小龙正在跟阿海谈着至关紧要的事,根本就没注意客人进来。他从皮包里掏出笔记本和笔,阿海开始回答问题。

"一周前,确切地说是11号晚上,你见到桥上停着辆警车了吗?"

"见到过。那天晚上我正准备关门休息,小秀——就是刚才那个女孩,告诉我说有辆警车已经停在桥上一个多小时了,说不定是坏了让我去拉生意,我就上了桥。到了桥上,见有个警察伏在桥栏杆上抽烟,我凑上去想问问他是不是车出毛病了。等我看清那个人后,被他的神情吓住了。他龇牙咧嘴、满脸狰狞,闷着头看河水,狠狠地抽着烟。"

"他没有发现你?"

"没有。他跟木雕泥塑的没有两样,看得出有很重的心事。我没敢打扰他,转过头准备往回走,正好这时有辆车经过,灯光把那个警察照了出来,我看了个一清二楚,不由得大吃了一惊,这个人我认识,你猜是谁?"

"是谁?"

"是咱们市刑警队队副刘跃进。他常到我的铺子里补补胎充充气什么的,所以我认识他。"

"他什么时候离开桥上的你知道吗?"

"当然知道。既然我认出了他,就不能不注意他了。小龙,不是我故弄玄虚,当时我真担心他会一头栽下河去。我怕他出事,就不远不近盯着他,直到一个多小时后,他开车离开桥我才回铺子。"

"大概是几点?"

"至少也是12点多了,我上桥就已经11点10分了。"

乔小龙合上了笔记本,紧皱的双眉渐渐舒展开来,心里感到无比的激动。阿海提供的情况使他信心大增。事实证明,他的推断是正确的,工夫没有白费,原本的一线生机在他眼前豁然开阔了。他很清楚,阿海的证词对刘跃进一案将起到至关重要的作用,所以,他必须把实情告诉阿海。

"小龙,是不是刘队长出事了?"阿海忐忑不安地问。

乔小龙点点头:"是的。阿海,我不能不实话告诉你,刘跃进已经因故意杀人罪被依法逮捕了!"

阿海睁圆了双眼:"怪不得他那天夜里……"

"不是这么回事。"乔小龙忙打断阿海,"杀人的时间是11号夜里10点到12点之间,而这段时间他正在唐河大桥上。"

"你,你的意思是……"阿海一时糊涂了。

"很简单,有人陷害刘跃进。"乔小龙接着把刘跃进夫妻之间的矛盾,他正在办的一个案子触动了一些人,以及刘跃进拒贿不徇私情等对阿海说了一遍。

阿海慢慢明白了是怎么回事,不觉义愤填膺起来,大声道:"妈的,这些人也太卑鄙了!太狠毒了!小龙,你说吧,需要我干什么事!"

"我只需要你在法庭上把你11号夜里所看到的事原原本本讲出来就行了。阿海,你这可是在做拯救无辜的善事啊!"乔小龙热切地凝视着阿海。

"没问题!"阿海拍了拍胸脯,"做人要讲个良心,你小龙还不了解我吗?到时候你通知我一声就行了!"

乔小龙甚是激动,捣了阿海一拳道:"你小子还是小时候那脾气,咱哥俩今天真得喝两杯,看你的拳是不是还那么臭!"

"今天算我的。虽然修个破车捣鼓不了几个钱,但喝酒的碎银子还是有的!"阿海也来了兴致,鼓着喉咙喊,"秀子、玲子,快给我准备酒菜!"

两个女孩应声而出,脸上又绽开了甜甜的笑,忙着弄酒菜去了。

包房里，朱永生已摘下了墨镜，阴沉沉的目光扫了门外一眼，压低声音对旁边的小伙子道："阿光，听到了吗？你要给我记住那修车匠的模样，不能出任何差错！"

阿光咧开嘴一笑："八戒哥，您就放心吧，这是小菜一碟嘛！"

02

吴淮生硬着头皮走进市政府大楼。从内心讲，他是极不情愿来找郑重的。因为有着二十年前的那层特殊关系，郑重一直都很关心吴淮生，尤其是他在孙凤珍的支持下办了公司，作为一市之长的郑重经常给他打电话，询问情况，说些鼓励的话。他从来都是报喜不报忧，没有为自己的艰难处境求他办过一件事。只有这么做，他才感到心里踏实、坦然。他今天还是第一次踏上市政府高高的台阶，双腿不由自主地发虚发软，脚步也十分滞重迟缓。不愿意利用这种关系只是一个方面，他还非常清楚煤炭指挥部和市政府是平级的，请郑重出面是给他出了一道难题，而让他这个市长去干预案子的事就更是难题中的难题了。可刘跃进的事又容不得他犹豫，正像小龙说的，这是生死攸关和正能不能压住邪的大事情。

吴淮生就在这种极为矛盾的心情下走到了市长办公室的门口。他抬起手犹疑了好大一会儿，终于鼓起勇气轻轻叩了两下门。门开了，秘书姜元探出身来，问他有什么事，是哪个单位的。他红了红脸，说是找郑市长的，并报出了名字。姜元一听到名字，严肃刻板的脸马上堆满了笑，连忙热情地把他让进了屋，不住声地说久仰久仰，郑市长常提起您。姜元让吴淮生在沙发上少候，便进里间通报去了。

　　吴淮生惴惴不安地在沙发上端坐着，把早就想了好多遍的开场白又默念了一次，额上竟不知不觉渗出了汗水。

　　姜元很快就出来了，说郑市长请他进去。吴淮生忙站起身，连声道谢。姜元已经为他推开了门。

　　吴淮生一进里间，郑重就从宽大的写字台后站了起来，大步走到吴淮生面前，握住他的手朗声道："今天是什么大风把你小子刮了来？稀客哟！如果我没记错，咱们有半年多没见面了吧？"说着，把吴淮生摁坐在沙发上，然后去忙着泡茶。

　　吴淮生趁着郑重泡茶的间隙，打量着周围。只见两面墙上贴着巨大的地图，落地窗一侧排列着书柜、档案柜和绿色的保险柜，另一侧悬挂着郑重和中央领导、省里领导的合影照，写字台上堆着小山似的文件夹，一角摆放着党旗和国旗。整个办公室给人以简洁、庄重而又颇有威严的印象。

　　郑重把茶杯放在吴淮生面前，在对面坐下，笑眯眯地看着他说："淮生，你是无事不登三宝殿，今天突然到办公室找我，不会没有事吧？"

　　吴淮生有些局促也有些紧张，把准备好的开场白忘到了九霄云外，口中讷讷地答道："没、没什么事。我就是来看看您。"

　　郑重盯住吴淮生，看得他心里直发毛，然后以调侃的语气道："你小子当了几天公司大老板，也学会圆滑了。我在官场混了这么多年，观察力还是有些的，别装蒜了。你今天来不仅有事，而且事情可能还不小。我说得对不对？"

　　吴淮生被郑重一语中的，不敢再和他对视，垂下头思忖该怎样开口。

　　郑重接着道："淮生，你有什么事不可以跟我讲？我有时感到纳闷，感到奇怪，难道你就没有一点难处需要我帮助？你的心思我明白，自从那个荒唐的年代发生了那场灾难之后，你就只求施恩，不求回报。你做得很对。但在我们的生活中，相互帮助，相互关心还是需要的。你说是不是？"

吴淮生心里感到热乎乎的。面对郑重真诚恳切的样子，他的顾虑消失了，于是抬起脸来，把开办公司以来和孔勇敢之间的矛盾以及后来接连发生的事件详详细细叙述了一遍。

郑重倾听着吴淮生惊心动魄的讲述，神情凝重起来。经商办公司，有些坎坷挫折、经受些风风雨雨是在所难免的。尤其是对于生性敦厚、文化不高的吴淮生来说，肯定会比别人付出得更多，这些本在他的预料之中。但他没想到会闹出人命关天的大案，牵扯出如此严重的是是非非和引发出如此曲折离奇的凶残谋杀来。尽管他相信吴淮生不会在他面前危言耸听，他还是加重语气问道："刘跃进被骗到香樟园咖啡厅，接着张强就被谋杀，是否有旁证？孔勇敢送给梅玲十万元以及刘、梅夫妻间的矛盾能不能确定？"

"香樟园的事有刑警队的人证实，孔勇敢送给梅玲钱也是千真万确的，他们夫妻间的矛盾更是人所共知！"吴淮生以不容置疑的口吻回答道。

郑重的双眉绞到了一起：这个案子应该说是有漏洞的。首先是香樟园的事，那个把刘跃进支到咖啡厅的人，毫无疑问就是杀害张强的凶手，他让刘看到妻子红杏出墙，其目的昭然若揭；孔勇敢送给梅玲钱，用意就更明显了，刘跃进拒绝了孔的笼络，并且掌握了他的一些把柄，所以他必须将其除之，这并不复杂；而既然刘和梅有很深的矛盾，爱已不存在，那他杀她反而就不在情理之中了。由此分析，刘跃进受人陷害便极有可能。郑重想到这儿，决定尽自己所能帮助吴淮生，于是道："需要我做什么，你说吧！"

吴淮生没想到郑重这么快就表了态，顿时喜出望外，道："这个案子因为有这些内幕和刘跃进不便向外人披露的特殊性，他已经委托小龙做他的辩护律师。小龙很认真地看了卷，他认为要从根本上解脱刘跃进，就必须尽可能地查询出刘跃进案发时不在现场的证据，同时，把八戒这个人查出来。现在，案子已进入诉讼阶段，法院随时都可能开庭，可时间对于小龙特别重要，所以想请您……"

"这好办！"郑重挥了挥手，"我可以给法院打个招呼，让他们尽量推迟开庭的时间。但起诉的时间法律是有规定的，不能超限，这我必须跟你说清楚，要在期限之前完成取证工作。"

吴淮生忙频频点头："这我明白，不会让您做违背法律的事，小龙现在已经开始了查证的事。"

"小龙就是乔一龙的儿子吧？怎么？他毕业了？"郑重问道。

吴淮生回答说："是的。他既不愿意留在北京，也不愿意出国深造，非要回来帮我。"

"这孩子能有今天，全是靠了你呀！"郑重感慨万端地擦了擦眼，"一龙九泉之下也应该瞑目了！"他见吴淮生神情黯然，知道自己的话又勾起了他的伤心事，忙用轻松的语调道，"这个孙凤珍，和你是一样的倔脾气，从来也不给我个面见，真是高处不胜寒啊！"

吴淮生知道自己该告辞了，站起身道："我该走了，您这么忙，不能再耽误您的时间。"

郑重也站起来，用力拍拍吴淮生的肩膀，叮嘱道："你给我转告小龙，一定要心细，要多用脑子，案子的结局最终还是要靠证据说话。有什么困难和问题，给我通个气，咱们共同努力找出解决的办法，要坚信邪不压正这个理！"

吴淮生感动万分地直点头。恰在这时，他的手机响了。他看了看来电显示，是乔小龙的手机号码，忙跟郑重握手道别，走到市长室门口，这才摁下了接听键。

0 3

乔小龙取得了重大收获。他不仅从阿海处证实了刘跃进案发当晚不在现场，而且在叙谈到小学同学的去向时，意外得知和他同桌的姚飞现在是创世纪公司的总经理助理，这是一个令他怦然心动的讯息，一个新的方案很快便在他脑海里形成了。他问阿海能不能出面请动姚飞，老同学在一起聚聚。阿海拍着胸脯说绝对没问题，他的车全都是在他这儿修，绝对是招之即来。于是他们敲定晚上六点半在海鲜城聚集，不见不散。

乔小龙接着跟吴淮生通了电话，告知取证顺利的好消息，吴淮生也把找郑重的情况简单说了说，两人都很兴奋。乔小龙又把晚上采取进一步行动的方案跟吴淮生通了气。吴淮生告诉他说，姚飞他认识，曾因公司的摩擦和他打过几次交道，这小子虽说年轻气盛，但确实有几把刷子，是中国地质大学的硕士生，对煤炭的深加工颇有研究，所以被孔勇敢高薪聘用，委以重任。可他也有个毛病，就是嗜酒如命，一旦醉了，什么话都敢往外端。乔小龙马上便明白了淮生大哥的用意，那就是利用姚飞的这个弱点，在酒上做做文章。

夜幕降临。六点钟刚过，乔小龙就早早地赶到了海鲜城。这儿是淮海市最大也是最豪华的酒楼，来这里就餐已经成了一种特殊身份特殊地位的象征。摆阔、斗富、攀比在这里蔚然成风。乔小龙走进电动感应玻璃门，迎宾小姐躬身迎候，引领着他踏过铺着猩红地毯的甬道上了自动电梯。他跟着小姐走进预订好的醉翁包厢,一眼便看到了比他来得还要早的阿海。此时的阿海比上午整齐多了,身上的西服虽然有些皱褶,但一配上领带,还是挺精神的。

乔小龙问阿海点菜了没有。阿海大大咧咧地说点了,没经过你东道主同意,就擅自做主,请你过过目吧。说着,他把菜单递给了乔小龙。乔小龙瞟了一眼,见都是些一般的家常菜,就说你阿海挺会替我节省,是不是怕我付不起账。阿海说现在时兴吃简单的菜喝好酒,这样挺合适。乔小龙说不行不行,今天是老同学难得一聚,既要喝好酒也要吃精品大菜,说罢便把服务生招了过来。服务生递上菜谱,乔小龙一看诸如龙虾鳗鱼大闸蟹之类的价目的确吓人,全是千元左右。他咬了咬牙,拣那些五百元左右的点了几道。阿海在旁边直叫喊行了行了。

刚把菜点好,姚飞就风度翩翩地走了进来。他做出清高的样子轻轻握了握乔小龙的手,不无傲慢地说:"听阿海说你研究生毕业回了淮海,幸亏你的名字好记,没费什么劲就想起来了。有好多同学真是记不起来呢。"

乔小龙感到好笑,真是从小看大,这小子上小学时就这德行,记得那时候没啥可比,他就比家庭,说自己的爸在部队当大官,穿四个兜的军装,当兵的只有两个兜,其实他爸也就是个刚刚提干的副排长;他还说自己的妈是科学家,后来阿海悄悄在班里透露,他妈是公社农技站食堂的炊事员。但这小子心眼挺好,经常给同学奶糖和冰葫芦吃,说是他妈看他聪明懂事奖给他的。后来乔小龙和他坐同桌后,常见他屁股又红又肿,不敢坐在凳子上,趴在桌上上课,挺奇怪,就问阿海。阿海和他住邻居,就告诉乔小龙,他常偷拿他妈卖饭菜票的钱买奶糖和冰葫芦,被他妈揍的。

乔小龙想到这些,不觉笑出了声,笑得姚飞直发愣。乔小龙怕他看出自己的心思，忙道："贵人多忘事嘛！正常！正常！请坐吧，老同学！"

姚飞在主宾位坐下后，一本正经地说："今天算我的，你小龙可别不给我面子。我在创世纪年薪十二万，比你这个刚出学校门的穷学生要好多了。"

乔小龙连忙道："姚飞，我知道你这位硕士在创世纪担任总经理助理的要职，不是我恭维你，你是学富五车，腰缠万贯啊。我刚回到淮海，日后还要多多仰仗老同学你关照指教，所以你不能不让我尽尽心意呀！"

乔小龙如此一说，姚飞更上劲了，舞着双手嚷嚷："不行不行，今天一定要算我的！不就是几个小钱吗？有什么好争的，就这么定了！"

阿海用肩膀碰碰乔小龙，悄声道："他打肿脸充胖子的禀性你又不是不知道，想买单就让他买，不宰白不宰！"

乔小龙笑了笑，对姚飞道："老同学的豪侠之气依然如故，我真是佩服。这样吧，咱们今天以酒量定东道主，谁喝到最后头脑清醒，谁就来结账，如何？"

姚飞自然是热烈响应，菜还没上，他就开始斟酒。服务生忙接过酒瓶，把乔小龙、阿海面前的杯子斟满。三个人你来我往，酒杯碰得叮当响。凉菜没上前，一瓶五十八度的古井贡烈性白酒已经见了底。

阿海这时向乔小龙眨眨眼，开始打起了酒官司，他对姚飞道："姚飞，咱们定好的时间是六点半，可你六点四十分才到，你说该不该罚酒？"

"该罚！该罚！"姚飞几两酒下肚，情绪不觉又热了几分。

"要罚可就是三杯啊！"阿海鼓噪着。

"三杯就三杯，蚂蚁性交小意思！"姚飞已经不再注意言语修辞的文雅了,扯开领带,在自己面前斟满了三大杯酒。

乔小龙有些感激地看了看阿海。阿海示意他不要说话。

姚飞端起一杯酒,仰脖灌了下去。

"姚大助理,你是不是被哪个仙女缠住了!"阿海不无揶揄地调侃道。

"什么狗屁仙女,是他妈猪八戒!"姚飞说着咕咚咕咚又把另两杯酒喝了下去。

乔小龙心中咯噔一跳,不由脱口问道:"猪八戒?什么猪八戒?"

姚飞把一大块三文鱼丢进嘴里,边咀嚼着边道:"是我们公司的保安经理朱永生,八戒是他的外号。"

乔小龙心里一阵狂喜,真是得来全不费功夫。他故作漫不经心的样子又问道:"他缠住你干吗?不会是同性恋吧?"

"异性还爱不过来呢,谁他妈搞那玩意儿!"姚飞用力把嘴里的三文鱼吞下,接着道,"我其实六点就从公司出来了,可就在这海鲜城门口撞到了八戒。他像个特务,鬼鬼祟祟的,非缠着问我跟谁一块吃饭,你说他这不是咸吃萝卜淡操心吗?我和谁吃饭关他屁事?可他拉着不让我走,非要问个清楚。"

乔小龙不由警觉起来,说不定这个朱永生已经盯上了自己,不然不会有这么巧合的事。想到此,便略略有些急促地问:"你告诉他了?"

"我告诉他了。"姚飞咧了咧嘴,把面前的酒杯添满。

乔小龙心一沉,目光里多了几分忧虑。

被酒精燃烧着的姚飞并没注意乔小龙神情的变化,继续道:"我跟他说是和汽车制造公司的老总和北京的法学家共进晚餐。我把你们两个可是抬高了不少哩!"说罢哈哈大笑。

乔小龙忐忑不安的心安定了下来,想想这吹牛有时也能起到有益的作用，决心抓住这难得的机会，多了解一些朱永生的情况。他接着问姚飞："你们这位保安部经理怎么会起了这么个不雅的绰号？"

"哦，他以前曾因为'乱爱'被判过刑，在监狱里被狱友起了这么个外号。你别说，倒和他的形象挺贴切的！"姚飞以讥讽的语气说道。他说罢端起酒杯，"咱们别再扯什么八戒沙僧孙悟空了，没劲没劲！来，喝酒！"

乔小龙说："好，我敬你一杯！"二人一饮而尽。阿海没等姚飞的酒咽下，也端起酒杯敬他。乔小龙和阿海轮番向姚飞敬酒，姚飞便有了一种众星拱月的感觉，来者不拒，连连喝了十几杯。渐渐地，他的脸由红变紫了，舌根发硬，话却越来越多，东一句西一句，漫无边际地海吹起来。乔小龙见火候已到，便不失时机地开始向纵深发展，探问起创世纪公司的内部情况来。此时的姚飞已处于极度的兴奋之中，显得癫狂而又不自知，对乔小龙的问题有问必答，还不时地感慨一番，把创世纪的底全都抖搂了出来。乔小龙兴奋不已。

此时的阿海显然也有些酒多了，说话没有了顾忌，直通通地对姚飞道："你少吹你们创世纪公司，据我所知也不咋样，是外强中干，离散伙也不远了。"

"胡、胡扯八道！"姚飞醉眼蒙眬地瞪着阿海，"我们、我们公司有强大的后盾，将、将会永远立于不败之地！"

"什么不败之地？"阿海鄙夷地撇撇嘴，"你上个月在我那儿修车的发票还没报销吧？"

"这、这算钱吗？实话告诉你，孔老爷子刚刚又注入公司几百万，马上就可以付钱给你了。"姚飞抓过酒杯往嘴里塞，酒顺着嘴角往下流，"有老爷子支持，公司就能发展，我们也就会有大把大把的钱……"话没说完，他已趴在了餐桌上，言犹未尽的嘴仍在不停地嚅动着。

04

海鲜城门前停车场的车辆已渐渐稀少。朱永生坐在一辆视线比较开阔的丰田面包车里，不时睨视着酒店的玻璃大门。他抬腕看看手表时针已指向十点整，心里不觉有些着急起来。乔小龙和阿海一直没有出来，姚飞也不露身影。本来他就有些怀疑，猜测他们是不是在一起吃饭，现在就更加心神不定了。他犹豫了一会儿，决定去酒店探个究竟，如果他们真的在一块，就得赶快采取防范措施了。他打开车门，正要下去，手机突然急促地响了。他打开接听，是孔勇敢，要他马上去他的住处，有重要的事情商量。朱永生不敢耽搁，发动着丰田车，朝有"富人区"之称的玫瑰园驶去。

朱永生刚离开没多大一会儿，乔小龙和阿海便架着东倒西歪的姚飞走出了酒店大门。吴淮生也在这时开着破旧的桑塔纳来到了酒店门口。乔小龙和吴淮生心领神会地相视一笑，兄弟俩费了好大的劲儿才把姚飞和阿海弄到车上去。

这边朱永生赶到了孔宅，孔勇敢已在会客厅等着了。朱永生问孔勇敢有什么要紧的事，这么急着召他过来。孔勇敢皱着眉头告诉他说，据可靠消息，郑重市长给法院打了招呼，要他们在法定起诉时限内，尽可能延缓开庭时间，给辩护律师一定的取证时间。

"肯定是吴淮生找了郑重。他们有很特殊的关系，郑重不会不帮他。"朱永生道。

"这是显而易见的。我早就给你讲过，乔小龙这小子不好对付。你看应验了吧！如果我们不尽快想个办法，以后还会有更大的麻烦！"孔勇敢忧心忡忡。

"对阿海应该下决心了,他的旁证对我们威胁太大。一旦刘跃进无罪释放,就会像疯狗一样扑过来。"朱永生碰了碰紧握的拳头。

孔勇敢表情痛苦地说:"又是一条人命。也许当初我不该让你开杀戒,这什么时候才能杀到头啊?"

朱永生一拳砸在沙发扶手上:"杀一个人是杀,杀十个人也是杀!只要能保证公司的利益和你的安全,我们就必须杀下去,直到消除所有的危险!"他用热辣辣的目光看着孔勇敢,"哥,我现在的一切都是你给的,出了监狱后我是一无所有,没有你收留我,现在我可能还只是个街头的小混混。为了你,我万死不辞!"

孔勇敢知道朱永生的话是发自内心的,朱的所作所为没有为自己谋一点私利,完全是为了他和他的公司。可一想到又要添一条人命债和败露后的下场,他便有了一种不寒而栗的感觉。

朱永生见孔勇敢沉吟不语,有些急了:"你可不能在这种时候优柔寡断呀!你不杀人,别人就会杀你,这是你死我活的事,容不得犹豫的!"

孔勇敢心里其实非常清楚,灭口是惟一的办法,这条路必须得走,也许能走出光明大道,也许会走进深渊。他现在已没有选择的余地,只能靠运气了。

朱永生眼巴巴地看着他。

孔勇敢终于又习惯地做了个劈斩的动作:"就按你的想法办吧,但一定要麻利些,别留什么后遗症!"

朱永生点点头,随即掏出手机,摁了号码,接通之后吩咐道:"阿光吗?今天夜里就动手,完事后马上来我这儿!"

唐河桥头一片沉寂,几盏昏黄的路灯闪烁着散淡的光。阿光悄悄溜到阿海汽车修理铺门前,耳朵贴到卷闸门上倾听了片刻,然后掏出一根钢尺,趴到地上从门底缝里拨插销,拨了几下都是空的。阿光有些纳闷，于是试着往上托了托，卷闸门竟然开了。他大喜，原来阿海没有上栓，真是活该要死。阿光就地一滚，钻进了铺子里，只见里面的灯依然亮着，满屋子里散发着浓浓的酒气，阿海穿着衣服四仰八叉地躺在床上，鼾声如雷，还不时地打着酒嗝。阿光心里嘀咕：敢情是这小子喝醉了，真是天助我也！他轻轻走到床前，从腰里抽出尖刀，对准阿海的心窝猛地插了下去。一声铮响，刀尖不偏不倚，正刺在阿海胸前的领带夹上。阿海大叫一声，翻身坐起，见眼前晃动着一张狰狞的面孔，酒登时吓醒了一半，结结巴巴地问："你、你是谁？想要干……"他的话还没完，一道白光又迎面飞来。阿海躲闪不及，脸上被划开了一个大口子，血流了出来。他又是一声大叫，从床上滚落地下。阿光不容他还手，一刀紧接一刀直扎了过去。阿海酒后无力，只能在地上滚爬着躲避，背上、腿上被刺了好几个血洞。他绝望之余，敞开喉咙高声呼救。阿光慌了，不敢久留，照准阿海的背部戳了最后一刀，便匆匆跑出了修理铺。

阿海身中数刀，血流遍地，呼叫声渐渐弱了下来。也许是夜深梦酣，或是人们不愿多管闲事，没有一个人过来救援。他挣扎着爬到电话机前，用尽最后的力气拨了"110"。

05

次日清晨，乔小龙得知阿海被刺的消息，很是吃惊，匆匆赶往市医院。他明白，肯定是自己调查阿海的事被发现了，他们便采取了杀人灭口的极端手段。由此看来，案件的调查取证在取得重大收获的同时，危险也增大了，他们已经对他进行了严密的监视。事情已发展到了十分紧要的关头，倘若阿海救不过来，那就糟糕了，将会给他的辩护带来极大的困难。

乔小龙赶到医院急诊室时，发现刑警冯自强、凡一萍也在。他曾为刘跃进守护张强被人支到香樟园看到梅玲偷情的事向他们取过证，所以彼此已经熟悉。他主动上前与他们握手，简单寒暄了两句。

"你怎么也来了，大律师？"冯自强盯着他问，目光里自然少不了刑警特有的疑惑成分。

乔小龙道："阿海是我小学同学，昨天晚上我们还在一起吃饭呢！"

这时，医生从急诊室里快步走了出来，乔小龙忙上前询问阿海的伤情，医生说很严重，虽然伤口不在致命位置，但血流得太多，人一直处在深度昏迷中，能否抢救过来现在还不好说。累得气喘吁吁满脸大汗的医生最后捎带一句不无调侃的话："幸亏他睡觉有不脱衣服戴领带的习惯，不然早没命了。"说罢便匆匆走进旁边的医生值班室。

"领带？"乔小龙看着医生的背影，有些茫然地咕哝着。

冯自强把一个弯曲的领带夹举到他面前："就是这个，是它挡住了凶手的刀！"他显然不想多探讨这个话题，以职业刑警的敏感问道，"你刚才说你们昨天晚上在一块儿吃饭？在哪儿吃饭？有哪些人参加？吃到几点？"

乔小龙想了想道："这可不是三句两句就能谈得清的。"他左右看看，"你们觉得在这儿谈合适吗？"

冯自强觉得他的话在理儿，点点头说："行，咱们换个地儿。"

乔小龙和冯自强、凡一萍在医院对面找了个茶馆，寻一僻静处坐下，接着便进入了刚才的话题。

冯自强很认真的样子吩咐凡一萍拿出笔记本，做好记录的准备。

乔小龙原来并没有打算让警方知道内情，因为刘跃进是刑警队副队长，对他的侦查和定性都是由公安机关先做出的。但阿海被刺使他意识到了问题的严重，尤其是下一步去监狱调查朱永生，没有警方的支持帮助，他很难顺利完成。所以他才决定与他们沟通一下，而刘跃进曾对他讲过，冯自强和凡一萍是刘亲自挑选出来办这个案子的，可以相信。他简单地谈了一下昨天晚上吃饭的情况，然后突然问道："冯警官、凡警官，如果我说阿海是因为刘跃进的事被人谋害，你们相信吗？"

冯自强怔了怔，凡一萍也瞪大了一双好看的眼睛。

"这是千真万确的事实！"乔小龙呷了一口茶，接着道，"自从我接受刘跃进的委托以来，做了大量深入细致的调查取证工作。我可以负责任地告诉你们，刘跃进不仅是受人陷害，而且这背后还有着你们无法想象的巨大阴谋和极为复杂的内幕！"

冯自强和凡一萍神情惊诧地注视着乔小龙。

他继续道："我之所以敢把这些事情告诉你们，是因为刘跃进对我说你们二位值得信赖，并且对这个案子的起因比较了解。"

冯自强看了凡一萍一眼，凡一萍轻轻点了点头。冯自强略作沉吟，低声道："你能把详细情况谈谈吗？"

于是乔小龙把寻访到阿海，他是梅玲、项光荣遇害当晚惟一在唐河大桥看到刘跃进并愿意出来作证的事讲了一遍。

冯自强问："你的意思是有人探听到了你们谈话的内容，为灭口便对阿海下了毒手是吗？"

"是的。我和阿海谈话时，曾进来两位客人，因为我和阿海正谈到关键问题，所以就没太注意他们。现在想来，可能我担任刘跃进的辩护律师之后，就被盯上了。"乔小龙顿了顿，把身子往前倾了倾，小声道，"晚上吃饭时，我才意外得知已经被人盯梢监视，这个人想必你们也知道，他就是那个叫'八戒'的人！"

"八戒！"凡一萍不由失声叫了出来。她四周看了看，然后压低嗓门说,"这个人我知道,刘队长询问张强时,我就在旁边,他是袭击一龙公司车队的重大嫌疑人。"

冯自强的神情凝重起来。

"你们知道这个八戒是谁吗?"乔小龙的声音更低了。

"是谁?"凡一萍显得十分急切。

乔小龙一字一顿道:"他就是创世纪公司的保安部经理,真名叫朱永生!"

冯自强和凡一萍听到这儿终于听出了门道。凡一萍喃喃道:"谋杀张强,把刘队支到香樟园,再杀了梅玲和项光荣,把罪名转嫁到刘队头上,这帮王八蛋真够阴毒的!"

乔小龙注视着他们,郑重其事地道:"我已经把所有的内情都无保留地告诉你们了,我有个请求,希望你们能答应。"

"请讲。"此时的冯自强,神情已变得异常冷峻。

"刘跃进的案子很快就要开庭了,现在惟一能证明他不在杀人现场的阿海又身遭不测,而刚才我们所谈的事目前还没有确凿的直接证据,所以希望你们暂时不要向领导汇报。"

"可以。"冯自强一口答应,接着问道,"你需要我和小凡提供哪些帮助?"

乔小龙低头思索了一会儿,然后抬起脸道:"一个是阿海如果能脱离危险,希望你们能保证他的安全;另一个就是查一下王伟是如何知道朱永生外号的。据我所知朱永生曾服过刑,王伟也服过刑,他们会不会是狱友?最后一个就是尽快侦破阿海被刺一案,抓住凶手,找出幕后的主谋。"

"好吧,我们会尽全力满足你的要求。"冯自强没有丝毫犹豫便答应了,接着又道,"顺便告知你,由于凶手逃得匆忙,刺杀阿海的现场留下了很多线索,比如指纹、脚印等,查出凶手并不是很难的事。"

"那就太好了！"乔小龙露出激动的神情。

凡一萍很感动的样子看着乔小龙说："真要好好感谢您，为我们刘队长这么尽心尽力。是我汇报了香樟园的事，如果刘队有个三长两短，我这良心一辈子也安生不了，谢谢您！"

冯自强已悄悄起身，把喝茶的账结了。

06

阿海经过抢救，终于脱离了危险。乔小龙悬着的心落了下来。冯自强和凡一萍悄悄去了一趟省第三监狱，查明朱永生和王伟的确是狱友，有一点不同的是朱永生服刑时叫朱永，八戒是犯人们给他起的外号。乔小龙在会见刘跃进时，把这件事告诉了他。刘跃进恍然大悟，他对乔小龙说，这个朱永就是梅玲的第一个恋人，也就是被梅玲抛弃后要和她同归于尽的剧团主演。乔小龙立刻便明白了是怎么回事，前后一串起来，案情就更加明朗了。

吴淮生根据乔小龙提供的情报，向中纪委、煤炭部发出了检举信函，举报淮海煤炭指挥部副指挥孔令军盗用国家资金给儿子孔勇敢办公司，并且勾结黑社会扰乱经济市场。煤炭部很快派出调查组，进驻了淮海市。孔令军惶惶不可终日，限令儿子尽快交回资金。

冯自强率凡一萍全力侦破阿海被刺案，以指纹和足迹等为线索，通过电脑调阅了全市重点人的档案，目标渐渐集中到有"东区一霸"之称的阿光身上。阿光闻讯潜逃。冯自强征得队长李铁同意，集中警力进行缉拿。

形势一片大好，乔小龙振奋不已。就在这时，他接到法院的通知，次日对刘跃进一案开庭，让他作好应诉的准备。

07

刘跃进一案在淮海市影响还是很大的，毕竟他是刑警队副队长。再加上是起桃色事件，受害人一个是著名花旦，一个是闻名全市的瓜子大王，自然就引起了许多人的关注。好奇似乎已经成为当今人们生活的一大特色，晚报上关于此案的消息登出来之后，就成了街谈巷议的主题，早被传得沸沸扬扬，极具传奇色彩。所以开庭时，旁听大厅座无虚席，挤不进来的人在门外喧哗着。

法庭国徽高悬。公诉人、辩护人分坐两边，中央高高的审判台上端坐着神情严肃的法官。当刘跃进被带进法庭时，旁听席上响起了一片讥笑和嘲讽声。刘跃进苍白的脸顿时涨得通红，目光里含着羞辱和无奈。他迈着沉重的腿，很艰难地走到被告席之后，就低下了头，再也没抬起来。

人们开始议论乔小龙。有的说你看那个律师，瘦得像不像马戏团的大马猴？给一个臭警察辩护，是脑子进水了，真该再让他好好进化进化。旁边的人马上接了话茬儿，要照我看呀，他更像个刚出窝的鸡，头上的毛还没干呢！不知他吃了那个戴绿帽子的破警察多少米呐，现在的律师，只要给钱什么都干，能把公的说成母的……

乔小龙的头嗡嗡直响，对那些带有贬损人格的讥讽他并不在乎，让他担忧的是由于一些人对警察抱有偏见，辩护环境很糟糕，人们的情绪将对结局有一定的影响。虽然他在学校时曾参加过多次模拟法庭辩护，但真刀实枪这还是第一次。能否稳操胜券，他还真没有十足的把握。

审判长用木槌击打了两下审判台，高声宣布开庭。

审理按照法律程序进行。

法庭调查结束后，公诉人李明浩开始宣读起诉书：

"……被告人刘跃进故意杀人一案，淮海市公安局侦查终结，于2001年3月28日移送淮海市人民检察院。依据刑事诉讼法第十五条之规定，现由我院审查起诉。经审查证实，被告人刘跃进犯有下列罪行：2001年3月11日22时至24时之间，香香瓜子有限公司董事长项光荣和市黄梅剧团演员梅玲驾车至郊区公路旁，被告人刘跃进跟踪而至。因受害人梅玲系被告人之妻，刘跃进即起杀人之念，遂用职务佩枪射击项、梅二人，致项头面部受伤四处，颅脑严重损伤，脑实质溢出，当场死亡，致梅脖颈处和头部两处受伤，随后死亡。被告人刘跃进杀人后，逃离现场。"

"以上事实清楚，证据在卷，故予认定。"

"综上所述，我院认为：被告人刘跃进为报复，用枪把受害人项光荣、梅玲射死，手段残忍、情节严重，已构成故意杀人罪。且被告人身为警务人员，利用公务佩枪为凶器，性质尤为恶劣。为维护社会秩序，保护公民的人身权利不受侵犯，依据中华人民共和国刑法第一百三十二条之规定，特提起公诉，请依法判处。"

旁听席上鸦雀无声。李明浩正正衣襟，不无轻蔑地扫了对面的乔小龙一眼，稳稳地坐回座位。旁听席上的目光唰地投向了辩护席。

乔小龙如芒刺在背，仓促无措的样子慢慢站起身，脸上的汗不觉渗了出来。他努力使自己的身体站稳，竭力镇定自己的情绪，开始了辩护发言。

"审判长，人民陪审员，"他声音低沉，略带着嘶哑，"根据刑诉法第二十六条和律师条例第二条第三项之规定，本律师接受被告人刘跃进之委托，担任他的辩护人，为刘跃进被控有故意杀人罪一案出庭参与本案的诉讼。"他的思维在开场白之后渐渐恢复正常，话语也开始顺畅，"按照刑诉法第二十八条的规定，辩护人的责任，是根据事实和法律，提出证明被告人无罪、罪轻、减轻或者免除其刑事责任的材料和意见，维护被告人的合法权益，协助人民法院准确、及时地查明犯罪事实，正确地适用法律、惩罚犯罪、保护人民，保障无罪的人不受刑事的追究。"他的语调已经富有节奏，"避免冤假错案的发生，维护国家法律的尊严，是法律赋予律师的光荣职责，也是司法工作者的神圣使命。本辩护人将在以事实为依据、以法律为准绳、忠实于社会主义事业和人民利益的基础上，提出个人法律上的见解，以履行律师职责，维护被告人的合法权益。"说到这儿，他顿了顿，目光如炬地扫视着旁听席，骤然提高了声音，"诸位，作为辩护人，本律师深知庭审时间的珍贵，无意做普法宣传，浪费诸位的时间，只是想申明追求公平、公正和公开同样是律师的职业生命！"他把脸转向公诉席，"鉴于本案系淮海市人民检察院以被告刘跃进犯有故意杀人罪对刘提出刑事诉讼，那么本案如何认定将决定着公民的生命安全是否受到法律保护，也决定着国家法律是否得以正确的实施，还涉及被告人刘跃进的前途和命运。为了认真负责地做好本案的刑事辩护，本律师受理此案后详细地核查了本案的全部证据，会见了在案被告人。纵观全案，辩护人经过认真分析和求证，所得出的结论与公诉人所认定的被告人刘跃进是杀人凶手有着重大分歧，那就是——没有任何直接的、间接的证据，可以证实被告人刘跃进是本凶杀案件的罪犯！"

刘跃进听到这里，不由抬起头来，注视着乔小龙。

"这绝不是本辩护人毫无根据的胡言乱语，具体事实与理由是：起诉书称'被告人刘跃进跟踪受害人至郊区公路边，开枪将其击杀'，这就首先确认了被告人案发当时在犯罪现场，而据我调查，唐河镇桥头汽车维修铺业主杨海证明，11号晚上21时至24时曾目睹被告人在唐河大桥上流连，这就从根本上否定了刘跃进杀人的可能。要证实刘跃进犯有杀人罪，首先就必须证实刘跃进于11日22时至24时曾经在现场出现过，然而全部卷宗材料中，竟没有丝毫证据可以证明刘跃进出现在犯罪现场。惟一的所谓受害人的指证是车窗玻璃上留下的血字，但恰恰是这血字留下了最大的疑问。起诉书中已清楚地说明梅玲身中两弹，一为脖颈处、一为头部。那她是何时写下的血字呢？如果是中弹前，刑警出身的刘跃进难道会蠢笨到连消除罪证都不懂？这无异于掩耳盗铃。如果是中弹后，脑实质溢出的人还能写字，这简直就是天方夜谭。"

　　法庭不再静寂，嘈杂声顿起。审判长频频敲打审判台，高喊"肃静"。

　　乔小龙的语气也渐趋平稳，但却颇有力度："那么刘跃进杀人的前提是什么呢？起诉书称'刘梅二人长期夫妻失和，案发当晚曾发生激烈争执，并伴有过激行为。刘已发觉梅有婚外情，遂起杀人之念'。即便此段能成立，刘跃进就是理所当然的凶手也是过于牵强，动机并不等于目的。应当明确提请法庭注意的是，此段指控来源于梅玲的日记，仅仅只是她的猜测，除此之外，没有任何直接证据可以证明此指控是客观存在的事实。当然，辩护人对于项、梅二人惨遭杀戮不但没有异议，而且深表同情，问题的关键在于杀害二人的真正罪犯到底是谁。起诉书确认是刘跃进，这毕竟不是侦查过程中的判断，而是对刑事犯罪的认定。长期的司法实践告诉我们，认定被告人犯有某种罪行，是一项艰巨复杂的任务，这不但要有符合逻辑的分析判断，而且必须建立在充分确实的证据之上。根据起诉书的这一指控，辩护人认为，除梅玲带有重大疑点的指证外，再没有证据可以证实，如果要按照诉讼证据来衡量本案的话，尚需进一步查证以下几个问题：现场为何没有刘跃进的足迹？喷溅性血迹高达车顶棚，从车门射出最远点达 4.55 米，为什么仅在刘裤角中缝处发现一滴血痕？尽管血型鉴定不能作为证据使用，仍应弄清有没有偶然性和巧合的可能？综上所述，本辩护人认为，在没有直接证据可以证实被告人案发时在犯罪现场，也不能证实被告人对受害人实施过残害，特别在以上辩护人所提出的一连串疑点得不到合乎逻辑的论证和否定的情况下，不能认定被告人就是本案的犯罪行为人！"

全场肃静。人们被乔小龙的辩护发言深深吸引住了。刘跃进的双眼里满含着欣慰和感动，刚刚才挤进来的吴淮生已激动得满面通红了，不停地向乔小龙打着"V"字形手势。

乔小龙已经完全进入状态，收放自如地继续着他的发言："审判长，诸位陪审员，本辩护人最后向你们提出几项请求：第一，六四式手枪是一种常用的枪械，射向受害人的子弹是否出自刘跃进的佩枪，希望能做出权威鉴定。第二，按医学道理，人的血型分 A、B、AB、O 型四种，如按平均分布，两个人血型相同的机会可达 25%，在某一种族或同一地区，某一血型，两人相同的机会可达 70% 以上，血型鉴定只能作为参考，决不能作为定案的依据，况且刘跃进裤角上的血迹为陈旧性痕斑，而他在案发后一周内即遭刑拘，时间上显然有出入，能否再做一次化验鉴定。第三，不能排除刘跃进遭人陷害的可能，因其具有特殊的身份，其经办的案件与此案是否有关联，亟须核查。"

法庭又是一阵骚动。辩护律师最后提出的几点要求显然把旁听人们的思索又引深了一步。

乔小龙待法庭稍稍平静后，清了清嗓子，一字一句地结束了他的辩护发言："本辩护人鉴于本案的事实、我国法律的严格规定，以及对被告人羁押时限的实际情况，郑重地向庄严的人民法庭提出：本案事实不清，证据不力，不能证实被告人有罪，对被告人应予以无罪释放！"

审判长和旁边的审判员简单地交换了一下意见，便宣布休庭，择日开庭宣判，具体日期等待公示。

虽然不是最理想的结果，案子毕竟出现了转机，乔小龙的辩护显然起到了明显的效果。他和刘跃进互相对视，交换了一个意味深长的眼神，两人都微微笑了。

08

阿光归案了。他在外漂泊了十几天，担惊受怕之余也疯狂享乐了十几天。这种亡命之前彻底款待一下自己的心态使得他花光了朱永生给他的四万元钱。于是他又潜回了淮海，向朱永生伸出了手。刚刚结束的对刘跃进的庭审已经让孔勇敢和朱永生心惊肉跳了，阿光的无所顾忌自然使得他们十分恼怒。他们意识到，在步步逼近的危险面前，惟有让阿光彻底消失才能保住自己。朱永生与阿光约好了见面的时间地点，阿光没有等来钱，等来的是置他于死地的追杀。他侥幸逃脱后，明白了朱永生的用意，绝望之余便心一横投案自首了。他知道只有这样才能多活几天，监狱是最安全的避难所。当然，他还有一个心思，那就是绝不能便宜了孔勇敢和朱永生这两个卸磨杀驴的白眼狼。

阿光投案后，来了个竹筒倒豆子，彻底向警方交代了刺杀阿海的经过，而且把孔勇敢、朱永生如何策划炸一龙公司的煤泥池，如何袭击运煤的车队并打死王伟，如何在医院里谋杀张强，如何枪杀梅玲、项光荣嫁祸刘跃进等全都供了出来。

淮海市公安局迅速将这些情况向市检察院、市法院做了通报。恰在这时，刘跃进裤角上的血迹复检结果也由省公安厅刑科所做出了，正如乔小龙推测的那样，血痕因是陈旧性的，已受到污染，所以市公安局刑检室在化验时，血样呈阳性反应。省公安厅刑科所在刑事科学技术鉴定书中写道："……取刘跃进本人血用抗A、抗B血清直接检验，结果为O型血反应，系为取检及送检或载体的污染造成假阳性，特此更正。"

刘跃进理所当然地被无罪释放，市公安局随即恢复了他的刑警队副队长职务。

与此同时，对孔令军的调查也已结束。他因盗用国家巨额资金被检察院依法逮捕。

紧接着，检察院对孔勇敢、朱永生下达了逮捕令。刘跃进率冯自强、凡一萍到创世纪公司，在总经理室给脸色灰白的孔勇敢戴上了手铐。可是朱永生却已畏罪潜逃。

刘跃进受命对朱永生展开追捕工作，在寻找线索的同时，他通过公安专用网络向全国发出了协查通报。

一个月后，市中级人民法院开庭审理了孔令军一案，以贪污罪判处孔令军死刑。

孔勇敢在看守所自杀未遂，随后也被判处死刑。

2001年5月1日，孔氏父子双双被押赴刑场，引起淮海市轰动，全国各大媒体及海外报刊对此案进行了报道，淮海市也因此案而名闻天下……

第四章 神秘黑衣

会客室里一团漆黑,黑衣人摸索着在沙发上坐下。旁边卧室的门轻响一声,一个人影闪了出来。那人抬手摁亮了壁灯,灯光照出了他的面孔,正是朱永生。

01

春去夏来，风渐渐地热了。吹开了稻花，吹黄了麦芒，也吹烫了淮海煤田那一座座高耸的乌金之山。

吴淮生在唐河矿的储煤场奔波吆喝着，指挥装煤，身上的白衬衣已被煤屑和汗水染成了黑不黑白不白的灰色。他那被阳光镀成紫铜色的脸不时变换着表情，嘴里的喊声也随之变换：

"王大山，你小子的车怎么老是挡道，好狗还不挡路呢，快，往旁边闪一闪！"

"骡子，快喝口水。你看你累得那个熊样儿。歇着吧，不能为了点儿加班费命都不要了。咳，真是我的好兄弟！"

……

输煤机的天轮飞速旋转着，发出巨大的轰鸣声，乌油闪亮的煤如同长流不息的小河哗哗淌着，在阳光的烤晒下弥漫起阵阵水汽。进进出出的卡车卷起团团黑雾，使吴淮生不得不时时眯起眼睛。

他此时的心境就如同这夏日的晴空般舒朗。创世纪公司随着主人孔勇敢的倒台而彻底土崩瓦解了，一龙公司没有了对手，统揽了煤炭业务，占领了全部市场，真可以称得上是一枝独秀。这些天来，他没日没夜地奔忙，要把过去的损失夺回来。当然，他还有一个更大的宏愿，那就是在小龙的鼎力协助下，把公司办成一个名副其实的大企业。

一辆桑塔纳从远处疾驰而来，带起一股黑烟，在煤场旁边"吱呀"一声停住。乔小龙摇下车窗，向吴淮生招手。吴淮生快步走到车前，乔小龙示意他上车。

车里开着空调，吴淮生顿时感到一阵沁入肌肤的凉爽。乔小龙瞪了他一眼，不无揶揄地道："哥，我看你不像公司的老总，倒像个监工！"

吴淮生笑了，挠挠头道："不这样心里总不踏实，办公室有你在就行了。"

"一个能打胜仗的将军，应该是在指挥部里运筹帷幄，而不是在前沿阵地拼刺刀。"乔小龙把一沓订单扔到他怀里，"如果这些不及时处理，就会严重影响公司的业务，它比指挥装几车煤重要得多！"

"这个我明白。"吴淮生拿起订单一张张浏览着，"你签字不就行了吗？"

"你委托我了吗？有法律手续吗？"乔小龙提高了声音，语调里明显流露出不满，"哥哎，你这是正儿八经的公司，不是家庭作坊！"

"我委托你不就完了嘛！"吴淮生仍然是笑吟吟的。他显然认为乔小龙是小题大做，兄弟之间还谈什么法律手续。

乔小龙有些气急败坏了："哥，我再向你重复一遍，你这是经营一个公司，不是开家庭杂货铺！总经理的职责不是别人能代劳的，因为它代表着全公司的利益，也显示着一种至高无上的权威！如果你要把公司发展成一个颇具规模的现代化企业，就必须完善内部组织结构，制定出一套行之有效的严格的规章制度和管理模式。否则，你就永远只能是个煤贩子！"

吴淮生不笑了，表情渐渐严肃起来，小龙的话终于对他产生了作用，尤其是最后一句话，重重地触动了他。他点点头道："小龙，你说得对，要想发展壮大公司，就得有个章程，无规矩不成方圆嘛！我听你的！"

"我刚才说的只是我们要走的第一步。"乔小龙显出一副胸有成竹的样子，"第二步就是着手盖一幢像模像样的公司办公大楼，添置一些现代化的办公用具，比如电脑、仪器等。"他拍了拍方向盘,"你这部车也要换,至少得是六缸的奥迪。"

吴淮生不由睁大了眼睛。虽然他文化不是太高,但特别会算账,不仅快,而且准。他在心里粗粗划拉了一下,这几样没有个几百万是不行的。

乔小龙见他沉吟不语,面露难色,于是道:"这些都是公司的招牌,是一种实力的象征,所以必须抓紧进行。俗话说得好,树大才能招来金凤凰,这对公司以后的发展将会起到至关重要的作用。"

"这些我懂,可是钱从哪儿来?"吴淮生摇了摇头,"公司刚刚才有了起色,现在还不是贪大求洋的时候,咱们应该走稳一些,一口是吃不成胖子的。"

吴淮生的态度是乔小龙意料之中的,他目前的认识水平还达不到一个企业家应具备的纵览商海风云的高度,意识不到挑战和机遇是并存的,没有风险也就没有发展,没有大的投入怎么可能获得丰厚的回报呢?

乔小龙此时只能对吴淮生进行耐心的解释,希望自己的话能对他有些启发,促使他下定决心,于是道:"哥,商场如战场,竞争是残酷的,你的对手孔勇敢和他的创世纪公司虽然消失了,但这只是暂时的,现在是市场经济,没有谁可以垄断一个行业,新的孔勇敢随时都可能出现。作为一个有宏伟蓝图的企业家必须有雄心大略,干好眼前的同时,还要展望未来。时间就是金钱,把握商机也好,有良好的信誉注重产品质量也好,说到底,最终的胜负还是取决于人才的竞争。我刚才说的前两步其实都是为第三步作铺垫的。"

"哦?还有第三步?"吴淮生显然被乔小龙说动心了,急不可耐的样子道,"快说说看!"

"我们不能只停留在倒腾点儿原煤和煤泥上,要做煤炭深加工的大文章，优化创新产品，只有运用科技手段才是振兴公司并立于不败之地的惟一途径。"

吴淮生听得两眼放光，顿时提起了精神。

乔小龙接着道："而要做到这些就必须研究开发，关键的就是要有人才。所以我设想成立一个煤炭应用技术研究所。新的公司大楼盖成后，我们的实力就体现出来了，再许以高薪，不愁没人应聘。研究所就放在唐河边，把现在的那座小楼利用起来，环境幽静，是搞科研的最理想场所。"

吴淮生不得不佩服这位小兄弟的开阔思路，这有知识跟没知识就是不一样。如果他讲的这些真能成为现实，前景的确挺诱人。吴淮生开始正儿八经地关心起来，问道："这研究所的筹备，你有合适的人选吗？门外汉不懂行的人可做不来这样的大事情！"

乔小龙略作思索，道："合适的人选我倒有一个，但不知你意下如何？"

"谁？"

"姚飞。"

吴淮生不由得瞪圆了眼睛："你说的这个人是创世纪公司的总经理助理吧？他可是孔勇敢的人呀！"

乔小龙笑了笑："确切地说他是孔勇敢高薪聘用的助手，仅仅是老板与下属的关系，并没有太深的私交，这些从他丝毫不知孔勇敢、朱永生的龌龊勾当上就能看得出来。至于他的人品如何，咱们用的是他的技术和知识，也大可不必计较。"

吴淮生点了点头，觉得乔小龙讲得很有道理。人嘛，有奶便是娘，况且孔勇敢已经化作了灰，自己的担心的确是多余的。他最后问乔小龙："你说的这些我同意，可是还得回到开头的问题上去，这钱怎么解决？"

乔小龙对着他抬抬下巴："当然要靠你这个总经理解决了！"

"什么?"吴淮生吓了一跳,急急忙忙说,"小龙,你可别跟哥开玩笑,你就是把我拆了卖,也抵不了几块砖钱!"

乔小龙叹了口气:"哥,不是弟弟我说你,你这脑子真该洗洗了,来个观念更新。现在成气候的公司企业,有几个是靠着自己的雄厚资本闯天下的?他们开始创业时,可能还不如你。本钱从哪里来,简单得很,银行!"

"你的意思是贷款?"

"当然是。"

"这可不是件容易事,要有抵押品,还要有担保。"

"如果你找一个人,这些就都不成问题了。"

这回吴淮生反应挺快,有些警惕地说:"你不会再让我去找郑市长吧?"

乔小龙猛拍一下吴淮生的肩膀,大声道:"哥,咱兄弟俩真是心有灵犀,你把我的心思摸得太准了!"

吴淮生连连摇手:"不行!不行!我绝不会再去找他,况且是为这种事情。小龙,你可不能再难为哥了!"

"这次不会再难为你。"乔小龙从包里掏出几页纸递给吴淮生,"我给郑市长写了封信,汇报了设想和需要解决的难题,这是底稿,你看看吧!"

吴淮生很紧张地连忙看信。一页看下来,脸上的肌肉松弛了。看得出,他对信上的措辞还是很满意的。看完信后,他有些忐忑不安地对乔小龙说:"小龙,这样做合适吗?"

"我看不出有什么不合适。"乔小龙样子很自信,"因为你现在已经具备了继续发展的良好基础和条件。公司壮大了,对市里经济建设的贡献也就大了,同样对身为市长的他也是个支持或者说是回报。"

吴淮生仍有些不放心,轻声道:"不知郑市长会是什么态度?"

乔小龙晃晃脑袋:"如果我的推断不出现误差,他很快就会主动约你谈话,而且十有八九会设法为你解决资金上的问题。"

吴淮生的脸上终于浮出了笑容,搗了乔小龙一拳:"你这个小鬼头,以后可以当我的老师了!"

乔小龙发动着车子,问吴淮生:"你是不是下去继续当你的监工?"

"去公司!"吴淮生这次回答挺干脆。

02

果然不出乔小龙的预料,郑重对吴淮生的雄心壮志大为赞赏,不仅说了许多鼓励的话,而且亲自对他的规划和设想进行了考证,经过市场调查和专家论证,确认了这是一个有着广阔前景,蕴含着巨大潜力的黄金项目。在他的斡旋下,银行一次性贷给了一龙公司全部所需的资金。

十七层的一龙大厦在唐河镇拔地而起,与河对岸的市区大楼遥遥相望,为唐河镇着实增辉不少。

大楼剪彩这天,煞是热闹。鞭炮声、锣鼓声,此伏彼起;硕大的气球在蓝天上游荡,一条条上写"庆祝""祝贺"之类字眼的彩绸条幅在炽热的夏风里徐徐飘动着。

大楼矗立在灿烂的阳光里,瓦蓝色的玻璃幕墙和银色的铝合金门窗相映生辉。楼的造型是乔小龙千挑百拣才在设计图纸堆里选定的。从正面看呈船形,预示着一龙公司将破浪远航;从侧面看则像火箭,正向着高处腾飞。楼前的广场中央是弯月形的音乐喷泉,随着水柱的交织,水花的飞溅,悠扬的乐曲在天地间回荡;广场的两侧是苗圃花园,绿树青翠欲滴,花朵姹紫嫣红;整个广场的氛围和情调，由不得你不心旷神怡。

剪彩即将开始，喧哗声顿起，楼前的广场上已是人山人海。由于郑重市长亲自来参加，市里镇里的头头脑脑自然没人缺席，各方要员也大都来了，有银行行长、工商局长、税务局长等。

乔小龙责无旁贷地担任了主持人。他今天很刻意地装饰了一下自己：笔挺的西服、笔挺的领带、笔挺的头发，显得容光焕发，气度非凡。刘跃进站在他的身后，正和孙凤珍亲热地聊着天。乔小龙走到麦克风前，宣布剪彩开始。

顿时，锣鼓喧天，鞭炮齐鸣。郑重和吴淮生并排手执长剪，将红绸带剪断。吴淮生将剪刀放在托盘上，正欲随郑重转身，突然一声枪响，击中他的肩部。吴淮生一个趔趄，险些栽倒在地。起初因为锣鼓声鞭炮声的遮掩，人们对枪声并没在意，待看到吴淮生肩胛部血流如注时，才猛地省悟过来，广场上的人群顿时如炸了锅般向四处散开。一位手拿遮阳帽的青年也随着人群撒腿狂奔。

乔小龙忙一个箭步冲上去，扶住摇摇晃晃的淮生。郑重大声吩咐秘书快去叫司机把自己的专车开来。而刘跃进马上就看出了开枪的嫌疑人，从腰间抽出手枪，向那个手拿遮阳帽的杀手追去。

年轻的杀手显然是个没有作案经验的新手，否则他不会开了枪后像贼一般飞逃，很快便自我暴露了。当他发现有个警察持枪追来时，竟然两腿发抖，再也迈不动步子，把手中的遮阳帽和手枪扔到了地上。刘跃进没怎么费劲便擒住了他。

郑重和乔小龙把吴淮生扶进红旗车，疾速朝市医院开去。

这边刘跃进随即便在一龙公司新楼的保安室里对杀手进行了审讯。结果很快便出来了，正如刘跃进预料的那样，杀手是朱永生的手下，叫邓辉。以前只是街头小打小闹的混混，真刀真枪的干他还是第一次。刘跃进问他朱永生的踪迹，他说就在淮海市，是前天从上海潜回来的，昨天夜里给了他一支枪，还给了他一万块钱，并答应事成之后再奖他两万。刘跃进又问他是否知道朱的藏身之处，他说不清楚，但约好晚上七点整在桐江路口的无名茶楼二楼八号包房碰头。

尽管刘跃进推测朱永生不太可能在无名茶楼现身，但他还是抱着一丝希望决定试一试。按照约定的时间，刘跃进和冯自强、凡一萍带着邓辉早早地便进了茶楼。他们寻一僻静处坐下喝茶监视，让邓辉上楼在八号茶室等候。时间在一点点流逝，刘跃进虽然抱的希望并不大，但心里还是禁不住有些许的紧张，冯自强和凡一萍也不时地看茶楼大门和上楼的楼梯口。

七点钟到了，刘跃进绷紧了全身的神经，两眼一眨不眨地盯着门。突然，他耳边传来一声巨响，只听二楼传来一片惊叫声，紧接着，一团浓烟从楼梯口滚了下来。刘跃进大吼一声："不好！"霍地站起，向楼上冲去。冯自强、凡一萍马上也意识到不妙，跟在刘跃进身后上了楼。

刘跃进和冯自强、凡一萍站在八号茶室门口，被眼前的情景惊呆了。只见天花板掀开了，墙壁露出几个大洞，茶壶茶杯成了碎片，散落在地上。邓辉仰面躺在茶台旁，已是血肉模糊面目全非，死去的样子十分恐怖。

冯自强咬牙切齿骂道："朱永生个狗娘养的，又欠了一笔血债！"

刘跃进的脸渐渐变得铁青。他一言不发，只是双眼发红，像燃着两团火。

03

市医院外科病房里,吴淮生肩上绑着绷带,斜倚在床头。孙凤珍和乔小龙坐在床边的凳子上。看得出吴淮生的伤势不是太严重,只是因为流血太多,脸色略略有些苍白。

"真是吓死人了!"孙凤珍把一个剥去皮的橘子递给吴淮生,"大白天,又是这样的场合,竟敢开枪打人。"

"他挑的就是这种场合。孔勇敢阴魂不散啊!"乔小龙意味深长地说。

吴淮生把橘子掰一半给乔小龙,不无忧虑地道:"这个姓朱的不抓住,挺麻烦。他搅得你不得安生不说,还让那些跟咱们合作的人担惊受怕,就怕对公司的发展有影响。"

"影响是会有些影响,但不会构成什么威胁。"乔小龙把橘子塞进嘴里,"他现在只是一条落水狗,时时刻刻都处于心惊胆战的逃亡生活中,我们大可不必把他放在眼里。再说刘跃进随时都可能网住他。"

吴淮生点点头,问道:"研究所的事办得怎么样了?"

"很顺利。姚飞正在拟订购买有关仪器和设备的计划书,招聘广告也打出去了。"乔小龙说着打开包,抽出刊登广告的报纸小样递给吴淮生。

吴淮生扫了一眼小样,又还给乔小龙,道:"如果公司是鸟,这研究所可就是翅膀呀!千万马虎不得!"

"你放心,等你出院时,我一定会给你个惊喜!"乔小龙很自信地说。

孙凤珍见哥俩谈公司的事谈得眉飞色舞,就没有插嘴,听儿子说到这儿便忍不住了,瞪了乔小龙一眼道:"你要给你淮生大哥惊喜,就快给他找个媳妇!"

乔小龙撇了撇嘴道："妈，这可应该是您妇联主任的分内事啊！"

"人倒是给他介绍了不少，可就是没他中意的……"

吴淮生忙打断孙凤珍："婶子，咱们别谈这个，没啥意思！"

"我今天非谈不可，是这一枪把我震醒了。"孙凤珍声音里充满了感动，"不是你不中意，你这全是为了小龙啊！你爸爸妈妈几年前临咽气前，都拉着我的手说，他们最遗憾的就是没能见到儿媳是啥模样，没能抱一抱孙子……"

乔小龙眼角发热，把吴淮生的手拉过来，贴在自己脸上，动情地低低喊了声："哥……"

吴淮生很爽朗地笑了，以轻松的语调道："婶子，您看您，这和小龙有啥关系？是我的缘分未到嘛。"

"唉——！"孙凤珍长叹一声，接着说，"这回如果你有个三长两短，我这辈子可就背上良心债了，也对不起你长眠地下的爹妈啊！"

吴淮生正要说几句劝慰的话，刘跃进推门走了进来，手里拎着一网兜水果，进门就说："对不起啊淮生，到现在才来看你！"

乔小龙忙站起身让座。

孙凤珍已经拉住了刘跃进，忙不迭地说："来，跃进，坐这儿吧，我回去给淮生炖鸡汤，你们哥儿几个好好聊聊。"说罢起身走出了病房。

刘跃进把水果放在床头柜上，很关切地问："怎么样？伤得重吗？"

吴淮生欠欠身子道："还好，没伤着骨头，医生说最多半个月就可以出院了。"

刘跃进松了口气："幸亏是个新手，不然可就真麻烦了，他离你只有十几米。"

"那个杀手钓没钓来朱永生？"乔小龙忍不住插话问道。

"妈的，别提了，想想就窝心！"刘跃进满脸的懊悔和沮丧，"鸡没引来还折了米。朱永生为了灭口，事先在茶室里放了定时炸弹，那小子当场就被炸死了。"

吴淮生不由得吸了口凉气，道："这个朱永生，真够阴毒的！"

"郑重市长为你被刺的事很恼火，把我们田局长训了一通，昨天晚上连夜开了市长办公会，认为这件事关系到全市的经济环境，限令公安局必须破案。局里紧接着也开了局务会，决定成立追捕组，由我担任组长，我这肩上的压力大呀！"刘跃进的双眉不自觉地皱了起来。

"你准备用什么办法抓他？"乔小龙又问道。

"发了通缉令，也上了公安专用追逃网。这小子是监狱'专科学校'毕业的，在狱友那里学了不少对付侦查的手段，一时还难以奏效。"刘跃进说到这儿顿了顿，注视着乔小龙道，"你是法律大学的高材生，有没有好的办法帮帮哥？"

乔小龙低头沉思了一会儿，道："朱永生外逃也好，窝在淮海也好，都得在市里有眼线，不然就成了聋子和瞎子，也失去了隐藏的屏障。你现在惟一的办法只能是以人找人，这样才能占据主动。他以前在黑道上呼风唤雨过，目前他也只能找那些小兄弟帮他，这从他让那个姓邓的充当杀手就能看得出来。况且他逃走时，从孔勇敢那儿裹去了一大笔钱。黑道上的那些人渣讲江湖义气是假的，其实都是些见钱眼开的主儿，为了钱可以不要命，所以你必须从他们那儿下手，寻找线索。"

刘跃进若有所思地说："你说得不错，我是应该从这方面下下工夫。"

04

淮海机场。

迷蒙的细雨浸濡着浓浓的夜色,使得候机大厅门前的灯光愈加显得朦胧。一阵轰鸣在机场上空响起,一架巨大的空中客车闪烁着刺目的指示灯盘旋落地。

一位身穿黑色西服,鼻梁上架着墨镜,手里提着一个黑色旅行箱的年轻人随着人流从出口处走出。他步履稳健,神态从容,虽然戴着墨镜,但仍能从那半露的脸上看得出是个英俊的小伙子。

他径直走到出租车停靠处,背对着灯光摘下墨镜,上车后才对司机轻声说:"去玫瑰园!"

玫瑰园是淮海最有名的别墅小区,位于市郊小黄山脚下。这里聚居着外商和港台地区来淮海投资的老板们,被市民戏称为"租界"。

出租车司机以为遇到了大款,在发动车子的同时,甩出一句:"到玫瑰园一百元,不还价。"

黑衣人的声音依然很轻:"6767667,这个号码你不陌生吧?"

司机当然清楚这是监督出租车的举报电话,不敢再吭声了,挂挡、踩油门,车子皮带轮发出一声尖啸,忽地蹿了出去。司机示威似的用力摁下里程计算器,咕哝着说:"大晚上,还下着雨,候这趟班机快个把小时了!"言下之意,自己是吃了大亏。

黑衣人板着脸,并不理睬他。

司机本来想多绕两个圈子,想想这人对淮海并不陌生,又从倒车镜里看到他的脸阴沉着,便赶快打消了这个念头,因此出租车很快便到了玫瑰园,在门口的栏杆前停了下来。

保安从警卫亭里走出。黑衣人摇下车窗,递给保安一个类似通行证的卡片，栏杆升了起来。

出租车在一幢小楼前停住，黑衣人递给司机一张百元大钞，司机找钱给他，他把那些碎票子推了回去。司机大喜，连声说："真人不露相，您肯定还能发大财！"话没说完，黑衣人已下了车，向楼门大步走去。

出租车司机喜洋洋地哼着小曲，轻打方向盘，疾驰而去。

黑衣人在楼门前站住，摁了几下密码传唤铃，门锁"吧嗒"一声开了。他推门走进大厅，轻轻放下旅行箱，也不开灯，摸黑登向楼上。

会客室里一团漆黑，黑衣人摸索着在沙发上坐下。旁边卧室的门轻响一声，一个人影闪了出来。那人抬手摁亮了壁灯，灯光照出了他的面孔，正是朱永生。黑衣人忙用双手遮住脸，有些气急败坏的样子低声吼："不要开灯！快，关上！"

朱永生赶紧把灯关了。

房间里久久地沉默着，只有二人一高一低的喘息声清晰可闻。朱永生终于憋不住了，咳了两声后问道："才下飞机吧？"

黑衣人没有答话。

朱永生又小心翼翼地试探着问："是不是先洗个澡，弄点儿饭吃？"

"你不能在淮海待了。"黑衣人终于闷声闷气地开了腔。

黑暗中的朱永生肯定是怔了一下。这从他说话的语调里就能听得出来："咦，怎么了？你不是说最危险的地方往往最安全吗？"

"此一时，彼一时。现在是你认为安全的地方已经危险了！"黑衣人干巴巴的声音不带任何感情色彩。

"你的意思是……"朱永生嗓子微微打着战。

"离开淮海。"黑衣人一字一顿。

"现在？"

"对，立刻！"

茶几上响起一下清脆的"叮咚"声。

朱永生连忙摸到沙发旁坐下。

黑衣人声音低沉："这是珠海市郊香港公务员度假村的房门钥匙，具体地址和房号我已经写在了纸上。你到了那儿后绝不能随便外出，会有人照顾你的生活和安全。"

朱永生伸手抓起钥匙和钥匙下的一张纸。

"你可以走了。"黑衣人下逐客令。

朱永生走到门口又停住了脚步，转过头道："我们怎么联系？"

"不准你用任何方式跟我联络，需要你的时候我会通知的。"

朱永生酸酸地丢下一句"你要多保重"后，便大步出了房间，向楼下跑去。他那"咚咚"的脚步声在这死一般寂静的深夜里显得特别响亮。

黑衣人这才仰倚在沙发背上，长长地出了口气……

05

刑警队小会议室里，刘跃进和冯自强、凡一萍在研究如何查找朱永生。冯自强认为如果无目标地在黑道上查，范围太大，也有些盲目，费时费力不说，还容易打草惊蛇。他提出能否在死去的邓辉身上琢磨琢磨。

凡一萍大眼一睁，莫名其妙的样子说："他都死了还能琢磨出啥？"

刘跃进显然明白冯自强的意思，问他是不是以邓辉为中心，查一查他的狐朋狗友，从中找出线索。

冯自强点点头说就是这意思,既然朱永生让邓辉去当枪手,就说明他们的关系非同一般,那邓辉周围的亲朋好友就极有可能也认识朱永生,甚至说不定知道他的行踪或是藏身之地。

凡一萍终于听明白了,眨了眨眼说:"你们这么一讲,我倒还真想起一个人来。"

刘跃进连忙问她想起了谁。

凡一萍接着道:"邓辉死了后,你不是派我处理他的后事吗?那天从无名茶楼把他的尸体拖走时,我就注意到他的家人中,有个女孩偷偷地抹眼泪。后来到了火葬场,这个女孩就哭得更伤心了,到最后简直是哭得昏天黑地,还昏过去一次。因为这女孩长得挺可爱,我就有些同情她,问旁边的人她是谁,他们告诉我说,她是邓辉的女朋友。刘队,你看咱们能不能先从她身上琢磨琢磨?"

刘跃进点了点头。冯自强也表示赞成,认为这个女孩是最合适的人选。

说查就查。刘跃进和冯自强、凡一萍迅即开始了摸排查访。经询问邓辉的家人,得知女孩叫李燕,在唐河夜总会做领班,两个人相处已有两年多了,感情很深。邓辉生前常在家里说,要挣大钱,不再让燕子做夜总会的领班小姐。刘跃进和冯、凡两位手下又马上赶到唐河夜总会。老板告诉他们,李燕已经辞职了,但最后补了一句,说她在邓辉死后,常来这儿喝酒蹦迪,让刘跃进他们晚上再过来看看,说不定能找到她。

夜幕刚刚降临,刘跃进和冯自强、凡一萍就早早来到了夜总会,在能看到大门的角落处找了一个台位,坐下等候。此时正是上客的时候,大厅里放着强歌劲曲,镭射灯的光束像受惊的群兔,忽而冲上天幕,忽而跳到墙上,又忽而在地板上乱钻,弄得人眼花缭乱。客人渐渐多了起来,不一会儿便喧哗声四起了。有十几个穿着很露的小姐出现在舞池中央，随着震耳欲聋的音乐又蹦又跳，不时地向客人搔首弄姿，显然这是夜总会特意安排的，目的是要挑逗起客人们的热情。

突然，凡一萍碰了碰刘跃进的胳膊，向大门使了个眼色，压低嗓门说："来了！"

刘跃进向门口望去，只见一个身材细挑儿，披散着长发的女孩慢慢走进了大厅。由于她没化妆，显出让刘跃进颇感意外的清纯和朴实，尤其是她眉宇间淡淡的哀伤更让人生出几分同情来。她在离刘跃进他们台位很近的位置悄悄坐下，服务生走了过来，喊了声燕姐，问她要什么。她低着头说照旧。服务生很快便送来了一瓶干红葡萄酒和一个高脚玻璃杯。她没让服务生斟酒，自己"咕嘟嘟"倒满一大杯，一仰脖灌了下去，然后又倒满喝了下去，连喝了三大杯才停住。

刘跃进怕自己和冯自强过去惊了李燕，就让凡一萍先去接触接触她，尽可能把她带回队里询问。

凡一萍走到李燕对面坐下，对她笑了笑。

李燕抬起脸说："对不起，这个台子我已经包下了。"

凡一萍又笑了笑，道："怎么李燕，不认识了？"

李燕皱起眉头想了想，有些茫然地摇了摇头。

凡一萍不得不提示她："邓辉的后事就是我负责处理的呀！"

李燕显然想起来了，脸上顿时变了颜色，因为酒精作用有些迷离的双眼也骤然睁大了，有些紧张地问："你、你也来这儿玩？"

凡一萍不置可否，拿起酒瓶看了看说："女孩子喝这么多酒可不好啊！"

李燕眼帘低垂，长长的睫毛颤了颤，嗫嚅着说："是，以后不喝了……"

"听说你常来这儿喝酒蹦迪，"凡一萍斟酌着合适的语句，"还是在为邓辉的事伤心吧?"

李燕绞着双手,默不作声。

"事情过去就算了,你还年轻,生活的路还长着呢,别老是陷在里面出不来。再说,邓辉他不该受坏人的指使开枪打人,最后自己也遭了毒手。"凡一萍耐心地劝慰开导她。

李燕紧紧咬着嘴唇,仍是一言不发。

强劲的音乐声又响了起来,超分贝的声波一浪高过一浪,震得人耳鼓发麻。凡一萍瞥了一眼刘跃进,见他正对着她向门外打手势。她马上便明白了他的意思,往前倾了倾身子对李燕道:"李燕,这里面太吵,咱们出去谈谈好吗?"

李燕的脑门上沁出了一层细碎的汗珠,她带着恳求的语气说:"警花姐姐,我去一下洗手间可以吗?"说着往里面指了指。

凡一萍见洗手间在夜总会的走廊深处,也就放下心来,道:"行,你快去吧,我在这儿等着你。"

李燕连忙站起身,匆匆穿过大厅,向走廊尽头走去。

十分钟过去了,半个小时过去了,仍不见李燕出来。凡一萍感到不妙。刘跃进和冯自强也等急了,走过来问凡一萍怎么回事。凡一萍说李燕去洗手间了。刘跃进说可能出问题了,去洗手间不会要这么长时间。他们三人赶紧去洗手间寻找。刘跃进和冯自强等在标有女性标志的门外,凡一萍很快便出来了,沮丧地说里面根本没有李燕的影子。

刘跃进让服务生喊来了胖老板,问他夜总会还有没有其他的门。老板头摇得像拨浪鼓连声说没有。

冯自强黑着脸说:"你说没有是吧?好,我马上就查,如果发现有别的门,我铐你三天三夜!"

老板脸上的肥肉登时就抖开了,赶紧边递烟边说:"有有,但只有一个,在后面,我这就带你们去看!"

刘跃进他们跟着老板走向走廊尽头。老板撩开紫红色的窗帘，可后面并不是窗户，却是一个半人高的楼梯。拾阶而上，楼梯竟向旁边拐去，又登上半人高，眼前是一条更加幽深的走廊。沿走廊继续前行，旁边包房里的声音便不堪入耳了，有的似哭似笑，有的猪拱食般呓哝，有的干脆就是大呼小叫。凡一萍用手堵着耳朵。冯自强揶揄老板说，难怪每次扫黄都扑空，原来是明修栈道暗度陈仓啊。老板不敢回话，低着头飞快地往前走。

后门终于到了，老板推开厚厚的铁门，眼前是条黑咕隆咚的巷子。

刘跃进问老板："李燕住哪儿你知道吗？"

老板挠挠头道："这个……我还真不太清楚。"

刘跃进摸出手机："那好吧，我让打黑扫黄队过来！"

老板胖脸上的油汗一下子就冒出来了，连声道："刘队！刘队！手下留情！我明天就把楼梯口和这后门都封了，坚决不藏污纳垢！"他说着掏出纸和笔，匆匆写下几行字，"刘队，这是李燕租房的地点，她是郊县人，一直都住在这地方。但她现在搬没搬地方我就不知道了。"

刘跃进接过字条，扫了一眼，道："如果你小子蒙我，应该清楚是什么后果！"

老板点头如捣蒜，脸上堆满笑说："不敢不敢！如果你们找不到这个死丫头，就给我打个招呼，我今天晚上把夜总会关了，动员所有的小姐去帮您找人。"

刘跃进和冯自强、凡一萍按图索骥，很快便找到了李燕的住处。还好，窗子亮着灯光。三人轻轻从警车上跳下，蹑手蹑脚来到房前。刘跃进叩了两下门，里面没有动静，又用力重重地叩了几下，仍是无声无息。他示意凡一萍说几句宽慰话。凡一萍提高声音道："李燕，我们知道你在房里，别害怕，我们只是找你了解

110

一些情况，快把门打开，不然你这可就是妨碍公务了！"可是等了一会儿，里面还是一片寂静，凡一萍有些不安地低声咕哝："她不会出事吧？"一句话把冯自强说急了，他后退一步，猛地发力，用肩把门给撞开了。

三人快步走进，只见李燕窝在床头，正抱着肩瑟瑟发抖，床边摆着一个大旅行包，塞满了衣物，拉锁还没拉上，看得出她是想连夜离开这儿。刘跃进不忧反喜，心里不觉有些踏实了，这说明她心里有隐情，不然不会竭力回避警察，甚至要逃走。他拉过一把椅子，在李燕旁边坐下，李燕又往墙角缩了缩身子，满眼惊恐地看着他。

凡一萍向李燕介绍了刘跃进的身份。

刘跃进尽量温和地说道："小妹妹，你这心里藏着事我们知道。我们为什么找你？也就是为了解开你这心里的疙瘩。怎么样？能不能说出来听听？"

李燕听了刘跃进的话，不仅没有安定下来，反而比刚才还要紧张，愈加苍白的脸上肌肉抽搐着，颤抖着嗓音说："我……我错了，我说出来，你们能饶了我吗？"

有戏！刘跃进不由得精神一振，和冯自强凡一萍交换了一个兴奋的眼神。他不动声色地道："只要你能讲出来，就说明你端正了态度，愿意主动配合我们的工作了，当然可以酌情减轻对你的处罚了。如果你能协助公安机关把问题弄清楚，还算是立功呢！"

李燕咬了咬嘴唇，像下了很大决心似的轻声说："邓辉把那一万块钱给了我，他出事后，我一直想上交给你们，可又怕受处理，就……就……"她垂下眼，很羞愧的样子把头埋在双膝之间，嗫嚅着吐出后半截话，"就把这钱昧下了。"

"就这！"刘跃进有些失望。

"真的就这么多！"李燕抬起脸，声音也不由自主提高了许多,"如果多一分钱,随便你们怎么处罚我!"

刘跃进明白是她误解了自己的意思,也不想多作解释,苦笑了笑道:"小李,你好像还有一件事没讲出来。"

李燕又像刚才一般惊恐起来,拼命地摇着头。

"你好好想一想。这件事和那一万块钱有联系,但比它严重得多。"刘跃进启发她。

李燕理解不了刘跃进的提示,手死死地揪着头发想了半天也没想出什么来,又摇了摇头。

刘跃进只好点破:"这钱是谁给的?也就是说是谁指使邓辉开枪伤人的?这事你不会一点儿不知道吧?"

李燕终于明白了刘跃进的意图,弄清他们找她的目的并非是那一万块钱,她心里反而轻松了不少,脸上的表情也渐渐有了些许的生动。她忽闪着大眼睛,声音平静地对刘跃进道:"警察叔叔,我真的不知道是谁给的钱,邓辉从来没告诉过我。你们想想,是这个坏蛋害了邓辉,如果我知道是谁,早就找他算账了,还能不告诉你们?"

刘跃进想想这小丫头说得也有些道理,为邓辉报仇的确正是她求之不得的,怎么可能隐瞒不报呢?!难道空忙活一场就这样草草收兵?但他觉得还是应该再努力一下。刘跃进思忖了一会儿,又看着李燕道:"邓辉出事前有没有流露过不正常的情绪?讲没讲这一万块钱是从哪儿来的?"

"没有。"李燕回答得很干脆。她想了想又道:"他只跟我说这钱是他做了一笔大生意的定金,如果生意做成了,还能再赚两万。"她说着叹了口气,"谁能想到他做的是这种卖命的生意!"

刘跃进从公文包里掏出朱永生的照片递到李燕面前,问道:"这个人你见过吗?"

李燕很认真地端详了一会儿,轻轻摇了摇头。

"你仔细想想，邓辉周围的朋友，或是说他道上的兄弟，有没有他常在你面前提起，而你又从没见过的人？尤其是那种他认为很有能耐，比如老大、老板之类的？"

刘跃进的话终于起了作用。李燕未假思索就答道："有！有！是有这么一个人！尤其是在他出事前的几天里，他常讲起这个人！"

"你详细说说，别着急。"刘跃进眼里闪出一点亮光。

"他说这个人以前是他的大哥，后来在一个大公司当经理，现在又成了他的大哥，手里有上千万的家财，来去坐飞机的，住的是淮海市最高级的别墅。"

"高级别墅？"刘跃进神情一振。

"就在玫瑰园。邓辉还带着我去欣赏过一次，那才真叫豪华！"李燕说着，脸上涌出由衷的向往和羡慕。

刘跃进和冯自强、凡一萍都振奋起来，如果把柳暗花明峰回路转用在此时，真是再恰当不过了。刘跃进细想想，印象中朱永生并没有玫瑰园的别墅，可也许恰恰正因为此，疑点才更大，才更有希望。

想到这儿，刘跃进连忙问李燕："这幢别墅的位置你还能不能找到？"

"玫瑰园太大，路又曲里拐弯的，恐怕很难记住了。"

"那你能不能辨认出来？"

"那儿的小洋楼式样都差不多，怕也有困难。"

"楼和楼之间毕竟有区别，"刘跃进给李燕打气，"比如房顶的颜色，一些特殊的造型，还有周围的环境等。应该还是有希望认出来的。"

"那我就试试看吧！"李燕终于答应下来。

刘跃进和冯自强、凡一萍都笑了。

06

　　一龙煤炭综合开发有限公司应用技术研究所的筹建工作终于全部结束了。原公司的办公楼经过重新装饰，焕然一新。乔小龙责无旁贷地担任了研究所所长，而姚飞则成了他的助手，担任副所长。虽说姚飞有好虚荣吹牛的毛病，但他在煤炭深加工这块领域的确造诣匪浅，这从他对研究所建立之初挑选的几个项目的考核论证上就能看得出来。因为淮海是全国闻名的煤炭基地，云集了众多的地质矿业人才，所以研究所招贤纳才并不困难。招聘广告在各大媒体公布后，高额的薪水和完成项目之后的优厚报酬以及保证科研资金的许诺吸引了很多有识之士，应聘者络绎不绝。乔小龙在姚飞的协助下，对应聘的人进行了考核和验证，经过筛选，聘用了二十位卓有建树的研究人员。

　　研究所迅速走上轨道，开始了紧张有序的运行。

　　这天早饭后，乔小龙按惯例在唐河边漫步，思考着全天的工作计划。清晨的阳光纯净而又温柔，抚摸着河滩的青草野花，将澄澈的河水染成了浅红，凉爽的晨风吹走了夜间的燠热，送来一阵阵沁人心脾的馨香。沉浸在恬静和安逸里的乔小龙，不觉神思摇荡，又想起了久别的郑莉，一股涩中有甜的温情悄悄在心中弥漫开来，思念油然而生。他难以自禁地抬起头来，目光茫然地眺望着唐河尽头水天相接的青色雾岚，心里顿时变得空落落的。

　　"小龙！小龙！"一阵大呼小叫打断了他的思绪，把他吓了一跳。乔小龙转过脸来，只见姚飞正从河堤上往下冲。

　　姚飞气喘吁吁地在乔小龙面前站定，喘了喘这才说道："好消息，咱们研究所又捡了个宝！"

　　"宝？什么宝？"乔小龙疑疑惑惑地问。

　　姚飞的激动和兴奋这次没有做作与夸张，显然是由衷的："中国煤炭学院毕业，还在国外攻读获取了博士学位，是咱们缺少的最最专业的人才！"他说着神秘地向乔小龙眨眨眼，又补上一句，"而且是位绝顶美丽的小姐！"

"你这后一句话就有些夸张了，而且多余。"乔小龙不无揶揄地瞥了姚飞一眼，然后往上面走，"世界上没有任何东西是绝顶的，至于是先生还是女士，我们似乎不应该有这个概念。"

乔小龙和姚飞走进研究所的接待室。坐在沙发上的一位年轻女士连忙站了起来。姚飞介绍说："这位是我们研究所所长乔小龙先生。"

女士与乔小龙礼节性地握了握手，淡淡一笑道："久仰、久仰。我叫林非，前来贵所应聘，请多关照。"说罢未等乔小龙让座，便径自坐回了原位。

乔小龙在旁边的沙发上坐下，打量起这位颇有些傲气，却又举止得体的女士来。姚飞说得不错，她的确很漂亮，五官搭配得恰到好处，细嫩雪白的皮肤如玛瑙般闪着晶莹的光，最为不一般的是她没有化妆，完全是一种纯天然的美。因为是夏天，素色的真丝连衣裙将她优美的身材衬托得凹凸有致，尽显女性的丰腴飘逸。她很年轻，不会超过25岁，这令乔小龙有些惊讶，推算起来，她应该很小的年龄就上了学。

林非轻轻端起茶杯，小口品着茶，偶尔抬起秀目，瞭了一眼面前的乔小龙，等待着他的发问。

乔小龙显然不想把同女士的见面弄得很沉闷压抑，于是用轻松的语调带有调侃地开了口："您的名字和我们这位姚副所长相同呢，看来我们还是有缘分的。"

"我这个非是是非的非。"林非放下茶杯，脸上不带任何感情色彩，"如果说得好听一些，也可以说是非同一般的非。"

乔小龙从她的口气里能听出保持一定距离的味道，不得不正襟危坐，神态变得严肃起来。他按照面试程序，逐项询问了有关情况，然后道："林非小姐，想问一个题外的问题，您不会见怪吧？"

"请讲。"林非似乎是不经意地挺了挺身子，饱满的胸部顿时毕现，而且微微颤动了一下。

乔小龙不觉有些耳热心跳，为了掩饰自己的窘态，他赶紧问道："从您的简历可以看出，您不仅完成了优秀的学业，而且还在这个领域的实践中取得了一些丰硕的成果，况且家又不在此地，为什么不在国外发展或是在大的科研机构一展抱负，却要到我们的小研究所来屈就呢？"

林非终于很妩媚地笑了，圆润的双颊现出两个十分迷人的酒窝，她朱唇轻启道："我不否认高薪是个因素，但这不是关键所在，最重要的是你们这儿有一个人尽其才的宽松环境和为科研项目提供充足资金的最佳条件。这对以创新为成就的专业人士来说，是最具诱惑力的。"

乔小龙不禁为她的理由生发出由衷的赞赏，对眼前的林非不得不刮目相看了。她不仅有着出众的美丽外表，而且内心也有着不同寻常的追求。这个才更让人觉得珍贵，尤其是物欲横流的今天，像她这样光彩照人的女孩还能耐得住寂寞，在枯燥的图纸堆里和冷冰冰的仪器前发愤钻研，实在是不多了。她刚才的傲气和刻板，此时在乔小龙的眼里立刻便转变成了颇具吸引力的特殊气质。

"乔所长，姚副所长，如果没有别的问题，我就告辞了。"林非做出欲站起来的样子，"希望你们能尽快通知我，录用或是不录用，我都十分感谢你们，毕竟贵所给了我应聘的机会。"

乔小龙沉吟片刻。本来他打算当场表态聘用她的，但想了想觉得应该端端架子，自己不论怎么说还是个所长，尤其是对这样一位心高气傲的美丽女孩,更应该显示出一种威望来。他咳了两声清清嗓子,然后不紧不慢地道:"好的,我们会尽快研究答复你。能否请你留下你的住址或电话,以便于联系?"

林非站起身,从挎包里拿出早就准备好的字条,交给乔小龙,道:"我住淮海能源宾馆,这上面是我房间的电话号码。"说罢很有礼貌地与乔小龙、姚飞逐个握了握手,走出了接待室。

一股淡淡的清香在屋里弥漫。乔小龙仔细看着字条上秀丽的笔迹,不由自主地吸了吸鼻子。他问姚飞:"你看这位林非女士怎么样?可以用吗?"

姚飞撇了撇嘴角:"看不出有什么不一般的地方,可能惟一特殊的就是故作清高和傲慢。"

"你傲是傲在嘴上,人家傲是傲在心里。"乔小龙瞪了姚飞一眼,"你刚才不还跟我说捡了个宝吗?怎么现在又变了?别在这儿言不由衷了,我看你是嫉妒了吧?嗯,是居心叵测!"

"嫉妒绝对没有,居心叵测倒是有那么一点点。"姚飞摇头晃脑,"我怕她来了后,你这个大所长神魂颠倒,没心思处理事务解决科研人员的后顾之忧,那损失可就大了!"

"胡扯八道!"乔小龙有些严肃起来,"咱们这是研究所,不是嚼舌头的市井之地,你要好好管管这张嘴,如果在这方面惹了什么麻烦,我要你好看!"

"跟你开个玩笑嘛!"姚飞赶紧一本正经,"其实在没给你打招呼之前,我就决定要用她了。她不仅才貌双全,而且挺稳重,举手投足也挺注意分寸,是个很难得的女性。"

"这才像个副所长的样子!"乔小龙忍不住捣了姚飞一拳……

07

刘跃进询问李燕,终于取得了收获,这让他颇感振奋。从她的话中分析,朱永生很有可能就躲藏在玫瑰园。这个别墅小区的确非常理想,由于它的特殊性,一般很难有人相信这儿会藏匿着逃犯。他通过治安户籍部门,查阅了小区每一个住户的情况,但结果让他失望:居住在此的全是外商和港澳台投资做生意的老板。最终,他只能做出让李燕辨认的决定,把这一丝希望全寄托到她身上。由于怕目标太大打草惊蛇,刘跃进让凡一萍带着李燕去找。

烈日当空,炙热难当。风是烫的,地上的水泥道是烫的,一幢幢别墅小楼也是烫的。凡一萍和李燕在玫瑰园里走了一圈又一圈,身上的连衣裙干了湿、湿了干,仍是一无所获。因为这儿的确正像李燕说的那样,一幢幢小楼造型和颜色都大致相同,很难区别开来。

李燕不想再白折腾了,对凡一萍说:"姐,我实在找不到那幢楼了,咱们回去吧!"

凡一萍也意识到用这种方法肯定不行,再转一百圈也是徒劳无益,于是转开了脑筋,苦思冥想了一会儿,她试探着问李燕:"这个楼的附近有没有什么特殊的标志?比如摊点、商店什么的?还有就是楼的周围会不会有和其他地方不一样的植物,像花草树木等东西?"

李燕很认真地想了想,若有所思的样子说:"我记得离这幢小楼不远有个院子,里面有很多孩子在嬉闹,很像是个幼儿园。嗯,花草树木嘛……"她竭力回忆着,突然眼睛一亮,"噢,有了!楼前有一丛很大的葡萄架,我当时还摘了一颗青葡萄,酸得直倒牙……"

凡一萍顿时兴奋极了,搂住李燕又跳又叫:"这就好找了!这就好找了!"

她们擦了擦脸上的汗,又浑身是劲地找了起来。因为有了目标,一圈还没转完,李燕就在一幢刚才走过无数遍的小楼前停住了。凡一萍抬眼望去,楼前果然有一丛葡萄树,不远处的一个椭圆形大门里,传出稚声稚气的合唱歌声,显然是小区的幼儿园。

"是这儿吗?"凡一萍轻声问李燕。

"是的,就是这幢楼。"李燕用不容置疑的口气答道。

凡一萍不由得细细打量起来。其实这幢楼跟其他的楼还是有些差别的,只不过是差别不大而已。首先是窗户,比别的楼要小得多,而且全都蒙上了厚厚的窗帘;其次是它没有阳台,外墙镶嵌的是像玻璃一样光滑的意大利瓷板,整个造型就像是一个大大的恐龙蛋。

李燕抬脚欲往里走,被凡一萍扯住了。在没采取行动之前,谨慎行事是非常重要的,不能让楼房里的人有任何警觉。

凡一萍和李燕很快便离开了。凡一萍边走边摸出手机,拨通了刘跃进的电话……

第五章 意乱情迷

林非不让他走,紧紧地抱住了他。起初他试图挣脱,但当林非把柔软温润的嘴唇贴在他脸上时,他就再也把持不住自己了。一阵疯狂的热吻之后,他骤然之间想到了郑莉,于是重新恢复了理智,逃也似的离开了公寓楼……

0 1

刘跃进对玫瑰园12号别墅楼进行了调查，获悉房主为一港商，曾在淮海做过房地产生意，已有近半年未在此居住了。因玫瑰园小区是市政府规定的特殊保护区，刘跃进无法采取搜捕行动，于是向队长李铁做了汇报。李铁一直深为刘跃进的冤案内疚，他知道抓住朱永生才是对副手最好的补偿，所以马上便找了局长田明亮。田局长经请示市政府批准，下达了秘密行动的指令。

当天深夜，刘跃进率冯自强、凡一萍等刑警队员悄悄包围了12号楼。

整个别墅区一片寂静，夏夜热乎乎的风吹得人身上黏黏的，楼里一直都是黑沉沉的没有一丝灯光。刘跃进嘱咐身边的冯自强、凡一萍多加小心，注意隐蔽自己，因为朱永生手里有枪。冯自强和凡一萍都紧绷着脸点了点头。

时针指向了12点整，预定的行动时间到了。荷枪实弹的刑警队员们匍匐着快步接近了小楼。

刘跃进对冯自强、凡一萍一挥手，低吼了声："上！"三人几个腾跃，便靠到了楼门前。

冯自强从腰里解下万能钥匙，小心翼翼地插进锁孔，轻轻一拧，门无声地开了。刘跃进身子偏了偏，从半开的门缝隙里拧了进去，身后的凡一萍已打亮了手电筒。

客厅很大，大理石地面在手电光的映照下泛着幽幽的光，中央是一圈沙发，已套上了雪白的布罩，给人一种阴森森的感觉。大厅里除此之外，再无他物，显得空阔而单调，但给人的却是一种很强烈的压抑感。

刘跃进不由得紧了紧手中的枪，把手电的光柱移向螺旋式楼梯。他踮起脚尖向楼梯靠近，并打手势示意凡一萍留在大厅接应,然后和冯自强一起蹑手蹑脚上了楼。

楼上仍然是个客厅,这让刘跃进颇感惊讶。但这个客厅显然比楼下的小多了,同时也富丽堂皇多了,而且略略带着些许的典雅和浪漫:地板上铺着厚厚的带有彩色图案的纯羊毛地毯,中间是一架钢琴,四周的墙壁上悬挂着大幅油画。刘跃进细细寻找,费了好大的劲才发现房边有一扇与墙浑然一色的门。他轻轻拧动把手,竟然没锁。他运足浑身的力气,猛地一推,身子也随之扑了进去。

这儿便是卧室了。一张阔大的床是东西向横陈在离窗较近的位置,覆盖着金丝绒床罩;床头摆放着两个布娃娃,床头上方的墙上是一幅耶稣受难图,与卧室的温馨情调显得格格不入。刘跃进异常警惕地巡视着,这儿显然是藏不住人的。

冯自强已从卫生间里走出,对刘跃进摇了摇头。

刘跃进伸手拉开倚墙而立的衣柜,只见柜子里除挂着几套黑色西服和几条领带外,别无他物。他意识到找人是肯定没有希望了,现在只能想法寻查一些线索。因为是秘密搜查,他又不能毫无顾忌地翻箱倒柜,只得十分谨慎小心地慢慢搜起来。

衣柜、床头柜和壁橱搜过了,毫无所获。

床下、地毯下也查了,还是一无所得。

这时,在外间客厅里搜查的冯自强突然低低地惊叫了一声,然后神情激动地跑了进来。他手中拿着一个油纸袋,兴奋得声音发抖:"刘队,快看,枪!"

刘跃进连忙接过来,剥开层层油纸,赫然是一把"六四"式手枪。他对着枪口看了看,里面塞着一个细细的纸卷,心里禁不住咚咚急跳起来。他抽出纸卷,展开,只见上面写着:"这是复仇之枪,留给你吧!"后面是个大大的"朱"字。

"也许就是这支枪,打死了梅玲和项光荣。"冯自强在旁边提醒刘跃进。

刘跃进没有说话。朱永生用这把枪打死梅、项二人应当是毫无疑问的，字条上的"复仇之枪"肯定也有这方面的含义。他现在对这些倒不太感兴趣，让他颇费心思的是朱永生究竟是要把枪留给谁。难道除朱永生之外，淮海还有第二个杀手？或是朱永生逃走时把他所谓的复仇重任托付给了另外一个人？这个人会是谁呢？

"怎么办刘队？是不是把枪带回去？"冯自强见刘跃进沉吟不语，忍不住问道。

刘跃进摇了摇头。

冯自强提醒他："这把枪可是最能证明你无辜的凶器呀！"

"这个对我已经无关紧要了。"刘跃进若有所思地掂了掂枪，"我们现在最主要的是不仅要将朱永生缉拿归案，还要查出谁是这支枪的新主人。"

"新主人？"冯自强如坠雾中。

刘跃进把字条递给冯自强，"你看看吧！"

冯自强看了字条上的字，顿时恍然大悟。

"你是在哪儿找到的？"刘跃进问道。

"是在钢琴的隔板里。"冯自强回答说。

"把它原封不动地放回去。"刘跃进显然已经做好了筹划，"无论如何不能让他们发觉这幢楼已被搜过。从今天开始，我们要24小时监视这里，同时要尽快查出朱永生的踪迹。"

冯自强也清楚地意识到案子已经又变得复杂了，朱永生并不是单枪匹马。随之而来的将不再是仅仅追捕朱永生这么简单，淮海存在着一个以复仇为目的的犯罪团伙已不容置疑。

他和刘跃进的神情都变得严峻起来。

0 2

吴淮生出院了。

新款奥迪A6缓缓驶出市医院，上了宽阔的市区主干道后，便疾驰起来。

"哥，这车坐着比桑塔纳舒服多了吧？"乔小龙轻打方向盘，微微侧过脸来问坐在后面的吴淮生。

吴淮生双臂撑着沙发座椅，顿了顿身子，笑着道："我这感觉跟坐飞机差不多。这车和车比就像人跟人比一样，差别真是太大了。"

"其实车也好人也好，差别就在一个字上：钱！"乔小龙画龙点睛。

吴淮生听到"钱"字，顿时触动了那根一直紧绷着的神经，忙问道："最近公司运行怎么样？银行的贷款一天不还，我这心里就一天不能安生。你知道的，我从小就怕欠债。"

"知道知道，我的学费你总是提前一个月就交了，所以年年得三好学生！"

"瞎讲，那是你的学习成绩好。"吴淮生想起往事，脸上不自觉流露出些许的欣慰来。

乔小龙开始回答正题："公司运行状况很好，原煤是供不应求，市场上的价格也略有提升，资金的回笼率也比以前高出了很多，三角债的问题已基本解决。因为目前研究所正是投入阶段，利润大都投入到这上面去了，如果进展顺利，应该很快就有回报。至于贷款，你不必太操心，银行都不急，你急什么？"说到这儿他顿了顿，像想起什么似的问："我让你在医院里好好看看经济学方面的书，这上面是有答案的。怎么？你没看？"

吴淮生脸红了红道："看了看了，咋能没看呢？有些地方不太懂，但基本道理还是弄懂了的。我这小农意识根深蒂固，一时半会儿很难转变。好了，咱们不谈这个，你说说研究所的情况吧。"

"人员已基本到位，都是大学本科以上学历，还有一位是从国外学成归来的煤炭深加工专家。你这一出院，我就可以集中精力搞研究所了。"乔小龙说到这儿回过头来，"百闻不如一见，要不我陪你这位老总去研究所看看？"

"行，咱们现在就去！"吴淮生情不自禁地看了看窗外。

奥迪很快便驶上了唐河大桥，过桥后向东一拐，进入通向研究所的碎石路。

到了研究所，乔小龙便让姚飞通知全体人员到会议室。吴淮生连忙阻止，说不能耽误工作，还是自己去各个工作室和大家见个面吧。

乔小龙也就不再勉强，和姚飞一同陪着吴淮生前往工作间。

他们先走进了林非的工作室。

林非身穿白大褂，长发盘在头顶，温润的双腮透着粉红，更显出几分精神焕发和洒脱妩媚。

姚飞作了简单的介绍后，吴淮生略略有些惊讶。他握了握林非的手说："久仰久仰。刚才在路上小龙就向我隆重推出了你，没想到是位巾帼豪杰啊！"

林非不由得多看了乔小龙几眼，然后转过脸来笑了笑道："吴总过奖了。"

吴淮生浏览了一下实验用的仪器，问道："不知林老师研究的是什么项目？"

"请吴总不要这么称呼，喊我小林就行了。"林非转动着胸前的纽扣，有些不好意思地低垂着眼帘，轻声道："研究的项目是高能煤气，如果能成功，效能将是一般煤气的三倍以上。"

吴淮生像听神话故事似的睁大了双眼，目光里透着钦佩和兴奋，不由自主地又紧紧握了一下林非的手，高声说："奇才！奇才！你是名副其实的巾帼豪杰，祝你早日成功！"

　　林非对总经理的关心表示了感谢，在不经意间又把目光落在了乔小龙脸上。乔小龙似乎感觉到了一丝异常，连忙带着吴淮生走了出去。

　　吴淮生接着又逐个巡视了一番技术人员们的工作室，边看边赞不绝口，原来的担心早已飞到了九霄云外，变得信心十足起来。

　　他和乔小龙回到所长室，刚刚在沙发上坐下就感慨开了："小龙啊，你真是让我大开了眼界，这条路子走对了。《政治经济学》书上说得对，科学就是生产力，咱们的公司这样一弄，发展的路宽广无限啊！"说罢点上香烟，津津有味地抽着。

　　乔小龙心里不觉有些甜滋滋的。从小他就对这位大哥的憨厚、仁义和率直十分敬重，同时也对他的认死理儿和保守颇伤脑筋，没想到他这次观念改变得如此之快，知识真是万能钥匙啊！看来他受伤住院是坏事变成了好事，不然他根本不可能沉下心来看书学习。

　　"小龙，你觉得林非这个人怎么样？"吴淮生注视着乔小龙。

　　乔小龙一怔。他没想到吴淮生改变话题，猛然提出这么个突兀的问题来。他眨了眨眼，不答反问："你是什么意思？"

　　"还能有啥意思，就是问问你对她的印象呗。"吴淮生不紧不慢地说，但神态里却分明透出一种意味深长来。

　　"人挺不错，很有事业心，也没有一般女孩的那种矫揉造作。"乔小龙很随意地答道。

　　"嗯，我也是这样认为，但还要补充一条，她人也挺端庄的，长得鼻子是鼻子眼是眼。"

　　乔小龙听了吴淮生的夸奖，禁不住乐了："哥，你要是当面这样夸人家，人家非跟你急不可！"

吴淮生想了想，也忍不住扑哧笑了："对对，话不能这么说，可意思是好的。"他悠悠抽了口烟，身子往前倾了倾，压低嗓门神秘兮兮的样子道："小龙，我觉得你们俩倒挺般配的！"

乔小龙吓了一跳，不由得急了，道："哥，这种玩笑可是开不得的，况且你还是公司的总经理，不能随便……"

"嗨，小龙，哥我什么时候给你开过玩笑，我说的是真心话。"吴淮生变得严肃起来，"你也老大不小的了，该成个家了！"

"嘿，我老大不小？"乔小龙不无揶揄地说，"你还是多考虑考虑你自己吧！"

吴淮生被噎得喉结上下滚动了几下，然后用劲咽了口唾沫，道："小龙，你就别给我嘴硬了。刚才姚飞悄悄告诉我，你们俩最近天天在一块，有时都半夜了还在一块叽叽咕咕。这是好事嘛，你还非瞒哥干啥？"

乔小龙顿时明白过来了，难怪淮生大哥会如此关心这件事。心里不由暗暗骂起姚飞来，真是一张改不了的臭嘴！既然淮生大哥误会了，就不能不做一番解释，于是很诚恳地说道："哥，这是姚飞想歪了。我最近几天的确跟林非接触得多些，但那绝不是谈情说爱。我是所长，不能不学些煤炭方面的专业知识，也许在别的部门外行可以领导内行，可研究所不行，这直接影响到管理和沟通问题。林非是这方面的专家，经我观察，为人也很正派，所以我就跟她学些专业知识，至于其他，全是瞎扯淡！"

吴淮生听了乔小龙的解释，竟有些失望起来，把烟头在烟灰缸里来回拧着，自语般道："如果你们能再往别的方面发展就好了，我真希望你们能走到一起，珠联璧合啊！"

乔小龙苦笑笑说："哥，你就别在这儿瞎琢磨了，这是绝对不可能的事！"

"世界上就没有绝对的事！"吴淮生抬起脸来，瞪着乔小龙，"这话可是你常说的。我方才注意观察了一下林非，觉得她对你还是有那么点儿意思的，她看你的目光……"

"好了好了，我的好大哥！"乔小龙连忙打断他的话，哭笑不得。他知道他又钻进了牛角尖，一时半会儿很难出来。他又不能把仍然深爱着郑莉，仍存有一丝希望的心里话告诉他。于是无奈之下，从书柜里搬出一摞书来，全是工商金融和企业管理方面的专著。他把书放在他面前的茶几上拍了拍道："你还是多钻研钻研这个吧，我的事你就别瞎操心了！"

吴淮生捧着书站了起来，道："好，这书我看，可是你要记住，如果人家对你表示那意思，你可不要冷了人家的心，不然，我要你好看！"

乔小龙长叹一声，知道再怎么讲也是白搭了，惟一的办法就是赶快把他送走，于是推着他向门外走去。

0 3

天气渐渐地凉爽了，人们终于摆脱了酷夏的折磨，在怡人的秋风里抖落掉烦躁和油腻腻的汗腥味，享受着大自然的恩赐。

刘跃进却是越来越烦躁了。心火上升，使得嘴唇起了好几个水泡。布控玫瑰园已经持续了半个多月，大热的天24小时不敢松懈，这其中的滋味是可想而知的。倘若能有一点点收获，吃苦受罪也值了，遗憾的是蹲了十几天的坑，满天的星星都数得差不多了，可12号别墅楼却是风不吹、草不动，没有丝毫反应。用冯自强的话说，就是"连人家的屁也没闻着"。刘跃进真有些灰心了，怀疑自己的决策是不是有失误，踌躇着是否把守候的人撤下来，再重新制定一个行之有效的侦破方案。

就在这时，转机突然出现了。

这天晚上，轮到冯自强带着两个年轻刑警蹲坑。他们在楼对面指定位置趴下后，两个小刑警数了一会儿星星后，就忍不住打起了瞌睡，冯自强盯了一会儿，便有些疲沓了，百无聊赖地偶尔抬起眼皮扫一眼对面的小楼。

突然，一辆红色的桑塔纳出租车无声无息地驶到楼门前停住了。一位身穿黑衣的年轻人从车上跳下，非常熟练地打开门锁，闪身进了楼门。冯自强顿时提起了精神，连忙推醒两个小刑警，低声道："有情况！"两个小伙子像身上过了电，翻身就欲跳起往上冲。冯自强拽住他们，快速打开对讲机，呼叫刘跃进。接通后，冯自强很激动地做了汇报，请示是否行动。刘跃进显然是想放长线钓大鱼，让冯自强不要轻举妄动，先盯住，自己马上就到。

黑衣人不知是在楼里发现了什么异常，还是本就不住这里，只是来取东西。大概只有短短的几分钟，就匆匆从楼里出来了，跳上出租车后，吩咐司机快开车。

冯自强慌了，忙请示刘跃进如何处置。刘跃进要他务必跟踪盯住出租车，到了什么位置随时向他报告。

出租车已经倒好车，速度很快地从楼前开出，上了小区的主干道。

冯自强和两个年轻刑警不敢怠慢，跳上旁边的面包车，急速跟了上去。

出租车进入闹市区后，七拐八绕，在煤都健身中心前停了下来，黑衣人很从容地下了车，缓步走进健身房的茶色玻璃门。

冯自强在健身房前的停车位上寻一视线开阔处停好车，立即向刘跃进报告。然后便目不转睛地盯住了玻璃门。

129

刘跃进很快便驱车赶到了。他跳上面包车，问是否看清楚了那人的长相。冯自强和两个小刑警都摇了摇头，因为时间太短，有一定的距离，又是在晚上，所以很难看清楚，但他穿着黑色西服、打着紫色领带错不了。冯自强问刘跃进准备下一步怎么办。刘跃进回答说，跟住他，争取拍几张面目较为清晰的照片，另外弄清他的住处，为以后的行动打下基础。

时间过得很快，不知不觉一个小时过去了，时针已指向11点40分。他们又等了一会儿，仍不见黑衣人露面。刘跃进心里有些不踏实了，果断决定让两个很少有人认识的小刑警去健身房里看看。

两个年轻刑警不一会工夫就出来了，垂头丧气地告诉刘跃进：健身房里只有些跳瘦身舞的女孩，别说穿黑衣服的人了，连个男人的影子也没有。

刘跃进马上意识到出漏洞了，眉头不觉紧紧皱了起来。冯自强则神情沮丧、十分懊恼地歪在了座位背上，对刘跃进不无怨尤地说："早知道这样，还不如当时抓住他算了，好不容易等来的机会，白白浪费了！"

刘跃进清楚地意识到，他遇到了一个十分狡猾的对手。

0 4

秋天是收获的季节。一龙公司煤炭应用技术研究所也结出了累累硕果。九个科研项目都基本取得了成功或是取得了突破，其中工业用精煤、多效煤、无污染环保煤等新产品投放市场后，大受欢迎，尤其是林非研制出的高效煤气更是在市场上引起了轰动。一时间，一龙公司名声大振，迅速占领了广阔的市场。丰厚的利润使得公司财源滚滚，如日中天。不仅很快还清了银行的贷款，还建了洗煤厂、煤气厂等实体。

吴淮生春风得意，第一次真正有了做老板的感觉，这种感觉真是美极了，乔小龙找来阿海为他开专车，到哪儿都是前呼后拥，可以发号施令支配一切。这种享受、这种满足、这种快乐真是任何人生体验都无法比拟的。他很清楚，小龙为实现这些立下了汗马功劳，甚至可以说没有他就没有公司的今天。很自然而然的，他又想到了小龙的终身大事，那个林非的确太优秀了。他总觉得，如果不把这对天造地设的一对弄到一起，他这个做大哥的就太不中用了，就是个不能容忍的失败。他也曾把这件事悄悄跟凤珍妈妈说了，还带着她偷偷看了林非，凤珍妈妈当时眼就直亮，说林非一脸的善相，必是个贤惠之女，如果能娶她做儿媳妇，真是自己前世修下的福气。他有了凤珍妈妈的支持，底气就更足了，决心促成此事。

这天一到公司，他就在总经理室给乔小龙打了个电话，说林非为公司做的贡献很大，一直想请她吃顿饭以示慰问，让乔小龙安排一下。乔小龙也早想对林非表示表示感谢的心意，便很爽快地答应下来。

为隆重起见，乔小龙在海鲜城订了一个贵宾包房，并预先点了几道须早作料理的山珍海味。

时间定在晚上6点整，吴淮生和乔小龙提前15分钟便到了贵宾厅。5点58分，林非在迎宾小姐的引领下姗姗而来。吴淮生和乔小龙顿觉满眼生辉，只见林非身着鹅黄色旗袍，或横或纵的金丝闪闪发光，染成淡红的长发呈波浪形直披到腰际，额上束着一条天蓝色的绢带，加上化了淡妆，真是美艳之极。

"你这一打扮，倒像是个世界级的模特，遗憾的是我和吴总都不是评委，不然肯定给你打满分！"乔小龙调侃道。

林非笑了笑说:"如果我是世界级模特,一定请你这位大律师做我的顾问,因为你很会打官司。"

吴淮生连忙招呼林非入座,并让服务生上菜上酒。

乔小龙问林非:"你喝点儿什么饮料?"

林非轻轻推开服务生托着的饮料样品,很随意的样子道:"我喝酒。"

乔小龙有些惊讶地问:"你也喝酒?"

"是的。"林非看了他一眼,"但是要高兴的时候。"

吴淮生抚掌笑道:"好!我说是巾帼豪杰嘛!今天我要好好敬你几杯,你可是一龙公司的大功臣啊!"

服务生开始斟酒。

吴淮生正要正儿八经地致辞,林非已端着酒杯站了起来,道:"吴总、乔所长,要说感谢,我首先要感谢你们,没有你们,我不会来淮海,也就研制不出高效煤气,是你们成就了我。所以,我要先敬你们二位一杯!"说罢,嘴轻轻一吸,一股苦辣便流进了喉咙里。

吴淮生边喝酒边心中暗道:"多懂事的女子,绝不能让小龙错过这样的机缘!"

乔小龙喝干杯中的酒,看着林非道:"咱们的关系可能就像这酒跟酒杯的关系。有了你这样的人才,公司才能存在;有了公司,你才能施展抱负。应该是互依互存,荣辱相共的。你说对吗?"

林非在不得不点头的同时迎向乔小龙的目光,被那里面的坦然和诚恳看得有些慌乱,忙垂下了长长的眼睫。

"什么酒和酒杯的关系,太复杂了。依我看,咱们就是一家人的关系!"吴淮生一语双关地大声道。

林非抬起眼看了看乔小龙,微微一笑道:"不知乔所长是不是这样看?"

"应该说还是有些区别的。"乔小龙并不是不知吴淮生话中的含义,当然也明白林非似乎对自己产生了某种好感,但他必须适当地拉开距离,因为他所有的爱都仍在郑莉那儿。他接着又补上一句:"企业和家庭毕竟是两码事。"

吴淮生狠狠瞪了乔小龙一眼,心想,人家林非都表明态度了,你小子还装什么腔作什么势?到底是你迟钝还是真的看不中人家?他越想越恼火,不由在心中骂道:瞧你那个熊样,长得黑不溜秋又瘦又长像条泥鳅,还自以为多帅多酷呢!人家那么出众的女孩能看上你,是你烧了高香了,还挑什么三拣什么四?放在小时候,我非把你揍得鼻涕一把泪一把知道自己几斤几两不可!

乔小龙从吴淮生的神态里察觉出了不妙,他对这位大哥是太了解了,一个眼神、一个细微的动作,就知道他在想什么、他要干什么。于是他赶紧退却,用筷子夹起一块鲍鱼递给林非,很殷勤的样子道:"今天本来应该敬你一杯酒的,现在就以菜代酒吧,你可是我的老师啊!"

林非有些意味深长地说:"你要这么说,这菜我可就不敢吃了,你为什么就不能换个让我愉快吃下去的说法呢?"

乔小龙语塞。

吴淮生则从林非的话里听出了弦外之音,心里不觉美滋滋的,连忙回应:"你可能还不了解小龙,他从小就这脾性,属暖水瓶的,嘴上不讲,其实这心里热着呢!你想让他换啥样的说法就直说好了,我保证他会满足你!"

"真的?"林非双眼直勾勾地盯着乔小龙。

乔小龙心中叫苦不迭,于是赶紧岔开话题:"林非,吴总喜欢开玩笑,你别当真。哎,有个问题我一直想问你,国外的学习环境是不是比国内要好?"

吴淮生颇感失望,不由得一声叹息。他低头看表,和阿海约定的时间快到了。

"你这个题目太大。"林非不得不随着乔小龙转到新的话题上来,"环境这个词包含的内容太多,你能不能具体些?"

乔小龙想了想,道:"比如课程安排、教学条件,当然最重要的是授课方式。"

"课程安排和教学条件应该说和国内没什么明显的差异。可能最大的区别就是授课方式。他们更注重的是启发和创新,锻炼学生独立思维的能力,咱们这边则是注重灌输和强调循规蹈矩。你说记背某位大作家或是大诗人生于何地死于何时对写作又能有什么帮助呢?!"

林非的一席话引起了乔小龙的兴致,二人海阔天空滔滔不绝地高谈阔论起来。

吴淮生听得云山雾罩,根本就没有丝毫共鸣点。就在他兴味索然百无聊赖之时,兜里的手机响了。他掏出打开,是阿海的声音。他煞有介事地"嗯""啊"了几声,然后一脸歉意地对林非道:"实在对不起,我得先走一步,鞍钢的客户到了,要谈些事。"接着把脸转向乔小龙,很郑重其事地嘱咐,"你可要把林非陪好了,不然我明天找你算账!"说罢哈哈一笑站了起来。

乔小龙明知吴淮生在耍什么把戏,却又无可奈何,只能眼睁睁看着他走出去。

林非此时谈兴正浓,好像对吴淮生的退席并没介意,继续着刚才的话题。话多酒就多,二人边谈边频频举杯,一瓶XO很快便见了底。

乔小龙深知酒精的作用,心里便有些忐忑,几次想提出不再喝了,可见林非情绪高涨,只好把到了嘴边的话又吞了回去。

林非不知不觉已带了些酒意,双颊燃烧着两朵红云,几缕刘海在光洁如玉的额前披散着更添几分娇艳妩媚。她妙语连珠,随着红唇的开合,雪白的糯米似的牙齿闪烁着润滑的光泽。她说话时肢体动作的幅度也因为酒的刺激加大了,丰满的胸部如波浪般涌动着。她和乔小龙之间的距离因为谈话的融洽靠得越来越近了。一股梦巴黎香水的特殊气息在乔小龙的鼻孔里弥漫,使他有些神思恍惚起来。

"小龙,"林非的称呼不知不觉变了,"你恋爱过吗?"

乔小龙怔住了。他没有料到林非突然改变了谈话的内容,在亲昵地直呼其名之后还提出了如此敏感的问题。没有一点儿心理准备的他,一时不知该如何回答。

林非双眼迷离,一副一诉衷肠的样子紧贴在乔小龙肩上,柔声细语道:"也许是我太专注于学术,从未对异性产生过兴趣或对爱情有过向往,这次是第一次和男士谈得这么投机和畅快,世界在我面前忽然美丽起来,心里也是从未有过的充实……你说,这是不是就是所谓的恋爱?"

乔小龙惊醒了,他定了定神道:"林非,你是不是喝多了?"

"我……没醉!"林非的舌头像打了结,又端起面前的酒杯,"你……是不是……怕我追求你?"

乔小龙看得出她是真醉了,忙压住她端杯的手,道:"酒就适可而止吧,走,我送你回去。"

"你……最好别让我追上,不然我……会山崩地裂的!"林非胖嘟嘟的小手在乔小龙的大手掌里蠕动着,微红的双眼荡着柔柔的水波,含情脉脉地凝视着他。

乔小龙不敢再耽搁了,挽着胳膊把她扶起来。她就势斜倚在他的怀里,摇摇晃晃走出了海鲜城。

05

　　刘跃进跟踪黑衣人的计划失败了。他和冯自强再次潜入12号别墅楼，发现那把"六四"式手枪已被取走。这是一个严重的失误。他身上的压力更大了，现在惟一能够补救的也只能是尽快查出并抓住那个神秘的黑衣人。

　　种种迹象表明，12号楼已无人居住，不然，不会半个多月不见人影，而黑衣人又取走了手枪，再监视守候也无必要。刘跃进决定重新制订侦查方案。

　　既然朱永生曾在12号楼藏匿，那个黑衣人也进入此楼，就说明楼的主人和他们有关系，要么是同伙，要么是亲朋，至少应该认识。查清楼主的身份和背景是目前惟一行之有效的办法。

　　新的侦查方案确定之后，刘跃进和冯自强、凡一萍迅速开始了行动。

　　调查工作进行得很顺利，他们在户政处的帮助下，查清了12号楼的主人叫费百夫，在淮海做房地产是1998年，第二年买下了这幢别墅。他们紧接着查费百夫在淮海做房地产期间的活动，意外地获知他盖的几栋公寓楼全都卖给了煤炭指挥部，而当时分管这一块的正是孔令军。由此看来，费百夫和孔令军就不仅仅是房地产老板和客户的关系了。他们之间究竟还有什么勾当？到底有没有黑幕交易？朱永生藏匿此处和逃亡在外姓费的是否知情？如果揭开了这些谜，侦破工作就可以大大地朝前推进一步了。

　　刘跃进当机立断，向局领导汇报，争取去一趟香港，和费百夫正面接触。

0 6

　　一龙煤炭应用技术研究所同往日没有什么不同,奶油色的小楼静静矗立在秋阳下,楼前几排笔直的阔叶白杨像威武的身着绿军装的哨兵。

　　乔小龙仰面斜躺在所长办公室的长沙发上,脑门儿皱成了一堆,昨天晚上的一幕幕在他眼前晃来晃去,他愈是想驱赶走,那些场景就愈是清晰:

　　他开车送林非到她所住的公寓楼看她跟跟跄跄地下车,便放心不下了,一直把她送进了卧室。林非不让他走,紧紧地抱住了他。起初他试图挣脱,但当林非把柔软温润的嘴唇贴在他脸上时,他就再也把持不住自己了。一阵疯狂的热吻之后,他骤然之间想到了郑莉,于是重新恢复了理智,逃也似的离开了公寓楼……

　　乔小龙此时此刻心中充满了从未有过的懊悔,尽管他和郑莉已经分手,但对她的感情不仅没有减弱,反而随着别离后的思念与日俱增。平心而论,林非应该说是位很有修养很有见地也很招人喜爱的女孩,她不仅拥有博士学位,在自己的专业领域里小有成就,而且通情达理、善解人意,当然还有一般女孩所不具备的聪颖和美丽。他们已经朝夕相处了几十个日日夜夜,也曾谈古论今热烈讨论社会上的热点话题,也曾敞开心扉互诉成长的历程和人生的苦与乐,强烈的共鸣和心灵上的沟通使他们都有了一种遇到知音的感觉,随着从了解到理解的步步加深,他们年轻的心也就不可避免地产生了骚动。可是他还是希望他们只是正常的朋友关系,他更想把她当成自己的小妹妹。然而让他始料不及的是在淮生大哥的推波助澜下,她竟然一改往日的含蓄和沉稳,借酒向他表白了真情,并且付诸行动。

　　想到这里,乔小龙的脸上便禁不住火辣辣地发烫起来。这种事拖延不得，必须尽快寻求个解决的办法。马上表明态度回绝她？这无疑会伤害她的自尊，一个女人什么都可以忍受，惟一不能忍受的就是男人对她的轻视。故作糊涂冷处理？这显然不应是男子汉之所为，是一种不负责任的表现。左也不是，右也不行，他被折磨得头昏脑涨，眼前一片茫然……

"咚咚。"有人轻轻地叩门。

乔小龙被吓了一跳，连忙从沙发上翻身跳起，坐到写字台后，整了整衣服和领带，这才对着门喊了声："请进！"

门缓缓地开了。林非身着素色西装裙走了进来。她脸色苍白，长发束在脑后，显得十分憔悴，对办公桌后手足无措张着嘴却不知如何开口的乔小龙道："我可以坐下吗？"

"当然、当然。"乔小龙赶紧答道。

林非在沙发上坐好，神态从容地扫了他一眼，笑了笑说："你是不是和我一样，昨天晚上也失眠了？咱们不该喝那么多酒。"

"就是！就是！"乔小龙干笑了两声。

"这酒不是好东西，挺害人的，会让人失去理智，让人鲁莽。"

乔小龙神情有些尴尬，不知应该表示赞同还是表示反对。

"可这酒又是好东西，能壮人胆量，让人袒露真性，说出平时不敢说的话，做出平时不敢做的事，做一回真实的人。"

乔小龙更无法表明自己的态度了，只能是默然无语。

林非停顿了一会儿，见乔小龙有些难为情的样子不吱声，便又说道："其实你大可不必为此伤神。我能感觉得到，你好像已情有所归或是对我爱不起来。感情这东西勉强不得，我懂。所以请你放心，我还不至于沦落到乞讨的程度。"她说到这儿泪光莹然，"我一直没有跟你讲过，以前我曾经有过一位男朋友，后来因志不同道不合分手了，这可能也是我回国的一个原因。这种悲剧我不会再重演。"

乔小龙心中不由被深深触动了，他自然而然便想到了郑莉。于是轻声对林非道："你言重了，事情并没有这么复杂，其实……"他不知应该如何向她解释。

林非咬了咬嘴唇，注视着乔小龙说："你不必再解释了。我昨天晚上想了一夜，觉得咱们还是保持朋友的关系最合适，这样彼此都不会太累，你说好吗？"

她的话正说到乔小龙的心里，和他刚才的想法不谋而合。乔小龙对她的聪慧和善解人意感到由衷的欣慰，用感激的目光看着她点了点头。

"但你必须完全答应我的交换条件。"林非突然说道。

乔小龙一时反应不过来，有些茫然地看着她："交换条件？"

林非的精神状态已经有所改观，语调也轻松活泼了许多："怎么？艺学到手了，就想脚底抹油？"

乔小龙顿时恍然大悟：他在向林非讨教煤炭方面的专业知识时，曾答应帮她自修律师的课程。于是忙道："不会不会，我不是那种忘恩负义之人，咱们明天就进行如何？"

"不，今天！"林非有些顽皮的样子冲他眨了眨眼。

两人都不由得笑了起来，刚才的沉重和尴尬顿时无影无踪烟消云散了。

07

飞机穿云破雾，离中国大陆越来越近了。

郑莉双眼紧紧贴在舷窗上，俯视着机翼下，试图透过厚厚的云层看到淮海平原那高高的井架。坐在她身边的几位旅客显然也是中国人，正用她倍感亲切的普通话热烈地议论着美国国贸大厦被撞，双子星座轰然倒塌，布什总统向恐怖分子开战的最新消息。

挨着郑莉坐的中年妇女用胳膊碰了碰她，问道："哎，你说这是拉登干的吗？"

"也许是吧。"郑莉心不在焉地依然望着窗外。此时她对什么"拉登"还是"关灯"的已没有丝毫兴趣，心中只想着一个人——乔小龙。

这次回国，她有一大半是为了乔小龙。在国外的这段时光里，她才真正领会到了爱情的折磨是什么滋味。本来她对西餐就不大习惯，对乔小龙的思念就更让她食不甘味了，而且整夜整夜地失眠，对她的学习影响很大。她终于无法再忍受下去了，毅然决定回去和乔小龙重归于好再续前缘，并向父母公开他们之间的关系。

下午5点40分，飞机终于在淮海国际机场降落了。郑莉拖着行李箱，急不可耐的样子匆匆办完出关手续，然后小跑着奔向出口处。

郑重亲自来接女儿。他今天特意理了发刮了胡子，也特意穿上了女儿为他买的挺时尚的花格子西服。独生女儿郑莉可以说是他的掌上明珠，他为她的成长耗尽了心血。女儿从国外回来，他自然是兴奋万分。

郑莉远远就看见了站在出口处往里面张望的郑重。她压住心中的激动，赶紧低下头，躲在一群旅客的背后，悄悄走出，然后绕到郑重后面，突然搂住郑重的脖子，在他耳边猛地大叫一声："爸爸！"

郑重吓了一跳，但马上就明白了是怎么一回事，回过身来嗔了女儿一眼，笑着骂道："鬼丫头，又跟我捉起了迷藏！"

父女二人亲亲热热走出大厅，上了大红旗轿车，疾速朝市里开去。

红旗车很快便开进了市政府宿舍小区,在市长楼前缓缓停下。郑重精神抖擞地跳下车,对着小楼喊:"老婆子,快开门,看谁来了!"

李玉茹从二楼阳台上探出头来,看到了郑莉,乐不可支地喊了声:"小莉!"就匆匆下了楼。

郑莉走进家门,自然和妈妈又是一番温存,李玉茹说她已经在楼上浴室调好了热水,让郑莉快上去冲个澡。郑莉蹦蹦跳跳上了楼。

郑重问李玉茹:"饭菜做得怎么样了?小莉爱吃的菜可一样也不能少啊!"

李玉茹瞪了郑重一眼:"好像就你疼女儿似的,早准备好了,现在就等洪泽湖的大闸蟹了。"

"大闸蟹?"郑重知道这是女儿最爱吃的,但还是有些责怪地道,"洪泽湖离这儿有一百多公里,你又指挥谁去的?"

"我不会利用你的权力去干私活儿。净瞎埋怨,我是让淮生去买的,这不会有什么问题吧?"郑重听李玉茹这么说,才放下心来。他最忌讳的就是打着他市长的旗号去干些搬不到桌面上的事,而吴淮生自然是惟一的例外。

门铃响了。

李玉茹对着传声器问:"哪位?"

"是我。"门外传来浑厚的声音。

"是淮生。"郑重吩咐李玉茹,"快去开门!"

李玉茹快步前去开门,郑重忙亲自泡茶。

吴淮生风尘仆仆地走进来,一只手里拎着一个大草袋,里面发出"吱吱"的声音。

李玉茹道:"哎呀,淮生,你买这么多干啥,咋能吃得完?"

吴淮生憨憨地一笑说:"反正跑了一趟,就顺便多买些。螃蟹耐死,留着慢慢吃。"

郑重把泡好的茶放在茶几上,对吴淮生道:"你李姨也是,让你跑这么远去弄螃蟹,快坐下歇歇,喝口茶。"

李玉茹笑呵呵地看着吴淮生道:"不让淮生去让谁去?换了别人,他白送我还不要呢!"她接过草袋,"你们俩聊吧,我去收拾。"说罢走进了厨房。

郑重拍了拍旁边的沙发。吴淮生过去坐下,端起茶杯灌了几大口,郑重拿起茶几旁的水瓶,又给他把水续上。

"郑市长,今天家里来了什么贵客?"吴淮生抹了抹嘴问。

"这个吗?"郑重想了想说,"等会儿你自己看到就知道了。"

吴淮生显然误会了郑重的意思,并不知道他是在故意卖关子,以为是郑重暗示他不宜知道是谁,忙道:"那我就走了,有什么事需要我,尽管吩咐!"说罢便欲起身。

郑重摁住了他的肩膀:"别走别走。如果我没记错,你还从来没在家里吃过饭。我刚才是给你开个玩笑,贵客不是别人,是……"

"爸!"清脆的喊声打断了郑重的话,郑莉"噔噔噔"从楼上跑了下来,嘴里嚷着:"我肚子快饿瘪了,可以开饭了吧?"

吴淮生已经站了起来正要往外走,一刹那被眼前的女孩惊呆了:浴后粉红的脸蛋显得更加饱满;几缕半湿的头发披散在洁白丰腴的肩头;浴后的紧身休闲衫紧束着婀娜多姿的苗条身体,把三围最完美地勾勒出来了;尤其是两条又细又黑的蛾眉下的那双乌亮的大眼睛,更是动人心魄,让人不敢正视。

"爸,这位是……"郑莉偏着头审视着吴淮生。

郑重忙从沙发上站起,道:"这是你淮生大哥,咱们淮海著名的企业家。"

"你就是吴淮生?"郑莉不由得睁大了眼睛,激动之中竟直呼出了名字。她似乎意识到自己有些失礼,忙伸过手去,"久仰!久仰!常听爸爸提起您!"

吴淮生定了定神,有些局促不安地轻轻握了握郑莉的小手,道:"没……没想到你长这么大了,小时候我见过你的,那时候你还不记事。"

郑重笑着说:"那时候你也就十几岁,这时间过得就是快呀,一眨眼,几十年就过去了。"他说着转向郑莉,"小莉,淮生听说你回来了,可是特意跑到洪泽湖买来了你最爱吃的螃蟹啊!"

"是吗?"郑莉有些感动。

"没……没有。"吴淮生脸红了,讷讷地道,"李阿姨只说来了贵客,没想到是你。"

"我们的淮生,永远都是这么憨厚!"郑重拍拍吴淮生的肩膀,"你不会再说要走了吧?"

吴淮生搓着手道:"我还是走吧,郑莉刚从国外回来,你们全家聚聚。"

"你走可不行,走了这螃蟹我可就不吃了。"郑莉急急地阻拦。她留吴淮生的目的只有她自己心里清楚,那就是趁着这个机会了解一下乔小龙的情况,接着又道:"再说你和爸爸有换命的交情,不就是一家人了吗?"

"小莉说得对,咱们本来就是一家人嘛!不能走!"郑重边说边把吴淮生拉回到沙发上坐下。

菜烧好了,螃蟹也蒸熟了。李玉茹招呼大家进餐厅入座。吴淮生赶忙起身去帮李玉茹端菜送汤。

餐桌旁气氛甚是热烈,郑重红光满面,和吴淮生频频举杯,郑莉也在旁边凑着热闹。

吴淮生总想跟郑莉说几句话,可又不知说什么才好,搜肠刮肚地想了半天，最终还是没能脱俗："小莉，你在国外生活还习惯吧？"

"唉，能习惯吗？"未等郑莉回答，李玉茹便把话接了过去，"看她瘦成那样，净是吃那些半生不熟的东西吃的！"李玉茹心疼的样子看着女儿。

吴淮生听了，忙夹起一个大闸蟹递给郑莉，很关切地说："再吃一个，好好补一补。"

"谢谢。"郑莉接过螃蟹，放在面前的盘子里，看着吴淮生道："淮生大哥，听说你们公司发展很不错，能不能介绍介绍？"她开始往自己想说的话题上引。

郑重又把话抢了过去："那当然，现在一龙公司发展的势头很强劲，是咱们淮海私营企业的排头兵，利税大户，给我这个市长的脸上可是贴了不少金呢！"

郑莉瞪了爸爸一眼，忍不住对吴淮生点题道："听说你们公司有个科研所挺牛。"

"是的是的。没有研究所就没有公司的发展。"吴淮生不无自豪地道，"那儿有一批煤炭方面的专业科技人才，尤其有位叫林非的，贡献最大水平也最高！"

"什么林非？我想问的可不是她！"郑莉心里暗暗嘀咕，于是不得不挑明了问："听说这个科研所是乔小龙创办的是吗？"

"是啊！你认识小龙？"吴淮生有些惊讶地问。

"以前曾是同学。"郑莉不无敷衍地回答后，连忙又问道，"他好像学的是法律，怎么能办得了科研所啊？"

"小龙可是很有能耐呀！"郑重终于插上了嘴，"不仅法律上有一套，能把一起大案翻过来，救了一个刑警队长，而且在经商办公司上也很有本事，极有见地地办了研究所，给公司安上了翅膀。"

吴淮生点着头，也随着郑重感慨道："没有这个弟弟帮我，真不知道一龙公司现在会是个什么样子！虽然他不懂煤炭知识，但他却能充分调动发挥别人的专长，那个林非就是他慧眼识珠留下的。哦，她也和你一样是从国外回来的，也是位巾帼豪杰！"

郑莉怔了怔，忙问："怎么？她是位女士？"

"当然是。"吴淮生由衷地赞叹道，"不仅是才华横溢，人长得也端庄漂亮。现在既是公司的栋梁之材，也和小龙对上了象，他们俩真是天生的一对！"

郑莉像当头挨了一棒，一阵晕眩。

郑重显然对这个话题没有多大兴趣，端起酒杯对吴淮生道："来，喝酒！"

吴淮生今天好像对酒没有反应，喝在嘴里只觉得又香又甜，拿起杯子很爽快地干了。

郑莉这时也给自己倒了满满一大杯白酒，不顾李玉茹的阻拦，和吴淮生对碰起来……

第六章 情为何物

山崩地裂！天塌地陷！沧海横流！此时此刻，这些统统比不上乔小龙的绝望和哀伤。他像被人抽干了血，挖走了心，灵魂也飘出了体外。他想哭、想嚎、想跳，可又没有一丝力气。

01

淮海市公安局通过公安部向香港警方发出了协查费百夫的通报，香港警方很快便做了回复：费百夫目前不在香港，正在珠海开发房地产，项目是香港公务员度假村。

刘跃进随即决定赴珠海调查。

局长田明亮批准了刑警队的侦查方案。

刘跃进率冯自强、凡一萍抵达珠海后，与珠海警方取得了联系，在他们的协助下，弄清了香港公务员度假村的位置，并获知费百夫的确在这儿。

次日清晨，刘跃进和冯自强、凡一萍按照珠海刑警提供的线索，来到位于海滨的度假村，敲开了董事长室的门。外间屋看情形像个会客室，一位秘书模样的小姐正端坐在写字台后接听电话。刘跃进耐心等她打完电话，然后问道："请问费百夫董事长在吗？"

秘书小姐不答反问："你们是哪儿的？有预约吗？"

刘跃进掏出警官证递给秘书："我们是淮海市公安局的，想找费先生了解些情况。事先没有联系，麻烦你通报一声。"

秘书看了看警官证，还给刘跃进，说了声"稍等"，便进了内室。不大一会儿，她就走了出来，对刘跃进道："董事长请你们进去。"

刘跃进和冯自强、凡一萍在秘书的引领下，走进里间屋，只见宽大的老板桌后坐着一位头顶光秃秃的中年人。他挺起矮胖的身躯，眨了眨眼镜片后微肿的眼皮，用警惕的目光扫了刘跃进他们一眼，问道："你们是淮海公安局的？"

"是的。"刘跃进声音低沉，"您就是费百夫费先生吧？"

费百夫转动了一下皮椅，把身体调成对着刘跃进的倾斜度，侧过脸来问:"你们找我有什么事?"

"有个案子想找你了解一些情况。"刘跃进对他那种居高临下的姿势很反感,但为了侦查工作的顺利,不得不耐住性子。

"什么案子?"费百夫转动着眼珠,"经济案子还是刑事案子?"

刘跃进沉吟片刻,道:"是刑事方面的。"

"噢!请坐请坐!"费百夫脸上顿时阴转晴,堆着笑从皮转椅上跃起,腆着大肚子走过来握手,异常热情地往沙发上让,"快请诸位坐啦!"

刘跃进和冯、凡二位在沙发上坐下。费百夫招呼秘书泡茶,然后道:"只要不是经济商业方面的,有什么问题尽管问,我很乐意配合。"

"请问费先生是不是在淮海做过房地产开发?"刘跃进开门见山。

"嗯,是的。"费百夫点点头答道。

"您是不是在玫瑰园买了一套别墅楼?"

费百夫又有些警惕起来,目不转睛地盯着刘跃进道:"这些跟刑事案子有什么关系?"

"据我们查知,有个在逃的重点嫌疑人前些日子就躲在您的别墅里。"

"啊?"费百夫大吃了一惊,有些不可思议的样子道,"这怎么可能?我每个月派人去别墅清扫一次卫生,其余时间都是锁上的,逃犯不可能进去!"

"可他确实就藏在那儿。"刘跃进以毋庸置疑的口气道。

"你们抓住他了?"费百夫气呼呼地摩拳擦掌,"我倒要看看到底是谁,竟然能钻进我的别墅里!"

"很遗憾,人还没有抓住。"刘跃进注视着他,"我们来找你,就是希望你能给我们提供一些线索。"

"这……我能提供什么线索？"费百夫很为难地耸耸肩。"我这也是刚刚从你这儿知道有这档子事的。应该说，我也是受害人嘛！"

刘跃进静静地观察着费百夫，他看起来似乎很真诚，没有丝毫破绽。于是他从公文包里掏出朱永生的照片，递到费百夫面前，问道："这个人你认识吗？"

费百夫很认真的样子仔细端详了一会儿，摇摇头道："这个人我从来没见过。你说的逃犯就是他？"

"对，不错，就是这个人。"刘跃进收好照片，"你能否仔细地回想一下，有没有把房门钥匙交给别人过？"

"没有，绝对没有！"费百夫没有丝毫犹豫地回答后，又疑疑惑惑地晃了晃脑袋道，"这家伙会不会是个飞贼，现在穿堂入室的高手还是有的。"

刘跃进苦笑了笑，意识到问话不会有什么结果了，于是和冯自强、凡一萍起身向费百夫告辞。费百夫边送他们出门，边热情洋溢地让他们以后多来，并托他们帮忙物色一下，看有没有要房子的，他想把那幢别墅低价卖掉，省得闲置着还费他的神。

回到住处，刘跃进征求冯自强和凡一萍的意见，看下一步怎么办。在来之前，他们对这个结果已早有预料。如果是费百夫藏匿了朱永生或是他清楚朱藏在自己的别墅里，那他绝不会向警方交代，而是要百般搪塞、遮掩。冯自强说在刘跃进和费百夫谈话时，他注意观察了，发现姓费的家伙是在做戏，貌似坦然的表情很僵硬，游离不定的目光里时时露出不安和惊惧，由此可见，他心里是虚的。如果是他提供了朱永生藏身之所，那他现在就极有可能清楚朱的踪迹，所以不应就这么空手而归，仓促地离开珠海，而是应该采取秘密侦查的手段，咬住费百夫，争取有所突破。凡一萍也表示完全赞同冯自强的推断和他提出的下一步行动

149

计划，因为从目前的情况分析，也只有费百夫这一个目标了，只有顺着他这条线查，才有希望抓住朱永生。

刘跃进采纳了两名手下的建议，决定再跟珠海警方联系，以求得他们的支持和帮助。

02

自从见到了郑莉之后，吴淮生便像着了魔般地心神不宁起来。这么大岁数了，他还是第一次体会到这种神魂颠倒的滋味。难道这就是人们所说的"恋爱"和"相思"？他不敢回答自己。因为他觉得自己无论如何不该对郑莉有非分之想，虽然年龄悬殊并不是太大，但她是郑重的女儿，他更应该把她当做亲妹妹看待。可是此时的他，感情和理智已经背道而驰，而且感情已经完全占据了主导地位，弄得他寝食难安，头昏脑涨。

每当他苦恼或是遇到难题时，他首先想到的就是乔小龙，这次也不例外。上午一到公司，他匆匆把急需处理的事情快刀斩乱麻料理好，然后就吩咐阿海送他去研究所。

乔小龙正在办公室里审核科研项目，见吴淮生走了进来，忙站起打招呼："这么早就来了，有事？"

"哦，没什么事。公司那边今天清闲，就顺便来看看。"吴淮生做出若无其事的样子在沙发上坐下。

乔小龙审视着他，翘了翘嘴角道："不，你有事，而且是心事。"他加重语气，"你这心事还挺重呢！"

吴淮生知道瞒不过这个对他了如指掌的弟弟，只好点头承认："嗯，算你猜对了，是有点事。"

"什么事说出来听听，看弟弟我能不能帮你。"乔小龙把一杯茶放在他面前。

吴淮生叹了一口气,然后缓声道:"这个事就怕你帮不了我,谁也帮不了我啊!"说罢点上一支烟,大口抽了起来。

乔小龙不觉有些诧异,他还从来没见过吴淮生在自己面前如此悲观,于是不能不重视了,急忙问:"到底发生了什么事?总不至于天塌地陷吧?"

吴淮生深深吸了口烟,然后慢慢吐出,很难启齿的样子道:"这个……让我咋说才好呢,反正对我来说,就是天塌地陷!"

乔小龙见他吞吞吐吐,想说又不愿说的痛苦模样,心里不由一动,暗道:难道大哥遭遇了感情方面的事?从他那失魂落魄、目光里又满含着渴望和期待的神态看,极有可能是这方面的事。乔小龙想到这里,心中不由涌起一股莫名的兴奋来,他和妈妈一直在为大哥的婚姻大事焦急,如果他真有了意中人,那可真是天大的喜事!

"小龙,你说这男女之间除了爱情之外,有没有兄妹之情存在?"吴淮生满脸通红,很艰难的样子把话问完,"这爱情和兄妹之情相比哪个更纯洁更神圣?"

乔小龙激动了,吴淮生的话终于验证了他的猜测。他急不可耐地为大哥鼓励:"所有的情都是长在爱这棵大树上的绿叶,比如亲情比如友情,失去了爱的滋润,就会枯萎。所以,爱情是人间至情,是最神圣也是最纯洁的!"

吴淮生对乔小龙的话虽然似懂非懂,但大概意思还是清楚的。他孩子般仰起脸,问道:"那你的意思是说爱情和兄妹之情并没有冲突对吧?"

"当然了!"乔小龙为吴淮生续上开水,在他旁边坐下,继续添柴加火,"要不一位伟人会说,爱情是人类进步的动力。哥,你应该去大胆地追求,千万别犹豫啊!"

吴淮生显然是下了决心，自语般喃喃道："这样我就不会再有顾虑了，但不知她……"

乔小龙见吴淮生欲言又止，忍不住了，上前抱住他的胳膊问道："哥，那个人是谁，能不能给弟弟透露透露？"

"她是……"

乔小龙支起了耳朵，眼紧盯着吴淮生的嘴。

吴淮生抽口烟，又停住不讲了。想了想道："现在还不能给你讲是谁，八字还没一撇呢，况且我这是剃头挑子一头儿热，等成熟了我再告诉你。"

乔小龙显得很失望。

吴淮生像突然想起了什么，接着道："噢，有件事告诉你，郑市长的女儿回来了，她说跟你是同学，好像挺关心你，没事给人家打个电话问候一下。"

"你是说郑莉从国外回来了？"乔小龙骤然睁大了双眼，有些不相信似的又问了一遍。

吴淮生把烟蒂摁在烟灰缸里，点了点头。

乔小龙顿觉心中有一股热流涌动起来，可同时又很怅然，既然她回了淮海，为什么没和自己联系，难道她……他不敢再往下想了。

03

郑莉最担心的事情终于还是发生了。她后悔自己在国外时没和乔小龙主动联系，更为他这么快就移情别恋愤愤不平。这就充分说明他并没有像她那样爱得刻骨铭心，时时刻刻把她放在心里。和他别离之后，也曾有无数成就斐然的男士向她示爱，都被她以各种借口婉拒了，因为她无法让任何人代替他的位置。没想到自己深深相爱的人竟是如此薄情寡义，还在分手时口口声声说会等着她，男人的感情真像人们所说的那样，热得快，冷得也快？想想真不该从国外回来，这不是自寻烦恼自讨没趣吗？

可是怨归怨、气归气，她心中说到底还是想为争回自己的爱搏一把，对乔小龙她无法割舍，当失去他的危险骤然降临时，她渴望拥有他的愿望更强更炽烈了。

她很快便走访了老同学和熟悉乔小龙的闺中密友，他们绘声绘色地向她描述了乔小龙和林非的形影不离如胶似漆，几乎每天晚上都待在一起，劝她及早回头，另觅新枝。为了证实这些，她竟然在一天深夜和一个女友结伴悄悄溜进了研究所。情形果然如人们所说，乔小龙和林非正在办公室里促膝交谈卿卿我我。她很仔细地观察了有些日子没见的乔小龙，发现他胖了，脸色也红润了，一副春风得意的样子。当她的目光落在林非身上时，心里禁不住更酸了：灯光下姣美的面容若明若暗，愈显现出几分朦胧的妩媚，顾盼含情的双眼荡着撩人心旌的柔柔水波，的确是秀色可餐。

她彻底失望了，心情颓丧到了极点，第二天便在家中闭门不出了。

恰好此时的吴淮生在乔小龙的鼓励下树立了信心，身不由己地频频光临郑家。郑莉并不知道他是醉翁之意不在酒，便在孤独苦闷之中和这位大哥建立了友谊。身陷恋爱中的人是最敏感的。吴淮生很快便察觉出郑莉的忧郁和情绪不佳，误以为她是从国外的花花世界回来，不习惯淮海的单调生活，就想为她做些事情，让她愉快起来。他想来想去，没有什么好去的地方，也就只有去品品咖啡、泡泡歌厅或是去蹦蹦迪了，于是就从侧面问她喜欢什么活动，郑莉随口说出她在国外惟一的嗜好就是去咖啡厅闲聊听音乐。吴淮生很高兴，就说我请你去咖啡厅坐坐怎么样，能赏个面子吗？郑莉从吴淮生口中得知他和乔小龙既是兄弟也是最贴心的朋友，乔小龙最听他的话，就想通过他再多了解些乔小龙和林非的情况，也许通过他疏通还能有一丝希望，就很爽快地答应了。

吴淮生激动不已，他记得乔小龙向他传授的经验："你在没有把握之前，可以先请她吃饭或是去咖啡厅坐坐，如果她答应了，那就说明有戏，就可以继续向纵深发展了。"看来有门儿，她不仅答应了，而且还很爽快，这个机会他下决心一定要把握好。

吴淮生亲自驾着豪华奥迪，和郑莉一块儿来到了淮海市档次最高的香樟园咖啡厅，要了一个雅座。

04

这是一个难得的月朗星稀的夜晚。林非按事先约定好的时间，踏着月光，走进了乔小龙的办公室。乔小龙摊开《法律疑难大典》准备授课。

林非仰起脸道："小龙，咱们能不能改变一下讲课的地点和方式？今天晚上外面的月光很是皎洁呢！"

乔小龙这些天一直闷在房里想郑莉的事，也很想出去散散心，就同意了林非的提议。

他们步出研究所的大门，边走边谈论着法学上的问题，不知不觉便漫步到了唐河大堤。月光下的唐河闪着粼粼波光，静静地流淌，间或发出响亮的水花声。柔柔的月色和夜的静谧让人不能不生发出浪漫的情愫。林非紧挨在乔小龙身边，亮晶晶的眼睛闪动着渴盼和企求，她多么希望他能伸出长长的胳膊把她揽进怀里。乔小龙似乎丝毫没有被这"春江花月夜"感染，眉宇间一直深藏着忧郁和烦恼。他嘴里虽然在和林非探讨着法律，心里却在想着郑莉。林非从乔小龙东一句西一句前后根本连贯不上的话语里能听出他心不在焉，她也能从他脸上的表情看出他心事重重，可她好像已经猜出了他的心思，但却并不去问他，这也许正是一个女人的聪明之处吧。她比刚才贴得更紧了，整个身子都倚在了他的肩上。

一股温热暗香的气体在抓挠着乔小龙的脖颈，微痒的感觉使沉思中的他意识到了什么。他扭过脸来，发现林非正如醉如痴地斜倚在他的肩头，双眼微眯，呼吸急促，丰满的胸部在剧烈起伏。他吃了一惊，忙把她的身子扶正道："林非，你还有什么问题要问吗？"

林非知道这是他故意要拉开距离的表示，拢了拢被风吹乱的长发，神情自若地说："当然有问题了。我看你刚才心猿意马前言不搭后语的样子，就没敢问。"

乔小龙被她说得脸微微发烫，有些尴尬地说："对不起，我在想公司的一些事，有什么需要我解答的问题，请问吧！"

林非故作调皮的样子晃晃脑袋道："如果我提出的问题你回答不出来，那你就必须答应我一个条件，可以吗？"

乔小龙不由得笑了，心想，好家伙，这么快就将起老师的军来了，嘴中却道："行，你说吧什么条件？"

林非想了想，道："请我去香樟园喝咖啡。"

乔小龙满口答应，等待着看她能提出什么深奥的问题。

"最近，报纸上报道了这样一条消息。"林非先是介绍案情，"800多万人口的武汉三镇，遍布城市要道的红绿灯经常'熄火'。这倒不是因为技术的故障，而是'欠费'使然。据调查，一组信号灯一个月的费用70元至150元，全市信号灯电费每月两万余元。过去,负担这一费用的是电力部门默认流失和公安交管部门缴纳。"说着,她看了看乔小龙,见他注意在听,便接着往下叙述,"1999年,全市公安交管部门实行'收支两条线',罚没收入由银行收取,上缴财政,不再进交管局的腰包。同时,政企分开,电力部门再也不'默认流失',继续为红绿灯'买单'。通常情况是,电费拖欠近万元,电力部门拉闸停电,红绿灯也因此常常'熄火',矛盾引出'你停我的电、我扣你的车'的情况,最后两家闹上了法庭。"林非说到这儿,顿了顿,然后开始提问:"请问乔老师,这个问题该怎样判决?有无法律依据?"

乔小龙还真被问住了,低着头琢磨了好大一会儿,也没想出答案。

林非拉住他的胳膊,笑着道:"咱们是不是该去香樟园了,边品哥伦比亚咖啡边讨论问题的答案?"

乔小龙无奈之下,只好乖乖就范。

香樟园咖啡厅灯光幽然,轻歌柔曼,清茶和咖啡的香气静静地缭绕。乔小龙和林非走进茶色玻璃门,寻一僻静处坐下,要了两杯咖啡。乔小龙还陷在刚才的问题里出不来,林非起身去洗手间。

"这是市政方面的问题,政府应该能协调解决,好像不应该闹到法庭上去。"乔小龙自言自语。

不大一会儿工夫,林非匆匆走过来坐下,倾过身子神秘兮兮的样子悄悄对乔小龙道:"你猜我看到谁了?"

乔小龙仍在想"红绿灯"的事,心不在焉地随口问:"谁?"

"我刚才在那边的雅座看到吴总了!"

"开玩笑,他是从来不到这种场合来的。"乔小龙显然不相信。

"真是吴总。"林非有些急了,"他和一位漂亮的小姐在一起。"

"小姐?"乔小龙一惊,马上便有所省悟,忙问道,"你真的看清楚了？"

"绝对没错！"林非耸耸肩，"比咱们在一块亲热多了！"她说罢瞥了乔小龙一眼，目光里不无怨尤之色。

乔小龙顿时喜上眉梢。他猜测肯定是那位淮生大哥一直没告诉他的神秘女士。如此看来，他进展得很顺利，已经有了决定性的突破。想到这儿，他忙一把拉起林非，兴冲冲地道："走，带我去看看！"

林非领着乔小龙快步穿过大厅，进入贵宾区。这儿的灯光似乎更暗一些，每一个雅座都被厚厚的玻璃隔开了，在这里就座的大多是热恋中的情人。

林非在一个雅座前停住，对里面努了努嘴，乔小龙踮起脚尖向雅座里张望，顿时如遭电击般僵住了，那位神秘的女士竟然是郑莉！

林非见乔小龙呆在了那儿，便一把推开了雅座的玻璃门，喊了声："吴总！"

正在听郑莉讲国外趣闻的吴淮生微微一惊，转过脸来，待看清是林非，忙站起身，笑呵呵地招呼道："是林非呀！你好！"

郑莉有些诧异地看着林非，一时不知应该做出何种表示。

吴淮生对林非招招手道："来来，我给你们介绍介绍。"

郑莉不得不站了起来。

"这位就是我曾跟你说的大才女林非，树林的林，非常的非！"

郑莉上前，矜持地与林非握了握手，笑了笑说："听吴大哥介绍过。果然是木秀于林，非同一般，幸会！幸会！"

"这位是郑莉，刚从国外回来，我们在这儿叙叙旧，你是不是一块儿坐坐？"吴淮生向林非发出邀请。

"不了吴总，我和小龙在一起。"林非转脸望向门外，不由叫了起来，"咦，小龙呢？"

郑莉一听到乔小龙也在，心禁不住一阵急跳，忙向门外搜寻，见外面空空荡荡，不由露出深深的失望来。

"这小子，肯定是不好意思让我们看到！"吴淮生做出很郑重其事的样子开着玩笑，"什么时候才能喝你们的喜酒呀？我可是等不及了啊！"

林非很羞涩的样子绞着手指，眉宇之间荡着甜美的笑意道："谁知他是怎么想的，这种事勉强不得呢！"

郑莉的心里一阵冰凉，望着林非满脸幸福的样子，一股莫名的嫉妒和悲哀如潮水般顷刻间便淹没了她。

林非笑吟吟地告辞，忽闪着长长的眼睫别有一番意味地瞄了瞄郑莉，很是情意绵绵的样子道："你们坐吧，我去小龙那儿。这些日子朝夕在一块习惯了，一会儿不见，心里就发慌。"说罢扭身款款走出了雅座。

郑莉的心像被撕开了般一阵剧痛，她从来没像此时此刻那样痛恨乔小龙，如果用恨之入骨来形容，一点都不为过。

0 5

位于海滨浴场的龙宫桑拿城称得上是珠海数一数二的休闲场所了。楼虽不高，面积却很大，造型也很独特，就像是一只振翅欲飞的海鸥。中间稍高的主楼是休息厅，似是鸟头；两边的翅膀是桑拿浴、芬兰浴的房间，而隐在后面的鸟背则是大小不一、形式各异的按摩房。

入夜之后，这儿便热闹起来，五光十色的高级轿车不一会儿便排满了停车场。鸟翅鸟头上的激光镭射灯打出让人亢奋的灯花，如同不熄的焰火，映红了不远处的大海。

一辆黑色奔驰600缓缓停靠在主楼前。费百夫从车里走出，早有侍应生上前用手遮护车门上方，恭恭敬敬地问候："董事长，您好！"

费百夫微微颔首，挺着肥嘟嘟的大肚子步上台阶，进了宽阔的旋转玻璃门。

他刚刚在专为他配置的休息室躺下，一位雍容华贵、气质不凡、艳光四射的女士便轻轻走到了沙发床边。她在他身边坐下，用纤纤玉指揉按着他的大腿，嗔了他一眼道："你有些日子没来了呢！"

费百夫不知是风月场上的老手了还是荷尔蒙处于低迷状态，对女人颇有挑逗性的动作没有丝毫反应。他点上一支烟，悠悠抽了几口，这才开口道："莎莎，八戒是不是在这儿？"

莎莎低低地"嗯"了一声。

费百夫拿掉莎莎的手，一挺身坐了起来，道："怪不得总找不到他，挺会快活！"

"你们男人还不都一样花心！"莎莎不无怨尤地嗔了他一眼。

费百夫根本就不理她这个茬儿，依然按着自己的思路讲下去："淮海警方已经追到这儿了，他应该把猪头缩缩才对，老是无所顾忌地在这种风月场所出入，会出事的！"

"他是你的朋友，我只能笑脸相迎，好生招待，能有什么办法？"莎莎皱着眉很无奈的样子。

"我给你钱开这个桑拿城，可不是藏匿逃犯的！你少在我面前装蒜！"费百夫不无醋意地瞪着她，"听说你们打得火热，你是在拿自己招待他吧？"

"你……你胡说！"莎莎受不住了，满脸涨得通红，"你自己在外面拥香搂玉，却还这样糟蹋我！他是颗随时都会爆炸的炸弹，你当我想让他来这儿？既然你这么说，我这就向公安局举报他！"她说罢就去摸床头柜上的电话机。

费百夫慌了，连忙摁住她的手，道："我这是跟你开个玩笑，也是爱你的表现嘛！"

莎莎很委屈地低下了头，泪水竟不知不觉流了出来。

费百夫把她拥在怀里，亲了亲她的脸颊说："好了好了，屁大点事也值得淌猫尿。八戒在哪儿？你带我过去，我要跟他认真谈谈，这样可不行！"

莎莎从床边站起身，揩了揩腮上的泪道："百夫，我可要提醒你，他之所以老往这儿跑，是爱上了一个叫贺宝宝的女孩，这丫头模样挺俊，也是淮海人，你跟他谈时，尽量婉转些，他的脾气你应该比我清楚。"

"胡闹！"费百夫一边穿拖鞋一边气呼呼地说，"丧家之犬过街的老鼠，偶尔解解馋也就算了，竟然玩起了爱情，我看他这个老毛病是难改了，真是伤疤没好就忘了疼！"

…………

朱永生斜倚在沙发床上，一只手夹着烟卷，一只手抚摸着靠在他胸口的贺宝宝的乌发。贺宝宝最多不过20岁，胖乎乎的圆脸像熟透的苹果般红扑扑的，一双水汪汪的大眼透着稚气也含着忧郁。她用细嫩的如藕节般的小手揪弄着朱永生胸脯长长的毛丛。

"宝宝，等我有了固定的住所，就把你接出去。再忍耐几天好吗？"朱永生很诚恳的样子说。

"你不会有固定的住所。"宝宝的话吓了朱永生一跳，瞪圆了眼睛看她张合的嘴，"你来珠海是避难的。"

朱永生大惊失色，翻身坐了起来，把贺宝宝的头放在大腿上，扳过她的脸，沉声问道："你知道我是干什么的？"

"你几次喝醉酒都在我面前喊，要杀坏警察、杀坏女人，还要杀尽没有良心的人,我就知道你是铲尽天下不平的大侠了!"贺宝宝说着激动地抱住朱永生的脖子,在他耳边道,"我做梦都想找个你这样的男子汉,谢谢你不嫌弃我,我要跟着你闯荡江湖,血洗这人世间的肮脏!"

朱永生胸中大潮顿涌,猛地抱起贺宝宝,一阵歇斯底里狂吻,然后是揉面团般搓弄,贺宝宝禁不住高一声低一声地呻吟起来。朱永生剥去她的内衣,正要朝纵深发展,外面响起了敲门声。朱永生以为是送茶水的侍应生,对着门外吼道:"滚蛋!这时候凑什么热闹!"

"朱大哥,是我,费总看你来了!"门外传来周莎莎银铃般的声音。

朱永生怔了怔,忙示意贺宝宝穿上衣服,然后跳下床去开门。

费百夫径直走进房间,在沙发上坐下,对衣服凌乱的贺宝宝道:"你可以走了。"

贺宝宝见是大老板来了,哪里还敢吱声,忙低垂着头,小跑着出了房间。

费百夫瞥了朱永生一眼,揶揄道:"八戒兄,看来你真是要'宁做花下鬼,死了也风流'了!"

朱永生显然很反感费百夫的奚落,耷拉着眼皮道:"我不是花下鬼,也不会风流地死。你别在这儿不阴不阳的,有什么话就直说吧!"

费百夫扔给他一支烟,自己也点着,吸了两口,这才开口道:"淮海警方已经来过了珠海,这你不是不知道。在这种情形下,你不该还到这个场合来。"

"有什么怕的?"朱永生颇不以为然,抖抖烟灰道,"这龙宫桑拿城是咱们自己开的,又有莎莎警卫着,有什么纰漏可出?"

"这种地方鱼龙混杂,三教九流的人都有,说不定这些人中就有警察的条子,你应该往这方面多想想。另外,一旦警察查出这个桑拿城是我出钱办的,那就更麻烦了,他们肯定会死盯住这儿不放!"

费百夫的话显然对朱永生起了作用,他大口大口抽着烟,紧皱眉头沉思着。

"听说你还和这里的小姐'恋'上了,可能就是刚才那个胖丫头吧?这就更出格了,你应该清楚你目前的处境,少跟一个人来往就少一分危险,交朋友就更是大忌,何况婊子无情戏子无义,你以前不是没吃过这样的苦头,说不定啥时候她就把你卖了!"

"够了够了!"朱永生被他教训得有些不耐烦了,"有什么事说什么事,扯那么多干什么?你就干脆点儿说,怎么办吧?"

费百夫看得出朱永生还真被刚才那个小丫头给迷住了,心中不觉又增加了几分担忧,于是道:"这儿你是无论如何不能再来了,度假村那边也不能再待。我已经在郊区给你租了一间民房,你就受点儿苦在那儿住些时日吧,听听这边的风声再说。"

朱永生不得不点了点头。他想了想问道:"淮海那边一直没有消息来吗?不知智慧进展得怎么样了?"

"淮海那边你就别操心了,你能平平安安,就是对智慧最大的支持。"费百夫把烟头摁在了烟灰缸里。

朱永生眼里露出无限神往和深深的关切之情,自语般喃喃道:"我每时每刻都在挂念着智慧,天天都在等待着智慧的召唤……"

费百夫拍拍朱永生的肩膀:"八戒兄,耐心等着吧,总有一天,咱们会把淮海闹他个天翻地覆!"

朱永生阴阴地笑了。

06

乔小龙痛不欲生。他做梦也没想到,淮生大哥爱上的竟然是郑莉!他无法接受这严酷的事实,根本就不敢相信这是真的。

他不知自己是如何离开香樟园咖啡厅的,也不知自己是怎样回到研究所的,在这段时间里,他的大脑里是一片空白。

他呆坐在关了灯的办公室里,直到东方欲晓,直到朝霞满天,直到灿烂的阳光照亮了房间里的每一个角落。一夜之间,他的眼红了、脸肿了、乌发变灰了。原以为郑莉回来没跟他联系是因为她有了新的恋人或是在国外有了新的归宿,没想到她是和淮生大哥……她会不会是对自己产生了误会?抑或是和淮生哥并没有恋情而是自己有了误会?想到这些,他的眼前不由得骤现一丝亮光,急不可耐地拿起了电话,颤抖着手摁下了吴淮生的手机号码。通了,他的心里一阵急跳,几乎跳到了喉咙口。他拼命压抑住自己的激动,竭尽全力平定自己的情绪。

吴淮生说话了:"喂,哪位?"

乔小龙尽量使自己的语调正常:"哥,是我,小龙。"

吴淮生欢快的声音:"你昨天晚上怎么跑了?我还指望你在郑莉面前说我几句好话呢!"

乔小龙脸上的汗出来了,可他仍不死心:"哥,你上次给我讲的女士就是她?"

吴淮生大大咧咧:"还能有谁?当然是她!正因为是她,我才感到难为情嘛!是你清除了我的心理障碍,现在不存在了!"

乔小龙木然地"嗯"了两声,便卡上了话筒。他颓然跌坐在椅子上,脸上的肌肉抽搐着,十指紧紧握成拳头,狠狠砸在写字台上。

山崩地裂!天塌地陷!沧海横流!此时此刻,这些统统比不上乔小龙的绝望和哀伤。他像被人抽干了血，挖走了心，灵魂也飘出了体外。他想哭、想嚎、想跳，可又没有一丝力气。他石头一般僵硬的脑袋突然又裂开了一道缝：从淮生大哥的话音里似乎能听出他们并没有确立关系，至少还没有达到热恋的程度，她爱淮生大哥吗？假如……他又难以自禁地把手伸向了电话机。当他拿起话筒时，又犹豫了：这样做对得起淮生大哥吗？会不会伤害他？毕竟他对郑莉是那样地喜欢。在两难之中他还是做出了抉择，爱情应该是两情相悦，应该是互相的心心相通，何况他们早就相恋，彼此深深地爱过，淮生大哥应该能理解宽容原谅他。他终于横下心来，快速拨通了郑家的电话。

"喂，哪位？"是那个熟悉而又甜美的声音。

"我……"乔小龙的喉咙像突然被人掐住了，他用力往外挤，"我是小……乔小龙……"

对方沉默，久久没有声音。

"你好，郑莉……"乔小龙的声音发干发涩。

对方仍然沉默着，没有回话。

乔小龙使出最后一丝力气，提高音调，刚说出个"喂"字，对方就"啪"的一声卡断了电话。

完了！彻底完了！乔小龙瘫在了椅子里，发出一声长长的叹息。

"咚咚。"有人敲门。

乔小龙双手抱头，好像没有听到似的，根本不理睬。

又是两声轻轻的叩门，一个柔柔的声音飘了进来："小龙，我知道你在里面，是不是跟我玩捉迷藏？"

是林非。乔小龙只好机械地从写字台后站起来，拖着沉重的双腿走过去开门。

林非一进门，就被乔小龙憔悴不堪的面容和极度萎靡的神态吓住了。她反手关上房门，关切地问道："小龙，你怎么这副样子？是不是病了？"说着就伸出玉笋般的手去摸他的额头。

乔小龙也不说话，却猛地抱住林非，发疯般地狂吻起来。

林非被乔小龙吻得喘不过气来，她似乎察觉出他有些不正常，扭动着身子挣脱出他的双臂，娇喘吁吁地说："小龙，你怎么了？为什么要这样？"

乔小龙瞪着发红的双眼盯住她，声音嘶哑地问："你能陪我去喝酒吗？"

林非愣了一下，想了想道："我不去，你今天好像有些反常，你不告诉我原因我就不去！"

乔小龙不再说话，伸出胳膊紧紧揽住她，连推带拉就往外走。林非无奈地被他挟裹出了研究所。乔小龙拉开别克车门，把林非强行塞进车，然后跨进驾驶室，拉挡踩油门几乎同时进行，别克车发出一声尖啸，"呼"地就蹿了出去。

乔小龙脸无表情，紧握着方向盘，似乎根本就不把路上别的车放在眼里，横冲直闯，如入无人之境。林非双手紧拉着扶手，眼瞅着罗盘表已指向160，紧张得朱唇大张着，不时被乔小龙的冒险动作惊得失声大叫。

别克车终于"嘎吱"一声停在了浪琴情侣酒吧门前。林非用面巾擦了擦额上渗出的汗珠，长长地吁出一口气来。

乔小龙跳下车，"砰"地关上车门，闷着头就往酒吧里闯。林非心惊胆战地紧跟在他身后。

好在此时是上午时分，酒吧里的客人并不多。已经意识到可能要出事的林非，赶忙找了一个角落的台位。

侍应生走过来，躬身询问上什么酒水。

"当然是白酒！"乔小龙也不抬头，声音粗重地补充，"高度的！"

58度的淮海大曲摆在了桌台上。乔小龙把正欲往小杯里斟酒

165

的侍应生拨到一边,拿过高脚大玻璃杯,"哗"地倒满,仰头"咕嘟嘟"一气灌下。然后扫了林非一眼,问:"你为什么不喝?"

林非的嘴角抽动了一下,没有说话。

乔小龙又倒满了一杯酒,道:"什么东西都没有酒好!"

"是的,酒能解愁。"林非轻声说,但不难听出话音里的怨气。

乔小龙的眉峰耸了耸,动作夸张地双臂一张,大声道:"嘿!我何愁之有?有你陪我,我就只有喜!大喜!"

"小龙,别自欺欺人了,你有心事,这傻瓜都能看出来,你为什么不能跟我讲讲呢?讲出来也许心里就畅快了,总比喝闷酒强吧?"林非很婉转地劝慰乔小龙。

"没有!屁心事也没有!"乔小龙体内的酒精已产生了作用,说话也不讲究文雅了,"人为何物?情为何物?还是这酒好哇!"

林非神情黯然,不由垂下了长长的眼睫,有些凄哀地道:"酒比人好,酒比情醇。既是如此,你就不该把我也拉来。"

酒精在乔小龙腹内燃烧,他满脸酡红,两只眼睛像两团火球般滚动,残存的意识里似乎觉得有些伤害了林非,于是他端起酒杯举向她:"你、你比酒好……你的情最醇,你就是酒!来,我、我敬你一杯……"

林非抬起脸,双眼有些潮湿,伸手摁住酒杯,充满深情地说:"小龙,不管你说的是真话还是假话,我都非常感谢你,但这酒别喝了行吗?"她说着已是泪花晶莹。

乔小龙迷蒙的醉眼前晃动着林非楚楚动人的面容和脉脉含情的目光,更加刺激了他,因为这张美目盼兮的脸渐渐变成了郑莉。他不顾林非的阻拦,把酒倒进了喉咙。

林非很无奈地叹息。

乔小龙往前倾着身子,强撑着眼皮问:"你、你爱我吗?"

林非把他的手抓住抚摸着,轻声道:"我总觉得我们之间还缺少点……"她顿了顿,看乔小龙有什么表示,见他只是咧着嘴傻笑,又叹了口气,"唉,我们还是仅限于朋友关系最好,这不也正是你希望的吗?"

"你到底爱不爱我?"乔小龙有些粗鲁地甩掉她的手。

林非赶紧点了点头。

乔小龙移向她身边,轻轻抚摸她凝如玉脂的脸,问:"你为什么爱我?"

林非握住他的手悄声答道:"爱情是不需要理由的!"

"好!说得好!"话音未落,乔小龙干裂的嘴已紧紧压住了林非的香唇,拼命吸吮着。林非浑身酥软,在他的怀里蠕动,这更使得乔小龙血脉偾张,手便不自觉地伸向了她鼓胀的胸部。林非忙挡住他的手,抬起头四周看了看,满脸绯红地娇声嗔道:"你也不看看这是什么场合,咱们走吧!"说罢整整衣襟站了起来。

乔小龙跟在她身后,脚步踉跄地走出了酒吧。林非没敢再让他开车,自己先上了驾驶位置。别克车缓缓驶上了主干道。

太阳已升到了头顶,灿烂的阳光在车窗里跳动,林非的心里也觉得宽阔亮堂起来,她终于如愿以偿,得到了乔小龙的爱,至于是乘着他感情受挫之机还是利用他情绪不稳定之时,她并不去想这些,只要最后的胜利属于她,她什么委屈都可以受,什么都可以不去计较。但她心里十分清楚,她并没有完全抓住他的心,这种失恋后的癫狂是一种很平常的心理反应,要让他彻底属于自己,她明白该通过何种途径达到目的。

别克车很快便到了蓝宝石公寓楼门前。林非便住在这儿。她将车放好,对乔小龙道:"快下车吧,到我那儿喝点水休息一下,你不该喝这么多酒。"

乔小龙摇摇晃晃走下车,嘴里咕哝着:"到你那儿不喝水,喝酒……"

"好,喝酒,喝酒,我陪着你喝!"林非边说边搀着乔小龙走进了楼门,步入电梯。

他们很快便到了18号楼,进入林非所住的1808房间。乔小龙进了门就嚷嚷着要酒。林非无奈之下只好从壁橱里拿出一瓶洋酒,交给了乔小龙。她趁着他开酒瓶盖之机,以极快的速度换上了薄如蝉翼的睡裙,丰腴的双肩和酥软的乳沟都露在了外面。

乔小龙睁着红红的眼睛直勾勾地看着她,招手让她过去。林非风情万种地坐到了他的腿上。乔小龙把面前的酒杯倒满,道:"来,为了我们的爱,干!"二人一饮而尽。

林非抓过酒瓶,也把杯子斟满,情意切切地说:"为我们爱到永远,干!"二人又是一饮而尽。

两个人你一杯我一杯,一瓶洋酒很快就见了底。也许是酒精的作用,也许是故意挑逗,林非一改往日的淑女形象,放浪形骸,尽展女人的风情,和原来的她判若两人。已被酒烧得浑身燥热膨胀的乔小龙再也按捺不住,一把将林非抱起,扔到床上,然后纵身跳起,压在她的身上,呼呼喘着粗气,扯下了她身上的睡裙。林非扭动着洁白如玉的胴体,边"咻咻"地笑着,边帮乔小龙脱衣。乔小龙大叫一声,便沉入了峰涌浪起的波涛之中。

林非高一声、低一声地呻吟着,像哭,又似在笑……

07

刘跃进和冯自强、凡一萍在珠海警方的全力协助下,对费百夫进行跟踪监控,很快便把香港公务员度假村和龙宫桑拿城列为两大重点。经过几天的蹲坑守候,度假村费百夫的住处一直没有动静。刘跃进和冯自强、凡一萍商讨后,都觉得这样守株待兔太被动,应该主动出击。刘跃进便提出由冯、凡继续监视度假村,他主攻桑拿城,化装进去探个究竟。

这天晚上,刘跃进西装革履,头发梳得油光闪闪,一副大老板派头进了桑拿城。他急急地洗好澡,便进了专为贵宾设计的休息室。只见墙上挂着壁毯,34英寸的超薄型彩电倚在墙角处,可以自动升降的按摩床横陈在中央,此外旁边还摆着一圈真皮沙发和一个红木茶几。

刘跃进擦去脸上的汗水,刚刚在沙发上坐下点上烟,身着白衣红裙的妈咪就款款走了进来,嗲声嗲气地问:"先生,要小姐吗?"

刘跃进没有丝毫犹豫地说:"当然要,不要小姐我来干什么!但必须要漂亮!"他做出常客的样子,"别像从前,我每次来,你都弄些上不了台面的丑小鸭搪塞我!"

妈咪忙献上一脸的媚笑说:"这次一定让您满意!您等着啊!"说罢退了出去。

不一会儿,一位袒胸露背、浓妆艳抹的小姐便扭腰摆臀地走了进来。刘跃进眯起眼睛扫了扫,见这位女孩最多也就20岁,模样长得确很水灵,只是秀目顾盼之间流露出和她的年纪极不相称的风尘气息。

"老板,您好!"小姐很熟练地走近按摩床,"请您到床上来!"

"来来,先坐着聊会儿。"刘跃进把腿放在面前的软墩上,操起了行话,"你是几号?"

小姐巴不得拖延时间呢,于是在他旁边坐下答道:"我是5号。"

据刘跃进扫黄的经验,在这偌大的桑拿城里小姐少说也在百十名以上,能排在5号也称得上是佼佼者了,看来妈咪没有糊弄他。

刘跃进侧过身子问道:"来这儿多长时间了?"

小姐答道："快两年了。"

一般的小姐回答这个问题，不是说一星期就是说十天，最多也就讲一个月，装出一副稚嫩的新手样子，以博得客人的好感。看来这个5号小姐还挺老实。刘跃进决定在她身上下下功夫，于是又问道："这么说你服务的客人一定不少了？"

"是的。"小姐没有丝毫的羞耻感，反而说道，"但像您这样浪费时间，有心情聊天的客人，我还是第一次碰到。"

刘跃进反被她讲得脸上有些发烫了，为了掩饰自己的窘态，他搓了把脸，顺着这个话题问了下去："你都提供哪些服务？"

"那就看您需要哪些服务了。"小姐像在谈生意经，"单纯按摩，每个钟点98，全套服务388。"

"小姐，我跟你谈笔生意怎么样？"

"什么生意？"

"我有个债户，是你们这儿的常客，这几天我突然找不到他了。他欠了我二十万块钱，如果你能帮我提供线索，我给你两万，怎么样？"

小姐来了兴趣，连忙问："他长得什么样？"

刘跃进从怀里掏出朱永生的照片递给小姐，道："就是这个人，你认不认识？"

小姐接过照片，刚看了一眼，就失声惊叫起来："啊！是他呀！我早先陪过他几次呢！他好像跟我们老板挺熟，常白吃我们的'豆腐'，难怪他不付钱，原来是个欠债鬼！"

"你们老板是谁？"

"是香港来的，姓费，名字不太清楚。"

刘跃进心中已经了然，接着问道："那你最近有没有陪他？"

"早就不陪了，他在我们这儿找了个相好。"

"她叫什么名字？"

"我们这儿互相不叫名字，都是喊号。她是刚来时间不长的雏儿，排在最末一个，是108号。"

刘跃进心中不觉好笑，妈的，这儿成了梁山上的忠义堂了。他趁热打铁，赶紧又问："这家伙会不会窝在这桑拿城里？"

"不会！"小姐断然道，"您想想，我们这些小姐老鼠洞也能钻进去，他根本藏不住的，这两天我还真没见到他。您咋不早几天跟我讲，如果讲了，肯定一逮一个准儿！"她颇有些遗憾地嗔了刘跃进一眼。

"是啊！是啊！"刘跃进也很遗憾地搓着手，"谁叫咱们才认识呢？"他旋即又作出一副很郑重其事的样子道："现在也不晚，你给我注意盯着，只要帮我找到他，我再给你加一万！"

"真的？"小姐两眼放光，跃跃欲试地道，"那我这几天就不上班了，天天帮你盯着，馋嘴的猫离不开腥味，他肯定还会来！"她说着像想起了什么，"哎，老板，我怎么跟您联系？"

刘跃进让她拿过签单的笔，在账号纸上写了一串号码，道："这是我的手机号，二十四小时都开着，发现他后，马上就告诉我。"

小姐把纸折好，小心翼翼地塞进胸罩里，好像那就是三万块钱。

刘跃进点上香烟，悠然地抽了起来……

第七章　月色撩人

乔小龙浑身的血管骤然膨胀起来，猛地俯下脸，压住了郑莉灼热的嘴唇，二人拼命吸吮着对方，慢慢瘫软在河滩青青的草地上，皎洁如银的月光在他们眼前渐渐迷蒙了。

01

郑莉自接到乔小龙的电话后，便一直处于心神不定、辗转反侧之中。他突然主动打来电话，意欲何为！是解释？是致歉？还是要展示他的春风得意？也许他仅仅是看在过去的情分上随便问候一下，或许是看在父亲和淮生大哥的面子上礼节性地打个招呼？

如果他依然还爱着她呢？毕竟在他们分离的这段日子里，他们没有联络过，很有可能会出现些误会。比如他认为她不会再回来，以为她在国外已经有了归宿等等。他目前和林非也仅仅是朋友，并没有结为夫妻。是不是见她回来了，要与她重续前缘，再浴爱河？

但她很快就理性地否掉了自己这种不切实际的臆想妄猜。她看得很清楚，他和那个林非形影不离，而林非在咖啡厅也当着她的面说小龙爱她爱到须臾不能分开的程度。况且林非是那样的漂亮，那样的让人赏心悦目，还是卓有成就的博士，小龙怎么可能不爱她呢？

郑莉左思右想，越想越灰心丧气，越想越痛苦不堪，竟不觉对这个世界产生了厌倦之感，思忖着是否该尽快离开淮海到国外去。

吴淮生走进客厅时，蜷坐在沙发上苦思冥想的郑莉竟然没有发觉。吴淮生悄悄在她对面坐下，被她披头散发、衣衫不整和憔悴不堪的样子吓了一跳，尤其是见她如入定般地在那儿痴痴发呆，就更担心了，于是轻轻咳了一声。

郑莉这才被惊醒过来，见是吴淮生来了，忙有些不好意思地坐直了身子，招呼道："淮生大哥你好，喝点什么？"

"不用了。"吴淮生连忙摇摇手,然后关切地问,"你脸上气色不太好,是不是哪儿不舒服?我送你去医院看看?"

"没事,是昨天晚上没休息好。"郑莉把头发拢到脑后,拿起茶几上的橡皮筋扎住,做出轻松的样子,瞥了吴淮生一眼,很随意地道,"这几天心里有些乱,总是失眠。刚才没有冷落你吧?"

"没有没有。"吴淮生头摇得像拨浪鼓。他被她那不经意的一瞥看得神醉魂迷,尤其是那前句话,说得他心里痒痒的:莫非她已经对自己有了那个意思,不然为什么心里乱还失眠,而且亲口说出来?想到这儿他不觉激动起来,道:"我陪你出去散散心怎么样?"

郑莉一直在猜测吴淮生频频约她出去的意图,心想,莫非是乔小龙让他这位大哥来安慰她的?

吴淮生见她没有表示反对,随即提议:"咱们去香樟园吧!"

"不去!"郑莉已经对这个地方有了一种自然而然的排斥感,所以断然拒绝。她似乎意识到自己有些太生硬,马上又补充说,"那儿太乱,环境不好。"

吴淮生想了想,觉得郑莉说得有些道理,人员是有些太杂,再说老去一个地方,也太俗气了。于是又提议道:"咱们去小黄山咋样?那儿空气好,景色也好。而且我听说慈静庵有位刚云游来的尼姑叫祥明师太,修行很深,能观皮知骨,由骨知心,预知人的因果,让她帮你看看。"

郑莉顿时来了兴致,连声说好。从沙发上跳下,进里屋简单妆饰了,便和吴淮生一块儿出了家门。

天高云淡,秋风送爽。位于淮海西郊的小黄山像位亭亭玉立的姑娘。灿灿的阳光镀亮了她的翠衫绿衣,一片片红树林如缀在她身上的玛瑙玉佩。不太高也不太峻峭的顶峰上散落着几处寺庙，而那座黑瓦白墙的建筑便是慈静庵了。

奥迪车在山门口的停车场停住，郑莉一下车，就被山顶上隐隐传来的钟声笼罩住了，脸上不觉涌出几分肃穆来。

好在山并不高，吴淮生和郑莉很快便登上了顶峰，走进了慈静庵。郑莉买了两捆香，燃着后恭恭敬敬地插在香炉中，然后便进了大殿。面对如来佛和观世音等菩萨的金身塑像，她双手合十，学着旁边香客的样子，虔诚地拜了几拜。

吴淮生已经找到了祥明师太，招呼郑莉过去。这是一个并不宽敞的偏房，正对着门处是一尊不大的佛像，旁边摆着长条桌，桌上放着签筒。祥明师太就端坐在长条桌后，出家人很难看出确切的年龄，祥明看上去在60岁左右，慈眉善目，皮肤微黄，身材瘦削。吴淮生向她说明来意后，她示意郑莉抽签。郑莉很认真地摇了摇竹筒，闭上双眼抽出一根签来。祥明依照签号从长条桌旁排列的纸片里寻出一个纸条来，上写"上上"二字，下边是几行所谓的箴语。吴淮生喜道："恭喜你小莉，抽了个上上签！"

郑莉也甚是兴奋，请求师太解字析义。师太问她是解前程、健康还是解婚姻。郑莉说她都想解。师太说不可，只能解其一，如多了也就不灵了。郑莉心中想解最后一条，可当着吴淮生的面又很难说出口。就在她故作踌躇状时，吴淮生已代她脱口而出说就解婚姻。师太以征询的目光看郑莉，郑莉赶紧点了点头。

四句箴语是：云来如衣，云走日辉；日明云愈白，日升云顿开。

祥明师太解析道："前两句是指你感情曾受过挫折或是有过曲折，但已经渡过难关，喜事将临；后两句是说你和相爱的人感情很深，相互提携，定能举案齐眉，白头偕老。恭喜啊，施主！"

郑莉心花怒放，从包里掏出一张百元大钞递给师太，颤着声音说:"谢谢您师太,你真是位德高望重的活神仙!如果您所讲的能成为事实,我一定再来还愿,重重地谢您!"

吴淮生自然也是喜不自禁,他马上便联想到自己身上了,认为那个和郑莉举案齐眉的人肯定非他莫属。

他们兴高采烈地出了慈静庵,沿阶而下。郑莉一扫脸上的阴郁,笑着、跳着,还不时哼上几句流行的爱情歌曲。吴淮生从认识郑莉以来还是第一次看到她这般快乐,灿烂的笑和舒展的身姿使得她愈加美丽动人,他如同看到了翩翩起舞的仙女,那纯真、那热情、那温柔几乎要把他溶化了。他不由自主从心底生发出让她一生幸福永远快乐的愿望来。

郑莉忽然跑上前来,挽住了吴淮生的胳膊。吴淮生吃了一惊,既激动又紧张,心"咚咚"急跳,腿也不觉僵硬起来。

"吴大哥,我能问你个问题吗?"郑莉侧过脸来。吴淮生心中一动,看她一脸的神秘,莫非是要……他连忙点头道:"你讲你讲!"

"你为什么到现在不结婚?"

果然被他猜到了!吴淮生一阵激动,回答道:"因为没遇到像你这么好的姑娘。"

"吴大哥你又挖苦我了。"郑莉并没往别的方面想,很诚恳地说,"比我好的女孩多得是,以后我要多注意,帮你物色一个合适的。"

吴淮生以为郑莉是在试探他,便很郑重其事的样子道:"可我只喜欢你!"

郑莉不由得很爽朗地笑了。吴淮生愈是一副傻乎乎的认真样儿,她愈是觉得他在开玩笑。

吴淮生被她笑得有些莫名其妙,怔怔地看着她。

"吴大哥，真没想到，你还这么幽默。"郑莉止住笑，感慨着道，"有时候我想，还是像咱们之间这种纯洁的兄妹之情最好，我在你面前就觉得特别轻松，一点儿不觉得心累。"

吴淮生似乎听出了不对劲，不禁脱口问道："你的意思是……"

"我想把你当做我的哥哥，你要我这个妹妹吗？"

吴淮生像从火山口一下掉进了冰窟里，从外凉到里，浑身像散了架，双腿在山道上直打飘儿。

"怎么？你不愿认我这个妹妹？"郑莉见他沉吟不语，仰起脸来追问他。

吴淮生的脸成了个大苦瓜，只得讷讷地说："愿……意！"

郑莉仍然沉浸在那四句美妙无穷的箴言中，丝毫没有察觉出吴淮生的异常，情不自禁地又哼起了流行小调。

吴淮生的情绪却是无论如何也振作不起来了。他面前的阳光不再灿烂，风不再凉爽，树不再婀娜多姿，片片红叶不再绚丽……

02

朱永生无疑就藏匿在珠海，这使得刘跃进和冯自强、凡一萍信心大增。刘跃进将此情况向珠海警方做了通报，珠海警方迅速加大了搜寻力度，并通过技侦手段将费百夫完全监控起来。

嗅觉灵敏的费百夫察觉出处境不妙，对朱永生十分担心。他很了解这位兄弟，胆大妄为，从不前瞻后顾。他在淮海做房地产时，就是通过他结识了孔勇敢，接下了煤炭指挥部的大部分工程，除在房产中狂吞了几千万外，还帮助孔勇敢将煤炭指挥部的上亿资金转移到了国外。他不能不佩服他过人的胆量，可今非昔比，你朱永生已是逃亡在外的要犯，还谈什么情说什么爱。他现在最担心的就是他不听劝告，在郊区蹲不住，又跑去龙宫桑拿城找那个贺宝宝。所以，他决定无论如何也要再见他一面，晓以利害，千万不能在这种时候轻举妄动。

费百夫驱车驶出度假村时，就发觉有人跟踪。他使出惯用的金蝉脱壳之计，先是把车停在龙宫桑拿城前比较招眼的地方，然后他轻装骑上周莎莎早就为他准备好的摩托车，在城内的巷子里转了几圈，确信无人跟踪之后，这才向郊区驶去。

朱永生正窝在民房内看黄色碟片，对费百夫突然光临颇感诧异。他慵懒地伸了伸腰，从躺椅上站起，问道："你怎么扮成这副样子，像个嬉皮士似的？这时候来，不会有什么好消息吧？"

费百夫不知是讨厌电视机里光着屁股的男女还是被那荧屏一闪一闪的亮光弄得心慌，"啪"地关了，然后才道："八戒，你猜得不错，的确不是什么好消息，淮海来的那几个刑警没有走，一直在珠海盯着，显然他们是闻出了你的味道。这几天珠海的警察盯我盯得也很紧，昨天夜里还对度假村进行了一次秘密搜查，幸亏你及时转移了。现在形势对我们非常不妙，你千万可要当心呀！"

"说来说去你还是对我不放心。"朱永生尖细的嗓音在黑暗里显得特别瘆人，"我不是按你吩咐的窝在这黑屋子里没敢动吗！"他说着点了根烟，凑着亮光递给费百夫一根，话里透着无奈，"妈的，我蹲这黑屋子真是蹲怕了，没有一点光亮我他妈非疯不可。"

费百夫安慰他："忍忍吧，不会总这样。"

"但我老觉得蹲在这儿不是个事儿。既然他们闹这么大动静，就说明他们知道我在珠海了，再躲在这个地方早晚会出事。"朱永生狠狠抽了口烟。

"你的意思是换个地方？"费百夫点点头，"我也觉得目前应该这样，可智慧没有发话，你一旦离开珠海，就不好联络了。再说现在全国追逃追得很凶，又是上网，又是统一行动，你的名气又大，没有人照应是绝对不行的。"

"所以，我想让宝宝回一趟淮海，看看那边的情况怎么样。另外，让她跟智慧联络一下，看我能不能回去。"

"不行不行。"费百夫马上表示反对，"你们才认识时间不长，再说她还只是个大孩子，这样太冒险！"

朱永生并不以为然，道："据我对她的了解，还是能信得过的，如果她想出卖我，可以说是举手之劳。我早就有个打算，如果能回淮海，就让她开个美容院之类的门面，我也好有个落脚之处。"

费百夫见朱永生对贺宝宝认真起来了，心里不禁敲起了鼓，看来必须要跟淮海方面联系了，要不这家伙真会捅出大娄子来。

03

中秋节不知不觉到了。孙凤珍提前两天就忙着准备，买了乔小龙和吴淮生最爱吃的菜。因为小龙在京城读书，有好几个年头全家没能团圆了，所以孙凤珍对今年的这个团圆节格外重视。

太阳还高挂在西天，孙凤珍就开始不停地打电话，催乔小龙、吴淮生赶快回家。

五光十色、香气四溢的菜肴已经摆满了餐桌。孙凤珍左等右等，仍不见哥俩的身影，心急如火的她不得不在电话里给他们限定了时间。

先是乔小龙闷着头进了家门，孙凤珍被儿子的萎靡之态吓了一跳，忙上前摸他的头，问他是不是身体不舒服。乔小龙有些不耐烦地拨掉妈妈的手，瓮声瓮气地说了声没事，就窝在餐桌旁的椅子上不动了。

不大一会儿，吴淮生也蹒跚着走了进来，孙凤珍更是吃惊不小，只见他双眼浮肿，脸色发青，头发蓬乱着，领带歪斜在胸口。她跟他讲话，他好像没有听到似的，默默地往小龙旁边一坐，两眼发直地看着桌上的菜。

孙凤珍察觉哥俩精神状态不对，又不好直接询问，颇有些忐忑地给他们斟酒。若在平时，哥俩是不会让孙凤珍亲自为他们倒酒的，可今天竟然丝毫没有反应。他们对酒倒很有兴趣，端起杯就喝，也不吃菜。

孙凤珍忍不住了，用筷子"当当"敲了几下菜盘子，道："你们哥俩今天怎么了？一个感冒，一个跟着打喷嚏！这大过节的，能有啥不舒心的事？"

还是乔小龙先醒过神来，他看着吴淮生无精打采的样子，颇觉诧异，用半是调侃半是讥讽的语气道："咦，你正是春风得意马蹄疾，桃花运开的时候，怎么也成了呆头鹅？"

吴淮生苦笑笑，没有回答乔小龙的问题，却端起了酒杯，道："小龙，能陪哥喝杯酒吗？"

"没问题！"乔小龙抓过两个大玻璃杯，"要喝咱们就用大杯！"

吴淮生猛地一击掌："好！一醉方休！"

乔小龙倒好酒，心里却冷不丁打了个寒噤。从小到大，他跟淮生大哥心心相印，从没有红过脸。但今天他却有了一种距离感，而且现在竟不由自主地对他产生了攻击或是说较量的欲望。这不能不令他感到一种恐惧和惊悸。

吴淮生已端起了玻璃杯,大声道:"来,小龙,哥先喝了!"

乔小龙犹豫了,禁不住望了望孙凤珍。

孙凤珍对儿子神情的变化并没在意,但对他的话却有了浓厚的兴趣,于是阻拦住正欲喝酒的吴淮生,有些激动地问:"淮生,你是不是有了意中人?"

"没有没有,有了我还能不向婶子您汇报吗?别听小龙瞎咧咧,没有的事!"吴淮生连忙矢口否认。

乔小龙有些惊讶地看着吴淮生。吴淮生向他使了个眼色,端着酒杯道:"小龙,你和林非才是正儿八经的事,今天应该把她也喊来家过节的。来,哥祝你们比翼齐飞!"说罢,"咕咚"一声把酒喝了下去。

孙凤珍见吴淮生不承认自己有恋情,也就不再追问了,又关心起乔小龙来,问道:"你和林姑娘的关系是不是确定下来了?"

乔小龙只好十分勉强地点了点头,然后一口把杯中的酒吞了下去,顿时,一股又苦又涩又辣的东西在心里弥漫开来。

孙凤珍喜上眉梢,不停地往吴淮生和乔小龙碗里夹菜。吴淮生强作笑颜,不时地和乔小龙调侃几句,心里却比黄连还苦。乔小龙一直在心里纳闷,为什么吴淮生会断然否认他和郑莉的事,难道他们闹了不愉快或是有什么难以启齿的隐情?

吃好了饭菜,喝完了一瓶白酒,也品尝了风味独特的月饼。孙凤珍开始收拾碗筷。

吴淮生悄悄扯了扯乔小龙道:"咱们去院里赏赏月如何?"

乔小龙正想要弄清他和郑莉之间的事,便说:"对对,咱哥俩去赏月,这中秋佳节不赏月算不得完整!"

二人走出楼门,来到了庭院。只见月华皎皎,满地生辉。凉爽的秋风徐徐吹来,沁人心脾。苗圃里的一丛丛菊花金黄耀眼,散发着浓浓的馨香。唐河大桥的灯光隐约可见，偶尔传来几声汽笛的鸣叫声。

"哥，你今天的精神状态好像有些不对头，满脸的心事，到底怎么回事？"乔小龙首先打破沉默，试探着问。

"唉——"吴淮生长叹一声，声音发涩地说，"我和郑莉完了！"

"什么？"乔小龙一惊，"哥，你可别跟我开这种玩笑啊！"

"嗨，我还有心情跟你开玩笑，是真的！"吴淮生极认真地说。

乔小龙的心跳骤然加快了，他竭力控制住激动，以淡然的口气道："我不相信。你们昨天还好好的，听说还游了小黄山，怎么说散就散了呢？"

"嗨，就是在小黄山出了岔子……"吴淮生顿住，觉得这么说并不准确，又赶紧接着道，"其实我们本来就没有这方面的缘分，人家从来没朝这方面想过，只把我当做大哥哥，是我自作多情，想想真觉得丢人！"

"你是说她本来就没有这方面的意思？"乔小龙不由自主又追问了一句。

"是呀！"吴淮生禁不住顿足捶胸，懊恼不迭地道，"幸亏没让她看出我有这方面的企图，不然，以后真没脸去见郑市长！"说着，他的音调变得凄凉，"我咋也没想想，能配得上人家吗？人家研究生毕业，又出国留过学，我小学三年级都没上完，这不是癞蛤蟆想吃天鹅肉吗？！"

乔小龙望着吴淮生痛心疾首、悲哀绝望的样子，心里颇有不忍，于是劝慰道："哥，天涯何处无芳草，你也别太小瞧自己，你是淮海市最大私营公司的堂堂总裁，怎么说也是有名有望有实力的青年企业家，以后找的人不一定就比她差。"

"唉，还找啥找！我已经打定主意，这辈子就天马行空了！"

吴淮生仰脸遥望着夜空。

乔小龙心里很不是个滋味，不由问道："哥，她在你心里就这么重？"

吴淮生凝视着璀璨的星河，银色的月光染亮了他棱角分明的黑红脸膛，目光里流泻着圣洁的神往之情，嘴角嚅动着轻声道："小龙，你知道哥长这么大并不懂得男女之情，心里只装着你和婶子。可自打见到她，我就深深陷了进去，再也无法割舍。说句掏心窝子的话，如果让我在她和公司之间选择，我会毫不犹豫地选择她！"说着，两滴清泪从眼角滚了出来。

乔小龙的心灵受到了极大的震撼，痛苦顿时如毛虫般啮咬着他的每一根神经，月光和秋夜里庭院的景物都在他眼前颤抖摇晃起来。他不知该对淳朴忠厚的大哥说什么才好。

吴淮生低下脸来，看着乔小龙又接着道："可是小龙你放心，我不会勉强别人也不会勉强自己，这不是一厢情愿的事。你和林非之间应该不会存在这些问题，她也是个很优秀的女孩，我真心希望你们早点结合，能快乐幸福！"

"可我爱的是郑莉！"乔小龙几乎就要脱口喊了出来，但话到嘴边，他又强自吞了回去。在这种时候说出这样的话，无疑会深深地刺激大哥，对他造成更大的精神伤害。然而他的话却使乔小龙心里翻腾开了：大哥说得对，不能勉强自己，这的确不是一厢情愿的事。林非对他的爱，他只能表示感激，但绝不能接受，更不能强迫自己同样付出，否则，不仅是对自己不负责任，对别人同样也是不负责任。一时糊涂就会铸成终生大错，昨天酒后发生的事真不知道自己能否化解开。想到这些，他不由得痛恨起自己来，其实自己并没有看到郑莉跟淮生大哥如何如何，完全是自己在胡猜乱想，她从国外回来，极有可能是从淮生大哥那里听说了他和林非之间的事，产生了误会，才一气之下不愿见他，这恰恰正说明她还在爱着他，不然她又何必如此恼火呢？恋情不在友情在嘛，他们毕竟还没到反目成仇的程度。

想到这儿，乔小龙有种豁然开朗的感觉，觉得应该再问问淮生大哥她有没有谈过感情方面的事，尤其是她因为什么不能和他相爱。于是道："哥，难道她就一点没有看出你对她的一往情深？她是什么原因不愿意跟你建立恋人关系？是不是她已经有了男朋友？"

吴淮生未假思索地就把他们到小黄山拜佛抽签，祥明师太如何为她解字析义，她的情绪如何在这之后突然变化详细叙述了一遍。

"如果签语上这么说，那她没告诉你是否有男朋友？"乔小龙有些忐忑不安地又问道。

"现在想来，我就什么都清楚了。她肯定有个相爱很深的人，可能有些波折，但马上就能云开雾散了。不然，她怎么可能会这么激动快活！"

"你没问她这个人是谁？"乔小龙既心惊肉跳，又充满了期待。

"后来我就心乱如麻了，根本就想不起来去问这些。再说，这是她的私情，我问也不合适。"吴淮生说着，有些索然无味，拍拍乔小龙的肩膀道，"好了，不谈这些让人心烦的事了，咱们进屋吧，陪婶子说说话。"

乔小龙跟在吴淮生身后，边走边琢磨着：是不是再主动跟郑莉联络一下，最好能见个面，好好地沟通沟通，也许他们真能像签语上所说的"日升云顿开"……

04

中秋之夜,朱永生倍感孤独。月光从窄小的窗棂照进漆黑的小屋,平添几分凄凉。他待在这儿已经十几天了,房门不敢出,大灯不敢开,犹如困在洞穴里的狼。

"妈的,简直连囚犯都不如,囚犯还有伴哩!"朱永生嘴里咕哝着,在屋里烦躁地转着圈子。费百夫没有再来看他,淮海那边究竟怎么样?难道自己就这么待着,等公安来抓?

"不行!"朱永生猛地站住,"我必须尽快出去,就是枪对枪刀对刀地干一场,死了也比憋闷在这儿畅快!"他决定依照自己的计划行事,让贺宝宝回淮海探听一下风声,然后杀回老家去。在这合家团圆的日子里,他惟一想到的就是招人怜爱的贺宝宝。

主意已定,他不再犹豫,迅速换上灰色的夜行装,戴上长檐鸭舌帽,急不可耐地窜出了黑色的小屋,融进了茫茫夜色之中。

…………

香港公务员度假村。费百夫住处对面的阁楼里,刘跃进和冯自强、凡一萍围坐在一个破旧的小圆桌旁,桌上摆着几样小菜、一瓶红葡萄酒和几块月饼。他们边吃边盯着费宅。

"自强,想老婆了吧?"刘跃进调侃着冯自强解闷。

"说不定心里正在唱《十五的月亮》呢!"凡一萍跟着帮腔,"你没看他一脸的庄重吗?"

冯自强苦笑笑道:"我根本就想不起老婆,更没有心思唱什么《十五的月亮》。我想的是明天咱们怎么过,我心里念叨的是'16元'!"

"怎么!钱又用完了?"刘跃进声音发涩。

冯自强指了指桌上的酒菜和月饼道:"这是最后的50块钱了。"

"你没给李铁打电话？"刘跃进皱起了眉头。

"打了，李队说办案经费还没批下来，让我们先想想办法。"冯自强愁眉苦脸地说。

"我们在异地他乡，能想出什么办法？"凡一萍鼓起了双腮，"人家珠海这边已经对咱们办案支持很大了，总不能再伸手向人家借钱吧？"

刘跃进沉吟了好大一会儿才开口道："看来只能采取旁门左道的办法了。"

"什么办法？"冯自强和凡一萍几乎是异口同声。

"抓鸡。"刘跃进轻声吐出两个字。

冯自强和凡一萍不由睁大了眼睛，惊愕地问："抓鸡？抓什么鸡？"

刘跃进伸出手来，在空中画了个圈儿，然后十指紧紧一攥，提高声调道："抓从淮海那边飞过来的'鸡'！"

冯自强先领悟了刘跃进的意思，若有所思地道："你是说逮几个来这边从事色情业的小姐，罚她们的款？"

凡一萍终于听懂了，忙说："不行不行，这么做是违反纪律的！咱们还是想想别的办法吧，千万不能胡来！"

冯自强道："这也算不上胡来，扫黄打非是咱们公安干警的职责嘛！"

"只有这条路可走，没什么别的办法！"刘跃进以不容商量的口吻道，"我是副队长，出了问题我负责。一萍，你是女孩，开展这方面的工作比较便利，从明天开始你就踩点儿排查，这三张嘴，可就全靠你了！"

凡一萍嘟着嘴，极不情愿地点了点头。

突然，刘跃进的手机急促地响了起来。他连忙打开看了看来电显示,有些激动地说了句"是龙宫桑拿城"就赶快摁下了接听键。他不停地点着头,"嗯"了几声后大声道:"好的,明白了,我马上就到!"说罢"啪"地合上了手机。

冯自强忙问:"有情况?"

"是的!"刘跃进搓着手,"是那个5号小姐来的电话,朱永生现在就在龙宫桑拿城。"他一挥手道,"快,抄家伙,走!"

冯自强抓起旁边凳子上的手枪,和凡一萍紧随在刘跃进身后向阁楼下冲去。

刘跃进边小跑着边打开手机,急急地摁号,大声道:"喂,市公安局总机吗?请接刑警队值班室!"……

中秋之夜的龙宫桑拿城,比往日热闹了许多,大门口摆着嫦娥奔月的彩灯,厅堂里冲门斜摆着两面门板般大小的标牌,上边垂挂着红灯笼,一个上写:每逢佳节倍思"亲"。另一个写着:龙宫深处有"家"人。

朱永生和贺宝宝坐在榻榻米上,面前是个长方形的玻璃茶几,茶几上摆放着托盘,托盘里是几块闪着金黄色泽的月饼。托盘四周是几样卤菜。贺宝宝眼睫微颤,脉脉含情地凝视着朱永生。朱永生正手执一瓶XO,往杯子里斟酒,然后举起杯子对着贺宝宝道:"来,宝宝,祝你中秋愉快!"

贺宝宝端杯的手有些微微发抖,颤着声道:"你还是快走吧,这儿不安全!"

朱永生哈哈大笑,很不以为然地道:"你放心,既然我敢来,就没把臭警察放在眼里!宝宝,能和你一块儿过这个中秋节,就是死也无憾了!"

贺宝宝感动得泪光莹然,伸出胖胖的小手遮住朱永生的大嘴,娇嗔道:"今天这样的团圆日子,不许你说不吉利的话。反正我生是你的人，死是你的鬼，如果你出了事，我就陪着你去坐大牢！"

朱永生眼角也不由得发烫了，他握住贺宝宝的手，轻声问："宝宝，你想回淮海吗？"

贺宝宝一时弄不清他的意图，点了点头，又摇了摇头，说："你回去我就回去，我要跟着你闯江湖！"

朱永生苦笑笑道："可你不能总跟着我。我别的也帮不上你，想给你些钱，在淮海开个美容院。你受过这方面的培训，也算是有了个安身之处，你说好吗？"

贺宝宝眨了眨眼，问："那你去淮海吗？"

"我当然要经常回去，这样咱们就有了个家。"朱永生道。

"那就行，我听你的！"贺宝宝激动得圆鼓鼓的双腮绯红绯红，为自己终于熬成了个小老板欣喜不已。

朱永生正要再说点什么，贺宝宝已把樱桃般的小口送进了他乌紫的大嘴巴里。

刘跃进和冯自强、凡一萍赶到龙宫桑拿城。他让冯、凡二人在大门前守候，防止朱永生溜掉，另外等待珠海警方的援兵，然后只身一人欲往里闯。

冯自强拉住他，担忧地说："刘队，那家伙身上有枪，你一个人进去有危险！"

凡一萍也劝说道："是啊！再说你身上也没钱，怎么付账？"

刘跃进甩开冯自强道："没有时间顾忌这么多了，桑拿城是先消费后交钱，走到哪一步算哪一步吧！"说罢，大步流星进了玻璃旋转门。

他领取了衣柜的图牌和钥匙之后，既没有下冲浪式浴池，也没有进桑拿室，以极快的速度冲了淋浴，便换上休息服，直接进了按摩房，让妈咪喊了5号小姐服务。

不一会儿，5号便走了进来，急不可待地表功："哎，老板，为了等你，我推掉了至少五个客人，你看我……"

"少扯闲话！"刘跃进不耐烦地打断她，"快说那个欠债鬼在哪儿？"

5号小姐往天花板上一指："在楼上308小休息室，和108号正亲热着呢！"

刘跃进不敢怠慢，站起来就往外冲。

5号小姐拉住他的胳膊，伸出中指、食指和拇指，做了个点钱的动作，对着他意味深长地一笑。

刘跃进马上便明白了她的意思，道："放心，少不了你的！"

5号小姐仍不放他，嗓音很低但却很清脆地说："你脚底抹油，我哪里去找你？"

刘跃进急了，粗鲁地摔掉她的手，眼一瞪道："你也太瞧不起老子了，我的钱能压死你！"

5号不敢再阻挡他了，嫣然一笑说："跟你开个玩笑嘛，凶巴巴的干什么，那我在这儿等你了……"

刘跃进没等她把话说完，就三步并作两步蹿出了按摩房。

再说朱永生正在和贺宝宝亲热，外面响起了开门锁的声音。朱永生正要发火，周莎莎慌里慌张撞开门冲了进来。

"周总经理，你能不能给我们点儿时间？"朱永生冷冷地说。

"我可以给你充足的时间，但公安局不给！"周莎莎晃晃手中的手机，"我刚刚接到消息，公安局的警车正往这边开，如果我推测不错的话，十有八九是冲你来的！"

朱永生大吃一惊，霍地站了起来，问道："警车只是往这个方向开，你怎么能断定就是来这里？"

"深更半夜，又是大过节的，这海滨浴场只有我一家对外营业场所，他们总不会去海湾打鲨鱼吧？！"周莎莎狠狠地瞪了贺宝宝一眼，手一挥道，"别再说废话耽搁时间了，你快从暗道里走！"

朱永生一把拉起贺宝宝，对周莎莎道："我要把宝宝带走！"

"什么？你开什么玩笑！"周莎莎陡地睁圆了眼睛，"都火烧眉毛了，你还……"

"我必须带走她，不然她的处境很危险！"朱永生说得斩钉截铁。

"好！好！"周莎莎恼火而又无奈地撇撇嘴，"我算服了你八戒大爷了，真是世上少有的情种！"她说着把贺宝宝揉到一边，移开沙发床，掀起了一扇地板，露出一个黑黑的洞口来，催促道："你们快走吧，从这可以通到海滨浴场的换衣间，到了那儿，怎么走就是你们的事了，好自为之吧！"

朱永生和贺宝宝先后爬进了洞里。周莎莎把地板盖好，仔细检查了一番，这才把沙发床移过来。她浑身瘫软般斜倚在沙发床上，长长地吁了口气。

"咚、咚。"就在这时，传来了轻轻的叩门声。周莎莎惊得翻身坐起，压住心跳问："哪位？"

"是我，怎么把门锁起来了？"是一个粗重的男声。

周莎莎定了定神，上前打开了门。

刘跃进一步三晃肩地走进来，嘴里嚷着："小姐呃，我去一下洗手间，你怎么就把我关在门外了？"说着话，眼角的余光已把房子里扫了一遍。

原来是客人摸错了门，周莎莎松了口气。她没好气地说："请问你是哪个包房的？"

刘跃进直视着周莎莎，惊诧地道："咦，换人了！"他忙退回去看门牌号，"噢，对不起，我进错房间了。"

周莎莎不再答理他，又仰面躺在沙发床上，闭上了双眼。

刘跃进慢慢退出去，心里有了不祥的感觉，看情形，朱永生很可能已经溜了……

05

乔小龙拿起电话听筒时，仍在不停地问着自己：这么做合适吗？淮生大哥那边怎么解释？和林非之间的事又该如何解决？但是最终还是感情战胜了理智，他快速地摁下了郑家的电话号码。

"您好！请问哪位？"郑莉婉转悦耳的声音从听筒里传出。

"是我。请你别卡电话好吗？"乔小龙攥紧了听筒。

"什么事，说吧。"郑莉显然也听出了他的声音。

乔小龙大喜。既然她没有断然拒绝，就说明她的态度已有所改变，这是个好兆头。于是赶紧道："我们能见一面吗？"

郑莉没有说话。

但乔小龙能听出那熟悉的急促的呼吸声，他提高嗓门道："晚上八点整，我在唐河大桥下等你，希望你能给我个机会！"说罢，赶忙挂了电话。

他抹了把额上沁出的汗珠，呆呆地凝望着窗外的余晖，心里默默叨着：她能赴约吗？如果她心里还有他，那她就一定会来，反之，他们的缘分就会从此如流逝的唐河水般一去不回……

其实乔小龙的忧虑是没有必要的。郑莉自上了小黄山后，就一直处于辗转反侧之中，渴盼能尽快与他联系上。正在她琢磨着采取何种方式和他沟通时，就接到了他的电话，她既激动又大感惊诧，觉得祥明师太简直就是活神仙，占卦预卜竟是如此灵验。

放下电话后,她就煞费苦心地挑选衣服,旗袍、裙服、休闲装,试了十几套,最终,她还是选定了那件大红色的线织短大衣,这是乔小龙用了一个月的生活费在北京王府井给她买的惟一一件礼物。然后晚饭也不吃了,跟妈妈打了个招呼,就急匆匆去了美容美发厅。刻意修饰一番之后,恰好是7点20分。她打了的,驶往唐河大桥。

乔小龙早早地便在唐河大桥下面徘徊了。西天的晚霞由火红变紫变青,最后变成一抹黛色。夜幕渐渐罩住了大桥,顺唐河水东望,一轮明月从波浪之中浮出,缓缓升到了半空之上。顿时,银色的月光染亮了河水,染亮了大桥,也染亮了乔小龙焦灼不安的面孔。抬腕看表,时针已渐渐靠近八点整,他不由自主地向桥上张望。

"小龙!"一个熟悉的声音突然响起。乔小龙一惊,忙转身望去,只见郑莉着一袭红衣,从桥墩旁闪身走了出来。刚刚精心修饰过的郑莉在月光下格外美丽,乔小龙再也克制不住自己的激情,飞步上前,把她紧紧拥在怀里。郑莉也是情不自禁地做出热烈的回应,二人忘情地热吻着。

还是郑莉更为理性一些,她轻轻推开乔小龙,低声道:"你这样会后悔的。"

"我找不到后悔的理由。"乔小龙注视着郑莉,"倒是我很难理解,你为什么回来后不跟我联系,而是对我冷若冰霜,视若路人?"

郑莉眺望着水天相接的迷蒙处,颇有些伤感地说:"我可以明确告诉你小龙,我是为了你才从国外回到淮海的,可没有想到,你竟是个朝三暮四之人。"

"我知道你是在说林非,可这完全是你的误会!"

"误会？"郑莉收回目光，沿着河滩慢慢往前走，"那你怎么解释你们耳鬓厮磨、出双入对，甚至每天晚上都在一块儿呢？"

乔小龙随着她漫步，禁不住轻声笑了起来，道："你对我调查了解得挺细。这在一般人看来，是有些关系超常，可如果我告诉你她是在跟我学法律知识，你能相信吗？"

郑莉不由停住了脚步，长长的睫毛扑闪了两下："跟你学法律？"

"是的。因为她曾很用心地教过我煤炭方面的技术常识。投之以桃，报之以李，这种知识的交换不能算是过错吧？"

"但记得在香樟园咖啡厅，她曾亲口向我讲过似乎很爱你的话。"

"可爱是相互的。正如有个人深深地爱着你，而你却并没有这种感情一样。"

"你的话我听不明白。"

"明说了吧，淮生大哥爱你已经到了死去活来的程度，是不是你也应该爱他？"

郑莉大吃一惊，怔在了那儿，嘴中喃喃道："这……这怎么可能？"

乔小龙满脸郑重其事的样子，加重语调道："这是千真万确的事实。正像你把他当成大哥哥一样，我也是一直把林非当成小妹妹的。"

郑莉听了他的话，不由得心如潮涌，仔细回想起她和吴淮生交往的细节，的确有着太多耐人寻味的东西，他在小黄山所讲的话，看起来并不是戏言。想到这些，她的脸不由火辣辣发烫起来，陡然间便觉得有些愧对淮生大哥了。

此时的乔小龙，心情比郑莉还要复杂。酒后的疯狂之举，已

193

经打碎了他和林非之间的纯洁情谊,他真不知今后该如何面对这位重情重义而又心高气傲的女孩。她能原谅他吗?她能牺牲自己的爱心甘情愿让他重归郑莉的怀抱吗?

二人各想着心事,默默地在河边走着。月光比方才更亮了,把河滩映照得一片澄明。

这时,一个身穿黑色西服的男子悄悄从河堤上走了下来。他接近乔小龙和郑莉之后,从怀里掏出一个貌似微型摄像机的金属体,对准了他们的身影。

"小龙,这真是阴差阳错。我这不是害了吴大哥吗?"郑莉惴惴不安地看着乔小龙,"你看要不要我跟他解释一下?"

乔小龙想了想道:"不必了,我们兄弟之间的事我们自己解决,这本来就跟你没有关系。"

"都是你这个坏蛋害的!"郑莉娇嗔着伏到乔小龙怀里,嘴里轻声呢喃,"小龙,你真的还爱着我吗……"

乔小龙浑身的血管骤然膨胀起来,猛地俯下脸,压住了郑莉灼热的嘴唇,二人拼命吸吮着对方,慢慢瘫软在河滩青青的草地上,皎洁如银的月光在他们眼前渐渐迷蒙了。

0 6

珠海警方对龙官桑拿城进行了彻底搜查,结果是一无所获,于是对总经理周莎莎采取了强制传讯措施。

刑警队置留室里,刘跃进和冯自强、凡一萍在珠海刑警大赵的陪同下,对周莎莎进行讯问。

周莎莎对这种场合似乎已经司空见惯,嘴角挂着一丝笑,目光沉静地看着几位刑警。

"周莎莎,你知道为什么搜查龙宫桑拿城和传讯你吗?"大赵首先发问。

周莎莎做出茫然的样子说:"我也被弄得晕头了,正琢磨着是为什么呢。"

"少在这儿装糊涂了,非要我们点出来吗?"大赵提高了声音。

周莎莎很恳切地道:"我想了又想,没干什么违法乱纪的事,但不讲你们也知道,干桑拿按摩这一行,打点擦边球总还是有的。以后坚决改,不能再做污染咱珠海空气的事来。"

对这种久经沙场的老油子,不一针见血对准穴位是起不了作用的。刘跃进接过大赵的话,上来就给了她个窝心拳:"朱先生在哪儿?"

周莎莎顿现慌张之色,忙一口否认:"你说的人我不认识……"

"那八戒你总知道吧?"刘跃进紧接着问。

"八……八戒?"周莎莎说话已有些不顺畅,"什么八戒唐僧的,我、我听不懂。"

"费百夫呢?"刘跃进不给她思考的时间。

"不认识。"

"你再说一遍!"大赵火了。

"哦,认识,认识,他是我朋友。"

"两个朋友你只认一个,你明白这会是什么后果吗!包庇罪!"刘跃进不让她喘息。

周莎莎额上出汗了,掏出纸巾胡乱擦着,眼角偷觑着刘跃进。

"说到底,你也只是为了几个钱,被人当枪耍了。如果你现在主动讲出实情,将功赎过,那在法律许可的范围内,你还是可以远离监狱大门的,否则,结局是明摆着的!"刘跃进加大了敲打的力度。

"我……我有些头晕,不知道你在说什么。"周莎莎不知该怎样做出选择,只好在仓促之中模棱两可地回答道。

刘跃进逼视着她道:"周莎莎,我可以明白无误地告诉你,我们有确凿的证据证明朱永生,也就是你的八戒大哥不仅是龙宫的常客,而且昨天晚上就在桑拿城308房和他的小情人共度中秋。你可能见的客人太多,所以直到现在也没认出我来。"

周莎莎禁不住抬起脸来,仔细看着刘跃进,看着看着她的眼睛睁大了,失声道:"你就是昨天走错房间的那个客人?"

刘跃进微微一笑:"你现在应该明白我刚才的话不是空穴来风吧?"

周莎莎真的紧张了,心中不由得暗忖:朱永生在桑拿城的事看情形他们已经掌握,一味地抵赖似乎很难过关,目前只能用缓兵之计了。但无论如何,不到万不得已决不能供出朱永生的下落,那样费百夫也会跟着完蛋,她还不能失去这个依靠,先试着往前走走看吧。想到这儿,她装出一副可怜兮兮的样子道:"你说的这个朱永生我的确认识,因为他常到桑拿城去消费,可我的确不晓得他是个逃犯。为客人保密,是做我们这一行的职业规矩,所以刚才没讲实话,请你们宽恕。但既然我现在知道了他的身份,一定帮你们抓住他,他下次再来桑拿城,我马上就向你们报告。"

刘跃进冷冷地看着她,这才意识到面前的对手不是等闲之辈。既说了些半真半假的话,又让你抓不着什么把柄,把所有的责任都推掉了,还给自己留了条后路。于是他不得不迂回进攻:

"朱永生是不是在桑拿城找了个相好的?"

"是的。"

"叫什么名字？"

"我们那里的小姐哪有真名实姓的，都是喊号。"

"假名也总得有个吧？"

"都叫她宝宝。"

"多少号？"

"108号。"

"人呢？"

"被我开除了。我们那地方不准小姐跟客人谈恋爱，发现了马上开除。"

又是有真有假，刘跃进明白不可能问出什么结果了，但他感到欣慰的是：他又切切实实地向朱永生靠近了一步……

第八章 公寓枪声

黑衣汉子对着门"砰砰"放了两枪,子弹从乔小龙的身边呼啸而过,他登时面无血色,吓得伏在洗面池上。黑衣汉子不敢耽搁,拔腿就跑。

乔小龙定了定神,扔下手机,冲出门来,只见林非头上血流如注,已经昏了过去。

01

这天晚饭后,郑莉郑重其事地告诉父母,她不准备再去国外了。郑重惊讶万分,对女儿中断学业的做法无法理解,当即便表示反对。而李玉茹却持支持态度,她本来就不乐意女儿漂洋过海去留什么学,在她的意识中,中国比哪个国家都大都好,巴不得女儿成天就待在自己身边呢。

面对二对一的比例,郑重不好勉强郑莉了,其实从内心讲,他也是希望惟一的宝贝女儿能陪伴在自己身边的。于是问她想选择什么职业。郑莉说她不想罩在市长爸爸的光环里,准备开办个律师事务所,依靠自己的能力去开创事业。郑重对女儿的选择颇感欣慰,表示全力支持。

郑莉过了家庭这一关后,随后就把自己的决定悄悄跟乔小龙说了。乔小龙非常感动,他很明白她之所以做出如此大的牺牲,完全是为了他,便不遗余力地为筹办律师事务所奔波起来。在二人的努力和郑重的关照下,律师事务所很快便领取了执照,对外开张了。

在这几天里,林非曾约过乔小龙几次,但都被他婉言回绝了,因为他在忙律师事务所的事,所以也很少待在研究所。林非似乎察觉出乔小龙是有意回避她,不觉郁郁寡欢起来,没过两天便病倒了。

当姚飞把林非病倒的消息告诉乔小龙时,他才猛然意识到自己的做法欠妥。应该认真地和她沟通一下,把事情解释清楚,以求得她的谅解。不然,不仅会对研究所的工作造成影响,而且会严重伤害彼此间建立起的友谊。

当天晚上,乔小龙就匆匆来到蓝宝石公寓楼,看望林非。他一进门,就被她憔悴不堪的状态吓了一跳:长发蓬乱地披散在肩上,原先白里透红的粉颊像涂了一层青釉,无神的目光里透着慵懒和无奈。

林非撩起有些红肿的眼皮,瞥了乔小龙一眼,干巴巴地说了声"请坐",便又躺在了床上。

"林非,对不起,这几天在帮一位朋友的忙,没能来看你。哪儿不舒服,去医院看了吗?"乔小龙在床旁边的沙发椅上坐下,关切地问。

林非亦忧亦怨地低垂着眼帘,嘴角动了动,没有说话。

"要不,我陪你去医院看看?"乔小龙不安地欠了欠身子。

"不用了。"林非往床头移了移,呈半坐的姿势,拉过枕头垫在腰部,"我是个流落异乡的人,自己还能照顾好自己。"说着,泪水从眼眶里渗了出来。

乔小龙自然能从她的话中听出怨尤之意,尤其是她楚楚可怜的表情和凄凉哀伤的语调更使得他深感内疚。这种情况无论如何不能再进行下去了,必须尽快向她说明一切,果断解决他们感情方面的问题,以免对她造成更大的伤害。

"小龙,我们结婚吧!"

正要开口的乔小龙不由得浑身一震,他没料到林非会突然提出这样的请求,没有丝毫思想准备的他,一时间竟呆在了那里。

"其实这求婚的事应该是绅士所为。"林非热辣辣的目光盯着乔小龙,"从这一点你也应该能看出我是多么爱你!"

乔小龙终于回过神来,仓促惊慌之中脱口而出道:"这不太可能!"

"你说什么?"林非也是震惊不已的神情,由于又羞又急,脸涨得通红。

"有件事我本来早该跟你谈的。"乔小龙已经稳住了神,语调也变得平静了,"记得一开始,我就坦诚地跟你谈过,希望咱们能保持朋友的关系。这倒不是因为你不可爱或是别的什么原因,主要是我的感情也可以说是爱情已经有了归宿。希望你能原谅我,我会永远感谢你的宽宏大量。"

"她是谁?"林非咬着嘴唇,冷冷地吐出三个字来。

"这……我以后告诉你可以吗?"

"不行,你必须现在告诉我,否则,我只能认为这是一个根本就不存在的借口!"

"是郑莉。"乔小龙无奈地说了出来。

"什么?"林非陡地睁大了双眼,"你不是在跟我开玩笑吧?"

乔小龙苦笑笑:"是的,的确不是玩笑。"

"可……可她跟吴总……"

"淮生大哥的确很喜欢她,但她并没有这方面的意思。"乔小龙耐心地解释,"因为在大学时,我们就已经相爱了。"

林非的神情黯淡下去,雪白的牙齿在干裂的嘴唇上咬出几个深深的青痕,泪水禁不住夺眶而出,她哽咽着道:"既然如此,你为什么不早告诉我,而且把我拖进了泥淖?那天在酒吧,我再三申明,咱们最好还是以朋友的关系相处,可你……"她哽咽出声,再也说不下去了。

乔小龙被她说得无地自容,深深的自责和悔恨如同一团烈火般烤灼着他痛楚不安的心灵。面对她的责问,他无言以答。

"爱情,难道这就是我的爱情?"林非仰望天花板,一汪泪珠滚滚而下,"现在我才明白,我只不过是填补你心灵空虚的玩物,是你在爱情宴席上厌食之后的调味品……"

乔小龙慌了,忙解释:"林非,你不能这么说,我并没有你想象得这么卑鄙,这中间有些误会,我……"

"误会?"林非猛地扭过身来,逼视着乔小龙道,"你用误会这两个字就可以轻松地把一个女孩的纯真感情随随便便扔进垃圾堆里去吗?就可以换取一个女人视若生命的贞洁吗?"

乔小龙长长地叹了口气，声音低沉地道："事已至此，对你的损失我已无法挽回，对你的伤害我也无法补救。但我可以用人格向你起誓，我绝无玷污你的用心，更没有把你当做玩物的企图。可我毕竟做出了不可原谅的荒唐之事，我愿意接受你的任何惩罚！"

林非定定地注视着乔小龙。

乔小龙迎着她的目光，脸上涌出沉重和真诚。

林非突然从床上跳了下来，冲向乔小龙。乔小龙端坐在沙发上纹丝不动，坦然等待着意料之中的暴风骤雨。林非到了他面前，却"扑通"一声双膝着地跪了下来，她抱着他的双腿，颤抖着声音道："小龙，你应该清楚我是多么地爱你！为了你，我可以奉献出自己的一切！不管是误会也好，还是其他的原因也好，郑莉曾伤害你的感情是事实，而且你毕竟在受她冷落之际接受了我！小龙，你不能就这么冷酷地为了郑莉的几句甜言蜜语，就把我推进深渊！小龙，你说话呀……"

乔小龙的心里一阵绞痛，他默默地扶起林非，把她摁坐在沙发上。

"小龙，我这儿姑且不论，吴总那边你又如何交代？他是你的大哥啊，你难道就不怕他怪你横刀夺爱吗？"林非说罢，眼巴巴地看着乔小龙。

乔小龙紧皱着双眉，缓声道："大哥那边我会向他解释清楚的，我相信他能谅解我！"

林非见他的态度没有丝毫变化的迹象，失望地垂下了脸，身子深深陷进了沙发。

乔小龙站起身来，道："林非，我再次向你表示歉意，希望我们能继续成为朋友。"说罢便往外走。

"晚了！"林非嘴中突然迸出两个字来。

乔小龙停住脚步，疑惑地看着她："你是什么意思？"

林非并不看他,侧脸对着窗外闪烁的灯光:"你想知道我得了什么病吗?"

"什么病?"乔小龙话音里透着紧张。

"我怀孕了!"林非用平静的语调说出了惊心动魄的话来。

乔小龙如遭电击,整个人僵在了那儿。

"本来我并不想告诉你这件事,但我发现你太没有责任感,至少对我是这样。我可以毫不隐瞒地告诉你,我不是那种死乞白赖、哀求感情施舍的女人,可最起码的责任感我还是有的。"林非的话音不带任何感情色彩。

乔小龙凝神沉思片刻,以严肃的口吻道:"这件事对我来说,的确有些意外。但请你放心,我不会推卸责任,我会尽快寻找出一个解决的办法。"

林非显然没料到他会如此冷静,这令她心中不觉有些忐忑起来,忙道:"如果你能狠下心来抛弃这个无辜的小生命,我会处理了他,你现在表个……"

乔小龙摆手阻止她继续说下去,然后沉声道:"我会尽快给你答复,你等着吧!"说罢转身大步走出门去。

林非呆呆地看着他的背影消失在门口,长长的眼睫眨动着,动起心思来……

0 2

朱永生携贺宝宝秘密潜回了久别的淮海市。一踏进这座城市,他就有了一种莫名的兴奋感,总想活动活动"筋骨"。当然,他也没有完全忘记自己的处境,刘跃进的枪口随时都会顶住他的脑门。所以,他在郊区的一个小旅馆住下之后,第一件事就是和他称之为"智慧"的黑衣人联络。

智慧显然对他回到淮海来并不惊讶,很快便答复他可以见面,时间是晚上十点整,让他在房间里等着。

朱永生在焦灼不安中等待着,终于熬到了晚上10点。他从床上翻身坐起,眼睛一眨不眨地盯着房门,支起耳朵仔细谛听着外面的动静。突然,床头柜上的电话机响了起来,他一把抓起,刚"喂"了一声,对方就卡断了,听筒里传出"滴、滴"的忙音。

不一会儿,便响起了轻微的叩门声,朱永生忙熄灭房灯,一个箭步跃到门后,缓缓拉开了门。一个黑色的身影闪了进来。

"智慧!"朱永生激动得声音有些发抖。

黑衣人步履从容地走到背对窗口面向房门的沙发圈椅上坐下,点上了一支烟。明灭的烟火在他脸前跳动。

"智慧,没得到你的同意我就回来了,实在是出于无奈,珠海那边……"朱永生急不可待地试图解释。

"你无须解释。"黑衣人低声打断他,"百夫已经跟我讲了,回来就回来吧,我也正需要你。"

朱永生松了口气,忙把烟灰缸殷勤地放在沙发圈椅旁的茶几上。

黑衣人弹了弹烟灰:"这种地方不能住长。"他的声音低得就像蚊子哼,"要找个安全的地方。"

"我已经让宝宝去物色合适的地方了,准备开个美容厅作掩护。哦,关于宝宝的事……"

"我已经知道。"黑衣人又一次打断他,"现在对我们来说,人的可靠是第一位的。"

朱永生点点头道:"这个请你放心,我是死过几回的人了,不会轻易地把生命交给不相信的人。"

"那就好。"黑衣人把烟头摁在烟缸里,"你目前应该动起来了，要找几个信得过的帮手，在淮海闹他一闹，以配合我的行动。"

朱永生显然精神振奋起来了，声音不自觉地提升了几度："你说吧，需要我干什么！"

黑衣人身子前倾，示意朱永生往前坐。朱永生忙往他跟前凑了凑。

"你要尽快……"黑衣人的声音渐渐低了下去。朱永生不停地点头。

03

乔小龙驾着别克车，在环城高速路上疯狂地疾驰。他感到，整个世界似乎在他面前倾斜了。他感觉不到车轮磨擦地面，如同悬浮在空中。他的眼前一片迷蒙，弄不清目标在哪儿。郑莉和林非在他面前交替出现，一会儿是笑面，一会儿是泪脸，到了最后，他竟然分辨不出是谁了。从感情上讲，他无法割舍郑莉；他们的爱在经历一番波折之后，更深也更牢固了。可从理智上讲，他又无法不向林非倾斜，他与她毕竟发生了那种关系，他很明白贞操对女人意味着什么，而且她还怀孕了，这就更让他有了一种深深的负罪感。

思来想去，他情感的砝码最终还是无可抑制地滑向了郑莉。他的确是太爱她了，已经爱到宁可为此失去一切。

那就让林非随便怎么惩罚自己吧！他可以答应她提出的任何条件以换回自己爱的自由！

乔小龙做出决定之后，心情渐渐平静下来，他一打方向盘，把绕着淮海市转了几圈的别克车转驶向城里。他要马上去见林非，给她一个最后的答复。

别克车在蓝宝石公寓楼前停下，乔小龙跳下车，摁了遥控器，车子发出一声脆响，便自动上了锁。他低着头，快步往楼里走。

这时，一个汉子从一辆面包车里钻了出来，他穿着一身黑色西服，头上压着一顶鸭舌帽，脸上扣着一副宽大的墨镜，悄悄地紧随着乔小龙进了楼门。然后在电梯前盯着闪烁的楼层指示灯。

乔小龙走进1808房间时，林非正倚在床头，满脸幸福地摆弄着一个色彩斑斓的洋布娃娃。乔小龙心里泛起一股酸涩，默默地在沙发上坐下。

"小龙，我这两天一直做梦，梦见咱们俩拉着孩子的小手，在一个很大很大的花园里嬉闹，五彩斑斓的月季、百合、马蹄莲、非洲菊还有蝴蝶兰同时绽放，你还摘下了身边鲜红鲜红的玫瑰，插在了我的头发上。"林非脸上涌出神往之色，"我好感动、好幸福，就笑呵笑，最后笑醒了，原来是场梦，真恨死我了。"她说着嘴嘟噜了起来。

乔小龙听着她有声有色的诉述，心里感到一点点在下沉，闷头思索着该如何对她开口。

"后来我又做了个梦，可最后却是吓醒的。"林非说着从床上轻轻跳下来，在乔小龙旁边坐下，"我在一个悬崖峭壁上发现了一枝千年的灵芝，就使尽力气伸出手去摘，可灵芝总在我似够着似够不着的地方晃悠，我就拼命地猛往前一够，结果从崖上滑落下来，直往深渊里坠去，就这样被吓醒了。"

乔小龙非常明白她所讲的梦隐喻着什么，这时候他不能不开口说话了："林非，你不会掉下悬崖，更不至于到落入深渊的程度。"

林非听了他的话，不觉激动起来，以为他终于回心转意了，于是用柔柔的声音道："我就知道你不会扔下我不管，你是个重情重义的好男人，我爱你没有爱错！"

乔小龙的喉结滚了滚，到了嘴边的话又不得不咽了回去。

林非情难自制地抓住他的手，娇声说："小龙，我知道郑莉也很爱你，可我们毕竟已经到了这种程度，她应该能理解我们，有时候放弃也是爱的体现啊！"

"那既然你这样想，为什么就不能去做呢？"乔小龙心里虽这么想着，嘴里却不得不婉转地说道："林非，其实比我优秀的男人多得是，以你的条件，会寻找到真正属于你的爱情的。"

林非马上接口道："我不可能再爱上任何人，这一生一世都要陪伴着你。我记得曾跟你讲过，无论是事业还是爱情，只要我认准了，就会舍命追求，哪怕是天崩地裂，海枯石烂！"说着，她的手不由微微颤抖起来。

乔小龙心里一阵发紧，赶忙抽出手来，狠了狠心道："你对感情和事业的执着的确令我感动。可是林非，我不能做出违心的事，无法满足你的要求，如果真的那样了，我们以后都不可能幸福。"

林非顿时像一只受到惊吓的小兔，目光慌慌地看着乔小龙，嘴里喃喃："你……你说什么？"

"请你原谅，我无法背叛自己的感情，更不能欺骗你，那样对你对我都将是个无法弥补的错误。"乔小龙不顾林非哀哀的眼神和已经滚出来的泪珠，继续沿着自己的思路讲下去，"我知道这么做对你是不公平的，是很残酷的，但我必须把我真实的想法坦诚地告诉你，不然，只能对你造成更大的伤害。"他说着从上衣兜里掏出一个存折，递到林非手里，"我已经认真地想过了，我没有办法对你做出其他的补偿，这是我所有的积蓄，希望你能……"

"你住口——"林非从沙发上跳了起来，声音尖细地嘶吼，"乔小龙，你可以情断义绝，但你不能糟蹋我的人格！如果单单是为了钱，我不会到淮海来！"她边叫边如被火烫般把存折扔到乔小龙的脚下。

乔小龙默默地捡起存折，神情黯然地垂下了头。

"你走，你走！我不会再缠着你，我马上就离开这个冷冰冰的城市……"林非掩面痛哭，泪水从指缝里流出。

乔小龙默默地站起身来，迈着滞重的双腿，很艰难的样子，一步步向外走，然后缓缓打开房门。他的全身突然僵住——乌黑的枪口顶住了他的脑门。他下意识地往后退，渐渐看清了面前的黑衣汉子，只见他脸上蒙着黑面罩，两只眼睛喷射着凶光。他弄不清对方的意图，于是边往屋里退边问道："你……你要干什么？"

黑衣汉子也不说话，紧随着乔小龙往里走。

林非正伏在沙发扶手上哭泣，一见这阵势，哭声登时戛然而止，呆在了那儿。

"你是什么人？你究竟想干什么？"乔小龙身子已经贴到了墙壁上，再无可退之路，满脸惊惧地问。

"我是什么人？"黑衣汉子"嘿嘿"冷笑两声，抖了抖手中的枪，"是要你命的人！"

林非已经醒过神来。她从沙发上跳起，可着喉咙喊："救命啊！有人打劫！"

黑衣汉子丝毫也不惊乱，道："喊吧！用力喊！这公寓别的不怎么样，只有隔音性能是最好的，你喊破喉咙也没用！"

林非不喊了，眨巴着眼想别的办法。

黑衣汉子用枪点着乔小龙的额头，阴阴地道："你小子在法庭上不是挺能说会道的吗？现在怎么哑巴了！说啊！"

乔小龙心里不由打了个冷战，看来这家伙不是谋财而真是来害命的了。他是谁？是和孔家有关系的人？还是负案在逃的朱永生？

"说！"黑衣汉子突然大吼了一声。

林非扯下脖子上的项链，从小皮包里掏出一厚叠钱，双手捧给黑衣汉子,颤着声道:"大哥,你不就是想弄点钱吗!给你!都给你!这总可以了吧?"

黑衣汉子极粗野地一扬胳膊,把林非手中的钱物掀到地上,呵斥道:"滚!再多嘴,我连你一起杀了,老子什么都不要,只要这小子的命!"

林非一听说他真要杀乔小龙,勇气一下子上来了,上去就撕扯黑衣汉子,嘴里大声叫骂着:"杀吧!杀吧!我正不想活呢!王八蛋,开枪呀!正好死了都干净!"

黑衣汉子没料到一个弱女子竟敢对他进攻,一时间手忙脚乱起来。

乔小龙抓住这难得的时机,闪身避开枪口,冲进身边的卫生间,把门锁死,从怀里掏出手机拨打。

黑衣汉子慌了,猛地甩开林非,"砰砰"撞砸卫生间的门。

乔小龙终于拨通了报警电话,对着手机大声喊叫:"喂,110吗?我是蓝宝石公寓……"

黑衣汉子已经将门撞开了一道缝隙,乔小龙忙上前用背死死地顶住。

林非这时也如疯了一般又冲上前来,抱住黑衣汉子又踢又咬。黑衣汉子看到了乔小龙手里的手机,顿时大惊失色,忍无可忍之中,扬起枪柄砸向林非的头部,林非"哼"了一声,便瘫倒在地上。

黑衣汉子对着门"砰砰"放了两枪,子弹从乔小龙的身边呼啸而过,他登时面无血色,吓得伏在洗面池上。

黑衣汉子不敢耽搁,拔腿就跑。

乔小龙定了定神,扔下手机,冲出门来,只见林非头上血流如注,已经昏了过去。他抱起她的头,连声呼叫:"林非!林非!你醒醒!"

04

珠海警方对全市进行了一次彻底的清查,包括郊县也没放过,但没有发现朱永生的踪迹。此时费百夫也回了香港,而周莎莎那儿根本就没有丝毫动静。

刘跃进据此分析,朱永生很有可能已逃离珠海,但在全国追逃的浩大声势下,他不可能选择流窜这条路,也还只能是找个他认为安全的地方躲藏起来。他会躲到哪儿去呢?刘跃进和冯自强、凡一萍讨论后一致认为:他只能躲在熟悉、有人照应的地方,不然他就会很快暴露出来,网上缉查逃犯的神奇功能他不会不知道。如果这个推断成立,那他就有可能潜回淮海。

就在刘跃进他们举棋不定,无法确定下一步行动方案时,李铁打来了电话,告诉刘跃进乔小龙被袭,极有可能与此案有关,要他们火速回淮海。

刘跃进与珠海警方进行了沟通,珠海方面让他们放心回去,答应代他们密切监控周莎莎和费百夫,一旦发现朱永生的踪迹,就马上通知他们。

刘跃进回到淮海后,当即便找到乔小龙,询问被袭击的情况。

乔小龙详细叙述了那天事情发生的前后经过,言谈之间流露出对林非舍命相救的赞赏之意。刘跃进问他是否能根据黑衣人的体型特征和声音做个初步的推测。乔小龙回答说,这个人是男性肯定无疑,但很难辨认出来。从他的话里能够听出他是为孔勇敢复仇的,至少也是和孔勇敢父子及朱永生一案有牵连的人。刘跃进进一步问他会不会是朱永生。乔小龙说有点像,但不能断定。

刘跃进觉得案情已经变得较为复杂了。黑衣人曾经出现过,而且手中有枪,那这个黑衣人和前面的黑衣人是否就是一个人?从现场勘查情况看,卫生间门上的两个弹孔是"六四"式手枪子弹,和朱永生的枪相吻合,可这支枪他已留给了黑衣人。这就为确定身份带来了困难。

但无论如何,以蓝宝石公寓枪击案为线索,查出这个神秘的黑衣人,继续缉拿朱永生应该是惟一的侦破方向。

05

市医院外科病房里,林非头裹绷带,躺在病床上。阳光从窗上照射进来,带着浓浓的暖意,使房间显得明亮、温馨而又宁静。她目光迷离地凝望着窗外,想着心事。

乔小龙蹑手蹑脚走进病房,把手里提着的水果和奶粉之类的补品放在柜子上。轻微的响声惊动了林非。她转过脸来,见是乔小龙,表情生动起来,对着他甜甜地一笑。

乔小龙在床边坐下,关切地问:"怎么样?伤口还疼吗?"

林非轻声答道:"好多了,就是头还有些晕。医生说了,没什么大问题。"

"林非,你真是让我刮目相看!"乔小龙由衷地赞叹,"你一个文文静静的女孩,竟然在枪口前眼都不眨,比我的胆子还大,让人佩服啊!"

林非眼帘低垂,显出忸怩不安的样子道:"我当时正不想活呢,恨不得跳楼。他这时候来,我哪里还晓得怕呀?"

乔小龙想起了她当时痛哭流涕、哀伤欲绝的样子,心里便有些不是滋味了,内疚之中隐隐透着惆怅,自然而然地又想到了郑莉。

林非似乎并没有看出他的心思,动情地握住他的手道:"那坏蛋一说是来杀你的,我的头就炸了,当时就是一门心思跟他拼命,无论如何不能让他伤害你。现在想想,我这样是有些鲁莽了,万一他的手指动一动,咱俩就都没命了。"

乔小龙充满感动地望着林非,在这刹那间,他的决心开始动摇了。

"小龙,那家伙为什么要杀你?听他的话音好像是为了报复。这你可得当心了,他很有可能还会找你寻仇。"林非把他的手贴在自己脸上摩擦着,幽幽地说,"要不咱们离开这儿吧,到国外去。小龙,我现在最害怕的就是失去你!"

乔小龙心乱如麻,双眉不觉又蹙了起来。他握住林非的手,声音涩涩地道:"林非,我准备重新考虑这件事,你给我点儿时间好吗?"

林非苍白的双颊不由泛起了红潮,忙频频点头道:"行行,只要你不离开我,等多长时间都行!"

乔小龙拍拍她的手,声音变得开朗起来:"别再想这么多了,要把伤养好。哦,淮生大哥也很关心你的身体,因为这几天在和客户谈判,让我代为问候。你还需要什么吗?"

林非想了想,说:"你把我住处的布娃娃拿来吧,不抱着她我睡不着。"她说着,意味深长地看了他一眼。

乔小龙点点头道:"好的,我这就给你去拿。"他话音未落,手机响了。忙打开接听,里面传出郑莉不无埋怨的声音:"小龙,你这几天在干些什么,怎么连个人影也见不到了?"乔小龙顿时紧张起来,不由自主地看了看林非,道:"哦,这几天在陪大哥谈业务,你在哪儿?"

"还能在哪儿,事务所呗。能见一面吗?"

"嗯,这……有急事?"

"非有事才能见面?限你十分钟,快点儿过来!"

乔小龙慢慢合上手机,表情复杂地看看林非。林非正睁着一双大眼睛,一眨不眨地注视着他。乔小龙有些心慌意乱地避开了她的目光。

"我知道是谁。"林非的语调出乎意料地平静,"这两天躺在医院里,我什么事都想过了。爱就意味着牺牲和奉献,就应该让对方快乐幸福。我不能勉强你,如果你不能接受我的爱,我绝不会有丝毫的抱怨。你可以做出你认为正确的选择,我已经做好了出家的准备……"说着,她又泪光莹然了。

乔小龙默默地坐在床边,一脸的凝重。

"去吧去吧。"林非推乔小龙,"你这么优秀的男人,应该得到美满的爱情,也许我真的不配!"

…………

乔小龙心事重重地赶到律师事务所时,郑莉正坐在宽大的写字台后一脸灿烂地等着他。

"还好,九分半钟。"郑莉扔给乔小龙一个硕大的红苹果,"这是准备罚你的,现在奖给你!"

乔小龙心不在焉地在手里转了转苹果,然后悄悄放在旁边的茶几上。

郑莉好像看出他有些不对劲,忙问道:"你心里有事吧,怎么一脸的官司?快向我汇报汇报,遇到了什么难题?"

乔小龙悚然一惊,赶紧拧出笑来,故作轻松的样子道:"我能有什么心事!你别瞎猜疑。"

"不对!"郑莉托着腮,用玩味的目光打量着他,"你的肠子几道弯我都清清楚楚,心里的事从来都写在脸上,别想瞒我。你不仅有心事,而且还挺重呢!"

"没有没有。"乔小龙马上矢口否认,忙岔开话题,"事务所开张,生意怎么样?"

郑莉苦笑笑说:"找我的人倒不少,但他们都是奔我爸的牌子来的,想利用这个关系去赢官司,真是让人哭笑不得!"

"这就是你的优势所在。社会风气摆在这儿，一般人总认为法律是受权力的支配。如果是我，便不具备这样的条件，也不可能有这么多人委托我。"

"我绝不会利用这种优势和条件。这是对我所学专业的亵渎，也是对我能力的污辱！"郑莉很严肃的样子说罢，又冲着乔小龙调皮地眼睒睒眼，"你后面的话也不准确，你现在可是具备了这样的优势和条件呀！"

乔小龙自然明白她话中的含义，心中不觉一紧，一时间不知该怎样说才好。

"如果不是吴大哥需要你，我真想让你也过来。咱们开个'夫妻店'，肯定红火。"郑莉说着脸上不觉红了红，很神往的样子眯上了双眼。

乔小龙心里一阵发痛，赶忙截住她的话道："你这么急着找我来，到底有什么重要的事？"

"是有一件大事。这件事对你我来说非常非常重要！"郑莉既郑重其事又很神秘的样子。

乔小龙不觉有些紧张，眼睛直勾勾地看着她。

郑莉从写字台后站起，"我想让你陪我去小黄山慈静庵还愿，这是我许诺过祥明师太的。"

乔小龙怔住了，头上顿时渗出了汗水。

郑莉已经挎上了坤包，走到乔小龙面前，伸出手道："把车钥匙给我，今天我来开车，做你这位大官人的贤内助！"

"这……"乔小龙迟迟疑疑地把钥匙递给她，吞吐着道，"你还是自己去吧，我公司里还有事。"

郑莉不容分说，拉着他的胳膊就往外拽，大声说："别废话！今天就是有再大的事，也要让路！这可是关系到咱们日后能否幸福呢！"

乔小龙无奈，只好神思恍惚地随着郑莉向外面走去。

小黄山很快便到了。郑莉兴冲冲地往上登，乔小龙垂着头，被动地跟在后面，打飘儿的双腿使得他脚步踉跄，一副失魂落魄的样子。郑莉不时回头催促他，见他这副样子，以为他公司里有事，正牵挂着呢，所以也就没当回事。

到了慈静庵，郑莉十分虔诚地进行烧香、跪拜等程序。乔小龙自顾自地站在外面，呆呆地看纷纷飘落的枯叶，心里却如火山口的岩浆般翻腾不息。苦思冥想使他的脑袋像开了裂，搜肠刮肚他也找不出一个万全之策。叹息，除了叹息之外他还是叹息。

郑莉挽着他的胳膊，连推带拉地到了祥明师太的长条案桌前。郑莉躬身向师太施礼，祥明也赶忙双手合十回礼。

"师太，您还认识我吗？"郑莉充满期待地看着祥明。

"老衲眼拙，再说这香客众多，请问施主有何见教？"祥明当然不可能认出郑莉。

郑莉略略有些失望，但马上又涌出由衷的崇敬之色说："我前些天曾来这儿抽签，您老真是神机妙算，金玉良言，让人钦服得很呢！"她拉过乔小龙，"这位就是……"她羞羞答答地不好意思介绍了。

祥明师太立刻便明白了郑莉的意思，双手合十道："恭喜恭喜，有情人终成眷属。"

郑莉喜难自禁，从包里掏出一叠百元大钞，塞进祥明手里。祥明干枯的手指不觉微微有些颤抖，连声说着祝福的话。

郑莉终于还完了愿，心满意足地挽着乔小龙往山下走。乔小龙的心情也变得愈加复杂沉重了。情绪对人非常重要，山水、景物和周围的环境都是随着人的情绪变化而变化，这也许就是人们常说的一草一木总关情吧。郑莉此时就是兴趣盎然，喜形于色，路边的小花她要摘一朵，树上的小鸟她要逗一逗，说不完的话，唱不完的歌。而乔小龙则闷着头，苦着脸，愁肠百结，机械地迈着步子。

"小龙，我今天晚上就要向爸爸妈妈郑重宣布我们的关系，我想他们一定会比我还要高兴！"

"这……有些太急了吧，我还没有一点思想准备，是不是再等一等？"

"你小龙就别拿糖了！其实你心里比我还着急呢，是不是？咱们盼来这一天真是应了好事多磨这句话！"郑莉激情难抑地仰望着蓝天白云大声道，"冬天已经过去，春天来了，我们的生活之舟就要扬帆远航！"

乔小龙脆弱不堪的心壁被郑莉热烈洋溢的话猛烈地撞击着，他意识到了问题的严重性，如果再拖下去，将会对自己深爱的人造成永生永世都无法弥补的伤害。

"小龙，咱们明天就去家具城看看，我做梦都想尽快披上婚纱呢！"

不行！必须明确地告诉她，现在就向她说明一切！乔小龙牵动嘴角，可话到嘴边又咽了回去，他实在难以启齿。

"行不行啊小龙，你怎么老是不说话呀？"郑莉急了。

"不行。"乔小龙嘴里终于迸出两个字。

"为什么？"郑莉不由睁大了眼睛。

"我不能和你结婚！"乔小龙几乎用尽了全身的力气。

郑莉定定地看着他，突然禁不住扑哧一声笑了，捶打着他的胸口："你看你那眼睛和鼻子，都换位了。你做戏都不像，少玩黑色幽默啊，再开这种玩笑，我揍你！"

"我没有和你开玩笑。"乔小龙一字一顿、咬牙切齿地道，"林非怀孕了！我无法做出别的选择！"

郑莉一阵天旋地转，身子一软，瘫倒下去……

0 6

　　朱永生绝对没想到，贺宝宝会把美容厅的地点选在警察的眼皮底下。

　　这是一个二层小楼，有一个地下储藏室，位于市公安局斜对面的巷口，旁边紧挨着军分区，房主竟然就是市公安局治安处的副科长。站在楼上，可以将公安局院子内的情景尽收眼底，旁边军分区的大门口伫立着两名威武的哨兵。

　　"宝宝，你这不是在老虎嘴上挠痒痒吗？拉着我往火坑里跳啊！"朱永生随贺宝宝到了装修一新的美容厅后，望着对面公安局的灯光心惊胆战，对她的选择大感惊诧。

　　"你不是常说最危险的地方才最安全吗？"贺宝宝眨巴着大眼睛，"你看，这幢小楼就在巷子口，交通便利，来去自如，万一有了险情，咱们进退也很快。这楼下的地下室，好像就是专为你准备的，当然我随时都能陪你。这儿的房东是公安局干部，就可以免受清查的麻烦。还有来这里的客人肯定少不了公安局的人，可以不费吹灰之力地刺探情报。"贺宝宝见他的表情松弛了，最后又来了一句黑色幽默，"再说你享受的可是全淮海市最高的待遇呢，前有公安局为你守门，后有解放军为你站岗，还有什么可担心呀！"

　　朱永生不觉笑了，问道："你这个鬼丫头，从哪儿学来的这一招？"

　　"从电影上呗！你没看地下党总是把店开在敌人司令部附近吗？"

　　朱永生把贺宝宝拥进怀里，抚摸着她胖胖的脸蛋儿，赞赏说："你做得很好，比我的脑瓜儿好使多了，我找你没找错！"

　　贺宝宝脸红了红，抬起脸道："走，下去看看咱们的卧室。"

朱永生跟在贺宝宝身后，转过墙角，便见锈迹斑斑的铁板楼梯向下伸去。他们沿阶而下，到了地下储藏室前。储藏室的门也是铁皮做的，已被贺宝宝刷成五彩斑斓的迷彩色，很是让人赏心悦目。她掏出钥匙，打开门锁，躬身钻了进去。朱永生也急不可待地一步跨了进去，顿时被眼前的景象惊呆了：室内虽不大，却是金碧辉煌，四周的墙上贴着防潮的高级壁毯，地上是隔湿的进口橡胶地板，吊灯和壁灯齐放光华，34英寸的电视机闪动着彩色的画面，日本原装的高级音响正回响着轻柔的音乐，房子的中间摆着一张宽大的席梦思床。

贺宝宝笑眯眯地看着朱永生的反应。

"太棒了！这简直就是五星级宾馆的房间呀！"朱永生赞叹着。

"不，是皇宫，是咱们俩的安乐窝！"贺宝宝娇声纠正道。

"对对，刘跃进他们做梦也不会想到我会在他们的眼皮底下快活！"朱永生说着，一把抱起贺宝宝，二人滚到柔软的席梦思上疯狂起来。

0 7

吴淮生对小龙遇刺感到了深深的不安。既然有第一次，谁也不敢保证就没有第二次，万一真出了事，再想补救就来不及了。消除隐患的惟一办法，只能是尽快抓住那个黑衣人和逃亡的朱永生。他觉得应该去找一下郑重，请他出面督促公安局，集中警力尽快查出凶手。

吴淮生走进市长办公室，秘书姜元立刻便认出了他，热情地把他让进了里间屋。

郑重从公文堆里抬起脸，见是吴淮生来了，忙摘下花镜让座，道："淮生你来得正好，我正说要找你呢！"

吴淮生在沙发上坐下，问道："郑市长，您找我有事？"

"先谈你的事。公司最近情况怎么样？"郑重从办公桌后站起身，走到吴淮生旁边坐下。

姜元把一杯茶放在茶几上，对吴淮生笑笑，躬身退了出去。

"公司在您的关心下情况还不错，各方面的业务开展得都很顺利。"吴淮生很谦恭地回答道。

"嗬，不错，淮生你现在有点企业家的样子了，也比以前会说话多了。就是你那穿戴方面还要改进改进。"郑重不无调侃地说着，上下打量了他一眼。

吴淮生扯扯发皱的西服，又不由自主地正正歪斜的领带，很有些不好意思地道："我跟客户谈判，他们都说我挺朴实，样子让人信得过，您这么一点拨，我才知道他们这是戏谑我呢，以后是要收拾收拾自己，不能有损公司形象。"

郑重看着他憨厚木讷的表情，忍不住笑了："你这么想就对了。你不仅代表公司形象，也代表咱们淮海市企业家的形象哩！"

吴淮生被郑重笑得脸上有些发红，忙端起茶杯喝着，掩饰自己的窘态。

"说正事吧，找我有什么事？"

吴淮生放下茶杯，抹了抹嘴道："小龙前天被人行刺想必您也知道了，凤珍婶子这两天吃不安睡不稳，我心里也老悬着。这凶手一天不查出来不抓住，就没有安全感。所以想请您给公安局发个话，把这件事重视起来。如果他们办案经费有困难，我们公司可以出。"

"哦，那倒不必，市政府这点钱还是有的。"郑重稍稍倾着身子问，"你和小龙有没有重点怀疑对象？"

"有！"吴淮生也倾过来身子，低声道，"肯定是孔勇敢的残兵来寻仇的，还有那个朱永生，现在负案在逃，也有可能是他！"

郑重严肃起来，耸了耸粗黑的长眉道："如果真是这样，问题就严重了，会影响到全市的经济环境，我们是要认真对待。"

"据我所知，公安局也下了些力气，刑警队副队长刘跃进专司此案，可就是不见效果，您看……"

郑重浓眉一扬："我马上就找田明亮局长，让他全力以赴查办这个案子。"

吴淮生心满意足地站了起来，道："郑市长，那我就不打扰您了，您是一寸光阴一寸金，别影响您的工作。"说着就欲往外走。

郑重一把抓住他："咦，你这老板当长了，也学会滑头了，我的事还没讲呢！"

吴淮生省悟过来，不好意思地挠挠头，又在沙发上坐下，冲郑重笑了笑道："对不起，我还真忘了。您说吧郑市长，什么事？"

郑重长长叹了口气，神情有些黯然，道："是家里的事，想来想去，只有请你帮这个忙才最合适。"

吴淮生不由得惊讶了。家里的事？家里能有什么事让市长如此伤神？而且非要他来帮助解决。他疑疑惑惑地对郑重道："郑市长，你尽管讲，只要我能做得到，一定竭尽全力。"

"是小莉，她真让我伤透了脑筋！"

"郑莉？"吴淮生的心猛一抖，"她能有什么事？我听小龙讲，她最近不是开了个律师事务所吗？挺红火的。"

"是啊是啊。她说不出国，我同意了；她要办个律师事务所，我也由着她了。本来好好的，可从前天开始，她就躺在家里不吃不喝，昏睡两天多了。"郑重说着，两道浓眉拧成了个结。

吴淮生顿时担心起来，连忙问："是不是病了！去医院了吗？"

郑重用指头点了点吴淮生的胸口："她是病在这里，是心病呀！"

"心病？"吴淮生睁圆了双眼，嘴角抽搐了一下。

"我和玉茹问她是因为什么，她不讲；开导劝说她，她不听。只是发呆，连眼泪也不流。你说这吓不吓人？"郑重拍拍吴淮生放在膝盖上的手背，"我和玉茹是一点辙没有了，就想到了你。这个忙你不会不帮吧？"

吴淮生蹙起了眉头。自从他知道她另有所爱之后，已经心如止水，做出了独身的决定，也不敢再见到她。律师事务所开业那天，他都是让小龙代送了贺礼。现在郑重向他提出的要求，不啻是给他出了个大大的难题。一时间，他不知该如何答复才好。

"她从国外回来后，我能看出来你们相处得挺好，也挺能谈得来，她常在我和玉茹面前夸你忠厚诚实和善解人意，对你很信任。所以，这个重任我只能交给你了。"

"不行啊郑市长！"吴淮生终于苦着脸开口了，"我劝她不会起什么作用……"

"怎么起不了作用？"郑重没想到吴淮生会一口拒绝，摆摆手打断他的话，"她从国外回来没两天，精神状况就变糟了，还不是跟你在一起散散心，就恢复了吗？后来又不知因为什么闹情绪，你跟她一块上了趟小黄山，回来后就又唱又跳……"

"郑市长，不瞒您说，我真的不行！"吴淮生急了，可满肚子的苦水又无法倒出来，最后只好讷讷地道，"您和李阿姨说她她都听不进去，您说我劝她，还不是嘴上抹石灰白搭吗？"

郑重身子一挺站了起来，故作生气的样子板起了脸，以不容商量的口吻道："淮生你可给我听好了，这可是我跟你交换的条件，你去劝小莉，我就去给公安局打招呼，不然免谈！你好好考虑考虑吧！"

吴淮生的头不由得耷拉了下来，心里比油煎还要难受……

第九章 别人新娘

乔小龙和郑莉还没来得及开口,只听山崩地裂一声巨响,大厅里顿时火光飞溅,硝烟顿起。乔小龙条件反射般地猛扑到郑莉身上,把她压倒在地,地板碎片和杯盏碗碟纷纷砸到他身上。郑莉紧紧抱住乔小龙,泪水从眼角溢出……

01

郑重市长亲自过问乔小龙被袭一案，责令市公安局尽快侦破，缉拿朱永生，查出黑衣人，并许诺保障办案经费。

市长的重视使公安局局长田明亮感受到了压力，立即主持召开了局务会，参与此案的侦破人员也列席了会议。

会议室里气氛很严肃，警官们个个正襟危坐，神情庄重。

局长田明亮首先传达了郑重市长的指示精神，特别强调了郑市长将此案上升到影响全市经济环境高度的问题，然后让刘跃进先把前期侦办情况做个介绍。

刘跃进将珠海追逃的经过和查寻黑衣人的结果详细讲述了一遍，最后说道："朱永生显而易见是有人帮助。费百夫已回香港，周莎莎已被珠海警方全天候监控，由此推断，朱永生已很难在珠海待下去。从我们掌握的线索看，他极有可能潜回了淮海。乔小龙描述的身高等体型特征和他很相像，与前一个黑衣人有差异。所以我们分析，朱永生已经和黑衣人合为一股，他这么做，是为了迷惑我们的视线。"

田明亮注视着他问："你们下一步是怎么打算的？"

"无论是缉拿朱永生，还是查出黑衣人，只有一条路可走：从他们的关系人入手。事实也证明，这么做很有成效。我们查出了费百夫，很快便在珠海找到了朱永生。从他目前的处境看，也只有关系人的帮助和照顾才能潜伏，才能生存。所以下一步还应该从这方面下功夫。"

田明亮轻叩会议桌："你能不能说具体些，通过哪些方面去查关系人？"

"一个是朱永生和孔勇敢过去的哥们儿亲友；另一个是孔令军以前的关系户，比如费百夫。"刘跃进顿了顿，接着道，"目前最让我们头疼的不是朱永生,而是那个黑衣人。如果单单一个朱永生,他早就成我们的阶下囚了。我有个预感,那个黑衣人绝非等闲之辈,说不定有很深很复杂的背景,是个非常神秘的人物。朱永生和费百夫都在他的遥控指挥之下活动。"

田明亮挺起了身子,沉声问:"你的意思是有个犯罪集团?"

"是的。"刘跃进以肯定无疑的口气答道。

与会者的目光都有些疑惑起来。

"这绝非危言耸听。他们的目的很明确,报复吴淮生和乔小龙、报复法律、报复社会。如果我们不尽快破获这个案子,把他们缉捕归案,他们就有可能在实施报复的过程中,像滚雪球一样壮大自己的力量,在淮海市引发一场地震!"刘跃进说到这里,禁不住扫了四周一眼,见大家的神情都凝重了,这才又接着道:"现在当务之急是查出黑衣人的身份,对朱永生采取大声势的搜捕行动,必须把他从洞穴里逼出来。"

随后,大家对具体实施方案进行了讨论,形成了一致意见:明暗两条线同时进行,明线组织全市的警力开展声势浩大的搜捕战役,利用报纸、广播、电视等媒体刊发朱永生的通缉令;暗线由刘跃进负责调查"关系人",摸排出有价值的线索,以尽快让黑衣人露出原形……

0 2

吴淮生在郑家的门前徘徊,感到十二分的恐慌。郑重委派给他的任务,的确是太强人所难了。郑莉已明确无误地表明了态度,仅仅是把他当做一般的朋友或是说亲近些也就是个老大哥,他能有什么资格去医治人家的心病。况且自己自作多情,不见面想想就够尴尬的了，怎么能好意思再面对面地劝慰人家。

可是郑重已经把话撂在那儿了，就是刀山火海也不能不上。他踯躅了半天，最后还是不得不鼓起勇气，摁响了门铃。

李玉茹打开院门，一见是他，赶忙往里面让，愁眉不展地轻声道："淮生，可全靠你了，这孩子十有八九是中了魔！"

吴淮生神情木然地点点头，硬着头皮进了客厅。跟在旁边的李玉茹向楼上努了努嘴说："在上面卧室里呢，谁也喊不开门。我就不陪你上去了，在这儿等你的好消息。"

吴淮生解开西服纽扣，敞开怀，一副上刑场般凛然的样子"噔噔噔"上了楼。

他几步跨到卧室前，弯指轻叩三下，里面无声无息。他又重敲两声，嘴中喊道："郑莉，我是吴淮生！"房子里依然是久久没有回音。他努力不让自己沮丧，使出最后一招，"你再不开门，我可要翻阳台了！"

这一招挺灵，吴淮生听到门锁"吧嗒"响了一声。他忙转动把手，门开了。

郑莉摇摇晃晃又爬上床，背对着门躺了下来。

吴淮生拖把椅子在她对面坐下，发现她面容枯槁，眼圈发青，干裂的嘴唇没有一丝血色，像是毫无生命气息的木乃伊，心里不禁一阵发酸。声音略略有些发颤地说："郑莉，你这是何苦呢？有什么窝心的事给大哥诉诉，咱们一起想办法解决了它。"

郑莉呆呆地望着窗子，好像根本就没发现吴淮生似的。

吴淮生觉得喉咙发干，头脑里也是乱糟糟的，实在是想不出什么合适的词语，只能是顺着刚才的话继续开导："有事不能闷在心里，讲出来就舒服了。你是周游世界见过世面的大才女，能有什么大不了的事和迈不过去的坎儿？"

郑莉仍然是双唇紧闭一言不发。

吴淮生急了，不由得提高了声调："跟自己过不去算什么本事？有能耐就让那个无情无义的王八蛋难受，让他受折磨！没想到你是这么软弱可欺的人，以前真是把你看高了！"

郑莉的眼球动了动，显然是有所触动。

吴淮生顿时信心大增，接着道："如果我是你，我就让他哭，让他睡在床上不吃不喝犯心病！"

郑莉眼里慢慢流出了泪水。

"你想过没有，你这样做不仅是毁了自己更是毁了郑市长和李阿姨。他们养你这么大容易吗？为你那真是操碎了心，供你上学，送你出国深造。你现在不仅不报答他们，还让他们为你伤神。郑市长这么忙，还担心着你，被你弄得唉声叹气，李阿姨也是两天多没吃东西了，我刚才看她比你还要憔悴，让你害得神思恍惚。你说你这样对得起他们吗？"

郑莉慢慢坐了起来，眼角上挂着两滴泪。

吴淮生看到了希望，赶快趁热打铁："人活着不能光为自己着想，烦心的事谁都会有，如果让父母也跟着遭罪受难，那就太没良心了。咱们做子女的，受点委屈吃点苦算不了啥，只要能让老人幸福愉快，就是最大的满足。你说是不是？"

郑莉突然从床上跳了下来，口中喃喃自语："你说得对，我不该让他们烦心，我自己解脱自己总可以吧？"边说边往阳台的方向走。

吴淮生一惊，马上便明白了她的意思，他也不去阻拦，慢悠悠地道："这个两层的小楼，太低，摔不死人的。如果你真想寻短见，我现在就送你去我们的一龙大厦，那儿挺合适，只不过郑莉，你想死也好想活也罢，别人无法干涉，但千万别让养育了你的父母跟着你成为一钱不值的殉情品！"

郑莉打了个冷战，猛地站住了。

"如果死能解脱痛苦,我可能都死过好几回了。"吴淮生有些激动,从兜里摸出香烟,点上深深吸了一口,"可我还得活着,因为我不能给别人带来痛苦。"

郑莉慢慢转过身来,默默走到床边坐下。

"其实你是不该这么轻贱自己的,这会让许多人痛心,你可能还没意识到,你在外人尤其是男人眼里是何等的出色!"吴淮生说着不由动了感情,"我没有多少文化,只记得有句诗说得挺好,叫'柳暗花明又一村'。既然你和那个人结合不到一块儿,就说明你们缘分已尽,何必还要勉强,这世上两条腿的好男人多得是!"

郑莉抬起脸,定定地注视着他。

吴淮生能感觉到胜利在望了,美美地抽了口烟,话随着青烟悠悠地吐了出来:"如果你信得过我,赶明儿我帮你物色一个,包你满意,只要你……"

"你爱我吗?"郑莉突然开口打断了他。

吴淮生像当头挨了一棒,手一哆嗦,燃了半截的烟掉落在地上。

"记得你说过爱我,对不对?"郑莉紧盯着他不放。

吴淮生慌了,脸上的汗"忽"地就冒了出来。他躲闪着她晶亮的目光,吞吞吐吐:"这……这个……你怎么扯上这事了?"

"你就说一句,到底爱还是不受?"郑莉有些不耐烦了。

吴淮生被挤到了墙角,只得回答说:"你不是讲,咱们是兄妹……"

"事情现在起了变化,我爱上了你!"郑莉说得很坚定。

"你先吃饭,以后再谈这个好吗?"吴淮生明白她正是在情绪波动之中,所以不敢正面答复。

"也许你认为我说的是赌气话,或是情绪不稳定状态下的一时冲动。"郑莉神情已变得很从容,语调也很平静,"那你就错了。

我已经受到了一次伤害，不会不对自己负责，希望你现在就能答复我。"

吴淮生见她认真起来了，心跳开始加速，手指甲悄悄掐了下耳朵，不是做梦。

郑莉见他沉吟不语，双腿一盘，坐到了床上："你不回答，我就不吃饭！"

吴淮生不再犹疑，赶紧红着脸啜嚅着说："我……一直都在爱着你！"

郑莉笑了，那笑透着令人心颤的凄美。

03

淮海市公安局对全市进行了声势浩大的搜捕行动。同时，在报纸电视上发布了通缉朱永生的公告。

朱永生窝在宝宝美容美发厅的地下室里，虽然有贺宝宝全力掩护，仍免不了心惊肉跳，惟恐警察突然冲进来，那他在这十几平方米地下室里可就真成了瓮中之鳖。

然而，他担心的事，终于还是不可避免地降临了。

这天深夜时分，贺宝宝送走最后一个客人，长长地吁了口气，心想终于又挨过了危险的一天。就在她准备关门时，一位警察带着两个武警战士大步冲了进来。她忙赔着笑脸迎上前去，问是不是要理发，说不好意思，服务小姐已经下班了，要不明天再来。说罢赶紧递上香烟。

警察挺年轻，自称是巡警队的，姓李，说并不是来理发，而是来执行搜查任务的。还解释说全市只有这条巷子没查了，其他的地方都查过了，请贺宝宝支持他们的工作。

贺宝宝听了一惊,脸上却装出若无其事的样子连声说没问题,你们例行公事吧。她趁着他们到里间屋查看的间隙,赶忙给房东、也就是治安科的副科长王卫东打了个电话,说店里遇到了点小麻烦,请他马上过来。

李警官和两名武警把楼上楼下的房子细细地查看了一番,没有发现什么可疑之处。他问贺宝宝有没有地下室。

贺宝怔了怔,脸上不觉微微有些变色,忙回答说没有。

李警官虽然年轻,目光还是挺锐利的。他似乎发现贺宝宝有些惊慌,说那你就带我们到房前房后看看吧。

贺宝宝紧张了,通往地下室的楼梯就在房后,一看马上就会露馅。她磨磨蹭蹭正着急之间,王卫东一步跨了进来。贺宝宝像遇到了救星,忙向他投去求助的目光。

"是小李呀,统一行动不是结束了吗,你们怎么还在忙啊?"王卫东扔给小李一根烟。

小李忙很谦恭地走到王卫东面前道:"这个巷子就剩这一家了,上边不是有指示要不留死角吗,所以……"

"没有什么问题吧?"王卫东很随意地问。

"楼上楼下都查过了,没发现什么,我们想再看看有没有地下室之类的隐蔽场所。"

"这房子没有地下室,王科长你该最清楚呀!"贺宝宝抢过话来,说罢向王卫东使个眼色。

王卫东马上便明白了贺宝宝的意思,对小李道:"这房子是我租给她的,不会有什么问题,你们可以放心。"

小李一听说房子是王卫东家的,也就不好再查了。他估计可能是有些色情方面的小不正常名堂,这在美容美发厅不足为奇,于是带着两个武警战士撤了出去。

贺宝宝如释重负,忙不迭地给王卫东递烟,连声道着谢。

王卫东点着烟抽了一口,瞪了她一眼道:"是不是搞了什么歪门邪道?"

"王科长,你看有两个客人要特殊服务,他们都是我这儿的常客,我真的是不好拒绝。其实也就只是按摩按摩。"贺宝宝做出无奈的样子解释道。

王卫东很严肃地板起脸,用手指间的香烟点着她道:"你可不能胡来啊,这地方是敏感位置,又是我的房子,出了问题我可不好交代。"

贺宝宝妩媚地甜甜一笑说:"王哥,您放心,以后绝不会再发生这种事。"

王卫东又说了几句"不能往我脸上抹黑"之类的话,便走了。贺宝宝赶紧关门,奔向地下室。她知道,朱永生的心肯定还在悬着呢。

04

吴淮生果然是人到病除,郑莉可以称得上是起死回生,虽然她没有了原先的勃勃生机,活泼热情的性格变得沉静忧郁,不苟言笑,但毕竟又走上了生活的正常轨道。

郑重对吴淮生很是感激,也就希望他能常和女儿在一起,慢慢让郑莉再恢复起过去的精神状态,彻底摆脱感情上的阴影,使家里重新充满欢歌笑语。

郑莉这天告诉郑重,说晚上有件重要的事要谈,能不能让吴淮生也参加。郑重见女儿很严肃的样子,心里便紧张起来,自然地想让能保驾护航的吴淮生参加,所以马上满口答应。

李玉茹一直想找个机会对吴淮生表示一下谢意,听说让他晚上过来吃饭,从下午就开始准备饭菜,忙得不亦乐乎。

吴淮生现在可以说是招之即来,郑莉的话对于他就是圣旨。虽然他也隐隐感到郑莉并不是完全出自内心地爱他,好像掺杂着某些不便言明的因素,至少也有情绪化的东西在起作用。可他还是感到了从未有过的充实和满足,希望通过自己的努力,彻底俘获她的心。因此,当他接到郑重的邀请后,天还没全黑就急不可耐地驱车直奔郑家。

郑重也一直在惦记着家里的事,尤其是郑莉说有重要的事要谈,更是让他心神不定,所以他草草处理完公务,推掉了晚上的应酬,一下班就赶回到家里。

李玉茹早就做好了满满一桌精致的菜。郑重和吴淮生海阔天空地笑谈了一会儿,就在李玉茹的催促下坐到了餐桌旁。

他们等了一会儿,郑莉终于从楼上款款走了下来。吴淮生顿觉眼前一亮。只见郑莉云鬟高挽、满脸生辉,略施浅妆的眉宇间含着淡淡的忧郁,愈显娇媚袭人;尤其是那身珠光宝气的晚礼服,更是透出让人目眩的高贵典雅来。她显然是很精心很刻意地做了一番修饰,就连郑重和李玉茹都为女儿这种少有的打扮显出惊讶来。

郑莉走到吴淮生身边坐下,对他眉目含情地笑了笑。吴淮生大窘,有了一种芒刺在背的感觉,不由自主地挪了挪身子,赶紧低下头来。

"咱们开始吧。来,淮生,我先敬你一杯,感谢你对小莉的关心!"郑重说着,端起了酒杯。

"不对,爸爸。"郑莉突然发话了,"应该是他敬您!"

郑重和李玉茹都很诧愕地盯着女儿,脸上露出迷惑的表情。

郑莉用胳膊轻轻碰了碰吴淮生,嗔了他一眼,柔声道:"淮生,快敬爸爸妈妈酒啊!"

淮生!她竟然不喊大哥喊淮生?郑重从女儿的表情和非同寻

231

常的话音里似乎意识到了什么，和李玉茹对望了一眼，老两口都不由得有些惴惴不安起来。

郑莉见吴淮生傻了般坐着不动，便把酒杯塞到他手里，然后端起自己的杯，站起身道："爸、妈，我和淮生共同敬你们！"

郑重此时已经明白了八九分，摆摆手说："小莉，你把话讲明，到底是怎么回事？"

郑莉神色平静地道："我和淮生相恋了，今天就是要向你们公布一下我们的关系，我想你们不会有什么意见吧？"

"你今天要讲的大事，就是这件事？"郑重很严肃的口气问道。

郑莉点点头，没有丝毫迟疑地答道："是的。"

"你这些天闹病就是因为他？"李玉茹似乎有所省悟地问。

郑莉又点点头，很从容地说："也可以这么讲吧！"

"难怪他一来你的病就好了。"李玉茹嘴里咕哝着，"这心病还是得心药治呀！"

郑重的目光转向了闷着头大气不敢出的吴淮生，沉声问道："淮生，是这么回事吗？"

此时的吴淮生，像被架到了火炉上，心里惶恐到了极点。他有一种亵渎了与郑重的患难之情和偷了郑家最珍贵的东西的感觉，恨不得地下有道缝让他钻进去。

郑重见他不开口，不觉提高了声调："淮生！你为什么不说话？"

吴淮生脸上火辣辣的红一阵白一阵，慌乱之中很艰难也很勉强地点了点头。

郑重不能不认真对待了。从内心讲，他是不满意的。年龄悬殊十几岁倒还不是重要原因，关键的问题是吴淮生一直是在社会的底层长大的，而且只上了几年小学，这种文化、修养、气质和世界观的差异会为他们日后的共同生活带来障碍。当然，吴淮生也有他的优点，以自己对他的了解而言，他的心地善良、为人忠厚等自不必说，而且在事业上也是有成就的，创办的公司如日中天，经济基础很雄厚。还有最重要的一点是他肯定会全心全意地呵护郑莉，郑莉又非常地爱他……

吴淮生偷偷地瞧见郑重脸色凝重，久久沉思不语，心里不觉发慌，忙站起来诚惶诚恐地低声嗫嚅着说："郑市长，我对不住您，如果您觉得不合适，我可以……"

郑莉猛地用力扯了他一下，狠狠瞪了他一眼，吓得他又把后半句吞了回去。

郑重把这些都看在了眼里，他突然笑了，以轻松的语调对李玉茹道："你看，孩子们敬酒了，这个心意咱们不能不领。"说罢端起了酒杯，李玉茹向来是一切听老伴的，也懵懵懂懂地端起杯来。

吴淮生没料到郑重是这个态度，一时间还没喝酒就有些晕了，站在那儿直发愣。

郑莉用肩膀碰碰他道："怎么了淮生？快把酒端起来，爸爸和妈妈已经接纳你了，别发呆呀！"

吴淮生激动地双手抖动着端起杯，举向郑重和李玉茹，脸上笑得很腼腆，也很灿烂。

0 5

大搜捕行动没有取得什么收获，这也在刘跃进的预料之中。朱永生是个具有反侦查经验的老手了，他在珠海的漏网已充分说明了这一点。他生在淮海长在淮海，关系纵横交错，又有那个神秘的黑衣人与他呼应，所以抓住他并不是件轻而易举的事情。

刘跃进不得不把所有的精力集中到第二步方案上，那就是排查孔勇敢父子和朱永生的关系人。他和冯自强、凡一萍做了大致的分工，冯自强负责摸黑道，凡一萍通过治安科、户籍科和口卡室查社会面的重点人，而他则把主要方向定在一龙公司周围。因为他们报复的对象是吴淮生和乔小龙，就极有可能在一龙公司内部下功夫，以达到自己的目的。

刘跃进驱车先到了研究所，找乔小龙摸排公司内部人员的组成情况。

乔小龙正在所长室里百无聊赖地浏览报纸，一抬头见刘跃进走进了门，忙站起身道："刘大队长今天怎么有闲心跑研究所来了？嘿，我正愁着没伴呢，走，咱们去河里钓鱼如何？"

"我可没有这个闲情逸致。"刘跃进一屁股在沙发上坐下，"一天不抓住朱永生和那个黑衣人，我就一天不得安生，也愧对你小龙弟和淮生呀！"

"跃进兄，别把问题想那么严重，朱永生躲不了几天，早晚都是你网中的鱼，着什么急啊！"乔小龙边泡茶边劝慰刘跃进。

刘跃进从兜里摸出香烟点上，皱着眉头道："你说得轻松，自从你上次出了事，我这心一直都悬着，万一真有个三长两短，那我……"

"得！你还真别把这当回事，弟弟的命不值得你那么看重！"乔小龙把茶杯放在刘跃进面前的茶几上，慵懒地在他旁边坐下，伸手要了根烟，胡乱抽了几口，呛得直咳嗽，喘了喘才又接着说，"我正好活得也有些腻歪，这子弹扑哧钻进脑门里，嗨！利索！爽！"

"瞎讲！"刘跃进一把夺过乔小龙手中的香烟，摁灭在烟灰缸，"小龙，我来可不是跟你开玩笑的。好了，咱们谈正题吧！"他说着从公文包里掏出笔记本，"你把公司的人员组成情况给我讲讲。"

乔小龙伸了个懒腰，很无精打采的样子道："这些你还是问淮生哥吧，我很长时间没有管公司的事了。"

刘跃进察觉出乔小龙精神状态有些不对劲,忙关切地问:"小龙,你今天怎么了?一副心事重重的样子,是不是遇到了什么麻烦?跟哥讲讲,咱们想办法解决它。"

"嗨,我能有什么麻烦?你多虑了!"乔小龙矢口否认。

刘跃进见他不愿讲,也就不再勉强,很恳切地道:"小龙,再大的事也没有这个案子重要,你还得帮我一把。研究所的人员情况你不会再讲不了解吧?"

正说着,林非袅袅娜娜走了进来。她在上次乔小龙被袭击之后接受询问时,曾见过刘跃进,忙热情地跟他打招呼。

刘跃进也欠了欠身子,回礼说:"您好,林小姐。"

"错!"乔小龙立刻予以纠正,"你不能再喊她小姐,而是应该喊她弟妹或是乔太太!"

刘跃进有些愕然地看看林非。

林非嗔了乔小龙一眼,然后笑着对刘跃进道:"刘队长,他是在跟你开玩笑,严格地说应该是女朋友。"

刘跃进马上便明白了。他待林非在对面的沙发上坐定之后,很随意地问道:"小林你是哪儿人?"

"祖籍山东,出生在河北,在北京长大,后来又求学去了美国。所以我无法准确地讲是哪儿人。"林非耸耸肩膀,半是认真半是调侃地回答道。

"那你的父母……"

"原来在北京,现在都在国外生活。"

"家里还有其他人吗?"

"我倒是很希望能有个哥哥或弟弟,遗憾的是没有这个福分。"

"这么说你是父母的掌上明珠了。他们竟然能忍心让你远离温暖的家,独自回国内发展,真是不简单哩!"

"对我事业上的选择,他们从来都是支持的。"

刘跃进还想再问问诸如父母的姓名,在国外的住址等问题。乔小龙这时忍不住插了进来,道:"跃进老兄,你不是在查户口吧?"

刘跃进有些不自然地笑了笑,自我解嘲道:"也许我这是职业病吧,见到人就想刨根问底,小林你不会见怪吧?"

林非很不在意地笑笑说:"没关系,你这是为小龙以后的幸福着想嘛,别遇上个女骗子可就麻烦了!"

她这么一说,刘跃进还真不好再问什么了。他正犹豫着不知该如何开口时,吴淮生满面春风地大步进了门,一看他们几个都在,便兴冲冲地嚷嚷开了:"今天真是巧了,聚这儿啦,在商讨什么机密大事?"

刘跃进忙挪挪身子让他坐下,道:"我好多天没见小龙了,挺想他,就顺便过来转转。"

乔小龙撇撇嘴说:"说想我是借口,跃进兄是来进行秘密侦查的。刚才还说要找你问问公司人员的情况呢!"

吴淮生一听,不由得有些紧张起来,忙问刘跃进:"怎么,是不是在我们公司发现了什么可疑的人?"

"没有没有。"刘跃进递给吴淮生香烟。"我是例行公事,想摸摸你们公司职员的背景情况,不把你们周围人的疑点排除掉,我心里不踏实啊!"说着不由自主地看了看林非。

林非对他微微点了点头,好像是对他的做法表示理解。

吴淮生抽了口烟,郑重其事地道:"跃进你考虑得很对,是不能不防啊!上次小龙出了那事后,我也一直挺担心,咱在明处,他们在暗处,冷不防从背后给你一刀子,那亏可就吃大了!"

乔小龙眼皮耷拉着,对他们谈的事并不关心,自顾自在那儿想着心事。

"小龙,你把研究所人员的情况跟跃进谈谈吧,公司那边我们也要逐个审查一下。不怕一万,就怕万一啊!"吴淮生很认真地说道。

乔小龙勉强撑起眼皮,对林非吩咐道:"你带刘队长去找一下姚飞,他对研究所的情况比我熟悉,让他协助调查。"

林非答应一声,站了起来。

刘跃进也只好随着站起来,对吴淮生道:"你们哥俩在这聊,我过去看看?"

"行,我正好有点儿事要和小龙说说。"吴淮生和刘跃进拉拉手,又特别叮嘱道,"中午别走啊,咱哥仨好好喝几杯!"

刘跃进和林非刚一出门,吴淮生就急不可待地一把抱住小龙,激情难抑地颤着嗓音道:"小龙,告诉你个好消息,哥要结婚了!"

乔小龙疲软松弛的神经像被针狠狠地扎了一下,登时颤动绷紧了,问道:"结婚?你和谁结婚?"

"郑莉!是郑莉呀!"吴淮生孩子般地跳了起来,"她就要成为你的嫂子了!"

乔小龙像当头挨了一闷棍,一阵发昏,口中喃喃道:"郑莉?和你结婚?"

"是呀!而且是她主动提出来的,我终于得到她了!"吴淮生激动得满脸通红。

"可是,你不是说……她对你不……"乔小龙喉咙发紧,用力往外挤出声音。

"那个浑小子有眼无珠,竟然把这么好的女孩子给蹬了,不然你哥哪能有这个机会。"吴淮生伸出胳膊揽住乔小龙,附在他耳边道,"郑市长和李阿姨也同意我们的婚事,这婚礼你可要为我操办好了,你哥我是土老帽儿,就全靠你张罗了!"

乔小龙只觉得天昏地暗,一肚子的苦水酸水直往上翻。他竭力支撑着摇摇欲坠的身躯,对他的淮生大哥挤出比哭还要难看的笑来……

0 6

夜色沉沉,淅淅沥沥的小雨不紧不慢地飘洒着,昏黄的路灯映照着湿漉漉的街道,偶尔路过的行人溅起一片片水花。宝宝美容美发厅门前的广告灯柱在旋转着,舒缓的音乐从玻璃门里溢出,给人一种挺温馨的感觉。

一位身穿黑色风衣的男子步上门前的台阶,一个服务小姐忙拉开玻璃门,甜甜地说:"先生请进,欢迎光临,我们美容厅设施齐全,服务周到,价格合理……"

黑衣人没有理睬她喋喋不休的招客揽客套话,径直走到靠里的皮椅上坐下。

"先生要洗头吗?"那位小姐连忙凑了上去。

"请找你们的贺老板。"黑衣人鼻梁上变色镜在日光灯的照射下,渐渐变暗,他把高高竖起的衣领又往上提了提。

贺宝宝在服务小姐的引领下快步走过来,对黑衣人道:"先生,是您找我?请问有何吩咐?"

"你们这有特殊服务吗?"

"请问您指的是哪种特殊服务?"

"当然是地下的了。"

贺宝宝一惊,忙把旁边的小姐支开,有些紧张地道:"对不起,我们这儿只美容美发,没有您要的那种特殊服务。"

黑衣人压低了嗓门:"我是八戒的朋友,快带我去见他。"

贺宝宝的心里咚咚直跳,哪里还敢怠慢,赶紧带着他从后门走出,朝通往地下室的楼梯口走去。

朱永生打开铁门,一看贺宝宝身后还跟着一个人,很是吃惊。因是晚上,又是雨天,他根本看不清来人是谁。

"八戒,是我。"黑衣人不得不先开了口。

朱永生顿时激动起来，忙把他让进门，然后对贺宝宝叮嘱道："快去盯着点，不能出任何问题！"

贺宝宝似乎也意识到来人非同一般，忙着应一声，转身朝上边爬去。

朱永生反手把铁门关死，惊喜中又不无担心地问："智慧，你怎么亲自来了，是不是出了什么事？"

"也可以说是吧，不然我不会冒险到这儿来。"智慧在榻榻米上盘腿坐下，声音极低地继续道："看来刘跃进他们已经发现了我的存在，现在查得很紧，这将严重影响我们的计划顺利进行。"

朱永生有些疑疑惑惑地说："你藏这么深，行踪又如此隐秘，他们不可能发现你呀！"

"我也弄不清是哪个环节出了问题，但不管怎么说，他们在查我是千真万确的事实，所以我们必须有所行动。"

"你说吧，怎么办？"朱永生摩拳擦掌。

"很简单，尽快转移他们的视线，必须要保证我万无一失。"

"用什么法子？"朱永生往智慧跟前凑了凑。

"你也该出去散散心了。"智慧的声音像是从坟墓里发出的，尖细里透着寒气，"煤炭是淮海的经济命脉，只要小有动作，就会引起连锁反应，事情闹腾大些，就是地震。矿区大多都是外来人口，流动性大，加之机构组成复杂，极易藏身和浑水摸鱼。据我了解，那儿一直帮派黑道活跃，有斧头帮、大刀会等，如果能降服他们，那就是一股不容小觑的力量。这方面应该说是你的强项。"

朱永生顿时来了精神，道："我早就窝在这不见天日的黑洞里憋死了，出去真刀真枪地干一场，就是挨枪子也比这不死不活的痛快！可是智慧，我单枪匹马地去矿区，人地生疏，这个问题不好解决啊！"

239

"你放心，这个问题我已经有安排。唐河七矿的矿长是我们的老关系，我写封信你带着，他不敢不照应你。"

朱永生猛一击掌："那就齐了！我什么时候动身？"

智慧没有马上回答，沉默了好大一会儿之后才缓声说道："我认为你在离开市区前，应该举行个告别仪式。"

"告别仪式？"朱永生大为惊诧。

"对。"智慧的声音略略提高了些，使得嗓音显得尖细，"而且告别仪式要盛大隆重，能血肉横飞最好！"

朱永生终于明白过来，跃跃欲试地说："行，这是我的拿手好戏，你有没有行动的方案或者目标？"

"吴淮生和乔小龙已经给你准备好了施展手脚的舞台。"智慧的声音又低了下来，"吴淮生下星期一，也就是阴历九月十八要举行结婚典礼，婚宴就在海鲜城举行。新娘是市长的千金，到时候肯定少不了高官要员、商贾名流。你说，这是不是个绝佳的机会？"

朱永生的两只眼睛在黑暗里闪闪发亮，极度亢奋地道："妈的，这真是老天有眼，我要把闷在心里的气全都放出来，给他们来个天翻地覆，让婚宴变成葬礼！"

07

这几天是吴淮生有生以来最快活的日子，他几次夜里在睡梦中笑醒了；孙凤珍看上去比吴淮生还要高兴和激动，自打知道他要结婚的喜讯后，嘴就没有合拢过。

最苦的就是乔小龙了。心像浸在黄连汤里，有苦还说不出口。然而这些对于他来说还能忍受，最让他感到苦不堪言的是要肚子里流着泪，脸上还要装着笑，还要给吴淮生买新婚礼服，帮助他物色戒指之类的定情物,还要屁颠屁颠地为他筹办婚宴,迎送四方亲朋,分发请柬等等。他几次路过唐河大桥时,都想一头钻进河里,永远不再出来,可看了看坐在副驾驶位置上的林非,又不得不忍住了。有时他莫名其妙地恨郑莉、恨林非、恨淮生大哥,可恨到最后还是恨到了自己头上,觉得这是自作自受,怪不得任何人,自己是世界上最该受惩罚的小人,活该下地狱!

星期一无可避免地来临了,乔小龙一大早就开车直奔海鲜城。他要审看菜单,核实酒水,检查举行婚礼的大厅和贵宾就座的包厢。

浑浑噩噩、灰头土脸地忙了半天,中午饭也没吃,他又得去安排迎亲的车辆,把公司和研究所的事务处理好。终于可以坐下来喘口气了,林非又从海鲜城打来电话,催他赶快过去,说已经有客人到了。他一看表,吓了一跳,快六点了。他又忙不迭地开车往海鲜城赶,一边开车一边又要琢磨怎样才能避开郑莉。他设计了几套方案:一是找个借口溜号,可这么做别说淮生大哥了,就是妈妈那儿也过不了关;二是找个不引人注目的角落坐下,装呆卖傻,但这也很难行得通,自己是婚礼的总管,到时候还不乱成一锅粥;三是让林非出面,自己在后面指挥,还是不行,林非知道他跟郑莉的关系,万一出了岔子,那他就更尴尬了。想来想去,看样子躲是躲不掉了,惟一的办法只能是尽量让自己坦然一些,对郑莉不卑不亢不冷也不热,既然他成了吴淮生的太太,也不至于让自己太难堪。他最终决定,顺其自然,走到哪一步算哪一步,如果真招架不住了,就称急病去医院,阑尾炎、急性肠炎,不管啥都行,胡编一个先躲掉再说。

乔小龙就这么想着想着,不知不觉便到了海鲜城。

海鲜城今天装饰得特别漂亮,红绸带从楼顶一条条垂挂下来,在门厅上方挽成一个个状似牡丹的硕大的结;霓虹灯组成流光溢彩的火树银花，镭射灯的集束光柱变幻成不同的颜色，把整个海鲜城照射得斑斓多姿。

乔小龙把别克车停靠在停车场最外侧靠近主干道的地方（可能是为了"逃跑"方便），眺望着自己苦心设计的海鲜城外景，不觉有些惆怅和酸涩。

当他不紧不慢走上酒店的台阶时，就看见林非正站在门前引颈翘首张望。他摇摇摆摆走到她面前，轻轻唤了一声。

林非一把抓住他的胳膊，不无埋怨地道："你怎么到现在才来？有好多宾客已经来了，凤珍阿姨正在里面招呼着呢，你快去看看吧，我在这儿等迎亲车队！"

乔小龙撩起眼皮，扫了她一眼，见她绯红的脸上汗津津的，便揶揄说："我看你比新娘还要激动，着什么急呀！"

林非被他噎得直翻白眼，本想回击几句，可一见他满脸的晦暗，便猜出他心里不快活，也就忍住了没跟他计较，道："那好吧，你在这儿张罗吧，我进去帮凤珍阿姨招呼人。"说罢扭身进了旋转门。

没过多大一会儿，迎亲车队在一阵鼓乐声中缓缓驶进酒店前的广场。军乐手和摄像师们从第一辆车上纷纷跳下，进入旋转门两侧指定的位置。乔小龙开始履行起现场调度指挥的职责来。

吴淮生终于挽着郑莉从新款奥迪车上走了出来。乔小龙赶紧避在门旁的阴影里，冷眼观望着他们：只见郑莉身披雪白的婚纱，乌黑闪亮的鬓发上插着一朵鲜艳欲滴的红玫瑰，苍白的脸上并没有浓妆艳抹，只是略施脂粉，因而愈加显得冷傲；吴淮生身着笔挺的藏青色西服，打着火红的蝴蝶结，笑吟吟地挽着新娘，朝着旋转门处缓步走来。

军乐队开始奏乐，自然都是吉祥喜庆的曲子，摄像师肩扛着摄像机，在新郎新娘前后不停地跑动。

乔小龙犹豫着是否上前。

吴淮生早已看见了他，喊道："小龙，快过来！"

乔小龙只好硬着头皮走到他们面前，点了点头。

郑莉视而不见，整理身上的婚纱。

吴淮生对郑莉道："咱们的婚礼都是小龙布置安排的，你满意吗？"说着转向乔小龙，"你给郑莉简单介绍一下。"

乔小龙无奈，只好先向郑莉打招呼道："你好，郑莉！"

郑莉不睬他，对吴淮生道："这灯光不好，太耀眼了，有的人是不喜欢在灯光下的。"

吴淮生一时弄不懂郑莉的意思，又见乔小龙挺尴尬的样子，便道："郑莉，小龙在跟你打招呼呢！"

郑莉这才做出省悟的样子，对吴淮生嫣然一笑，然后目光冷冷地扫了乔小龙一眼："你应该喊我嫂子才对。"

吴淮生连忙说："对对，小龙，你怎么不喊嫂子，以前是同学，现在可是一家人了！"

乔小龙似是而非地"嗯"了一声，把脸转向别处。

"喊呀！"郑莉不依不饶，声音里含着挑衅。

吴淮生见乔小龙挺难为情，以为他是碍着曾是同学的面子，就打圆场说："算了郑莉，你别勉强他，以后会习惯的，你这嫂子是当定了。"

乔小龙明白这是郑莉故意的，他怕被吴淮生看破，在这喜庆的时候引起不愉快的事发生，连忙道："你们先迎接客人，我进去看看。"说着就往旋转门里走。

"等等。"郑莉突然喊住了他，指指玻璃门旁拖在地上的裙裾，"麻烦你把那拿过来。"

乔小龙明知她这是在故意戏弄他，却又无可奈何，只好忍气吞声地把裙裾用双手托起，放到她脚下。

"淮生，你可能还不知道，乔小龙在上学时，就特别会照顾女孩子，是有名的护花使者呢！"郑莉不无讥讽地说。

乔小龙不敢回话，逃也似的快步跑进了旋转门，背后传来吴淮生和郑莉的笑声，他的心里如刀割般一阵剧痛……

婚礼在欢乐喜庆的气氛中隆重举行了，大厅里灯光辉煌，人声喧哗，两个大大的红喜字悬挂在幕布两旁，中央是个巨大的金光闪闪的"贺"字。主婚人致辞，新郎新娘拜父母拜亲朋，然后是互拜，接着是孙凤珍代表男方父母致辞，因为郑重去了省里开人代会，李玉茹也不得不上去讲了几句祝贺的话。

传统的婚礼程序进行完之后，宴会便开始了。

乔小龙责无旁贷地与几位党政要员坐在了一桌，陪着他们喝酒聊天，把张罗场面上的事交给了刘跃进。

新郎新娘在刘跃进的引领下开始逐桌敬酒。第一桌自然是孙凤珍、李玉茹的长辈席，旁边是林非等在陪着。孙凤珍拉着郑莉亲热个不够，郑莉脸上的表情十分复杂，只是冷眼看着林非，林非故作不知，在旁边笑得十分舒畅。

他们接着便到了乔小龙所在的贵宾席。淮海有闹婚的风俗，主要是为增添喜庆的气氛。这是第一桌，又有乔小龙在场，而闹婚的主要目标往往正是小叔子。这些官员平日政务缠身、不苟言笑，难得轻松一下，自然不会放过这个机会。难题往往是由年轻人提出，这个任务便自然而然地落到了姜元头上。他虽是市长的秘书，但平日和郑莉见面极少，这也就少了些难为情之类的障碍。当吴淮生和郑莉举杯敬酒时，姜元在一位副市长的推搡下不得不站了起来，清了清嗓子道："我受诸位嘉宾的委托，提议乔小龙和新娘嫂子共同唱一首情歌，不然不敢接受敬酒！"

众官员无比热烈地鼓起掌来，殷殷期待着。

这时姚飞、阿海等一帮年轻人也围了上来在旁边喊叫着起哄。

乔小龙额上冒汗，试图逃走，但已无退路。阿海和姚飞一边一个堵住了他。

郑莉把酒杯放回托盘，很平静从容地说："乔小龙不配跟我唱情歌，真的，他不配！"

大家愕然，都停止了鼓掌，怔怔地看着她。

郑莉接着道："诸位别紧张，我只是开个玩笑。但有一点是事实，他很花心，这是我跟他同学几年对他惟一的了解。"

乔小龙似笑非笑，摆出一副死猪不怕开水烫的架势。

"花心是现代青年最大的优点，这就更要来段抒情的歌了！"姚飞在旁边大声喊叫着。

刘跃进在郑莉耳边提醒："你还是和小龙来一段吧，不然这一关很难过。咱们要抓紧时间，后面还有好多桌呢！"

吴淮生也碰碰郑莉，轻声道："唱就唱吧，小龙是咱弟弟，又不是外人。"他把郑莉的拒绝误以为是为难之下的推托了。

郑莉道："那好吧，我们就唱首流行歌曲《心雨》。"

众人再度热烈鼓掌。

乔小龙自然清楚《心雨》这首歌的内容，尤其是那句"因为明天我将成为别人的新娘，让我最后一次想你"更是含义非浅，郑莉的用意显而易见是要继续羞辱他。

阿海和姚飞见他迟疑着不肯起来，于是边聒噪边架起了他。把他推到郑莉身边，并跃跃欲试要采取进一步行动。乔小龙怕他们胡来，使自己陷入更狼狈的境地，赶忙道："好！好！我唱……"

姜元刚起了个歌头，乔小龙和郑莉还没来得及开口，只听山崩地裂一声巨响，大厅里顿时火光飞溅，硝烟顿起。乔小龙条件反射般地猛扑到郑莉身上，把她压倒在地，地板碎片和杯盏碗碟纷纷砸到他身上。郑莉紧紧抱住乔小龙，泪水从眼角溢出……

第十章 难言之隐

婚礼上那可怕的爆炸,在他舍命扑向她的刹那间,她便明白了他依然还是爱着她的。在新婚的晚上,她把吴淮生想象成他,才完成了几乎令她窒息的洗礼般的仪式,泪水汪洋般恣肆,在不知不觉中漫湿了大半个枕头。

01

海鲜城爆炸案使刘跃进感受到了巨大的压力，这不仅仅因为是著名的青年企业家和市长女儿的结婚典礼，而且参加婚礼的政要名流已经在一龙煤炭应用技术研究所揭牌剪彩仪式上受到了一次惊吓。这次事件很快便成为人们议论的焦点，各种猜测和传说纷纷扬扬，自然少不了对吴淮生和郑重的诽谤之词。人们都期待着揭开谜底。

刘跃进对爆炸现场进行了认真勘查，幸好爆炸中心是在大厅顶端的主席台上，此时婚礼已经结束，宾客们都已入席，所以伤亡不大，只有靠近主席台的几桌人受了轻伤。从炸点的选择到起爆的方式，还有炸药的种类，都和无名茶楼几乎一致。刘跃进据此推断，这次爆炸毫无疑问又是朱永生的"杰作"，他就躲在淮海市的结论得到了充分证明。

刘跃进迅即将案情向田明亮局长做了汇报。田明亮被彻底激怒了，一个逃犯，竟然胆敢几次三番地顶风作案，而且都是选在市领导在场的情况下进行，这简直是对公安部门的挑衅，是给他这个局长上眼药。当他听刘跃进说朱永生从珠海脱逃后就一直在淮海躲藏时，更是火冒三丈，马上通知召开紧急会议，参加会议人员是大搜捕行动的各组组长。

市公安局会议室里，警官们从田明亮阴沉沉的脸上都感觉到了浓烈的火药味。

"我们是什么警察？是笨蛋！"果然，田明亮一上来就火花四溅。他凌厉的目光扫视着一个个正襟危坐的与会人员。刘跃进不敢和他对视，愧疚不安地低下了头。田明亮继续道："我丑话说在前面。据可靠情报，这个朱永生就躲在淮海，可上次的大搜查竟然又让他漏掉了。局里要求是彻底全部搜查，不能放过一户一店，你们做到了吗？如果哪个组偷工减料耍滑头了，现在讲出来还来得及，不然，等我查出逃犯窝藏的地点，我剥他的皮，按党纪国法处置！"

这时，坐在刘跃进旁边的巡警小李不禁有些紧张了。上次的搜查行动结束后，他一直对宝宝美容美发店有些放心不下，从贺宝宝当时惊慌失措的表现看，这个店肯定有问题，可碍于王卫东的面子，他没有彻底搜查。现在局长面目凶狠地一敲打，他坐不住了，手"呼"地举了起来。田明亮示意他站起来说。小李忙站起身，把搜查宝宝美容美发厅的经过叙述了一遍，最后道："从那个小老板贺宝宝的面部表情看，肯定有些不正常，但王卫东副科长讲是他家的房子，没有地下室，我就没再仔细查。情况就这些。"

刘跃进一听"宝宝"二字，心中不觉一动，这个宝宝会不会就是珠海龙宫桑拿城的宝宝？

田明亮此时把目光转向了王卫东，沉声问道："你们家这房子有没有地下室之类的场所？"

王卫东脸上冷汗直冒，站起来嗫嚅着说："是有地下室。当时我认为是她在搞些按摩之类的玩意儿，就给她打了掩护。我这房子是祖传的，离公安局近，旁边又是军分区，很难租出去，怕她再退了，就……"

"别再说了！"田明亮愤愤地打断他，"我都为你感到脸红！"他转向刘跃进，"马上组织警力，对所有重点区域和场所重新进行一次彻底搜查，不准许任何人再出现类似的情况！"

刘跃进建议道："田局长，这个贺宝宝很值得怀疑，我建议对宝宝美容美发厅进行秘密搜查，以免打草惊蛇。"

田明亮想了想，道："好吧。但有一条，这次如果发现了朱永生的踪迹，无论如何不能再让他跑了，明白吗？"

刘跃进"唰"地站起立正道："明白！"

0 2

乔小龙伏在咖啡台上，双手托腮，凝望着红烛跳动的火苗，恍恍惚惚地不知在想着什么。

林非用尖细的小指甲拨弄着不断从周边溢出、又在半腰处凝固的蜡油，偶尔抬起眼帘瞥一下乔小龙，目光里闪动着温柔的光泽。

"唉——"乔小龙终于仰起脸，往沙发椅后背上一靠，长长地叹了口气。

林非心中很清楚他在为什么犯愁，却故意不问，等着他自己说出来。

"你觉得咱们去国外生活如何？"乔小龙终于开口了。

"当然可以。"林非知道这不是他心里的愿望，他无论如何是舍不得扔下母亲的，"但国外的环境并不是想象得那么美好，尤其是对想在事业上有一番作为的人来说，咱们的根还应该是在国内。"

乔小龙的眉头不觉皱了起来，道："这些我当然明白，但你认为我还能在淮海待下去吗？"

"我很清楚你的心思，你还是忘不了郑莉。"林非嘟噜着嘴，满脸的醋意，"不然你就不会躲避她！"

乔小龙的眉头皱得更紧了，对林非的话不置可否。

"不说这些让人不愉快的话了。"林非察觉出乔小龙的不悦，赶紧回到开始的话题上，"如果你决定出国，我会陪着你的。"

其实乔小龙根本就没有出国的打算，只不过是嘴上说说而已。林非猜测得没有错，他的确无法抛开母亲，甚至还有吴淮生和郑莉。他并没有因为他们结为夫妻产生丝毫怨恨，因为所有这一切都是他自己造成的。但与他们拉开距离也的确是他心中所愿，毕竟朝夕相处会产生许多尴尬，加之郑莉一见到他眼就发绿，恨不得抽他几个嘴巴，这样时间长了，淮生大哥就是再憨厚再迟钝也是会发现异常的，后果也就可想而知了。

林非见他沉吟不语，又加了一把火，很认真地道："如果你决定了，我马上就办手续，再通知一下我的父母，他们肯定会欢迎你。"

乔小龙有些慌了，连忙道："这件事还是缓缓再说吧，总得淮生大哥同意才行。再说，当逃兵也不是我的性格，你说是不是？"

林非用指甲轻轻刮掉蜡烛上的油垢，轻声道："反正我一切都听你的，这辈子只跟定你了，你说怎么办就怎么办。"

"我想是不是应该离开公司，自己干点事情……"乔小龙望着跳动的火苗出神，嘴中自语般喃喃。

林非立即热烈响应，颇有些激动地说："对，你这个选择最明智，能避免很多麻烦。而且就你的头脑和能力来说，绝对能干出一番轰轰烈烈的大事业！"

乔小龙受到林非的鼓励，不觉提起了些精神，征询她道："你看我干什么比较合适？"

林非忽闪着长长的眼睫若有所思地道："从你的专业考虑，你当然是办个律师事务所之类的行当最合适，干这个比较稳，没什么风险，但产生经济效益太慢；还有一个就是利用淮海的资源也办一个像吴大哥那样的煤炭贸易公司，我的特长也可以助你一臂之力，可这样就抢了吴大哥的饭碗，你们兄弟势必要成为竞争对手，你肯定不会干；最后一个就是办一个房地产之类的公司，目前房地产升温,正是可以大展宏图的时机,咱们不妨试一试。"

乔小龙不无担忧地说:"房地产的风险是很大的,你没看媒体关于烂尾楼的连篇报道吗?"

"风险和利润是成正比的。"林非显得很在行的样子,"做房地产最重要的是审时度势,还要有天时地利人和才行。有人弄出一堆烂尾楼,就是没能把握住这些或是不具备这些条件,而你却有这方面的基础。"她见乔小龙听得很专注也很用心,于是展开讲道:"审时度势就不用多讲了,现在正是房地产升温的绝佳时机。就说这天时地利人和吧。"她伸出一个指头,"你就在淮海创业,方方面面都比较熟悉,可以说是了如指掌,尤其是你在一龙公司的这段时日里,结交了许多商界的朋友。"她又伸出第二个指头,"你通过这段时间的实践,已经对公司的运行、管理等有了全面的掌握,不能说游刃有余但井井有条还是能做到的。"说到这儿她伸出了第三个指头,"郑重市长看在吴淮生的面子上肯定会给你大力支持,在国内做房地产,政府的支持是至关紧要的。"她说着看看乔小龙,然后把伸出的手指握成小小的拳头,轻轻捶在咖啡台上,"有了这些,你还有什么可顾虑的?"

乔小龙被林非的一席话说动了心,觉得是可以尝试尝试。但仍有一道最大的难题摆在他面前,那就是资金问题。于是面露难色道:"做房地产需要有雄厚的资本,这么多的钱,从哪儿来?"

林非笑了:"其实做房地产并不像你想象的需要那么多钱。打个简单的比方,你建造需投资一个亿的楼房,给我两千万,包给你盖成!"

乔小龙大感惊诧:"两千万?你怎么盖?"

"对,两千万,而且保质保量!"林非神秘地眨眨眼,"这里面有窍门儿呢!"

"什么窍门儿?"乔小龙疑疑惑惑地问。

"天机不可泄露。"林非卖了个关子,然后很郑重其事地道,"等你拿定主意之后,我自然会告诉你,就怕吴总和凤珍阿姨不会同意。"

乔小龙不吱声了。这的确很难说服他们,自己另立门户,再起炉灶,肯定会遭到他们强烈反对,说不定还会引起淮生大哥的误会。至于郑莉,结果也是可想而知的,她嫁给淮生大哥,十有八九是为了报复他,当然不会轻易地让他溜走,会施尽一切手段阻止自己。想到这些,乔小龙不禁又皱起了眉头……

03

深夜时分,王卫东敲开了宝宝美容美发厅紧闭的大门。贺宝宝穿着透明的真丝睡裙,睡眼惺忪地从楼上晃晃悠悠走了下来。她一看是王卫东,登时睁大了惊诧的双眼,问道:"是王哥呀,这么晚来不会是闲逛吧?"

王卫东笑了笑,道:"当然,我想去地下室看看。"

贺宝宝马上便想歪了,以为他也是来找小姐解闷的,顿时眉开眼笑,柔声道:"没想到王哥也好那一口,您是要胖的还是瘦的,我这儿的小姐随您挑。"

王卫东见她上了钩,于是故作激动的样子道:"我们先去地下室怎么样?"

"行!行!"没想到贺宝宝竟很爽快地答应了。王卫东不由得怔了怔。

贺宝宝在前引路,王卫东紧随其后,从后门走了出来。

此时,刘跃进和冯自强、凡一萍正埋伏在通向地下室的楼梯口,他们等贺宝宝和王卫东过去之后,便悄悄地跟在了后面。

贺宝宝走到地下室的铁门前,掏出钥匙打开了门锁。刘跃进等举起了手枪,紧张地注视着贺宝宝的一举一动。贺宝宝很从容地"吱呀"一声推开了门,轻声对王卫东道:"王哥,您进去等着,我去喊小姐。"说着转身就欲往楼梯上登,迎面便看到了刘跃进他们,吓得目瞪口呆。

刘跃进推了她一把道:"进地下室去!"

贺宝宝跟跄着脚步走进铁门,这才意识到他们是干什么来了。

刘跃进和冯自强、凡一萍对地下室进行认真细致的搜索。王卫东目不转睛地盯着瑟瑟发抖的贺宝宝。

搜查还是很有收获的:一条红色领带,半包香烟,两个男式短裤衩,另外还有几双男袜。

刘跃进当即便对贺宝宝进行了讯问。

"你叫什么名字?"

"贺宝宝。"

"在这地下室的男人是谁?去哪儿了?"

"没……没有男人住这儿。"

刘跃进目光变得凌厉,把领带、香烟和衣物摔在贺宝宝面前,逼视着她:"这些东西是谁的?"

贺宝宝显然已经做好了准备,很镇定地回答说:"干我们这一行的,少不了那种事,这些东西都是那些人遗留。以后我一定不再做这种违法的事情,愿意接受你们的处罚。"

刘跃进没料到贺宝宝小小的年纪,竟然如此沉稳,成熟得和她那张稚嫩的娃娃脸极不相称,就不得不认真对待了。他沉吟片刻后,突然问道:"朱永生你认识吗?"

贺宝宝脸上掠过一丝惊惶,赶紧矢口否认:"你说的人我从来没听说过,别说认识了!"

"你在珠海龙宫桑拿城做过事吗?"刘跃进马上调整进攻方

向，冷不防问道。

贺宝宝果然紧张了，支吾了半天才低声说："没……没有，我不懂你说的话。"

刘跃进猛地板起了脸，厉声道："你小小的年纪，经验倒蛮丰富！我告诉你，核实你在珠海的情况，对于我们来说易如反掌！你是不是手腕痒痒了？想蹲号房简单得很，我现在就可以把你带走！"

贺宝宝脸上冒汗了，腿也不由自主地抖了起来，低着头想了好大一会儿，才极不情愿地抬起苍白的脸，嗫嚅着说："我是在那儿干过按摩小姐，但时间很短，只有不到半年的时间……"

"这个我们很清楚。"刘跃进一副了如指掌的样子，"我们不仅知道你在龙宫桑拿城的所有情况，而且清楚你是因为什么离开的，是和谁一块回到淮海的。怎么样？是不是要我把所有的事情都给你点破？"他虚晃一枪，戛然而止，注意观察着贺宝宝的神情变化。

贺宝宝的脸已由苍白变得蜡黄，细细的眉梢在鬓角处不停地颤抖，两只小胖手绞在一起，指关节偶尔发出轻微的脆响。此时，她真的有些心虚了，从刘跃进的神态和他句句敲到点子上的言语来看，好像他已经掌握了一切。是主动坦白交代，争取从宽处理，还是硬挺下去，企求侥幸过关？她在矛盾的漩涡里挣扎。但她很快便做出了选择：自己出身偏僻的乡村，家境贫寒，为了生计，不得不出卖色相和肉体，受尽了冷眼欺辱，只有朱永生不嫌弃她，把她当人看，不仅给了她关心和温暖，而且把最珍贵的爱情也献给了她。一个女人什么都可以失去，惟一不能失去的就是爱情，所以她不能失去朱永生，更不能出卖他。想到这儿，她用很坚定的口吻回答刘跃进："我不清楚你在讲什么，去珠海和回淮海都是我一个人！"

刘跃进似乎察觉出面前的这个小女孩对朱永生有了感情，而感情的力量是巨大的，尤其是对痴情的女孩而言，甚至比生命还重要。他于是不得不迂回着旁敲侧击："据我们了解，你在珠海龙宫谈了个男朋友，是不是？"

"没有，我们这种烟花柳巷的风月女孩，哪个还相信爱情那玩意儿？逢场作戏而已。"

"你应当清楚说假话的后果，我再问你一遍，你在珠海找没找男朋友？"

"即便找了也是闹着玩的，我从没把这当真。"

"男朋友叫什么名字？"

"我们都用假名，他们就更不用说了。如果你真想知道的话，我可以告诉你，不是叫大牛就是叫小马。"

刘跃进冷笑笑："我可以告诉你，他叫'八戒'！"

贺宝宝一怔，又垂下了头，不吱声了。

"贺宝宝，你不讲实话对我们而言并没有什么妨碍，最终只能是害了你自己。朱永生是什么人你应该清楚，你心甘情愿跟他绑在一起，做他的陪葬品，我们也可以成全你。只是你自己要认真地想一想，这样值不值？因为你毕竟还很年轻，别一失足成千古恨啊！"

贺宝宝丝毫不为之所动，眼皮耷拉着，咬着嘴唇就是不说话。刘跃进见她已经铁了心，一时半会儿很难从她身上打开缺口，便停止了讯问，决定按第二步方案进行：二十四小时监控贺宝宝和美容美发厅，暂不对她采取拘捕措施，等待朱永生这条大鱼上钩。

04

  一龙公司总经理室又重新装饰了一遍，每一处都焕发着新的气象，从光洁如玉的大理石地面，到铁红色的真皮沙发，还有意大利老板桌，无不透露出主人以崭新面貌示人的意味。
  吴淮生一改往日不修边幅的形象。笔挺的西服，板正的领带，时尚的发型，加上那张志得意满有棱有角的脸盘，显示着威严也显示着风度，使得他从里到外、从气到形都十足地具备了大老板或是说企业家的风采。此时，他正端坐在老板桌后，兴致勃勃地浏览财务报表。看着本月的利润成倍上升，他的眉宇间流泻出无尽的欣喜和惬意，心中便情不自禁地冒出一句话来：真是喜事连连啊！
  "咚、咚"，有人轻轻叩门。
  他把报表压在公文夹底下，清了清嗓子，摆了摆总经理的架势，这才用低沉的浑厚声音对着门外道："请进。"然后低下头，装出看公文的样子。
  乔小龙推门走进，看了看吴淮生，见他正忙着，就走到老板桌前的沙发上坐下了。
  吴淮生等了一会儿，不见来人说话，便把眉头紧了紧，问："有事吗？"
  乔小龙对吴淮生的装腔作势感到好笑，故意不理他。
  "嗯？"吴淮生鼻音很重地哼了一声，有些不耐烦地抬起了脸，"你……"他一看是乔小龙，连忙把后边的训词吞了回去，站起身来，笑着道："你小子，出我洋相呀！"
  "哥，我发现你越来越像总经理了，挺好。"乔小龙把一张纸压在烟灰缸下。
  吴淮生走到乔小龙对面的沙发上坐下，不无自嘲地说："乡巴佬就是乡巴佬，再装也上不了台面。这不，被你一眼就看穿了。"

"那倒不是。换作别人，一定会被你这架势镇住。你的确像个企业家了。"乔小龙由衷地说道。

吴淮生被小龙这么一夸，心中颇觉舒坦，于是喜滋滋地道："娶了市长的千金，多少还是受了些熏陶的。经过她的点拨，我现在才意识到，总经理的言行举止穿着装饰都是代表着企业形象的，马虎不得。"

"哦？"乔小龙眉峰耸了耸，不无揶揄地说，"这结婚没几天，她就开始塑造你了。还是女人的力量大啊，我以前可没少说过你，你愣是不听，这兄弟的话就是没有女人的屁香！"

吴淮生看出他有情绪，就问："小龙，我总觉得你和郑莉有些不对劲，是不是你们同学时闹过矛盾，或是有什么误会？说出来哥给你们疏通解释，一家人可千万不能疙里疙瘩的，啊？"

乔小龙听了此话，不觉心中一惊，这才意识到刚才的话有些过火了，赶紧补救说："噢，哥，你误会了，我这个人你又不是不了解，说话不注意，比较刻薄，你别往心上去。我和郑莉关系一直很融洽，没有闹过任何不愉快，你放心好了！"

"不对。"吴淮生实话实说，"我在郑莉面前夸你时，她也和你一样，冷嘲热讽，把你品得没有形，还讲你是个'乱爱'主义者。小龙，你在学校不会真像她说的那样吧！"

乔小龙苦水只能往肚里吞，含含糊糊道："我是什么样的人，你最清楚，我不想解释。"

"就是，我根本就不信那事儿。"吴淮生点上烟，边抽边道，"我就给她解释，你是个热心肠的人，可能是对有些女同学太关心了。"

乔小龙对郑莉的无所顾忌感到了恐惧，如果这样下去，后果将不堪设想。无论如何要下决心了，要尽快躲开她，这是惟一的出路。

吴淮生把茶几上的烟灰缸拉到自己面前,弹了弹烟灰,问道:"小龙,你很少到公司来,是不是有什么事?"

"哥,公司最近经营情况还好吧?"乔小龙把茶几上的纸拿到手里,为了不让吴淮生感到太突然,他没有马上提出离开公司的要求,采取了迂回的策略。

"当然是捷报频传!"吴淮生很激动地用力抽着烟,"这个月的利润翻了两倍多,订单已经排到了明年,形势一派大好啊!"

"哥,你觉得我现在离开公司合适吗?"乔小龙说罢有些紧张,眼巴巴地看着吴淮生。

"没问题!"吴淮生很爽快地答应了,这让乔小龙大感意外,心里的一块石头落了地。可他后边的话却又让乔小龙顿觉失望:"你也该带着林非出去散散心了。是出国还是去国内的风景区?"

"哥,我不是这个意思。"乔小龙的话也让吴淮生感到了意外,睁大眼睛看着他。乔小龙后边的话更像在他头顶打了个炸雷:"我想自己干点事。"

"放屁!"吴淮生又惊又急,也顾不得斟词酌句了,"你是不是吃错药了?还是得了神经病?怎么会冒出这样的念头?"

"哥,你别激动嘛。"乔小龙赶忙解释,"公司已经壮大起来了,依你现在的能力和经验,完全可以管理好,再说又有郑莉协助你,以后肯定是生机勃勃。我总不能老是跟在你后边吧?你不也常鼓励我要独立干出一番大事业吗?"他说着把手中的纸递给吴淮生,"这是我的辞职报告,希望你能给我个机会。"

吴淮生像傻了般呆坐着,把纸慢慢握成一团,揉过来,又揉过去,嘴中喃喃自语道:"这到底是怎么了?我这个当哥的没做好?还是……"

"哥,你别吓我好不好?我根本就没那意思,你应该能理解我的想法。"乔小龙也不由得着急了。

吴淮生抬起头来,把纸团扔进废纸篓里,眼里含着痛楚,定定地看着乔小龙道:"小龙,你独自闯天下的想法我支持,既然这样,我就把一龙公司交给你了。其实办这个公司,也是为了你和凤珍婶子,你看好吗?"

乔小龙的眼眶潮湿了,只感到一阵头晕目眩。他此时真想跪在吴淮生面前,告诉他自己的无奈,自己的苦衷,可他又无法向大哥坦陈这些只能埋在心底的难言之隐。他必须坚定自己的决心,因为除此之外,他不可能有第二条路可走。

吴淮生充满期待地看着他。

"哥,与其这样,你还不如让我从这楼上跳下去!"乔小龙满脸的痛苦,接着又恳切地说,"哥,你为什么就不能让我自己去闯闯呢?"

"那你实话告诉我,有没有别的原因?"吴淮生又点上一支烟,狠狠地抽了几大口,"是不是因为郑莉?如果是因为她,我可以跟她谈。"

乔小龙急忙表白:"不是!绝对不是!郑莉是我的同学,现在又成了我嫂子,我怎么可能会因为她离开公司?这是我经过反复考虑之后才做出的决定,跟任何人都没有关系。"

吴淮生见他已铁了心要走,自己苦口婆心劝了半天也不起作用,心就有些凉了。因为他很了解这个弟弟,只要认准的事,谁也拦不住,他从小就是这样的倔脾气。吴淮生最后只有把希望寄托在孙凤珍身上了,她的话他不敢不听。想到这儿,吴淮生拿定了主意,把烟头摁在烟灰缸里,对乔小龙道:"你真要走,我不阻拦你,但必须得凤珍婶子同意!"

乔小龙怔住了。他很清楚这是吴淮生的缓兵之计,因为他料定母亲不会同意,所以以此堵住他的路,让他无话可说。他用乞求的目光看着吴淮生道:"哥,本来我还想让你做做妈的工作呢,你反倒让我……"

吴淮生挥挥手打断他,站起身道:"你别再跟我啰唆,这件事必须凤珍婶子发话!行了,你快走吧,我有事要出去!"说着就往外走。

乔小龙不由得长长叹了口气。

05

郑莉开着吴淮生刚给她买的红色尼桑车,缓缓驶进他们的新家——玫瑰园58号别墅。她无精打采地从车上走下,慢慢进了楼门。

厨房里传来碗碟相碰的叮当声,像节奏感挺强的打击乐,很是悦耳动听。郑莉走过去探身看了看,只见吴淮生正系着围裙,把色鲜味香的菜盛到盘子里。她有些不好意思地说:"淮生,不能总让你当厨师,要不请个保姆吧。"

"不用,不用。能给你这位大律师服务是我的荣幸!"吴淮生把炒好的菜摆到餐桌上,乐呵呵地又道,"再说我也不想让第三者破坏我们的两人世界!"

郑莉正色道:"保姆和第三者可是两个不同的概念。"

吴淮生连忙纠正:"对对。你看,我这又说错了不是?这有文化跟没文化就是不一样。"他摆好碗筷,"以后一定得遵照你的教导,开口时要三思而后说,免得人家笑话。"然后解下围裙大声道:"好了,开饭!"

两人坐到餐桌前。郑莉心不在焉地慢吞吞吃着,见吴淮生老是不动筷子,不由抬起眼来看了看他。她见他两眼发直,坐在那儿发呆，有些惊讶地问："你怎么了？好像是有什么心事吧？"

吴淮生轻轻叹了口气："是呀，我正琢磨着该不该告诉你呢。"

郑莉一时猜不透他是什么意思，于是道："别勉强，你觉得不能告诉我的事，就最好别说出来。"

她这么一激，吴淮生便沉不住气了，不说也得说了："小龙这小子要离开我单干。"

郑莉心一沉，不由得放下了筷子。她很清楚，乔小龙要离开一龙公司，十有八九是因为她的缘故。也许他是怕吴淮生知道他们之间曾经热恋的关系，也许是出于内疚想躲开她，或许这二者皆有。但她绝不能让这个负心人逃走，她要让他待在一龙公司，忍受良心上的折磨。其实只有她心里最明白，这些恼恨和气愤并不是她所思所想的全部，埋藏在她内心深处的仍然还是对他深深的爱。婚礼上那可怕的爆炸，在他舍命扑向她的刹那间，她便明白了他依然还是爱着她的。在新婚的晚上，她把吴淮生想象成是他，才完成了几乎令她窒息的洗礼般的仪式，泪水汪洋般恣肆，在不知不觉中浸湿了大半个枕头。

吴淮生见她久久不语，拿起筷子往她碗里夹菜，颇有些伤感地又道："公司正是蒸蒸日上的时候，他竟然要和我分手。"

郑莉不能不开口了："因为什么？"

"他说不能老跟在我后面，想自己干出一番事业。"

郑莉不自觉地又流露出了讥讽之意："翅膀硬了，眼里哪儿还有你这个哥啊！"

"话可不能这么讲。"吴淮生话说出口，才觉得有些过火了，忙小心翼翼抬起眼皮瞥了郑莉一眼，见她并没有什么不悦的表示，这才又接着说道："公司有现在这个局面，小龙应该说是立下了汗马功劳。"

"那他现在要离开你，就是拆台，就是背叛。他这个人就是有这毛病，朝三暮四。"郑莉拿起筷子，漫不经心地拨弄着碟里的菜，嘴角撇了撇。

吴淮生终于忍不住了，试探着问："小莉，你好像对小龙成见挺大的，他离开公司，我总怀疑有这方面的因素。你们上学时是不是有什么过节？他这个人你可能不太了解，其实心眼儿挺好的，什么事都为别人着想。你能不能跟他沟通沟通，消除一下误解和隔阂？咱们现在毕竟是一家人了，你看行不行？"

郑莉不高兴了，把筷子一放道："我才犯不着跟他闹什么别扭呢，只是一见他酸溜溜的样子心里就有些不舒服。再说了，他是你弟弟，又和我是同学，讲他两句又怎么了？你可别把他离开公司的罪责推到我头上啊！"

"言重了！言重了！"吴淮生赶紧赔笑脸，"没什么过节最好，我猜摸着你也是开开玩笑，以后咱们不谈这种无聊的话题。"他见郑莉的表情松缓下来，才又接着道："小龙提出独闯天下，我觉得也不是什么歪想法，现在的年轻人，哪个不想以自己的成就证明存在的价值和能力？平心静气考虑，咱们应该理解他。"

郑莉不由睁大了眼睛："你同意他的请求了？"

吴淮生点点头："我没办法不同意。"

郑莉心里顿时乱成了一团麻。本来她同吴淮生结婚，一来是报复他的无情无义，另外就是想以一龙公司和吴淮生为纽带，把他们紧紧联系在一起。如果他真的走了，那她的良苦用心便将付之东流，这是她无论如何也不能容忍的。

吴淮生见郑莉皱起了眉头，便随口问道："你对这件事是什么意见？"

"其实这是你们兄弟之间的事，我本来并不想过问。"郑莉先是摆出局外人的样子，然后才说出自己想说的话，"但是，因为这关系到公司的利益和未来的发展，我就不能不提些看法了。乔小龙是公司的顶梁柱,这你刚才也讲了;他的能力、人品,也是你最了解的。你认真想过没有,除他之外,你能找到更合适的助手吗?这是其一。其二,现在是高科技时代,商业的竞争是残酷的,兴旺和衰落往往仅在一夜之间。研究所是公司的龙头,又是他一手创办的,而且林非也势必要跟他一块走,这会对公司的发展产生什么样的影响和后果?所以,你绝不能让乔小龙走,而是应该让他发挥更大的作用。"

郑莉的一席话说得吴淮生频频点头,感到她刚才所讲与乔小龙没什么过节不假,不然不会竭力要留他,而且她对公司的关心也着实令他感奋,说明他们夫妻是心心相印的。他笑了笑对郑莉道:"你放心,跑不了他小龙。虽然我同意了,但那根本不算数的。我把难题推给了他,让他去找凤珍婶子,没她的同意,谁讲也是白搭。你想想,他敢向凤珍婶子提这事吗?找打呀!"

"可他未必不敢,孙姨也未必就一定会不同意。"郑莉若有所思地提醒吴淮生,"乔小龙别的我不敢说对他了解,但他不撞南墙不回头的一根筋脾性我还是略知一二的,这些你不能不早作防备。"

"你说得不错,这小子从小就倔。"吴淮生叹了口气,"如果凤珍婶子同意了,我也就真的拿他没办法了!"

"实在不行,我找他谈谈。"郑莉一副毅然决然的样子,"也许他能给我这个老同学点儿面子!"

0 6

吴淮生把话撂那儿了,乔小龙没别的办法,只能硬着头皮去做母亲的工作。他心里很清楚,这是一场极为艰难的攻坚战,根本就没有取胜的希望。因此，他不得不反复琢磨，怎样才能让母亲感觉不出他这是难为淮生大哥，而是一种正确的选择。

乔小龙走进家门，孙凤珍正伏在靠窗的写字台上一笔一画在写着什么。见儿子回来了，她摘下了老花镜，道："你来得正巧，帮妈写个讲话稿，明天镇妇联要开个会。"

乔小龙苦笑笑说："妈，妇联开的会，还不就是些家长里短的事，用得着这么煞费苦心吗？你就随便讲，随便发挥，肯定比你念讲话稿效果要好。"

孙凤珍想了想，觉得儿子讲得有些道理，就把笔和纸放进了抽屉里，问道："你怎么不晌不夜的这时候回来了？平时吃饭都难得见你的影子，是不是要跟我说什么事？"

乔小龙不得不佩服母亲的眼力，他心里的事很难能躲得过她。所以他暗暗提醒自己，一定要小心谨慎，如果露了馅可就麻烦了。他故意做出若无其事的样子道："我想自己开个公司，本来这种小事我不打算跟你讲的，可淮生哥的意思让我跟你通通气。"

"你自己开公司？"孙凤珍睁圆了眼睛看儿子，"这还能是小事吗？一龙公司怎么办？"

"不是有淮生大哥吗？"乔小龙很轻松的口吻，"依他现在的能力管理个公司已绰绰有余。"

孙凤珍心里翻腾开了，不无担心地问："小龙，你是不是和淮生闹什么不愉快了？"

"闹不愉快？"乔小龙笑了起来，"就是美国和英国打起来了，我也不会和淮生哥闹什么不愉快！"

孙凤珍从儿子坦然的表情里没看出什么问题，便放了心。她吁了一口气道："你们情同手足，我想也不会。既然好好的，你还闹什么独立？小龙啊，这公司是以你爸的名字命名的，可见淮生的一片良苦用心。说到底，这就等于是自己家的公司，你还有什么必要再去开别的公司？"

乔小龙早已猜到母亲会这样讲，已经琢磨好了应对之计，于是道："妈，你说的这些我当然清楚，其实我再办个公司和这并没有什么冲突。你看，两个公司就像一对翅膀，腾飞的空间不就更大了吗？应该是锦上添花的好事呀！"

"你的意思是两个公司不分家？"

"当然是了，我怎么可能跟淮生哥分开！"

孙凤珍有些被儿子说动心了，觉得倘若是这样，不妨让小龙去试试，做事业就像滚雪球，应该是越滚越大。

乔小龙见母亲的神色有所松动，忙趁热打铁："我准备做房地产，这是热门行业，而且是实力的象征。你想想，一个煤炭业，再加上一个房产业，以后再向其他产业拓展，这事业才能做大，才能像你常说的芝麻开花节节高嘛！"

孙凤珍显然被儿子说服了，脸上的表情渐渐激动起来。她正要表态，门铃响了。

乔小龙起身上前打开门，不由怔住了，只见郑莉站在门前。他手足无措，半天没说出话来。

"怎么？不欢迎？"郑莉眼睛一眨不眨地注视着他。

"哦，不是不是！你请进！"乔小龙惶惑不安地让到门旁。

孙凤珍一见是郑莉来了，高兴地拉住她的手，关切之情溢于言表，又忙不迭地吩咐乔小龙去泡茶，去拿点心。

乔小龙把泡好的茶和奶糖水果之类的放在郑莉面前，便从衣架上取自己的外套，对她说道："你坐，和妈慢慢聊，我出去办点儿事。"

"我是专程来找你的。"郑莉语调平静，说着转向孙凤珍，"孙姨，我想跟小龙谈点儿事，您看……不好意思。"

孙凤珍连忙道："你们谈，你们谈，我正在写个发言稿呢！"

说罢，走到写字台旁，从抽屉里取出纸和笔，对郑莉笑了笑，便上了楼。

乔小龙无奈地在郑莉对面坐下，心神不定地看了看她。

"乔所长挺忙，耽搁了你的时间，不会怪我吧？"郑莉不无讥讽地边说边扫了他一眼。

乔小龙耷拉着眼皮，一副甘愿受气的样子。

"听说你要离开一龙公司，是不是？"

乔小龙点点头。

"不知你能不能告诉我原因？"

乔小龙抬起脸，眼望着别处："淮生哥应该跟你讲了。"

"但那并不是真正的原因，我说得对吗？"

乔小龙无法回答，又低下了头。

"也许我是自作多情。"郑莉流露出淡淡的哀伤，"如果我没猜错的话，你这样做是因为我。"

"这不可能。"乔小龙声音发涩发沉，"你现在是我的嫂子，我没有理由躲避你，你不要想那么复杂。"

"是的，我的确不愿朝这方面想。"郑莉逼视着他，"可你能给我个让我信服的理由吗？"

乔小龙目光躲闪着，有些心虚地低声道："我总要有自己的事业和……"

"得了吧！别再老调重弹！你骗得了别人骗不了我！"郑莉涨红了脸，声音也不觉提高了，"你现在不仅学会了一脚踏二船，还学会了自欺欺人！"

乔小龙赶紧往楼上看了看，惊惶不安地挪了挪身子。

郑莉冷笑两声，话锋毕露："怕孙姨听到是吧？你在背信弃义、绝情负心方面不是挺男人的吗？何必还犹抱琵琶半遮面？我记得你向来是敢作敢为，怎么变得羞羞答答了？"

乔小龙脸上红一阵白一阵，汗顺着脖子往下流，以恳求的口气道："郑莉，我长这么大惟一有负的人就是你，你骂也好、贬也好，我愿意接受你的任何惩罚，但希望你能不能别在我的家里？"

郑莉此时已是热泪盈眶，双唇剧烈地颤抖。她竭力平定自己的情绪，掏出纸巾揩净脸上的泪水，长长地吐出一口气来，尽量心平气和地道："好吧，不说这些了。我今天来上门找你，只有一个请求：别离开一龙公司！"

乔小龙一愣，有些吃惊地看着郑莉，对她的话大感讶然。他原以为她来是要在他走之前发泄发泄心中的怨气，没料到她会阻止他，而且还很诚恳。他真真地感到迷惑不解了。按常理，她应该希望他走才对。

郑莉似乎看出了乔小龙在想什么，接着道："我不想成为你们兄弟之间的障碍。"

乔小龙不能不敞开心扉了："郑莉，你猜测得不错，我的确是因为你才离开公司的。现实就严酷地摆在这儿，我再待在公司已经非常不合适。障碍不是你，而是我。淮生哥是个好人，我不能夹在你们中间影响你们正常的生活。我走了，对你、对我、对淮生哥都是个解脱，对公司的发展也有好处，希望你能理解我。"

"够了！"郑莉又激动了，"理解你！我一次又一次地理解你，结果是一次又一次地受到伤害！谁又能理解我？"泪水在她的眼里打转，"你知道我现在想干什么吗？我想一刀杀了你！你根本就不懂女人的心！"她说着猛地站起，"乔小龙，你听好了！如果你离开一龙公司，我会恨你一辈子！"

乔小龙看着郑莉咬牙切齿的样子，脑子里顿时乱成了一锅粥，还没等他开口，郑莉已摔门而去……

07

朱永生在唐河七矿没能找到侯矿长。办公室的人告诉他,侯矿长出差了,要三天后才能回来。趁这个机会,他先把矿里矿外走了个遍,探听出矿上有两个黑道团伙。一个是斧头帮,老大名叫刘洲,30岁,手下也正好是30个人,他踩着30个小弟兄的肩膀,傲立于黑道山头,强取豪夺,用利斧立下了名号。但这刘洲因犯案太多,被判了刑,斧头帮现在是由老二贾大头掌管。另一个是大刀会,首领叫范阿四。如果说刘洲是食人猛虎,阿四则是四处觅食的秃鹫。他身高一米七,狠巴巴的黑脸和一头燕尾式的长发,显示出几分东瀛武士的风度。这大刀会说白了就是靠偷偷摸摸为生。刘洲是强盗,阿四则是草贼。

朱永生摸清了这些"社情",便决定安顿下来之后,再设计把他们一一收服。

侯矿长终于回来了。朱永生得知讯息后,便直接去了矿长室。

侯矿长年约五十,干瘦干瘦的长身条像根竹竿,正趴在办公桌上处理堆积如山的公文。朱永生进门后轻轻咳了一声。侯矿长抬起核桃般的瘦脸横了他一眼,问他找谁。朱永生晃着肩膀走到办公桌前,说就找你。侯矿长见他架子大口气也大,一时猜不透他的来路,就放下了签字笔,问他有什么事,态度比刚才客气了许多。朱永生把一封信拍在他面前。侯所长拆开看了看,顿时大惊失色,忙急步走过去把门关死,回过身来指了指沙发示意他坐下。

"我这儿庙小,你想干什么?"侯矿长开门见山。

"客随主便。"朱永生回答也很简单。

侯矿长沉吟半晌,道:"智慧信上说你干过保安部经理,而且不希望你出头露面太多。我这儿正好有个保安巡逻队,负责矿区的安全，主要任务是防盗，白天睡觉晚上干活儿，你看怎么样？"

"这个活儿对我挺合适，行，你安排吧！"朱永生很满意的样子摇了摇二郎腿，又补上一句，"最好能给我安排个职位。"

"没问题。"侯矿长挺干脆，"队长有了，你就干指导员吧！"说着拿起笔，唰唰写了几个字递给朱永生，"你可以去报到了！"

朱永生像来时一样，晃着肩膀走了出去。

侯矿长看着他的背影消失在门口，一屁股瘫坐在椅子上，嘴里咕哝道："妈的，本以为二孔归天，就万事大吉了，没想到阴魂又缠上了身，这麻烦可就大了……"

第十一章 香饵之下

"你有这个雄心大志当然好。"吴淮生说着,忽然间就想到了郑莉在他临走时说的那句话,不由得顺口说了出来:"就怕咱们钓不着大鱼,反被鱼给拖走了。"

01

乔小龙终于说服了母亲。而郑莉的言行使他更加认识到离开一龙公司的必要性，不然，将会对她也会对吴淮生造成更大的伤害。

吴淮生在孙凤珍已表明态度的情况下，也就不好再阻拦了，极为勉强地兑现了自己的许诺。他不顾郑莉的强烈反对，把公司的资产分出一半，也就是把1500万元人民币送给了乔小龙。

乔小龙对大哥的慷慨仁义之举敬佩之至。感动之余，发誓要殚精竭虑，使出浑身的解数把房地产公司办好，获利之后的第一件事，就是把钱还给吴淮生。他回绝了姚飞要跟他一起走的请求，希望他能全力把研究所办好。但他带走了阿海，他不能没有一个贴心的帮手。

万事俱备，只剩最后一个程序了，申请注册房地产开发公司。

乔小龙没料到林非在这时阻止了他。她的理由很简单，不打无准备之仗，更不打无把握之仗。现在注册公司，要经过验资，你1500万元人民币在房地产业这个汪洋大海里，连一滴水都称不上，而且验资注册就把你限死了，如果有非常合适的大项目怎么办？你那点儿钱只能眼巴巴看着别人吃肥肉。眼下第一步应该是物色一块黄金地皮，尽可能地通过关系节省地价，这一步至关重要，可以说是差之毫厘，失之千里，决定着你的成败。待完成这一步之后，再根据投资规模，注册登记。

乔小龙觉得她说得有些道理，但这1500万就是1500万，到什么时候也长不了，有了大项目，你还不得是干瞪眼。林非成竹在胸地告诉他，她已经有一套完整的计划，到时候自然有办法让他顺利过关。乔小龙又提出如何去物色地皮，自己是初涉这一行当，根本就是睁眼瞎子，到哪儿去找关系？林非说关系是现成的,就看你愿不愿意去找了。乔小龙问她是谁。林非说出了两个字:郑重。乔小龙马上摇头,讳莫如深,说绝不可能去找他。林非说你不找我去找,商场最不能要的就是面子,吴大哥不会不支持。

事已至此,乔小龙心里虽然很不情愿,但也只能由着林非了。

林非这天去找吴淮生之前,刻意地妆饰了一番,显得愈加风姿绰约,光彩照人。她款款走进总经理室,向端坐在老板桌后的吴淮生亲热地打了声招呼,吴总变成了吴大哥,举止也不再像以前那样保持职业性的距离,俨如家人一般。

吴淮生对林非突然来访颇感诧异,欠了欠身子让过座之后,便直截了当地问道:"你找我有事?"

林非莞尔一笑,道:"我是来研究所取些东西,顺便来看看您。"

吴淮生对林非的印象已大不如以前,总觉得这女子挺鬼,尤其是小龙离开公司这件事,他老怀疑是她在背后撺掇的。于是岔开话题,淡淡地问道:"小龙的房地产公司筹备得怎么样了?"

"还好,一切都很顺利。"林非本想先跟吴淮生聊聊能增进感情的家常话,但看出了他似乎不感兴趣,而且言语间流露出一种淡漠,便知趣地恢复了原来的庄重,不自觉地拉开了彼此的距离。

"嗯,顺利就好。"吴淮生干巴巴地吐出几个字来,低头看报表。

林非见他爱理不理的,自尊心有些受不住了,可她又不得不忍耐,于是没话找话道:"吴大哥,小龙办房产公司,主要还是得靠您的支持呢!"

"这不用你说。"吴淮生拿起笔在报表上划了一下,"我是他哥,当然要支持他。"说着把笔往桌上一撂,抬起脸来,直视着林非，很严肃的口气道："林非，小龙弄这个房地产，主要是你帮他，如果王八掉进了竹筒里，你可是要负很大责任的！"

林非决定回击他一下，适当地教训教训这个不把她放在眼里的乡巴佬。她先是微微一笑，然后朱唇轻启："吴大哥，你这话可就让我诚惶诚恐了，帮他我也跟你一样，是分内的事，但这责任，我可是承担不起。"说到这儿，她开始高屋建瓴，"在目前社会化大生产条件下，失败已不再是成功之母，一次失败足以遗憾终身，终身遗憾，房地产业是个不成功便成仁的行业，谁也不敢夸下海口保证能主沉浮。到时候倘若有个万一，我能承担了责任吗？"

吴淮生还真被她镇住了，眨巴眨巴眼睛道："果真有你说得这么严重？不就是盖房子卖房子吗？现在房产升温，应该没什么问题。"

林非继续给他上课："越热竞争也就越激烈，你做的煤炭不也很热吗？可你不优化产品，就占领不了市场。你经商当了这么多年的总经理，对商场上竞争的残酷性应该体会比我深。"

吴淮生的神色凝重起来，自语般道："我早就劝过小龙，不要去冒这个险，煤炭做得好好的，非逞这英雄干什么，可他偏不听……"

林非见火候到了，便开始进入主题："其实吴大哥你也不必担忧，只要有好的项目，这个行当还是一本万利的，现在最关键的是要有一块价格合理的黄金地皮。小龙跟政府部门不熟，这个忙也只有你才能帮他了。"她说罢，双眼紧盯着他，观察着他的反应。

吴淮生自然明白林非的意思，思忖良久，叹了一口气道："看来又得麻烦老头子了，你回去告诉小龙，让他等我的消息。"

林非神情轻松下来，对吴淮生甜甜地笑了。

02

朱永生当了夜间巡逻队的指导员,他用拳头加甜头把巡逻队的十几号人全都指导得服服帖帖。很快,他便和斧头帮的老二贾大头交上了朋友。当年"八戒"的名号在淮海市的黑道上还是很有号召力的,这贾大头自然也就对他有了几分敬重。一日饮酒闲聊,谈到了刘洲,大头不觉唏嘘有声,甚是感念大哥。朱永生便问判了几年。大头说判了五年,已蹲了三年。朱永生又问大头有没有"捞"他出来的门路。大头说门路好找但钱不好找。朱永生说你去找人吧,钱由我来出。大头感激涕零,连敬了朱永生三杯酒。

钱果然能通神,刘洲没几天便走出了监狱。回到矿上,他便在贾大头的陪同下直奔巡逻队,见了朱永生纳头便拜,声称愿为朱大哥肝脑涂地。

收服范阿四就简单多了。朱永生率巡逻队夜间值勤,捉住的盗贼大都是大刀会的人。他三擒三纵,让阿四大为感动,主动上门拜谢,和他交上了朋友。这阿四另有一大特点:嗜赌如命。虽东偷西抢屡有进项,但牌桌无底常捉襟见肘分文不名。一次,输光了的阿四试着给朱永生打了个电话,没料到对方一口答应,马上把所需赌资送了过来。第二次开口,仍然如此。第三次开口,照送不误。屡试不爽,开口即应。阿四感激涕零,歃血盟誓,带着数十把大刀片归顺到朱永生门下。

一统黑社会江山之后,朱永生便开始了他轰轰烈烈的壮举。唐河矿区顿现血光之灾,群盗蜂起,毛贼如蚁。一时间矿里矿外鸡飞狗跳、怨声载道。煤炭生产大幅萎缩,引起了市里乃至省里的高度重视,责成公安部门迅速严打整治。田明亮不得不调兵遣将,开赴矿区,暂缓对黑衣人和朱永生的侦查工作。

刘跃进正在抓住贺宝宝这个诱饵，等待大鱼上钩。同时内查外调，已经一步步向黑衣人靠近。如此一来，无异于釜底抽薪。他不得不收缩战线，把有限的警力集中到宝宝美容美发厅上。

再说朱永生。他完成了预定的计划之后，便自然而然地想到了贺宝宝。但因为已经分离数日，摸不清她的处境，就不敢贸然去找她。思忖再三，他决定派个人去打探打探，而最合适的人选非阿四莫属。他找来阿四，告诉他说市里有个相好的，有好多天没见了，很想她，能不能有劳你去一趟把她接过来。阿四自然是满口答应，说此等区区小事，何足挂齿，大哥你就养精蓄锐等着吧。朱永生提醒他万一遇到"雷子"怎么办。阿四说没关系，大不了承认自己是个贼，最多也就是拘留个三天五天的。朱永生对他的回答很满意，最后叮嘱他一定要穿上黑色衣服。阿四并不想问这其中奥妙，当即表示这更没问题。

当天晚上，阿四便换上黑色燕尾服，溜到了市里。他先在一家小酒馆要了两个爱吃的小菜喝了一小瓶二锅头，然后到录像厅看了两部黄色碟片，这才按朱永生交代的时间赶向宝宝美容美发厅。

他走到美容美发厅门口抬腕看表，时针正好指向12点，不由得对自己精到的业务技能暗自得意起来。果然正如朱永生所说，此时美容美发厅大门紧闭，灯光全无。他按照朱永生指定的路线，纵身跳上小楼旁边的围墙，然后轻轻跃下。

这一切早已落入对面楼上刘跃进和冯自强的眼中。黑色衣服，行动鬼祟。刘跃进和冯自强激动地对视一眼，迅速开始了行动。

阿四顺着楼墙根溜到一间有灯光的窗户下，纵身跃上，黑色的燕尾服随风飘起，真和秃鹫的翅膀有些相似。他悄无声息地双脚落在阳台上，俯身向里面偷窥。只见有一长着娃娃脸的俊俏女孩正呆呆地倚在床头想心事。看来这位就是贺宝宝了，朱大哥真是艳福不浅。阿四观察了一会儿,见没什么可疑的迹象,便从怀里掏出特别的钥匙,插进阳台门的锁孔里轻轻一拧,门应声而开。

贺宝宝这些天来一直是在心惊肉跳中度过的。她很清楚,自己的一举一动都被警惕的眼睛盯着,一种无形的压迫感使得她度日如年。她渴望见到朱永生,又怕他回来。她有两次在深夜里试探公安的反应,还没走到巷子口,就发觉那个漂亮的女警花在跟着她。她明白自己是逃不出去了,公安之所以没对她动手,是专等着朱永生送上门来……

她正在皱着眉头发愁,突然发现有个黑影从阳台门闪了进来,吓得她魂飞天外,翻身从床上跳下,颤着声问:"你……你是谁?要……要干什么?"

阿四很从容地笑笑,轻声道:"是朱大哥让我来接你……"说着走近贺宝宝。

贺宝宝听了这话,反而更害怕了,手忙脚乱地往外推阿四,向窗外使着眼色。

阿四登时明白了她的意思,往后急退几步,出了阳台门,一个鹞子翻身,从阳台上飘然而下。还没等他站稳,刘跃进和冯自强已用枪逼住了他。

刘跃进和冯自强连夜对阿四进行审讯。

范阿四很爽快地报出了自己的真名实姓和家庭住址,说从小就好"三只手",几天不干这活儿手就痒痒,尤其是喝了酒之后,就更控制不住,晚上喝了二锅头,这不,就出事了。他是个老油子了,做起戏来惟妙惟肖。

刘跃进问他,偷东西应该去暗处,为什么偏偏去偷有灯光的房间?

范阿四说,他这人就这毛病,老是想显示显示自己的高超技艺，干了快二十年了，还从未失过手，就要时不时地玩玩高难动作，没想到这次玩栽了。

刘跃进问他偷了什么东西。阿四回答说正准备下手时，发觉那女孩醒了，所以就赶紧闪了。

刘跃进凭经验，一眼就看出此人是个惯盗。那被抓时首先抱头的动作，那练"功"练得弯曲的手指，还有那滴溜溜乱转的贼眼，这些明显的"职业"特征，使他和冯自强都失去了继续审问下去的信心。

次日，刘跃进核实了阿四的身份，的确与他供认的没有什么出入，便把他交给了治安科处理。

03

吴淮生经过林非的一番"开导"，意识到房地产业并不像自己想象得那么简单，比做煤炭业的风险大多了。如此一来，他就不能不全力以赴支持小龙了。他找到郑重，恳求他给小龙以关照。郑重告诉他，市城建部门正准备把长江路改造成商业步行街，有一部分黄金地段的地皮尚在招标之中，如果乔小龙有兴趣，他可以给城建局打个招呼，在不违背大原则的情况下给予适当的照顾。吴淮生欣喜万分，马上把这个消息透露给乔小龙，让他去实地看一下，如果合适，就尽快拿下来。

乔小龙和林非到长江路看过之后，非常满意，认为这是个绝佳的机会，商业步行街建成后，这儿肯定会成为全市最繁华的中心，到时候必定是寸土寸金。

郑重一发话，接下来就是一路绿灯了。乔小龙要做的第一件事就是申请注册房地产公司。在注册之前，必须确定项目和投资规模，乔小龙和林非开始进入实质性的操作阶段。

早晨的阳光透过宽阔的落地窗照进长江大厦1509号商务套房，这儿便是乔小龙的房地产公司筹备处。正在施工改造长江路的推土机和吊车轰鸣声隐隐传来。林非伏身在小圆会议桌上，认真翻看着花花绿绿的图片资料。乔小龙则站在落地窗旁，眺望着不远处热闹忙碌的工地，眼里透出激动也透出几分茫然。阿海把泡好的两杯绿茶放在会议桌上，便去了里间。

乔小龙终于回过身来，走到会议桌旁，对林非道："淮生哥讲时间很紧，不能再耽搁了，你的方案成熟了没有？"

林非放下图片，身子往椅背上一仰，道："差不多了。从目前长江路的布局看，小商场、小餐饮店和规模不大的休闲娱乐场所比较多，惟独缺的就是一个多功能的综合大厦。我们要做就做大手笔，建一个气势非凡、风格独特的标志性建筑，成为步行街的代表，以此吸引客户，肯定能达到轰动性效果。"

乔小龙在桌旁坐下，略作思索，然后道："你说具体些。"

"一楼二楼辟为大型超市，三楼四楼建高档酒楼，五楼六楼设娱乐休闲场所，七楼以上全部是公寓。如果这个构想能实现，这样一个商业中心，销售肯定会火。我估算了一下，投资规模应在一个亿左右。"

"一个亿？"乔小龙倒吸了一口凉气，"这么多的钱从哪儿来？"

"山人自有妙计！"林非说过俗的，紧接着雅的便跟上来了，"窃以为，竞争为下下策，竞敌为中策，策略方为上上策。商场如战场，如何独辟蹊径，避开竞争对手而取胜，这才是最关键的，至少从目前看，我们的大厦在长江路还是独一无二的。"

"我们是办公司，不是开膏药铺！"乔小龙很不耐烦，说话便不自觉带出了嘲讽，"我上大学时也和你一样自修过房产业课程，讲理论不比你差。我现在要听的是具体的实实在在的办法,就是你所谓的'策略'!"

林非脸红了红,并不计较乔小龙的刻薄,依然心平气和地道:"说是需一个亿,其实有两千万到三千万铺底也就足够了。我们可以以房子作抵押担保,让施工单位垫资,其他的如广告费用等可以用几套公寓交换,在楼房投入建造之后就可以采取前期购房优惠的条件吸引客户买房,说通俗点就是借钱生钱,用他们的钱盖楼,然后再赚他们的钱。"

乔小龙很认真地听着,偶尔微微点一下头,对林非的鬼主意不得不生出几分敬佩来。他又不无担忧地道:"你说的这些小窍门儿我也略知一二,现在最大的问题可能就是验资了。我就是想问你,其余的钱从哪儿来?没有这么多的钱,验资就通不过,其他的也就只能是一句空话。"

"这个我早就考虑过了,并且提前作了准备。"林非摆出一副运筹帷幄的样子,"这就需要寻求外商合资,如果用他们的牌子,验资这一关就好过了,因为对外商政策上有优惠,资金可以分批到位。但我们只能让他们适当地出一部分钱,算作小股东,这样我们就可以占据主动权,大厦的真正主人还是你乔小龙。有了外商的牌子,信誉度也能提高,可以为以后的销售创造条件。你看这个办法如何?"

乔小龙凝神思索片刻,然后道:"这个办法挺好,但合适的外商很难寻觅到。"他说着像忽然才想起,"你刚才说已经早做了准备,是不是物色到人选了?"

林非笑着点点头,对里间房喊道:"阿海,你出来一下!"然后转过脸来,"阿海跟吴大哥开车,认识了不少生意场上的老板,我让他这几天去跑了跑,收获蛮大的。"

阿海在乔小龙旁边坐下,林非让他把联系外商的情况跟乔小龙讲一讲。

阿海道："我找了几家，他们提出的条件都太高，可有一家香港的房产投资商得知讯息后却主动找上门来。我跟他们初步谈了谈，对方很真诚，看得出很想合作，而且提出的条件也很合适。"

林非马上接口道："这么好的项目，凡是有眼光的房产商，都绝不会放过。看样子这家香港公司是房产业的佼佼者，我们不妨跟他们认真地谈谈。"

乔小龙对阿海道："你马上通知他们，我要和他们见见面，但必须是说话算数的人。"

阿海答应一声，起身匆匆走出门去。

04

阿四被警察生擒、拘留15天的消息很快便传到朱永生耳朵里，他马上便判定贺宝宝出事了。这使得他抓耳挠腮，心急如焚。他很清楚，一旦贺宝宝被拘捕，事情就麻烦了。她不仅知道他的去向，而且见过智慧。如果顶不住公安人员的审讯，供出实情，后果将不堪设想。他设计了几套救人的方案，但在警察已采取严密监视的情形下，都很难行得通。最后的结果很可能是救不出她来，反而会更快地暴露自己。

刘洲和贾大头得知此事后，挺身而出，愿为朱大哥排忧解难，并提出如果没有别的办法，就干脆在夜深人静之时，杀进美容美发厅，救出嫂夫人。朱永生当然更不会让他们去冒这个风险，那几十根土枪根本就不是警察的对手。

就在朱永生犯愁的这几天里，智慧已数次传信让他尽快采取措施，消除隐患。他自然非常明白智慧的意思，但他无论如何下不了这个手，因为他和她的感情已经非同一般，也可以说，她现在是他惟一的知心人了。

这天中午，朱永生接到了侯矿长的电话，让他晚上8点去六号煤矸山，智慧要见他。他马上便猜到了智慧的来意。为了能给智慧一个答复，他又苦思冥想了一下午，仍没能琢磨出一个万全之策。

夜色中的矿区，灯光迷蒙。由于这段时间盗贼草寇闹腾得较凶，所以一到晚上，家家户户都是大门紧闭。四周一片寂静，只有井口偶见交接班的矿工身影在晃动。

朱永生按照约定的时间，特意穿上保安服，拎着黑色的橡皮棍，慢悠悠地晃向六号煤矸山。

煤矸山呈金字塔形矗立在矿区的边缘，一块块灰色的煤矸石如同刚出土的骷髅，在黑黢黢的夜幕下显得狰狞可怖。

朱永生走到一个伫立不动的身影后，轻轻咳了一声。

智慧面向煤矸山，没有转身，也没有开口讲话，黑色的风衣下摆在夜风的吹动下，发出窸窸窣窣的声响。

朱永生有些忐忑不安地喊了声："智慧……"他见智慧仍不吱声，便猜出真的是生气了，赶忙又小心翼翼地往前凑了一步，"你不该冒着风险来这儿。"

"我不来行吗？"智慧终于哑着嗓子开口了，"是你非逼着我亲自来求你啊！"

朱永生慌了，急急地说道："我正设法解决这件事。"

"你以为刘跃进会给你留好时间？一旦他察觉出阿四的真实意图，他马上就会对贺宝宝采取行动，然后会像疯狗一样扑向你、扑向我！"

朱永生的额上开始出汗，吞吞吐吐地道："可是……宝宝对我……这你是知道的，我实在不忍心……"

"现在是你儿女情长的时候吗？你忘了所遭受的凌辱？你不想再报血海深仇？"智慧说到这儿已哽咽有声，不得不微微弯下身子平定激动的情绪，过了好大一会儿才直起腰来，接着道："八戒兄，我最钦佩你的就是侠士风骨。英雄最忌气短，干大事的人绝不能心慈手软，当断不断，必有后患。在这种情形下，你不可能有别的选择！"

朱永生脸上的肌肉抽搐着，一对大门牙把乌青的嘴唇咬出了血，如濒临绝境的垂死者般挣扎着做最后的努力："据我对宝宝的了解，她绝对不会出卖我们……"

"世界上就没有绝对的事情！"智慧加重了语调，"刘跃进的苦头你又不是没吃过，一条老奸巨猾的狐狸玩弄一只柔弱单纯的小羊羔，简直是易如反掌，结果已明摆在那里。这只能是你美好的愿望，心存侥幸的幻想。"智慧说着转过身来，注视着朱永生，"八戒兄，你应当清楚我们目前的处境，可以说是如履薄冰，你必须要有清醒的认识。"

朱永生不得不咬咬牙横下心来，声音发枯地道："好吧智慧，为了我们的复仇大计，就按你说的办！"

智慧最后沉声说了句"她不死就是你死我死"，便飘然离去。

朱永生呆呆地看着黑色的风衣融入夜色之中，突然发出一声凄厉的怪叫，挥起手中的橡皮棍向煤矸石狠狠砸去……"

05

阿海告诉乔小龙，他已和香港鑫盛房地产投资公司的总经理联系好了，约定晚上在淮海大酒店商务酒吧见面。乔小龙本想让吴淮生也一起来听听，帮他拿个主意，但林非的意思这只是初次见面，等有了眉目再跟他通气不迟。乔小龙想想觉得她说得有些道理，也就作罢了。

在没去淮海大酒店之前，乔小龙和林非又认真细致地推敲了有可能遇到的难点，制定了大的原则和底线，就是必须要占主要股份，不能少于60%。

华灯初上，夜幕四合。阿海开着别克车，载着乔小龙和林非，驶向淮海大酒店。

在迎宾侍应生的引领下，阿海陪着乔小龙、林非走向预订的商务酒吧包房。

香港的客人已经在包房里等候了。他们只有男女二人，似乎是要和乔小龙、林非对等。男的微胖、秃顶、腆着啤酒肚，鼻梁上架着副金丝眼镜，显得挺像个老板；女的大鼻子、大眼、大脸盘，因为精心妆饰了一番，倒也端庄大气，透出几分妩媚。

阿海介绍过乔小龙和林非之后，向乔、林二人介绍客人："这位是香港鑫盛房地产投资公司总经理费百夫先生。"然后转向女士，"这位是费总的助理周莎莎小姐。"

握手寒暄之后，大家便纷纷落座了。侍应生送上茶水、饮料、啤酒和点心菜。林非叮嘱侍应生道："需要什么再跟你打招呼。"言下之意，不打招呼你就不要进来了。侍应生心领神会，乐得清闲，忙微笑着点点头，退出包房，把门紧紧带上。

费百夫拿起茶台上的"三五"烟盒，戴着白金钻戒的手指轻弹烟盒底部，一根香烟应声而出。他微笑着递给乔小龙，乔小龙拱拱手婉拒。费百夫也不客气，将香烟噙在嘴上，周莎莎已将火机打着，给他点上。费百夫悠悠抽了一口，话便随着青烟软软地飘出来了："乔先生果然是年轻儒雅、气度非凡，一看就是位商界俊杰！"他那带有浓重港味的普通话听起来十分悦耳。

乔小龙矜持地笑笑，不无谦恭地道："费总过奖，我虽对房产业很感兴趣，但也是初涉此道，还望费总指点一二。"

费百夫很由衷地向乔小龙竖起了拇指："乔先生果然坦诚率直，难怪淮海商界的朋友都对你赞赏有加，这使我合作的信心更大了。"

说到这儿，便进入了正题。费百夫介绍了鑫盛公司的情况，主要意思也就是三点：一是公司实力雄厚，在东南亚地区都有一定的影响；二是有极高的信誉，这在商界尤其是房产界有口皆碑；三是一直有向大陆发展的愿望，目前并不是以赢利为目的，主要是想树形象打招牌扩大影响。

乔小龙也把创办房地产公司的初衷和目前选定的项目情况做了个大致的介绍，很希望能和鑫盛合作，共同把淮海的房产业做大。

费百夫马上便表明了态度，说他对淮海早就关注了，因为这儿是全国数一数二的煤炭基地，发展前景广阔，可以称得上是商机无限。而长江路位于闹市，改造成步行街后，肯定会成为全市的商业中心，选准这儿开发，绝对是一本万利。但他苦于在淮海没有过硬的关系，一直没有揽到合适的项目，所以一听说要建一座带有长江路标志性的大厦，并且寻求外资伙伴，他马上便找到了杨海先生。现在可以这么说，这个资他是合定了，这个朋友他也是交定了。

既然双方都有合作的愿望，谈判便进入了实质性内容。

首先是主体地位的确立。乔小龙刚把这层意思婉转地提出来，费百夫马上便阐明了自己的观点："这个项目是你们揽到的，当然是以你们为主。说到底，我们是沾你们的光，借船下海；你们呢是打我们的牌子，以享受政策等各方面的优惠。这是心照不宣的事。最终的目的，还是互惠互利，取得双赢。"

乔小龙见费百夫是个明白人，也就不再多说什么了，接着进入第二个问题：双方投资的额度。

"你们前期准备投入多少？"费百夫问。

"两千万。"乔小龙答道。

费百夫伸出一只手来晃了晃，"那我们就投五百万，算我们百分之二十的股份好了。如果后期需要资金，我们还可以多出一些。"

乔小龙没料到对方如此慷慨大度，心中不由得欣喜万分，连忙表示感谢。

以上两个关键的问题一达成共识，接下来的事情就好解决了。房地产公司的名称双方各取一字，为鑫龙房地产开发有限公司，费百夫为名义上的董事长，不参与不过问大厦的具体操作。乔小龙为总经理，对大厦负全责，大厦的名称即以公司的名称命名，为鑫龙大厦，建成之后所得利润按入股数二八分成。

林非这时提出，为防止日后出现不必要的麻烦，双方能否再拟订一个协议，鑫龙大厦的产权属乔小龙所有。

这个条件显然过于苛刻，乔小龙在赞赏林非考虑问题周到的同时，也不免有些暗暗担心：费百夫这样精明的人能答应吗？

费百夫抽了足足有半根烟的工夫才缓缓抬起脸来，有些勉强地笑笑道："林女士的意思我明白，先小人后君子嘛。但我毫不隐瞒地告诉二位，我的鑫盛公司还从来没有这样的先例。"他又续上一支烟，抽了一大口，"可是既然林女士提出了这样的要求，乔先生又是仁义之士，为了显示我的诚意，我可以答应！"

乔小龙悬着的心终于落下了。他对费百夫的大将风度颇为佩服，感激之情溢于言表："谢谢费总的信任，真是不好意思，让您为难了！"

费百夫弹弹烟灰："在商言商嘛，我可以理解。"说着不由得多看了林非几眼，"您有林女士这样的助手真是莫大的幸运呀！

如虎添翼、如虎添翼啊！"

林非不卑不亢地欠欠身子道："费总过奖。下面是不是可以履行签约手续了？"说着向乔小龙使个眼色，那意思非常明确：赶紧趁热打铁，防止夜长梦多。

乔小龙自然明白她的意思。本来他打算给吴淮生通个气，现在看谈的情况很好，可以说是占尽了优势，心想淮生大哥对这个结果肯定也会满意。于是便打消了与吴淮生商榷的念头，对费百夫道："您看呢？"

"行，没问题！"费百夫示意周莎莎拿过公文包，取出笔记本电脑，"合作就应当建立在相互信任的基础上，咱们现在就可以拟订一个合同书。"

在座的诸位都露出了轻松的笑容，相互会意地点点头，开始了最后一项工作：签订合资合同书，同时拟一个只有双方备存的产权协议。

乔小龙终于胜利迈出了他大展宏图的第一步。

06

阿四拘留期满释放后，回到矿上就先去找朱永生认罪，对没能救出贺宝宝狠狠自责了一番。朱永生并没有怪他，说人算不如天算，公安已经盯住了她，这也不是勉强的事。好言劝慰之后，朱永生又向他详细询问贺宝宝的状态。阿四绘声绘色向他描述了贺宝宝如何憔悴不堪，如何心惊胆战，又如何忧愁悲观楚楚可怜的情况。朱永生心里一阵发痛，也促使他终于下了最后的决心。

刘洲和贾大头应召来到了巡逻队的夜餐食堂。朱永生让师傅多弄了几个菜，三人边喝酒边聊起贺宝宝的事来。刘洲听说阿四铩羽而归，挺了挺宽厚的胸脯说："阿四这种鸡鸣小盗哪干得了大事！朱大哥，这事您还得让我们兄弟去一趟，保证把人给您救出来！"

朱永生明知他是吹牛，却并不捅破，反而鼓励道："是呀，也只有你们两位老弟才干得了这等大事！"

刘洲一听朱永生没有阻拦，酒杯一端，豪气四溢地大声道："朱大哥您说吧，什么时候动手，我等您的号令！"

朱永生装模作样地想了一会儿，然后道："我反复考虑过了，干这个事必须得靠车，得有高超的车技才行。"说着看了看贾大头。

刘洲马上便领会了他的意思，是要飞车救人，于是拍拍大头的肩说："我这个弟弟曾经是矿运输队的队长，玩了快二十年的车了。这真是该着我们为朱大哥效力，大头，你说是不是！"

贾大头已经喝得晕晕乎乎，嘴里鼓鼓地在嚼着一块肥肉，往外嗞嗞地冒油。他摇晃着大头憨憨地笑着说："就是！就是！玩车是我的拿手活，教的徒弟都在赛车上拿名次了……"

朱永生向刘洲做了个手势，刘洲忙凑上前来。朱永生咬着他的耳朵，如此如此这般这般地咕叽一番。刘洲一拍大腿道："妙！太妙了！我们马上就干，您老哥就等着好消息吧！"

三个人谈罢正事，又接着推杯换盏地狂喝起来……

刘洲在次日傍晚时分，摇摇晃晃走进了宝宝美容美发厅，一位服务小姐迎上前来，问他是洗头还是剪发。他满嘴喷着酒气说要按摩，小姐不无抱歉地说没有这项服务，并且不由自主地看了看坐在旁边的凡一萍。刘洲用眼角的余光扫了凡一萍一眼，凭着经验马上便猜测出她的身份，手一指凡一萍道："就让这位小姐给我洗个头吧。"

服务小姐露出为难的表情，解释说："她是刚刚招聘来的，还没上岗,您看……"

"那就让你们的老板亲自给我洗!"刘洲说着,一屁股坐在了皮转椅上。

"我们老板身体不太舒服,在楼上休息……"

小姐的话还没说完,刘洲就火了,双手猛拍转椅扶手:"这也不行,那也不行,你们这店还想不想开了?"凶巴巴的痞气露了出来。

小姐无奈地看了看凡一萍,凡一萍点点头,向楼上努努嘴,意思是可以让贺宝宝下来。

不一会儿,贺宝宝灰着脸,无精打采软软塌塌地下了楼。她有些不情愿地拿起了架子上的洗发液,眼皮耷拉着走到刘洲身后。刘洲冲着镜子里的宝宝意味深长地眨眨眼,嘴里大声嚷嚷:"早就听说这儿的宝宝老板既漂亮手法又好,今天终于如愿以偿得以见识了!"

贺宝宝以为他那故作神秘的眨眼动作是在挑逗她,根本就不往心上去,暗道:老娘身陷油锅,哪儿还有那闲心情。于是眼睛看着别处,双手机械地给他洗头。

刘洲心中暗暗发急,那凡一萍坐在旁边,他又不能说出来,只能靠眉目和动作传"情",可她又偏偏不理这个茬儿。

头很快便洗好了,刘洲故作很满足地打着酒嗝道:"宝宝小姐果然名不虚传,我今天是猪八戒吃西瓜,爽透了!"他在说到"猪八戒"三个字时,又用力地向贺宝宝眨了两下眼。

贺宝宝心中一动,登时有些明白过来了,脸上便有了些微的笑意,沙哑着声音说:"先生过奖了。"

刘洲一直紧绷的神经终于略略有了些松缓,他从兜里掏出一张百元大钞,用手指重重地弹了几下,递给贺宝宝,很潇洒地道:"钱不就是画嘛,花不出去就只能看,拿去吧,不用找了!"

贺宝宝赶忙双手接过钞票，塞进口袋里，连声道着谢。

刘洲打了个响指，哼着小曲，歪歪扭扭走出了店门。

贺宝宝回到楼上卧室，把门关紧，急不可待地从口袋里摸出那张百元大钞，细细地寻找着。她眼前突然一亮，只见在钱的边缘空白处有一行小字，上写：晚8点，高速路口，无牌照黑色桑塔纳。她激动异常，心不由得"怦怦"急跳起来：几十天囚徒般的日子终于就要结束了，马上就可以回到心爱的人身边了。两行清泪不知不觉从眼窝里爬出，顺着双腮潸潸而下。

7点20分，美容美发厅就早早关了门。贺宝宝穿一身运动服，提着手袋，匆匆走出大门。

凡一萍迅速跟了上去，并用对讲机向刘跃进作了汇报。刘跃进要她注意跟踪，尽量不要惊动贺宝宝，有什么情况马上向他报告。

贺宝宝在街上转了一圈儿，抬腕看表，见已是7点45分，估计时间差不多了，便挥手拦住一辆出租车，跳了上去。

凡一萍不敢怠慢，也急忙拦住一辆出租车，迅速跟了上去。前面的出租车速度很快，不一会儿便上了去高速公路的高架桥。凡一萍顿时紧张起来，忙不迭地用对讲机向刘跃进做了报告。刘跃进吩咐她记下出租车牌号，一定要盯住它，他和冯自强马上就到。

出租车在高速路口停住，贺宝宝从车上跳下，东张西望地等待着。

刘跃进和冯自强的车在远处路边停下，静静地观察着贺宝宝的举动。

不一会儿，一辆没装牌照的黑色桑塔纳疾驰而来，在贺宝宝身边急刹车停住，贾大头探出身大喊一声："快上来！"

贺宝宝纵身跳进了车里。贾大头熟练地推挡、踩离合、加油，几乎是一气呵成，桑塔纳呼地蹿了出去，前后仅用了十几秒时间。

刘跃进亲自驾车，紧追不放。冯自强抽出手枪，"哗"地推弹上膛。

桑塔纳一上高速路，就如一匹脱缰的野马般撒起欢来，140迈、160迈、180迈……桑塔纳车身开始发飘，发抖。突然，一声巨响，桑塔纳变成了一个巨大的火球，像一颗流星般划过高速公路，坠向路基下的深沟里。

07

吴淮生起床后，简单地洗漱一下，煮好牛奶，煎了鸡蛋，便喊隔壁卧室的郑莉起来用早餐，然后到阳台上迎着喷薄而出的朝阳活动了一会儿腰腿手脚。

他和郑莉刚用完早餐，电话便响了。是乔小龙打来的，问他这个星期天能不能和郑莉分别一下，跟他在一块儿聚聚。吴淮生听了乔小龙酸酸的话，不忍再推辞，就答应了，问他准备去干什么。乔小龙说就去唐河钓鱼吧，那儿清静，顺便再把房地产公司进展的情况跟他聊聊。

吴淮生放下电话去收拾餐桌上的碗筷，郑莉问他是谁的电话，吴淮生回答说是一个朋友约他谈点事。他没敢说是乔小龙，因为前几次小龙约他见面，都被她拦住了。自从小龙离开公司之后，她对他的成见更深了。

郑莉很随意的样子问他是哪个朋友。

吴淮生吭哧了一会儿，实在找不到更合适的熟人，就说这人你不认识。

郑莉眯着眼又问一遍，真不认识？

吴淮生硬着头皮点点头。

郑莉说得了吧你吴淮生，编瞎话都编不像，一听你接电话那口气，就是乔小龙，你只有跟他说话才是那种掏心掏肺的样子。

吴淮生只好缴械投降，承认是乔小龙约他谈事，恳求郑莉恩准。

郑莉一口回绝说不行，要吴淮生陪她去小黄山烧香，她现在和祥明师太已经成了忘年交。

吴淮生说这个礼拜天你就委屈一下自己去吧，他不能再爽约了，因为小龙的房地产公司运作已进入关键阶段，他不能再袖手旁观了。

郑莉讥讽他多管闲事，人家已经和你分了家，你还自作……"多情"两个字她没敢说出口，因为这话对吴淮生太敏感了。

吴淮生果然沉默了，神情黯然地走进厨房洗刷碗筷。

郑莉显然意识到自己有些过分了，忙起身进了厨房，解下吴淮生腰上的围裙，拍拍他的肩膀，说去吧去吧，我可不想做伤害你们兄弟情分的罪人。说罢便夺下他手中的碗筷，把他往外推。

吴淮生顿时转忧为喜，笑着调侃说，一定钓几条大鱼回来，给你熬鲜美的鱼汤喝。

郑莉不无揶揄地说，就怕你钓不来大鱼，反而让鱼把你拖走了。

吴淮生也不想去琢磨她话中的含义，兴冲冲地披上外套，小跑着出了门。

初升的太阳像含有几分羞涩的姑娘，脸红红地在几缕朝霞间偷觑着大地。宽阔的唐河河面在晨风的拂弄下，荡着柔柔的清波。吴淮生和乔小龙并肩盘腿坐在河边青青的草地上，两根长长的鱼竿在水面上晃悠。

"他们好像有些太大方慷慨点儿了吧?"吴淮生听完乔小龙的介绍,出于本能地说道。

"他们的目标并不是创利,主要是想在淮海寻找一个立足之处,拓展业务和扩大影响。"乔小龙解释说。

吴淮生抖了抖手中的鱼竿,不无担忧地道:"我这心里总不踏实,因为你对他们的背景毕竟不是太了解。"

"我已经让林非调查过了,这个公司在香港的确有些影响。"

吴淮生听小龙又提起了林非,心里便有些隐隐不安起来。他对她一直存有戒心,总觉得她放弃煤炭专业的本行怂恿小龙去搞什么房地产是心存不良。可他无法在小龙面前说出口,这毕竟只是自己的猜测和直观上的感觉,她和小龙又是那样一种特殊的关系,如果换作别人,他早就提醒过小龙了。

乔小龙见吴淮生沉吟不语,接着又道:"我们已履行了有关合同手续,就我对法律的认识而言,不会有什么问题。"

"林非在谈判时怎么样?"吴淮生还是忍不住脱口问了出来。

"表现非常突出。"乔小龙并没听出吴淮生语气间的疑惑,由衷地赞扬林非,"她的头脑非常清醒,考虑问题也很全面,最后那项明晰产权的协议就是她提出来的。"

吴淮生并没有因为乔小龙对林非的夸奖而扭转对她的看法,脸色凝重地道:"依靠林非当然是应该的。但在大事上你还是应该多让阿海去跑跑。他给我开了几个月的车,人挺厚道,他对你这个同学也很忠诚,是个值得信赖的好人。"

乔小龙点了点头。

吴淮生接着又说:"就按你的思路运作吧,有什么困难咱们再一块儿想办法解决。"

关于房地产的事该谈的基本都谈了,乔小龙忍不住问吴淮生:"哥,你和郑莉过得还好吧?"

"怎么说呢?"吴淮生发现浮子在动,猛地挑起鱼竿,却是空空如也。他重又把鱼钩甩回河水里,继续道:"还算过得去吧,夫妻之间的事很难说得清楚。"

乔小龙从吴淮生含糊其词的话音里能听出他似乎不太满足,于是做出很随意的样子道:"我这个同学别的方面都不错,就是脾气有些拗,你要是想驯服她真有些不太容易呢。"

"是啊。"吴淮生深有同感,但马上又道,"大家闺秀嘛,又是文化人,再说我又比她大这么多,使些小性子也很正常。"他话虽这么说,心里却是直翻苦水。自结婚之后,他们就分室而居,她说两人在一块儿就失眠。既然她这么说了,他也就不好勉强。她说有洁癖,很少过性生活,偶尔同床一次,也要关灯闭窗,像做贼一般。至于神经质的说哭就哭说闹就闹那就更是家常便饭了。可这些烦恼,他无法向小龙倾诉。每当他想到和小龙之间不能像以前那样胸无块垒畅所欲言,心里就异常痛苦。不仅仅是林非和郑莉,还有许多本来应该交换的想法,现在却只能闷在心里,他惆怅苦恼之余,总有一丝不祥的预感。

乔小龙并不知他的淮生大哥在想些什么,但从他紧蹙的双眉和忧郁的目光里能感觉出他有很重的心事。正处在房地产开发梦想中的乔小龙,头脑正在发烫,根本就没有心情去探究这些,只是以为他与郑莉性格不合有些小摩擦。他宽慰吴淮生道:"哥,别想那么多,咱们还是应该把事业放在第一位。等我把房地产业做大了,咱哥俩就联合做一个跨国公司!"

"你有这个雄心大志当然好。"吴淮生说着,忽然间就想到了郑莉在他临走时说的那句话,不由得顺口说了出来:"就怕咱们钓不着大鱼,反被鱼给拖走了。"

乔小龙没想到吴淮生会说出如此沮丧的话来,一时间怔住了,呆呆地望着波澜不惊的河水……

第十二章 煤窑遇险

"哈哈哈……"朱永生的大笑声渐渐响远,随着笑声,剧烈的爆炸声陡地响起,在翻斗车后腾起一个个火团,把煤窑映照得一片通明,巷道里浓烟滚滚,井架轰然倒塌,木柱的断裂声令人心惊。

01

爆炸、爆炸，又是爆炸，刘跃进也如爆炸般地气恼和愤怒起来。贺宝宝这条苦心经营了近一个月的线索就这样随着一声爆炸无影无踪了。

现场勘查表明，炸弹是事先装在车上的，引线连在变速罗盘上，时速超过180迈，便自动点火起爆。贺宝宝和那个冒险救她的"勇士"，显然都不知道车上有炸弹，在稀里糊涂中送了小命儿。不难看出，这是一个精心策划的杀人灭口阴谋。由此分析推断，贺宝宝被严密监控，已经被对方掌握，擅长爆炸技术的朱永生不得不忍痛割爱，把贺宝宝送上了黄泉路。一个渴望着充当江湖侠女，痴迷于荒唐爱情，其实并不谙世事的女孩就这样香消玉殒，成了至死都蒙在鼓里的牺牲品。

另一个死者的身份很快便查明了，名叫贾浩，外号大头，系唐河七矿的浪荡子，也是公安机关重点掌握的灰色人物。

刘跃进由贾大头很自然而然地便想到了范阿四。他们都是唐河七矿的人，会不会是同伙或是有什么内在的联系。他把这个想法跟冯自强和凡一萍一讲，冯自强马上恍然地说，是有这个可能，他们一个去美容美发厅偷窃、一个接应贺宝宝逃走，这就不能不让人怀疑了，且不能仅用巧合和偶然去解释。凡一萍也有同感，她觉得阿四到美容美发厅说是偷窃，现在认真想想是有很多不合情理之处的，比如他为什么不去偷有钱或有高档物品的场所，偏偏挑了这么个穷酸的美容美发厅，而且去有灯光的小姐住处，这是窃贼最大的忌讳；其次他到贺宝宝的卧室来去自如，如果是因为贺宝宝醒了他才没能得手仓皇而逃，那贺宝宝为什么不呼叫，就这么默默地看着他离去，并且在警察抓住阿四时，也不出来看看，这有悖常理；还有一点也很能说明问题，就是阿四被捉后，忙不迭地承认自己是偷窃，没有丝毫的怯惧感，一般的情况下，惯偷在落网时，第一个反应就是竭力寻找借口开脱自己，企求蒙混过关，可他却惟恐别人不知道他是窃贼似的，这么做的目的显然是避重就轻，而且是早就预谋好的。刘跃进由此做出进一步的推断：朱永生有可能就躲在唐河矿区，并且和黑道上的人勾结到了一起，最近矿区治安混乱也极有可能是他制造的。冯自强和凡一萍完全同意刘跃进的看法，因为俗话说得好：无风不起浪。

鉴于此，刘跃进决定与整顿矿区治安的大部队会合，并把重点放在唐河七矿。

朱永生在贺宝宝死后的这几天里，一直都是心情沉重郁郁寡欢。贺宝宝总是在他眼前晃动，圆圆的脸上挂满了泪珠，两只眼睛死死地盯着他，哀怨、愤怒和仇恨交织在一起，看得他一阵阵发慌。刘洲和阿四见他神思恍惚、哀声叹气，以为是贺宝宝的死令他如此伤心悲痛，便轮番劝慰他，发誓说一定要为大哥报仇，把刘跃进等一帮臭警察杀个血流成河。

刘跃进进驻七矿的消息很快便传到了朱永生的耳朵里。他马上便意识到肯定是贾大头的身份暴露了，刘跃进这是冲着他来的。他不仅没有丝毫的畏惧，反而有一种强烈的亢奋。不管怎么说，他现在毕竟不是孤身一人逃亡了，手下有几十个兄弟和几十条刀枪，有了与刘跃进抗衡的本钱。

这天，朱永生让刘洲、阿四把人马召集到巡逻队的会议室，举行与刘跃进较量的誓师仪式。

会议室里鸦雀无声，朱永生头扎白布条端坐在主席台上，两边分别坐着刘洲和阿四。下面斧头帮、大刀会的喽罗们也是分列坐在长条凳上,头上全都裹着白布。

"弟兄们!"朱永生清清嗓子,"大头兄弟和宝宝都被刘跃进残忍地杀害了,现在他又来了七矿,想来个斩草除根,把咱们全部都送进监狱,咱们能束手就擒吗?"

刘洲一拍桌子站了起来,大声道:"大不了头掉了碗大个疤,不是鱼死,就是网破,跟他们干!"

"硬拼还不行,我们要开展游击战。他们在明处,咱们在暗处,冷不防朝他的痛处戳一家伙,让他找不着北。我在这儿宣布,谁能摘下刘跃进的脑袋,我奖他 10 万!"

朱永生的话音刚落,底下的人便叽叽喳喳地议论起来。这 10 万元诱惑力太大了,他们都情不自禁地摩拳擦掌,跃跃欲试。

刘洲和阿四也都面呈激动之色。刘洲说:"狗日的刘跃进,杀了我的兄弟大头,这个仇我非报不可!"

阿四自然不甘落后,甩了甩长发道:"杀他刘跃进易如反掌,朱大哥放心,您就等着我的好消息吧!"

朱永生却对阿四摇了摇头,很深思熟虑的样子道:"阿四,你从现在开始就不能再出头露面了,如果我没猜错的话,刘跃进到了七矿之后,第一件事就是寻找你的下落,拿你开刀。你就跟着我吧,咱们互相也能有个照应。"

阿四是个最怕受别人限制的梁上飞客,听了朱永生的话,有些不情愿地道:"大哥,没事,他刘跃进又没有三头六臂,那点儿能耐我见识过,没啥了不起!"

刘洲从来对阿四不屑一顾,认为那种偷鸡摸狗的行径纯属下三滥,现在老是听他大论连篇,便有些忍耐不住了,不无讥讽地道:"阿四,你要讲能偷来美国的 B-52 轰炸机我都信,可这枪口对枪口、刀尖碰刀尖的事,不是吹的,那是要靠胆量的。我劝你还是往旁边闪闪吧！"

阿四不舒服了，刚要回敬几句，被朱永生用目光止住了。他怕二人唇枪舌剑闹出事来，这外患未除，内乱却先有了。他亲热地拍拍阿四的肩膀道："其实刘洲老弟这是好意，是为你的安全着想。跟他们斗不是一朝一夕的事，所以咱们第一条得先保全自己，要不就什么也谈不上了。"说着向刘洲使了个眼色，让他对阿四说几句好话。

刘洲明白朱永生的用意，只好很勉强地道："是的，我就是这么想的。再说了四弟，你还肩负着保护朱大哥的重任，那可是比什么都要紧啊！"

阿四这才觉得有了面子，三个人不约而同地相互看了一眼，然后"哈哈"大笑起来。

0 2

鑫龙大厦终于顺利地破土动工了。奠基这天，郑重市长和各方要员亲临现场，全市各大媒体也应邀参加，造出了很大的声势，乔小龙振奋不已。

投标土木工程的建筑公司趋之若鹜，市第三建筑公司开出的条件最优，愿意垫资50%，从而一举中标。他们之所以敢如此涉险，主要是因为大厦有外资保障，再加上有郑重市长支持，这些使他们没有后顾之忧。

土木工程开始的同时，鑫龙的广告也频频出现在报纸电视广播上，一些闹市区和交通要道也布满了广告牌，一时间，鑫龙大厦成为全市房地产界最火的一家，完全可以称得上是家喻户晓。

殊不知，这些广告乔小龙并没有掏多少钱，大都是签的以房抵资合同。

乔小龙已是今非昔比，他听从林非的建议，租下了长江大厦的一个楼层，建起了销售、外联、物资、财务等部门，使鑫龙房地产公司有名有实，像一台大型机器轰轰隆隆运转起来。

在大厦的前期筹备和开工后的运作上，林非功不可没。同市第三建筑公司的谈判是她主持的，与媒体的合作是她一手策划的，和城建、工商、税务等权力部门的关系是她斡旋的。而从大厦的设计规划到公司内部各部门的协调，甚至现场督工、往来应酬这些小事也都是她料理的。真是鞠躬尽瘁、兢兢业业，把全身心都扑在了大厦的建设上。

乔小龙也不由得被她感动了，不得不常常提醒她注意身体，感情上的距离自然也拉近了不少。

这天，乔小龙提议去淮海大剧院听音乐会，因为从筹备建大厦到现在，他们一直是在紧张忙碌中度过的，没有一天轻松过，现在基本上有了着落，也算是犒赏犒赏自己吧。林非自然是欢天喜地，很激动地答应了。

乔小龙按约定的时间到了大剧院门口，可左等右等也见不着林非的影子。音乐会已经开始，他考虑林非可能又是被什么急事给绊住了，就先进了剧院。

半个小时后，林非才匆匆忙忙地走到乔小龙旁边的位子上坐下，连声说着致歉的话。乔小龙扭头看去，只见她灰头灰脸，衣服上也是污渍斑斑，忙关切地问她怎么了，是不是出了什么事。林非笑了笑，解释说是工地上出了点小问题，她已经解决了。乔小龙问她，是因为这个才来晚的吧。林非点了点头，便软软地靠在他肩上，很疲惫的样子眯起了眼睛。不一会儿，就在悦耳动听的音乐声中睡着了。乔小龙内心充满了怜爱和感激，没有忍心喊醒她。

音乐会结束了，乔小龙不得不把林非晃醒，林非揉着眼睛，显得很不好意思，挽着乔小龙的胳膊，步出了剧院。

大剧院门前的广场灯火辉煌，流光溢彩，果真是美不胜收。乔小龙走到别克车前拉开车门，示意林非上车。林非柔声央求："小龙，咱们在这儿散散步好吗？"

乔小龙欣然应诺，关上车门，搂着林非的肩膀，向前漫步走去。

夜风徐徐吹来，带着微微的凉意，让人心旷神怡。四周矗立的高楼大厦，霓虹闪烁，让人目不暇接。城市的夜晚比白天美丽壮观多了，也平添了许多的温馨和浪漫。

"小龙。"林非指着周围的楼房，"等咱们的鑫龙大厦建成了，肯定比这些楼漂亮。"

"那是当然。你这位科学家亲自指导设计的楼型还能差吗？"

很少听到乔小龙夸奖的林非，显得很激动，仰起脸道："这主要是你的鉴赏水平高，在那么多图纸中，挑选了这个楼型。"

乔小龙笑道："咱们这不是在相互吹捧吗？小点儿声，别让人家听到了，要不准以为咱们是在说相声对词呢！"

林非也禁不住笑出了声。

"林非，你这样拼命可不行，有些事可以让阿海去料理，身体是革命的本钱嘛！"乔小龙不无怜惜地说道。

"没关系，只要能把大厦盖起来，就是瘦几斤肉，脱几层皮，也值！"林非撩起被风吹散的头发，脸上现出坚毅的神情。

"这可不是仅仅关系到你一个人。"乔小龙轻拍她的腹部，"这关系到咱们的接班人呢！"

林非闻听此言，不由得打了个冷战，心忽悠一下提了起来。她本来就没有怀孕，是为了拆散乔小龙和郑莉或是说为了得到乔小龙，情急之下，信口胡诌了个理由，没料到他竟认起真来。这可不是开玩笑的事情，幸亏他提起了这件事，不然她还真把这档子事给忘了。她的脑筋飞快地转动起来，思索着如何答复。她必须找一个既让他相信又不让他反感的借口，还得让他感到这么做是对的。

乔小龙见她突然沉默下来，眼帘低垂着发呆，忍不住问道："在想什么呀，不会是有什么难言之隐吧？"

"小龙，你真是太聪明了，什么事都瞒不过你。"林非轻声说。

乔小龙不由放慢了脚步，略略有些惊讶地注视着她，道："咦，你能有什么为难的事？快说出来听听！"

"我说了你可千万别生气啊！"林非目光怯怯地看着他。

乔小龙不觉警惕起来，问："你的意思是这事跟我有关联？"

林非往他身上又靠紧了些，幽幽地叹了口气道："本来我怕你分心，想等大厦盖起来再告诉你，可是……"她欲言又止。

乔小龙见她吞吞吐吐，不由得着急了，提高了嗓门，语速也加快了："什么事说出来不就齐了吗，别神秘兮兮地让人难受！"

"我把胎儿做掉了。"林非一字一顿地说完，神情紧张地观察乔小龙的反应。

乔小龙猛地停住脚步，瞪大眼睛，吃惊地看着林非，自语般道："你把孩子做掉了？"

林非赶紧点点头，满脸的惶恐不安。

乔小龙忽地一下子把林非甩开，双眼冒火地逼视着她，质问道："你实话告诉我，是不是你根本就没怀孕？"

林非非常了解乔小龙的脾性，知道这时绝不能表示丝毫的怯懦，那样反而会更加加深他的怀疑，引起不祥的连锁反应。于是有些气恼地迎着他的目光大声道："我还没有你想象得那么卑鄙，为了得到你的爱，连人格和自尊都不要了！小龙，你知道你说这种话有多伤人吗？"

乔小龙见林非理直气壮的样子，真有些猜不透她的虚实了，不觉怔在了那儿。其实从内心讲，她做掉胎儿，他不仅没有伤心痛苦，反而有了一种终于得到解脱的轻松感。在他的感情深处，应该说还是对郑莉有依恋的，只不过是他不得不密封起来而已。

林非见这一招奏了效，果然把乔小龙镇住了，心里踏实了不少，忙上前抱住他，泪水涟涟地诉说道："小龙，你知道吗，做掉自己的骨肉是多么痛苦？我等于是到地狱里走了一遭。可是你的事业刚刚起步，我应该全力以赴帮你排忧解难，如果有了孩子，就会拖累你。所以我考虑再三，就瞒着你做出了这个决定，我也是迫于无奈呀！咱们都还年轻，等事业有了基础，孩子随时都可以再要，你应该体谅我的一片苦心啊！"说着说着便泣不成声了。

此时的乔小龙，不知是该安慰她，还是痛骂她一顿，大脑里一片空白。他仰望着繁星点点的夜空，目光里透着空漠和怅然。

0 3

公安部门对矿区采取的严打整治扫黑除恶行动取得了明显效果，流氓恶势力由半公开转入了地下。刘跃进率冯自强、凡一萍来到唐河七矿之后，第一个目标便锁定了范阿四。可这个有着"唐河第一盗"之称的"三只手"却忽然如蒸发了般消失得无影无踪。这使刘跃进更坚定了原来的推断，把侦查重点放在了七矿。

　　侦查工作是艰苦而又繁杂的，因矿区的特殊性，无法展开地毯式的搜捕，只能或露头就打或寻求线索暗中摸排。经过一段时间的工作，刘跃进终于大致掌握了七矿的流氓团伙情况：斧头帮，老大刘洲，刑满释放不久；老二贾大头，就是那个飞车救贺宝宝被炸身亡的倒霉蛋；成员约有30人左右，都是些地痞煤霸。大刀会，首领便是范阿四，是个以偷窃为营生的龌龊乌合之众。而有关朱永生的情况，没有查到任何有价值的线索。

　　刘跃进分析：朱永生假如就在七矿，那他肯定就会有保护伞，不然他不会有目的地跑到这儿来；另外他肯定会改名换姓，寻一处隐蔽场所躲藏起来。所以，不能失去信心，只要下大功夫，就一定能查出他的蛛丝马迹。

　　刘跃进在忙，朱永生也没闲着。他密切注视着刘跃进的动向，寻找机会给这个宿敌以致命一击。他琢磨了一套套计划，制订了一个个方案，经过反复斟酌推敲，最后确定了一个他认为最行之有效也最稳妥保险的行动方案。

　　这天深夜，刘跃进和冯自强、凡一萍把几天来排查的情况进行集中汇总，以筛选出有价值的线索，确定下一步的侦查方向。突然，窗外传来"哧啦哧啦"的响声。冯自强和凡一萍都"唰"地抽出了手枪。刘跃进伸出双手压了压，示意他们不要轻举妄动，翻身跃起，迅捷地跳上窗口，只见窗外有条黑影倏地闪过。他伸手拉灭电灯，轻轻跳到窗下，耳朵贴在墙上，凝神倾听外面的动静。

　　夜骤然间变得如凝固般无声无息，只有井架上的碘钨灯发出惨白的光，幽幽地映照着窗上的玻璃，使这夜晚显得神秘、狰狞、恐怖而又深不可测。窗外的深夜来访者，更使人增添了几分毛骨悚然的紧张感。凡一萍还从来没经过这样的阵势，心口怦怦直跳，握枪的手汗津津的，屏住呼吸，眼睛一眨不眨地盯着窗外。过了一会儿，外面又响起了"吱吱"的声音。刘跃进这次不敢怠慢了，从腰间拔出枪来，轻轻地推弹上膛。窗外的响声时有时无，持续了一阵子后，忽然又消失了。刘跃进示意冯自强去门外查看，冯自强正欲移动脚步，响声突然又在房门处响起。凡一萍借着窗外照进来的碘钨灯光循声望去，头不由得"轰"的一下蒙了，只有在电影电视上才能看到的惊险场景出现在她眼前：只见房门暗锁的把手在缓缓转动。刘跃进此时异常地冷静，他和冯自强一左一右呈交叉状举起手枪对准了房门。在这千钧一发之时，暗锁把手又奇怪地戛然而止。冯自强不由自主向刘跃进投去征询的目光。

刘跃进将平端的枪举过头顶，悄悄地顺着墙边向房门移去。当他接近房门时，俯身倾听，门外却无一丝声响。事不宜迟，应主动出击。刘跃进要看看门外这个家伙是什么货色，竟胆大妄为到如此程度，敢深夜上门袭扰。只见他猛地拉开房门。躲在门外的那人显然有些猝不及防，撒腿就跑。刘跃进早有准备，对准那人的屁股狠狠踢去，那人"哎哟"一声，直飞向门外，"扑通"一声嘴啃屎摔倒在墙角处。刘跃进不容他喘息，纵身上前，用膝盖抵住其背部，将其胳膊拧向身后，那人痛得直喊大爷。

刘跃进把那人一把拎起，甩到房里，凡一萍已经拉亮了电灯。仔细一瞧，竟然是范阿四。这令刘跃进和冯自强、凡一萍喜出望外，真是踏破铁鞋无觅处，得来全不费功夫。这王八蛋自己送上门来了。

阿四眼珠骨碌碌乱转看着刘跃进等人，转着转着不动了，傻傻地呆怔了片刻，又惊诧又沮丧地长叹一声，道："看来我真是流年不利,冤家路窄,怎么老是遇到你们几个!"说着畏畏缩缩蹲在墙角不动了。

刘跃进瞥了他一眼,语调里含着嘲讽道:"你不会又说是来偷窃的吧?"

"可不是咋的。"阿四抬起头,满脸的懊丧,"几个手下说你们是倒煤的大老板,要来玩一票,我怕他们技术不精失了手,就亲自上阵了,谁能想到你们不是倒煤的,倒霉的是我呀!"

刘跃进定定地注视着他,看不出丝毫的破绽。他们住在这儿,的确对外声称是做煤炭生意的。这个范阿四的表白真有点儿让他真假难分了。

阿四的眼珠又转了起来,对刘跃进可怜巴巴地说:"你老想想,如果不把你们当成商人,就是借我俩胆子,也不敢打你们的主意。这几个小王八蛋,不是坑我吗,回去我要好好教训教训……"

"好了!"刘跃进猛地打断阿四的唠叨,"你就给我编排吧,我看你能给我编出什么花样来!"

阿四吓得身子一哆嗦,缩着脖子咕哝:"我哪敢在关公面前耍大刀啊,真不知道你们是公安大爷……"

"既然你是来偷窃,还在窗下门前弄那些鬼动静干吗?像显摆不着自己似的!"刘跃进有些恼怒。

阿四赶忙道:"我是在试探你们睡了没有,也就是行话说的投石问路。后来房里的灯灭了,我等了一会儿见没动静,这才动手,没想到……"

刘跃进见他油嘴滑舌,贼眉鼠目的样子,从心里感到厌烦,不想再跟他穷啰唆,就单刀直入,突然改变话题冷不丁问道:"美容美发厅的那件事你还没忘吧?"

阿四怔了怔，忙点头如鸡啄碎米，嘴里连声道："没忘没忘！那是我第一次走麦城，刻骨铭心、刻骨铭心啊！"

"可是据我们后来调查，你没说实话！"刘跃进冷冷地敲打他。

阿四垂下了头，做出很害怕的样子抖着声说："我……我是说了些假话。"他慢慢抬起脸，露出很真诚的面容，"但偷一点不假，只不过是有人花大钱请我去偷的。"

阿四突然语出惊人。刘跃进和冯自强、凡一萍交换了个会意的眼神，都又提起了精神。刘跃进用疑惑的口气反问："有人花钱请你去偷？"

"是啊是啊。"阿四伸长脖子，又说出一句惊人之语："是让我去偷人，就是那个叫什么宝宝的小老板！"

刘跃进顿时有了兴致，问道："雇你的人是谁？"

"也跟你们一样，说是煤商，我总觉得不像，倒像是个贪污或是抢银行的在逃犯，特有钱，张口开价就是五万。名字人家不讲，我也没问，其实问了也是白问，这样的人不会有真名实姓，老猫小狗的随便编一个就是。我见他开了这么高的价码，就估摸着这不是个轻松活儿，那个宝宝肯定是他的同伙什么的。所以你们抓住我后，我就编了一套假话。"

"这不会又是你编出来的假话吧？"

"不是不是。你想想，钱我又没弄到，编那些假话还有啥意义。"

"这个人你最近见到过没有？"

"不久前还见到过呢。最近我到上海等大码头转了转，他还在不在七矿，我就说不准了。"

刘跃进见阿四讲得严丝合缝，没有什么漏洞，便有了让他充当"眼线"的打算,于是严肃地道:"你愿意将功折过立功赎罪吗?"

阿四忙答应:"愿意!愿意!"

"那好吧,我们今天就放你一马。如果你能找到那个雇你偷人的人,可以考虑对你从轻处理。可是如果你要再耍滑头,那我们就老账新账一起算。你明白吗?"

"明白!明白!"阿四点头哈腰地回答说。

"你去吧!"刘跃进对外面挥了挥手。

阿四像个兔子般一蹦三跳地蹿了出去。

"刘队,这小子会不会是在耍我们?"冯自强不无担心地提醒刘跃进。

"是啊,我总觉得这个阿四鬼得很,说假话顺溜着呢,连顿都不打,咱们不能不防!"凡一萍也深有同感地说。

刘跃进点点头道:"这些我都清楚,也反复考虑过了。如果他说的是假话,那他和朱永生的关系就不会这么简单了,也就不会向我们提供朱永生的讯息;如果他说的是真话,那对我们查出朱永生的下落就会起到很大作用。现在,我们只能冒险试一试了,在行动的过程中根据情况的变化再适时做出调整。但愿这个阿四是人不是鬼!"

04

鑫龙大厦建造工程进展很快,不知不觉间已盖起了三层。虽然只完成了十分之一,离三十层还有很大的距离,但如果按照目前的进度计算,应该说是指日可待。

乔小龙眼看着自己的心血就要浇灌出丰硕的成果，胸中宏伟的抱负就要成为现实，自是欣喜不已。

可就在这时，一个严重的问题摆在了他面前：鑫盛公司的五百万资金除开始汇来一百万港币外，其余的迟迟不能到账。他的一千五百万付了一千万的地皮钱之后，加上日常开销，也就所剩无几了，原来答应先付建筑公司一千万工程款的许诺一直未能兑现，建筑公司已经垫资了50%，人家不可能全掏腰包白给你盖房子。经过林非再三游说，建筑公司老板答应他们先付五百万，但必须在三天内到位，不然就只有停工。

乔小龙慌了，让阿海火速催促港方，让他们马上把四百万资金打过来。费百夫答应尽快把钱汇过来，但明确表示三天的限期根本不可能。

乔小龙像从火炉里一下子掉进了冰窟，在长江大厦的总经理室里团团乱转。

林非风风火火地闯进来，愁眉苦脸地说，她什么办法都想尽了，实在是弄不到这么多钱。

乔小龙一屁股瘫坐在椅子上，有气无力地说，那大家就一块儿完蛋吧。说罢又怒不可遏地跳起来，大骂鑫盛公司不讲信誉，只会吹大牛。

林非劝他说发火又顶什么用，还是得设法解决眼前的问题。她说自己有一百万的存款，可以拿出来顶上，另外四百万差额只有再去找吴淮生帮忙。

乔小龙对林非的无私奉献很是感激，可是让他再去找淮生大哥要钱，他是实在张不开口了。一龙公司那边自从划出一千五百万给他之后，流动资金已是捉襟见肘了，如果再拿出几百万，必定会影响整个公司的运转。这些情况他心里都十分清楚。可是在走投无路、一筹莫展的状况下，他除了去找淮生大哥还能有什么法子呢？

乔小龙一走进吴淮生的办公室，吴淮生就看出他是遇到了非常棘手的事情。

果然，乔小龙在沙发上还没坐稳，就急不可待地对吴淮生道："哥，我遇到大难题了，没办法，只能来找你！"

吴淮生从来没见乔小龙这么心急火燎过，赶紧从老板桌后站起来，快步走到他对面坐下，脸色凝重地道："到底出了什么事？别着急，慢慢说。"

乔小龙把港方拖付资金、建筑公司逼讨工程款的事详详细细说了一遍。

吴淮生的面容不觉冷峻起来。他意识到问题的严重性：倘若建筑公司一旦停工，就会引起连锁反应，后果将不堪设想。他一直对香港方面持怀疑态度，现在果然应验了。

乔小龙见吴淮生双眉紧锁，嘴唇紧绷着一言不发，低声道："不是到了山穷水尽的地步，我不会来找你，我也知道公司的资金非常紧张。"

"小龙，我早就提醒过你，不能太相信那个什么鑫盛公司，香港的生意人是世界有名的精明鬼，他们开出那样优惠的条件，明显是有问题嘛！"吴淮生站起来，在沙发旁踱着步。

"我看他们还不至于是居心不良吧，毕竟他们汇来了一百万港币。"乔小龙迟迟疑疑地说。

吴淮生点上香烟，抽了一大口，若有所思地说："也许这是他们抛出的鱼饵。如果他们存心使坏，总要花点本钱。我现在最担心的就是他们有不可告人的目的，这就不单单是一个鑫龙大厦的问题了。"

乔小龙没想到一向憨厚木讷的淮生大哥经过几度商海沉浮，成熟练达了这么多，考虑问题比他还要周密细致，但他总觉得吴淮生想得太复杂了，也过于深了，或是说太敏感了些，于是道："他在香港，咱在内地，又没有什么过节，他们平白无故地跟咱们过不去干吗？坑人总得有个前因后果和理由呀！"

吴淮生显得忧心忡忡地说："理由肯定要有，只能说咱们现在还不清楚，这才更让人感到可怕！"

乔小龙不想再探讨这个空穴来风的问题了，他现在根本就没有心思去猜谜，他最迫切最急需解决的问题是资金，现在去怀疑或是去抱怨费百夫都无济于事。

吴淮生看得出他对这个问题没有兴趣，于是在沙发上坐下，把烟蒂摁灭在烟灰缸里，直截了当地说："小龙，你现在让我一下子拿四百万出来，很困难，而且只有三天的时间，那就更是不可能了。不瞒你说，公司账面上能够拿出来的钱只有不到五十万，这只能是杯水车薪，根本解决不了问题。"

乔小龙的心顿时凉了，其实这本也在他的意料之中，一龙公司这么一大摊子，按他的推算，保证正常运转的资金应该不少于两千万，这种状况也只有精打细算的吴淮生才能够维持。他不由得发出一声沉重的叹息，神色黯然地仰靠在沙发上，自语般喃喃道："完了，不可能再有回天之力了！"

吴淮生看着乔小龙痛苦不堪的样子，心里也禁不住一阵阵发痛。他苦苦地思索着，脑海里突然一亮，猛地挺直了身子，脱口而出道："有了！"

乔小龙浑身一震，忽地倾过身来，抓住吴淮生的胳膊，惊喜异常地道："快说，哥，有什么办法？"

吴淮生口中吐出两个字："贷款。"

乔小龙疑疑惑惑地道:"这些我已经想过了,也让林非去打探了,目前金融系统收缩银根,一般不再往外贷款呀!"

"只要没完全卡死封口,就有希望!"吴淮生显得很有信心。

"你的意思是请郑市长出面?"乔小龙恍然大悟。

吴淮生摇摇头道:"不是。如果在没跟郑莉结婚之前,我可以厚着脸皮去找他,但现在不行了。他在全家已经很严肃地申明,不会为家里的人谋私利,尤其是和我的公司还有郑莉的律师事务所要断绝一切关系。"

乔小龙迷糊了,伸长脖子问:"那你的意思是……"

"找郑莉!"

乔小龙顿时泄气了,可嘴上又不得不说道:"郑市长都不愿出面,找她更没什么希望。再说了,她是一个律师,能帮上这样的忙吗?"

"小龙,如果你这样认为,那可就大错特错了!"吴淮生欠了欠屁股,很有把握的样子道,"我见过她一个叔叔,是建行分管信贷的副行长,特别疼爱她,只要她开口,这事准成!"

乔小龙无精打采地晃了晃身子,并没有因为吴淮生的话振奋起来。他是有苦难言,明知为这事求她,必定是自讨没趣。可这话他又不好向吴淮生讲出来。

吴淮生似乎看出了乔小龙的心思,给他鼓劲道:"我知道你在担心什么,是怕郑莉不睬你吧?别想那么多,虽然她对你离开公司有些看法,但从言谈中我能听出她对你还是挺关心的,毕竟是一家人嘛。这出戏你唱主角,我敲边鼓,争取一举把她拿下!"

乔小龙被淮生大哥的拳拳之心深深感动了,眼角不觉有些发热,忙重重地点了点头。

05

范阿四查找朱永生终于有了眉目。这天,他悄悄溜到旅馆,很兴奋地告诉刘跃进,他已经找到了朱永生。

刘跃进和冯自强、凡一萍都有些激动,问人在哪儿。阿四说,朱永生让他去杀一个叫刘跃进的警察,出价十万。偷人五万,杀人十万,价格应该说还是合理的。可他只有偷人的胆,从来不敢伤人,平时见了杀鸡的都要晕几天。为了稳住朱永生,他就提出要先付定金,约好晚上8点在4号煤井见面。

"4号煤井?"刘跃进若有所思地问他。

"就是那个废弃的煤窑,他说那儿最安全,上次约我见面就是在那儿。"阿四神态从容地回答说。

其实刘跃进对这个4号煤井是了解的,他们来到七矿后,对所有的隐蔽场所尤其是废煤窑都做过详细的摸查。朱永生挑选这个地方见面的确是再合适不过了:因为4号煤井比其他废煤窑井下的地形要复杂得多,井巷纵横交错,极易逃遁。他思忖了一会儿,觉得阿四的话有可能是真的,于是用审慎的目光盯着他道:"他让你去杀人?还出价十万?这好像有点儿离谱吧?"

"真的!"阿四有些发急地挥舞着弯曲的双手,"他开价十万取刑警队副队长刘跃进的人头,这在道上都知道,不信你可以去问问!"

刘跃进冷笑笑:"我的头还值不了这么多钱!"

阿四故意装出大惊失色的样子"啊"了一声,然后诚惶诚恐地颤着声说:"原、原来你老就是刘队长呀,怪不得我会两次栽跟头。有眼不识泰山!有眼不识泰山!"

"好了,少来这一套。"刘跃进瞪了他一眼,"我就信你一次。

可是阿四，咱丑话说在前面，如果你要是敢玩什么鬼花样，那就不只是进拘留所的事了！"

阿四眼皮一耷拉，耸着肩连声说："不敢！不敢……"

冯自强猛拍一下他的肩膀，厉声道："你要敢耍我们，我就抠下你这对眼珠，再剁掉你这双猫爪子！"

阿四吓得浑身一哆嗦，嘴角抽动着没敢回话，低下了头。心里却在暗暗嘀咕：哼，就怕你没这个机会了……

晚上7点半，刘跃进、冯自强、凡一萍悄悄跟在阿四身后，来到了4号煤窑。浓浓的夜色笼罩着无边无际的原野，这儿没有灯光，没有机器的轰鸣，更没有上井下井喧嚷的人流。四周一片漆黑，万籁俱寂，给人一种神秘而又压抑的感觉。

刘跃进在井口外示意阿四先下去，然后与他隔开一段距离，顺着潮湿的坑道，踩着锈迹斑斑的铁梯，进了井口，慢慢移向井下。

4号井是个废弃不久的煤窑，里面的设施都还没动，幽深的巷道里停着几辆翻斗车。刘跃进他们下到井底后，就按照事先的约定停下了，等待阿四发出信号。

过了没有几分钟，远处便亮了三下手电，刘跃进和冯自强、凡一萍躬身飞奔了过去。可是根本找不到阿四的影子。刘跃进隐隐感到了不妙。

空气渐渐稀薄，显然是井口被人堵上了。冯自强气喘吁吁地对刘跃进道："妈的，我们被这小子骗了！刘队，怎么办？"

刘跃进双眉紧锁，紧张地思索着脱身之计。他知道这个煤窑有个出口，但到处是漆黑一团，根本辨不清方向，犹豫着不知该顺哪个巷道走。

就在这时，一个沙哑浑厚的声音通过电喇叭从远处传了过来："刘跃进，别来无恙啊！我不用自我介绍，你也肯定知道我是谁！

你从淮海追到珠海,又从珠海追到淮海,很佩服你的耐性呀!遗憾的是你最终还是没能抓住我,却追进了地狱!你的那位风流老婆梅玲正在那儿等着你呢,别忘了代我向她问个好!"

刘跃进当然能听出这是朱永生的声音,他仔细地辨听着发出声音的方向,带着冯自强、凡一萍悄悄向前移动。

电喇叭又响了起来:"别枉费心机了。刘跃进,你以为你还能出得去吗?我曾当过三年工兵,我的专长你不会不知道吧?你背了那么多的人命债,他们正向你索命呢!"

刘跃进猛地省悟,向冯自强、凡一萍大喊一声:"快上翻斗车!"三人跳上去之后,双腿用力,翻斗车疾速向前滑去。

"哈哈哈……"朱永生的大笑声渐响渐远,随着笑声,剧烈的爆炸声陡地响起,在翻斗车后腾起一个个火团,把煤窑映照得一片通明,巷道里浓烟滚滚,井架轰然倒塌,木柱的断裂声令人心惊。

刘跃进意识到危险正在逼近,他强迫着自己冷静,因为稍有惊慌,就会葬身煤窑之中。火光使他观察出了大概的方向,他跳下翻斗车,示意冯自强和凡一萍跟上他,向一个漆黑的巷道里奔去。

由于缺氧和烟熏,再加上惊吓,凡一萍面色发青,已有些神志不清,软软地瘫倒在地上。

时间就是生命,已经容不得犹豫。由于主坑道的支架已经倒塌,这些分支的巷道随时都可能堵塞。刘跃进拉起凡一萍,往背上一驮,拼命向前跑去。

冯自强在前面打着手电筒探路,突然发现眼前是个岔口,有两条巷道,忙回头问刘跃进:"刘队,有两条巷道,走哪条?"

刘跃进气喘吁吁地大声答道:"往左!见到发岔的巷道就往左!我上次来检查,就是这样出去的!"

冯自强回了一声:"明白!"便跌跌撞撞地沿着左边的巷道往前跑。跑着跑着,便觉得呼吸畅通了,前面似乎有淙淙的水声,一阵微凉的风悠悠吹来。他惊喜地对后面的刘跃进大叫:"刘队,咱们有救了,前面好像就是出口!"

刘跃进摸着黑慢慢往前挪动,提醒冯自强:"如果是出口,下面就有条暗河,注意千万别掉下去,要贴着巷壁走!"

冯自强按照刘跃进讲的向前移动,不一会儿,眼前便出现了一道长长的铁梯,顺着铁梯向上望去,顿现一片璀璨的星空。冯自强激动地喊道:"刘队,出口找到了!"

刘跃进累得如虚脱了般手扶巷壁喘着,凡一萍在他的背上蠕动,显然是清新的空气使她醒了过来。她声音喑哑地低声说:"刘队,你放下我吧。"刘跃进把她轻轻从背上移挪下来,关切地问:"怎么样?能行吗?"凡一萍深深地吸了口气,点点头。刘跃进搀扶着她走到铁梯下。

三个人终于爬到了井口,全都瘫倒在草丛里,大口大口地喘息着。

冯自强咬牙切齿地狠声道:"抓住阿四这个狗娘养的,我非剥他的皮不可!"

而此时的刘跃进,想得更多的则是如何才能尽快地生擒朱永生,他已经成了地地道道的魔鬼。

0 6

乔小龙开着别克车缓缓驶进玫瑰园,在58号别墅楼前停下。这还是自吴淮生郑莉结婚以来他第一次上门,心中自然免不了忐忐。他坐在车里犹豫着，猜测着等待他的将会是什么。郑莉不会对他和颜悦色这是肯定的，其实他倒不怕她冷嘲热讽，他最担心的是她在吴淮生面前太露骨，让淮生大哥看出些不正常来。

思忖再三，他终于横下心来：进去后就开门见山向她求助，答应了就多坐一会儿，拒绝了转脸就走。

他跳下车，心里虽然一阵阵发虚，但仍强撑着抬头挺胸，雄赳赳气昂昂地向楼门走去。他姿势优雅地摁了下门铃，一副上刑场的样子咬紧牙关静静等待着。

门"哗"的一声开了，郑莉探出身来，一看是他，不由得瞠目结舌怔住了。

乔小龙牵动着发僵发硬的脸皮笑了笑，很有礼貌地问候："你好，郑莉！"

郑莉这才反应过来，细细的眉梢颤了颤，不知是惊喜还是气恼。脸上紧绷的肌肉松弛下来，声音很响亮但并不热情地道："哟！稀客！乔老板光临，真让人惊讶！"

乔小龙讪讪地说："我能进去吗？"

郑莉往旁边一让，略带夸张地做了个"请"的手势，"乔总屈驾，蓬荜生辉，我们惊喜还来不及呢，岂有不欢迎之理。请进！请进！"

乔小龙也不管她是讽刺还是奚落，头一低走进了门。

郑莉跟在他的身后，对着楼上喊："淮生，你的彼得·圣吉弟弟来了，还不快下来迎接！"

"来了来了。"吴淮生顺着楼梯往下走，一眼看到了小龙，道："什么彼得·圣吉，是小龙呀！"他瞥了郑莉一眼，"小龙，她怎么给你起了个洋名？"

乔小龙苦笑笑道："是外国的一位历史老人，她这是在鼓励我呢。"

吴淮生禁不住笑了:"郑莉一见到你嘴皮子就溜了,你们上辈子肯定是冤家对头。"

乔小龙不失时机地来了个小反击:"当律师全凭嘴上功夫,这个职业尤其适合伶牙俐齿的女士。"

郑莉冷冷地扫了乔小龙一眼:"既如此,不知乔总能不能聘我去你的房地产公司担任法律顾问什么的?"

乔小龙心中一凛,后悔不该刺她一句,弄得惹祸上身,赶紧道:"不敢!不敢!"

"我就知道你不敢!"郑莉话中有话。

乔小龙不敢跟她打嘴仗了,怕她再不留神说出更露骨的话来,忙岔开话题,对吴淮生道:"哥,咱们坐下谈吧。"

"是啊,看你们俩像说相声似的,连让座都忘了。"吴淮生边说边在沙发上坐下,偷偷地向乔小龙使个眼色,"小龙,你来是有什么事吧?"说罢看了看郑莉。

乔小龙马上心领神会,拂了拂沙发扶手,很有些郑重其事的样子道:"无事不登三宝殿,是有一事相求……"

郑莉摆摆手打断乔小龙的话,站起身道:"别忙。你们谈事,我在这儿不方便,先回避一下!"说着就往楼上走。

吴淮生见乔小龙端坐在沙发上没有反应,不由得急了,忍不住用手拉拉他,向郑莉的后背努努嘴,示意他赶快张口拦住她。

乔小龙此刻的心情极为矛盾,看情形吴淮生事先没跟她打招呼,如果上来就找她办事,也显得太势利了,肯定会遭到她的白眼。

郑莉已走到了楼梯的一半,吴淮生压住嗓门,有些生气地低声道:"小龙,你怎么搞的?快喊住她!"

"你没跟她提这事？"乔小龙也小声地嘀咕。

"边鼓我早敲过了，她这是故作……"吴淮生找不到合适的词表达自己的意思，只好轻轻叹了口气。

郑莉已走到了楼梯顶端，正抬脚要踏上走廊。

乔小龙明白过来之后，也就不再犹豫了，提高声音喊道："郑莉，能请你留步吗？"

郑莉站住，回眸一笑道："怎么？你不会是找我办事吧？"

乔小龙人在屋檐下，不得不低头，仰着脸道："不错，我的确是来求你帮忙的。"

郑莉故作惊诧状："找我帮忙？乔总，你不是在挤对我吧？"

吴淮生不能不帮腔了："是的是的，小龙的确是专程来找你的！"

郑莉这才转过身来，不紧不慢地步下楼梯，在吴淮生旁边坐下，盯着乔小龙道："什么事说吧，看你这位大老板能有啥事让我这个小律师出力效劳？"

吴淮生不失时机地敲起了边鼓："有事尽管说，郑莉对你的公司可是非常关心呢，常在我面前询问你的情况，这一家人自然要帮一家人了，你说是不是？小龙你……"

"他到底是找你办事还是找我办事？"郑莉不客气地打断吴淮生，狠狠瞪了他一眼，"如果他找你有事，我回避；如果他找我有事，你不走也可以，但至少不能这么多话吧！"

"是是。"吴淮生尴尬地搓搓手，"你们谈你们谈。"他边说边站起身，"我去买菜，中午咱们好好聚一聚。小龙你可别走啊，敬关心你爱护你的嫂子两杯！"郑莉又忍不住要瞪他了，他赶紧快步绕过沙发，边走边意味深长地对乔小龙使了个眼色。

郑莉待吴淮生走出门之后，目光骤然变得阴郁起来，声音涩涩地道:"没有事你不会来看我,从来都是这样,乔小龙,你说是不是?"

乔小龙无言以对,只能是沉默。

"你现在是事业有成,爱情美满,春风得意得很呢,自然是不屑于跟我对话。"郑莉的话里不无酸意。

乔小龙不得不开口了,他抬起脸来,很无奈地道:"什么事业有成?我这不是焦头烂额来求你了吗?至于爱情……"他本要说句很沮丧的话,但想想不太合适,话到嘴边又改成,"也许对我而言奢侈了些,甘苦自知吧!"

"我知道你是个从不求人的人,谢谢你还能记得我。"郑莉目光有些迷离,"记得在大学时,你跟我从来没分过彼此,需要什么从我这儿拿了就用。你还记得吗?有一次咱们聊天,聊着聊着不知不觉就到了半夜,女生宿舍楼的大门已经锁上了,你就钻到我的床上睡了一夜。还有一次……"

"郑莉,求求你别说这些了行吗?"乔小龙听得心惊肉跳,不时看看门,惟恐吴淮生突然就闯了进来。

"小龙,你怕了是吧?"郑莉说着眼圈儿就有些发红了,"那你就不该把我推到你哥的怀抱里去!你这样就算仁义了是吧?多么了不起的侠士!"

乔小龙已不仅仅是心惊肉跳了,头皮也像过电一般阵阵发麻。他霍地站起,想想又不得不坐下,嗓子干干地道:"郑莉,咱们别说这些了好不好?我找你是有个很大的难题……"

"你的事我已经知道了,等等再说也不迟。"郑莉紧紧地盯着他,"乔小龙,看来你真是视我如路人了,连叙叙旧的耐心都没有?"

乔小龙哭丧着脸:"过去的事情就让它过去好了,你还非把这些伤疤揭开干什么,你现在不是已经开始新的生活了吗?"他换成恳求的神情看着她,"如果我有对不起你的地方,我再次请求你谅解,也希望能得到你的理解!"

"这能是轻易就过得去的事吗?新的生活?"郑莉环顾四周,"这就是我的新生活?那我还要对你感恩不尽了?"她说着不由得愤愤然起来,"除了那句'谅解''理解',你还能说什么?"

乔小龙实在是坐不住了。他缓缓地站起,也用缓缓的声音说道:"郑莉,不是我没有耐心,是现在说这些已没有什么意义。简单一句话,我的忙你能不能帮?"

郑莉端坐不动,拢了拢头发,沉默片刻后,也用平静的语调道:"那好吧,我可以告诉你,这个事我能办,但你必须回答我一个问题。"

乔小龙两眼一亮,坐回沙发,忙问:"你说吧,什么问题?"

"很简单。"郑莉说得也如乔小龙一样干脆,"你还爱不爱我?"

乔小龙没料到她会提出这样的问题,不由得张口结舌,怔住了。

"无论你做出怎样的回答,只要是你的心里话,我都会帮你办成贷款的事!"郑莉说罢,静静地等待着。

乔小龙眼中的希望之光渐渐暗淡下去,双眉紧紧地绞到了一起。因为这是个他根本就无法做出回答的问题。

沉默。久久的沉默。

郑莉神态平和地注视着乔小龙,下嘴唇被雪白的牙齿咬出了几个青紫色的齿痕来。

乔小龙终于嗫嚅着开口了:"郑莉,我刚才已经讲了,我不配再谈爱情。而你爱的人应该是淮生大哥,他也值得你去爱。"

郑莉眼中的泪水夺眶而出,声音却是寒气逼人:"你再说一遍。"

　　乔小龙不敢和她的眼睛对视，声音更低了："也许这就是咱们的命，还是认命吧……"

　　"滚！"郑莉突然可着喉咙大吼一声。

　　乔小龙条件反射般从沙发上弹了起来，神情愕然地看着她。

　　郑莉起来就发疯般地把他往门口推，边推边哭喊着："滚蛋！你这个伪君子、伪君子……"

　　乔小龙脚步踉跄地奔到别克车旁，抖着手拉开车门，跳上去，猛轰油门，车忽地蹿出。

　　吴淮生这时正巧走到门口，手里拎着满满一篮菜，跟在车后跑着，嘴里大声喊："哎，小龙，别走呀！"看车子渐开渐远，不由叹了口气……

第十三章

危机四伏

长江大厦。位于18楼的鑫龙房地产公司门前走廊里挤满了人,全都是交了购房款的业主,是来要求退款的。他们情绪激动,大呼小叫。阿海和销售部的职员在向他们做着不厌其烦地解释,让他们放心,说鑫龙大厦不会有任何危机。

01

煤窑遇险,使刘跃进确认了范阿四与朱永生的非常关系。他和冯自强、凡一萍认真研究商讨后,制定了下一步的侦查方案:先擒阿四,顺藤摸瓜,寻出朱永生的下落。

阿四是唐河矿区的"名人",查他并不困难。只用了两天时间,他的情况就反馈上来了。此人生平只有两大嗜好,一偷一赌,他是三天不偷手痒痒,三天不赌心痒痒。摸清了他的这些特点,一个捉拿他的完整行动计划便在刘跃进胸中自然而然形成了。

第二天,冯自强和凡一萍便住进了有"小锦江饭店"之称的贵宾楼。冯自强一身名牌行头,又有美丽的秘书小姐相伴左右,俨然一副大煤商的样子。这矿区因为远离城市,休闲娱乐生活极为单调贫乏,所以赌博便成了矿工们的主要消遣方式。冯自强以煤商的身份出现在社交场合,自然吸引了不少道上人的目光,加上他对赌牌表现出了浓厚的兴趣,就更让那些觊觎他口袋里钞票的赌鬼们跃跃欲试。几场下来,冯自强小试牛刀,赌运竟然不错,赢多输少,使那些赌坛高手不敢再小觑他的实力。经过数场征战,他很快便成了道上响当当的人物。

再说阿四,自从干了煤窑诱敌那事之后,在朱永生的严令之下,缩着头窝了几日。可他生性好动,是个浪荡惯了的"梁上飞客",哪能耐得住这等寂寞孤苦,与其这样,还不如去蹲监狱呢。于是便蠢蠢欲动,尤其是听手下介绍赌坛又出了个风云人物,而且腰缠万贯,更是如百爪挠心,忍不住要出去会会高手,玩他几票。

这一天,一个手下悄悄告诉阿四,晚上储煤场的六号大煤仓有一个场面宏大的赌局，周边几个矿的高手和淮海市的知名人物都将云集此煤仓，来一场龙虎斗，肯定是台好戏。阿四心动了，暗想这么大的场子，如果手气好了，赢他个百八十万的是小菜一碟。便吩咐手下去订位子，决心在这个"群英会"上大展身手。

冯自强把储煤场将要举行"豪赌"的情况向刘跃进做了汇报。刘跃进认为如此规模的赌博活动，阿四极有可能参加，他在唐河矿区有"神偷赌圣"之称，这样的机会他岂能放过。可是在这种场合抓他，风险很大。市公安局治安部门曾组织过对矿区赌博活动的打击行动，其中有几次都遭受了损失，主要原因就是场面太大，参赌人员太多，有一次警车都被赌徒掀翻了，抓赌的治安警察也有十几人受伤。因此，刘跃进和冯自强、凡一萍对行动的细节进行了反复推敲，以尽可能地避免"炸场子"，如果阿四出现在赌场，就悄悄地捕获，绝不能暴露身份，否则，后果就不堪设想了。

晚霞刚刚褪去最后一抹余晖，就有三五成群的人向储煤场聚拢了。夜幕降临之后，储煤场大门前的街口路边便亮起了星星点点的电石灯，有卖小吃的，有摆香烟摊的，有兜售介绍赌技的书刊，吆喝声四起，甚是热闹。由此可见矿区赌风之盛。

紧接着，一辆又一辆或豪华或一般的轿车穿梭般开进了储煤场，一股股黑色的烟尘弥漫开来，不一会儿便雾蒙蒙地罩住了矿区的夜晚。

偌大的储煤场虽然并没有人维持秩序，但车辆排列得整整齐齐，来这儿的人显然都有着极高的自觉性，不想因为一些小事影响自己的情绪，坏了赌运。半个小时不到，储煤场竟停了足足有一百多辆轿车。

晚上8点整，刘跃进身穿高领风衣，摇摇摆摆晃进了储煤场,又慢慢踱进了六号煤仓。好家伙,果然是场面宏大,气势非凡。只见煤仓内灯火通明,中央一溜摆着十几张长方桌,赌徒足有几百号人,真能称得上是人头攒动,如鲫过江。但这儿却异常地寂静,赌徒全都如哑巴般打着手势交流,可见他们的组织纪律性之强。刘跃进顺着赌桌踱过去,发现这些桌子原来是以赌资数额大小区分的,钱多钱少都可以过过赌瘾,显示着赌徒们也挺讲公平的。

冯自强此时正坐在最靠里的赌台上,这个赌桌与其他的桌子明显不同。不知是出于防止抽千作弊的目的还是为了看牌更清楚些,桌面竟然是用漆黑的生铁铸成的。这个桌子的赌资额度也是旁边的赌台所无法攀比的:底数不能低于一千元,而往上则不封顶。从围桌而坐的赌客那衣着修饰和颐指气使来看,也都是非同一般的人物。

刘跃进在冯自强对面的空位子旁站住了,后面的一位赌徒悄悄告诉他说,这个位子已经有人订下了。刘跃进微微一笑,便又往旁边站了站。靠在冯自强身后的凡一萍看到了刘跃进,碰了碰正在全神贯注看牌的冯自强。冯自强抬起脸来,与刘跃进对视了一眼。刘跃进投去询问的目光,冯自强轻轻摇了摇头。

刘跃进有些失望。难道这个阿四真成了缩头乌龟?如果这么大的场子他也不来参加的话,那自己的侦查方案就没有什么希望了。他正在暗自嘀咕,突然上来两个壮汉把他拨到一边,只见一个弓身缩脖、半个脸窝在大围巾里的精瘦汉子像受惊的泥鳅般"哧溜"钻到赌台旁的空位子上坐下了。刘跃进从那熟悉的身影和习惯动作一眼就认出此人正是阿四,便以迅疾的动作猱身贴了上去。

阿四按赌场规矩摘下遮到额头的线帽,解下脖子上的围巾,递给了旁边的手下,然后依照惯例用目光向赌友寒暄。他的眼珠转到冯自强突然凝住了,使劲眨巴眨巴眼,身子便欲往上弹跳。刘跃进的一只大手牢牢地摁住了他的肩膀。阿四此时已顾不得赌场的"纪律",嘴咧到耳根处,惊呼:"冯……"

刘跃进铁掌用力,阿四肩胛骨一阵酸麻,痛得他没能喊出下面两个字,直往回吸溜凉气。刘跃进附在他耳边低声道:"你敢胡说八道,我马上就讲你是警方的卧底!"

阿四吓得浑身一抖。他很明白,刘跃进一旦讲他是卧底,那他非被砸成肉酱不可。他眼珠转了两转,声音降低了八度:"冯老板,幸会、幸会……"冯自强以点头回了礼。

阿四不得不胆战心惊地压注、收牌,勉强支撑着快要瘫了的身架。三圈下来,他手边的钞票去了厚厚一摞,汗珠一层接一层地冒了出来。刘跃进悄悄从腰间抽出手铐,把阿四的左手腕铐在自己的右手腕上,用袖子遮住。阿四急得泪水都出来了,却又不敢作声,旁边的赌徒们心思全在牌上,根本没人去看刘跃进和阿四桌下的"交易"。阿四又赌了两圈儿,钱只出不进,人像掉到干沟里的泥鳅般无奈地扭动着。站在他旁边的手下也急得抓耳挠腮,满脸的沮丧。

刘跃进咬着他的耳根道:"是不是该换换手气了,咱们出去聊聊?"

阿四当然明白刘跃进的意思,这一出去他肯定是回不来了,便赖在那里不愿动弹。

刘跃进又道:"偷来的钱不心疼是吧,那好,我就等着你输光再走。"

阿四知道自己是在劫难逃了,于是乖乖地站了起来,示意手下替换他。

刘跃进牵着阿四穿过人群,往外面走。阿四越想越怕,看看这么多的赌友有些不甘心,便想做最后的挣扎,于是可着喉咙干号一声:"警察!"

赌台上的赌徒们有些惊愕地一齐看向阿四,但却没人动。刘跃进抖了抖腕上的手铐道:"喊吧!今天是我死你死,我活你活!"

阿四蔫了,脖子不觉又缩了回去,对近处的几个赌徒苦笑笑道:"开个玩笑,开个玩笑……"

一个满脸胡须的大汉照他屁股踹了一脚,恶狠狠地道:"开什么狗屁玩笑!警察是你爹,喊什么喊?"

阿四龇牙咧嘴地捂着屁股,彻底绝望了,只能随着刘跃进屁颠屁颠地向门外走去。

02

厚厚的窗帘遮住了室外的光线,乔小龙窝在总经理室的沙发里,头仰枕在扶手上,双眼大睁着,一动不动地盯着天花板。

林非两只胳膊交叉抱在胸前,边慢慢地踱步边不时发出轻轻的叹息声。

"你别走了行不行?弄得人头晕!"乔小龙没好气地说。

林非在乔小龙身边坐下,很沮丧地低声道:"只还有明天一天的时间了,到了期限交不出钱,他们一停工,麻烦就大了!"

乔小龙没睬她。这话用不着她讲,是明摆着的事。

"你找郑莉贷款,那不是自讨没趣嘛,她怎么可能帮你!"

"你说够了没有?"乔小龙脸色阴沉,声音也是冷冰冰的,"别再讲这些废话了行不行？"

　　林非被乔小龙罩着寒霜的几乎变形的嘴脸吓住了，头一低，垂下眼帘，紧紧闭上了口。

　　电话铃声突然响了。乔小龙无动于衷，好像根本就没有听见。

　　电话坚持不懈地响着。林非忍耐不住了，起身走到写字台旁，拿起了听筒，问道："喂，哪位？"

　　吴淮生的声音在寂静的房子里清晰可辨："是林非吧？小龙在吗？"

　　林非忙答道："在，在。"说着把话筒举向乔小龙，见他眯上双眼一副不愿听电话的架势，只好又把话筒放到身边，"他刚刚出去，有事需要我转告吗？"

　　吴淮生提高了声音："事情很急，你要马上找到他，让他到我办公室来一趟，郑莉已经把贷款的事办好了，是五百万！"说罢卡了电话。

　　乔小龙没等林非放下电话，早已从沙发上跳了起来，抄起沙发背上的外套，冲出了房门。

　　…………

　　在郑莉的帮助下，资金问题终于得到了解决。乔小龙起死回生，大厦的建造顺利进行。五层、七层，到第十层时，等待观望的客户们便蠢蠢欲动了，毕竟在土木工程没结束之前的房价要比竣工之后的价格优惠得多。十套、二十套、五十套，销售部门喜讯频传，一楼的门面房已基本售空，商场的铺位和餐厅的大部也已被人预订。正如林非预料的那样，资金的回流为大厦的建设注入了勃勃生机，大厦一天一个高度，日渐吸引了更多的房客。

　　就在这时，香港鑫盛公司的总经理费百夫又来到了淮海。

　　乔小龙对费百夫的不讲信誉已是深恶痛绝，自然不想见他，便让阿海出面接待。但费百夫坚持要见乔小龙，数次让阿海通报。

林非劝乔小龙最好还是见他一面，因为目前毕竟还打着他们的牌子，弄得太僵会影响大局，而且合同上已注明二八分成，那就必须把那四百万要过来。乔小龙觉得林非说得有些道理，就勉强同意了。

费百夫似乎是为了表示歉意或是诚意，亲自携周莎莎来到长江大厦鑫龙房地产公司登门拜会乔小龙。阿海把他们迎进会客室，落座之后告诉费百夫，乔总正在和客户洽谈售房事宜，请他少候。费百夫很清楚这是乔小龙故意在冷落他们，只好干坐在沙发上耐心等候。

足足有一个小时，乔小龙才在林非的陪同下慢步走进会客室。费百夫忙欲起身寒暄，乔小龙摆摆手道："请费总不必客套，咱们还是实在些好！"

费百夫自然能听出乔小龙的弦外之音，有些尴尬地搓搓手说："那是那是，咱们之间是不必再要那些繁文缛节，一家人嘛！"

乔小龙在对面的沙发上坐下之后，便来了个先声夺人，道："费总这次亲自来淮海，是送那拖欠的四百万资金吧！"

费百夫干笑笑，耸耸肩道："乔总可能对这件事有些误会。其实这四百万对于我们公司来说，乃区区小数目。主要原因我现在不妨如实相告。"

乔小龙静静地坐着，摆出一副洗耳恭听的样子，看他能编出什么让人信服的假话来。

"在我们的合作上，我是极有兴趣的，不然不会主动跟你们联系。平心而论，我费某也是尽了力的。"费百夫绕了几个弯之后，不得不进入实质性的问题，"可是，就在我们的合作顺利进展时，有的董事提出异议,所以无法按约定的时间汇出资金来。"

乔小龙略略有些讶然地"哦"了一声,然后问道:"什么异议?"

"这不是明摆的事吗?说到底还是个钱字在作怪。他们认为,二八分成不太合适,比例有些失衡。"

乔小龙心中的气"腾"地就冒了上来:王八蛋,真会找借口,你早干什么去了?差点把我推进了深渊!现在我渡过了难关,形势一片大好,你又想来占便宜,提出什么比例失衡。滚你妈的蛋,老子现在不缺资金,你要挟不了我!乔小龙想到这儿,压住心中的火气,淡淡地问道:"你认为什么样的比例才不失衡?"

"他们提出三七分成,认为这个比例才是最合适的。"

乔小龙冷冷一笑:"如果你们早些时候提出这个要求,也许我会答应。但现在是黄瓜菜已经凉了。我可以明确地答复你,这是根本不可能的!"

费百夫作出无奈的样子道:"那四百万资金可能就很难到位了,你是不是再慎重考虑考虑?"

"不必考虑!"乔小龙站了起来,"我还要明确地告诉你,倘若四百万资金到不了位,那原先商定的二八分成也就很难成为现实了。因为合同上已经写得很清楚,就用不着我再多费口舌了吧?"说罢就欲往外走。

费百夫忙道:"乔总,请您冷静些,我们可以再商量一下嘛,不能因为这个影响我们良好的合作关系。"

乔小龙一字一顿地道:"很简单,十日之内四百万资金到位,我们就还是伙伴关系,一切按原先的合同条款执行,否则,一切后果由你们负责!"

费百夫露出故作为难的表情,双手一摊:"……你看,这……

这……"

乔小龙已经没有了和他饶舌的耐心，以生硬的口气道："有关问题你和我的助理杨海先生商谈吧，我还有事，恕不奉陪！"说罢便大步向外走去。

费百夫向林非和杨海做了个很遗憾的表示，轻轻叹了口气……

乔小龙在总经理室的高背皮椅上坐下，便打开了电脑，浏览销售部的明细表。林非轻轻走到写字台前，不无担心地说："小龙，你这么做是不是有些不合适？"

"有什么不合适？"乔小龙双眼没有移开荧屏，"他们差点儿没害死我，现在看桃子就要熟了，又想来摘，还狮子大开口，要三七分成，做梦！难怪人说香港是文化沙漠，他连'耻'字是怎么写的都不知道！"

林非用纤纤玉指轻叩写字台："我们是被这个香港佬坑苦了，可是我总怕会惹出麻烦。"

"麻烦？能有什么麻烦？"乔小龙不由得抬起脸来，"我们跟他有合同，在法律上是能站得住脚的，他又能闹腾出什么浪花来，最多散伙。我们现在资金充足，销售部报来的表上显示已经卖了六千多万的房子，根本就不用怕他们！"

林非若有所思地道："商海诡谲，江湖险恶，我们不能不小心些，有些人为了私利，是什么坏点子都能使出来的。"

"我们有法律作后盾，就什么都不用顾忌，至于别人要干什么，我们的态度就只有四个字：悉听尊便！"乔小龙是学法律的，所以显得很自信。

"有时候法律并不一定管用。"林非轻声道。

乔小龙觉得林非有点儿杞人忧天，太啰唆了，便不想再跟她谈下去，目光又转向了电脑荧屏。

林非仍不厌其烦地道："该说的我都说了，以后万一出了问题，可别怪我没提醒你！"

乔小龙不再理睬她，专心致志地看着电脑上的表格。

03

刘跃进擒住阿四之后，为防万一，当天夜里便和冯自强、凡一萍将他押到刑警队，关进置留室里。

已经三天过去了，对阿四的审讯一直没有进展。这小子虽然是一副贼眉鼠目、胆战心惊的样子，但却挺硬气，不知是出于对朱永生的"忠诚"，还是怕受到法律的惩处，就是不讲实话。要么就是避重就轻，说些偷鸡摸狗的陈芝麻烂谷子，要么就要刁放赖，干脆来个死猪不怕开水烫，一声不吭。

刘跃进可不能就这么无休无止地跟他泡下去，与擅长审讯的冯自强认真商定了一套周密的审讯方案，决定最后再对他进行一次审讯，如果仍不能取得突破，就把他送进看守所去"清醒"，然后他们要迅速返回唐河七矿，通过别的途径寻查朱永生。

阿四坐在预审室的凳子上，一见刘跃进和冯自强、凡一萍进了门，就连忙立正站起，点头哈腰地道："刘队长，自你昨天开导之后，我一宿没睡，脑子总算开了窍儿。这以后绝不能轻易上当受骗，跟人家没什么深交，只见过两面，就被他花言巧语迷昏了头。再加上他又塞了几个小钱，就干出了这种伤天害理没屁眼儿的事。这个姓朱的，真他妈不是玩意儿！"

刘跃进也不看他，打开公文包，掏出抬头有"逮捕令"三个大黑字的硬纸，故意让阿四看到，浏览一遍之后，又塞进了包里。然后很严肃地跟旁边的冯自强嘀咕了几句,接着转过脸向凡一萍点点头。凡一萍掏出讯问笔录,做好了记录准备。

阿四见这次与上几次从气氛到他们的表情还有神神秘秘的举止都大不相同,心里不觉嘀咕开了。尤其是见刘跃进亮出了逮捕令,就更发虚了。心想,看样子他们这回是来真格的了,得做好一切防备,别被他们套住了。

刘跃进扫了他一眼,以很沉静的口气道:"说呀,怎么不说了?以后也许就没有机会了,到了号房里,可只能对着墙磨嘴皮子了。"

阿四眨巴眨巴小眼:"你们真要逮捕我?刘队长,冤枉啊!我是受了姓朱的胁迫呀!我上有八十岁的老母,下有……"他忽然想起自己还没结婚,便说道,"年幼的弟弟妹妹,他说如果我不干,就杀我全家,我是被逼无奈啊!"

"胁迫,还有钱的诱惑,对吧?"刘跃进说着猛地板起了脸,"范阿四,你听清楚了,今天你所说的一切,都将记录在案。这也是我们给你的最后一次机会,何去何从,你可要想明白了,别到了法庭上再吃后悔药!"

阿四见这阵势是挺庄严的,眼珠便转开了,妈的,真要来荤的吗?公安审讯向来都是一敲二诈三吓唬,得再试探试探。于是道:"刘队长你看,我一点儿假话都没敢说。谁都知道检举主犯,提供线索能立功,能从轻发落,坦白从宽嘛,态度决定出路嘛!可是我……"

"够了!"冯自强一拍桌子,"你阿四真是不知死的鬼,你的一条腿已经伸进棺材了知不知道?还在这儿油嘴滑舌!我问你,你是怎么认识朱永生的?"

阿四抬抬眼皮,顺口答道:"是在赌场。当时我……"

冯自强不耐烦地打断他："重复的话就不要再啰唆了，我们没闲工夫听你编故事！"

阿四头一低，咕哝："我真是在赌场认识他的，也就是一面之交。"

"范阿四，你的确让我们失望。"刘跃进开始点阿四的命穴，"袭警和故意杀人你应该知道罪有多重。胁迫也好，诱惑也罢，朱永生抓不住，这些罪只能是你一个人扛着。再说了，朱永生的情况你了解多少？我可以实话告诉你，他已经身负几条人命，是个犯了死罪的逃犯。你说到底只是个小偷小摸的贼，也许是受了他一些小恩小惠，就这么为他卖命，甘愿当他的殉葬品，值得吗？阿四，你毕竟还有改过自新的机会，活着比什么都好，你应该做出自己正确的选择。"

阿四的心动了，尤其是刘跃进后几句话。在他的胸中荡起了一阵阵涟漪。暗道：原来这小子是个杀人犯，怪不得连警察都敢炸，这浑水是不能蹚，我充其量只不过是个吃浮食儿的小小"娄阿鼠"，干吗要为一个亡命死囚卖命？识时务者为俊杰，刘队长说得对，活着比他妈什么都好……

刘跃进见阿四表情有所变化，知道自己的话起了作用，于是再加一把火："你阿四是个人精，在这种命运攸关的大问题上可不能犯傻。我们为什么抓你，审你，说到底是为了抓住朱永生。而且也只有抓住他，你的罪责才能减轻。孰轻孰重，你掂量掂量吧！"

阿四终于抬起了头，迎着刘跃进期待的目光道："刘队长，我他妈不是人，让你们给我磨了几天嘴皮子。我的确不知道姓朱的是杀人犯，也怪我财迷心窍。我前两天的确没讲实话，老是穷讲什么江湖义气。你问吧，只要是我知道的，我全一点不漏地坦白交代。"

"这就对了。"刘跃进紧绷着的脸松缓下来，语调也轻松平和了许多，问道："你先讲讲和朱永生认识的经过吧。"

"这个姓朱的现在不叫朱永生，改名叫朱大可，我们顺着音儿都叫他朱大哥。你知道，我的谋生技能都在这双贼手上，也有二十几个小徒弟，就成立了个大刀会，其实大刀不会耍，玩的还是'钳子'。但老百姓家的东西我们很少偷，主要是偷大款、偷公家。矿上很有油水，物资也丰富，是我们的主要目标。没承想姓朱的去了之后，我的几个手下接连栽在他手里了，可他抓住后又毫发无损地放了，于是我就想结识这位讲仁义的大侠。"

"你说他抓了你的手下？"刘跃进有些疑惑地打断他。

"哦，我忘了交代了。"阿四忙补充说，"他是矿巡逻队的指导员，一到晚上就围着矿区转。"

"指导员？"冯自强和凡一萍都禁不住喊出了声。

"是呀，要不然他怎么能隐藏这么深，让你们连个影子都抓不到。"

"他是怎么进矿巡逻队的，又是靠谁的关系当上指导员的，这些你知道吗？"刘跃进很严肃地问。

"那我就不太清楚了。他对这些封得挺严的，从来是只字不提，我也没敢问他。"

刘跃进略作沉吟，接着问："据你平时的观察，他和哪些矿领导走得比较近？"

阿四皱起稀疏的秃眉，很认真地想了好大一会儿，才不是有十分把握地道："有一次我去他的办公室，听到他在跟一个矿长通电话，口气挺不一般，但那个矿长姓什么，我实在是记不起来了。"

"他住在哪儿？"刘跃进见阿四的确对朱永生的关系人不太清楚，就改变了问题。

"吃、住、玩，都是在巡逻队。他是白天睡觉，晚上活动，跟我的生活习惯差不多。"

"市里他有没有朋友？"

"他没讲过，我知道的就只有一个贺宝宝。"

"市里有人去矿上看过他吗？"

"没有。但据我的两个手下告诉我，有一天夜里，他们在'干活'时，发现他在和一个市里去的年轻人讲话，就在煤矸山旁边。那个年轻人穿一身黑衣，开着一辆黑色的轿车。讲完话那个年轻人走后，他挺生气的。"

刘跃进心中清楚，阿四所说的年轻人就是那个像幽灵一般的神秘黑衣人。由此可见，朱永生蛰伏在矿区肯定与他有密切的关系。现在终于弄清了朱永生的下落和藏身之处，当务之急应当是快速出击，趁他还没有察觉时，一举将其擒获。

结束对阿四的审讯已是深夜。刘跃进和冯自强、凡一萍经过研究，认为对朱永生应该秘密抓捕，尽可能地不惊动任何人，防止走漏风声。他们向局长田明亮汇报后，便带着一个班的武警，驱车直奔唐河七矿。

车到矿区外围，刘跃进为保证万无一失，没让车进矿，带着武警悄悄摸向巡逻队队部。

巡逻队的值班室里亮着灯光，几个身穿保安服的青年正在打扑克。刘跃进让冯自强、凡一萍带人把住出口通道，然后率几名荷枪实弹的武警突然破门而入，摁住了几个巡逻队员。巡逻队员不知发生了什么事，吃惊地看着刘跃进。

"你们的指导员叫什么？"刘跃进把手枪插进套，沉声问道。

"叫朱大可。""谁不知道朱大可的名字！"几个保安纷纷回答着。

"人呢？"刘跃进的声音突然变得严厉。

一个年龄稍大些的保安道："他请病假了，不然我们哪儿敢玩扑克。"

刘跃进一怔："什么时候请的病假？"

"有三四天了，说是得了什么癌，挺重的，去市里住院了！"一个小青年抢着回答。

完了！刘跃进顿时心凉了半截。显而易见朱永生已得知阿四落网，为防万一，溜了。他对几个武警挥挥手，有气无力地吐出一个字："撤！"

在回城的路上，刘跃进缩在警车的后排角落里，思索着下一步的侦查方案：朱永生还会待在矿区吗？从他目前的状况看很有这个可能。因为他毕竟笼络了一批黑道上的亡命徒，加之有矿上要员做保护伞，相对来说比外逃安全多了。而且还有一个重要因素，就是他和那个神秘的黑衣人需要相互呼应。一想到那个黑衣人，刘跃进就不由得头疼起来，直到现在仍未查出此人的身份，真是神龙见首不见尾。此人究竟要干什么？又是否已经干了什么？因为朱永生，他无法腾出时间和精力去调查这个藏得很深的家伙，可要揭开这个谜，也只有先抓住朱永生才能达到目的。从阿四所供述的情况分析，朱永生在矿区的保护伞肯定不是一个简单人物，不然不可能进巡逻队，而且还当上了指导员。看来只能从此入手了，如果能查出这个大人物，不仅可以找到朱永生，说不定还能揪住黑衣人的狐狸尾巴，使其暴露在光天化日之下。

刘跃进睁开了眼睛，只见两条雪亮的车灯劈开了浓重的夜色。他的眼前也渐渐明亮起来。

04

鑫龙大厦在节节升高,销售业绩也在步步增长,在楼房建到二十层时,预售房款已达到八千多万。乔小龙踌躇满志,等待着最后辉煌时刻的到来。

然而就在这时,意料不到的事情发生了。

费百夫以鑫龙房地产开发有限公司董事长的身份在市内各大报纸、电视台、广播电台刊登播发了一条严正声明,宣布免去公司总经理乔小龙的职务,其开展的所有业务均属无效,以后从事的任何事宜均与鑫龙无关……

声明在淮海市房产界引发了一场强大的地震,人们对乔小龙纷纷侧目,而已购买了鑫龙房产的业主们则惶恐不安起来。

长江大厦。乔小龙坐在总经理室的写字台后目瞪口呆,突如其来的变故使他陷入一片懵然之中。林非快步冲进来,手里扬着一张晚报,气咻咻地大声道:"卑鄙!真是太卑鄙了!"

乔小龙自语般道:"只有在金钱和贪欲面前,卑鄙才能暴露得如此充分!"他说着目光开始活动,瞥了林非一眼,抖了抖面前的报纸,"世上万事万物都是有止境的,只有卑鄙和无耻没有止境!"

林非满脸通红,额上沁出一层密密的细碎汗珠,在沙发前转着圈子,音调急促地道:"我早就提醒过你,商场险恶,有的人为了自己的利益,是什么坏事丑事都能干得出来的。你看,被我言中了吧?"

"我们有法律保护,他们这是枉费心机!"乔小龙把报纸揉成一团,丢进废纸篓,"对这种行径,必须针锋相对,不能有丝毫的退让!"

林非站住，忧心忡忡地道："这些道理谁都懂，可是解决这件事，毕竟要有个过程，法律不可能立刻就澄清这纠纷。我怕的是此举会引起业主的恐慌，造成不良的连锁反应，那样我们就会陷进泥坑，面临十分艰难的处境。这些你不能不做个周密全面的考虑。"

乔小龙抬起脸，问道："那个费百夫在哪儿？"

"住在淮海饭店。阿海已经去找他交涉了。"林非回答说。

"走吧。"乔小龙拿起装着合同的公文包，"我去见见这个王八蛋，必须尽快做个了断！"

林非跟在他的身后，快步走出总经理室。

乔小龙和林非来到淮海饭店，乘电梯上到十二楼，刚走出电梯间，就听到1202房间里传出阿海愤怒的叫喊声："你是什么港商？我看你是他妈的流氓！是骗子！心术不正，缺德坑人是要遭报应的！"

费百夫的声音虽然不大，但却十分刺耳："杨海先生，请你文明些，我跟你无话可谈，请让你们的乔总来。"

阿海有些怒不可遏了："你还配讲文明？你根本就不是人！你是条白眼狼，是条香港疯狗，是垃圾！"

"请你出去！马上出去！"费百夫提高了声音，在下逐客令。

"那好，你个狗娘养的跟我没话谈，我就让这个跟你对话！"阿海的话音刚落，房间里便传出了"扑通、扑通"的响声，显然是动起手来了。

乔小龙吃了一惊，忙紧赶几步，推开了房门。只见阿海挥拳猛击，费百夫抱头鼠窜，嘴里连声喊着救命，狼狈的样子令人忍俊不禁。

林非尖着嗓子喊："阿海，快住手，乔总来了！"

阿海恨恨地收住拳脚,一副意犹未尽的神情。

费百夫眼镜斜挂在耳朵上,领带松松地垂吊在胸前,衬衣领口被撕裂开来。他一跛一拐地走到乔小龙面前,哭丧着被打得泛着青紫的胖脸道:"乔总,你看这……这……"

乔小龙心中感到特别的舒服,眼睛斜视着费百夫,那目光分明在说:你这样的小人不仅欠揍,而且应该受到道德的审判,如果法律允许,我真想把你从这楼上丢下去。但嘴上却说:"费先生,对阿海的鲁莽,我表示歉意。可你的做法,也的确让人忍无可忍!"

费百夫自知理亏,一屁股瘫坐在沙发上,不作声了。

阿海余怒未消,猛地抬腿把写字台前的椅子踢翻在地。

费百夫条件反射似的抱起双臂挡住脸,头上的汗又冒了出来。他好像明白好汉不吃眼前亏的道理,脸上松弛的皮渐渐往上聚拢,硬硬地堆出笑来,声音柔和得有些发颤:"乔总,有事咱们可以坐下来好好商量。您知道,我这也是被逼无奈呀!"

"被逼无奈?"乔小龙缓缓地在旁边的沙发上坐下,"你这话真是让我听不明白。你们失信在先,现在又突然从背后来了这么一刀。费先生,你不觉得这么做有些太卑鄙了吗?"

费百夫似乎已从刚才的惊骇之中恢复了过来,眼镜片后面的目光又隐隐透出了几分狡诈,用很伤感的语调道:"为了与你们合作,我费某是殚精竭虑啊,你现在大厦建造顺利了,就把我踢到了一边,对我的小小要求置之不理,这让我怎么向董事局交代?"

乔小龙见费百夫又耍起了无赖,心里不觉又火了,沉声道:"费先生,这个话题我们已经谈过无数遍了,孰是孰非,你心里应该是清清楚楚。你也算是商界的耆宿了,应当明白商场最起码的游戏规则!"

"不论怎么说,我们毕竟付出了,而商场合作伙伴的原则应该是互惠互利嘛!"费百夫又玩起了强词夺理的把戏。

乔小龙皱起了眉头,耐着性子道:"我已经郑重其事地向你做出了声明:在十天之内将四百万资金划拨到位,可以不计较你们拖期的责任,依然按原合同条款执行。我这边已经够宽容了。你们又想获利,又不愿意投入,怎么可能有天上掉馅饼的好事!"

费百夫已经是镇定自若了,他抬了抬眼镜框,道:"问题的核心或是说焦点并不在这上面,而是在分成的比例上。你看……"

乔小龙凛然答道:"这是绝对不可能的!我们的合同已经产生了法律效力,你这么无理无据地胡来,如果不是法盲,就是心存不轨,别有用心。请费先生不要忘了,香港可是最讲法治的社会!"

费百夫依然涎着胖胖的脸道:"乔总,只要您答应三七分成,我马上就在媒体上重新刊播声明,澄清我们的误会,清除不利的影响。咱们化干戈为玉帛,共同在淮海房产界开创出一番天地来,您看如何?"

乔小龙再也无法和这种恬不知耻的商界败类相对而坐了。他腾地站起身,落地有声地道:"费百夫,你错了!我是个从来不在压力面前低头的人,何况你这赤裸裸的讹诈!我最后一次严正警告你:如果你不尽快采取措施,消除影响,我们的合作关系将到此为止!而且由此产生的一切后果和法律责任将由你们承担!"

费百夫耸了耸肩,脸上浮出意味深长的冷笑,看着乔小龙和林非、阿海消失在门口的走廊里,顺手抄起了电话听筒。

05

唐河矿区的白天，永远都是喧嚣的。井架上的天轮在轰隆隆地转动，乌油油的煤炭如跌落山涧的溪流般哗哗地飞泻而下。运煤的卡车来往穿梭，车后荡起一股股黑色的尘雾。和夜班交接的矿工换上了黑油油的工作服，戴上矿灯，正排队等候在吊罐旁，准备下井。

刘跃进和冯自强、凡一萍并肩走在矿区的大道上。朝阳染红了他们身上挺括的藏青色警服，徐徐吹来的晨风撩起凡一萍露在帽檐下的几绺秀发。她轻声问刘跃进："刘队，咱们先找哪个部门最合适？"

冯自强抢过话来答道："当然要找矿领导，找其他部门不会管用。"

刘跃进点点头："对，既然我们要敲山震虎，就先找他们的一把手、矿长！"

他们边说边走，很快便来到了矿办公大楼门前。刘跃进向门卫出示了证件，说明了来意，门卫马上拿起电话联系，然后道："侯矿长正巧在办公室，他请你们上去。"

侯矿长很热情，迎上前来，与刘跃进等一一握手，让座，然后又忙着泡茶、递烟。寒暄过之后，这才询问刘跃进有何公干。

"有个案子，牵涉到你们矿，想找您了解一下情况。"刘跃进开门见山。

"当然当然。"侯矿长的枣核脸挤满了笑，"你们刑警队的，肯定是为案件。请刘队长尽管讲，只要是我知道的，一定提供。"

"谢谢侯矿长的支持。"刘跃进掏出笔记本打开，"不知侯矿长对矿夜间巡逻队的情况是否了解？"

侯矿长心一沉，不由得嘀咕开了：刚才门卫打电话说有刑警找，他就意识到有些不妙，猜测是不是为朱永生的事。难道这小子暴露了身份？当初掩藏他，他心里就不情愿，无奈有把柄在智慧手里攥着，只能咬着牙接受了。可他没有一天心神安宁过，提心吊胆，惟恐被公安发现。他心里非常清楚，一旦被公安侦查出来，等待他的将是什么。现在果然东窗事发了，不然这位刘队长不会直截了当地就问巡逻队。他沉吟了一会儿，见刘跃进用审视的目光盯着他，赶紧稳一稳自己躁动不安的思绪，作出很随意的样子道："巡逻队？不知刘队长想了解哪方面的情况？"

刘跃进马上接口道："当然是人员方面的情况。"

侯矿长打开抽屉，故意翻找了好大一会儿，才取出一个皱了边的簿子，拍了拍说："这个就是他们的花名册，如果需要的话，你可以随便看。"

刘跃进很认真地仔细浏览了一遍，没有发现朱大可的名字。他稍稍思索了片刻，没有直接问为什么漏掉了朱大可，决定先做个试探，于是合上花名册，问道："巡逻队的这些人你是否了解？"

侯矿长见躲是躲不过去了，只好硬着头皮答道："只能说是基本了解一些。因为虽说名为巡逻队，其实人员全都是招聘的临时工，只有队长是矿里的干部，所以我也只对队长有个大致的了解。"

"那指导员呢？"刘跃进突然问道。

"指导员？"侯矿长怔了怔，伸出干枯的手指揉了揉脑门，做出茫然的样子，"巡逻队没设指导员，不可能有这个职位。"

"但据我们了解，巡逻队有指导员。"刘跃进以不容置疑的口气说道。

"这可能是他们队员之间互相开玩笑。你核实了吗？"

"核实了。也绝非是开玩笑。"

侯矿长做出莫名其妙的表情，挠了挠头道："这就奇怪了，有指导员我这个一矿之长不会不知道。是不是他们部门领导口头宣布的，临时负负责？这个情况我可以查一查。但有一点可以肯定，矿里绝对没有任命。"

刘跃进晃了晃花名册道："这上面的人员是否齐全？"

"应当说是齐全的。"侯矿长没有丝毫迟疑地回答道。

"但这位指导员就没有出现在花名册上，不知是何原因？"

"哦？"侯矿长先是惊讶，而后又像忽然省悟似的点着头道，"嗯，有这个可能，他们的人员因为是临时性质的，所以常更换。"

刘跃进见侯矿长总能找到推脱的理由，而且一再声称对巡逻队的人员并不了解，也就不得不点破了："朱大可这个人你知道吗？"

侯矿长早已作好了心理准备，所以很从容地道："朱大可？他是不是就是你说的那个什么指导员？"他见刘跃进点头做了肯定的答复，便做出认真的思考状，"这个名字好像有些印象。一般能进巡逻队干的都有些关系，找到我，也就碍于面子随手批了。反正只是个临时工，我也没拿这当回事。"

"朱大可进巡逻队是谁的关系？"刘跃进紧接着就问。

侯矿长摇摇头："你这乍一问，我还真想不起来。你看这矿里的大事就把我忙得焦头烂额了，的确无暇顾及这些小事情。"

"侯矿长，这绝不是你认为的那样是小事情！"刘跃进脸上现出严肃的神情，"我可以明白无误地告诉你，朱大可是身负命案的在逃重点嫌疑人，所以你必须提供介绍他到巡逻队的关系人！"

"行行，等我静下来好好想一想。"侯矿长神色很凝重地表态。

刘跃进走到办公桌前，把花名册还给侯矿长，然后递过笔记本去,"请你把家庭住址和联系方式包括手机号码留给我们,我们会随时再跟你联络。"

侯矿长不得不拿起笔来,在笔记本上唰唰地写着。

刘跃进习惯性地扫视着办公桌的物件,突然,他的眼神凝住了,牢牢地盯在桌边报纸上的一则声明广告上。他一把抓起报纸,细细地看着,后面的署名更让他感到了震惊,免去乔小龙总经理职务的竟然是费百夫!

侯矿长已经写好了自己的住址和电话号码,把笔记本递给刘跃进。刘跃进一把抓过来,来不及装进包里,转身就向外冲,对冯自强和凡一萍挥着手大声吩咐:"快走,出大事了!"

06

长江大厦。位于18楼的鑫龙房地产公司门前走廊里挤满了人,全都是交了购房款的业主,是来要求退款的。他们情绪激动,大呼小叫。阿海和销售部的职员在向他们做着不厌其烦地解释,让他们放心,说鑫龙大厦不会有任何危机。

一位中年妇女扬着臂大喊:"香港的董事长把你们的总经理都免了,你们还打肿脸充什么胖子!你们这是欺诈行为,是在坑害老百姓!我们根本不相信你们,只相信报纸电视上的!"

一位白发苍苍的老人悲悲切切地诉说:"天可怜见,我是卖核桃、卖花生米挣的这点钱,你们不能就这么黑着心给昧了,你们今天不还钱,我就不走了……"

一时间,走廊里群情激愤,人声鼎沸。阿海和公司的职员们都手忙脚乱起来。

乔小龙此时正面容冷峻地坐在总经理室里，对面的沙发上坐着吴淮生，林非低着头靠在写字台前。

"我早就跟你讲过，做生意就像钓鱼……"吴淮生说着见乔小龙皱起了眉头，便顿住了。他知道这个弟弟生性刚硬倔强，不能在这种时候再伤他的自尊，况且现在说这些也已经无济于事了。于是改变话题道："那个姓费的肯定是早就谋划好了，设下圈套让咱钻。现在当务之急是通过法律手段解除合作关系，不然，亏还有得吃呢！"

林非拿起写字台上的纸袋道："小龙已经作了安排，这是合同书，我和阿海马上就着手办这件事。"

"还有最重要的事，"吴淮生朝外面指指，"就是稳住这些购房业主，只要他们不闹事，就没有什么大不了的麻烦，姓费的香港佬就成了纸老虎。"

林非建议道："是不是抽出些资金，还给那些闹得凶的客户，我看阿海他们快扛不住了。"

"不行！"乔小龙阴沉沉地从牙缝里挤出两个字来。他从吴淮生的烟盒里抽出一根烟点着火用力吸了几口，接着道，"如果退了钱，我们只能垮得更快！"

"是的，死也要抗住。"吴淮生也挺了挺胸，"不然就会产生那种什么骨牌……"他向乔小龙投去征询的目光。乔小龙低声说出"多米诺"，他紧接着道，"对对，就是多米诺骨牌效应，那样的话，大厦稀里哗啦就全塌了！"

林非似有所悟，口中喃喃："是这个理儿。可采取什么措施才能平息事端呢？这样闹下去不是个法子呀……"

她的话音还没落，外面便响起了"砰砰"的砸门声，有人在大声喊："这就是总经理室，找他们的头儿！"

林非顿时紧张得把纸袋抱在了怀里,向乔小龙投去焦灼的目光。

乔小龙抬了抬下颌,示意她去开门。然后整整西服领带,从沙发上站了起来。吴淮生不无担忧地提醒他要冷静,这种时候只能好言安抚那些业主。乔小龙点了点头。

林非刚拨开插销,门就"哗"地被撞开了,一大群人呼啦啦冲了进来。质问声、谴责声、抱怨声,几乎要把楼顶盖掀掉。

"诸位!诸位!"乔小龙举起双臂,大声道,"请大家安静,有事咱们慢慢说!"

中年妇女向前跨出一步:"你就是总经理乔小龙吗?"

乔小龙脸上带着笑点点头。

"那好吧,我们总算找到你了。别的事没有,就一条——退房款!"

乔小龙用婉转的口气道:"大姐,你们不要相信报纸上的声明,那是没有法律效力的。再说购房合同上已经注明是不能无故中途退房的呀!"

"现在是有'故'了!"中年妇女气呼呼地直跺脚,"其他的话我们不想多说,你今天必须退钱!"

乔小龙耐着性子解释道:"退房款不瞒你说有困难,因为这不仅仅是你一个人和几个人的问题。"说到这儿,他面向众人提高了音量,"诸位,我可以以人格向你们保证,一定按时按期保质保量地把房产交到你们手里,还望大家能给予支持和理解!"

"现在是商品社会,人格不值钱!"有人大声喊叫。

乔小龙的脸渐渐涨红了。吴淮生看得明白,他对这个弟弟的脾性可以说是了如指掌,知道他已忍耐到了极限,下面就不再会是和颜悦色了,忙把他拉到自己身后,冲着人群拱拱手道:"请大

347

家不要上火,这解决不了问题……"

没容他把话说完,中年妇女一把将他拨到了一边,嘴里嚷着:"你算哪根葱?我们跟你没话说!"说着一个箭步上前,揪住了乔小龙的衣领,另一只手扯住他的领带,"你别想躲,快拿钱来!"

乔小龙猝不及防,对方又是位女士,一时不知该如何是好,被勒得直翻白眼,双腿打着趔趄,口中呼呼喘着粗气道:"你……你……"

林非手足无措地围着乔小龙和中年妇女直转圈儿,着急地喊:"阿海!阿海……"

就在这时,刘跃进带着冯自强、凡一萍冲了进来。刘跃进大步走到乔小龙跟前,目光凌厉地瞪着中年妇女,沉声命令道:"把手放开!"

中年妇女怔了怔,想申辩几句。

刘跃进没等她说出话来,又加重了语调:"我让你放开!你听到没有?"

中年妇女一见来者不善,气势逼人,不由胆怯了,悻悻地松了手。

吴淮生低声对刘跃进道:"跃进,你来得正是时候,快帮帮小龙吧!"

刘跃进转过身来,扫了众人一眼,神情威严地道:"有事谈事,有问题解决问题,谁给你们胡来的权力,竟然动起手来了,太不像话!"

众人都被刘跃进给镇住了,霎时鸦雀无声,疑疑惑惑地看着他。

"好了,大家先出去,我和乔总有事要谈。"刘跃进说着向众人挥了挥手。

有人这时才反应过来，问道："你是干什么的？不能你赶我们走我们就走！"

林非连忙介绍："这位是市公安局刑警队副队长刘跃进同志，请大家出去吧。"

有的人一听说是公安局的刑警，就有了走的意思，也有的人不买这个账，说道："公安局的怎么了？能负责退房钱吗？刑警队长就可以吓唬人？哼，还是个副的！"众人一听有人出头，就又有了勇气，纷纷议论起来。

刘跃进知道这种情形下必须快刀斩乱麻，尽快把人弄出去，不然就有可能出乱子，于是正了正大檐帽道："我可以负责任地告诉大家，鑫龙房地产开发公司是名副其实的正牌货，不会欺骗你们，关于房子的事会对你们有个交代，请你们出去吧！"

乔小龙感激地看了看刘跃进。

林非见众人已开始向门外移动，便又乘势劝慰道："这大家应该放心了吧，政府和法律会保护你们的权益的！"

中年妇女听了这话，又回过头来道："你们三天之内必须给个答复，不然我们就去政府讨个说法，再不行我们就到法院告你们！"

刘跃进怕再把局面弄僵了，就向冯自强、凡一萍使了个眼色。两人半推半拉，把中年妇女和那些犹犹豫豫的人拥向门外。

林非赶忙将门紧紧关上，长长地吁出一口气来。

乔小龙紧紧握住刘跃进的手："跃进兄，幸亏你来得及时，真是太谢谢你了！"

"快请坐！"吴淮生把刘跃进拉到沙发上。

刘跃进接过吴淮生递来的烟，点着，边吸边问乔小龙："小龙，你和港方合作是通过谁介绍的？"

乔小龙把泡好的茶放在刘跃进面前："没人介绍，是那个姓费的王八蛋自己找上门来的。"

"难怪……"刘跃进沉吟片刻，"小龙，你是真的遇上大麻烦了！"

乔小龙并没有听出刘跃进的弦外之音，深有同感地道："是呀！谁能想到是他妈小人！林非和淮生哥都提醒过我，怪只怪我把人都想得太美好了！"

林非接口道："他们迟迟不汇那四百万，我就感觉有些不正常，那个姓费的见大厦快要建成了，就急急忙忙跑来淮海，要重新确定分配方案，我就猜出他没安好心，真是利欲熏心啊！"

吴淮生也感慨道："钱能染黑人心，商场上这种卑鄙的人不在少数！"

"如果是仅仅为了钱，事情倒简单了，问题比你们想象得要复杂呀！"刘跃进的双眉紧紧地绞到了一起，用力弹了弹烟灰，"他是醉翁之意不在酒！"

乔小龙和吴淮生都不由睁大了眼睛，林非也是满脸惊讶。

"具体情况我现在不好跟你们细说，能告诉你们的只有一句话：费百夫背景复杂，是要置你们于死地！"刘跃进说罢仰靠在沙发背上。

乔小龙马上便从刘跃进的话里听出了一些味道，狐疑地问："你对费百夫这个人了解？"

"我认识他！"

刘跃进语惊四座，乔小龙和吴淮生、林非都情不自禁地"啊"了一声。

"我不仅仅认识他，而且和他打过交道！"刘跃进加重语气一字一顿。

吴淮生忍不住了，道："跃进，你就别打哑谜了。费百夫究竟是什么人？他到底要干啥？你干脆挑明，不就结了吗！"

刘跃进欠了欠身子，"能说我早就说了，可这……"他显出很为难的神情。

乔小龙是学法律的，明白刘跃进有纪律，便向吴淮生微微摇摇头，意思是别勉强他。但刘跃进的态度也让他意识到了问题的严重，于是若有所思地道："跃进兄，你的意思我多少明白一点，你看我要不要报案？"

"不必了。"刘跃进喝了一口茶，"你不报案我们也要立案，因为这并不仅仅只是关系到你的鑫龙大厦！"说罢放下茶杯，站了起来。

乔小龙也跟着起身，问："有什么需要我协助的吗？"

刘跃进拍拍乔小龙的肩膀道："小龙，你现在是泥菩萨过河，还是把心放在大厦上吧！"说着把脸转向吴淮生，"淮生，现在小龙的处境很危险，你要多帮帮他。费百夫那边我会尽快采取措施！"

吴淮生边缓缓站起边禁不住咕哝道："事情会有这么严重？"

刘跃进神情凝重地点点头，"以后你会明白我的话绝非危言耸听。"他拿起公文包，"好了，我该走了，现在时间对我非常重要，有事咱们再通气吧！"说罢，大步走出门去。

吴淮生和乔小龙、林非呆呆地看着刘跃进的背影匆匆消失在门口。

第十四章 心生嫌隙

吴淮生的脸登时就白了。他没有料到乔小龙会说出如此绝情的话来,他也是第一次见到乔小龙那阴沉得瘆人的表情,心里不由得打了个寒战,呆呆地凝视着他。

01

新款红旗轿车缓缓驶向市政府大门，正要进去时，一群打着横幅的人拦住了车的去路，横幅上写着"还我购房款，还我血汗钱"十个大字。坐在车后排座位的郑重不由吃了一惊，问秘书姜元："这是怎么回事？"

坐在前面的姜元转过脸来答道："是鑫龙房地产公司和合资的港方闹起了纠纷，买主不放心，要求退款。"

郑重的眉毛抖了抖："就是乔小龙那个公司？"他见姜元点头做了肯定的答复，心里顿时一沉，步行街的那块地皮还是他从中斡旋打了招呼的，闹成这样不是给自己惹麻烦吗？他不觉来了气，打开车门走了下去。

领头的又是那个中年妇女，手里扬着报纸对后面的人喊道："郑市长下车了，咱们快请他做主！"随着她的喊声，人们呼啦一下子围住了郑重，纷纷诉苦叫冤。

郑重从中年妇女手里要过报纸，一行黑字大标题跳进了他的眼帘："港方投资商遭殴，声称安全受到威胁。"旁边是费百夫脸青眼肿的大幅照片。

"郑市长，您看他们都闹成这样了，大厦还有什么指望，您可要为我们做主啊！"中年妇女眼泪汪汪地说道。

郑重把报纸交给身后的姜元，然后面向众人双手伸出往下压了压，人们肃静下来，眼巴巴地看着他。郑重清了清嗓子道："如果你们想让我做主，那就马上解散回去，不能再采取这种方式。我回办公室后，马上就着手了解这件事，明天你们推选两个代表过来，我一定给你们一个满意的答复。你们看好不好？"

人群中爆发出掌声，连声高喊着好，便渐渐给轿车让开了道。

郑重走出电梯间，一眼便看到在走廊里来回走动的吴淮生，显然是在等他。脸唰地便拉了下来,阴沉沉地道:"你来得正好,进办公室吧!"

吴淮生能看出郑重真生气了,向走在后面的姜元投来探询的眼神。姜元撇撇嘴,又摇了摇头,做了个无奈的表示。

郑重一进办公室,就把满腹的火气撒向了吴淮生:"你们搞得什么名堂,做房地产竟做成了这样!前两天一个声明搞得满城风雨,现在又动手打人,他乔小龙到底想干什么?群众竟然跑到市政府来请愿,你们还让我怎么当这个市长?"

吴淮生抹去额上的汗水,嗫嚅着道:"这里面有很复杂的背景,小龙是没有责任的……"

"你还为他辩护,报纸上的照片清清楚楚,不是他乔小龙的责任是谁的责任!"郑重拍起了桌子。

吴淮生见郑重正在火头上,便眼皮一耷拉,任由他拍桌子发火,不吭声了。

郑重发了一通火,情绪才稍稍稳定了些,他往办公桌后一坐,瞪着吴淮生道:"你说吧,有什么复杂的背景?到底是怎么回事?不说出个娘娘爷爷来,我饶不了你和乔小龙!"

吴淮生抬起头来,把费百夫如何主动上门寻求合作,双方达成合资协议签订了二八分成的合同,又如何迟迟不汇款子逼得乔小龙贷款建楼,大厦建造顺利初具规模后他们又提出三七分成的过分要求等详细叙述了一遍。最后道:"香港方面这样做纯粹是心怀鬼胎,要坑害小龙,别有所图嘛!"

郑重凝神听完吴淮生的讲述,感到了事态的严重。他心中很清楚,吴淮生不会在他面前讲假话。如此看来,乔小龙应该说是没有什么过错的,而港方提出近乎荒谬的要求也有些太不合商场的常规了。是不是另有隐情或是别的缘由?这让他颇费思量。看来惟一能客观公正地处理此事,清除淮海不稳定因素的办法只能是通过法律的途径了。想到这里，他对吴淮生道："从你介绍的情况看，这已不仅仅限于商业上的纠纷，有经济诈骗的嫌疑，乔小龙报案了吗？"

吴淮生此时已恢复了从容，回答道："据刑警队副队长刘跃进透露，这个费百夫背景很复杂，好像跟刑警队办的其他案子有涉，他们早就对费百夫立案侦查了。"

"哦，明白了。"郑重悬着的心安定了不少，这场风波显然已对他这个市长构不成什么威胁。他很严肃地对吴淮生道："既然这样，你转告乔小龙，鑫龙大厦的业主必须要安抚好，不能出任何乱子。让他明天到市政府来，当面给房主们一个明确的答复。"

吴淮生连忙频频点头，向郑重做保证说："行，我和小龙一定按您的指示办，不让您失望！"

"你可以走了。"郑重扬了扬手。

吴淮生显得比刚来时轻松多了，起身快步走出了市长室。

郑重又喊来姜元，吩咐说："你马上通知公安局田明亮局长，让他和刑警队的刘跃进到我这来一下。"

姜元诺诺连声，躬身退出。

郑重拿起签字笔，在刊有费百夫被打的报纸上方空白处，唰唰写下："请公安局慎重调查处理此事，保证我市的经济秩序不受影响，并将结果报我……"

02

市公安局专门就郑重市长的批示召开会议，研究制定了查处鑫龙公司一案的措施，因费百夫与朱永生一案有涉，便将查证工作交给了刘跃进，并决定在案子没有结果之前，限制费百夫离境。

会议结束之后，刘跃进就率冯自强、凡一萍直奔淮海饭店，正面接触费百夫。他们到了1202房间门前，摁门铃、敲门，里面无声无息。刘跃进察觉不妙，匆匆赶到总服务台，询问1202房间的客人去哪儿了。值班服务员告诉他，客人已退房去机场了，乘坐中午1点钟的航班回香港。刘跃进大吃一惊，抬腕看表，时针已指向12点。嘴里喊了声"不好"，拉着冯自强就向门外跑，并让凡一萍在宾馆守候。

警车在机场高速公路上风驰电掣，刘跃进边看手表边催促开车的冯自强再快些。

车到机场，已是12点27分。刘跃进未等车子停稳便急不可耐地打开了车门，吩咐冯自强去机场派出所联系，自己跳下车来，跑向候机大厅。

费百夫身着笔挺的西服，拖着行李箱，正腆着大肚子走向登机口。他边掏登机牌边情不自禁地回过身来，对着候机大厅落地窗外的淮海市露出意味深长的微笑，可他的笑容渐渐僵在了脸上，只见刘跃进正从外面飞奔而来。他连忙紧走几步，将登机牌递给检票员，然后匆匆走过玻璃门。这时，一位胸挂机场工作牌的民警拦住了他的去路，他正要质问，见冯自强在不远处站着，满脸严肃地看着他，不由得十分沮丧地垂下了头。

警车在不快不慢地向回开，冯自强手握方向盘，松缓着刚才紧绷的神经。费百夫取下眼镜，边轻轻擦拭边用眼角的余光瞄瞄旁边的刘跃进，见他紧绷着嘴角没有要说话的意思，便企图试探试探。他戴上眼镜，突然敞开了嗓门："我抗议！你们随随便便取消我的航班，这是侵犯人权！"

正在开车的冯自强被他这一嗓子吓了一跳，职业性地一打方向盘，车身剧烈地抖了一下。

费百夫更上劲了，瞪着凸出的金鱼眼："你们这是耍特权，是执法犯法,我要告你们!你们必须给我个说法!"

刘跃进冷冷地瞥他一眼,仍没有睬他。

费百夫虚张声势地伸出手直拍驾驶座椅后背,色厉内荏地嚷:"停车!停车!让我下去!"

冯自强赶紧往前倾了倾身子,掌稳方向盘,然后侧脸道:"费先生,请你自重些,别逼我对你采取不文明的行为!既然你对大陆的民情这么了解,为啥还要干那些脏事丑事?"

费百夫一下子闷了,有些心虚地嘟囔:"你、你这是什么意思……"

警车直接开到了淮海饭店。费百夫见没把他带去刑警队,心里踏实了不少。刘跃进问他:"1202房间我们给总台打了招呼,还给你留着呢,如果不方便,我们公安局也有招待所,你看住哪儿?"

费百夫忙道:"就住这儿就住这儿,我很喜欢这个地方!"

刘跃进和冯自强、凡一萍随着费百夫走进了1202房。费百夫一改刚才的不友好态度,又是让座又是泡茶又是递烟,显得很热情。他故作忽然想起的惊讶状对刘跃进道:"看着您面熟,咱们好像在哪儿见过吧?"

刘跃进从嘴里迸出两个字:"珠海!"

"对对!"费百夫拍着油光光的秃脑门,一副恍然大悟的样子,"你看我这记性,真是的,咱们应该算是老朋友了!"

"贵人多忘事嘛!"刘跃进嘴角挂着一丝让人捉摸不定的微笑,"何况你成天用心过度!"

费百夫自然能听出刘跃进的弦外之音,但他故作糊涂地顺着话道:"是呀,经商做生意就是这样心力交瘁,见的人也多,没办法呀!刚才在车上如有得罪之处,还请原谅。因为被莫名其妙地留住了,心里就有些急。不知……"他说到这儿顿住,用探询的目光看着刘跃进。

"当然是因为案子。"刘跃进故意不把话说明说透,然后观察费百夫的反应。

费百夫做出吃惊的样子:"案子!能有什么案子跟我有关系?"

"关系可大了!"刘跃进也做出玄奥状,让费探不出虚实,"先说说你和鑫龙公司是怎么回事吧?"

费百夫从刘跃进的话里听出了非同寻常,心里不觉紧张起来,他不安地挪了挪身子,随口答道:"当然是合作关系。"

刘跃进从公文包里掏出报纸,放在费百夫面前:"这上面的声明是怎么回事?"

费百夫踌躇半晌,才很勉强地道:"因为合作上出了些问题,所以我才不得不为之。"

"什么问题?"刘跃进紧紧追问。

"当然是利润分成的问题。"费百夫答道。

刘跃进盯着他:"据我们调查,是你违约在先,而且你不仅不做出弥补,还提出了非分的要求,是不是这样?"

费百夫不得不迟迟疑疑地点了点头道:"我们的做法是有些不妥当。"

"既然是这样,你有什么权力或是说有什么资格做出这样的声明?"刘跃进的口气很严肃。

费百夫自知理亏,于是又耍起了花枪:"虽然大厦的产权属乔小龙,但我这是以公司法人的名义发的声明,本意就是不想再跟他合作,取消鑫龙公司,以免他们打我们的招牌惹出麻烦。"

刘跃进冷笑笑:"你不觉得这种解释太牵强太荒谬了吗?费先生,你是不是把别人都当成了傻瓜?你是不是以为内地的法律奈何不了你?"

费百夫的脸白了,赶快见风转舵,"我做得不对,代表鑫盛公司表示歉意……"

刘跃进见时机到了，便陡地板起了面孔，双目冷光毕现，沉声道："倘若你仅仅只是为了港方的利益或是说为了钱，这个问题倒也不难解决。可是费百夫先生，你的动机何在，意欲何为，就不用我点破了吧？"

费百夫顿时惊出了一身冷汗，结结巴巴道："刘……刘队长，你这……这话我怎么听不明白……"

"你应该明白！"刘跃进站起身来，以威严的口吻道，"我代表淮海市公安局正式通知你，在没有得到我们的批准之前，禁止你离开淮海市，否则，一切后果由你负责！"

费百夫真的慌了，抖抖索索地站起，满脸惊惧地道："刘队长，你们不能这样对待我，我已经承认了错误，为什么还要限制我的自由？"

"原因你自己清楚！"冯自强拍拍费百夫的肩膀，"现在不是限制自由的问题了，想将功折过的话，就尽快地把所有的事情都讲出来，也许你还有一线生路！"

费百夫的鼓眼珠在镜片后一动不动，像烈日暴晒下的蛤蟆，透着绝望，嘴中喃喃道："我要让律师过来，让律师……"

刘跃进见他已经慌了神，就又对着他的虚弱处做致命的一击："还要请周莎莎。当然是我们亲自去请。她比你可要乖多了！"说罢对冯自强和凡一萍一挥手，三人大步走出了房间。

费百夫一下子瘫倒在沙发上，脸上的肌肉不停地抽搐着……

0 3

鑫龙大厦建筑工地上一片繁忙景象，吊车发出阵阵轰鸣，一块块楼板在往高空运送，脚手架上工人在紧张地忙碌，尖厉的哨音撕破了腾起的烟尘。

乔小龙和林非戴着柳条帽,在工地巡视着。阿海在旁边指指点点地给他们介绍。乔小龙仰望着拔地而起的建筑物,感慨万端地道:"通过建这座大厦,我才知道什么叫商场如战场,真是险象环生,让人防不胜防啊!"

林非也附和道:"是呀,在钱和利面前,才能真正认识人的本来面目,也才能让你理解社会的内在含义。"

乔小龙低下头来,长长吁了口气:"总算又渡过了一道难关,郑市长又帮了一个忙,没有他压阵,那些房主根本就说服不了。"

"但愿从此风平浪静,那个费百夫别再横生枝节出来捣乱。"林非如祷告般地双手合十。

"他捣不了乱了!"乔小龙显出很自信的样子,"听刘跃进讲,他已经承认自己是居心不良,现在被公安机关限制离境,正丧魂落魄团团转呢!"

"哦,是吗?那太好了!"林非露出惊喜的神情。

"刘跃进还说,这次一定要把所有问题都查清楚,不能让他轻易地滑过去。"乔小龙又补充道。

林非不无担心地道:"这个费百夫看起来挺狡猾,是个商场上的老油子,恐怕不会那么容易降服。"

"嗨,你可能不了解刘跃进,他在刑侦上是很有一套的,况且他还有个专搞审讯的助手冯自强。"乔小龙说到这儿耸耸肩,"别看那个香港油子在咱们面前一套一套的,见了警察,心里的鬼就吓出来了,非尿不可!"

林非不由得笑了,用轻松悦耳的语调道:"如果能把他的老底儿翻出来,咱们也就彻底免除了后患,再也不用对他提心吊胆了,赶紧把大厦顺利地建起来!"

二人边说边并肩往前走去,林非银铃般的笑声不时欢快地响起……

　　入夜了，淮海饭店华灯齐放，霓虹闪烁。费百夫如困兽般在房间里转着圈子，厚厚的窗帘挡住了外面璀璨的灯火。他感到了恐惧，是那种深入骨髓的恐惧。显而易见，刘跃进已经掌握了他不少情况。从刘跃进那极为自信的神态和不动声色的旁敲侧击里，他能感觉出逼近眼前的危险。是将实情和盘托出以求自保，还是继续顽抗下去企求侥幸过关？他不知自己该做出何种选择。如果继续给智慧和朱永生卖命，一旦落入法网，结局必定是悲惨的，也许会在监狱里苦度余生，也许会镣铐加身走上刑场，法律不会轻饶他。可是如果现在争取主动，戴罪立功，日后的路会宽阔许多……费百夫想着想着，脚步渐渐慢了下来，眼睛不由自主地紧紧盯住了桌上的电话机。突然，铃声大作。他吓得一哆嗦，几步跨到电话机前，正要拿起，却发现不是电话机响，而是门铃声。他快步走到门旁，拉开一条门缝，声音发颤地问："谁？"

　　半个黑油油的络腮胡子脸贴在门缝上，低声道："是八戒大哥让我们来救你的，快开门！"

　　费百夫一阵激动，忙拿掉门锁链，打开了门。

　　刘洲和两个汉子闪身进门，随手关掉了房灯。

　　费百夫压低嗓门儿问道："是朱永生派你们来的？他怎么没来？"

　　刘洲粗声粗气地说："这么点儿小事，哪能劳他老人家的大驾！"

　　费百夫疑疑惑惑地道："我的护照、身份证明都被刑警队扣去了，又能逃哪儿去？"

　　"当然有地方。"刘洲阴阳怪气地拍拍费百夫，"比香港还要美好，可以说是胜过天堂！"

　　"是吗？"费百夫托托眼镜，满脸的惊讶，又不无担心地道：

"出去就怕很困难,警察说不定就在外面守着呢,咱们从哪儿走呀?"

"从这儿!"刘洲指了指窗子。

费百夫先是惊愕,继而似乎是明白了过来,秃脑门上顿时冒出汗来,结结巴巴地问:"你……你们究竟要干什么?"

"你这是明知故问,我们送你去天堂呀!"刘洲不想再跟他啰唆,对两个手下挥了挥手。

"救……"费百夫刚喊出一个字,就被两名壮汉扼住了脖子,拖向窗台。

"你放心,警察会给你收尸,而且做出自杀的结论。另外,朱大哥让我转告你,只要他还活着,每年的今天,他都会为你烧纸送钱!"刘洲说着,唰地拉开窗帘,推开铝合金窗子。

两个壮汉一齐发力,将费百夫抛出窗外。外面响起一声惊骇的尖叫……

费百夫自杀的消息,很快便传遍了大街小巷,在淮海市引起了一场轩然大波。

乔小龙自然也就成了焦点人物,被抛到了风口浪尖上。首先向他发难的便是那些购买了鑫龙房产的业主们。虽然这些业主在郑重市长的主持下接受了乔小龙的保证,但心中的疑问和担忧毕竟没有完全消除,现在见香港投资方的大老板都被逼得自杀身亡了,原来残存的一点信心顿时荡然无存。他们以前所未有的狂躁和谁也动摇不了的坚定大闹鑫龙房地产开发有限公司,有些人甚至带了干粮,从早到晚就守在长江大厦18楼,使公司无法运转,处于瘫痪状态。业主们见乔小龙仍不退钱,而且竭力躲避,于是成立了业主委员会,有组织有计划地展开了斗争。他们兵分数路,有的在公司围追堵截乔小龙和有关职员,有的打着横幅在市政府门前静坐请愿,有的赴省里上访。乔小龙处于四面楚歌之中。

紧接着，承建大厦的市第三建筑公司也似乎意识到了巨大的风险，不愿再垫资建楼，与林非数次谈判无果后，断然采取了停工措施，声称何时资金到位再恢复工程。乔小龙雪上加霜，真的是焦头烂额了。

更要命的是建设银行，三番五次催讨贷款，不给乔小龙任何回旋余地，并威胁如不归还，将通过法律途径解决。这可以说是给了乔小龙致命的一击，失去了金融行业的支持，大厦也就成了流沙上的泡沫，只能坐以待毙。

乔小龙面临绝境，惟一的办法只能是通过吴淮生向郑重求助，希望政府能出面斡旋，力挽狂澜于既倒。郑重考虑到全市的经济环境问题和稳定的大局，答应了乔小龙的请求。

这无异于给濒临危亡的病人注射了一针强心剂，乔小龙看到了一丝希望。

然而就在这时，一个出乎意料超乎寻常的严重事件发生了：有人向省纪检委发出了匿名举报信，控告郑重利用职权支持袒护乔小龙非法融资建造大厦，逼死了港方董事长，并且提供了诸如指示城建部门贱卖地皮、依靠亲戚关系从银行贷款、用购房业主的钱盖房再售给更多的客户等证据。省纪检委迅速派出调查组，进驻淮海市，对郑重进行调查。一时间山雨欲来风满楼，淮海市从政府到城建等职能部门陷入恐慌之中。

郑重恼羞成怒，不仅回绝了乔小龙的请求，而且把吴淮生和郑莉骂了个狗血喷头，限令乔小龙平息事端，消除影响。

吴淮生意识到事态的严重，挽救大厦已无回天之力，便由支持乔小龙转为退缩和消极，竭力劝说他放弃无望的努力。

乔小龙绝望了。

04

刑警队会议室里烟雾缭绕，十几位警官围桌而坐，脸全都紧绷着。

主持会议的李铁把吸了半截的烟狠狠戳在烟灰缸里，神情沉重地道："郑市长已经给田局长下了死命令，田局长又给咱们下了死命令，没退路了，大家看看怎么干吧？"

"以前是下面千条线，上头一根针，现在变成了上面千条线，下头一根针了！"一个老刑警发牢骚。

"刑警就这苦命，认吧！"刘跃进额上的几道皱纹弯弯曲曲，像石击水面的涟漪，"说到最后，活儿还得咱干，别浪费时间了。"他把烟卷从右嘴角移到左嘴角，点了点技术员小单，"你把现场勘查的情况说说吧。"

小单翻开勘查记录簿，道："死者系从12楼窗口坠下，内脏破裂而亡，从现场情况分析，没有他杀迹象。"

"这是表层的现象。"刘跃进拿掉嘴上的烟，"从1202房间的情况看，显然是他杀。"刑警们略有些惊诧的目光齐刷刷看向了他。他继续道："在费百夫死前不久，我们曾跟他有过接触。虽然他因和以前的案件有涉显现出惊慌不安，但神志是清醒的，没有流露出丝毫的自杀情绪。而且从我们对他的了解看，他绝对是个贪生怕死的人，不可能自寻绝路。"他说到这儿顿了顿，看了一眼冯自强，"我刚才说的都是虚的，下面让自强讲讲实的吧！"

冯自强接口道："一般自杀的人都特别注意穿戴整齐，而费百夫却穿着睡衣就跳了楼，这是其一；费百夫跳楼应该是踩着窗台扶着窗棂往下跳，但窗台上没有他的足迹，窗棂上也没有手纹，这是其二；其三是至为重要的一点，铝合金窗子是关着的，难道费百夫会在跳楼之后再反手关上窗户？这根本就不可能，显然是凶手在把费推出窗口后,出于习惯动作随手拉上了窗子,就是这个疏忽,留下了杀人的证据;最后一点就是我们调查了大堂经理和总台值班服务员,据她们反映,在费百夫坠楼的相同时间里,曾有三名身份不明的男子出入饭店,其中走在前面的男子留着络腮胡须,这三个人都是满脸戾气,形迹可疑,极有可能就是凶手。"

"完了?"李铁提起了精神,目光也闪闪发亮起来。

冯自强点点头:"目前掌握的情况就这些。"

李铁吁了一口气:"倘若是这样,我们肩上的担子就重了,但郑市长那儿可以稍稍得到一些解脱。对我们也有一些好处,就是不会再限期了。只要有时间,我们就一定能把这些个狡猾的东西捉拿归案!"

"是的!"刘跃进表示赞成,"现在我们只需要时间。"他说着脸色变得冷峻,"弟兄们,这是一个背景非常复杂的大案,可以说是孔勇敢、朱永生一案的继续或是说组成部分。他们的谋划是非常周密而又精妙的,是一箭双雕,既灭了口,又把危机转嫁到鑫龙公司。我们下一步的侦查方向应该集中到朱永生身上,他现在极有可能还隐藏在唐河矿区,杀害费百夫的人也是非他莫属,抓住了他,一切问题就都迎刃而解了。大家看还有没有好的想法和建议,谈一谈。"

众刑警很热烈地讨论起来。

散会之后,刘跃进便和冯自强、凡一萍赶到了淮海矿务局(原淮海煤炭指挥部),对唐河七矿的所有负责人进行了排查,获悉侯矿长在孔令军任副指挥期间曾担任指挥部基建处处长,负责矿区办公楼和职工宿舍楼的建设工作,因和当时的房地产开发商费百夫有联手侵吞国家财产的嫌疑,被纪检部门调查,后在孔令军的庇护下调任唐河七矿矿长。

查悉这一线索，刘跃进异常振奋，决定把侦查目标锁定在侯矿长身上，争取有个大的突破。

当天下午，刘跃进就率冯自强、凡一萍重返唐河七矿，针对朱永生是如何被安排在巡逻队的问题展开了细致的调查。由于目标明确，便省去了许多外围材料的筛选甄别，很多有价值的线索纷纷浮出了水面：

朱大可是侯矿长亲自打招呼安排的，而且注明了"指导员"职务；

朱大可常和侯矿长通电话，口气很大，态度也极不一般；

朱大可精通黑道驭人术，其智谋和胆量远非一般的黑道草莽所能比，来唐河矿区不长的时间里，就收服了大大小小的流氓恶势力，完全控制了唐河黑社会大小山头，成为名副其实的黑老大；

…………

此时的刘跃进，已胸有成竹了，扫清外围之后，做出了触动侯矿长、敲山震虎的决定。

05

乔小龙短短的几天，便品尝到了从天上摔到地下的滋味。几天来，他食不甘味，寝难成眠，人一下子便苍老了许多。眼看自己近一年的心血就要付诸东流，而且还要赔进1500万人民币，他就感到了一种痛彻心扉的自责和愧疚，恨不得从那快要封顶的鑫龙大厦上跳下来，像费百夫一样魂归西天，以得到彻底解脱。

但他不甘心！他从来都是个不肯服输的人！

薄暮时分，他在长江大厦总经理室被业主们困了一天之后，偷偷地溜了出来,直奔一龙公司大楼而去。他没有别的办法,只能向吴淮生求救。

此刻,吴淮生正坐在大班桌后,如入定了般地发着呆。接到乔小龙的电话后,他就一直在静静地等待着他。他非常清楚,这将是一场十分艰难的对话,他了解乔小龙甚至超过了解自己,倔犟、好胜而且不达目的誓不罢休,即便是条死胡同,他也要一走到底,谁也休想拉他回头。灰暗的严酷现实已经预示了鑫龙大厦的终结,他必须规劝这位年轻气盛的弟弟放弃无望的挣扎。否则,只能越陷越深,落得个身败名裂的悲惨结局。他苦苦地思索着,怎样才能让他清醒,让他懂得自己的一片良苦用心。

就在这时,门响了,乔小龙跌跌撞撞地冲了进来。吴淮生见他头发蓬乱如草,眼球上布满了红丝,满脸的憔悴,心里不由得一阵阵发痛。

乔小龙一屁股坐在大班桌前的沙发椅上,从兜里摸出香烟,甩给吴淮生一根,然后点着大口大口地吞咽。

"你学会抽烟了?"吴淮生问道。

"再逼下去,说不定我会吸毒!"乔小龙翻翻浮肿的眼皮,"听说吸了那玩意儿,所有的烦恼都没有了,而且要什么有什么!"

吴淮生望着他沮丧绝望的样子,不由得叹了口气。

"哥,我现在最大的障碍就是缺少资金,只要有了钱,大厦就能建起来。你要给我想想办法呀!"乔小龙说罢,充满期待地看着吴淮生。

"小龙,事情有你想象得那么简单吗?"吴淮生点上烟,抽了一口,"即便有资金支撑你完成土木工程,那也仅仅只是走了一小步,大头是外墙和室内装潢,还有电梯、空调等配套设施,没有上亿资金能行吗?这些钱你让我从哪儿给你弄去?"

"情况没你说得那么严重,我现在只需要启动资金。"乔小龙企图让吴淮生恢复信心,"只要工程动起来,购房客户们看到了希望,资金就会源源不断地流进来。"

"那只是你的一厢情愿。"吴淮生并不为之所动,显然是经过深思熟虑,"现在鑫龙大厦经过费百夫这么一闹,信誉尽失,而信誉是做生意成败的关键,你小龙难道不懂这些?"

"信誉是可以重新建立的,况且我们并没有失信于人。费百夫是居心不良瞎胡闹,不应该对大厦构成致命的危害。"

吴淮生苦笑笑摇着头:"小龙,现在事实上是已经构成了致命的危害。说难听些,你这不是自己哄自己吗?"

乔小龙不吭声了,续上一根烟,闷着头吞云吐雾起来。他心里自然明白,吴淮生的话不错,自己的确是在自欺欺人。他已经陷进了深不可测的泥淖之中,想拔出双腿谈何容易,但他又必须挣扎出来,尽管这有全身淹没的危险。他抱定了一个决心,不成功,便成仁。

吴淮生见他默然不语,以为自己的规劝起了些作用,于是赶紧趁热打铁,言词恳切地道:"小龙,我知道你心里很苦闷,总想把事业干成,可咱们现在是心有余力不足啊!断臂之痛是痛一时,不断然采取措施,就会痛一世。你不剜去毒疮,就会病菌蔓延,殃及全身,最终危害生命。小龙,当断不断,必有后患,听哥的话痛下决心吧!啊?"

乔小龙抬起头来,也是恳切的样子看着吴淮生道:"哥,别的不多讲了,只求你再给我五百万,是死是活我不会再拖累你,你看成吗?"

吴淮生的心顿时凉了也乱了,如果在平时,他会毫不犹豫地答应乔小龙,可他明白这些钱现在给他等于是往水里丢,而且会助长他的癫狂,造成更加不可收拾的局面。想到这儿,他点点头道:"行,我可以给你五百万!"

乔小龙惊喜过望，一把抓住吴淮生的胳膊，用力晃着说："哥，谢谢你！谢谢你！"

吴淮生轻轻拿掉乔小龙微微有些发抖的手，缓声道："可是小龙，这个钱我不能交到你手里，是直接打给建设银行，帮你还上贷款！"

乔小龙脸上的笑容顿时消失得无影无踪，急急惶惶地道："银行的贷款我以后会设法还上，现在我急需的是启动资金啊！"

吴淮生意识到乔小龙是患上了猩红热，脑子全烧坏了，再这样不疼不痒地劝说不会起什么作用。顽症需用猛药，要猛击一掌，才有希望让他省悟过来，于是道："小龙，你为什么非要一意孤行，明知是条死路还非要走到底不可呢？你不为自己着想，总要为郑市长、为郑莉、为凤珍婶子想想吧？！"

"还有为你想想对吧？"乔小龙冷冷地瞥了吴淮生一眼，"干脆点吧，就一句话，你能不能支持我五百万？三百万也行！"

吴淮生被乔小龙的冥顽不化惹火了，断然道："不行！一分钱也不行！"

乔小龙笑笑，双臂一撑桌面站了起来，声音嘶哑地慢慢说道："你早该明说，根本就不必绕这么大的圈子。什么兄弟之情，在金钱面前狗屁不如！说来说去，你考虑的是岳父的位子，是老婆的贷款，是……"

"砰——"吴淮生愤怒了，一掌拍在大班桌上，嘴唇在剧烈地哆嗦。他本来就是个性情刚烈的直性子人，哪能受得了乔小龙如此刻薄的讥讽，呼呼喘着粗气道："你再说屁话，我把你从这楼上扔下去！我绝不能容许你胡来！你是不是想把一龙公司也拖进泥坑？是不是要把大家都逼上你那条漏水的破船？我绝不能让你毁了一龙公司，毁了这个家！"

"说明确了应该是你的家。"乔小龙脸色阴沉，目光阴沉，声音也是阴沉沉的,"淮生大哥,我最后一次喊你一声哥。你现在是家财千万的老板,应该有这副见死不救的钢铁心肠。我不怪你,真的。商场上六亲不认情断义绝的事多得是,不足为奇。我不会再来求你,永远不会了。这个社会就是这样,求谁都不如求自己,只有自己才能救自己。"

吴淮生的脸登时就白了。他没有料到乔小龙会说出如此绝情的话来,他也是第一次见到乔小龙那阴沉得瘆人的表情,心里不由得打了个寒战,呆呆地凝视着他。

乔小龙把香烟盒塞进兜里,掸了掸衣袖,很有礼貌地道:"吴总,再见。祝你永远好运!"说罢,猛转身大步走去,两颗硕大的泪珠滚出了眼眶。

吴淮生心中掠过一阵悲凉,软软地瘫在座椅上……

0 6

刘跃进和冯自强、凡一萍上午下午去了矿办公楼两次均未找到侯矿长,问办公室工作人员,他们说侯矿长没有丢话,有两天没来上班了,可能是身体不舒服在家休息。刘跃进决定到他家去看看。

黄昏时分,刘跃进一行按侯矿长留下的住址进了矿工新村,找到九号楼,摁响了301室的门铃。不大一会儿,侯矿长的瘦脸从门缝里挤了出来。他一见是刘跃进等人,立刻拉开了房门。

刘跃进进屋后,环顾四周,很随意地问:"侯矿长没去上班呀?"

"这几天心脏病又犯了,在家休息一下。"侯矿长说着装模作样地捂捂胸口,然后让座。

"心病可要重视啊，应该去医院好好治一治。心病不去，性命有虞哩！"刘跃进缓缓坐下，话中有话地说道。

侯矿长能听出刘跃进的弦外之音，瘦脸上的皱纹像晒干的渔网般抖了抖，打着哈哈道："老毛病了，治不好。刘队长找我有事？"

"怎么侯矿长，你把我们托办的事忘到九霄云外去了？"刘跃进很遗憾地扯扯耳朵，"难怪我们一直等不来你的消息！"

侯矿长很一本正经地皱着眉想了片刻，然后作出恍然大悟状："噢，你是问那个朱大可的情况吧？看我这记性！"说着有些歉意地拍了拍脑门。

刘跃进不想再看他演戏，直截了当地道："请你具体谈谈朱大可是如何进巡逻队的，介绍人是谁？"

侯矿长做出难受的样子揉着胸口，哼哼了一会儿，才勉强地道："介绍他来七矿的好像是矿务局的一位领导，但是谁我还真想不起来了。一个临时工，根本就没放在心上。"

刘跃进明白，对付他这样久经沙场的人精，必须敲其七寸之处，不然他会无休无止地带着你兜圈子，于是道："侯矿长，你再隐瞒下去还有啥意思？如果我们不是考虑你身为一矿之长，不会在这儿跟你谈话！"刘跃进的潜台词很清楚，那就是：我们是给你留后路的，不然也许你此刻已经是在预审室里接受讯问了。

刘跃进的话果然起了作用，侯矿长的手不再揉胸口而是去擦额上的汗了，满脸惊惶地道："刘队长，你这话我、我听不明白……"

"那好吧，我可以让你听得明白些！"刘跃进掏出笔记本，翻开看了看，"10月21日，你给矿保卫科写了个字条，不仅点明让朱大可去巡逻队上班，而且亲自任命他担任指导员；10月底，你亲自到巡逻队和朱大可研究了一个晚上的工作；11月上旬，你数次和朱大可通电话,每次都在 10 分钟以上。"刘跃进抬起脸来,盯着侯矿长,"还要不要我全都列举出来?"

侯矿长脸上的汗涔涔而下,双手无措地在沙发扶手上蹭来蹭去,自语般道:"矿务局领导安排的人,我自然要和他亲近些,这也在情理之中嘛!"

"既然如此重视,又和他亲密无间,竟然忘记了那位领导人是谁,侯矿长,这也在情理之中吗?"刘跃进不无揶揄地质问道。他见侯矿长沉默不语,又加重了分量,"不会是孔令军副指挥的幽灵给你发了指示吧?"

侯矿长骇然变色。直到这时,他才明确地意识到,刘跃进已掌握了他的隐秘,想滑过去是不容易了。他内心处于极度的矛盾之中,不知该做出何种选择。

刘跃进双眼炯炯地逼视着侯矿长,捕捉着他面部表情的变化。

侯矿长突然双手紧紧揪住了胸口,歪在沙发上,很痛苦地呻吟着说:"对……对不起,我……我的老毛病又犯了,咱们改……改日再谈……"

刘跃进向冯自强、凡一萍使个眼色,站起来道:"好吧,我们明天再来,你也可以随时给我打电话!"他在笔记本上写了手机号码,丢在茶几上,加重语气,"你应该明白,留给你的时间不多了!"说罢,和冯自强、凡一萍走出门去。

暮色四合,窗外渐次亮起星星点点的灯光。侯矿长呆坐在阴暗的客厅里,陷入无法自拔的旋涡里。几天来,自从他得知刘跃进在矿保卫科和巡逻队进行调查,就没有一时一刻安宁过。为了躲避他们,他不敢去上班,困在家里苦思冥想脱身之计。他心里很清楚,东窗事发是迟早的事。跟智慧联系了几次,那边不见丝毫回音,他愈加恐慌起来,不知是该逃走还是该留下。就在他提心吊胆犹豫不决时,刘跃进他们便如他预料的那样登门敲打了。

毫无疑问，他们已经查清了朱永生和他之间的特殊关系，想轻易地搪塞过去几乎不可能。他横了横心，还是向公安部门坦白吧，不能为了死去的孔家父子像费百夫那样搭进身家性命。想到这儿，他拿起了沙发旁柜子上的电话，摁下了刘跃进的手机号。可未等电话接通，门铃骤然急促地响了起来，他忙卡下电话，快步走到门后，打开了门。但站在门口的不是他猜测的刘跃进，而是面带微笑的朱永生。

侯矿长大吃一惊，忙一把把他扯进屋子，颤着声道："你、你怎么敢这时候还来？不要命了！"

朱永生摇摇摆摆走到沙发前坐下，从容不迫地道："刘跃进出入你这儿，我都一目了然，因为我就在你这楼对面候着呢！别担心，门外有弟兄望风！"

侯矿长这才稍稍安定了些，颓然跌坐在朱永生旁边，不由自主地叹了口气。

"侯兄害怕了？听智慧说你在基建处当处长时捞钱可是挺胆大的！"朱永生边奚落边乜斜了他一眼。

"我没有心思给你开这种玩笑！"侯矿长皱了皱眉，很不耐烦地问，"你来有什么事？有屁快放，放了就走人！"

"我都不怕你怕什么？"朱永生跷起二郎腿，很悠然地摇了摇，"刘跃进跟你谈了些什么？"他说着眼睛看到了茶几上刘跃进留下的纸片。

"还能说什么？"侯矿长没好气地道，"你心里还不是一清二楚！"

朱永生终于看清了纸片上"刘跃进"三个字和一串手机号码，笑了笑随口道："侯矿长，你不会做甫志高式的人吧？"

侯矿长禁不住撇了撇嘴："你当你们还是什么仁人志士呀？我为什么要为你们卖命？"

"侯矿长这么说就有些不仗义了吧?"朱永生往沙发背上一仰,"当初如果不是孔老爷子,你现在可能还在监狱里面壁思过呢!"

侯矿长瘦脸皱成了核桃,垂着头喃喃道:"我是一失足成千古恨,这是我应得的报应。"说着,他突然看到了茶几上的纸片,不由一阵慌乱,忙捡起揣进了口袋。

朱永生嘴角浮起一丝不易察觉的冷笑,眼睛里凶光倏地一闪。

侯矿长双手揉着胸口,道:"如果没有别的事,请你走吧。我心脏有些不舒服,请你以后不要再来找我。"

朱永生放下腿,慢慢站起,"侯兄,请你放心,我以后不会再来打扰你了,还望你多多保重!"说着缓缓向门口走去。

侯矿长长长地吁出一口气,脸上的皱纹也渐渐地舒展开来。

朱永生走到门后,突然转过身来,手里已多了一把手枪,黑洞洞的枪口指着侯矿长。

侯矿长像火烫一般从沙发上跳起,本来就长的瘦脸更长了,结结巴巴地问:"你……你要干什么?"

"明知故问!"朱永生一字一顿,"你和费百夫生前是'战友',总不能不去照顾一下,但愿到了阴曹地府,你们依然还是难兄难弟!"话音甫落,枪便响了。侯矿长胸前顿时盛开出一朵娇艳的红花。他一个踉跄栽倒在沙发旁,双手紧紧地捂在胸前,弓起双腿,蜷成了一堆。

朱永生吹吹枪口,往怀里一塞,拉开房门,不慌不忙地摇摆着走出门去。

侯矿长胸前的血从指缝里溢出,额上豆大的汗珠顺着双颊深深的纹沟滚动。他伸出一只手来,够向旁边的电话机。但中间有明显的一段距离。他艰难地向前蠕动,一寸、两寸……他剧烈颤抖的手终于摸到了电话机。可此时他已经耗尽了残余的微弱活力,奄奄一息,根本不可能再抬起身子。于是他凭印象先摁下了免提键,长长的蜂鸣声响起之后,又摁了重拨键,一阵短促的拨号声响过,对方的电话拨通了,仅响了两下,便响起粗重的男声:"喂,是侯矿长吧?请讲话……"

侯矿长头一歪,昏了过去。

此时的刘跃进正在矿招待所房间里和冯自强、凡一萍吃方便面。他举着手机,提高声音喊:"喂,侯矿长,请讲话!"

静默。依然还是静默。

"号码不会错吧?"冯自强不放心地提醒刘跃进。

刘跃进把手机拿下来重又认真看了看,以肯定无疑的口吻道:"绝对不会错,来电显示号码非常清楚!"他把手机举到耳边,边高声呼叫着边对冯自强、凡一萍挥挥手,大步走向门外。

警车风驰电掣般扑向矿工新村……

第十五章 黑色线人

想到这里，他心一横，牙一咬，气壮山河的样子一挺胸道："行，我干！最多把这百十斤的臭皮囊交

01

省纪检委调查组经过认真调查，认为郑重虽然在鑫龙房地产开发有限公司创建初期，为他们开发的项目说过话，给城建部门打过招呼，但鑫龙中标的程序是合法的，郑重本人并未从中得到什么好处，与乔小龙也没有亲情关系或特殊交往，故构不成违纪；关于费百夫坠楼身亡跟郑重也没有任何瓜葛，况且公安部门已做出他杀的结论，费系刑事案件，尤其是和孔勇敢、朱永生一案有涉，郑重在此事件中没有责任。

郑重终于得到了解脱，在调查组离开淮海市之后，马上便着手解决鑫龙大厦的问题。他专门主持召开了市长办公会，做出了三条决定：一、以政府名义对鑫龙大厦采取保全措施，稳定人心；二、鉴于鑫龙房地产开发有限公司不具备完成大厦的条件和资金，重新招标，份额较大的债主，如建设银行、第三建筑公司等可以优先考虑；三、责成鑫龙公司做好善后工作，在没有新的法人之前，仍由该公司主持大厦的事务。

……

午后的阳光很明亮，也很纯净，把蓝宝石公寓大楼映照得一片灿烂。

为躲避业主的讨伐，乔小龙已在林非的住处待了多日。此刻，他懒懒地斜倚在沙发上，脸上盖着一本画报，把忧郁、烦恼和痛苦都遮掩了起来。与吴淮生分道扬镳使他有了一种世界末日的感觉，他没敢告诉母亲，他知道吴淮生也不敢，那样会把她逼疯，甚至会要了她的命。他不自觉地对社会、对人，甚至对自己产生了一种莫名的仇恨。阳光、鲜花、草木、飞鸟，世上万物全都在他眼前失去了鲜活的生命和存在的意义。他觉得自己轻飘飘的失去了重量,更没有了丝毫的定力,四周全都是弥漫的黑雾,就像他在矿区置身于大风飞扬的煤场,辨不清东西南北,看不到蓝天绿地。但他自己感到奇怪的是,悲伤、忧愁和沮丧在倏忽之间便无影无踪了,他的心变得冷酷了,可血却如岩浆般沸腾着,一种独步世界统治全球甚至所有星球的亢奋和强烈欲望每时每刻都在伴随着他。就在几天前,他还不得不忍受着或是遭遇追杀或是身落悬崖的梦境的折磨。可这两天,他不仅能睡香了,而且他摇身一变成了刑场上的刽子手,酣畅无比地挥着鬼头刀砍下一颗又一颗头颅,每天早上都是在"哈哈"的大笑中和林非惊讶的注视下醒来。

房门清脆地响了一声。林非未及把钥匙装进手提袋里,就激动地喊了声:"小龙!"

乔小龙纹丝不动,好像还在沉睡。林非上前拿掉他脸上的画报,才发觉他的两眼大睁着。林非两颊绯红,推了他一把道:"小龙,快起来,告诉你个好消息!"

"这样听着不也是一样吗?"乔小龙脸上没有任何表情,声音低沉但很清晰。

"建行和三建都不愿接鑫龙大厦这个烫山芋,怕影响已经出去了房子以后不好出售。市政府决定暂时搁置,产权还归你,等以后有了解决的办法再处理。你说,这不是有东山再起的机会了吗?"

林非带来的讯息触动了乔小龙的神经,不由得心中一动,慢慢从沙发上坐了起来,问道:"消息可靠吗?"

"绝对可靠。"林非把手提袋放在茶几上,紧挨着乔小龙坐下,"是三建的张总亲口告诉我的,市政府正在拟文,很快就会通知你去参加一个有各方代表与会的协调会议。"

"这个消息的确不坏。"乔小龙点上烟,抽了几口,"可是我不可能一夜生出个金娃娃,没有钱也还只能是纸上谈兵。"乔小龙吐出一个个圆圆的烟圈,目光茫然地看着青青的烟圈在斜斜的阳光照射下消失。

"这个问题我考虑过了。"林非显得胸有成竹,"你应该另起炉灶,尽快地创造条件。"

"另起炉灶?"乔小龙禁不住瞥了林非一眼,狐疑地问,"另起什么炉灶?"

林非水汪汪的大眼里波光闪闪:"你想想,做什么来钱最快?咱们最有利的条件是什么?"

乔小龙沉吟片刻,若有所思地说:"你的意思是做煤炭生意?"

"对呀!"林非一拍大腿,"现在煤炭市场正是处于如火如荼之时,而淮海是全国首屈一指的原煤基地,你以前有这方面的经验,一龙公司如果不是你运作,也不可能有今天的发展,这就是你的优势。我虽称不上煤炭行业的专家,但在煤炭深加工的技术方面,自信还有些造诣,能最大限度地发挥专长,助你一臂之力,这就是我具备的条件。倘若我们动起来,即便不敢说一统淮海煤炭的江山,可占有一席之地应该说是没有问题的。目前也只有干这个,才能最快地筹起可观的资金,把大厦建起来。"林非带着兴奋,也带着神往之情侃侃而谈。

乔小龙不能不承认她的话有道理,这的确是一条能够走得通的路,也是自救的惟一途径。可是如此一来,他就不仅是和吴淮生分道扬镳了,而势必会成为竞争对手,在煤炭市场上拼个你死我活,那种结局是他不愿看到的。

林非见乔小龙沉默不语,便猜出他的心思,有些着急地说:"小龙,目前的情形对你来说是千钧一发呀,容不得你犹豫。我知道你虽然和吴淮生分了手,但从感情上还不忍和他成为冤家对头,可是小龙,你已经没有了选择的余地。再说如果你想完成大厦工程,吐出这口闷气,或是说想成为独领风骚的大企业家,就不能被亲情等羁绊住手脚!"

林非的规劝和鼓动显然对乔小龙起了作用,他狠狠地抽了口烟,噗地喷出,目光渐渐燃烧起来,凝视着沙发腿下的一抹残阳,自语般沉声道:"我乔小龙已经没有仁义可言,变成了冷血动物,还谈什么亲情!为了鑫龙大厦,我可以舍弃一切,甚至身家性命。就是把我的血肉化作混凝土,我也要盖起它!"他说着猛地站起,推开窗子,遥望着远处隐约可见的尚未封顶的青灰色楼房道:"我就不信建造不起这座鑫龙大厦!我非要让它高高地昂起头颅,让它金碧辉煌,让它成为我乔小龙的墓碑!"

林非幽幽地吐出一口气来,身上的热血也随着小龙铿锵有力的话语加快了流速。

0 2

刘跃进连夜把侯矿长送到市医院抢救,但终因子弹击中要害部位和流血过多,不治而亡。他被朱永生的残暴和歹毒彻底激怒了。从张强、王伟两位司机到梅玲、项光荣,接着是邓辉、贺宝宝和费百夫,一条条生命消失了,而线索也被他一个个掐断。既然他敢对侯矿长下手,就说明他自以为在唐河矿区站稳了脚跟,有黑恶势力撑腰。如果不抓紧对他缉捕,还不定会发生什么惊天动地的事件来。可是这家伙不仅心狠手辣,而且狡猾万端,捕捉他并非易事,前面所发生的一切,已充分说明了这一点。

刘跃进斟酌再三，不得不实施他的新方案，虽然这么做有很大的风险，稍有不慎就会造成难以弥补的过失，但要想尽快抓住朱永生，也就只有这条路最便捷了。

他向田明亮、李铁做了汇报，他们经过认真研究之后，批准了他的侦查计划。

看守所审讯室。阿四被带进来时，发现气氛与往日提审大有不同，显得异常凝重。刘跃进和冯自强、凡一萍都没有坐在审讯台上，凡一萍面前也没有摆讯问笔录纸。他有些惊讶地看着刘跃进，忐忑不安地问："刘队长，你们这摆的是啥龙门阵？"

刘跃进指指旁边的椅子，示意阿四坐下，然后递过一根烟去。阿四受宠若惊，忙不迭地频频点头："谢谢刘队长！谢谢刘队长！"

刘跃进给他点上火，满脸严肃地说："阿四，你不是一直想立大功，减轻罪刑吗？现在机会来了！"

阿四眨眨眼："刘队长您快说，什么机会？"

刘跃进引而不发，故意问道："你不是自吹脑袋聪明吗？猜猜看。"

阿四的眼珠骨碌碌转了几圈儿，用试探的口吻道："你们不会是让我去卧底吧？"

刘跃进嘴一咧，笑了，猛拍了阿四一下："你这小子！脑袋瓜如果用在正道上，肯定是个前途无量的人才！"

阿四被刘跃进一夸，头便晕晕乎乎了，眉开眼笑又故意做出忸怩的样子道："刘队长，你看我这不是痛改前非脱胎换骨决心改邪归正了吗？"

刘跃进忙给予鼓励："是的是的，不然我们怎么可能相信你，把如此重要的任务交给你去完成。"

阿四本来是开玩笑似的信口胡猜，一听刘跃进的话音果真有这方面的意思，不禁紧张了，小眼一瞪问："刘队长，你不是真的要我去做'眼线'吧？"

"怎么？害怕了？"刘跃进的反问等于是给他做了答复。

阿四的眼珠不动了，鼻孔"哧哼、哧哼"吸了两口凉气，脖子一缩，低声嗫嚅道："这不是拿着脑袋当拨浪鼓吗？朱永生能让我耍住？不行不行，刘队长，你可别把我往火坑里推，我害怕，真的好怕……"

刘跃进把阿四吸了半截的香烟夺了过来，恨铁不成钢的样子道："我真是把你看高了，本以为你是个响当当的男人，没想到你还只是有一颗贼胆！我在局长面前捧了你半天，他才勉强答应，你真让我失望！"

阿四怯怯地抬起头，惊讶地问："这事局长也知道？"

"当然，你以为我们不把你的命当回事？这是关系到能不能抓住朱永生的大事，你小子完成了就是立了头功，懂不懂？"刘跃进说罢，紧紧盯住他。

阿四一听说局长都知道了他这个小小的"娄阿鼠"，不觉又激动起来，心想如果真能发挥自己的"聪明才智"，把朱永生个龟孙抓住，肯定能得到从轻处罚，而且彻底改变卑微的形象。想到这里，他心一横，牙一咬，气壮山河的样子一挺胸道："行，我干！最多把这百十斤的臭皮囊交给姓朱的！我这个孙猴子跟他猪八戒好好斗斗法！"

刘跃进弹弹烟灰，把烟卷又塞进阿四的嘴里："这才像个男人，算我没看走眼！"

阿四深深地吸了口烟，伸长脖子道："刘队长，你下指示吧，怎么干？"

刘跃进把椅子往阿四跟前挪了挪,很郑重其事地道:"阿四,这件事可是非同一般呀。朱永生这个人心狠手辣,诡计多端,你对他应当了解。你出去后,就假称是从看守所逃走的,他肯定不会马上相信你,会变着法子试探你,这就需要靠你自己的反应了,头脑一定要清醒,要多转几个弯。至于其他的,就不用我多交代了吧?"

阿四的瘦脸绷得紧紧的,重重地点点头道:"我明白。编假话我是一绝,绝对让他看不出破绽,只是我怎么跟你们联系?"

刘跃进指指旁边的凡一萍,对阿四道:"你把凡警官的手机号码背熟了,有紧急的事就拨打她的手机,女士的电话好找借口,就是万一被朱永生发现了,也能搪塞过去。你不仅要摸清他的行踪,而且还要尽可能地多了解他和哪些人联系比较多或是关系密切,尤其是市里的人。明白吗?"

阿四两只小眼放着光,神圣无比的样子双手往身体两侧一并:"是,明白了,保证完成这光荣而又艰巨的任务,请刘队长考验我!"

刘跃进和冯自强、凡一萍都不由得被阿四逗笑了。

03

郑莉坐在饭桌前,心不在焉地摆弄着面前的筷子。这些天来,她一直都是忧心忡忡,神思恍惚。乔小龙惨遭滑铁卢,陷入困境,她了解得一清二楚,可她爱莫能助,只能眼睁睁地在旁边看着干着急。

吴淮生把菜端上饭桌,也是一副丧魂落魄,无精打采的样子。

他疲惫不堪地坐下，声音发干地对郑莉道："吃饭吧，菜都凉了。"

郑莉懒懒地伸出筷子，夹了一块炒笋片塞进嘴里，只嚼了两下，便吐了出来，皱了皱眉问道："你是不是把味精当成了盐？"

吴淮生尝了尝，也不觉皱起了眉，郑莉说得不错，他的确是把味精当成了盐。

郑莉又夹起一块红烧肉丢到嘴里，顿时嘴张得更大了，很艰难地囫囵吞下去，倒吸凉气，用双手拍着两腮说："你是把醋当成了酱油吧？"

吴淮生尴尬地笑笑，不无自责地道："你看我这脑子，快成糨糊了！"

郑莉把筷子"啪"地一放，问道："吴淮生，你给我说实话，是不是和乔小龙闹翻了？"

吴淮生一愣，连忙矢口否认："你这是从何说起？我们兄弟会闹什么？"

"不对！"郑莉盯住吴淮生，"你这两天睡觉，不是像丢了魂似的喊小龙，就是号啕大哭，几次半夜三更都是哭醒过来才停住。我说得不错吧？"

吴淮生哑巴了。郑莉的话的确不假，他这些天来像入了炼狱一样，满脑子都是乔小龙的身影，满耳朵都是乔小龙喊哥的声音。一想到乔一龙和孙凤珍，他的心就如针扎一般，愧疚和无奈轮番折磨着他脆弱不堪的神经。

郑莉见他眼皮耷拉着不说话，心中就更有数了，轻声道："淮生，人都说生意场上无父子，我深知商场的凶险和残酷，你可不能为了几个钱，断了兄弟之情。名利都是身外之物，别把它看得太重，啊？"

吴淮生的心弦被郑莉的话重重拨动了，叹了口气道："小莉，我不能再瞒你，小龙的确恼恨我了，提出跟我一刀两断。可是鑫龙大厦的现状在那儿摆着，明里就是个无底黑洞，你有再多的钱也填不满它。当然，如果我们倾其所有并不是建不起来，但它已经臭了，盖起来也只能是个烂尾楼，我总不能把一龙公司给拖垮了吧？"

"那你的意思是没有一点办法和希望了？"郑莉盯着他问道。

"当然，也不是一点办法没有。"吴淮生迎着郑莉的灼灼目光，"现在关键是政府的态度，如果能对鑫龙公司有信心，给予大力支持，也许小龙能杀出一条血路来。"

"我明白你的意思。"郑莉往椅背上一靠，"我去做老头子的工作。"

吴淮生马上道："只要老头子能帮助恢复鑫龙的信誉，我就把这别墅卖了，那辆新款奥迪车也让出去，凑钱帮小龙。"

郑莉站起身来："我现在就回家，说服老头子，你等我的消息！"说罢扭身出了门。

外面不知何时下起了小雨，郑莉出门太急，没带雨伞，赶到家时，身上已淋了个半湿。她推门走进，见郑重和李玉茹正在吃饭，便甩了甩脸上的雨水，端起碗就盛饭。

李玉茹有些诧异地问她："咦，你怎么一个人跑来了？淮生呢？"

"他躺在床上几天没起来了，现在是奄奄一息，苟延残喘。"郑莉坐在餐桌边，边往嘴里扒拉饭边道。

李玉茹双眼陡地睁大了，架不住"哎呀"叫了一声，焦急万状地问："他到底怎么了？是不是得了什么急病，咋不送医院呢？"

郑重看了看郑莉，不动声色地道："夸大其词！真睡着不能动，你还能狼吞虎咽吃下饭？"

郑莉怔了怔，忙放下饭碗："爸，信不信由你，反正他几次在我面前提到要自杀，挺吓人的。"

郑重半信半疑地放下碗和筷子，瞪着郑莉问："是因为什么？是不是你欺负他这个老实人了？"

"还能因为什么，你这是明知故问，别把责任往我身上推。"郑莉有些生气地又端起了饭碗。

郑重想了想，恍然大悟地哦了一声后道："是因为乔小龙对吧？他这样不值得！"

郑莉更生气了，碗一蹾道："爸，你在我面前可从来没有如此铁石心肠过，人家乔小龙都快疯了，你还说风凉话。"

郑重最怕女儿生气，话不觉软了下来："乔小龙是让人同情，可这房地产不是谁都能做的，你看因为他，我出了多少麻烦。他应该很深刻地反省反省。"

"爸，不用你讲，他也会总结教训的。"郑莉的口气变得恳切，"你不管怎么说，和他爸爸也是共过患难的，又有吴淮生这层关系，不能就这么看着他给毁了。再说，你现在已经得到了解脱，伸出手来拉他一把，又有什么不可以的。鑫龙大厦已经完成了大半工程，你再加把火，说不定就成了。爸，你就最后再帮他一次吧。"

郑重皱起了眉头："目前这种状况，你让我怎么帮他？这是建一座三十层的大厦，不是小孩子过家家！"

"只要你能以政府的名义宣布他有这个能力和条件，恢复起业主们的信心就行了。"郑莉说罢眼巴巴地看着他。

"胡闹！这能是随便说的吗！你是不是觉得你爹的市长当到头了？首先资金这一条他就不具备，遑论其他！"郑重断然回绝。

"资金的问题我和淮生可以给他想办法，只要你口头交代一下。"郑莉见大的要求不行,只好退其次。

"你真是太天真了!"郑重用筷子点了点郑莉,"你知道建成大厦需要多少钱吗?除去现在已完成的土木工程不计,至少还得有五千万到七千万,就是把一龙公司的家底都赔进去,也只能是杯水车薪!"

郑莉被这个庞大的数目吓了一跳,一时语塞,不知该说什么才好。

郑重端起饭碗继续吃饭,边吃边说:"你和淮生的心情我能理解,可蛇口吞象是不现实的,乔小龙之所以惹了这么多的麻烦,根本的症结也就在这里。"

郑重的双腮微微蠕动,神态平和,话语也是不紧不慢。可这一句句话却如一块块巨石,压在郑莉的胸口,心不由得一点点下沉,信心也被一点点销蚀瓦解了。她想再努力说点什么,嘴张了张,终究没能说出口。

郑重把嘴里的饭咽下,看了看女儿,接着道:"小莉,其实乔小龙已经意识到条件有限,找到了自救解脱的办法。你来替他说情,可能还不知道吧?"

郑莉怔了怔,问:"什么自救的办法?"

"他准备成立一个煤炭科技开发公司,在向煤炭实体企业提供开发项目的同时,兼营煤炭深加工产品贸易。已经向有关部门提出了申请,鉴于鑫龙的善后事宜,他们已经把申请报给了我。"

郑莉吃了一惊,连忙问:"你批准了?"

"我认为这是件好事。乔小龙对煤炭行业比较熟悉,以前也搞过研究所,这才是能发挥他专长的正事,我没有理由不批准。"

郑莉沉下去的心忽悠又提了上来,顿时便有了一种不祥的感觉。这不是在和吴淮生唱对台戏吗?到时候还不是要争个你死我活？乔小龙是昏了头还是真的对吴淮生产生了仇视心理，不然怎么会做出这种荒唐的事来。想到这儿，她央求郑重："爸，你能暂时不批吗？"

"什么？"这次轮到郑重惊讶了，有些不可思议地看着女儿，"你竟然不让我批准他的正当申请？"

郑莉解释说："淮生也是煤炭公司，他们……"

郑重没等郑莉说完，便打断她的话道："这不更好吗？一个搞实体，一个搞科研，相得益彰嘛！"

"不是这样的。"郑莉不得不说实话了，"他们兄弟俩因为鑫龙的事闹僵了，你再让小龙弄一个煤炭方面的公司，二人还不得形成龙虎斗，那后果就比现在还要严重了。"

郑重的神情变得凝重了，思忖良久才说道："淮生跟小龙可是血脉相通的关系啊，怎么也闹起矛盾了？这经商办公司也不是什么好事情，兄弟反目、父子成仇都是钱在作怪呀！可我不批是不符合政策规定的，除非他主动撤回去。"

"行，你缓缓，我马上就找小龙谈。"郑莉说着站了起来。

李玉茹递给女儿一把伞，有些不放心地叮嘱："谈得通就谈，谈不通就算，别勉强啊！"

郑莉点点头，向外走去。她寻思着，一中午跑了三个家，只有这最后一个才让她最牵肠挂肚，心里不禁暗暗骂起乔小龙来……

0 4

阿四深夜"逃"出看守所，冒雨潜回了唐河七矿。

次日清晨，矿区显眼的地方便都张贴了公安机关对范阿四的通缉令。这通缉令像通知书,大刀会的一帮喽啰很快便聚到了阿四周围,为了给老大压惊,他们偷了一头猪、一只羊、几只小鸡,在一个破败的关公庙里摆开了筵席。

大块的肉,大碗的酒,一帮"梁上飞客"轮番把盏,向阿四敬酒。熙熙攘攘,甚是热闹。

正吃着喝着闹着,门外望风的两个小兄弟慌慌张张跑了进来,禀报说有一队人马杀了过来。正在敬阿四酒的"疤眼"手一抖,碗掉在了地上,抖着声道:"四哥,你这刚跑出来,警察就追上门了。你快溜,我们掩护!"

阿四心中自然有数,镇定自若地说:"兵来将挡,水来土掩,慌什么慌!抄家伙!"

疤眼和一帮喽啰操刀的操刀,掂棍的掂棍,还有几个举起了双管土枪。他们虽然心里发毛,但都对阿四刮目相看,蹲了几天看守所胆子也蹲大了!他们腿哆嗦着,紧张地望向门外。

十几个横眉竖眼的汉子破门而入,有的举斧,有的持枪。阿四发一声喊,大刀会的人也举起了手中的家伙,怒目圆睁地看着对方。斧头帮的人不敢再往前冲,他们领教过大刀会的阴招,从来没占过便宜,所以两家向来是井水不犯河水。现在就又形成了狗咬狼两怕的对峙局面。

这时,刘洲背着手从后面踱了出来,抬起扫帚眉,横了阿四一眼,阴沉沉地道:"看来,是坦白得不错,警察给你挂勋章了吧?"

"放屁!"阿四蹦了起来,"老子从不出卖朋友!"

"是啊,我看公安贴的布告了。"刘洲对手下做了个手势,让他们放下了枪、斧。接着道:"是越狱跑出来的?我也在那儿'锻炼进修'过两年,还从来没见谁能跑出来,你的本事还真不小呢！有什么特异功能呀？"

阿四不耐烦了，鼻孔一掀，重重地哼了一声："你少在我面前摆谱，老子吃的油都比你喝的水多！你凭什么来教训我？该去哪儿待着去哪儿待着，我没工夫教你识数。"

刘洲脸上青一块白一块，忍住没有发作，冷冷地道："好，阿四，我没时间跟你斗嘴仗。你听清了，朱大哥要见你，咱们走吧。"

阿四从破供桌上跳下，跺跺脚道："嗨，你早说不就完了！他在哪儿？"

"到地方了你自然知道。"刘洲不无警惕地说罢，转身向门外走去。

疤眼拉住欲抬腿往外走的阿四，担心地说，"四哥，这里面会不会有诈？"

阿四故意对着刘洲的背影大声道："朱大哥召见，岂有不去之理！你们放心，我这辈子谁都不信，就信朱大哥，别疑神疑鬼的！"说着，跟在刘洲身后，大步走出庙门。

破旧的吉普车不知颠簸了多长时间，才在一排平房前停了下来。阿四下车后扫了一眼，便猜出这房子是勘探队工人丢弃的简易毛坯房。房前房后视野开阔，几里外的景物都一览无余，的确是个上佳的藏身之所。他随着刘洲走进靠最里端的一间房子，朱永生正面朝后墙站着。

刘洲走到他旁边，低声地喊了声朱大哥。

"来了。"朱永生声音沙哑。

刘洲"嗯"了一声。

朱永生慢慢转过身来，目光阴鸷地上下打量着阿四，一言不发。

阿四躬身施礼，眼睛看着地下，怯怯地道："朱大哥，您好！"

朱永生没有吱声，向刘洲使了个眼色。待他出门后，这才冷冷地问道："你是跑出来的？从看守所？"

阿四抬起头，看着朱永生答道："是的。那地方人没法待，再说我也挺想您。"

朱永生脸上没有丝毫表情："能从戒备森严的监所里逃出来，你的本领真不小呢！说吧，你是怎么跑出来的？我要好好学习学习。"

阿四早就打好了腹稿，而且在号房里面壁演习了无数遍，所以并不紧张，绘声绘色地道："看守所见我是个做无本小买卖的'三只手'，根本对我不重视，拿我不当回事，指派我帮厨，一来二去就和那些管教干部混熟了。前天晚上，值班的副所长饿了，让我出去给他弄夜宵。这样的机会你说我能错过吗？就脚底板抹油，溜之大吉了。"

朱永生审视着他，又问："刘跃进审你时，不会不提起我吧？4号煤窑，你可是袭警杀警的同案犯！"

"嗨！别提了！"阿四顿足捶胸，"朱大哥，他们折磨了我两天两夜，车轮战啊！非逼着问我和你是什么关系，我实在撑不住，就说了。"

"嗯？"朱永生眼里冒出一股杀气。

阿四赶紧接着道："我就说是你花钱雇了我，人为财死，鸟为食亡嘛！谁看着花花绿绿的票子不动心？"

朱永生等着他继续往下说，他却不吭声了。于是疑疑惑惑问："没有了？"

"没有了，就这。"阿四长头发一甩，自得的样子道，"玩他们警察，对于我这个久经沙场、千锤百炼的经验丰富之人来说，小

391

菜一碟嘛！"

朱永生定定地看着阿四，双眉抖着抖着突然立了起来，呵斥道："阿四，别在我面前演戏了！你是不是非要见了棺材才掉泪？"

阿四不干了，也瞪起了眼："朱大哥，我敬重你忠于你，你怎么能这样贬损我的人品？我在公安局受他们的审，这冒死回来了又受你的审，这是干吗呢？好，既然你不相信我，我走，大刀会的弟兄不会舍弃我！"说罢，转身就要往外迈步。

"你给我站住！"朱永生一声大吼。

阿四身子一哆嗦，双腿钉在了那儿。

"你说，为什么在你被捕三天后，刘跃进他们就查到了巡逻队？"朱永生怒目而向。

"他们调查了巡逻队？"阿四满脸疑问，很惊愕的样子，"朱大哥，这我怎么能知道？如果是我告了密，还能等到三天后？你早进去跟我做伴了？"

朱永生见阿四很从容，没有装假弄鬼的迹象，心里不由得暗自嘀咕：这小子看样子真不知情，不然不会这么乖乖地就跟着刘洲来见他。他心里不觉踏实了许多，脸色也和缓了许多。

阿四眼珠骨碌碌转着观察朱永生，看他沉吟不语，便猜出他的心思已经活动了，连忙又往前凑了凑道："朱大哥，你别听信小人的挑拨，有人一直对我不快活，总想做我的活儿。妈的，我阿四手脚虽然不大干净，这心里还是干净的！"

朱永生知道他是在讲刘洲，摆了摆手："阿四，你别给我胡咬八咬，我朱永生在道上混了这么多年，眼里没长草！"

"那是那是。"阿四不失时机地给朱永生灌迷魂汤，"你朱大哥耳聪眼亮，把刘跃进都治得没了招，哪个还敢在你老面前耍花枪，我这辈子佩服的人不多，你绝对算一个！"

　　朱永生被阿四挠到了痒痒处，心里挺舒服。虽然还有几分怀疑，但他明白得先安抚住阿四，然后再从长计议。于是道："四弟，我们现在处于非常时期，刘跃进那条警犬盯着我不放，不能不防啊！你不会怪哥吧！"

　　"不会不会。"阿四心中的一块石头落了地，谄笑着道："大哥这么对我，说明拿我重视，何有怪罪之理！"

　　"四弟这样想我就放心了。"朱永生搂住阿四的肩膀往外拥，"走，我给你接风洗尘！"

　　二人说说笑笑，走出了房门。

05

　　蓝宝石公寓。1608房。窗外的雨点斜斜地随风飘落在玻璃上，发出沙沙的声响；一条雨柱顷刻间和另一条雨柱交汇在一起，像无数条纠缠在一起的蚯蚓，缓缓蠕动着。

　　乔小龙斜靠在落地窗下的长沙发上，呆呆地凝视着窗玻璃，思绪正如那纵横交错的水柱，不时地发着岔：重叠、分开；分开、又重叠……

　　林非从卧室里走出，把一杯热咖啡轻轻放在乔小龙面前的茶几上，脸上洋溢着疼爱，以轻松悦耳的语调道："如没有意外，申请这两天就可以批下来了，咱们要做好开张的准备。"

　　乔小龙抬起身子，用小勺搅了搅咖啡，哑哑地道："资金还没有着落，怎么开张？就是摆地摊也得有些本钱。我现在是一贫如洗，分文不名，这你应该清楚。"

林非笑了,把一个存折丢到乔小龙怀里:"你就别愁这个了,这是我的一百万存款,做启动资金应当差不多了吧?"

乔小龙又惊又喜,连声道:"足够了足够了,林非,我该怎么谢你啊!"

林非嗔了乔小龙一眼:"谁跟谁呀?你讲这话我可不舒服!为了你,我可以舍弃一切!"

乔小龙很感动地看着林非。林非柔柔地偎倚在他怀里,闭上双眼,长长的睫毛微微颤动,饱满的嘴唇透着渴望,静静地期待着。

突然,门铃响了。

林非身子一抖,翻身站了起来,惊讶地道:"奇怪了,我这儿从来没有客人!"说着快步上前开门。

打开门,林非更是惊诧异常,门口站着的竟是郑莉。她语无伦次地喃喃:"咦,怎么会是你?你这是……真没想到……"

郑莉微微一笑,很礼貌地点点头:"我能进去吗?"

"当然!当然!"林非忙躬身让路,一副手足无措的样子。

郑莉走进屋,很随意地浏览了一下四周。

乔小龙一看来客是郑莉,大吃一惊,从沙发上弹了起来,张嘴结舌地愣在了那儿。

郑莉把湿淋淋的雨伞靠在鞋架旁,掠了掠潮湿的长发,不无歉意地道:"对不起,打扰你们了,看来我们之间真是有些陌生了!"

乔小龙正要张嘴说点什么,林非已抢过话去:"郑姐您说哪儿去了,我们欢迎还来不及呢!快请坐!请坐!"

郑莉在写字台前的椅子上坐下。林非忙着泡茶、拿水果。乔小龙不无尴尬地在沙发上挪来挪去。

"郑姐今天冒雨光临，真是没想到！"林非边削着苹果边颇有些意味地瞥了一眼郑莉，"淮生大哥怎么没一块来？"说着把削好的水果递给郑莉。

"谢谢。"郑莉把水果放在写字台上，"吴淮生在和客户谈事，让我来看看小龙。"她故意把林非漏掉。

林非丝毫没有介意，依然热情不减地套着近乎："我正和小龙说呢，什么时候去登门拜访看望你们。"

乔小龙显然不满林非的虚伪，轻轻咳了一声，眉头也不觉皱了起来。

林非似乎察觉出乔小龙的反感，她明白他这是不愿她提起吴淮生，一时找不出合适的话题来。

郑莉本以为林非会主动回避，因为她应该明白自己冒雨前来肯定找乔小龙有重要的事要谈，可见她没有丝毫要走的意思，也就不得不把话说明了："林非，请你原谅。我有点事想单独和小龙谈谈，你看可以吗？"

林非怔了怔，马上反应过来，忙站起身道："当然可以。我正要出去办点事。你们谈！你们谈！"说罢，目光里透着酸酸的醋意，不无警告地瞥了乔小龙一眼。

郑莉待林非出了门，这才认真地观察起乔小龙来。路上她便想象着乔小龙会是个什么样子，憔悴、萎靡、忧郁，反正是和吴淮生差不多的精神状态。可当她来到他面前后，才惊讶地发现他并没有自己想象的那么糟糕。除脸上稍稍有些青灰色外，其他基本上还算正常。但她也发现了他惟一的变化，那就是他的目光，没有了原来时时闪现的羞涩和躲躲藏藏的温顺柔和，虽然比原来锐利深邃，可是让人有一种惊惧、恐慌、惶惑的感觉，说白了那就是戾气，就是愤世嫉俗的乖张。这些不能不让她心惊肉跳，深深地担忧……

乔小龙见郑莉双眼一眨不眨地瞪着他看，久久无语，有些不耐烦了，蹙着眉道："我不是外星人，也不是戏台上的马猴，值得你玩味。找我什么事？说吧！"

郑莉欠了欠身子道："看来你的精神状况挺不错嘛！"

"你认为我应该是什么状况，痛哭流涕？摇尾乞怜？或是自杀谢罪？"乔小龙冷冷地说道。

"你不仅保持着刻薄，还学会了……"郑莉顿了顿，选择着最合适的字眼，然后吐出两个字："冷酷！"

"是吗？"乔小龙耸了耸眉，"谢谢你的夸奖！"

"人生的路不可能是一马平川的坦途，总会有些坎坷，但不能因为受了一点挫折，就失去信念和……"

"请你别给我上课好吗？"乔小龙打断郑莉，"我不想再谈这个话题，不仅无聊，而且穷酸，与其这样，你还不如让我多睡会儿觉！"

郑莉被噎得眨了眨眼，一时不知说什么才好。

乔小龙打了个哈欠，看了看郑莉道："你的来意我清楚，是为那五百万贷款吧！我不能不向你表示歉意，现在我是身无分文，没有偿还的能力。但是请你放心，只要大厦还在，这钱我就一定会还上。"

"小龙，你的确变了！"郑莉显得十分悲哀，"你竟然对我说出这种话来，你觉得公平吗？"

乔小龙不由自主地垂下眼帘，哑口无言。郑莉的指责没有错，他的确有些太伤人，这样说是对她不公平。如果没有郑莉，他不可能获取黄金地段价格低廉的地皮。在他最困难时，也是她伸出了援手。在这个世界上，他可以不相信任何人，但他不能不相信深深爱着他的郑莉。

郑莉平息了一下激动的情绪，接着道："随便你怎么想吧，我不在乎。但有一条，你必须答应我，别走上邪道！"

乔小龙翻开眼皮直视着郑莉，有些莫名其妙的样子。嘴上却言不由衷地道："这也说不定，我现在就在琢磨是去偷还是去骗或者去抢银行呢！所以你还是像吴淮生那样离我远点儿好！"

郑莉知道这是乔小龙在讲气话，但心还是猛地一颤，不由自主地道："如果你真滑到这一步，第一个杀你的人就是我，不信你试试！"

乔小龙的感情现在已经处于麻木状态，对郑莉的话颇感索然无味，伸了个懒腰，百无聊赖地道："如果没有别的事，就请你自便吧，我可陪不起你。"

"你别想赶我走，我还没谈正事呢！"郑莉摆出正儿八经的姿态。

"啊！"乔小龙很夸张地鼻子眼睛一齐动，嘴巴张得大大的，"那就别扯那些咸不咸淡不淡的了，直说吧！"

郑莉清清嗓子，双手放在膝盖上，道："据听说鑫龙大厦还没有找到新的归属，你已经做了放弃的打算，准备另起炉灶了是吧？"

乔小龙想了想道："另起炉灶的打算有，但放弃大厦的打算没有。"

"什么意思？"郑莉显然没听明白。

"很简单。另起炉灶把火烧开，煮熟鑫龙大厦。"

郑莉理解了乔小龙的比喻，疑疑惑惑地道："可是听说完全建起大厦，至少还需要五六千万的资金，你到何年何月才能把水烧开？"

乔小龙淡淡一笑："不错，是还需要这么多钱。可是没有哪个房地产商会有了充足的资金之后再去盖等值的房。我只需要启动资金，只要工程一动，钱自然会源源不断流来。如果前面不是费百夫捣蛋，大厦就已经封顶了。"

郑莉认真想了想，觉得乔小龙是没说假话，在大厦盖到十几层时，预售房款就达到了七千多万，倘若不是费百夫，乔小龙建成大厦绝对没有问题。想到这里，她忍不住问："你需要多少启动资金？"

乔小龙不假思索地随口答道："四五百万足够了。"

"我帮你凑行不行？"

乔小龙吃了一惊，睁大眼睛看着郑莉："你开玩笑，你哪来的这么多钱？"

郑莉实话实说："我和吴淮生商量好了，把玫瑰园的别墅卖了，他的奥迪车也处理掉，应该能凑个二百万，再从他们公司挤出三百万，给你做启动资金。"

"原来如此。"乔小龙转了转面前的咖啡杯，很平静地道，"我不会要这些钱。我这个人向来说话算数，况且我也承担不起拖垮一龙公司的罪过！"

郑莉见乔小龙一口回绝，而且态度坚决，不由得急了，脱口而出道："你另起炉灶，不就是要成立一个什么煤炭科技开发公司吗？这样的结果必定会和吴淮生成为冤家对头……"

乔小龙没等郑莉说完，就连声冷笑："怪不得如此慷慨，他让你来做说客，是怕我抢了他的饭碗吧？"

"你……"郑莉猛地站了起来，手指着乔小龙，嘴唇直抖，"简直是不可理喻！没想到你的心理会变得如此阴暗！"

"不错，以前的乔小龙已经死了！"乔小龙没有丝毫的激动，声音阴沉地道,"从现在开始,我不会依靠任何人,有句俗话说得好:冻死迎风站,饿死不讨饭!我要自己去拼搏,不会要别人的施舍!"

郑莉心里一阵发凉。她清楚已经很难改变乔小龙的决心了。他一直把"言必信,行必果"奉作自己的座右铭,况且他的正常心理已发生了严重倾斜,表现出一种歇斯底里的症状。她机械地迈动双腿,走到门后,拿起鞋架旁的雨伞,回过头来音调凄哀地道:"小龙,我所能做到的都已经做了,我所能努力的也都努力了,最后我只能再提醒你一句:别让人卖了还帮着数钱。你好自为之吧!"

郑莉拉开门,跌跌撞撞走了出去。她想,也许只有孙凤珍才能阻止乔小龙,必须把这件事告诉她,这是惟一的希望了。

0 6

阿四躺在硬板床上假寐着,晨光镀亮了不大的窗子。朱永生披着衣服坐在一张破桌子旁擦枪,不时抬眼看看仍在熟睡的阿四。虽然这小子说得滴水不漏,但并没有完全清除他的戒心。所以他让阿四跟在身边,须臾不离。

朱永生擦好了枪,掖进怀里。刘洲推门走进,在他耳边嘀咕了几句。朱永生向门外使个眼色,二人快步走了出去。

阿四睁开眼,支起耳朵谛听了一会,见没有什么动静,慢慢坐了起来,从枕头旁拿起手机,小心翼翼地摁号。拨通之后,阿四压低嗓门道:"喂,是凡小姐吧?对,我是阿四。一切顺利,我现在正和朱永生在一起。在一个勘探队的简易工房里。具体位置我也不太清楚，这龟孙不让我出门。大概方向应该是唐河北，离七矿不远。现在朱永生是和刘……"

门突然"哗啦"响了一声，朱永生一脚跨了进来，阿四身一抖，忙摁断了通话键，可手机已经来不及放下了。

朱永生一步步走到阿四面前，目光恶狠狠地盯着他，沉声问道："你这一大清早在和谁通电话？"

阿四心悬到了喉咙口，眨巴眨巴眼道："睡觉梦到了相好的，实在忍不住，就给她打个招呼，报个平安。"

"相好的？是谁？我怎么从来没听说过？"朱永生狐疑地问。

"市里梦露歌舞厅的一个三陪女，没好意思跟您说。"阿四随口胡编。

朱永生审视着阿四，试图看出点不正常的东西。但阿四干瘦的脸皮就像他刚才擦枪的布，油不叽叽的根本看不出道道。

"大哥，您不会又怀疑我了吧？"阿四恢复了镇定，以攻为守。

朱永生冷冷地扫他一眼，突然上前夺过了他手中的手机。

阿四大骇，话音也不由得有点打战："朱……朱大哥，你……你这是……"

朱永生没理睬他，摁下重拨键，然后举到了耳边。阿四的心又悬了起来，脊梁骨一阵阵发凉，两只眼睛像受惊的老鼠般凝住，死死地盯着握在朱永生手里的小巧玲珑的物件。

随着清脆悦耳的音乐声戛然而止，手机里传出柔柔的女声："喂，阿四吧？又有什么事？"

阿四的胸口像驴踢的一般"忽通、忽通"直响，脸上还要做出无事的样子，他现在才真正尝到了心口不一的滋味。

"喂，说话呀！阿四，你怎么回事？"凡一萍似乎察觉出了什么，声音更甜更软了。

朱永生把手机递给了阿四。阿四连忙对着手机道："哦，对不起，亲爱的，刚才是位朋友开玩笑！"说罢便急忙摁断了接听键。

朱永生板着脸在阿四面前来回踱步。阿四大气不敢出，眼珠惊恐不安地随着他的脚步转动。朱永生走着走着突然停住，注视着阿四道："有件事我准备让你去完成，不知你有没有这个胆量？"

阿四悬着的心终于落了地，忙道："大哥尽管吩咐，小弟我赴汤蹈火万死不辞！"

朱永生上前拍拍阿四的肩膀："这件事其实对你来说也不难。你给我查清一龙公司在唐河矿区的所有客户，一个也不能漏掉！"

阿四弄不清他是什么意图，忍不住问道："大哥，你又不做生意，查这干吗？"

朱永生摆摆手："你只管按我说的去做，就别管那么多了，以后自然会明白。"说着加重语气，"四弟，这可不是件小事，任务必须要认真对待，千万马虎不得。明白吗？"

阿四一拍床板，信心十足地道："朱大哥放心，我那些小兄弟都是无孔不入的专业人才，干这种事最在行，保证让你满意！"

朱永生终于露出了欣慰的笑容。

第十六章 权力寻租一

严局长自然能听出郑重的弦外之音，忙对胡副局长道："你以后可要加强同一龙公司的合作，遵照郑市长的指示，把市场做活啊！"

胡副局长心领神会，马上表示没有问题。

01

乔小龙接到孙凤珍让他马上回家的电话后，就匆匆忙忙往唐河镇赶。他似乎从母亲那气恼的语气里猜出了不妙：难道她已经知道了自己和吴淮生之间的事？

一进家门，乔小龙的猜测便得到了证实。

孙凤珍劈头就问："你和淮生之间出了什么事？"

乔小龙边脱下外衣往衣架上挂边支支吾吾地答道："没出什么事。您这是……"

"没出事？"孙凤珍的声音更大了，"没出事你为啥也要办什么煤炭公司？这不是要跟你淮生哥对着干吗？"

乔小龙意识到母亲已经听到了风声，而且马上便猜出十有八九是郑莉来通风报信的，不得不硬着头皮道："只是有这个打算，目前还没批下来……"

孙凤珍略略松了口气："那就马上撤回，别干这种亲者痛仇者快的事！"

"什么亲者痛、仇者快？"乔小龙往沙发上一靠，"这哪儿跟哪儿呀！"

孙凤珍从儿子不以为然的态度里感到郑莉的话的确不假，他误入歧途了自己还没意识到，看样子一味地压他显然很难让他迷途知返，必须拿出妇联主任的看家本领做细致的思想工作。于是她耐心地规劝道："小龙，你咋这么糊涂，我这个老婆子的笨脑瓜都想象得出来，是有人在搞阴谋呀！你想想，本来一龙公司发展势头正强劲，你非要去弄什么房地产，结果让那个香港佬给坑了，干不成再回一龙公司就是了，胜败乃兵家常事，从头再来嘛，可你偏要一条道走到黑，抱着个烂尾楼不放，又要跟淮生竞争弄煤炭。你说，这正常吗？你实话告诉妈是不是有人在中间挑拨,想让你们兄弟反目为仇,以达到他不可告人的目的?"

乔小龙不禁哑然失笑,道:"妈,您的想象力真是太丰富了,竟然扯上了'阴谋',这里面自然有原因,但绝不是您说的有人挑拨离间,您的儿子是个能让人轻易摆布的傻瓜吗?"

"那你告诉我,是什么原因?"孙凤珍追问。

乔小龙怔了怔,动了动嘴角没能张开口。他的确难以启齿,因为他和郑莉的感情磨难母亲并不知道,这个秘密只能永远封存在他和郑莉心里。

孙凤珍见乔小龙无话可答,更加坚定地认为是儿子在寻找借口,就以很严肃的口吻道:"小龙,我知道你从小就争强好胜,可经商做生意最讲究的就是能进能退,你这样任性胡来,妈可不能答应!"

乔小龙心里不觉有些烦躁了。真实的原因讲不出口,母亲又这样咄咄逼人,一点儿也不理解儿子。他点上一根烟,皱着眉对孙凤珍道:"妈,您别再唠叨了,我主意已定,谁也不可能更改!"

口干舌燥劝了半天,竟然是白磨嘴皮,孙凤珍火了,声音一下子便提高了八度:"你敢!我给你说清楚,要煤炭公司就别要你妈!要你妈就不能要煤炭公司!你看着办吧!"说着,泪也掉了下来。

乔小龙见此情景,不由得慌了神。这个世界他什么都可以不要,就是不能不要含辛茹苦把自己养大的母亲。他不得不换上一副和颜悦色的面孔,婉转地轻声说:"妈,都是儿子不好,惹你生气了。可我这也是实在迫不得已呀!金钱、地位我都可以不要,但名誉对我来说却比生命还重要,我总不能无法面对社会,无法在众人面前抬头吧?"

孙凤珍擦了擦眼:"小龙,你的心思我不是不明白,人要脸树要皮的理儿我也清楚,可你不能这样对待淮生,没有他的照顾,你能有今天吗?人不能不讲良心呀小龙!"

乔小龙的脸又渐渐寒了起来，牙缝里迸出一句话："这是他在赎罪！"

"你说什么？"孙凤珍如五雷轰顶，呆呆地凝视着儿子，嘴中喃喃，"你，你怎么能说出这种……"她说不下去了，感到一阵晕眩。郑莉说儿子变了，她还一直不敢相信，现在终于得到了验证。

乔小龙看着母亲震惊不已的表情，知道不能不讲出实情了，虽然这会让她更加伤心。他把烟头摁在烟灰缸里，有些激动地道："大厦之所以陷入困境，并不是我的主观能力造成的，完全是因为费百夫的捣乱。他死了是坏事同时也是好事，我就可以不受钳制免除后顾之忧地放开手脚了，只要能再有几百万启动资金，就可以封顶。我厚着脸皮去求他助我渡过难关，可他竟然无动于衷，一口拒绝。像这等守财奴，能配当我大哥吗？"

孙凤珍果然神情有了些微妙的变化，极度绝望的目光略略有了点活泛，但同时也交织着无以言表的痛苦，自语般道："作孽啊，我不该让淮生办公司，怎么会是这种结果……"

乔小龙咬着牙道："我乔小龙绝不能再为五斗米折腰，我要自己拯救自己！"

孙凤珍只觉得全身的血凝固了，眼前一片昏暗，她无法再责怪儿子，更无法去责怪吴淮生，她只能责怪自己，让悔恨噬咬着虚弱不堪的心灵……

02

周莎莎投案自首已在刘跃进的预料之中，所以他没有丝毫的惊讶。费百夫的死也许只有她不会认为是自杀，因为她了解费百夫，同时也了解朱永生，当然也可能了解得更多。

冯自强和凡一萍把周莎莎从珠海递解回淮海后，刘跃进当即便对她进行了讯问。

看守所审讯室的日光灯把周莎莎没有一丝血色的脸照得更加惨白，由于未加修饰，显得憔悴，但比浓妆艳抹让人看着舒服多了。

刘跃进递给她一杯水，和颜悦色地道："喝吧，别紧张。"

周莎莎感激地连声道谢，然后由衷地说："刘队长，来到这儿，我才真的没有了紧张感，自费百夫死后，我就一直受着提心吊胆的煎熬，惟恐哪天突然被人索了命去！"

"你的心情我能理解。"刘跃进微微一笑，"所以我一直没有劝你，等着你自己醒悟。"

周莎莎神情黯然，呆呆地盯着手上的茶杯，幽幽地叹口气道："百夫死得太不值了，这就是与狼共舞的下场，他们的心肠真是比蛇蝎还要狠毒！"她抬起头来，神情变得毅然，"刘队长，您放心，只要是我知道的，绝不会有丝毫的隐瞒，您尽管问吧！"

刘跃进点点头道："好，只要你能信任我们就能把朱永生和他的同党统统一网打尽，彻底消除你的后顾之忧，也算是对费百夫有个交代。"他顿了顿，打开笔记本，"咱们就先谈第一个问题吧，费百夫和朱永生是怎么认识的？"

周莎莎未假思索地马上答道："是费百夫在淮海做房地产时认识的，当时他从孔令军那儿赚了两千多万。"

"朱永生逃亡期间是怎么和费百夫联系上的？费毕竟在香港，不会那么容易吧？"

"有中间人介绍，这个人是谁我弄不清楚，但肯定不是一般人物。我看得出来，费百夫挺忌惮这个人的，他常在我面前愁眉苦脸地骂，说是被蛇缠上了。"

"这个人你一点儿都不了解？"

"不了解。但有一天夜里,我从梦里迷迷糊糊醒了,发现他正和一个人通电话,神神秘秘的,就屏声静气地听,对方声音尖细,像是个女的。我不干了,就起来和他闹,质问他这个人到底是不是女的,跟他是什么关系。他开始支支吾吾搪塞,我就更怀疑了,撒着泼地磨他,后来他实在忍受不住了,就对着我吼,说就是那条蛇。听他这么一说,我也就吓得不敢再问了。"

"你能不能肯定这个神秘人物是女性?"

"不能断定是女的,只是听着声音像。因为当时刚睡醒,有些蒙蒙眬眬的。但是这个人就是摆布费百夫的人可以肯定,我听到他在电话里提到朱永生。"

刘跃进和冯自强对视了一眼,都有一种莫名的激动。他在笔记本上写了一个大大的"蛇"字,画了一道粗粗的箭头,然后重重地写上"女人"两个字。

周莎莎抿了一口水,注视着刘跃进,等待他的提问。

刘跃进抬起头来:"周莎莎,你提供的情况很重要。行,谈得不错。咱们说第二个问题:费百夫和乔小龙合作开发鑫龙大厦是怎么回事?"

周莎莎受到鼓励,脸上的气色好了许多,双颊微微有了些红晕,她把披散到肩上的长发拢了拢,答道:"这件事肯定是那个神秘人物操纵的。费百夫一直在香港和珠海之间奔波,不可能知道乔小龙要建大厦,也不会对这个有兴趣。"

"那他们是什么目的?"

"表面上看是骗钱,其实就是搅局,让乔小龙血本无归变成穷光蛋。"

"你和费百夫一块儿到淮海来,有没有察觉出什么不正常的人或事?"

"没有。自从发生那次打电话的事之后,他对我特别小心,手机不离身，而且经常更换号码，防我像防贼似的。"

"我的意思是在你们和乔小龙谈判或是事务性接触时，有没有发现乔小龙周围的人有不正常的表现？"

"实际上接触的也就是两个人，都是乔小龙的助理。一个叫杨海也叫阿海。另一个叫林非，她也是乔小龙的女朋友。他们都对乔小龙忠心耿耿，看不出什么异常。"

"你们来淮海，费百夫跟你谈过合作方面的事吗？"

"谈过。他当然说是为了弄钱，说乔小龙是做房地产的新手，傻瓜一个，不骗白不骗。但他的所作所为明显不是为钱。"

刘跃进觉得这个问题只能谈到这儿了，那个神秘的黑手十分狡猾，藏得很深，剥开此人的画皮不是件轻而易举的事，只能慢慢来，欲速则不达。他接着问最后一个问题："你为什么没跟费百夫第二次来淮海？"

"他告诉我说是向乔小龙摊牌，成败在此一举，有可能会遇到一些麻烦，就没让我跟着来。但结合现在的情况看，他可能也意识到你们公安部门会介入，一旦立案，就有查扣的危险，所以不愿带我。"

"他最后一次来淮海，尤其是出事之后跟你联系过没有？"

"联系过，那是被你们限制离境之后，他打来电话，说处境不妙，让我火速把护照准备好，说从淮海出来后，马上就移居国外。没过两天，就传来他自杀的消息。我当即就意识到他是被人灭口了。"

....

周莎莎投案自首所供述的情况使刘跃进明显感到案子变得更为复杂了。那个神秘的人物是主谋已毋庸置疑，只有揭开这个人的面纱，才能彻底侦破全案，将犯罪团伙一网打尽。

结束审讯后，刘跃进吩咐凡一萍约见阿四。

03

以林非名义申报的煤炭科技开发有限公司终于注册登记了。乔小龙毫不忌讳地沿用了"鑫龙"的名字，因为只有用这个作公司的名，他才能提精壮神，才有一种使命感。公司开张是在静悄悄中进行的，没有举行仪式，也没有向任何部门表示"心意"。乔小龙决心靠自己的实力赢得市场。

林非在此之前已向一龙公司研究所的同行伸出了橄榄枝。他们自乔小龙离开之后，一直没有什么作为。吴淮生把主要精力放在了客户应酬上，把所里的事务全交给了姚飞。而姚飞是个将才绝不是挂帅的料，根本管理不好，使得研究所处于半瘫痪状态。作为专业技术人才，赚养家糊口的钱只是一个方面，更重要的还是想在事业上有所建树。所以他们一听说乔小龙要建煤炭科技公司，便毫不犹豫地跳槽改投到他的门下。第一个响应的自然便是他的老同学姚飞。

有了人才就什么都有了。何况林非和姚飞都是当今煤炭业的科研精英。他们在赋闲了一段时日之后，把积攒的干劲全拿出来了，夜以继日地研制开发新产品，很快便硕果累累。鑫龙煤炭科技开发有限公司顿时名满天下，客户纷至沓来。乔小龙初战告捷。

一龙公司受到冲击是必然结果。随着鑫龙的兴盛，一龙渐呈疲态，市场竞争中根本不是对手。吴淮生开始时对乔小龙的咄咄逼人之势，不得不咬着牙一忍再忍，一让再让。他下不了狠心与昔日的弟弟拼杀，也认为乔小龙会适可而止，毕竟血浓于水，不会有将他置于死地的冷酷绝情之念。可是随着公司经营的不断恶化，以至到了捉襟见肘的程度时，吴淮生才看清了乔小龙要彻底挤垮他的真实面目。他的心流血了，顿时便有了一种情断义绝的感觉。在深深悲哀的同时,也从心底升起了一股深深的愤怒。他不能不挣扎,不能不抵抗,不能不给这小子点儿颜色看看了。

吴淮生所能依靠的,当然便是郑重手中的权力。

这天中午,吴淮生开车送来李玉茹早就让他购置的老年健身器,李玉茹没让他走,留他吃午饭。他没有推辞,拨通郑莉的电话打了个招呼。

吃过饭后,吴淮生对郑重说,想跟他谈点事。郑重在吃饭时就看出吴淮生忧心忡忡,神思不宁,猜知他肯定是遇到了大的难题,正要问问他,便和他一块儿走进了书房。

吴淮生将公司的现状毫无保留地告知了郑重。郑重颇感惊讶,问他是什么原因造成的。他据实回答说出了乔小龙。郑重更觉得不可思议,乔小龙的公司是搞科技开发,以有价转让项目为主,你的一龙公司是做煤炭贸易的实体,他怎么能对你构成威胁?吴淮生说,实际上并非如此,他们并不是仅限于科技项目转让,更主要的业务是做原煤交易,只是把那些项目作为打开市场的金钥匙。郑重闻听此言,不禁对乔小龙的厌烦又增加了几分,眉头深深皱了起来。

"现在公司状况非常糟糕,这个月亏损率已达到20%,如果继续下去,不出一年,公司就会倒闭!"吴淮生愁眉苦脸地对郑重道。

郑重背着手踱步,感慨万分地说:"没想到乔小龙变成了这个样子,人心真是让人揣摸不透。这让我想起了农夫与蛇的故事。"

吴淮生心里不觉一抖,马上便想到了乔一龙和孙凤珍,扪心自问,他没有做出一丝一毫对不住小龙的事。前面养他长大,供他上学的事就不提了,即便在他做出办煤炭公司,拉走研究所大部分人才的不义之举情况下,他吴淮生也没有到孙凤珍面前说一个"不"字。他已经做到仁至义尽了,还有什么可愧疚的呢?

410

郑重继续着刚才的话题:"你为了儿时的过失,已经补偿了二十多年,不应该再有良心上的负担。何况你办一龙公司的初衷就是为了大家日子过得好一些,并没有什么私心杂念。在这件事情上,我认为你是没有责任的。至于乔小龙贪图名利,把情和义抛到了一边,那是他的品质被物欲腐蚀了,该一刀两断就得一刀两断。否则,只能助长他的私欲膨胀,干出更让人齿冷的事来!"

吴淮生点点头道:"是的,不然我不会告诉您这些事情。"

"如果你下了决心,那就好办了。"郑重停住脚步,注视着吴淮生,"我全力以赴支持你,有什么要求,说吧!"

吴淮生抬起脸,"我从来没为公司的事打过您的招牌,我现在只能……"他欲言又止。

郑重马上便明白了吴淮生的意思,很干脆利落地说道:"这没有什么可羞羞答答的。我当了十年的市长,没给家里谋过一点私利,今天就为你这个女婿破次例吧。矿务局的严局长是我党校的同学,分管煤炭经营的胡副局长是我过去帮他转的干部身份。他们为了取得市里的关心支持,数次请我聚聚。我下午通知他们,就放在今天晚上吧。你下班后到市政府去接我。"

吴淮生激动了,连声答应。此刻,他分辨不清,在心中涌动的是兴奋还是悲哀,是甜蜜还是苦涩……

华灯初上。吴淮生开着奥迪车在摇曳的灯海里缓缓流动。郑重坐在后排座位上,闭目养神。吴淮生从后视镜里看了看郑重,心里一阵阵翻腾开了:利用岳父的权力去竞争市场,是不是太丑了?而且对付的还是自己的兄弟,是不是有些卑劣?干这种让人戳脊梁骨的事对于他来说还是第一次,他觉得浑身发虚,如有芒刺在背。可是,他能有别的选择吗?乔小龙已经残酷地剥夺了他选择别的权利!他弄不清继这个不祥的开端之后还会发生什么事。他也没有心情去探究去推测,只能走一步算一步了。

奥迪车在矿务局小餐厅门前缓缓停住。严局长、胡副局长等一干人已在门前恭候。胡副局长待车停稳，趋步上前拉开后车门，把郑重搀下车来，连声说着"欢迎老领导光临"的话，亲热和尊敬之情溢于言表。

众人簇拥着郑重走进餐厅，吴淮生紧紧跟随在后面。

餐厅里灯光辉煌，笑语喧哗。郑重把吴淮生拉到面前，介绍给矿务局几位领导。他们原以为吴淮生是司机，一听说是市长的乘龙快婿，态度顿时大变，又是握手，又是拍肩膀，热情恭维之状无以言表。

酒菜上席，众人纷纷就位。郑重自然是坐在主宾位置，严局长和胡副局长按原来的排列是分坐郑重两侧。吴淮生的身份明确后，胡副局长便硬将他摁在了自己的位子上。吴淮生颇有些尴尬，一时间手足无措起来。

郑重对他挥挥手道："小胡的心意你就领了吧，都不是外人，没什么不好意思。"

胡副局长忙接上话道："是呀，是呀！既然你是郑莉的先生，就是我的妹夫了嘛！"

严局长也在一旁打趣："你今天可是贵客。郑市长很少带家里人赴宴，由此可见你这个乘龙快婿在岳父心中的地位是何等重要！"

吴淮生从来没经过这样的场面，被局长副局长这么一抬，没喝酒脸就红了。

酒过三巡，宾主就乘着酒兴天南海北地侃了起来，一会儿是美国世贸大厦被炸，拉登到底是不是主谋，他究竟是躲在阿富汗还是逃到了别的国家；一会儿是申奥成功，足球踢出了亚洲，显示中国的地位在一步步升高。扯着扯着便扯到了煤炭市场的前景上。郑重这才就着话题很随意地亮出了吴淮生的底牌："我刚才忘了介绍,淮生说起来跟你们还是一家人呢!"

严局长和胡副局长都不由得略略有些诧异地"哦"了一声。

郑重接着道:"他是一龙煤炭开发公司的总经理,你们说算不算一家人?"

胡副局长首先惊呼:"哎呀,淮生老弟,原来你就是一龙公司的老板,失敬失敬!"

严局长也故意用埋怨的口气对吴淮生道:"淮生,你这么做可就不对了,咱们是地道的一家人,你怎么从来连个面儿都不露,是不是怕我们沾你这个市长女婿的光?"

吴淮生顿时如坐针毡,面红耳赤地搓着手,一时不知该如何是好。

郑重知道吴淮生从来没接触过官场,适应不了这种虚虚实实的官场文化,加上他本性憨厚,更理解不了其中的玄妙。于是不得不为他解围:"严局长,淮生在我面前提起过,说你们矿务局对他支持很大,如果有慢怠的地方,这账记在我身上,下次我做东请诸位!"

大家都笑了,说岂敢岂敢。

胡副局长端着杯站了起来,对吴淮生道:"今天算认识了,我敬你一杯,以加深印象。有什么困难尽管开口,咱们共同把淮海煤炭这块黑蛋糕做大做香!来,哥先喝为敬!"说罢一个仰脖"咕嘟"把酒灌进了喉咙。

吴淮生连声道着谢,也喝干了杯中的酒。

郑重用筷子点点胡副局长,笑着说:"还要做活哟!"

严局长自然能听出郑重的弦外之音,忙对胡副局长道:"你以后可要加强同一龙公司的合作,遵照郑市长的指示,把市场做活啊!"

胡副局长心领神会,马上表示没有问题。

郑重见目的已经达到，不失时机地站起来，举着酒杯对众人转了一圈，道："为了你们合作顺利，也为了淮海的明天更美好，咱们共饮一杯！"

众人纷纷站起来，互相碰杯，餐厅里响起清脆悦耳的"叮当"声。

04

周莎莎提供的新情况使刘跃进暂时放弃了对朱永生的缉捕行动。他决定放长线、钓大鱼，通过朱永生引出那个隐身在幕后的神秘人物。而要达到这个目的，只有靠阿四从朱永生身上刺探线索。所以他要约见阿四，当面向他交代清楚。

这天晚上，按约定的时间，刘跃进和冯自强、凡一萍来到位于闹市区的梦露歌舞厅。他们走进门上标着"巴黎"两个字的包厢，只见阿四正拿着麦克风面对电视屏幕上的俊男靓女，摇头晃脑扭腰摆臀地嚎呢。他一见到刘跃进他们进来了，忙放下麦克风嬉皮笑脸地躬身让座，然后欲转身去关电视机。刘跃进摆摆手阻止了他，说就让它响着吧，这样谈话更安全。

"你们不会笑话我吧？"阿四指指麦克风，"其实我知道自己五音不全，可实在是憋不住了。"他一张瘦脸皱成了苦瓜。"这打进敌人的内部的活儿真不好干，成天提心吊胆，晚上睡觉得睁一只眼，耳朵时刻支棱着，最他妈难受的是不敢喝酒，生怕醉了说胡话！"他竭尽夸张地挤眉弄眼，最后道："所以我就想吼几嗓子，放松放松！"

刘跃进并不认为阿四的话是夸大其词，做卧底的确是个苦差事，危险性姑且不论，就是那每天每夜的神经高度紧张就不是一般人能承受得了的。他拍拍阿四的肩膀,表示理解,由衷地说:"你辛苦了!"

一句话说得阿四泪花直转,忙殷勤地递烟点火:"刘队长,有你这句话就够了,我阿四也算做了回真正的人!"

冯自强环顾四周,问阿四:"你怎么挑选了这么个地方见面?"

"只有这种地方最安全。"阿四神秘兮兮的样子,"朱永生就是知道我来了这儿,也不会怀疑。"

凡一萍有些惊讶了,问道:"为什么?"

阿四抽了口烟,徐徐吐出:"因为我有个相好在这儿。"

"嗯?"刘跃进瞪大了眼睛。

凡一萍也紧紧追问:"是谁?"

"是你呀!"阿四不由得笑了。接着便绘声绘色地讲了打电话被朱永生发现,他是如何随机应变哄骗过去的事。

凡一萍若有所悟地道:"怪不得那天我接电话时,你就是不吭声,敢情真是朱永生呀!"

刘跃进神情严肃地叮嘱阿四一定要谨慎小心,千万不能让他察觉出破绽,然后便进入了正题:"你这些天跟朱永生在一块儿,有没有发现他和什么人联系?"

阿四回答说:"没有。他现在还不是完全信得过我,总对我有些戒备,所以遇到事就和刘洲在一块儿嘀咕。"

"他最近有哪些活动?有没有什么新的动向?"刘跃进又问。

"有!"阿四往刘跃进跟前凑了凑,压低嗓门道:"他最近让我查一龙公司的客户和关系人,不知想干什么!"

刘跃进一惊:"查一龙公司的客户和关系人?"

"是的。"阿四以肯定的口气说,"而且跟我讲一户都不能少,让我弄个花名册。我觉得这里面一定有弯弯绕绕,可又不敢问他是什么目的。"

刘跃进当然知道他的目的,由此联想到周莎莎供述的情况,刘跃进不能不悚然心惊,引起高度警觉。费百夫坑害乔小龙,现在朱永生又打起了吴淮生的生意,这其中有没有什么内在联系?虽然他头脑里的思路还不是太清晰,但他们复仇的矛头对着吴淮生和乔小龙则是毋庸置疑的了。

冯自强见刘跃进沉吟不语,忍不住提醒道:"刘队,我觉得这背后一定有文章,咱们必须重视起来!"

刘跃进点点头:"你分析得不错,我也正这么想,是要密切关注这方面的动向。咱们只顾着抓朱永生,忽略了吴淮生和乔小龙。据说他们兄弟之间已经有了矛盾,这是个不祥的信号!"

"刘队,我有个推断。"冯自强若有所思地看着刘跃进。

"讲!"刘跃进向冯自强投出鼓励的目光。

"朱永生之所以冒险在淮海闹腾,就是为了牵制咱们,配合那个神秘人物的大行动,这个大行动的目标就是吴淮生和乔小龙。所以,这个人极有可能就是吴淮生或乔小龙周围的关系密切者!"

冯自强的话使刘跃进的思路渐渐清晰了,这个幕后的主谋能会是谁呢?郑莉?林非?还是阿海和姚飞?郑莉是吴淮生的妻子,市长的千金,应该排除在外;林非是乔小龙的未婚妻,对乔小龙忠心耿耿,为他的事业耗尽心血,做出了无私的奉献,也不存在什么疑点;阿海虽然是费百夫的牵线人,但他和费并不熟悉,而且据乔小龙说,合作是费主动的;姚飞呢?他曾是孔勇敢的助理,会不会是他与朱永生处心积虑地设下了这些连环套?在这些人中,只有他的疑点最大。可周莎莎又说那个人听着声音像是女的,倘若她的话能成立,姚飞自然也就不存在跟朱永生是同伙了。由此看来,确定这个人的性别就成了关键,就可以大大缩小重点嫌疑人的范围。

刘跃进想到这儿,把脸转向了阿四,郑重其事地道:"阿四,我们打算暂时不动朱永生,你要密切注意他的动向。同时,我要交给你一个重要任务。朱永生还有一个同伙,就在市里,你要设法弄清这个人的身份,至少要弄明白是男还是女。你有没有信心?"

阿四从刘跃进凝重的神态里能看出这件事比抓住朱永生还重要,不禁为刘队长的信任和器重激动起来,马上脖子一梗道:"行,刘队长,我一定竭力而为!"

刘跃进心中在想,是不是该找吴淮生和乔小龙认真谈一谈了……

05

鑫龙煤炭科技开发有限公司的业务量步步升高,客商趋之若鹜,订单纷至沓来。乔小龙振奋不已,如果照此发展下去,鑫龙大厦的启动资金便指日可待了。但几经商海沉浮浑身伤痕累累的乔小龙并没有因暂时的兴盛而陶醉,他尝够了乐极生悲和福兮祸所伏的苦头,要巩固已有的成果,谋求长足的发展,就必须深思熟虑具有高瞻远瞩的战略眼光,才能防患于未然,杜绝类似鑫龙大厦的危机。他在谋划着一个能够达到这些目的的大动作。

这天晚饭后,他被电视上关于上海举行世界五百强财富论坛的报道触发了灵感,突发奇想地对林非说,能否在淮海发起举行一个大型的活动,名称可以是有关煤炭科技发展的研讨会,形式可以是酒会之类比较有声有色的。林非听后禁不住拍手叫绝,连声表示赞同,说小龙你这一构想太棒了,既展示了咱们的产品起到了招商作用,又打出了名气扩大了影响,提高了公司在煤炭业的地位,真是一举数得呀!乔小龙得到林非的支持,信心更足了，当即便定了"淮海煤炭发展论坛"的名称，主办者自然是鑫龙公司。两人越谈越兴奋，竟连夜琢磨出论坛广告主题词：一次化人脉为钱脉的真诚握手；一次把握商机市场的智慧碰撞；一次豪杰会盟煮酒纵论煤炭业……

方案确定之后，乔小龙就迅速付诸实施。他让林非向重点客商及有关煤炭技术精英发出邀请函试探一下反应，同时，向市政府和有关职能部门递交了申请报告。因为没有政府部门的支持，这个活动是很难顺利进行的。最重要的部门当数矿务局，他们的态度将直接关系到论坛的成败。

为了确保构想成为现实，乔小龙决定亲自登门拜晤矿务局的负责人。

这天下午，上班时间刚到，乔小龙就让林非带上有关筹办论坛的资料，和他一道去淮海矿务局。林非犹豫了一下，说她最怕与官场打交道，就让阿海或是姚飞去吧。乔小龙不同意，说这件事只有你最了解，也是你一手操办的，不能不去。接着他又向林非阐明了矿务局的重要性，林非见无法推托，只得勉强同意了。

淮海矿务局的前身是煤炭指挥部，虽说和市政府是平级单位，但它的办公大楼却比市政府气派多了，显示着它的财大气粗。

乔小龙和林非走进宽阔的茶色玻璃楼门，在门卫处登记过后，便乘坐局长专用电梯直达18楼，按事先的约定，摁响了挂有"副局长"标牌的门铃。里面传出颇具威严的"请进"声。乔小龙看看略略有些紧张的林非，淡淡一笑道："当官的都这德行，你不把他当回事，他就不是回事了！"说着，手上用力，推开了房门。

胡副局长拿姿拿势地坐在写字台后，正手执签字笔，在一份像是文件之类的纸上画着圆圈。他下颌微抬，瞥了乔小龙和林非一眼，不无敷衍之态地随口说："先请坐，我马上就好。"

乔小龙和林非在沙发上坐下，静静地等待着。过了一会儿，胡副局长在文件上终于画圆了那个圈，自语般道："现在的年轻人，太不注意文字修饰，我这等于重写一遍，唉！"叹过气发过感慨，他才像突然想起有来客的样子抬起脸，盯着乔小龙，"你就是乔小龙吧？"

乔小龙心中暗自好笑，脸上自然丝毫不能显露，欠了欠身子："是的胡局长，不好意思，打扰了！"他指指身旁的林非介绍说："这位是我们公司的林非女士，也是这次活动的具体策划人和筹办人。"

胡副局长的目光不经意地滑向林非，双眸骤然一亮，不觉凝住了。他的神态突然之间便有了天差地别的改变，从写字台后站起，快步走到冷热两用饮水机旁，用一次性口杯接了两杯纯净水，放在茶几上，热情地道："二位请喝水，别客气！"

乔小龙对他的变化有些惊讶，心想这人是不是神经上有毛病。林非自然能看出个中缘由，只是抿着双唇，对胡副局长微微一笑。

胡副局长被林非这一笑弄得心旌摇曳，屁股刚挨着对面沙发的边就朗声道："你们的这一创意很好，很有展望未来的现代眼光嘛！"

乔小龙被他不伦不类的又是未来又是现代的话弄得无所适从，不知该怎样应和他，只得口中不停地"嗯嗯"着。

胡副局长继续看着林非大发宏论："煤炭产业是个既古老又新潮的行当，具有广阔的前景和巨大非凡的市场潜力。你们的这一举措将开创淮海煤炭业的新纪元，具有承前启后的历史意义，一大批煤炭科技精英将瞩目淮海这片热土。你们这是做了一件功德无量的壮举啊！"

乔小龙听得云山雾罩，迷迷瞪瞪地看着胡副局长嘴角上的白沫，顺口道："我们的林女士就是一位煤炭科技专家，有很深的造诣呢！"

胡副局长夸张地惊叹一声，往林非面前倾了一倾身子："没想到！真没想到！林小姐不仅容貌出众，而且才华夺人！幸会！幸会！"

乔小龙这才看出点端倪，眉宇间便不自觉流露出一丝轻蔑，不无揶揄地道："胡局长也是挺有水平呢，刚才高屋建瓴的一番话对我们深有启发，真是大大开阔了我们的眼界，使我们对办成论坛更有信心了。"

胡副局长被乔小龙这么一抬，不由得更来劲了，一拍沙发扶手道："我这个人也许是眼高手低，对人很少恭维，但林女士策划的这个活动的确令我佩服，不愧是巾帼豪杰！"

乔小龙乘势说道："那以后就让林女士多跟您联系，请您多多支持关心。"说着意味深长地看看林非，调侃道，"你以后可要多多当面请教胡局长，聆听教诲，加深了解呀！"

林非嗔了乔小龙一眼，正要说几句什么，话早又被胡副局长抢过去了："没问题，我们日后要多切磋切磋。林小姐你大胆地干吧，我代表矿务局全力以赴支持你！"

林非哭笑不得，只有点头的份了。

乔小龙把公文袋递给胡副局长："这是计划书，请胡局长过目，还望多提指导性意见，使这次活动能更加圆满。"

胡副局长接过来拍了拍道："从你上午的电话和刚才的介绍，我已经对你们的创意和活动内容了解得差不多了，你们就放开手运作吧，到时候我们矿务局一定大力支持，我亲自负责给你们协调，局里面的主要领导届时一定出席！"

乔小龙表示了谢意，看事情已经顺利解决，便欲告辞。胡副局长正在兴头上，两眼盯着林非不放，极力挽留，说话逢知己千句少，再聊一会儿没关系。乔小龙不好勉强，只好又坐了下来，看着他和林非热火朝天地神侃，偶尔搭上一句。

胡副局长"警句"不断，"妙语"连珠，别人还没听出怎么回事，他自己便被自己逗得开怀大笑。开始时，林非还故意做出很专注的样子，像个小傻瓜似的忽闪着两只大眼睛听他海吹，到了后来也不由得秀眉微蹙，示意乔小龙赶快提出撤退。

乔小龙为了照顾胡副局长的情绪，又忍了一会儿，才起身道："胡局长，您工作这么忙，真是不好意思再打扰您了，我们改日再来拜访您！"

林非也赶紧站了起来。

胡副局长虽然余兴未尽，但是见他们都已经站了起来，也不好再挽留了，有些遗憾地起身和他们握手道别。乔小龙和林非快步向门口走，胡副局长像突然想起什么似的喊道："请二位留步！"

乔小龙和林非不知道他又要干什么，转过身疑疑惑惑地看着他。

胡副局长趋步上前，道："你们还没有见过严局长吧？走，我带你们去拜见拜见他！"

林非似乎被他折磨怕了，忙推辞说："严局长今天就免了吧，我们改日再登门拜会。"

"既然来了，还麻烦下次干吗？以后的事有我就行了！走走，现在就去他办公室！"胡副局长不由分说，乘机紧紧握住林非的手往外拉，另一只手打开了房门。

乔小龙无奈地对林非耸耸肩，斜斜地瞅她一眼，那目光分明在说：漂亮的小姐面子大呀，真是无坚不摧……

局长室就在隔壁，胡副局长进门之后就向严局长简单介绍了乔小龙几句，然后很隆重地推出了林非，什么著名的煤炭科技专家，什么才华出众的巾帼女杰，溢美之词连乔小龙听着都感觉到脸上发烫。

421

林非进门之后，就有意地躲在乔小龙背后，好像对领导干部有些畏惧感。现在胡副局长这么一介绍，她也就不好不上前了。她怯怯地伸出手和严局长握了握，然后又低垂着头站在了乔小龙的身后。胡副局长未等严局长发话，便主动地让他们随便坐。

严局长在与林非握手时，禁不住多看了她两眼，微微怔了怔，但随之便被胡副局长的滔滔不绝吸引了过去。

胡副局长详细介绍了他们的来意，并且表明了自己赞赏的态度。严局长自然也就不好多说什么了，连声说是好事，胡局长支持他也会全力支持。

乔小龙向严局长表示感谢，并为自己从前没向矿务局多请示汇报表达了歉意，希望严局长胡副局长抽暇亲临鑫龙公司视察指导。

严局长嘴里"嗯"着，偶尔点点头，乔小龙看得出他是心不在焉，眼睛却不时地瞄着林非，心中不觉道：这矿务局的领导是不是都有好色的毛病，怎么一见漂亮的小姐全是贼眉鼠眼的？想到这些他感到特没劲，便想起身告辞。

就在乔小龙欲站未站之时，严局长突然对林非开口了："林女士是哪儿人？"

林非一惊，忙答道："北京。是在北京长大的。"

严局长摇了摇头，沉吟片刻后道："看着你挺面熟，可一时又想不起来了。"

林非笑了笑说："也许严局长认错人了，但下次见面就认识了。"

胡副局长不失时机地恭维道："漂亮的小姐长得都差不多，乱花迷人眼嘛！"

严局长听了这话，甚觉不妥，怕引起在座人的误会，也就不再去细想深究了，做出辞客的姿势，"你们举行论坛的事就由胡局长全权负责处理了,是不是就这样?"

乔小龙和林非都连忙站了起来,有了一种解脱感,与严局长握手道别。

胡副局长把他们送到电梯口,特意地叮嘱林非:"别忘了常来,我对你可是有一见如故之感呀!"

"我也是我也是,谢谢胡局长的关心支持!"林非不得不应付着。正说话间,电梯到了,林非逃也似的钻了进去。

胡副局长刚打开办公室的门,就听到电话铃在一声接一声地响着。他心情很好地拿起听筒,用轻松愉快的音调问道:"喂,哪位?"

"是小胡吧?我是郑重。"

他忙握紧了话筒,声音变得谦恭:"是是,郑市长您有事?"

"有个鑫龙公司找你了吧?"

"是的,他们的总经理刚走,是为举办论坛的事。您的意思是……"

"市政府也接到了他们的报告,我认为这样的活动应该由你们或是政府部门举办比较合适。再说他们弄的鑫龙大厦已经惹了不少的麻烦。这件事你和老严可要慎重对待啊!"

胡副局长马上便明白了郑重的意思,对着话筒道:"郑市长,我明白了,我们会处理好这件事的。"他放下电话,便不由得琢磨开了:郑重的态度已经十分明确,他之所以持反对意见,并且不惜屈尊亲自来电话打招呼,说明其中有丰富的内容,很有可能便是为了女婿的一龙公司。因为乔小龙他们的举措无疑会对吴淮生构成威胁,影响其公司的发展。可是他的确对那个姓林的才女产生了浓厚的兴趣,她那光彩照人的容貌,一颦一笑的妩媚,真是惊人魂魄撩人心弦,不能不让人迷醉。他暗自决定,先看看林非的表现再说,倘若她真能投怀送抱,那就对她对郑重各送一半

423

人情，暗中支持，明里消极。想到这儿，他不由得咧开大嘴，自得地笑了。

0 6

刘跃进开着警车，七拐八转，好不容易才在一个巷子里找到名为"好再来"的小饭馆。从那低矮窄小的门面和半死不活般昏黄的装饰灯就可以看出，这是个比大排档好不了多少的低价大众店。刘跃进停好车，走进了"好再来"，吴淮生早已在一个角落的餐台边等候了。

"你咋找这么个地方？"刘跃进解开外衣扣子，往凳子上一坐，"像做地下工作似的！"

吴淮生递给刘跃进一根烟，勉强笑笑道："跃进，请你多包涵点儿吧，我现在真是请不起你去海鲜楼了。"

刘跃进惊讶地瞪着吴淮生："你弄得这么惨呀？"

吴淮生幽幽地叹口气，不想再说下去，对老板喊道："上菜！上酒！"

饭馆小老板答应一声，颠颠地摆上了酒菜和两个酒杯。吴淮生让他换上俩大玻璃杯，然后抓起白酒瓶，咕嘟咕嘟倒满。两杯正好一瓶酒。

刘跃进眨巴眨巴眼，拉长声音问他："你没开车呀？"

吴淮生把空酒瓶往墙角里一丢，耷拉着眼皮道："你给我打电话后我就准备一醉方休，所以没开车。"

刘跃进眼一瞪："那我的车……"

吴淮生嘴咧了咧："你是警车，没人敢撬，喝醉了咱哥俩正好在里面睡一夜！"

刘跃进能看出吴淮生的心事很重,公司发展不顺利,又和乔小龙分了手,也就不忍再驳他的意。

吴淮生端起杯,和刘跃进"叮当"碰了一下,一口喝了小半杯。刘跃进慌了,这样喝法就不是醉的问题了,是玩儿命。他赶紧声明:"淮生,今天就这一杯酒,多了我是坚决不喝的!"

吴淮生不理他这个茬儿,问道:"你今天不会是单单找我喝酒吧?趁着现在还清醒,有事你就抓紧时间说。"

刘跃进苦笑笑,抿了口酒,然后才慢慢道:"淮生,你和我是发小是同学;小龙曾经救过我的命,为我申了冤。我从来都是把你们当做我的亲兄弟。你和小龙之间的事我听说了,现在你们哥俩谁是谁非,我不想问也不想弄清楚,就一句话,握手言和,重归于好,你能答应我吗?"

"我能答应你。"吴淮生转着酒杯,眼睛盯着晃动的酒波纹,"但乔小龙能答应你吗?"

"小龙的工作我去做,相信他能听进我的劝说。"刘跃进神情显得自信。

"错!"吴淮生嘴里迸出一个字来,"你是枉费口舌,小龙他变了。"声音有压抑的恼怒,也有无奈的凄凉。他顿了顿,接着道:"也许是我变了,或者是我们都变了……"

刘跃进从吴淮生的语气里能听出事态比自己想象的严重多了,心不由得一阵紧缩,于是更感到缓和他们之间关系的紧迫性和重要性。他身子往前倾了倾,恳切地道:"淮生,你是大哥,应该忍让一些,退一步海阔天空,何必……"

"跃进,你并不了解情况!"吴淮生打断刘跃进,双肩剧烈地抖动,"该做的我都做了,该说的我也都说了,你还能叫我往哪儿退?我是忍无可忍,让无可让啊!"

"如果小龙固执己见,你可以去跟凤珍婶子谈谈嘛。"

"唉，在这种情形下，我怎么有脸去见凤珍婶子，不是往她的伤口上撒盐吗！"吴淮生痛苦得脸皱成了一团，"再说了，她是应该信我还是应该信小龙，她是应该维护我还是应该向着小龙？"

"你们到底是因为什么闹这么僵？不会仅仅是生意上的原因吧？"

吴淮生又是一声长叹："人学好能很容易找出原因，人学坏就不那么容易找出原因了。小龙从来都是不把金钱看得很重的人，究竟是什么让他中了邪，到现在我都犯糊涂，也许是上天在惩罚我儿时的罪过吧！"

"淮生，你不能再这么想，如果说罪过，我也有一份。其实真正有罪过的应该是孔勇敢，不是他踩开冰面，一龙叔就不会命丧唐河。"刘跃进提到孔勇敢，头脑里如电光石火般一闪，脱口说道，"我不能不提醒你，可能正是孔勇敢的阴魂不散，才造成了你和小龙今天剑拔弩张反目成仇的局面！"

吴淮生惊愕了，瞪大眼睛注视着刘跃进，目光里透着不安，也闪烁着怀疑，竟呆在了那里。

刘跃进以不容置疑的口吻道："我这并不是故弄玄虚，也不是毫无根据的谵语妄言。我因为正在侦查期间，还没掌握确凿的证据，所以不好跟你说得太多，但你心里一定要有数，提高警觉！"

吴淮生回过神来，凝望的神情渐渐又淡漠了，很是无奈地道："不论是什么原因，现在探究它都意义不大了，已经晚了……"

"你和小龙之间的兄弟之情难道就挽回不了？我不相信！"刘跃进蹾了蹾酒杯，"只要抓住罪魁祸首，真相就能大白于天下，你们就能冰释前嫌，依然还是兄弟！"

"难啊我的跃进兄！"吴淮生仰天长叹。

刘跃进见说不动吴淮生，心中不由打起了鼓：吴淮生是个憨厚人，如果他说难，看来还真麻烦。俗话说苍蝇不叮无缝的蛋，那个神秘的人之所以能在他们之间造成矛盾，说明摸准了他或者他的弱点。在金钱和欲望面前，人性最隐秘最深层的那部分无法言喻的丑陋往往会彻底暴露出来。如果这有缝的蛋在苍蝇的叮咬病菌的感染下变了质，你就是抓住或拍死苍蝇，还能有什么用处呢？吴淮生会保留灵魂里那片净土吗？乔小龙能抵御得住病毒的侵蚀吗？刘跃进无法做出回答。

这时，吴淮生又端起了酒杯，举向刘跃进："不谈那些烦心的事了，走到哪儿算哪儿！来，喝酒！一醉解千愁！"说罢，把大半杯白酒一下子倒进了喉咙里。

刘跃进忧心忡忡地小口啜着酒，默默地仍在思索着萦绕在胸口的难题。突然，他的耳边传来"嘎嘣"一声脆响，他忙抬起头，只见吴淮生已是泪流满面，手中的酒杯被他捏碎，锋利的玻璃片扎进厚厚的手掌，鲜红的血一股一股流出……

第十七章 不择手段

被逼入绝境的乔小龙不得不考虑林非的建议——走黑道。他像一头困兽般被吴淮生整红了眼,为了战胜他,不再计较方式和手段。

0 1

"淮海煤炭科技发展论坛"的筹备工作紧张而有序地进行着。众多的煤炭商和专业人才反应热烈,表示了与会的强烈愿望。作为煤炭管理部门的矿务局也做了全力支持的许诺。虽然市政府以民营公司举办的活动不便参与为理由推托了,但并未表示反对。因此,乔小龙显得信心十足,决心把"论坛"搞得有声有色,精彩而又隆重。

林非为了"论坛"倾注了全部的精力:拟定选题、物色会址、联系全国知名的专家、具体日程的安排等。完成了这些工作之后,她抱着一摞资料走进了总经理室。

乔小龙很认真详细地看完这些既有文字又有图片的"论坛"实施方案,从写字台后抬起头来,由衷地赞赏林非道:"你真不愧是个专家,做的比我想的还要全面。"

林非几乎没有听到过乔小龙赞扬,不觉激动起来,很是不好意思地道:"我只是按照你的构想去做了一些具体落实的工作,你才是掌握方向的设计师。"

"咱们是不是有互相吹捧之嫌?真像是在开夫妻店似的。"乔小龙从写字台后站起,由于心情好,情不自禁地调侃开了。

林非也"扑哧"笑出了声,情意绵绵地瞟了乔小龙一眼。

乔小龙从写字台后走出,缓缓地踱着步道:"我现在最担心的是矿务局,那个胡副局长不仅好色,而且有些油滑。"他在林非面前停住,问道:"你是否跟他联系过?"

"没有。"林非面露难色,"再说他那个样子我也不敢。"

乔小龙又踱起了步,眉峰微蹙道:"其实你是应该盯住他的,这个人能看得出很不牢靠。我怕他临时变卦,那样后果就不堪设想了。"

"应该不会吧。"林非顿了顿，轻声道，"他曾请我吃饭，又约我去听音乐会。我借口推辞了，同时在电话里询问了'论坛'的事，他仍是大包大揽，满口答应。"

事已至此，已容不得犹豫，更不能退缩，只能坚定不移地往前走了。乔小龙吩咐林非，按既定的计划，向宾客和有关部门发出通知，如期举办"论坛"。

不知不觉间，便到了"论坛"召开的日子。

淮海饭店挂出了欢迎的横幅，饭店楼前的广场花团锦簇，军乐声声，几个巨大的气球在蓝天下飘动，写有"恭贺""庆祝"字眼的条幅从高空上垂挂下来。

"论坛"主会场设在饭店的宴会大厅，布置得气势非凡，豪华而又典雅。鑫龙的最新产品摆在大厅四周的玻璃柜里，甚是抢眼。

报到的宾客陆陆续续住进了饭店，人数与发出的邀请函相差无几。乔小龙悬着的心终于落了地，让林非与胡副局长联系，请他务必偕严局长等有关领导出席开幕式。

上午9时，鞭炮齐鸣，锣鼓喧天，淮海饭店一片沸腾。乔小龙和林非、姚飞、阿海等已早早地等在了宴会厅门前。时间已到了9点40分，仍不见胡副局长的影子。乔小龙着急了让林非去催。过了没多大一会儿，林非便满头大汗，两颊绯红地跑了回来，慌慌张张地说胡副局长电话不通，手机不开，矿务局办公室的人回话说，他和严局长都不在局里。乔小龙的脸顿时白了，意识到自己担心的事最终还是不可避免地发生了。林非六神无主地问他怎么办。乔小龙气急败坏地吼，还能怎么办，进会场吧！

乔小龙和林非等走进宴会厅，沮丧地坐到主席台上。他此刻最大的期望就是宾客们能军心不动,哪怕是参加半天的开幕式再溜,也算是给了他个面子。同时,他也不能不考虑到,没有矿务局的参与和捧场,权威性和号召力便荡然无存,和私人聚会没有什么区别,宾客们能否安静地坐在台下,都是个问号。

而实际情况比他想象的还要糟糕。

时间已过了10点,不仅没有宾客入席,原先稀稀落落的几个嘉宾也不声不响地溜了,只有几个小报的记者像观看猴戏似的在主席台下晃动,偶尔摁下镁光灯,把乔小龙的狼狈摄入镜头。

完了!乔小龙自知已无回天之力,气恼加愤怒,使他再也无法控制自己的情绪,顷刻之间爆发了出来。他霍地站起,伸出双臂猛地发力,将罩着红丝绒布的条桌掀翻在地,大步扬长而去。

林非责无旁贷地和姚飞、阿海收拾着残局。

乔小龙昏昏沉沉地回到总经理室,站在巨大的落地窗前,脸色阴沉。他目光空漠地看着楼下马路上来往穿梭的车流和川流不息的人潮,心如死水。"论坛"的失败将无可挽回地引起不祥的连锁反应,严重地危及公司的命运已成定局。客户们随着他信誉的贬损,将怀疑他的实力和产品的质量,失去和鑫龙打交道的信心。显而易见,这是个包藏祸心的阴谋。胡副局长绝不会是因为林非而食言。他只是个副局长,还没有胆量因私欲没有满足就扼杀这样一个具有影响力的活动。他的背后能是谁呢?

林非推门走了出来,气咻咻地道:"小龙,这场事件不简单,是个阴谋!"

乔小龙拧过身来,定定地注视着林非,等待她的下文。

"我已经调查过了,是郑重插了手,阻挠了矿务局参与这次活动!"

乔小龙从林非的口里验证了自己的推测,如此一来,问题就更复杂严重了。他冷静地道:"矿务局和市政府是平级单位,直属煤炭系统管理,他们会听命于郑重?"

"据听说,郑重和严局长关系非同一般,那个姓胡的从前是郑重的老部下,矿务局又在淮海市,很多事情都要依靠市里面解决。而且……"林非说到这儿顿住了,似乎有些顾虑不便讲出来。

"而且什么?说!"乔小龙对林非的欲言又止大为光火,都这种情形了,还有什么可顾忌的。

林非垂下眼帘,低声道:"郑重已经把吴淮生推荐给矿务局,让他们关照。作为交换条件,市政府解决了煤炭系统五十个农转非,还在市里几所重点中学接纳了二百多名矿务局的子女入学。"

"哼哼!"乔小龙冷笑一声,"终于使用权力这个长矛利器了,其实吴淮生早该如此,没必要羞羞答答!"

林非忽闪着长长的睫毛,不无担忧地说:"如此一来,我们前景堪忧啊!官和商一旦结合,可以说是无往不胜!"

乔小龙当然不用林非提示,心中也明白如镜。权力之外再加上阴谋,对付他小小的乔小龙简直就是不费吹灰之力。愤怒的同时,他也感到了深深的绝望。

林非有些冲动地说:"要不小龙咱们一不做二不休,干脆跟他们枪对枪刀对刀地拼!"

"怎么拼?我们赤手空拳,只能是纸上谈兵,能是他们的对手吗?"乔小龙不以为然地大摇其头。

"他走白道,咱就走黑道!"

乔小龙被林非的话震得身上一哆嗦,马上便想到了孔勇敢,赶紧表明态度:"不行!我头脑再热,也不会发疯。这条路绝不会走。"说罢又补上一句,"就是咱们想走黑道,也没得走啊!"

林非很了解乔小龙此时的心理:与吴淮生所依靠的权力抗衡,

根本不是对手，走黑道对他这个学法律的硕士又讳莫如深。于是叹口气道："那咱们就坐以待毙，任由他们宰割吧！"

乔小龙没有吱声。他只能听天由命，看看形势的发展再说了……

正如乔小龙预料的那样，情况越来越糟。第二天报纸上就刊登出了"论坛"流产的消息并配上乔小龙沮丧无奈的照片，紧接着公司业务如雪崩般跌入低谷，产品再也无人问津，更严重的是矿务局所属各矿也以种种借口不再供应原煤，鑫龙煤炭科技发展有限公司面临倒闭。

被逼入绝境的乔小龙不得不考虑林非的建议。他像一头困兽般被吴淮生整红了眼，为了战胜他，不再计较方式和手段。

这天，他问林非，应该如何走黑道，因为黑道也不是想走就能走的，得有关系才行。林非说她曾在"论坛"流产那天当着姚飞和阿海的面议过走黑道的事，当时只是一时气愤说的话，但姚飞当了真，说他以前在孔勇敢公司时，曾跟一些矿区的黑道人物打过交道，其中和唐河矿的斧头帮老大刘洲比较熟，这个人为人虽然凶狠，但很讲义气，不如把他收买过来为咱们效力，也比这样受窝囊气强。

乔小龙当即叫来姚飞，询问了刘洲的情况。最终下了决心，让姚飞具体落实此事，只要能达到目的，可以使用一切手段。

02

姚飞赶到唐河七矿已是黄昏时分。他按照刘洲指定的地点走进了矿工新村六幢201室。

刘洲正在等候着姚飞，见他来了，忙放下手中摆弄的枪，迎上前来道:"姚兄果然守信。这是我哥哥的家,他在勘探队工作,成天在外地奔波,所以尽管放心,这儿很安全。"

姚飞其实和刘洲只是一面之交,并不很熟,不知怎么回事,刘洲最近频频和他联系,并几次登门叙旧,表示如有什么摆不平的麻烦可以找他。那天林非信口说出走黑道的事,他马上便想到了刘洲,也只是随便吹吹牛,没想到乔小龙走投无路竟真的有了这个念头。他自然很理解乔小龙出此下策,吴淮生已把他摔到了墙角,也只有这条路可走了。

刘洲递给姚飞香烟,斜了斜眼道:"姚兄需要小弟办什么事请尽管吩咐,在唐河矿区,还没有找到刘洲摆不平的事!"

姚飞点上烟,闷着头抽了半支,才抬起头来道:"我们老板想与你合作,不知你有什么条件?"

"好说!好说!"刘洲显出豪爽的样子,"你姚兄能看得起我,就足够了。当然,吃这种刀尖上的肉也的确不易,你看着办吧!"

姚飞从兜里掏出一个纸包,放在刘洲面前,直截了当地说:"这是老板的一点心意,请你收下,权作弟兄们的跑腿费。"

刘洲用手压了压纸包:"这是两万吧?"

姚飞不得不佩服他经验老到,点了点头。

"这个……"刘洲略略皱了皱眉,欲言又止。

姚飞立刻便明白了他的意思,低声道:"这是定金,事成之后,再付三万!"

刘洲哈哈大笑:"姚兄误会了,我的意思是咱们兄弟之间何必谈钱不钱的。行,这事就包在我身上了,谈正事吧!"

姚飞挺了挺身子,然后往刘洲面前凑了凑,压低嗓门儿一字一顿道:"整垮一龙公司,扳倒吴淮生,只要能达到目的,可以不计手段!"

"没问题！"刘洲拿起手枪，在手里掂了掂，"你就让乔老板等着好消息吧！"

姚飞心惊肉跳地看着乌黑锃亮的枪，不想与这个"魔头"过多纠缠，便起身告辞了。

刘洲把姚飞送走，刚回身关上房门，朱永生就从内室踱了出来。刘洲把枪掖进怀里，抖动着络腮胡子道："怎么样大哥，我这戏演得还可以吧？"

朱永生拍拍刘洲的肩膀夸奖说："没想到老弟尚武之人，戏做得比我还好。这样就不会让姓姚的和乔小龙看出破绽了。很好！很好！"

刘洲自得地笑了，问道："该怎么干？大哥您就下指示吧！"

朱永生略作思忖，挥挥手说："先走第一步，把一龙公司所有的客户搅和搅和，然后摸一下吴淮生的住处和行动规律，必要时敲打敲打这个市长的乘龙快婿。"

刘洲心领神会地点点头。

当天夜里，唐河矿区与一龙公司有业务往来的所有煤商几乎无一遗漏地遭到斧头帮的袭扰。刘洲亲自行动，朱永生坐镇指挥。他们威胁煤商：如果发现再与一龙公司来往，就血洗全家，是要钱还是要命赶快做出选择。

接着，刘洲率人捣毁了一龙公司设在矿区的办事处，对惊恐万状的办事处职员发出通牒：这次是打个招呼，马上滚出唐河矿区，以后如若再发现他们的行踪，就卸掉双腿，让他们爬着回淮海……

与此同时，朱永生向智慧传出信息，让其尽快提供吴淮生的住址和行踪，以便下一步采取更为有效的行动。

一时间，对吴淮生的围剿进入白热化状态。

0 3

报案。报案。又是报案。几天来，刘跃进耳边警报频传，他焦头烂额，奔忙于矿区与市区之间。经过紧张的侦查，刘跃进惊讶地发现，受袭者均与一龙公司有关。而这之后不久，一龙公司办事处遭到迫害的事件终于使刘跃进明白了是朱永生在捣鬼。他马上便意识到事态的严重，这是一场有计划有步骤有预谋的行动。朱永生和他背后的指使者，极有可能是企图通过制造事端，挑起乔小龙和吴淮生之间更大的矛盾，让他们手足相残。

刘跃进不能不找乔小龙认真地谈一谈了。

他做出决定后，立刻便赶到了长江大厦。乘电梯到了18楼，两块金光闪闪的铜匾出现在他眼前，一面上写"鑫龙房地产开发有限公司"，另一面是"鑫龙煤炭科技开发有限公司"。刘跃进从这两块铜匾上似乎能揣摸出乔小龙此时的心态，心底泛起一股苦涩。他沿着走廊找到总经理室，摁了一下门铃，里面没有动静。他试着推了推门，竟然无声无息地开了。只见乔小龙双腿跷在大班桌上，两条胳膊环绕着抱在胸前，没有丝毫表情的面孔如木雕泥塑的一般，两只眼睛紧闭着。

刘跃进敲了敲半敞开的门，见乔小龙仍没有反应，便轻轻咳了一声。

"是刘队长吧？"乔小龙保持着原来的姿势，嘴唇动了动。

刘跃进走到大班桌前的沙发上坐下，点上烟抽着，默默地审视着乔小龙，半天没有吭声。

乔小龙终于收回了双腿，随着高背皮椅的转动，挺起身子，睁开眼瞟了瞟刘跃进，声音沙哑地问道："有事？怎么不听刘队长发话？"

"你装神弄鬼,我这个刑警队长都战战兢兢,敢惊扰你吗?"刘跃进弹弹烟灰,瞪了瞪乔小龙。

"刘队长最近很忙吧?"乔小龙阴阴地一笑,歪着头道,"你现在应该在矿区才对!"

刘跃进能听出乔小龙话中的意思,也笑着道:"好像你知道我会来找你,是不是?"

乔小龙十指交叉,用两个支起的拇指摩擦着下颌,没有答话。

"因为从你的话里我能听出,你好像对矿区的治安情况挺了解。"刘跃进的目光里含着意味深长的幽冷。

"也许吧!"乔小龙的神情略有些慌乱,放下双手撑在桌面上,稍一发力,站了起来,边朝外走边道:"我开着煤炭公司,自然对矿区的情况要多几分关注了。"说着,在刘跃进对面坐下,扔过一根烟去。

刘跃进摆弄着烟卷,眼睛低垂着道:"小龙,你很聪明,不应该猜不出我的来意,咱们是不是能坦诚地谈一谈,关于你和淮生……"

"介绍介绍矿区的案子可以吗?"乔小龙打断刘跃进的话,"也让我这个学法律的增长些实践知识。"

刘跃进很清楚乔小龙是想回避这个问题,伸出手张开五指做了个坚决有力的手势:"你别想岔开话题,必须让我把话讲完!"

乔小龙无奈地苦笑笑,只好悉听尊便。

"关于你和淮生的事,我并不想过多地干涉,因为你们是胜过同胞的兄弟。可是事情发展到水火不容的地步,是我没有料到的。不管你们是误会也好,是为了各自公司的利益也罢,事情只能到此为止。不然,你们的结局不仅仅只是兄弟之情断绝,而且会两败俱伤,鱼死网破!"

乔小龙玩弄着打火机，一副漫不经心的神态，眼睛看着别处，目光四处飘移。等了一会儿，他才往沙发上一仰道："说完了？实话说吧跃进兄，这个话题不仅乏味，而且让人恶心。你为何就不能体察体察别人的心情，谈一个有兴趣的话题呢？"

刘跃进怔了怔，没想到乔小龙比吴淮生还要顽固，自己苦口婆心的一番劝导他竟然一句也听不进去。如此看来，化解他们之间的怨恨正如吴淮生所讲的那样，不是件轻而易举的事。他无法勉强乔小龙，因为再谈下去，他说不定会拂袖而去，只能慢慢等待机会再旁敲侧击，向他晓以利害了。

乔小龙见刘跃进久久不语，便猜知他难以再启齿谈这件让人不愉快的事，于是打着火机帮他点上烟，然后问道："朱永生还没落网吧？他就那么难抓？"

刘跃进能听出他的潜台词：你们是不是太无能了？一个逃犯到现在都抓不住，还有心思问别的事？他抽了口烟，若有所思地道："也许这正是因为你的缘故。"

乔小龙惊得身子猛地一挺，不可思议地瞪着刘跃进："你这话真是莫名其妙，他跟我有什么关系？"

刘跃进不动声色："如果我告诉你，唐河矿区最近发生的旨在针对一龙公司的案件跟朱永生有关系，你会相信吗？"

乔小龙心一沉，顿感脊梁冷飕飕的。他不能不认真对待刘跃进的话了。姚飞搭的线是斧头帮的刘洲，怎么会和朱永生扯上？再说朱永生最恨的人就是他乔小龙，怎么可能会帮他对付吴淮生？想到这儿，他摇摇头道："我不相信，这是风马牛不相及的事嘛！你们刑警的想象力太丰富了！"

刘跃进本想说"这些案子是斧头帮干的，而刘洲已成了朱永生的爪牙"，但话到嘴边又吞了回去，因为这严重违反了侦查纪律，况且乔小龙究竟陷多深，目前还没有底，能否信任他，也已是个大大的问号。他把嘴中的话改成："如果是朱永生参与了，你会怎么想？"

乔小龙马上警觉地道："不可能的事，我从来不去想它，我没有这个心情，也没有这份精力！"

刘跃进见他没能理解自己的良苦用心，就不愿往深层里探究，把口封死了，只好再次迂回着旁敲侧击，给他一些提示："小龙，你的头脑和办事能力我是深为佩服的，从学校毕业回到淮海后，干了那么多惊天动地的大事。从创办研究所到为我辩护，没有一件失败过。可是为什么自从弄房地产以来，屡屡受挫，这里面就没有值得你琢磨的问题吗？"

乔小龙不由自主地也点上了一支烟，皱着眉头慢慢吸着，过了好大一会儿才抬起头道："我想不出能有什么别的原因，只能说是我的运气不好，遇到的小人太多，走了一个费百夫，这又来了一个……"他顿住了，"吴淮生"三个字在他嘴里转了转，最终还是没说出来。

刘跃进自然猜得出乔小龙下面说的是谁，对他总是不能领会自己的意思感到无奈，不由得叹了口气道："该耿耿于怀的你不耿耿于怀，不该耿耿于怀的你又老是耿耿于怀！"

乔小龙哈哈大笑，不无揶揄地道："跃进兄，你不是在考我对绕口令的理解能力吧？"

刘跃进有些气恼地瞪了乔小龙一眼，对他的执迷不悟大为光火，心想不把事情点得明一些，这个糊涂蛋是不会醒过来的，于是道："小龙，你不要笑，我可以毫不隐瞒地告诉你，这一切都是阴谋，有人在设圈套害你和淮生！"

乔小龙笑得更响亮了，不屑一顾的样子耸耸肩道："设圈套？

这真是笑话,谁想做我乔小龙的活儿还没那么容易!"

刘跃进忍无可忍地一字一顿道:"这个人很有可能就出在你的周围!"

"跃进兄,我也是学法律的,理解你怀疑一切的职业心理特点。可是你的推测太富有神话色彩了,不客气地说,这纯粹是空穴来风。我可以负责任地告诉你,我充分信任周围的人,你可别打他们的主意,制造冤案。"

刘跃进坐不住了,憋得直打嗝,气咻咻地道:"悲剧就在你的信任上,你真是太……"他本想说"冥顽不化"或是"自以为是",最终怕刺伤他的自尊,克制住了,猛抽了一口烟,用力喷了出来。

乔小龙对刘跃进的耸人听闻之语明显流露出嗤之以鼻的神态,失去了继续谈下去的兴致,将整个身子窝在沙发里,双眼眯着看天花板,嘴紧闭着,不再言语。

刘跃进看出了他的不耐烦,知道他这是要辞客了,顿时心灰意冷。他语调沉重地发表告别演说:"小龙,你可以对我的劝说和提醒置之不理,但你不能也没有理由不为你的母亲想想。这个话我同样也给淮生说了。你们的这一点点利益或是说名誉与凤珍婶子的青春和幸福相比算得了什么?!与她三十年的养育之恩相比又算得了什么?!你救过我的命,雪过我的耻,我会终生不忘。可是小龙,我绝不会因此袒护你的过错。唐河矿区的案子正在查,相信结果会很快出来,我希望你是清白的,希望咱们还能是生死兄弟!"

乔小龙闭上了双眼,入定般一动不动。

刘跃进拿起公文包,大步走出了总经理室。

04

孙凤珍住进了市人民医院。

郑莉是在吃早饭时把这个消息告诉吴淮生的,并在最后特意强调了一句:病很重。

吴淮生发了一会儿呆,低声问郑莉是什么病。

郑莉一边收拾碗筷,一边很生硬地回答他说:"你应该知道。"

吴淮生不再吭声了。他已经有一段时日没见到孙凤珍了,准确地说应该是他和乔小龙掰了之后就没有见过她。也有几次,他实在忍受不住良心的折磨,萌生过去探望她的念头,可一想到见面后的尴尬和无法言明的死结,他又不得不打起了退堂鼓。他能在她的面前指责小龙吗?他不能。他又该怎样乞求她的宽恕?他弄不清自己有什么过失,也不知应该承担什么责任。他无法解释所发生的一切:与小龙的纠葛、决裂、对立、竞争以至发展到现在的兵戎相见。他明显地感觉到自己失去了选择的自由,像被推上了一条小船,在波涛汹涌的大海上,只能朝着那个惟一的彼岸勉力航行。有时他又觉得自己像断了线的风筝,知道自己无论怎么努力,也融化不到蓝天上,最终还是要重重地摔落在地下或是污水坑里;可他又不能不挣扎,不能不做无望的飞翔。他相信,乔小龙此时的心境也肯定会和他一样。也许变幻莫测的世界就是这样,它会在刹那间改变你的追求、信念和感情。净化和污染同在,美与丑、善与恶、真与假随时都会转换,角色的变化和调整在不知不觉中就能发生,今天是朋友明天就可能成为敌人,没有永久的幸福和没有永久的悲伤一样让人品尝不尽甘与苦,好人和坏人往往就在一念之间变化……

在吴淮生神思恍惚之时,郑莉已悄无声息地出了家门。这段时日里，他也同时明显地感到郑莉对他的冷漠，而最让他难以忍受的是她有意无意间对他流露出的轻蔑。自尊是一个男人的精神支柱，他与小龙的争斗多多少少便有着这方面的因素。他很清楚郑莉对他冷漠和轻蔑的原因。她曾不止一次地斥责他和乔小龙都是无情无义的贪图名利之徒，是自私而又残忍的冷血动物。他从她对待父亲的态度里能看出，她已知道郑重用权力为他"保驾护航"开道，她对此尤为深恶痛绝，冷嘲热讽已成了他们夫妻生活的主要调味品。同床异梦的滋味真是苦不堪言，常常让他痛不欲生。但他只能默默地忍受，让她回心转意几乎等于是天方夜谭。他也无法怪罪她，因为事实上他的确是心虚理亏的。

该不该去医院看望孙凤珍？一想到这事，吴淮生心里就隐隐作痛。乔一龙的死，她从来没对他有过半个字的责难。他曾在她偷偷地悲伤流泪时，表达过痛悔之意。她马上便安慰他，说并不是他的责任，是那个荒唐的年代造成的悲剧。他的父母去世后，她便像母亲般关心呵护他，使他一直享受着家庭的温暖。从郑莉的神态里和言语中，他能猜得出孙凤珍是因为他和小龙的矛盾积郁成疾的，愧疚之外他还平添了几分怅惘和凄怆。如果这时他仍然无动于衷的话，那真就如郑莉所说的是个冷血动物了。

如果在医院里遇到乔小龙怎么办？

如果孙凤珍不理睬他或是斥责他又该如何？

如果……

他的头蓦地便胀大了，这些难题又横亘在他面前，使他畏缩了。

吴淮生苦苦地思索着，烟一根接一根地抽，屋子里雾气弥漫。直到临近中午时，他才掐灭最后一支烟，下定了去医院探视婶子的决心。纵然是刀山火海，他也得跳，不能让相濡以沫三十年的亲情就这么彻底断裂。

他匆匆披上外衣，快步走出家门。

市医院很宁静，外墙上标有大大红十字的住院部更是寂然无声。奥迪车在住院部楼外的停车场上缓缓停下。吴淮生推开车门，拎着装有水果和营养品的网兜下车，走进住院部大楼。

孙凤珍躺在病床上，目光空漠地望着窗外，脸上的皱纹明显多了，憔悴里透着悲伤。她是在妇联办公室里因心力衰竭休克被同事送来医院的。乔小龙很清楚母亲的病因。他坐在病床旁，凝视着吊瓶里静静滴落的水珠，不知该如何安慰母亲。

"你走吧，我不想见到你。"孙凤珍的声音很低，但却坚决。

乔小龙缓缓垂下头，嗫嚅着："妈，您别这样。我……"

"你什么都别说了，我不想听。去琢磨怎么和淮生斗吧，我权当养了两条狼！"孙凤珍的呼吸急促起来。

乔小龙慌了，赶紧说道："妈，我向您保证，什么生意都不做了，跟您回家，陪伴您。"

"别在妈面前说谎，你以为我会相信？"孙凤珍侧过脸去，"斗红眼的鸡，没人赶得走，你从来都是一根筋，没人比妈更了解你！"

乔小龙不说话了，他知道母亲对他的言不由衷心里明白。

"你和淮生不需要我了，可你爸他需要我。"孙凤珍盯着天花板，"你们俩不会有好下场，我不想看到白发人送黑发人的结局，还是先走一步吧！"

乔小龙抓住孙凤珍冰冷的手："妈，您不会有事的，医生讲这病并不重，休养几天就能痊愈。"

"你想让我好很容易，马上把淮生喊来，不再办什么公司，跟我一块儿回家。"孙凤珍看着乔小龙脸上的为难之色，猛地抽出

443

了手,颤抖着嘴唇道:"小龙,妈没看错你吧?不是病找妈,是妈找病,你说这病还能有救?去,别在这儿让我心烦,我没有你这个狼心狗肺的儿子!"

乔小龙不敢回话,屁股在凳子上蹭来蹭去,满脸的惊惶和不安。

"走啊!快滚!"孙凤珍发怒了。

乔小龙一看母亲情绪激动,怕影响心脏,忙起身走出了病房。

吴淮生在病房走廊里已经转了好大一会儿了。他透过门上的玻璃,见乔小龙在陪着孙凤珍,就没敢进去,在门口焦急地等待着机会。当乔小龙起身走出来时,他忙躲到旁边的医护人员值班室里,观察着乔小龙的动向。

乔小龙在病房门前发着呆。他兜里的手机突然响了。他掏出手机看了看来电显示的号码,忙摁下接听键,举到耳边,边低声通着话边匆匆走向楼梯口,走下楼去。

吴淮生几步走到病房前,推开了门。

孙凤珍以为是小龙,脸扭向一边,闭上了双眼。

吴淮生轻步到病床旁,注视着孙凤珍,见她明显苍老了许多,不觉心中一酸,口中喊道:"婶子……"

孙凤珍闻声睁开了眼,看了看吴淮生,嘴角动了动没有说出话来。

吴淮生把网兜放在床头柜上,在孙凤珍面前低垂着头,低声说:"婶子,我对不起您!"

孙凤珍的眼珠动了动,声音喑哑地道:"你用不着对得起我什么,对得起你自己就行了。"

吴淮生心里一震,品味着孙凤珍话中的含义,又嗫嚅着说:"到现在才来看您,是我……"

"你现在都不该来。"孙凤珍的语调冷冷的,"你说你来干什么?"

吴淮生语塞了。是的,自己来干什么?安慰?那只能说明更虚伪!道歉?其实和欺骗没什么两样!乞求宽恕?会更让人齿冷!

"小龙已被我赶走了,你最好别让我赶。"孙凤珍脸上没有丝毫表情,"你是大企业的总经理,可别丢了面子!"

吴淮生顿时如陷油锅般受着煎熬,孙凤珍的话里不仅仅只是讥讽,一龙公司应该说就是她创办的。他微微仰起脸来,恳求道:"婶子,如果你能解气,你就打我一顿骂我一顿吧,我是不配来看您……"

"淮生,你错了,我不会打你骂你,更不会指责你什么。"孙凤珍说着有些激动,"我只说一句:你没把小龙带好,是不称职的大哥,你走吧,永远别再让我见到你!"

吴淮生肝肠寸断,双膝一软,跪在了病床前,哽咽着道:"婶子,让我下辈子再孝顺您吧……"

"你以为你还有下辈子!"孙凤珍猛地抬起头来。"你和乔小龙只配下地狱!"她手朝外一指,"出去!你马上给我出去!"

吴淮生忙爬起来,踉跄着奔出门去。

泪水从孙凤珍的眼里扑簌簌流出……

05

唐河矿区屡屡发生的滋扰事件对刚刚有些转机的一龙公司打击很大,业务又开始滑坡。吴淮生明白这是乔小龙做的手脚,同时也意识到乔小龙已经和黑道有了联系,这不能不引起他的高度警觉。当年孔勇敢就是靠着这些把他整治得苦不堪言,而乔小龙的聪明才智又是孔勇敢不能相比的。他必须尽快想出应对之策。

就在吴淮生绞尽脑汁想着怎么对付乔小龙时,郑重让他火速去市政府,说有重大的消息告诉他。

吴淮生忐忑不安地走进市长室,郑重把门关死,对他说:"我刚刚接到上面的通知,为了搞活经济,允许有实力的民营煤炭企业开办矿井煤窑,数量和规模当然都是有控制的。你有没有这方面的意愿?"

吴淮生面露惊喜,赶紧道:"当然有。现在最大的问题就是煤源。矿区被流氓恶势力一搅和,很多客户都被逼得和一龙断了来往,我正愁无米下锅呢。如果建了煤井,就可以不受钳制,一龙公司也就真正可以称得上有原煤、有加工、有供有销的一体化企业了。"

郑重从办公桌后站起来,把一份批件送给吴淮生:"如果有这个打算,你就抓紧干吧!"

吴淮生接过批件看了看,很激动,忙装进包里,站起身道:"我这就筹备,争取早日建成出煤,以免除后顾之忧。"

郑重从办公桌后走出,压低声音道:"据我所知,矿务局有两口矿井想出让,如果你想早点见效益,不妨去和小胡谈谈。"

吴淮生大喜过望,深感老头子对自己的关心是何等细致入微,情不自禁地给郑重鞠了个躬,兴冲冲地出了市长室。

矿务局副局长室里静悄悄的。胡副局长拔掉了电话插线,正在流着口水看黄色碟片。外面有人敲门,他斜倚在沙发上无动于衷。不一会儿,手机响了,他咕哝了一句"妈的,忘了关手机"后,皱着眉看液晶屏上的来电号码。他想了想,吐出"吴淮生"

三个字,将手机举到了耳边,问道:"是淮生吧?有事?"

吴淮生的声音在门外响起:"是呀,我就在你办公室门口,你在哪儿?"

胡副局长连忙关了手机,又关掉电视机,从沙发上跳起,打开了门。

吴淮生边往里走边道:"我还以为你不在呢,刚才敲门……"

胡副局长忙道:"中午多喝了几杯酒,睡着了,请坐!"

吴淮生在沙发上坐定,便直截了当地说明了来意。

"没问题。"胡副局长回答得很干脆,接着又道,"郑市长给我打招呼后,我就觉得这是件好事。对大家都是好事,你说对不对?"

吴淮生自然能听出他的弦外之音,笑了笑道:"当然、当然,我吴淮生别的不敢说,绝对会对得起朋友!"

胡副局长也笑了,晃了晃脑袋道:"大锅饭里只能吃上萝卜白菜,清汤寡水的没有一点油花,以后跟淮生老弟合作,就可以改善改善伙食了!"

吴淮生对他如此露骨的表白,不觉有些恶心,但嘴上却颇豪气地道:"胡局长放心,有我的肉吃,就不会让你喝汤,市场经济嘛,这是情理之中的事。"说着,他便进入了正题,"我们接收这两口矿井后,在设备和技术力量上还望胡大哥给予支持。你知道的,在这方面我是既没有经验也没有条件。"

"行,你可以造个计划书,我保证让你顺利采出煤来。这两口矿井可就是两个印钞厂呀!"胡副局长夸张地挥着胳膊。

什么计划书,不就是钱吗?吴淮生心中愤愤。看来这家伙是个老手了,黑心钱不会吃得少。他这就是不见兔子不撒鹰。对市长女婿都敢这样,敲别人就更不用想象了。吴淮生点点头,对胡副局长道:"你看什么时候送来比较合适?"

"当然是越快越好。现在干什么事不都是要讲个高速度吗?我明天上午在办公室等你!"胡副局长拍拍吴淮生的肩膀,又特别强调了一句,"计划书可要做详细一些,越详细以后的麻烦就越少!"

吴淮生看着他那贪婪的样子,恨不得扇他两个大嘴巴。

06

乔小龙走进总经理室,刚在大班桌后坐下,林非就急急忙忙闯了进来。她见乔小龙面色沉静,点上烟悠悠地抽着,也不由得稳了稳神,很关切地先问候孙凤珍:"孙阿姨的病怎么样,不会有什么大问题吧?"

乔小龙皱了皱眉:"别啰唆其他的事了。说吧,怎么回事?"

林非看得出他对这件事很烦,母子之间可能不是很融洽,也就不再谈这个话题,转而讲另外一件十分紧迫重要的事:"据可靠消息,吴淮生从矿务局低价买了两口煤井,已经开始采煤。一龙公司不仅没有衰落,反而更强盛了。"

乔小龙的脸顿时阴沉下来。他猜得出,这肯定又是郑重扶持的结果。权力真是太可怕了,它可以化腐朽为神奇,变被动为主动,生发出巨大的能量。

"咱们必须尽快想出一个对付他们的办法,不然,就只能彻底败在吴淮生手里!"林非忧心忡忡地说道。

"看来只能破釜沉舟了!"乔小龙狠狠地砸了一拳大班桌。

"破釜沉舟?"林非疑疑惑惑地看着乔小龙,"你是什么意思?"

"还能有什么意思?"乔小龙往椅背上一靠,冷冷地道,"就是在他的煤窑上做做文章!"

林非立刻便明白了,精神不觉激动起来,咬着牙道:"对,打蛇打七寸,要对准他的要害处下手!"说着,她又不无担心地提醒,"煤矿的安全措施可是很严格的,这文章难做呢!"

乔小龙没有答话,边吸烟边凝神思索着:他担心的倒不是林非说的什么安全措施,而是这个举动太过于大了些,关系到井下几十条生命。矿井的特点是24小时三班制,每时每刻都有工人在下面采掘,根本寻找不出空隙。如果危及了这么多人的性命,那就是一个惊天动地的大事件,追究起来那就是死罪。对于"死"这个字眼,他现在已经无所谓了,自派出姚飞去联络勾结黑恶势力,他就已经感到了自己生命的丑陋,抱定了玉石俱焚的决心。他于心不忍的是那些工人,这么做太过于残酷。可是,他没有别的选择,如果不断然采取行动,那就只能眼睁睁地看着吴淮生在权力的庇护下把自己吞噬掉。开弓没有回头箭,既然踏上了这条路,他就只能咬着牙走下去。为了击败吴淮生,他已经顾不得许多了。

林非两眼一眨不眨地观察着乔小龙的表情,知道他现在正处在矛盾之中,举棋不定,顾及着矿工的安危,于是道:"小龙,形势对咱们越来越不利了。吴淮生不就是依权仗势吗?你不能再犹豫了。量小非君子,无毒不丈夫,该出手就得出手,否则,悔之晚矣!"

乔小龙终于抬起了头,对林非道:"你去把姚飞喊来。"

时间不长,姚飞就跟在林非身后走了进来,对乔小龙点点头。

乔小龙伸出双臂,手搭在姚飞的肩上用力按了按,声音沉重地道:"姚飞,你知道吗?郑重带着吴淮生弄了两口矿井,已经把咱逼上了绝路……"

姚飞显出很气愤的样子道："权力一旦介入，根本就没有规则可言，这游戏也就没法玩了！如果公平竞争，无论是哪方面，他吴淮生都只能甘拜下风！"

"不，这游戏咱要跟他玩下去，他们没有规矩，咱也就不讲方圆。"乔小龙目光咄咄逼人，"你马上去通知刘洲，让他设法在吴淮生的新窑上做做文章！"

姚飞不由得浑身哆嗦了一下。刚才还是气壮如牛的样子，顷刻间便变得畏畏缩缩，他抖着声低低地道："小龙，这游戏是不是有点做大了？捅天了呀！"

"怎么？害怕了？"乔小龙的目光变得阴冷，"你只管按我吩咐的去做，一切由我担着！"

姚飞伸了伸脖子，还想再说几句劝阻的话，一见乔小龙的五官都变了形，又赶紧把嘴闭上了。

乔小龙在姚飞面前来回踱了几步，缓声道："你告诉刘洲，要保证两条：一是不能让公安部门发现任何疑点，最好弄得像突发事故；二是不能伤害矿工，在矿井下没有工人的间隙时动手。"

姚飞这才稍稍放心了些，紧绷的脸松弛下来。

这天晚上，姚飞赶到唐河矿区，找到刘洲，把乔小龙的安排通知了他，最后一再叮嘱，千万不可伤害矿工，只要把煤井破坏掉就行了。

姚飞走后，刘洲和朱永生进行了密谋策划。刘洲说："第一条好办，弄个瓦斯爆炸就全结了，谁也看不出破绽，可这不伤矿工就难了，井下的工人是三班制，根本就没有什么间隙。"

朱永生耸耸眉道："什么不伤矿工，扯淡！他乔小龙不讲了吗，只要能达到目的，可以不计手段，不计后果。你干你的，不要管他。咱们现在就是要把事情做大,要轰动全国!"其实这话是智慧对他讲的,他当然不会把这告诉刘洲。

刘洲抖了抖络腮胡,问朱永生何时动手。

朱永生用不无讥讽的口气道:"乔小龙现在是咱的东家,就按他的指示办:越快越好,立刻动手!"

二人抚掌大笑不止。

第十八章 人命关天

郑重的头嗡嗡直响,他猛地站起身来,在办公室里转起了圈子。如果30多名矿工葬身煤窑之中,这无疑将是淮海矿区前所未有的最大灾难事故,他负有直接领导责任是必然的了。况且矿主是他的女婿,开发矿井又是他牵的线,自然有以权谋私之嫌,上级一旦调查出真相追究起来,那他真要吃不了兜着走了。他越想越惊惧,心底冒起一股股寒意来。

01

郑重早上一到办公室,就觉得心里慌慌的,怎么也集中不起精力来。他感到有些莫名其妙,心想,难道有什么大事发生了不成?

果然,他的一份文件还没审阅完,吴淮生就一头闯了进来。他脸色苍白,大汗淋漓,惊惶得嘴唇直打哆嗦,喘着粗气半天说不出话来。

郑重摘下花镜,不安地问:"到底出了什么事,把你吓成这样儿?"

吴淮生几步扑到办公桌前,双手摁着桌面,气急败坏地道:"我的矿井出事了,出大事了!"

郑重浑身一震,站了起来,从办公桌后快步走出,拉着吴淮生在沙发上坐下,递给他一瓶矿泉水:"你慢慢说,别着急,别着急!"

吴淮生放下矿泉水道:"我刚刚接到电话,今天凌晨5点,矿井发生透水事故,仅几分钟,大量涌入的水就淹没了整个掌子面!"

郑重连忙问:"有工人吗?"

"有呀!不然我也就不会急成这样了!"吴淮生蹾了蹾矿泉水瓶。

"有多少人?"郑重板起了面孔。

吴淮生哭丧着脸道:"有30多人呢,一个也没能出来!"

郑重感到了事态的严重,额上不觉冒出了汗珠,皱着眉头道:"你没组织人下到矿井里去看看情况?"

吴淮生忙答道:"那边来电话说,试着派人下井,但下不去,里面黑咕隆咚的啥也看不见。"

"快说有没有伤亡！"郑重有些发急了，"你们矿井的负责人是吃干饭的呀，怎么连一点情况都提供不了！"

吴淮生一看郑重生了气，更加六神无主了，嗫嚅着："他们就说巷道突然冒水，被淹了。死了多少人现在还不清楚。因为有多少人到工作面他们都只能报出个大概数。我分析，死人是肯定有了。"

郑重的头嗡嗡直响，他猛地站起身来，在办公室里转起了圈子。如果30多名矿工葬身煤窑之中，这无疑将是淮海矿区前所未有的最大灾难事故，他负有直接领导责任是必然的了。况且矿主是他的女婿，开发矿井又是他牵的线，自然有以权谋私之嫌，上级一旦调查出真相追究起来，那他真要吃不了兜着走了。他越想越惊惧，心底冒起一股股寒意来。

吴淮生此时也很明白其中的利害，心像猫抓的一般。倘若这只是事故倒也还罢了，毕竟有不可抗拒的自然因素，但他总怀疑是乔小龙在捣鬼，要不然为什么以前都顺顺当当，矿井一转到他手里就出了事。他想，应该把这个顾虑告诉郑重，不然就更无法弥补了，于是道："这个事件我总怀疑是人为的破坏，极有可能是乔小龙在制造祸端！"

郑重停住脚步，沉吟片刻后道："你马上去组织营救，我让公安局也派人过去，要尽快查明原因，消除影响！"

吴淮生忙站起身，匆匆走出市长办公室。

郑重抓起电话，拨通了田明亮的手机……

吴淮生赶到矿区后，便马上组织人营救陷身井下的工人，经过一天的忙碌，仅有三人幸存，其中两人还是昏迷不醒，生死未卜。

公安局长田明亮、刑警队队长李铁、副队长刘跃进等分现场勘查、询问知情人和向吴淮生了解安全措施三个组，同时开展侦查工作。

那个惟一神志清醒的幸存者叫孟四银，他接受了刘跃进的询问。

刘跃进:"你能谈谈井下的情况吗?"

孟四银:"到处是水,漂满了尸体,真是惨不忍睹啊!"

刘跃进:"在出事前的那一刻,你有没有发现什么不正常?"

孟四银:"当时我正在卸翻斗车,4点半的时候,突然我听见一声炸响,抬头望过去就见掌子面上的支柱塌了,水哗啦就漫了上来。水越漫越高,灯泡的瓦数又大,一碰到水就爆了,爆了以后,下面全都黑了。"

刘跃进:"你听到了一声爆炸声,那声音响起时,有没有烟雾或是呛人之类的味道?"

孟四银:"烟雾没有,好像有股刺鼻的味道。"

刘跃进:"是什么味道,你能否分辨得出来?"

孟四银:"当时水一漫上来,人整个儿就吓晕了,拼命往高处爬,谁还顾得上去闻啥味道,只想着逃命要紧。"

刘跃进:"你们在井下作业,有没有发现什么可疑的人?"

孟四银:"我们这些矿工,都是临时凑起来的,大多互相不认识,哪能分得清谁好谁坏,更看不出谁可疑了。"

……

调查工作结束了,无论是现场勘查还是询问知情人,都无法马上做出准确的结论。公安局写出了详细的调查报告,呈送到市政府。

02

郑重接到市公安局的调查报告后,愈加感到事件的复杂和事态的严重,不向市委汇报看样子是不行了。他在跟市委唐书记通气之前，把吴淮生叫到了办公室。

只一天时间，吴淮生就像霜打的茄子一样蔫了，坐在郑重面前，一直没敢抬头。

"你们内部的事，有把握做吗？"郑重很严肃地问道。

吴淮生明白他问话里的含义。所谓内部的事情，就是他们对死亡家属的安置和内部的保密。他抬起脸道："内部的工作，我可以尽力做，但是外部和上面的工作，我没有办法。"

郑重用铅笔叩着办公桌："你只要把自己内部的事摆平就行了，其他的事不用你操心，你也操心不了！"

吴淮生诺诺连声。

"你要迅速安定人心，抚恤金可以多发一些，家属提出的条件和要求要尽量满足。但是有一条，不准任何人向外透露消息，尤其是要封锁新闻媒体的采访！"郑重说罢，向吴淮生挥挥手，示意他可以走了。

和吴淮生谈过话之后，郑重来到了市委唐书记的办公室，把一龙公司所属矿井的重大事故做了详细汇报。唐书记大为震惊，忙问郑重是否做了处理。郑重回答说，因为事故原因还没有查明，所以也就无法拿出处理意见。

唐书记是个谨小慎微的人，虽然身为书记，市里的大事小事几乎都是郑重说了算。他有些紧张地问郑重有何打算，如果上报，会引起什么反应，产生什么结果。

郑重说，按常规，应该立即向上级报告，但作为党政一把手，他们二人肯定要承担主要责任，因为他们是安全直接责任人，轻者受处分，重者则是被撤职。

唐书记一听，慌了，说那就通知分管副书记和副市长开个碰头会，大家商讨看怎么办。

在得知矿难的第二天，市委唐书记召集市委市政府的另外三位主要领导——市长郑重、副书记韦龙、副市长段明辉,在晚上8点30分开了个碰头会。

会上由刚从事发现场赶回来的韦龙汇报核查情况。他说了四层意思。第一层意思就是说发生事故的那个地方是在海拔-180米,没有人能下得去,看不到。第二个意思就是说井道里面灌满了水,抽干水要三个月,没办法抽。第三个意思就是说一龙公司已经把死难者善后工作全部处理完了,现场看不到一点迹象。最后又补充说一龙公司总经理已表态不会连累上级领导。

韦龙讲完之后,唐书记就说,大家议一议吧,看下一步怎么办,要不要上报。

于是,几个人你一言我一语,谈论最多的就是自己的处分问题。郑重一再强调,这个事件一上报,社会上一公开,处分是免不了的,这是第一个要考虑的问题;第二个要考虑市里面和地方的利益。

议论完这后,几位领导人的认识就统一了,大家一致同意把这个事件隐瞒下来不报,并就保密工作研究制定了几条措施。

当天晚上散会后,韦龙就代表市委市政府找吴淮生正式谈话,明确告知他市里要把事件压下来,让他尽一切力量配合,并就保密措施牵扯到他的事项做了反复交代。

吴淮生当然明白这是郑重的旨意,对他的良苦用心甚是感动。他身为一市之长,这是拿着乌纱帽在为他吴淮生赌博啊!

他立即行动起来,在事件发生的第三天晚上,召开公司全体员工大会,严令不准任何人泄露事件真相,并让矿井负责人拆除抽水设备,清理事故现场。最后指示公司财务再拨出一百万现金,支付给遇难矿工家属。前后加起来,他已经砸进去了三百多万,可他也只能认了。

经过一番周密的安排,再加上市里帮忙捂盖子,吴淮生认为,一场特大事故就可以销声匿迹了。

在此期间，一龙公司的业务没有受到丝毫影响，订单依然不断，吴淮生又渐渐振作了起来。

03

刑警队办公室里，刑警们围桌而坐。

李铁敲了敲桌子道："大家都别傻坐着，议一议看怎么办。市里限令一周内必须报告结果，是安全事故还是刑事案件，总得查个头绪出来。"

冯自强道："一个星期就下结论，这根本不可能，井下是水漫金山，没有任何线索，叫咱们怎么查！"

一位老刑警也附和道："是呀，这不是强人所难吗？依我看，干脆报安全事故算了！"

"这怎么能行，咱们做刑警的可不能干这种不负责任的事。"刘跃进发话了。"况且那个现场目击者孟四银说听到一声爆炸，这就是线索。另外，我研究了一下出事矿井的地下示意图，孟四银所说的炸点根本没有什么东西可炸，简单地说就是不存在炸源。这些都是疑问，应该查清楚。"

李铁若有所思地点点头："跃进讲的不是没有道理，我们不能轻易就做出结论，要有事实和依据。"

冯自强摇摇头道："说着容易做起来难，关键是现在连嫌疑对象都没有，你总不能瞎猜胡摸吧！"

正说着，凡一萍的手机响了。她看一眼来电显示，顿时脸色凝重起来，向刘跃进使个眼色，举着手机走向门外。

刘跃进稍稍停了片刻，也跟着走了出来。

凡一萍已接完电话合上了手机,见刘跃进出来了,忙低声道:"是阿四,他要和你尽快见面,说有重要情况!"

"时间?地点?"刘跃进要言不烦。

凡一萍把手机揣进口袋:"老地方,晚上8点,不见不散!"

刘跃进抬起手腕看看表,时针已指向7点整。他走回办公室,在李铁耳边嘀咕了几句,向冯自强招招手,二人匆匆走出。

依然是梦露歌舞厅,依然是5号包厢。刘跃进和冯自强、凡一萍进去时,见阿四已经等候在里面了,但这次没唱卡拉OK,眼不时地瞅着门,显得焦躁不安。阿四一见刘跃进他们来了,从沙发上弹进,激动得两眼放光。

刘跃进发现阿四更瘦了,一层黝黑的皮包着高高凸起的颧骨,只有两个眼珠还是骨碌碌转动,贼亮贼亮的。他上前握住阿四的手,动情地说:"阿四,真是憋屈你了!"

阿四感动得眼泪差点儿掉了下来,忙不迭地把刘跃进拉到沙发上坐下,说:"刘队长,您交给我的光荣任务终于完成了!"

刘跃进大喜,一把搂住阿四的肩膀,催促他快说。

"那个人是男的,我不仅听到刘洲跟他通电话,而且还见到了他。"阿四眉飞色舞地说道。

"哦?"刘跃进在来歌舞厅的路上就猜测阿四这么急着约见他,是这方面有了发现,果然不错,于是接着问:"你是什么时候见到的?"

"三天前。他正在和刘洲谈话时,被我撞到了!"阿四尽可能说得详细,"因为我有急事要找朱永生,就跑到刘洲的哥哥家。朱永生这段时间都躲在那儿。"

"这个人长得什么样子?"冯自强急不可耐地问。

"中等个,面皮白净,留着大背头,还戴着副眼镜,像是个知识分子。"阿四边想边描述着。

刘跃进马上便想到了姚飞，阿四所说的相貌特征和他基本上是吻合的。

"你弄清他的姓名没有？"冯自强满怀希望地看着阿四。

"没有。"阿四有些遗憾地咂咂嘴，"本来我是想跟他聊几句的，把他的姓名套出来，刘洲那个狗日的直把我往门外推，一副凶神恶煞的样子。"

"那通电话呢？他和刘洲打电话时，你有没有听到他们讲什么？"刘跃进又问道。

"通电话是在这之前了，也就是前一天吧。我是在勘探队那破房子里听到的，他好像是在约刘洲见面，具体说些什么就记不清了。"

"比如他们是否提到矿井之类的字眼？"刘跃进提示阿四。

"不错，是提到矿井了。"阿四皱着脑门儿回忆。"好像刘洲讲到是整一口还是整两口，他说话颠三倒四的，根本就弄不懂是啥意思。"他说着像忽然想起了什么，从兜里掏出一个皱巴巴的烟盒包装纸递给刘跃进，"刘洲通过电话之后上厕所，顺手把手机丢在了桌上，我查了来电号码，抄在这上面了。"

刘跃进兴奋起来，接过纸片看了看道："这就好办了，很容易就能查出来。阿四，你真是胆大心细，机智过人呀！"

阿四被刘跃进夸得不好意思，满脸通红，江湖话不知不觉就出来了："刘大哥栽培！刘大哥栽培！小弟技艺不精，还需大哥指教！"

刘跃进大笑，冯自强和凡一萍也笑，阿四眼珠骨碌碌转了一圈儿，脸不觉又红了几分，跟着傻傻地笑了起来……

刘跃进和冯自强、凡一萍告别阿四之后，连夜赶到电信局，查清了手机号码的机主，此人果然正是姚飞。

警车沿着大道飞驰，刘跃进的心情感到了前所未有的轻松，对坐在后排的凡一萍道:"一萍,我考考你这个刑警学院毕业的大才女。姚飞为什么不直接跟朱永生接头,而是找刘洲?"

凡一萍也怔了怔,她还真没琢磨过这个问题,脸憋得通红也没能回答出来。

冯自强趁机表现自己,手握着方向盘道:"这说明朱永生为了安全不敢抛头露面。"

"错!"刘跃进毫不客气地否定了冯自强。他抽出一根烟,摁亮点火器,点上烟抽了一口道:"你这只是表层现象,深层应该是刘洲的背后是朱永生,姚飞的背后也有一个人!"

"你的意思是姚飞和刘洲一样都是枪?"凡一萍有些惊讶地问。

"是的。"刘跃进的口气十分肯定,"我们下一步就是摸清姚飞背后这个人是谁,此人是否策划了矿难事件。"

"这个人会不会是乔小龙?"冯自强脱口而出。

"现在还不好下结论。"刘跃进深深吸了口烟,"我准备采取敲山震虎的侦查方案。"

"敲山震虎?"冯自强和凡一萍几乎是异口同声。

刘跃进望着车前跳荡的灯光,若有所思地道:"我们只有一个星期的时间,慢慢查证是来不及了,只有采取这种见效最快的计策,方可一箭双雕,既能试探出姚飞背后是否确有其人,也能摸出他们究竟跟矿难有没有关系!"

"你要震的虎就是乔小龙吧?"冯自强轻打方向盘,晃了晃肩问道。

"嗯,这次你猜对了!"刘跃进把烟头扔出车窗外,拍了拍扶手道,"明天就会有结果了!"

冯自强和凡一萍听了刘跃进的话,都精神抖擞起来。

04

乔小龙嘴里噙着烟卷，站在落地窗前。外面阴沉沉的天空像巨大的灰色布幔，紧紧罩住了街道、人流、楼房。偶尔飘洒下的几缕雨丝使城市愈显阴冷潮湿，对面大楼里的灯光使他有一种晨昏颠倒的感觉。他不由得看了看墙上的挂钟，时针正指向上午9时。也许这个世界本来就是颠倒的，他边想边"嘭"地摁下了手上的打火机，火苗在蹿起的同时颤抖着晃动着，然后熄灭。他不停地摁亮、熄灭、再摁亮，就是不点嘴上的烟卷。

"咚、咚"，随着两下轻轻的叩门声，林非悄无声息地走了进来。

"情况怎么样？"乔小龙没有转身，继续摁着火机。

"市政府决定捂盖子。吴淮生已安抚了人心。刘跃进他们还在查。"林非概括性很强地只说了三句话。

乔小龙终于点着了烟，把打火机扔到茶几上，转过身来道："这本在我的预料之中，他郑重不捂盖子，戏就没法做了。"他说着往沙发上一靠，"按第二步计划进行！"

林非把外套挂在衣架上，拢了拢稍有些乱的长发："我已经将这个消息上了网。"

乔小龙拔下嘴中的烟，在两指之间上下摆动着，提高声音道："不能仅靠上网，那东西没什么权威性，要给报纸、电视台打电话，让他们来采访。而且要找上面的，省里的甚至是中央一级的！"

"好的，我马上就去办。"林非还没坐下，又去取刚刚挂到衣架上的外套。

"要准备充分一些，适当亮一些事实和依据，这样他们才能信，才会对这个爆炸性新闻感兴趣。"乔小龙以一种经验很丰富的样子吩咐林非。

林非说了声"明白",便匆匆出了门。乔小龙打开大班桌上的电脑,移动鼠标,很快便找到了林非在网上发布的消息。他正在逐行浏览,外面又响起了敲门声。他没有抬头,有些不耐烦地道:"请进!"

　　刘跃进推门走进,笑着打招呼:"乔总在忙啊!对不起,打扰了。"

　　乔小龙赶忙关了电脑,站起身来热情洋溢地迎上去握手:"跃进兄呀!难怪我这左眼一直在跳,是有贵客光临!快请坐!请坐!"

　　刘跃进对乔小龙一反常态的热情略略感到有些突然。他那透着虚假的夸张动作和从未有过的客套使刘跃进觉得十分别扭。他边走到沙发旁坐下,边一语双关地道:"不会是左眼跳应该是右眼吧?"

　　乔小龙怔了怔,继而哈哈大笑,扔过一支烟去:"左眼跳也好,右眼跳也罢,你跃进兄来了应该只会有吉祥而不会有灾祸!"

　　"希望是这样。"刘跃进点上烟,很随意地道,"我发现你的气色比上次好多了,想必是又有什么壮举了吧?"

　　乔小龙从刘跃进的言语里能听出来者不善,进门伊始就是一种进攻的态势,不禁警觉起来,顺着他的话道:"壮举谈不上,为了公司的发展,动作还是有些的。但你放心,都是在法律许可的范围之内。"

　　"好像并非如此!"刘跃进语出惊人。

　　乔小龙一怔,没想到他会如此不留余地地下定论,双眼大睁着道:"跃进兄,你这是什么意思?"

　　刘跃进声色不动,神态平静地道:"意思已经很明白了,就是你的一些举动或是说作为已经超越了法律许可的范畴!"

　　"你的话我听不明白。"乔小龙一时摸不透刘跃进究竟掌握了什么，冷冷地问："你有什么证据？"

"证据当然有。不然身为刑警队副队长，又是你的朋友，怎么能乱说呢！"刘跃进挺了挺身子，"要不要我当面给你点出来？"

"请讲。"乔小龙注视着刘跃进，心里"扑通、扑通"跳个不停。

"姚飞。"刘跃进也只说出两个字来，然后引而不发，观察着乔小龙的反应。

乔小龙的心一下子就跳到了喉咙口，眼里掠过一丝慌乱，故作镇定地问："姚飞怎么了？"

刘跃进把烟从左嘴角移到右嘴角，眯起双眼，缓声道："小龙，难道非要我把什么都挑明吗？你是个聪明人，应该猜得出我来你这儿的意图。如果不是看在过去的情分上，我不会这么坐着跟你谈话，至少应该是传讯吧？"

乔小龙额上渗出了些微的汗水，目光在刘跃进的脸上游动着。他猜不透对方是诈还是真，究竟水有多深。但既然刘跃进敢直截了当地说出姚飞，那就绝不是空穴来风，肯定掌握了一定的证据。他思忖着该如何对付眼前这位昔日的兄弟。

"小龙啊，我真没想到，你会走上孔勇敢的老路，难道你不知道那是条绝路吗？"刘跃进长长地吸了口烟，显得十分伤感。

乔小龙身上的血越流越慢，刘跃进愈来愈直白也愈来愈深入的话令他不能等闲视之了。他欠了欠身子道："跃进兄，你的一番好意让我感动，说明你还是把我当做兄弟的。可能这里面有些误会，当然也许姚飞为了公司的利益有些越轨行为，我会好好地跟他谈谈，让他悬崖勒马……"

刘跃进摆摆手，打断了乔小龙："我已经说得很清楚明白了，现在已不是你跟他谈的问题，而是你要给我一句话，你是不是牵连进去了？"

乔小龙的眉梢不由抖了抖,干笑两声道:"你看呢?如果我说自己是清白的,你会相信吗?"

刘跃进没有答话,用审视的目光盯着乔小龙。其实他知道问这话是多余的,只是敲打敲打看乔小龙有什么反应。如果牵连进去或是策划了行动,死了30多人的大案也是罪不容赦,谁都保不了他。

乔小龙迎着刘跃进的目光,接着道:"我说不是或你说是,都算不得数的。所以跃进兄你尽管怀疑。由怀疑到否定,对我来说未必不是件好事。"

"当然,只有事实才能证明一切。"刘跃进把烟头摁在烟灰缸里,"我记得上次曾跟你说过,倘若你做了不该做的事,我只能依法办事。"

乔小龙又笑了,以赞赏的语气道:"跃进兄果然是铁血刑警,法律应该为有你这样的执行者而欣慰。你大可不必有什么顾忌,该怎么干就怎么干。情和义这东西是最靠不住的,你尽管把它们扔进垃圾堆里。"

刘跃进从乔小龙的言语之中能听出讥讽之意,但未能听出他是否清楚姚飞的所作所为和是否策划了矿难事件。于是按自己早就琢磨好的计划,走出最后一步。他环顾四周,做出寻找东西的样子问道:"姚飞在哪儿?"

乔小龙显然已做好了准备,沉静地答道:"去矿区联系业务了,要不打个电话让他回来?"

刘跃进站起身道:"也好。看样子今天是带不走他了。他回来后,请让他去刑警队,把问题说清楚。"他说着从公文包里掏出传讯证放在茶几上。

乔小龙扫了一眼传讯证,也起身道:"谢谢跃进兄对我的信任,姚飞回来后,我马上就让他过去。恕不远送,请走好!"

刘跃进与乔小龙握了握手，转身往外走。林非恰在这时匆匆走了进来，险些与刘跃进撞了个满怀。她抬头见是刘跃进，怔了怔，旋即露出笑容，热情地道："是刘队长呀！怎么不多坐一会儿？"

刘跃进也笑了笑道："事情谈好了，不再打扰乔总。你们忙你们忙！"

乔小龙望着刘跃进的背影消失在门口，示意林非关门。林非回身把门关紧，有些紧张地问乔小龙："他来干什么，不会有好事吧？"

乔小龙朝茶几抬抬下颌："你自己看吧！"

林非拿起传讯证看着，脸上顿时就变了色，惶惶不安地道："姚飞暴露了，这可怎么办？"

乔小龙身子靠在大班桌上，手托着下巴，沉思片刻后果断地说："你马上就去给姚飞买一张夜里的特快车票！"

"如果刘跃进找你要人怎么办？"林非提醒乔小龙。

"我自有托辞，你快去办吧！"乔小龙挥了挥手。

林非转身就急急地往外走，到了门口像又忽然想起了什么，转身问道："让他去哪儿？"

"越远越好！"乔小龙斩钉截铁。

林非走出门后，乔小龙自语般道："只要能坚持一个月别让刘跃进抓住，就可以完成我的计划了……"

0 5

郑重坐在电脑前，感到了从未有过的恐惧。荧光屏一闪一闪的亮光映着他深锁的双眉和呆滞的目光。矿难事故在他的精心掩盖下,已经消失在无形之中,本来他以为已经风平浪静,不会再有什么麻烦。可不知是谁,悄悄揭开了这个秘密,在网上发出了消息。这个人显然对事件的内幕很了解,列举出了详尽的数据和无可辩驳的事实。很显然,这是别有用心的。他猜测会不会是官场上的对手,但很快便否定了,因为这件事的曝光,对淮海的主要官员只有害处没有益处,不会有谁傻到搬起石头砸自己的脚。很自然地他又想到了乔小龙,难道是这个小混蛋和吴淮生争红了眼,干出如此缺德歹毒的事来?不论是谁干的,现在再去想这些已经没有什么意义了,因为有关事件发生的种种猜测已经开始见诸报端,淮海可能出现矿难的消息已经成了街谈巷议的热点新闻。尤其是他在电脑上看到网易、搜狐还有广州的大洋网都登出来了,更感到非常可怕了。他感到后悔,怪自己考虑问题太不周密。虽然在这方面自己没有对立面,但是淮生有呀!说不定这个事件从头至尾就是个大大的阴谋或是圈套……

郑重身子往后一仰,不由发出一声长长的叹息。

姜元这时慌里慌张走了进来。

郑重马上意识到又有坏消息了,"啪"地关掉电脑,眼睛死死地盯着姜元问:"说吧,又出了什么事?"

姜元苦着脸道:"省电视台来了两位记者,要采访一龙公司矿难事件。"

郑重吃了一惊,心里不由哀鸣:完了,省电视台都知道了这事,还有何秘密可言?

姜元悄声道:"也许他们是看了网上的消息,并不一定知道底细。"

郑重凝神思索了片刻,沉吟着道:"你让他们先去一龙公司采访。"

"他们说已经去过一龙公司了。"姜元往办公桌前凑了凑,压低嗓门,"吴淮生刚才来了电话。"

"他怎么说?"郑重急切地问。

"因为记者在旁边坐着,我没好多问。"

"淮生为什么不打我的电话?"郑重有些生气。

"他说你的电话一直占线。"

郑重这才想起自己一直在上网,电话当然打不进来。他想了想,吩咐姜元:"你带他们去小会议室,就说我在处理事,等一会儿过去。"

姜元答应一声,转身快步出去安排了。

郑重抓起电话,拨通了吴淮生的手机。电话里很快便响起了吴淮生急促的声音:"我一直在打您的电话,老是占线。省电视台的记者来公司了,他们好像……"

郑重不耐烦地打断吴淮生:"这我知道了,快说他们采访的情况!"

"他们说已经去过出事的矿井,拍下了没有人员进出、没有抽水设备和抢险设施的画面。他们问我有没有人员伤亡,我看事件是瞒不住了,就对他们说的确出了事故,有水涨,但是没有人员伤亡这个事情。"

郑重略略松了口气,叮嘱道:"无论哪一级的记者采访,你必须坚持原来的说法,因为现在这件事已不仅仅是关系到一龙公司,而且牵扯到市委市政府班子的问题,你明白吗?"

"明白了!"吴淮生的声音紧张得有些发抖。

"另外,这个事很有可能是乔小龙在搞鬼,你要防备着他点儿!"郑重加重语调警告吴淮生。

"王八蛋!"吴淮生显然是在咬牙切齿。

"目前最重要的是控制好内部,只要窝里不乱,就有希望!"郑重说罢卡了电话,起身整整衣服,赶往小会议室。

姜元正在陪着两位记者闲聊，见郑重进了门，三人都站了起来。姜元向郑重介绍了张记者和李记者。郑重边说欢迎边热情地和他们一一握手。坐定之后，张记者开门见山，谈了采访的主题，并且介绍了去事故现场和一龙公司采访的情况。

郑重很坦然地回答说，事故的确发生了，市委市政府很重视，已经做了妥善处理，没有遗留什么问题。

张记者问："在当天凌晨的塌方涨水事件中是否有人员伤亡？"

郑重以肯定的语气答："没有。"

张记者加重语调："一个都没有？"

郑重神态从容地回答说："是的，据一龙公司汇报，没有人员伤亡。"

张记者看得出很有采访经验，他从郑重"据一龙公司汇报"里，听出了含糊其词的意思，马上追问："市政府是否做了调查核实？"

郑重点点头道："我们的分管书记韦龙同志亲自去了现场，应该说没什么问题。"

张记者又问："这次事件是事故还是有人为的因素？"

郑重说过"公安部门正在调查，目前还不好下结论"后，马上心中一动，认为机会来了，于是很严肃地说道："因为这个缘故，所以希望媒体不要报道，以免影响侦查工作，请你们能给予配合支持，我代表市委市政府感谢你们！"

张记者和李记者显然也不是省油的灯，他们很巧妙地答复：这要看采访的情况而定，目前是领导采访了，矿主采访了，还要采访矿工。如果结论是相反的，也就是确有大量人员伤亡，媒体不披露，那就有违新闻职业道德了。再说他们只负责采访，发不发稿是领导的事，跟他们无关。

郑重清楚记者是无冕之王，既然没吓住他们，也就不好再说什么了。最后特意关照姜元,让他把饭安排得丰盛一些,争取能起到一些感化作用。

06

虽然已是深夜时分,淮海火车站依然是熙熙攘攘,客流不断。

姚飞身穿黑色高领风衣,头戴宽檐礼帽,低着头匆匆走进检票口。他将风衣领高高竖起,礼帽低低地压下,只露着两个眼睛,专拣灯光昏暗的地方走。

冯自强和凡一萍在不远处跟着姚飞,眼睛不时警惕地扫视着四周。

姚飞在特快列车快要开车时,才走上了月台,朝着卧铺车厢跑过去。

而此时,刘跃进正在几节卧铺车厢前溜达。他见姚飞提着旅行箱上了车,便向不远处的冯自强、凡一萍做了个上车的手势。冯、凡二人从前门,刘跃进从后门,分别跨上了列车。

姚飞找到自己的铺位,把旅行箱放在行李架上,这才如释重负地一屁股瘫在铺上,长长地吁出一口气来。他从内心还是感激乔小龙的。不论怎么说,自己的身份暴露之后,乔小龙还是重情义的,没有采取极端手段,或杀人灭口或弃之不管或把他当做替罪羊交给刘跃进。在公司如此困难的情况下,给了他二十万逃命钱,而且许诺,只要渡过了这一关,再设法送他去国外发展。

列车启动了,姚飞挺起身子,俯在窗口,凝视着缓缓滑过去的"淮海"两个大字,眼角不觉微微有些发热,擤了擤鼻子,掏出手帕擦抹着。他对面铺位上的人一直躺着,头脸蒙着大衣。这时,响起了悠扬的音乐,列车播音员随着音乐声播报下一站的站名和到站时间。

"别乡离井泪沾襟，不知何时再回还呀！"

姚飞的耳边突然响起一个似乎很熟悉的声音。他惊得浑身一哆嗦，转脸四处搜寻。

"怎么？姚老兄连我的声音也听不出来了？"对面铺位上的人掀开大衣，猛地坐了起来。

姚飞顿时惊得目瞪口呆。他怎么也没想到对面的人竟会是刘洲。

"姚兄何必这么看着我，没想到是吧？"刘洲以玩味的目光看着姚飞，"这是你们的乔老板特意安排的，怕你不安全，让我护送你去广州！"刘洲把"特意"两个字咬得很重，说罢点上了香烟，津津有味地抽着。

姚飞似信似疑地看着刘洲，好半天才惴惴不安地问道："乔总怎么没跟我说？"

刘洲晃了晃脑袋，吐出几个烟圈儿："你以为乔总什么都会跟你讲？这叫运筹帷幄懂不懂？"

姚飞心里不由得嘀咕起来：专门派人送他去广州似乎没有这个必要，这里面会不会有什么阴谋诡计？想着想着，心里不禁冒起一股寒意……

刘跃进和冯自强、凡一萍此时就坐在车厢一端的民警值班室里，一位乘警用托盘端来几杯茶水放在他们面前，对刘跃进说已经布置好了，如果行动，将给予大力协助。刘跃进向乘警表示了谢意，说他们几个研究商讨一下再定，请乘警帮助盯住姚飞和刘洲。乘警说没问题，你们聊吧，便退了出去。

"刘洲肯定是居心不良，我们必须尽快采取对策。"凡一萍道。

"依我看，就在车上抓住他们算了！"冯自强建议。

刘跃进摇摇头，若有所思地道："我们已经钓到了一条鱼，说不定后面还有大鱼,这线既然放出去了,不到最后关头不能收网。"

"如果刘洲在车上对姚飞下手怎么办?那咱们的损失就大了!"凡一萍不无顾虑地说。

"不会。"刘跃进语气肯定,"刘洲在黑道混了这么久,绝不会做冒险的事。列车上是人员聚集的地方,他不会不考虑。"

冯自强也同意刘跃进的分析,说:"这种老油子,作案前首先想好的就是怎么逃。再说,如果是乔小龙或是朱永生的主谋,他们的目的肯定是灭口后还要毁尸匿迹,在列车上根本就做不到这点。"

"眼下咱们只能是随机应变了。"刘跃进现出毅然决然的神情,"刘洲也许跟到广州,也许中途挟持姚飞下车,我们一定要咬住他!"

冯自强和凡一萍见刘跃进做出了决定,都点了点头。

列车的速度由快渐慢,由于进入夜间行车,车厢顶的大灯已经关闭,显得静寂而又昏暗。列车员走进来招呼说列车即将到达下一站,请下车的旅客做好下车准备。

刘洲披上大衣,突然推了推正闭着眼苦思冥想心神不定的姚飞,低声:"快做好准备,我们下车!"

姚飞又吓了一跳,猛地睁开眼睛,惊讶地问:"从这儿下车?"

刘洲微微地点了点头。

姚飞登时就冒出了冷汗,结结巴巴地道:"为……为什么从这儿下车?乔总……乔总没有安排……你……到底要干什么?"

刘洲笑着拍拍姚飞的肩膀:"是乔总悄悄计划好的,这叫虚晃一枪懂吗?说不定公安正等在广州火车站抓你呢!"

姚飞又疑惑了,呆呆地看着刘洲。

"别胡思乱想了,改天再乘飞机去广州,走吧!"刘洲说着拉了拉姚飞。

姚飞总有一种不祥的预感,这种感觉从在车上见到刘洲就一直挥之不去。他犹豫了片刻后鼓鼓腮帮子道:"我不下!"

刘洲火了,满脸的络腮胡直抖,沉声道:"你不下也得下,我可不希望在车上发生什么不愉快!既然乔总把你交给了我,我就必须保证你的安全!废话少说,快下去!"说着取下了行李架上的旅行箱。

姚飞见他半真半假的样子,一时间真有些摸不清虚实了,又见他拿住了装有二十万现金的旅行箱,只好迟迟疑疑地站起身,跟在他屁股后面走向车门。

刘跃进发现刘洲和姚飞正如他预料的那样准备下车,马上跟乘警告别,吩咐冯自强、凡一萍跟住姚、刘二人。

刘洲和姚飞刚走出出站口,就有两个壮汉上来一左一右夹住了姚飞。姚飞魂飞魄散,白着脸问刘洲怎么回事。刘洲也不睬他,躬身钻进了旁边的出租车。两个壮汉不由分说也架着姚飞上了车。

刘跃进和冯自强、凡一萍不敢怠慢,急急地跳上另一辆出租车,向司机亮出证件,吩咐道:"跟上前面那辆车,只要别让它落下,钱我照付!"

出租车司机一看是公安在执行任务,又付钱,身上便来了劲儿,一打方向盘,车子"哧溜"一声跟了上去。

出租车在市郊的一个废弃的厂房前停了下来,显然这是刘洲的两个手下提前来这儿物色好的。刘洲拎着旅行箱跳下车,脸上露出满意的神情,边嘟囔"这地儿挺合适",边对两名手下摆了摆头。他们架着几乎虚脱的姚飞,踏着荒芜的枯草,走进破败空旷、像是车间的空房子里。房子很大,到处结满了蜘蛛网,几台锈迹斑斑的车床横陈在中央,夜风从残破的窗玻璃空隙里吹进,发出凄厉的狞叫,更显出几分恐怖。两个壮汉把姚飞绑在车床上,然后便退到了旁边。

刘洲缓步走到姚飞面前,以十分遗憾的语气道:"真对不起,让你委屈了,选这么个地方给你作安身之所!"他指了指墙角的一个涵洞,"那儿就是你的卧室,希望你能安息!"

姚飞死神临头,反而不再恐惧了。他舔了舔干裂的嘴唇,哑声哑嗓地问:"这是乔小龙的意思吗?看在我们交情一场的分上,你不会对一个快死的人说假话吧?"

刘洲笑了,上前一步道:"我知道你是想死个明白。虽然弄清这个对于你来说已经毫无意义,但我总不能让你失望,到了阴曹地府还骂我。直说了吧,你们的乔总也只不过是个棋子,他决定不了你的生死!"

"那是谁?"姚飞追问。

"这就恕我不能奉告了,还是快点儿上路吧!"刘洲说着对两个手下甩头。

两名壮汉上前用尼龙绳套住了姚飞的脖颈。姚飞绝望地闭上双眼。

几道雪亮的灯柱直直地照在刘洲和两名壮汉的脸上,随之响起了刘跃进低沉但却威严的声音:"都别动!把手放到头上!"

刘洲试图用手遮住刺眼的灯光,两名壮汉乖乖地丢掉尼龙绳,双手高高地举起。

冯自强对刘洲大喝一声:"把手举起来!快点!"

刘洲遮眼的一只手突然伸进了怀里,速度极快地掏出枪来,抬起了胳膊。

刘跃进、冯自强和凡一萍手中的枪同时响了。刘洲弹跳着、痉挛着,栽倒在满是尘灰的地上,腾起一团烟雾,渐渐地不动了。布满全身的弹洞流出一股股猩红的血。

两名壮汉瑟瑟直抖，抱着头嚷："警察大爷饶命，我们已经投降了！"

冯自强上前将两个壮汉铐住，推搡到车床旁边。刘跃进解开姚飞身上的绳索，拍了拍他苍白如纸的脸。

"谢谢刘队长，是你们救了我！"姚飞眼角噙着泪，伸出了双手。

凡一萍给他戴上了手铐……

第十九章 恩断义绝

面对他们兄弟的相互残杀,她是不能袖手旁观,置之不理了。她必须阻止这场悲剧的发生,虽然她无法化解他们之间的矛盾和怨恨,但她应该能让他们意识到这其中的复杂诡谲,放下屠刀,深刻地反省。

01

郑家笼罩在一片愁云惨雾之中。

电视里正在播放淮海矿难事件的新闻调查。坐在电视机前的郑重、李玉茹,还有吴淮生和郑莉,全都表情阴郁,默默无语。

采访吴淮生的画面。

采访郑重的画面。

接着是一名矿工,又是一名矿工。

记者:"这场事件中有人死了吗?"

矿工:"死了。"

记者:"那为什么公司的领导说没有死人?"

矿工:"他们也要求我们说没有,我要跟你们讲实话,后面的抚恤金就没有了。"

记者:"你领抚恤金了吗。"

矿工:"领了。但后面听说还有一批。"

…………

郑莉霍地站起身,上前关了电视机,狠狠地瞥了吴淮生一眼。吴淮生愧疚不安地低下了头。

李玉茹脸上布满惊惶,问郑重:"老头子,事情严重吗?"

郑重往沙发上一仰,没有答话,只是长长地叹了口气。

郑莉毕竟是学法律的,很清楚这件事的利害。她盯着父亲,轻声道:"会坐牢吗?"

轻轻的一句话却如打了个炸雷,把李玉茹震蒙了。她一把抓住郑重的胳膊,哆嗦着声音问:"有……有这么严重?"

郑重甩脱李玉茹的手,缓缓站起身:"渎职,这是严重的渎职啊!"说罢踯躅着走进书房。

李玉茹眼里的泪一下子就涌了出来,失魂落魄地喃喃自语:

"这可怎么办？这可怎么办呀？"

郑莉注视着吴淮生，冷冷地道："你满意了吧？这就是你和乔小龙争斗的结果！"

吴淮生无言以对，大口大口地抽着烟，头深深地埋在烟雾之中。如果此刻乔小龙在他面前，他会毫不犹豫地把他撕成碎片。

次日，省委书记李坚亲自带领调查组来到淮海市，向市委市政府进行询问。

会议室里，气氛紧张、沉闷、压抑。李坚端坐在主席位置，一侧是调查组全体成员，另一侧是淮海市委市政府领导成员。

坐在唐书记下手的郑重，浓眉紧锁，心如铅压。此刻他的脑海里只盘旋着一个问题：是说出实情还是继续隐瞒下去？他猜得出，坐在他两旁的同僚也肯定在想着这个问题，而他的态度将起着风向标的作用。从省委书记亲自带队调查看，这一事件的影响和后果将是非常严重的，现在就是讲出实话也为时已晚，失职和渎职已成定局，撑一撑也许还有一线希望。但最让他头疼的是不知省委了解了多少情况，是否掌握了证据。在这种情形下，惟一的办法也只能是摸着石头过河了。

"郑重同志，你作为市长，是安全直接责任人，你先谈谈情况吧。"果然，李坚点了郑重的名。

郑重打开笔记本，做出很认真的样子边看边道："事件发生是事实。接到报告后，我们便立即组织了抢险工作，出动人员一千多人次，排水达五百多吨……"

李坚皱了皱眉，打断他："这些事情就不用多讲了，只谈主要问题：是否有人员伤亡？"

郑重合上笔记本，抬起脸来，道："据一龙公司反映，没有人员伤亡。我们也派调查组去现场做了核实，的确没发现人员伤亡的迹象。"

唐书记和韦龙、段明辉等也随声附和，说情况就是如此。

李坚目光犀利地扫了他们一眼，以凌厉的语气一字一顿道："我可以明确告诉你们，现在不是死没死人的问题，而是死了多少人的问题！"

郑重心中不由"咯噔"一下，脸上的肌肉绷紧了。唐书记等人也面色慌乱，噤若寒蝉，成了哑巴。

"你们身为党的干部，一方长官，竟然如此无视党的事业和政府的职能！你们隐情不报，欺骗上级姑且不论，你们置人民群众的生命财产于不顾，中断抢险救人工作，是什么性质的问题？党性安在？！良知安在？！我为你们感到脸红！羞愧！"

李坚的话在会议室里震荡，郑重的脸上不禁冷汗淋漓。他现在才对"纸包不住火"的俗语有了深切的体会。作为始作俑者，他不能不为同僚着想，把责任承担起来。于是辩白道："这件事是我主持抓的，因为矿井地势太低，抽水已不起作用，所以我做出了放弃的决定。"

李坚注视着他，沉声道："在几十条生命面前，任何借口和托辞都是苍白无力的，我不希望再从你的口中说出这种话！"

"开始时，我们也对井下是否有人存有疑问，可矿主坚持说没人，我们也就相信了，这是我的责任。"郑重无奈之下，只有往吴淮生身上推了。他顿了顿，观察了一下李坚的反应，见他有听下去的意思，于是又接着道："另外，这个事件的性质因为定不下来，我们怕影响公安部门的侦查工作，就对外采取了封锁的措施。"

唐书记和韦龙、段明辉等人的神色渐渐地安定下来，向郑重投去不无感激的目光。

李坚扫视了一眼与会人员，清了清嗓子道："会议就到这儿吧，下面我宣布省委的三项决定。一、立即组织抢险。虽然时间已过去了一周,但不能排除有矿工生还的可能,只要有百分之一的希望,我们就要付出百分之百的努力。总之一句话:活要见人,死要见尸,给老百姓一个交代。二、郑重同志停职接受审查,待事件调查结束和矿难结论做出后,再行决定对郑重、唐林、韦龙、段明辉四同志的处理。三、公安部门全力以赴查明事件原因,争取尽快结案,省公安厅要派员督导。"

与会人员都在笔记本上认真记录着。郑重手中的笔在不停地颤抖。他十分清醒地意识到,自己的政治生命结束了,也许结局比这还要残酷,就像女儿说的那样……

02

就在郑重接受省委书记的询问,丢掉头顶乌纱的同时,灾难也降临到了乔小龙身上。

孙凤珍在医院自缢身亡。

乔小龙站在病床前,呆呆地凝视着母亲苍白的面孔,从那僵直的纹沟里似乎能看出无可排遣的遗恨和悲怆。于是冰冷的泪滴便从他发红的眼角里溢了出来。一滴、又一滴……

林非将一面洁白的布单覆盖在孙凤珍的遗体上。

医生在收拾着柜子里的药。这些全都是乔小龙从国外购买的价格昂贵的心脏病类药物。医生边收拾边哀叹道:"人想不开,再好的药也没用!她不该走上绝路,病并不重啊!"

乔小龙双眼依然是凝滞不动,嘶哑着声音道:"她不是自杀,是他杀!他杀……"

医生愕然地看看乔小龙,被他狰狞的神态吓住了,忙拿起药品托盘,匆匆走了出去。

孙凤珍的安葬仪式当天便举行了。乔小龙现在需要抓紧时间，他要以实际行动祭奠母亲。此时的吴淮生在他心目中已成了不折不扣的凶手。

小黄山脚下的公墓陵园一片肃穆。哀乐声在青松翠柏间低回，片片纸钱在寒风中飞舞。乔小龙站在墓穴前，苍白的脸愈显冷峻。林非和阿海伫立在他两侧，面容哀伤。

刘跃进来了，冯自强和凡一萍来了，郑莉也来了。但吴淮生没有来。

乔小龙自语般道："妈，儿子不孝，让您就这么走了，儿子已经流不出眼泪，因为全流进了心里。您慢慢走，儿子会对您有个交代……"

站在乔小龙身后的刘跃进不由皱起双眉，微微地发出一声叹息。

乔小龙抓起一把土轻轻撒在灵柩上，双膝缓缓弯曲，跪在墓穴前……

别克车在从小黄山回市区的公路上缓缓行驶，林非握着方向盘，不时从后视镜里看看后面的乔小龙。

乔小龙从沉思中抬起脸，低声道："不知姚飞是否已安全到达广州，他怎么到现在也不来个电话？"

林非打了一下方向盘道："按时间推算，应该到了，可能是他怕被公安察觉，所以没敢跟你联系。"

"姚飞这一走，还真有些麻烦。"乔小龙脸扭向窗外。

林非似乎看出了乔小龙的心思，试探着问："你是想与刘洲取得联系吧？"

乔小龙默默地点了点头。

"凤珍阿姨死得是有些冤，应该跟吴淮生有个了断。"林非义愤填膺地拍了拍方向盘。她见乔小龙没有答话，便侧过脸来道:"你现在出头露面不太合适,要不你写个信,我去唐河矿区一趟?"

"也好。"乔小龙收回目光,转过脸来,"让他做得利索些,别留尾巴!"

"明白!"林非突然提速,别克车疾驰起来。

乔小龙仰靠在车后座位上,闭上了双眼。

林非当天下午便赶到了矿区,在洗煤厂的仓库里和朱永生见面。因是仓库,房子没有窗户,使人更觉得安全一些,房梁中央吊着一个15瓦的小灯泡,散发着昏黄的光。朱永生选这个地方见面,可见他是煞费苦心。

林非走进仓库后,便用眼睛的余光环顾了四周一下,轻轻地咳嗽了一声。

朱永生从一台破旧的洗煤机后疾步走出,不知是慑于林非的美丽还是对乔小龙有些忌惮,他显得很谦恭,亲热地道:"你怎么……"

"我是受乔总的委托找你谈事。"林非说着仍有些不放心地看了看周围,"其他无关的事就免谈了。"

"你放心,这儿很安全!"朱永生很有把握的样子道。

"不怕一万,就怕万一。俗话说隔墙有耳。我刚才进来时,就发现外面有几个人影。还是小心点儿好。"林非保持着高度的警觉。

朱永生解释说:"那几个人都是我手下的弟兄,不会有事。"

"有人就有危险,对谁都不应该相信。"林非不想再谈这些题外话,"乔总吩咐,对吴淮生采取行动。刘洲回来了没有?"

朱永生答道:"没有,我猜想十有八九是出事了。"

林非蹙起了眉头:"那就更要抓紧时间,现在时间对于我们来说就是生命,一分一秒都耽搁不得!"

朱永生想了想，注视着林非道："我也该上马出阵了，这事我来办吧，有什么具体要求？"

林非从口袋里掏出乔小龙写的信，递给朱永生："乔总的要求都在这上面了。但你应该知道怎么做，就不用我多说了吧？"说罢，意味深长地瞥了朱永生一眼。

朱永生马上心领神会，把信小心翼翼地揣进了兜里。

"你也要多保重。"林非的关心似乎并不是虚假的，"要见机行事，希望咱们还能见面！"

朱永生脸上的肌肉抖了抖，不无感动地说了声"谢谢"。

林非转身走出了仓库大门。

0 3

审讯室里的灯光很亮。刘跃进和冯自强、凡一萍开始对姚飞进行正式讯问。也许是由于受到惊吓，或是过度紧张，姚飞被带回淮海后，便发起了高烧。吊了一天的药水后才稍稍有些恢复清醒，他自己主动向刘跃进要求接受审讯。

姚飞面色蜡黄，虚汗不断，嘴唇烧满了燎泡，坐在凳子上有些微微地摇摆。

刘跃进给他换了把椅子，递了杯开水，关切地问："怎么样姚飞，不会有问题吧？别勉强啊！"

姚飞喝了口水，闭闭眼，露出坚毅的表情道："没事刘队长，你们开始吧！"

刘跃进提出的第一个问题自然是矿难事件，上级领导一直在焦急地等待着答案。吴淮生已经给他打了无数次电话，郑莉也亲自登门，拜托他能尽快查个水落石出，如果是刑事案件，郑重的罪责或是说过失就小多了，也许能免于刑事处罚。

姚飞如实地供述了前后经过，乔小龙是主谋已毋庸置疑。

刘跃进对这个结果并不惊讶，他现在需要弄清的是另外一个重大疑问——谁是指挥朱永生，也可以说是操纵策划了一切的"黑衣人"。

"从你刚才谈的情况看，你跟刘洲好像只是一面之交，为什么会想起走黑道并跟他联系呢？"

"当时乔小龙在吴淮生的挤压下难以立足，也是一筹莫展。我和林非闲聊发牢骚时，她说起走黑道的事。我这个人有好表现自己的毛病，就吹牛讲有个黑道老大朋友叫刘洲，林非就把这事跟乔小龙说了，最后我只好硬着头皮去牵线搭桥。"

"与黑道勾结是乔小龙的主意吗？"

"我推测不是。因为他根本就不认识这些人，不会想起来走这条路。"

"你的意思是林非鼓动的？"

"是的，肯定是她给乔小龙出的主意。"

刘跃进点上一根烟，思索起来：如果林非就是那个神秘的人物，改变一下装束假扮成男人并不是困难的事。而且只有是她，这一连串的变故和事件才能找到最合理的解释。由此推断，她极有可能知道或是听刘洲说认识姚飞，一旦有了预谋，她就会尽可能地寻找空隙，一步步实现自己的计划。那她和朱永生又会是一种什么关系呢？为什么会沆瀣一气？想到这儿，他又开始了对姚飞的提问：

"朱永生你认识吗？"

"朱永生？你是说孔勇敢的得力干将朱永生？当然认识，我们曾在一起共过事。"

"他和刘洲一直在一起你知道吗？"

"他们在一起？这不可能吧？刘洲跟他根本就不认识。别说他了，孔勇敢都不认识刘洲。因为我当时负责七矿那地儿的业务，才和刘洲打了几次交道。"

"事实就是如此。你能不能从这里面分析出点儿道道来？"

姚飞是个聪明人，脑子转得很快，他脱口而出道："你的意思是说林非和他们是一伙，这不可能吧？他们怎么会认识？为什么不直接联系非要我出面？"

刘跃进不好往深里讲了，又问道："你平时和林非在一起，有没有发现什么不正常的东西？"

姚飞很认真地想了想，摇摇头道："没有。她对乔小龙挺忠心的……"

这时，凡一萍的手机响了。她看了看来电显示，悄声对刘跃进道："是阿四！"刘跃进让她快接。凡一萍摁下通话键，举到耳边，不停地"嗯"着，脸色渐渐凝重起来，最后说了声"明白"，关上了手机，声音急促地对刘跃进说道："有情况！"

刘跃进对姚飞道："今天就到这儿吧。你回监舍好好休息，有事让看守干部通知我。"

武警过来把姚飞带出了门。

刘跃进忙不迭地问凡一萍："出了什么事？"

凡一萍道："阿四说朱永生来市里了。下午有个女的去找他，听阿四描述的样子很像是林非。"

刘跃进把笔记本匆匆塞进包里："朱永生现在的位置在哪儿？"

凡一萍答："阿四说他派了两个小兄弟跟着呢，朱永生已经进了玫瑰园。"

"玫瑰园？吴淮生就住在那儿。"刘跃进顿时紧张了，抓起公文包大声道："不好，快走！"

三人一阵风似的冲出审讯室。

485

朱永生让出租车司机把车停在别墅区前,下车后朝吴淮生所住的别墅楼快步走去。夜色正浓,楼上卧室的灯光依然亮着。朱永生不愧是在剧团里练过武功的名角,几个翻腾便跃上了阳台。他就着灯光观察卧室里的情况,只见吴淮生正倚在床头抽烟,愁眉紧锁地想着心事。他轻轻拧动门把手,一个闪身进了房内。

吴淮生突然见一个头戴面罩的人从阳台上闯进,惊得翻身坐了起来,欲往床下跳。

"别动!"朱永生用枪指着吴淮生,"给我老老实实在那儿待着!"

吴淮生的双腿在床沿僵住,声音不觉有些发抖:"你是谁?想干什么?"

"我是谁你到了阴曹地府去问阎王爷!想干什么你难道看不出来?"朱永生环顾四周,冷笑两声,"没想到吴老板也有今天,连老婆都不要你了,在家陪着丢官弃爵的老父亲,你是不是好凄凉呀?"

吴淮生马上意识到来人肯定是熟悉的人,但从体形到声音都让他一时猜不出究竟是谁。他似乎意识到此人与乔小龙有关,立刻便镇定了下来,沉声道:"既然你要杀我,就不用废话了,动手吧!"

"好一个死到临头还要充好汉的吴淮生,可我也不能让你死得不明不白对吧?"朱永生说着从兜里摸出一张字条扔到床上,抬抬枪口道:"好好看看吧,冤有头债有主,别成了鬼魂再来缠我!"

吴淮生展开字条,只见上面写着:"解决吴淮生,勿留尾巴,干脆利索些。"后面写着三个龙飞凤舞的大字:"乔小龙。"吴淮生对乔小龙的字是再熟悉不过了,他相信每个字都是出自昔日的弟弟之手。他没有丝毫的惊讶,淡淡一笑,很平静地道:"这我知道,早晚会有这一天。你能代我转告他几句话吗?"

朱永生很爽快地道:"当然可以,有什么遗言说吧!"也许是他对赤手空拳的吴淮生没有什么顾忌,也许是他举累了胳膊,握枪的手垂了下来。

说时迟那时快,正在阳台上等待机会的刘跃进"哗啦"一声撞开了门,举枪对准了朱永生的后背,大喝一声:"把枪放下!"

朱永生浑身一哆嗦,钉在了那儿。

"快!放下!"刘跃进又是一声大吼。

朱永生慢慢弯腰,做出放枪的样子,枪口要接近地面时,突然拧转身来,欲将枪举起。刘跃进手里的枪响了,朱永生的胸前爆出一个血洞。他打了个趔趄,再次试图举枪。刘跃进身后刚刚进来的冯自强扣动了扳机,朱永生身上又多了几个枪眼儿,一头栽倒在地上,不再动弹了。

吴淮生感激地看着刘跃进,嘴唇哆嗦着没说出话来。

冯自强上前摘去朱永生头上的面罩,有些遗憾地说:"妈的,本来要抓活八戒,现在却成了死猪!"

吴淮生一看是朱永生,顿时目瞪口呆。他做梦也没想到,乔小龙竟然和昔日的仇敌成了"战友"。他像忽然想起了什么,在床边的地毯上找到那张字条,交到刘跃进手里。

刘跃进看了看,并不诧异,因为他清楚乔小龙与朱永生并没有任何关系,这又是一个阴谋,只是无法向吴淮生说明而已,毕竟乔小龙的确对他动了杀机。

04

晚霞如火,在西天的地平线上静静地燃烧。冬青树上的绿叶被涂成了金黄色,如茵的草地像染上了胭脂,青翠中透着淡淡的红晕。郑莉挽着父亲郑重的胳膊,在环城公园的林荫道上散步。

几天之间，郑重便苍老了许多，干枯泛黄的脸上没有了往日的神采奕奕，额上的皱纹深了也长了，蓄满了悒郁，延伸着忧虑和不安。他慢慢移动的脚步已有了些踉跄，微微弓下的腰身显出疲惫的沧桑之态。

尽管如此，郑莉仍感到父亲比前两日要好多了，无论是气色神态还是谈吐的语调都明显地有了改善。虽然谈不上轻松愉快，但已不再那么压抑和绝望。

"小莉，你不用再陪我了。现在公安部门已经做了结论，是人为的破坏，我的责任也就不会那么严重，最多也就是判个缓刑轻刑。"郑重平视着前方，缓声对郑莉说道。

郑莉从事的就是律师职业，明白父亲的话不错。但本来就婚姻不美满的她，现在已是心如止水，最大的愿望就是陪伴孤苦失意的老父亲，让他幸福快乐地走完最后一段人生的路。她紧了紧父亲的胳膊，低声道："爸，您不要再说了，我不会离开您！"

"你应该去看看淮生。"郑重双眼微眯，"在这件事上，不能怪他。竞争是人的天性，必然是残酷的，兄弟相残，夫妻反目的事在商战里常有发生。无论是谁，都改变不了弱肉强食的自然法则！"

"我改变不了，但我可以置身于局外。名利欲望是一切悲剧的根源，我不扮演角色总可以吧？"郑莉咬着嘴唇，恨声道，"乔小龙和吴淮生，此生此世我永远不想再见到他们！"

郑重侧过脸来，睁大眼睛看着女儿，"淮生出事了你知道吗？"

郑莉一惊："出了什么事？"

"昨天夜里，有人暗算他，居然还是登堂入室。"郑重的目光意味深长，"矿难事件已经有了结论，是有人蓄意制造的大案。你想想，罪魁祸首能会是谁？而在目前公安部门全力查证的情况下，谁又会狗急跳墙孤注一掷，要置淮生于死地？"他说着语气变得恳切，"在这种时候，你应该坚定不移地和淮生站在一起，助他一臂之力，他毕竟是你的丈夫。"

郑莉的耳边嗡嗡作响，心乱成了一团麻。父亲的言下之意已经非常明显，是乔小龙对吴淮生动了杀机。在孙凤珍的安葬仪式上，乔小龙已经说出了让人悚然心惊的话，明白无误地宣告要找吴淮生算账。如此看来，夜潜玫瑰园别墅的杀手如父亲推测的那样，极有可能是乔小龙派去的。面对他们兄弟的相互残杀，她是不能袖手旁观，置之不理了。她必须阻止这场悲剧的发生，虽然她无法化解他们之间的矛盾和怨恨，但她应该能让他们意识到这其中的复杂诡谲，放下屠刀，深刻地反省。这并不仅仅是因为吴淮生是她的丈夫，更重要的原因是她直到现在，也没有因为乔小龙对父亲造成的伤害而割舍对他深深的爱。想到这里，她对郑重默默地点了点头。

郑重紧皱着的眉头舒展开了。他边踽踽前行边自语般道："我这把老骨头你放心，塌不了架，什么样的磨难都经受过，大风大浪也走过来了。其实二十多年前，我在唐河已经死过一回了，没有什么值得我再去孜孜以求。但你们的路还长，应该珍视啊！"

晚霞已化作天地相接处的一抹黛青，天色渐渐变暗，夜幕正悄悄地席卷而来……

05

吴淮生抖着手打开别墅的楼门，一脚跨进，反手用力一甩，便向楼上跑去，身后铁门重重的撞击声在空旷寂静的楼道里久久回荡。他气喘吁吁地冲进卧室，抹了把脸上的冷汗，急不可耐地从皮包里掏出一个油纸袋，小心翼翼地一层层揭开，一把乌黑锃亮的手枪呈现在他眼前。这是他冒着风险好不容易才从黑市上买到的，购枪费加上中介人的介绍费，花了他整整一万元。他又从皮包里掏出一盒随枪附带的子弹，撕开盒盖，一粒粒金黄耀眼的子弹整齐地排列着。他卸下弹夹，把子弹一粒粒压进，直到装了十颗再也压不动才停手。他将弹夹塞进枪匣，"哗"地推弹上膛，举起瞄向窗外。

这时，楼下的铁门发出一声脆响。吴淮生一惊，凝神倾听，楼道里传来轻微的脚步声。他顿时慌了。把枪、子弹盒连同油纸搂到怀里，转了一圈儿，一时拿不准该藏到哪儿，脚步声已响到卧室门前。他仓皇失措地把东西一股脑儿全推到了床下。

卧室的门被缓缓推开，吴淮生的心也随着门动一点点往上提，屏息静气地注视着。终于，他看清了来人，原来是郑莉。吴淮生一屁股瘫在沙发上，长长地吁了口气。

郑莉见吴淮生怪怪的，心中不觉得有些纳闷，盯着他看。

吴淮生悬着的心放下之后，对郑莉突然回来也颇有些诧异，又见她眼睛一眨不眨地盯着自己，心里不觉又敲起了鼓，试探着问："你怎么回来了？"

郑莉从吴淮生的神态里总觉得有些不正常，不由自主地环顾室内，嘴里随口说着："我为什么不能回来？这是我的家。"说着拉开柜子门，接着探身往洗手间看了看。

吴淮生对郑莉的举动感到紧张，惟恐她去看床下。对她的话又有一种莫名的激动，听出了夫妻和好的佳音。他不失时机地以调侃来回应并达到消除她疑心的目的："你在找什么啊？我可没干金屋藏娇的事！"

果然，郑莉不再寻找了，可对他的幽默一点儿兴趣也没有，淡淡地说："每个人都有重新选择生活的自由，这跟我没什么关系。"

吴淮生有些失望，打了个哈欠。

"听说你昨天夜里出事了,能告诉我是怎么回事吗?"郑莉在梳妆台前的椅子上坐下,对着镜子拢拢头发。

"有惊无险,只是杀手有些出人意料。"吴淮生点上烟,悠悠地抽了一口,架起腿摇了摇,"其实也不奇怪,乔小龙已经得了狂犬病!"

"是谁?怎么会和乔小龙扯上?"郑莉转过身来,脸对着吴淮生。

"这个人你也认识,但我敢肯定你猜不出是谁。"吴淮生吐出一个圆圆的烟圈儿。

郑莉皱起眉头,白了他一眼:"既然你肯定了我猜不出,还故弄什么玄虚!"

"是朱永生!"吴淮生一个字一个字迸出,然后耸耸肩,"没想到吧?"

郑莉不由睁大了眼睛,她的确没想到会是朱永生,摇了摇头,断然道:"这不可能!"

"现在我才相信,这个世界上没有不可能的事!"吴淮生狠狠地弹了弹烟,"乔小龙的'密杀令'就在刘跃进那儿。白纸黑字,还有什么不可能的?"

郑莉疑惑起来。从吴淮生的语气神态里能看出这不是空穴来风,况且还有乔小龙的手令。可这也太有点儿不可思议了,他们是势不两立的冤家对头,怎么可能沆瀣一气?乔小龙就是再糊涂、再疯狂,也不会干出如此离谱荒唐的事来!

吴淮生把烟头往烟灰缸里一拧,黑着脸道:"念过去的情分,我已经一忍再忍,一让再让,但事实使我明白了一个道理:人一旦变成了狼,就比狼还要凶恶!忍让只能使他更张牙舞爪,把你撕咬成碎片!"

郑莉心惊肉跳地听着,眼前似乎出现了一对恶咬的狼兄狼弟,

491

伸出血红的长舌，露出白森森的利齿，直到相互将对方咬得鲜血淋漓奄奄一息，仍没有休战的意思。她不由打了个寒噤，紧张地问："你是不是也想杀了乔小龙？"

吴淮生猛地站起身，脚步很快很重地来回走着："先下手为强，事实已经教会了我！被动只能挨打，这是千真万确的真理！我不可能再有吸取教训的机会！"

郑莉挺了挺胸，幽幽地道："吴淮生，我警告你，如果你杀了乔小龙，我会杀了你！"

吴淮生刹住双腿，不敢相信自己的耳朵，呆呆地凝视着郑莉，喃喃道："你说什么？你要帮助乔小龙对付我？"

"我谁都不帮，也谁都帮！"郑莉脸上没有丝毫表情，"你们并不是狼，只是因为被蒙上了眼睛才变得疯狂。就像斗牛场上被罩上红布的牛，你们的所作所为无异于自杀！我要摘下那块红布，让你们清醒过来！"

吴淮生听了郑莉的话，并不为之所动，冷冷地道："郑莉，糊涂的人是你不是我。你这只能是痴人说梦！好吧，我等着死在你的手里！"说罢，仰面摔倒在床上，两眼死死地盯着天花板。

郑莉从梳妆台前默默站起。她感到了无奈，意识到应该马上去找刘跃进——也许眼下只有他才能消除这场危机。她看了看吴淮生，扭身快步走出了房门。

吴淮生听着脚步渐渐远去，紧紧闭上了双眼。

0 6

刑警队会议室里，案情讨论正在进行着，争论十分激烈。意见大致形成了两种：一种认为，应该立即拘捕乔小龙，因为证据确凿，不必拖延时间，即便他背后还有嫌疑人，也可以在拘捕之后边审边侦，以防止发生更严重的后果。另一种意见认为，现在拘捕乔小龙时机未到，因为从侦查的情况看，他并不是案子的主谋，有被人欺骗利用的一面，如果实施拘捕措施，就会打草惊蛇，使首犯中止犯罪，而目前并没有掌握此人什么有力证据，便有可能让其漏网，造成无可弥补的过失。

刘跃进显然是后一种意见的主导者。

争论到最后，倾向于后一种意见的人增多。

队长李铁拍板：暂缓拘捕乔小龙，全力以赴侦查幕后的罪魁祸首，争取突破全案，有个最圆满的结局。

刘跃进回到办公室，发现郑莉正坐在那儿等着他，忙上前打招呼，问她有什么事。

郑莉回答道："你说还能有什么事？"

"听说你回家了，淮生怎么样？"刘跃进马上便明白了郑莉的来意，把泡好的茶递给她。

郑莉双眉紧锁："状态很不好。他说昨天夜里暗害他的人是朱永生，真会是他吗？"

刘跃进点点头。

"小龙怎么会和他搅和到一块儿？这太让人不可思议了！"郑莉一副痛心疾首的样子。

刘跃进沉吟片刻，不忍让郑莉也蒙在鼓里，就露了点儿底："其实小龙和朱永生并没有什么关系，这里面有些复杂。"

"是吗？我说呢，小龙不会如此糊涂！"郑莉顿时轻松了许多，有些奇怪地眨了眨眼，便想问个究竟："这到底是怎么回事？"

刘跃进赶忙就此打住，摇摇手道："你别再问了，我只能告诉你这么多。"

郑莉低着头暗自琢磨，渐渐地似乎也悟出了点儿门道。可愈是这样,她愈感到可怕,焦虑不安地抬起脸来道:"现在小龙和淮生闹红了眼,不定会出什么事呢,你可要想想办法呀!"

刘跃进道:"不可能有什么别的办法,他们哥俩陷得很深,谁的话也听不进。而且现在已经酿成了恶果,很难补救了。不瞒你说,矿难事件的确有小龙的干系,你是律师,应该清楚他应负的法律责任!"

郑莉当然考虑过这个问题。死伤30多人,是个通天大案,如果乔小龙是主谋,判他十次死刑都够了。一想到这些,她就有一种血被抽空的感觉。

刘跃进接着说:"我现在能做的只能是尽快查出真正的罪魁祸首,这样或许小龙还有一线生机,他和淮生的争斗也会随着真相大白而烟消云散,就有了重新和好冰释前嫌的可能。"

"是的是的!"郑莉的眼里闪出一丝亮光,"这是惟一的途径了!"

"在这段时间里,你要稳住淮生,再劝劝小龙,尽量缓和他们之间的紧张关系。你知道在这方面,我实在是无能为力了!"刘跃进嘱咐郑莉道。

郑莉点点头,有了些信心。不论怎么讲,刘跃进的话毕竟让她看到了希望。

0 7

自从孙凤珍去世后,乔小龙就一直住在唐河家里。他发誓,只要自己还能活下去,就守一生的孝,永远陪伴母亲。

可现在,他已明显地感到,末日正在来临。

矿难事件公安机关已经做出了结论,这说明他们已经掌握了证据。证据从何而来？作为法律硕士的他不可能推测不出来：姚飞十有八九是出事了。他不能不悲哀地意识到，留给他的时间不多了，刘跃进随时都会冲进门来，给他戴上手铐。刘洲是否已经动手？结果又会怎样？这是最令他牵挂的事。林非已经去打探消息，他只能窝在沙发里，焦灼不安地等待着。

敲门声。他翻身从沙发上跳下，疾步前去开门。站在他面前的不是林非，也不是拎着手铐的刘跃进，竟然是许久未见的郑莉。

郑莉见乔小龙发呆，便从他身旁径自进了屋。屋子里十分整洁，正面的墙上悬挂着孙凤珍带黑框的遗像，遗像下的长条桌上摆着供果，几炷香飘着缕缕香烟。

乔小龙也不跟郑莉打招呼，又窝进了沙发闭上了双眼。

郑莉在他对面坐下，目光复杂地打量着他，头发蓬乱如草，脸色晦暗发青，棱角分明的眉骨显得更凸了，嘴角依然像往日一样翘起，显示着他的倔强和孤傲，身子虽然歪斜在沙发里，但骨架不塌不倒。

乔小龙终于睁开了眼，神色冷漠地道："对不起，我只能允许你在这儿坐十分钟。"说罢又合上了眼皮。

"如果我告诉你一个消息，也许你就会有了让我继续坐下去的耐性。"郑莉不急不躁地说道。

乔小龙无动于衷，没有睬她。

"昨天夜里，有人暗杀吴淮生，被当场击毙！"郑莉语调平静。

乔小龙的眼眉抖了抖。

"这个人带着你的手令，而且把它交给吴淮生，显然是想让勘查现场的警察发现谁是幕后指使者，这一招不能说不高明。"

乔小龙不仅睁开了眼睛，而且睁得很大，目光里的震惊和疑惑没有丝毫遮掩地透露出来。

"怎么，你不想问问原因？"郑莉做出欲站起来的样子，"如果你仍然还是用这种态度对待一个真诚关心你的人，我现在就可以告辞，不会再厚着脸皮自讨没趣儿！"

乔小龙很艰难地从嗓子眼里挤出两个字："谢谢。"

"因为这个人姓朱，叫朱永生。"郑莉一字一顿。

乔小龙脸上的肌肉剧烈地抽搐了两下，摇头，又摇头，嘴一咧，竟禁不住哑然失笑。

"你不相信？"郑莉不觉又来了气，"我可以告诉你，这是铁的事实。不仅吴淮生跟我讲了，而且你的手令就在刘跃进手里。"

乔小龙不能不信了，笑僵在脸上，耷拉在沙发背上的胳膊像猛然受到打击的弹簧，倏地一阵痉挛，不由自主地滑落在膝盖上。他边翻身坐正边嘶哑着声音道："荒唐！这太荒唐了！"

"可我却不认为有什么荒唐！"郑莉的一再出语惊人使乔小龙认真起来，正襟危坐地倾听，"因为这里面有阴谋！有人设好了圈套让你去钻！"

"阴谋？圈套？"乔小龙喃喃自语，"我乔小龙会中别人的圈套？这真是天大的笑话，笑话……"

"小龙，自信不等于固执。事实已经证明，你在别有用心之人的蛊惑下，已经走得很远，你为什么就不能沉下心来好好想一想呢？反省是一个人认识错误纠正错误，使自己的人生方向更臻……"

"停！"乔小龙抬左手张开，用右手食指顶住掌心，做了个暂停手势，然后道："对你的关心我表示感谢，其他的我不想听。"

乔小龙的态度说明他仍陷在对吴淮生的怨恨中拔不出来，当然和他的孤傲自负秉性也有很大关系。愈是这样，郑莉愈是意识到必须竭尽全力拉住他。于是苦苦相劝道："小龙，你现在并不是没有一点希望，只要揭开这个阴谋，也许法律会给你一条生路。

你不能再这样和吴淮生厮杀下去,最终的结局只能是两败俱伤。"

乔小龙皱起了眉头,道:"真闹不明白,你关心的是我还是吴淮生!你今天来,不会是扮演吴淮生说客的角色吧?你的心情我能体谅,毕竟他是你的丈夫嘛!只是希望你别勉强我!"

郑莉大怒,一脚蹬翻了茶几,起身手指乔小龙,抖着嘴唇大声道:"乔小龙,你冥顽不化真是无可救药!我真是鬼迷了心窍儿,竟会爱上你!"泪水从她的眼里涌了出来,"这是我最后一次劝你,是悬崖勒马还是害人害己,你看着办吧!"

乔小龙弯腰从翻倒的茶几旁捡起烟盒,弹出一根烟来,用嘴嗑住,缓缓抽出。但能看得出,他的手和嘴唇都在微微颤动。

外面骤然响起急促的敲门声。郑莉连忙抹了一把眼角的泪珠,拿起沙发旁的手袋,踉跄着往外奔。她拉开房门,见是林非,不觉怔了怔。林非惊讶之后换上了笑脸,亲热地说了声"郑姐您好"。郑莉没有理睬她,夺门而去。

林非掩上门,快步走到乔小龙面前,做出酸溜溜的样子道:"树欲静而风不止,郑莉挺伤心呢!"

乔小龙把烟点上,扶起茶几,指了指沙发阴沉沉地道:"你坐下。"

林非从乔小龙的表情上察觉出有些不妙,忐忑不安地在他对面坐了下来。

"说说外面的情况吧。"乔小龙看着眼前袅袅升起的青烟。

林非思忖片刻,两眼直直地看着乔小龙脸上的神色,轻声道:"姚飞已经被捕,刘洲也被警察打死了。"

乔小龙等待下文,见林非停住了,便随口问道:"刘洲是在哪儿被打死的?"

林非一时摸不透乔小龙的意思,不敢乱说,于是含糊其辞地道:"只说被警察乱枪击毙了,在哪儿打死的,目前还弄不清楚。"

乔小龙又问:"你去矿区见到刘洲了?"

林非有了不祥的感觉,马上答道:"我按你给的地址找到了刘洲哥哥家,可他不在,委托一个兄弟接待,我就把信给了他。"

"他们对吴淮生采取行动了吗?"

林非见乔小龙脸色稍稍明朗了些,点点头说:"听说昨天夜里玫瑰园有枪声,具体结果还没探听出来。"

乔小龙突然抬起脸,目光如电地盯住林非:"你认识朱永生吗?"

林非愣住,想了想,摇摇头道:"这个人名没有印象。他是谁?"

"他是谁也许你知道也许你知道了不说。"乔小龙眼里射出两道寒光,沉声道,"林非你可给我听好了,你可以骗一个人一世,也可以骗世人一时,但你骗不了世人一世!"

林非不由得打了个寒战,苍白着脸道:"小龙,你这话是从何说起?是不是郑莉在你面前挑拨!我林非身正不怕影子斜,从来对你都是忠心……"

乔小龙摆摆手:"你走吧,让我一个人静一静。这事有蹊跷,我要好好思索思索。"

林非嘴角嚅动着:"小龙,你可不能……"

乔小龙顿时烦躁了,往外面一指,大声吼道:"出去!马上出去!"

林非很委屈地看了看嘴脸狰狞的乔小龙,不情愿地站起身,蹒跚着走出门去。

乔小龙往沙发上一仰,闭上了眼睛:朱永生的出现绝不是偶然的巧合,说不定真像郑莉说的那样有阴谋。从盘问林非的情况看,似乎没发现有什么破绽,她的神态表明并不知情。再说她并不认识刘洲,如果和朱永生是同伙也缺乏足够的让人信服的依据。她的表白也是事实,从创建一龙公司煤炭研究所立下汗马功劳到开办房地产公司,再到成立煤炭科技开发公司,她都殚精竭虑，呕心沥血，为他的事业无怨无悔地奔忙，甚至把自己的一百万积蓄也奉献了出来。

会不会是姚飞搞鬼？

这个念头一出现，乔小龙便不由得心中一凛。姚飞是孔勇敢的助理，自然与朱永生的关系非同寻常。而提出与黑道老大刘洲认识又是他主动说的，和刘洲联系也是他在中间穿梭。由此看来，姚飞和朱永生可能早就合谋好了。他们要害的人当然也包括吴淮生在内。但从时间上推算，他们勾结应该是在成立煤炭科技开发公司之后，只能说利用了他和吴淮生的矛盾，并不是矛盾的制造者。郑莉的推断是想象力太过于丰富了些。毫无疑问，吴淮生洗刷不了罪愆，他是所有悲剧和灾难的根源。

时间紧迫，应该做个了断了。

乔小龙想到这里，咬紧了牙关，身上的血又沸腾起来……

第二十章 兄弟相残

倘若此时吴淮生能收回枪口,他相信自己也会转身走开。可是他看得清清楚楚,吴淮生的枪口没有丝毫移动的意思,仍是目光冷冷地等待着。他手中的枪终于响了,在这清冷死寂的冬夜里是那样响亮,枪口喷出的火花鲜红绚丽。

01

晨风凛冽，连阳光也是冷冷的。

林非站在马路边，肩上的长发在寒风的撺掇下，乱乱地荡起。一夜之间，她憔悴了许多，苍白的脸上写满着晦暗，眉宇间隐含着忧郁。她眼里的血丝显示，必是一夜无眠。

出租车在她身边停下。她缩身钻进，对司机低低说了声："去玫瑰园。"然后便神态萎靡地斜倚在后排座位上。朱永生的死，使她感到了孤独，而乔小龙的盘问则让她感到了恐惧。她非常清楚，最后冲刺的时刻到了，成败在此一举。她心里当然也很明白，自己永远都不会是胜利者。为了达到目的，她已经牺牲了青春、事业乃至肉体，把灵魂押给了魔鬼，所以她不能就这么轻易地罢手，以致前功尽弃。即便是扑火的飞蛾，她也要在燃烧中死去。

出租车进了玫瑰园，司机问陷入沉思的林非去哪栋楼。林非省悟过来，忙挺直身子，对司机说就停在这儿，然后付了钱，推开车门，跨出脚去。

林非看到吴淮生的别墅楼了，一种军人冲锋或是说演员上场的亢奋和紧张同时袭满她的身心。她不由加快了脚步。

那辆熟悉的奥迪车在楼门旁静静地卧着，说明主人在家。她之所以选择早晨来，就是希望自己不至于扑空。

她在防盗铁门前站住，沉静地抬起手，摁响了门铃。传声器里传出吴淮生懒懒的声音："请问哪位？"

林非的声音清晰、响亮："我是林非。"

吴淮生显然没有料到，过了一会儿才沉声反问："你是林非？"

"是的。我想告诉吴总一件肯定很感兴趣的事。"林非的音调平静、从容。

"哗啦！"铁门开了。

林非掠了掠杂乱的头发，挺胸走了进去。

吴淮生身穿睡袍，睡眼惺忪地斜倚在沙发上，向进来的林非点头致意。仍是惊疑不定的神情。

林非在吴淮生旁边坐下，不无歉意地说："不好意思，打扰吴总休息了！"

吴淮生根本就没想到林非会登门找他，猜不透她究竟要干什么，警惕地瞥她一眼，挪了挪身子道："林小姐要告诉我什么感兴趣的事？"

林非颇有些神秘地笑笑，从包里掏出一盘录像带，晃了晃递给吴淮生："吴总看了这个就会知道。"

吴淮生接过录像带，疑疑惑惑地翻过来再翻过去看了看，起身走到电视机前，把录像带插入放像机里，然后摁动遥控器，屏幕上闪动几下彩色竖格，画面便出来了：月夜，唐河边，草滩上，乔小龙和郑莉忘情地热吻，两人相拥着倒在草地上，翻滚，解衣，郑莉发出一声声呻吟，乔小龙粗重地喘息……

吴淮生的脸由红变白，又由白变青，牙齿咬得"咯吱"作响，手上的遥控器剧烈地颤抖着。他显然已经无法忍受了，"啪"地摁下遥控器，关了电视机，将手中的遥控器狠狠砸了过去。他像一头暴怒的狮子，在客厅里转着圈子，嘴里冒出一串串粗话。

林非不动声色地观察着吴淮生，见达到了自己期待的效果，心里这才稍稍安定下来。

吴淮生转累了，骂够了，在林非面前猛地停住，斜着眼睛冷冷地看着她道："你给我看这些是什么意思？"

林非痛苦地绞着手，气咻咻地道："乔小龙辜负了我背叛了我，就像郑莉对你一样。我无法容忍这种薄情寡义的男人，所以决定和他分手！"

吴淮生狐疑："就因为这个，你会离开心爱的男人？"

林非语气变得凄凉:"淮生大哥你知道吗?他爱的并不是我,而是郑莉!就如同郑莉爱的是乔小龙而不是你!每当他酒后干那种事时,我耳边听他一声声地喊着郑莉,便心如刀割。他不仅蹂躏着我的肉体,还肆意践踏着我的心灵!这种猪狗不如的男人,我还能再不顾一切地去爱他吗?!"她说着泪光莹然起来。

吴淮生听着林非的控诉,如同火上浇油,耻辱和恼怒使他全身的每一个汗毛孔都张开了,他一拳砸在身边的梳妆台上,玻璃桌面顿时裂开,手掌边缘血流如注。

林非忙从沙发上跃起,抢上前去,为吴淮生小心翼翼地包扎,关切疼惜之情殷殷。

吴淮生一阵感动,和郑莉共同生活了这么长时间,还从来没领受过像林非这样的温柔和体贴,他禁不住问道:"你有什么打算?以后准备怎么办?"

林非往他的身前靠了靠,仰起脸,眼睫微颤,声音柔柔地说:"我觉得只有你才是性情中人,敢爱敢恨,如果你不嫌弃,我想跟着你干出一番事业,让乔小龙彻底完蛋!"

吴淮生怔了怔,甚觉突兀,似信非信地瞪着林非,结结巴巴道:"你……你不是……开玩笑吧?"

林非娇嗔地嘴唇一嘟:"他乔小龙和郑莉能臭味相投,为什么我们俩不能……"她本来想说比翼齐飞,可能觉得太酸,又咽了回去。

吴淮生心乱了,一时不知该如何是好。他轻轻推开林非,自语般道:"这个……你让我想想,我要好好想一想……"

此时,别墅楼外便道旁的白色面包车上,刘跃进和冯自强、凡一萍正密切关注着楼里的动静。

凡一萍有些不放心地说:"林非已经进去好长时间了,会不会出事?"

刘跃进很有把握地道:"不会。她来这儿肯定不是乔小龙派来的。既然她主动上门，就说明别有目的，但愿吴淮生不要上当。"

冯自强用牙签剔着牙，慢吞吞地道："也许狐狸尾巴就要露出来了！"

正说着，林非从楼门里走了出来，她低着头，从神态上看不出什么反常，只是头发和衣服略有些凌乱，脚步也有些踉跄。她走到路边拦住一辆出租车，匆匆跳了上去。

刘跃进吩咐冯自强："快，跟上她！"

白色面包车疾速驶出了便道，与出租车保持着一定的距离，不紧不慢地跟着。

02

郑莉坐在她的律师事务所里，闷闷地发呆。劝说乔小龙又以失败告终，苦恼的同时，她也感到了深深的悲哀。她难以理解，在如此明了的情况下，向来聪明过人悟性极高的乔小龙，为什么就看不出这背后的险恶用心，一味地坚持错误而执迷不悟。她只能把最后的希望放在吴淮生身上了，如果他能做出忍让，尽量避免与乔小龙发生冲突，也许就可以免除这场悲剧的发生。尽管做吴淮生的工作也不是件容易的事，但他毕竟一直都是顺从她的，比乔小龙要听话多了。她决定跟他认真谈一谈，以化解随时都可能降临的灾难。

她正在琢磨着，桌上的电话响了，她拿起听筒，是父亲郑重。她边接听边不停地"嗯"着，脸上的表情渐渐变得激动，最后对着听筒道："好的，爸，我马上就给吴淮生打电话！"说罢卡上了听筒。

机会来了。原来郑重的处理决定已下，仅仅只是免去市长职务，并未受到司法追究，这当然和矿难事件是刑事案子有很大关系。他在电话里嘱咐郑莉，中午全家在一块儿吃个团圆饭，扫除连日来的晦气，让她通知吴淮生。她想，在这种气氛下说服吴淮生，效果肯定要好得多。

郑莉摸起电话，摁下玫瑰园家里的号码，没人接听。她又拨打吴淮生的手机，已关机。她感到有些奇怪，这些天来，他一直窝在别墅里，根本就没出过门，而手机也是极少关机的。她正在纳闷，门发出清脆的一响，吴淮生雄赳赳气昂昂地走了进来。郑莉调侃道："真是想曹操，曹操就到，我正拨你的电话呢！"

吴淮生嗓子哑哑地说："我不是曹操，我是武松他哥武大郎！"

郑莉一愣，这才发觉他神色不对，脸上红里泛青。而他的话，细细一品，更是有些耐人寻味。郑莉的面孔板了起来，冷冷地问："吴淮生，你什么意思？"

吴淮生从大衣兜里掏出录像带，"砰"地拍在郑莉面前的桌面上，"看看这个你就知道是什么意思了！"

郑莉有些诧异地看看录像带，不无警觉地问："这里面是什么东西？"

"是奇妙无比的东西！"吴淮生往办公桌前的椅子上一坐，"是一部精彩绝伦的超级黄色大片！"他身子往郑莉面前一探，"你想知道男女主角演员是谁吗？"

郑莉似乎意识到了什么，隐隐地有一种不祥的预感。她迟迟疑疑地问道："是谁？"

吴淮生点上一支烟，大口地抽，嘴角抽动了两下，没说出话来。

郑莉不觉火了，提高声音道："有什么就说，别装神弄鬼的！我知道，你这意思我郑莉就是女主角，那男的肯定也不是你！对不对！"

吴淮生喷出一口浓浓的烟，音调硬硬地道："不错！你挺光明磊落的！你和乔小龙的形象真是光彩照人，那举止也的确让人赏心悦目！"

郑莉终于从吴淮生的冷嘲热讽中印证了自己的猜测。其实，她并不把这当回事，因为她和乔小龙的事吴淮生早晚都会知道。可现在他知道这件事，就不太妙了。尤其是居心不良的人在这个时候给他提供录像带，那就更可怕也更让她觉得有弄明白的必要了。于是问吴淮生："你能不能告诉我，是谁给你的录像带？"

"似乎没有这个必要。"吴淮生摇头晃脑，"因为这不是假冒伪劣产品！"

郑莉眉头紧蹙，试图提醒吴淮生："你就没有想过，此人在此时搬弄是非，是居心叵测？"

吴淮生自然听不进郑莉的提醒和警示。因为她并不清楚，这个人是和他吴淮生同病相怜的林非。他狠狠地抽口烟，圆睁着眼睛道："你别岔题！什么搬弄是非，什么居心叵测？这只是你的托辞和借口罢了！我只想弄个清楚，你为什么要瞒着我红杏出墙，而且是和乔小龙这个王八蛋暗度陈仓？现在我才明白，你为何事事都护着他，还要为了他把我杀掉！"

郑莉心里一阵悲怆，她意识到，眼前的吴淮生已和乔小龙一样中了邪，是听不进任何劝告了，沮丧和气恼顿时在全身弥漫开来。她冷笑一声道："吴淮生，你也太高看自己了！我背着你红杏出墙暗度陈仓？真是笑话！我认识乔小龙时，你还不知在哪儿呢！"

"我知道你们是同学。"吴淮生显然并没听出郑莉话中真正的意思，"但你身为人妻，总该讲些三从四德吧？总不能同到一张床上去！"

郑莉不屑于再跟他啰嗦，便把话挑明了："如果我告诉你，在我们结婚之前，我和乔小龙就有这层关系，你相信吗？"

吴淮生不知是天生的愚钝还是气昏了头钻进牛角尖就是不出

来:"你现在的什么话,我都不能不打个问号。反正你和他有这个关系就是对我的污辱,对我的背叛!"

郑莉见他已经不可理喻,便说:"随便你怎么想吧,我最后重复一遍,在结婚之前的事,你没有理由干涉,也干涉不了!"

吴淮生终于略略明白了些,愣了一下又脖子一梗道:"据提供录像带的人说,这上面的事就发生在不久前,而且你昨天还在和乔小龙鬼混,就在乔小龙唐河的老家,这一点你否认不了吧?"

郑莉忍无可忍了,拿起录像带朝吴淮生头上砸去,呵斥道:"别在这儿放屁!滚蛋!"

吴淮生头一缩,录像带掠过他的头皮摔在墙角,他颇有些狼狈地边往外走边嘟囔:"好好!你现在就想谋杀亲夫,咱们的夫妻情分算是一笔勾销了……"

郑莉呆呆地看着淮生踉跄的身影消失在门口,一屁股跌坐在椅子上。她感到了深深的悲哀,自己的一片苦心却遭致了如此的中伤,落得这般不堪的下场。试图挽救乔小龙和吴淮生的信心登时灰飞烟灭。从吴淮生的话语里,她能隐隐地感到是林非做了手脚,因为她昨天去乔小龙那儿,只有林非发现了。

悲伤绝望的同时,她分明察觉到一场灾难正悄悄地向乔小龙和吴淮生逼近,她犹豫再三,终于还是拨通了刘跃进的手机……

03

吴淮生迈着沉重的脚步走进客厅,脱下大衣随手扔到沙发上。人也像塌了架,软软地进了卧室,然后软软地斜靠在床头。他心里空洞得有些发慌,郑莉的身影又在他眼前晃动起来。难道就这么一刀两断了?这个问题刚蹦出他的脑海,乔小龙的身影又出现了,并渐渐地和郑莉重叠在一起。一股无名火从心底直往上蹿,灼痛了他全身的每一根神经,目光便不由自主地移向床头柜上的电话机。他想,应该和乔小龙做个了断了。电话机的液晶屏上显出一个未接电话的号码,他不由凝住了双眼,想了想,像遭电击般翻身坐了起来,手忙脚乱地摁下了留言键,电话里响起浑厚的男中音:

"吴淮生先生,出于礼貌的习惯,问你一声好。想必你还熟悉这个久违的声音,我就不自报家门了。如果你还记得我的手机号码,请回个音。当然,你也可以拨打电话机上显示的号码,这个号码你也不应该陌生。谢谢。"

吴淮生脸上的肌肉跳了跳,"哗"的一声抓起了电话听筒,以极快的速度敲击出一串数字,电话里只响起一声蜂鸣,便传出了乔小龙的声音:"你老兄还是那个脾气,从不爽约,是个男人!"

吴淮生咬着牙:"说吧。时间?地点?"

乔小龙的回答也很简练:"晚8点,唐河。"他顿了顿,以征询的口气,"你看去咱们经常钓鱼的地方如何?"

"可以!不见不散!"吴淮生卡下电话,顿时兴奋起来。他跳下床,从墙角的花盆里掏出油布包,急急地打开,把那支乌黑的小手枪握在手里摆弄着……

夜幕四合,寒气逼人。满天的银星如同一颗颗冰粒,凝固在无云的高空,一盘冷月倾泻着皎洁的清辉。朔风打着锐利的唿哨,在残雪片片的河道里狂吹着凄曲悲歌。瘦瘦的唐河像条冻僵的青蛇,蜿蜒蜷曲。清冷的月光幽幽地照射着结下薄薄冰层的河面,闪烁不定,似在打着哆嗦。

吴淮生面东,乔小龙面西。他们之间大概只有十几步的距离。两人身上的一袭黑色风衣在寒风的吹动下,裾角飘飘。月光在他们的脸上涂满苍白,迸溅着火花的四只眼睛久久地对视着。

"咱们又相聚了,还记得这条河吗?"乔小龙声音低沉,话语意味深长。

"我上对得起天,下对得起地,中间对得起一龙叔!我吴淮生没往他脸上抹黑!"吴淮生言词铿锵,弦外之音明明白白。

"看来你是要为我死去的父母清理门户了?"乔小龙双手插进兜里,"你应该好好学会写'羞耻'这两个字!"

"我学问再少,也认识'情义'这两个字。"吴淮生也把双手插进了兜里,"我送你去读书,可你满脑子灌的却是男盗女娼!"

乔小龙哈哈大笑,右手在口袋里蠕动:"我刚才说了,咱们终于又在这儿相聚,但相聚是为了永久的别离。你不准备留下几句遗言吗?"

吴淮生也是纵情大笑,右手握住了那个冰凉的铁家伙:"乔小龙,你什么时候赢过我?别忘了,擤鼻涕都是我教的你!"

不知不觉间,乔小龙已从兜里掏出了手枪,指着吴淮生道:"话已多余,不说也罢,不过,这玩意儿想跟你聊几句!"

吴淮生不露丝毫惊慌之态,语气平静地道:"我一直等着你举枪呢!也算是我对一龙叔凤珍婶子尽的最后一点孝心!你怎么连眼观六路的常识都没有?"

乔小龙不由得目光下滑,发现吴淮生的风衣兜高高翘起,一根硬邦邦的东西正对着他的胸口,心中顿时悚然一惊。

吴淮生不无凄哀地说:"从小到大,我都让着你,宠着你。这是最后一次了,你先开第一枪吧!"

乔小龙手中的枪不觉剧烈颤抖起来。刹那间,他听到心房里传出"滴答"的响声。他分不清,那是血还是泪。倘若此时吴淮生能收回枪口,他相信自己也会转身走开。可是他看得清清楚楚,吴淮生的枪口没有丝毫移动的意思,仍是目光冷冷地等待着。他手中的枪终于响了,在这清冷死寂的冬夜里是那样响亮,枪口喷出的火花鲜红绚丽。

吴淮生右臂中弹，兜里的手一软，渐渐地松开。枪管缓缓下垂。完了！他心里一声叹息，可令他奇怪的是乔小龙没再接着开枪。他清楚地看到，乌黑的枪口在抖动着，不由得闭上了双眼。"砰！砰！"枪声终于又响了。他却没有感觉，睁开眼睛，不禁呆住了。

乔小龙手里的枪坠落在地，双臂如鹰翅般向夜空张开，慢慢地倒在一片雪地上，鲜红的血从他背上的弹洞里汩汩流出，将洁白的雪地冲出纵横交错的血沟。

林非从阴影里走出，用力把手中的枪扔进冰河，快步跑向吴淮生。

吴淮生惊诧无比地看着她，左手紧紧捂住右臂的伤口，抖着声道："你……你怎么……"

林非撕下大衣的衬布，边给吴淮生包扎伤口，边道："我不能让乔小龙伤害你，他这是罪有应得！"

她的话音未落，跟踪而至的警车疾驰而来。吴淮生有些慌张。林非道："别紧张，你这是正当防卫，我可以为你作证！"

刘跃进和冯自强、凡一萍显然是听到了枪声，飞步奔跑过来。刘跃进跑到乔小龙身边，把他轻轻托起，连声喊道："小龙！小龙……"

乔小龙缓缓睁开眼睛，嘴角流出一缕鲜血，目光从刘跃进脸上滑过，头艰难地移动着。刘跃进马上便猜出他想干什么，将他移动着面向吴淮生。乔小龙终于看到了吴淮生，也看到了站在他旁边的林非。他的嘴唇蠕动着，蠕动着，刘跃进忙把耳朵贴近他，他轻声吐出："我……我明白了……可惜……太……晚……"他的声音渐渐微弱，"林非……是……个……坏女人……应……应该受到法律……"他脖子一软，停止了呼吸。

刘跃进眼里的泪水大颗大颗地滚落下来。

吴淮生不顾林非的拉扯，一步一步走到乔小龙的躯体旁，凝视着他苍白如纸的面庞，凝视着他在寒风里飘拂的黑发，双膝慢慢地弯曲，跪在银光闪闪的雪地上，跪在已经凝固的鲜血上。他的头深深地垂下，垂下，突然仰天发出一声凄厉的长嚎："小龙——"

0 4

雨夹着雪漫天飘洒，铅灰色的天空不时滚过一声闷雷。看不透大自然奥秘的人们不禁悚然心惊。

白色面包车静静地卧在玫瑰园的别墅楼群里。刘跃进望着窗外霏霏的雨雪，透过雨雪望着那幢熟悉的小楼，脸如灰暗的天空般阴沉着。

冯自强看看表，轻声说道："林非进去已有一个小时四十分钟了，看情形吴淮生是被玩上了。"

凡一萍有些着急地对刘跃进道："刘队，应该抓住这个害人精了，不然吴淮生也很危险呀！"

"证据呢？我们现在需要的是证据！"刘跃进没好气地说。

"是啊！"冯自强试图把蜷着的腿调整得更舒服些，"这个女人很不一般，鬼得很，不留任何辫子让你抓。吴淮生现在又那么信她，只能等机会了。"

"再等说不定把吴淮生的命也搭了进去！"凡一萍嘟囔着。

"她很狡猾，不会亲自动手作案。"刘跃进若有所思，"我们目前的任务就是盯牢她，防止她逃跑，国际刑警组织快要有消息了。"

"国际刑警？"凡一萍有些惊讶地睁大了眼睛，"这和国际刑警组织有什么关系？"

冯自强拍拍凡一萍："别问那么多了，这是刘队的天机，以后你会知道的。"

凡一萍不甘心，还想再缠问刘跃进。刘跃进突然挺起了身子："注意，有人来了！"

冯自强和凡一萍朝车窗外望去，只见郑莉正从车上走下，朝别墅走去。

"有好戏看了！"冯自强说罢，禁不住叹了口气。

郑莉打开铁门，见客厅里一片空寂，朝楼上卧室看了看。犹豫了片刻，还是登上了楼梯。她在门口站住，没像往常那样推门就进。因为她和吴淮生已经分居。自乔小龙死后，她便万念俱灰，视吴淮生如路人。她敲了两下门。吴淮生过了好大一会儿，才披着睡袍，把门开了一条缝，问郑莉："有事？"

"我来取我的东西，顺便把钥匙还给你。请把门打开。"郑莉冷漠地说道。

吴淮生很勉强地打开门，穿上睡袍，把带子系好。

郑莉一进门，便看到林非斜倚在床头，身上裹着被子，两支雪白的臂膀搭在床沿，心里顿时像被狠狠抽了一鞭子，火辣辣地发痛。

林非毫无羞愧为难之色，而且还对郑莉甜甜地笑了笑，拿起床头柜上的遥控器，打开了对面的电视机，自顾自津津有味地观赏起来。

吴淮生蜷在沙发里，仰面向上，瞪着天花板发呆。

郑莉想转身离开，但又不甘心就这么放过吴淮生，于是走到他面前，咬着牙说："吴淮生，你知道冬天为什么会打雷吗？"

吴淮生一动不动，眼皮一耷拉道："你如果能让雷把我劈死，我下辈子给你当牛做马烧高香！"

郑莉看着吴淮生厚颜无耻的样子，登时便有了恶心的感觉。

如果说乔小龙是被病毒感染，而他则是像到了癌症晚期。这一切一切的病源就是床上那个面目可憎、心如蛇蝎的女人。她不由自主地瞥了一眼林非，只见她无动于衷，似乎没有感觉到旁边有人存在，随着电视画面的闪动，不时露出情不自禁的微笑。郑莉肺都要气炸了，一字一顿说道："善有善报，恶有恶报……"

"不是不报，时候未到！"吴淮生竟然把话接了过去。他挪了挪屁股，略略调正身子，微眯着眼睛继续道："我每时每刻都在等着，希望它能早点儿降临！"

郑莉顿时便感到了索然无味，跟这种病入膏肓的人谈善恶，简直就是对牛弹琴，有污自己的唇舌。她转过身去，脱口说道："真是一对狼狈为奸的狗男女！"说罢，就欲迈步离去。

吴淮生坐直了身子，也是脱口而出："即便狼狈为奸，也是怨你……"

郑莉未等他后面的话说完，突然拧转腰身，照准他的脸扇去。只听"啪"的一声，吴淮生的脸上暴出了五道红红的指印。看来郑莉的这一巴掌，是竭尽了全力，她的手整个全麻了。

吴淮生显然也被这重重的一掌打晕了，捂着脸眨巴着眼，好半天才反应过来。他从沙发上跳起，手指着郑莉："你！"

郑莉走近他："怎么了？难道你也想像杀乔小龙那样把我杀了？"

吴淮生硬生生地把恼怒吞了回去，跌坐回沙发上。

郑莉心底的怒气显然还没有出来，她几步冲到床前，猛地掀掉林非身上的被子，高声呵斥："滚！真是给脸不要脸！你有什么资格睡在这儿？我跟姓吴的还没有离婚！不知羞耻的白骨精！到处害人的人面蛇！"

林非抱着衣服从床上连滚带爬地摔落在地毯上，一声尖叫躲进了洗手间。

郑莉扇了吴淮生一巴掌，又羞辱了林非一番，心里的火气稍稍平息了些。她对目瞪口呆傻坐在沙发上的吴淮生道："如果你想把灵魂抵押给这个魔鬼女人，请你明天上午去小黄山，咱们做个最后了断！在哪儿开始的就应该在哪儿结束！我等着你！"说罢，摔门而去。

吴淮生好大一会儿才有了知觉，望着满地凌乱的被子和衣物，头开始一阵阵的发痛，耳边不停地回荡着郑莉的吼声："小黄山！小黄山……"眼前不禁一片灰暗。模糊之中，他看到乔小龙也向他走来，嘴角挂着红红的血丝，眼里流泻出两道寒光，双手托着父母的亡灵，嘴里喃喃地唤着："哥，哥……"他顿觉天旋地转，瘫倒在沙发上。

林非从洗手间里探头探脑地走了出来。她巡视四周，当确信郑莉走了之后，才快步奔到沙发前，扑到吴淮生的怀里，嘤嘤出声："我不能忍受这样的羞辱，你要和她离婚，离婚……"

吴淮生无力地抬起眼皮，看了看长发蓬乱，衣衫不整的林非，喉咙咕噜了两下，终究没能说出话来……

05

雨停雪霁。一夜之间，天被雨洗蓝了，被雪擦亮了。清澄明澈，更显高远空阔。雨雪也洗净了小黄山满身的尘埃，松柏滴翠，红梅绽血，叽叽喳喳的小鸟或歌或吟或泣，在树林里不安地振翅穿梭。云雾缭绕弥漫在山腰，忽而舒展柔软如锦缎玉絮，忽而翻腾飞掠如狂飙野马，变幻莫测，奥妙无穷。

太阳出来了。灿烂的光辉镀亮了松柏青翠的叶片，如同千盏绿色的小镜子，折射出情意绵绵的妩媚；明亮的光辉化作万根金针，牵引着缕缕洁白的云雾，钩织出美丽多彩的画面，让人为之心旌摇动。

山之巅。郑莉盘腿坐在一块岩石上，双眼紧闭，手掌朝下放在膝盖上，静静地等待着吴淮生。她默默地祈祷他别来，又希望他马上就能走到她面前。乔小龙的身影在她脑海里盘旋，她能感觉到他的灵魂在身边游荡；校园里的漫步，长城上的拥吻远眺；还有颐和园荡舟，香山拣拾片片红叶；他爽朗开心的笑声是那样纯净而又动听，他瘦削的身姿和棱角分明的脸庞是那样让人赏心悦目；法庭上的滔滔雄辩，课堂上与同学争论的精辟见解，还有她和他花前月下畅谈的妙语连珠。那些无数个刻骨铭心的日日夜夜，那些无数个销蚀魂魄的浪漫时刻。她能忘记这些吗？她不能，永远都不能……

吴淮生终于来了。他蹒跚着登上峰顶，山风鼓荡起他黑色的风衣，头发忽起忽伏。他的脸上看不出任何表情，目光呆滞，嘴角紧紧地绷着。他机械地移步走到郑莉面前，注视了她片刻，嘴唇嚅动，张开了，空灵的声音随风飘动："郑莉，我来了。"

郑莉慢慢睁开眼睛，沙哑着嗓音道："来了就好。你不想坐一会儿吗？"

吴淮生走到旁边的岩石上坐下。坐下之后才感觉到，这块石头是郑莉为他准备好的。

"在我们了结之前，我想给你讲个故事，你愿意听吗？"郑莉缓声问道。

吴淮生眼睛发直，机械地点点头。

"你还记得第一次咱们来这儿吗？祥明师太在我抽了上上签之后，说我柳暗花明，将与心上人重归于好，再续前缘。我激动难抑，并在无意中拒绝了你的求爱。你知道那个人是谁吗？他就是乔小龙！"

吴淮生浑身一抖，目光里透着震惊。

"我从国外回来是为了小龙。大学本科四年,研究生两年,我们整整相恋了六年。可他又为了你,牺牲了自己的爱。说句不雅的话,是他把我拱手让给了你!"

吴淮生苍白的脸抽搐着,眉头剧烈地颤抖聚拢,渐渐挽成一个痛苦的结。

"我不否认,他和你现在一样,受到了林非别有用心的蛊惑。可是,这并不是你们走入歧途的主要因素。丑陋而邪恶的敌人,是你们自己。金钱、名利——不,应该说是对此无限膨胀的欲望,使你们抛弃了兄弟之情,由美到丑,从善走向了恶。俗话说得好:苍蝇叮不了无缝的蛋,病毒侵染不了健康的肌体,邪恶奈何不了高尚的灵魂。这一切悲剧皆源自你们的免疫系统出了问题。是欲望使你们变得疯狂、变得卑鄙、变得不知羞耻。"

吴淮生垂下了头,牙齿咬破了发青的嘴唇,血从唇边渗出,滴在冰凉光滑的石板上。

郑莉腮边的泪渐渐被风吹干,她掠了掠披散的长发,声音发沉发涩:"现在说这些已经晚了。这个世界因了人的美丽才美丽,也因了人的丑恶而丑恶,应该结束了!"

吴淮生已经从郑莉的话中听出了什么,慢慢抬起脸来。郑莉手中的枪正对着他,神情显得端庄而又平静。

吴淮生笑了。他慢慢站起,把高高竖起的风衣领抚平,掸了掸衣襟和衣袖,用浑厚的中音说道:"郑莉,来这儿我就没准备回去。不用你动枪动刀,我的血太黑,别脏了你的手。再说,你的父母还需要你这惟一的女儿照顾,我不会让你成为杀人凶手走上刑场。"他看了看身后无底的深渊,和深渊里飘升的云雾,"这是多么理想的归宿之地。你看那云,好白好软,你看那雾,就像仙境。真不知道能不能擦去我灵魂的尘垢,让我安息?郑莉,感谢你在我走前让我明白了一个道理:人哪儿都能脏,心不能脏;人什么都可以不要,情义不能不要。再见了,我要去陪一龙叔,陪凤珍妈妈,陪我的兄弟乔小龙。"说罢,纵身跳下了悬崖。

郑莉扑到了崖边,只见漫漫云雾正向上升腾,她撕心裂肺地号叫:"淮生——"

喊声在山谷间回荡,久久不息。

0 6

刘跃进和冯自强匆匆走进刑警队办公室,李铁将一件传真递给刘跃进,道:"这是国际刑警组织刚刚发来的,林非的身份和你推测的完全相符。你看看吧。"

刘跃进浏览了一遍传真,交给旁边的冯自强,问李铁:"可以进行下一步行动了吗?"

李铁点点头,从抽屉里取出拘捕令,往刘跃进手里一拍,命令道:"马上行动!"

刘跃进和冯自强快步奔出,跳上警车,鸣响警笛,风驰电掣般驶出刑警队大院。

刘跃进拿起对讲机,呼叫凡一萍。凡一萍的声音立刻便传了出来:"猎狗已到小黄山,我正在跟踪。请指示!"

刘跃进大声吩咐:"一定要盯住她,随时报告你的位置!"

"明白!"凡一萍的回答清脆响亮。

刘跃进放下对讲机,催促手握方向盘的冯自强:"快,小黄山!"

冯自强一打方向盘,警车发出一声轮胎磨擦地面的尖啸,向前疾速驶去。

林非身着黑色套装,从出租车上走下,神情略略有些激动地看着面前郁郁葱葱的小黄山,大步走进公墓陵园。

凡一萍跟在林非的身后,边走边对衣领上的微型对话器低声讲道:"她已进了公墓陵园!进了公墓陵园!"她只顾盯着前面的林非,并没料到后面还跟着一个人。

郑莉一身素装,用纱巾裹着头脸,从凡一萍身旁快步走过。

林非的方向十分明确,一直朝陵园的深处走,最后终于在一处不显眼的松林里停住。她的面前是一大一小两个水泥墓冢,墓前立着洁白如玉的大理石碑,大冢前的碑上刻着"家父孔令军之墓",小冢前的碑上刻着"家兄孔勇敢之墓"。

林非从包里掏出乔小龙和吴淮生的照片,在墓前点燃,嘴里念念有词:"爸爸、哥哥,我已经为你们报了仇,这也是我最后一次祭奠你们了,安息吧!"

一阵冷笑从林非身后传来。她没有惊愕,也没有丝毫的恐惧,缓缓转过身来,从容不迫地注视着郑莉。

郑莉扯下头上的纱巾,平端着手枪,冷冷地道:"我终于找到了答案,原来你是孔家的千金!可你知道他们是为何死去的吗?"

林非的声音也是冷冷的:"我当然知道。他们死得是有些不太光明磊落。可如果不是乔小龙、吴淮生苦苦相逼、落井下石,他们就不会落得如此悲惨的下场!"

郑莉满脸的不屑,话语自然也就多了些冷嘲热讽:"你千里迢迢,弃母舍家,从国外回来,不惜出卖灵魂和肉体,竟然是为这样的父兄招魂,你难道就不感到羞愧?"

林非仰了仰脸:"在儿女的眼中,父母永远都是圣洁的,是至高无上的。是他们给了我血肉之躯,我没有什么不可以献出!试问郑女士,如果你的父兄双双被押赴刑场,武警摁着他们的头,随着枪声,血和泪溅在地上,然后那蜷卧在污泥里的肿胀躯体受尽万人唾骂,千人践踏,你该作何感想?所以,我没有什么可羞愧,更没有丝毫的遗憾!"

"好一个孝女!"郑莉撇了撇嘴角,"你知道'孝'字前面还有什么吗?我可以告诉你:是义!如果你是个孝女,你就应该用高尚的善举去赎父兄的罪恶,超度他们的孽魂!"她说着用枪指住林非,"现在跟你说这些已经毫无意义,因为你已经真正和父兄堕落为一体,用丑恶的行径为自己的生命之旅画上了休止符!"

在树后观察着的凡一萍听着她们的对话,急得抓耳挠腮,不知该如何是好。她知道警车开不过来,所以刘跃进和冯自强迟迟未到。当郑莉把怀中平端的枪突然伸出时,凡一萍的心猛地提到了喉咙口。

郑莉往前跨出两步,沉声道:"林非,我今天要代表法律,代表正义,也代表乔小龙和吴淮生判处你的死刑!你还有什么遗言要说吗?"

林非挺了挺胸,整整头发和衣服,表情从容地说:"郑莉,谢谢你成全我,我早就知道这是条不归之路!"说罢,慢慢闭上了眼睛。

"住手!"刘跃进气喘吁吁地跑过来,"郑莉,别冲动,她应该受到法律的审判,这是小龙最后的遗言……"

郑莉长叹一声,手中的枪慢慢垂了下来。刘跃进把她手里的枪拿下递给冯自强,道:"这是吴淮生的枪,你把它收好。"

冯自强对刘跃进的意思心领神会,点了点头。

刘跃进大步走到林非面前,亮出逮捕证,大声道:"孔智慧,你被捕了!"

林非听着自己久违的名字,不觉凄凉地笑了,伸出了双腕。

凡一萍上前给她戴上了手铐。

一阵大风骤起,漫山响起松涛的轰鸣……

尾声 朋友永别

我的几位朋友都相继死去了,乔小龙,吴淮生,还有郑莉。当我写到最后一章时,我实在不忍心让吴淮生倒在郑莉的枪口下,然后再让郑莉和林非一起走上刑场。因为我心里的血已经一滴一滴溅到了稿纸上……

公元2001年，中国发生了令世人瞩目，也是史无前例的大事：加入世贸，申奥成功，足球冲出了亚洲。

而在中兴的煤炭之都淮海市，也发生了一件前所未有的爆炸性新闻：一位留美归来、年轻美丽的女博士被押赴刑场，执行枪决。

随着一声穿透漫漫尘雾的枪响，一个悲剧落下了沉重的帷幕。

小黄山公墓陵园的角落里，水泥大冢的旁边又新添了一个小冢。一位白发苍苍的老太太跪在冢前，点燃起片片纸钱。狂风吹来，火熄烟灭，旋起一片黑色的纸灰，如雾般弥漫。

老太太颤巍巍地站起，浑黄的泪水凝结在纵横交错的纹沟里。她佝偻着腰身，一步一停地向山顶攀去，寒风裹起她凌乱的白发，孑然孤独的身影在风中飘摇……

机场。阳光明媚，乐声悠扬。郑莉一手挽着父亲郑重，一手挽着母亲李玉茹，走进检票口。她要携父母远离这座城市，再赴那个熟悉的国度。在她贴身的衣袋里揣着两张照片，一张是乔小龙，一张是吴淮生。她知道，这一生一世都无法穿过他们兄弟荡起的黑雾了。她只希望年迈的父母能在余生沐浴在阳光里。

郑莉登上了舷梯，在飞机震耳欲聋的轰鸣声中，眺望了故乡最后一眼……

而我——作者，在写完这本小书之后，又来到了朋友乔小龙和吴淮生的墓前，祭奠他们的亡灵。

记得是在我就职的城市，我陪来探望我的小龙吃饭，他向我倾诉了大哥吴淮生逼得他难以生存，公司濒临倒闭的惨景。我知道他们做的都是煤炭生意，而这之中的蹊跷书中都有交代。我答应帮他劝劝淮生，毕竟曾是兄弟。他说不用了，谁也不可能劝动这个心肠冷酷的无情无义之人，并说他已经持猎枪打穿了吴淮生的别墅天花板。我当即便感到了事态的严重，批评了他这种置法律于不顾的鲁莽行径，他笑了笑说，不会真的动手，只是吓唬吓唬而已。然后我们就喝酒，小龙大杯大杯地喝，我阻止不住，结果他酩酊大醉。

次日下午，传来了噩耗，乔小龙中午在矿区饭店吃饭时，被乱枪打死。我顿时便呆了，隐隐有了一种不祥的预感，问号不由自主地便挂到了吴淮生身上。

不久之后的春节，吴淮生也倒在了血泊中，于是乔小龙被杀一案与吴淮生的案子并在了一起，侦破也随之大规模展开……

我的几位朋友都相继死去了，乔小龙，吴淮生，还有郑莉。当我写到最后一章时，我实在不忍心让吴淮生倒在郑莉的枪口下，然后再让郑莉和林非一起走上刑场。因为我心里的血已经一滴一滴溅到了稿纸上……

我终于在繁重的工作之余，匆忙地继《黑冰》《黑洞》之后完成了这最后一部《黑雾》。

永别了，黑色系列。永别了，我书中的朋友。

明天的阳光将会灿烂！

2001 年 12 月 10 日—2002 年 3 月 10 日

完稿于合肥

图书在版编目（CIP）数据

黑雾 / 张成功著. -- 北京：作家出版社，2002.5（2023.7重印）
ISBN 978-7-5063-2356-7

Ⅰ.①黑… Ⅱ.①张… Ⅲ.①长篇小说 – 中国 – 当代
Ⅳ.①I247.5

中国版本国家馆CIP数据核字（2002）第023711号

黑雾（作家影视文库）

| 丛书策划：启　天　韩　星 |
| 作　　者：张成功 |
| 责任编辑：韩　星 |
| 装帧设计：今亮後聲HOPESOUND · 小九 |
| 出版发行：作家出版社有限公司 |
| 社　　址：北京农展馆南里10号　　邮　　编：100125 |
| 电话传真：86-10-65067186（发行中心及邮购部） |
| 　　　　　86-10-65004079（总编室） |
| E-mail:zuojia @ zuojia.net.cn |
| http://www.zuojiachubanshe.com |
| 印　　刷：北京盛通印刷股份有限公司 |
| 成品尺寸：140×210 |
| 字　　数：390千 |
| 印　　张：16.625 |
| 版　　次：2002年5月第1版 |
| 印　　次：2023年7月第3次印刷 |
| ISBN 978-7-5063-2356-7 |
| 定　　价：58.00元 |

作家版图书，版权所有，侵权必究。
作家版图书，印装错误可随时退换。